CW00796593

RAMON

Dominique Fernandez est né à Paris en 1929. Son cursus : École normale supérieure, agrégation d'italien, doctorat ès lettres. Il écrit régulièrement pour *Le Nouvel Observateur. Porporino ou les Mystères de Naples* lui a valu le prix Médicis en 1974, et *Dans la main de l'ange* le prix Goncourt en 1982. Dominique Fernandez a été élu à l'Académie française en 2007.

Paru dans Le Livre de Poche :

L'Amour

L'Art de raconter

La Course à l'abîme

Jérémie ! Jérémie !

Nicolas

Porfirio et Constance

Signor Giovanni

Tribunal d'honneur

DOMINIQUE FERNANDEZ

de l'Académie française

Ramon

GRASSET

ISBN : 978-2-253-12964-6 – 1re publication LGF

à Irène, qui a partagé avec moi
cette histoire

à Ramon IV et à Laetitia,
qui en sont les héritiers.

Je l'ai aperçu [Pierre Drieu La Rochelle] pour la dernière fois, à Saint-Germain-des-Prés, quelques jours avant l'hallali : l'enterrement de Ramon Fernandez m'avait fait sortir du quartier où je me cachais. Nous n'avons échangé aucune parole. A-t-il compris ce que signifiait ma présence à une pareille heure, auprès de ce cercueil où la miséricordieuse mort avait étendu notre pauvre Ramon ?

François MAURIAC, *La Table ronde*, juin 1949.

Livre I

1.

RF sur son lit de mort

5 avril 2006. En rangeant des papiers et des photographies de famille, je tombe sur une tête d'homme enveloppée d'ombre et couchée sur un drap blanc : il a l'air de dormir. Yeux clos, lèvres serrées, cheveux noirs plaqués en arrière, pâleur, élégance, la beauté masculine dans ce qu'elle peut avoir de plus fin. Tout est admirablement dessiné : la courbe des sourcils, la ligne des cheveux qui descend en pointe sur le front, l'arête et les ailes du nez, le pli sous la bouche. Une figure dont la distinction, la pureté, loin de le consoler, augmentent le chagrin de celui qui la contemple en sachant ce qu'il en a été de cette vie. Quelques signes de négligence : la barbe non faite, qui envahit les joues, les mâchoires, le menton, le tour des lèvres ; le col de la chemise ouvert sur le cou lisse, sans pomme d'Adam visible, ombré à peine d'une touffe de quelques poils ; la chemise elle-même, usagée, dont une pointe du col pend sur une épaule, l'autre rebiquant sous le cou.

Cette tête est celle d'un mort. Cette photographie a été prise sur le lit de mort de cet homme. Cet homme est mon père, que je retrouve soixante-deux ans après l'avoir vu pour la dernière fois – mais comme si je le voyais pour la première fois, car ce n'est pas cette image que j'avais gardée. De temps en temps, dans les journaux, lorsqu'on rééditait un de ses livres, je voyais un visage lourd, massif, d'une virilité agressive. Ce visage avait effacé les autres dans ma mémoire, et je ne retenais que celui-là. Brutalité d'homme d'action – comme il s'était voulu, comme il avait rêvé d'être, comme il avait cru qu'il était. Force épaisse et butée, sans aucun rapport avec cette finesse de traits que j'ai maintenant sous les yeux, avec cette pureté d'expression, cet air de n'y être pour personne…

Personne, sauf peut-être pour son fils, qu'il a connu à peine, dont il ne s'est guère soucié, mais qui se trouve être aujourd'hui le dépositaire de cette vie et se heurte à un mystère insoutenable. Si beau dans la mort, si blâmable dans l'action : est-ce possible ? Où fut la vérité de cet homme qui est mon père ? Admiré d'abord, à juste titre, puis méprisé et honni, de manière non moins légitime… Scrute bien ce visage, semble me dire le mort, regarde s'il n'y a rien à sauver de cette vie que je suis le premier (à preuve mon masque mortuaire, d'où a reflué la laideur de mes engagements politiques), le premier à trouver déplorable…

2.

L'enterrement à Saint-Germain-des-Prés

5 août 1944. Samedi. Rue Saint-Benoît. Le cortège funèbre part de la porte du 5 encadrée d'un drap noir, remonte la rue; tourne à gauche par la rue de l'Abbaye[1], traverse la place Saint-Germain-des-Prés. En tête du cortège, le chef de famille, qui mène le deuil et marche seul en avant, est un garçon qui aura quinze ans dans trois semaines. Il est en culottes courtes, car on a dit à sa mère que les Allemands aux abois raflent les adolescents à peine sortis de l'enfance. Sur sa veste grise, on a cousu un brassard noir. Il garde les yeux baissés. Chagrin ? Peur de ne pas se montrer à la hauteur de la situation, devant ces centaines de regards qui l'épient ? Ou confusion extrême des sentiments dans son cœur ?

Celui qu'on sort maintenant du fourgon pour le transporter dans l'église a été un collabo, des plus notoires.

1. Ce fragment de la rue de l'Abbaye a été rebaptisé en 1951 rue Guillaume-Apollinaire. Ce mot d'« abbaye » avait beaucoup de sens pour ceux qui suivaient le cortège et se rappelaient quel rôle avaient joué une abbaye (Pontigny) et les entretiens de Pontigny dans la carrière intellectuelle de mon père.

Écrivain célèbre, il a mis sa plume au service des Allemands. Pendant les quatre ans de l'Occupation, il a écrit dans la presse contrôlée par les nazis, paradé, en uniforme et à la tribune, dans les meetings du PPF, le parti fasciste de Doriot. Invité, en compagnie de Drieu La Rochelle, de Brasillach, de Chardonne, de Jouhandeau, par Joseph Goebbels, ministre de la Propagande du Reich, il a participé au voyage des intellectuels français à Weimar, en octobre 1941. La honte, pour ce garçon de quinze ans, élève à Buffon, le lycée qui a été, pendant ces quatre ans, un foyer de résistance. Un de ses professeurs qu'il aimait le plus, M. Raymond Burgard, fondateur du groupe clandestin Valmy, a été arrêté en avril 1942, il s'en souvient très bien, il était en classe de troisième. Le professeur, qui enseignait le français, n'a pas reparu.

Comme tous ses camarades, le garçon est gaulliste. Il vit avec sa mère, qui est gaulliste, et se trouve être la meilleure amie de deux vieilles filles qui cachent dans leur appartement de la rue Lecourbe le chef de la Résistance intérieure, Georges Bidault. Il a épinglé aux murs de sa chambre, rue César-Franck, deux cartes de géographie : une carte de France, et une carte du front russe. Sur chacune de ces cartes, il pique et déplace de minuscules drapeaux au fur et à mesure de l'avance des Alliés, d'après les renseignements fournis par Radio-Londres qu'il écoute chaque soir avec sa mère et sa sœur, en tendant l'oreille pour capter dans le poste installé sur la cheminée de la salle à manger les nouvelles qui grésillent dénaturées par le brouillage. Il sait que, sur le front de l'Ouest, Dol, Combourg, Dinan et Rennes ont été libérés le 3 août, et que la 2e division blindée du général Leclerc, qui a débarqué le 1er août, aide le 20e corps de la XXXe armée américaine à stopper la contre-attaque allemande sur Avranches. Du côté russe, il a piqué le 1er août un drapeau sur Kaunas, en Lituanie, un autre sur Siedlce, en Pologne, et, au sud, le long de la frontière entre l'Ukraine et la Roumanie, une ligne de petites bannières victorieuses.

Le jeudi, il va goûter chez les deux vieilles filles amies de sa mère et rencontre Georges Bidault qui lui tend une main molle. Cette mollesse, la bouteille de vin blanc sur le bureau où s'entassent les dossiers secrets, la voix souvent pâteuse ne correspondent pas à l'idée qu'il se fait du héros, mais il se dit qu'il a tort, puisque le général de Gaulle a donné sa confiance à cet homme. Le dimanche, il allait déjeuner, rue Saint-Benoît, chez celui qu'il enterre. L'après-midi, dans l'appartement encombré de livres, affluaient, parmi des hôtes français qu'il ne connaissait pas mais dont il soupçonnait les sympathies, des officiers allemands en uniforme, d'autres Allemands en civil, courtois, cultivés, amis de la France, mais allemands.

Gaulliste avec sa mère le jeudi et collabo avec son père le dimanche ? Non. Pas de schizophrénie. Le choix du garçon est fait depuis longtemps, depuis toujours. Il ne s'est pas nourri en vain des romans de Gustave Aimard, où, dans la Prairie américaine, les flibustiers blancs, loyaux et généreux, se distinguent nettement des perfides Indiens. Son gaullisme s'étoffe d'une admiration passionnée pour la Russie et le courage des Russes. La carte de Russie, sur son mur, est beaucoup plus grande que celle de France. Il déteste les Allemands, le bruit des bottes sur la chaussée de la rue de Rivoli, les pancartes en allemand plantées aux carrefours. Déjà mélomane, il vomit le triomphalisme pangermanique de Wagner. Mais peut-il détester, peut-il vomir celui qu'on vient de déposer devant l'autel, dans le cercueil recouvert d'un drap noir ?

Cet homme, c'est Ramon Fernandez, et ce garçon, c'est moi.

Le RF brodé sur le drap du catafalque semble à l'orphelin une parodie cruelle de cette République française que le mort a trahie en se faisant le complice du Reich allemand de Hitler et de l'État français du maréchal Pétain. Je suis né de ce traître, se dit-il, je porte son nom, il m'a légué son nom, son œuvre, sa honte, je suis son héritier.

Ce mort, ce père, il peut d'autant moins le fouler aux pieds et le rejeter de sa conscience, il peut d'autant moins en déposer le fardeau qu'il entend d'étranges chuchotements et entrevoit des ombres se faufiler derrière les piliers. Une sorte de miracle transforme les funérailles du traître en acte de rédemption. Ceux qui condamnent Ramon Fernandez pour ses fautes politiques, ceux qui se sont séparés de lui depuis quatre ans (au moins quatre ans, car sa dérive a commencé bien avant la guerre), ceux qui ne transigent pas sur l'honneur ne l'ont pourtant pas abandonné à son indignité. Malgré le danger auquel ils s'exposent en se montrant dans cette assemblée pro-allemande, ils se sont glissés dans l'église et dissimulés dans les nefs latérales. Fidèles au parjure, ils sont là, gardiens de ce qui peut en être sauvé.

Après le temps du mépris, le temps de la compassion. Ils ne veulent pas laisser la cohorte des officiels du PPF et des officiers allemands francophiles, Drieu et le lieutenant Heller en tête, massés dans la travée centrale, confisquer la mémoire de celui dont les engagements restent pour eux une énigme. Ils refusent aussi que les sympathisants idéologiques du mort, Marcel Aymé, André Thérive, Alfred Fabre-Luce, qui ont signé avec beaucoup d'autres le livre des condoléances, s'approprient son héritage intellectuel.

La jeune Françoise Delthil, qui deviendrait Françoise Verny, avait bravé l'interdiction de ses parents pour être présente. Des écrivains, parfois illustres, qui militaient dans l'autre camp et n'étaient sortis de leur cachette que pour sauver leur ancien ami du déshonneur complet, apportaient leur caution morale au mort qu'ils réprouvaient : Pierre Bost, François Mauriac, Jean Paulhan. J'ai retrouvé leurs noms, dans le même registre. Quand Mauriac, en 1949, voulut évoquer ce moment, il s'en tint à une forme évasive. « Notre pauvre Ramon » : il ne put expliquer autrement pourquoi il assistait aux obsèques d'un homme aussi admiré que maudit. Coupable ? Non coupable ? J'écris ce livre pour essayer de percer le secret d'un destin si trouble qu'il a suscité jusqu'ici plus d'interrogations que de réponses.

3.

Projet de ce livre

Ramon Fernandez est mort dans la nuit du 2 au 3 août. Il avait cinquante ans depuis le 18 mars. Aujourd'hui (5 avril 2006), j'en ai soixante-seize. L'âge d'être le père de mon père. *Figli(o) del tuo figlio*… L'âge pour essayer de comprendre pourquoi un esprit si profond, le critique littéraire le plus admiré de son époque, a sombré dans l'infamie d'une action politique qui a entraîné son œuvre dans un discrédit dont elle ne s'est pas encore relevée. Je n'entreprends ni une hagiographie ni un règlement de comptes. La dévotion comme le dénigrement sont exclus de mon projet. Ce fils cherche à s'expliquer l'inexplicable. Avoir été assez familier de Proust pour en recevoir des conseils et être sollicité de lui en donner, avoir partagé l'amitié de Jacques Rivière, de Gide, de Bernanos, de Mauriac, de Saint-Exupéry, de Paulhan, de Raymond Aron, de Marguerite Duras, correspondu avec T.S. Eliot, avec Roger Martin du Gard, avec André Malraux, dirigé plusieurs des décades littéraires et philosophiques de Pontigny, siégé au comité de lecture des éditions Gallimard, contribué au rayonnement de *La Nouvelle Revue française*, qui était la conscience littéraire de la France : cet homme, s'être entiché de la croix gammée ? Hypothèse aussi impensable qu'insupportable. Les apparences, pourtant, l'accablent. N'a-t-il pas écrit, signé, manifesté, défilé, paradé en l'honneur des infâmes ? Partisan actif ou complice, quelle excuse pourrait-il alléguer ? Le crime serait sans appel, si je ne distinguais des signes qui démentent un tel abaissement, et redorent l'image flétrie : l'éloge à Bergson, la glorification de Proust, la fidélité à ses amis juifs, leur sauvetage chaque fois qu'il l'a pu... Velléités de révolte, sursauts de la mauvaise conscience, qui me prouvent une complexité de pensées irréductible au schéma nazi... Double jeu, serais-je tenté de dire, mais double jeu à l'envers, double jeu suicidaire, joué au détriment de l'intéressé.

Confusion, décidément, confusion, dans le cœur de celui qui essaye d'y voir clair, à soixante-seize ans comme à quinze. Devant l'énigme de ce naufrage, je m'avoue aussi démuni que le garçon qui conduisait le deuil et qui le porte encore, plus de soixante ans après. Pour un intellectuel de cette envergure, pour un humaniste au sens plein et complet du mot, comment en être arrivé là ? À la suite de quelles circonstances, ou à cause de quelles failles dans la personnalité, être tombé si bas ? Faut-il incriminer la faiblesse du caractère ? La défaillance du jugement ? Le complot des événements ? Les antécédents familiaux ? Les mésaventures de la vie privée ? Le *fatum* des Anciens ?

4.

Trois coïncidences

Jean Prévost. Plus jeune de sept ans que mon père, il est mort un jour avant lui, le 1er août 1944. Mais en héros, lui, tué par l'ennemi. Sous le nom de capitaine Goderville, il avait pris les armes dans le maquis du Vercors. Au pont Charvet, en tentant de gagner Grenoble avec quatre de ses camarades, il tomba sous les balles des Allemands, dans une embuscade, le visage fracassé. Râblé, physique de boxeur, Prévost avait toujours été un anarchiste et un rebelle. « Quelle est votre principale espérance ? » lui demanda-t-on en 1935. Réponse fulgurante : « Ne plus obéir. » Ancien khâgneux au lycée Henri-IV, élève d'Alain qu'il admirait tout en combattant ses idées, il avait rallié, à peine entré à l'École normale supérieure, les Étudiants socialistes révolutionnaires. À quelle occasion fit-il la connaissance de Ramon Fernandez ? Sans doute lors de ses débuts à *La Nouvelle Revue française*, qui publia, en mars 1924, une de ses nouvelles au titre déjà significatif : *Journée du pugiliste*. Ramon Fernandez écrivait dans la revue depuis janvier 1923 et en était devenu rapidement un des piliers. En septembre 1924, article de Prévost sur un livre d'Alain *(Propos sur le chris-*

tianisme). Tout en louant l'auteur de « nous étonner de ce qui nous semblait banal », il critique sa connaissance imparfaite de l'Ancien Testament, des Pères de l'Église, de saint François d'Assise, et craint surtout que l'abondance de ses *Propos* ne l'amène à les écrire mécaniquement. « L'ankylose de la syntaxe et l'hypertrophie du substantif risquent de le raidir. » À vingt-trois ans, braver ainsi un pontife de la philosophie ! Tout l'homme est là, frondeur, buté, cherchant, les poings serrés, le défaut de son adversaire.

Jean Prévost et Ramon Fernandez resteront parmi les collaborateurs les plus réguliers de *La Nouvelle Revue française* : Prévost jusqu'à octobre 1939, Ramon Fernandez, comme j'aimerais ne pas avoir à le dire, reprenant du service dès le mois de décembre 1940, sous la direction de Drieu et le contrôle de l'occupant. Dès 1923, les deux jeunes hommes devaient s'estimer et s'attirer, par communauté de goûts littéraires (Montaigne, Stendhal) mais aussi par sympathie personnelle. En fait foi le premier engagement politique de mon père. En 1925, Prévost persuade son ami d'adhérer à la cinquième section (dont dépend l'École normale supérieure) de la SFIO, comme s'appelait alors le parti socialiste, dirigé par Léon Blum, lequel avait publié onze ans plus tôt sa remarquable étude sur Stendhal *(Stendhal et le beylisme)*, ce même Stendhal qui fournirait à Ramon Fernandez la matière d'un chapitre de son premier livre (*Messages*, 1926) et à Jean Prévost le sujet de sa thèse (*La Création chez Stendhal*, 1942). Je ne connais pas de lettres échangées entre les deux amis. Classées dans une bibliothèque ? Perdues ? Je ne possède qu'un exemplaire de l'édition originale de *Merlin* envoyé en 1927 avec cette dédicace : *à Ramon Fernandez, tardivement, mais joyeusement*, et, comme témoignage de la foi socialiste de mon père, sa carte de la SFIO pour 1926, un petit carton mauve pâle.

En 1932, Emmanuel Berl, encouragé par André Malraux, fonde *Marianne*, hebdomadaire de gauche, et pacifiste, publié par Gaston Gallimard, qui voulait faire pièce à *Candide* et à *Gringoire*, périodiques de droite, moins pour des raisons politiques que parce que ces journaux payaient bien et risquaient de débaucher ses auteurs. Dès les débuts de *Marianne*, Ramon Fernandez en est le critique littéraire attitré. Fut-ce sa première erreur, que de collaborer à un journal qui n'était pas exclusivement littéraire ? Jacques Chardonne fut le premier à le penser. Lettre à Jean Paulhan, 24 novembre 1932 : « On me dit (car vraiment, je ne peux lire un journal si stupidement imprimé) que *Marianne* est funeste à Fernandez. Il y a des talents fragiles qui ont besoin de rester dans leur milieu. » Il y aurait beaucoup à dire à propos de cette réaction : sur la délicatesse excessive de Chardonne, choqué par les imperfections techniques du journal, sans comprendre qu'elles étaient dues à un désir d'innovation (impression en offset, pour la première fois en France, procédé qui était loin d'être maîtrisé) ; sur la méfiance de l'homme de droite contre cette offensive de la gauche. Mais le diagnostic final me semble d'une perspicacité indiscutable, et, en ce qui concerne mon père, d'une justesse prophétique : pour chercher à quitter le monde des lettres et des idées, pour vouloir sortir de son « milieu », RF se laisserait peu à peu entraîner à combattre sur un terrain où il était trop « fragile » pour lutter à armes égales.

Un de ses premiers articles dans *Marianne* est un compte rendu du roman de Jean Prévost *Rachel* (30 nov. 1932). Jean Prévost fait partie des premiers collaborateurs et publie, le 14 décembre de la même année, un compte rendu du roman de RF *Le Pari*, en y glissant ce portrait chaleureux mais contestable (j'y reviendrai) de l'auteur : « Il a été un enfant inculte, puis un jeune homme mondain et fort brillant. Un jour, cela ne lui a pas suffi. J'aurai vu, dans ma vie, des boxeurs colosses se mettre à l'entraînement comme de petits garçons, et Ramon Fernandez se mettre à dévorer et à digérer toute la littérature, toute la philosophie de l'Europe occidentale. Des piles de livres, des piles de notes d'une petite écriture serrée, et un Ramon en robe de chambre qui, à cinq heures du soir, n'avait pas encore démarré de sa table de travail. »

Socialistes et stendhaliens, les deux proches étaient si intimes que, lorsque Prévost s'est marié, le 28 avril 1926 à Hossegor, il a demandé à Ramon Fernandez d'être un de ses témoins. Une photographie célèbre immortalise ce jour. Dans la cour de l'hôtel du Parc, Marcelle Auclair en robe blanche et Jean Prévost en smoking et col dur, accoutrement qu'il porte avec la mine renfrognée de celui qui réprouve ce genre de simagrées mondaines, sont entourés de leurs témoins : d'un côté un personnage maigre, chauve, le pantalon trop court, cachant son chapeau et sa canne dans son dos, l'air chafouin, regardant l'objectif de biais : François Mauriac, de l'autre côté un dandy, le costume bien coupé, les gants beurre-frais à la main, l'épaisse chevelure noire gominée à la sud-américaine, sûr de lui, la pose avantageuse : Ramon Fernandez.

Jérôme Garcin, auteur du beau livre qui a le premier tiré Jean Prévost de l'oubli (*Pour Jean Prévost*, Gallimard, 1994), s'est dit fasciné par cette photographie. « Aux côtés d'un Mauriac déjà vieux – a-t-il jamais été jeune ? –, Prévost et Fernandez symbolisent la jeunesse triomphante : ils ont les épaules larges sous leurs habits de fête, ils savent qu'ils plaisent, on les sent prêts, pour de grandes causes, à conquérir le monde, à tomber sur la même barricade, sous le même étendard, le même jour. Qu'est-ce qui destine l'un à devenir le capitaine Goderville, l'autre à être un lieutenant fasciste de

Doriot ? Le premier à mourir pour ses idées, le second à les sacrifier à une illusion nauséabonde, une idéologie assassine ? »

Ils sont morts à un jour d'intervalle, mais du côté opposé de la barricade, sous deux étendards ennemis. L'apostat n'a pas survécu plus de vingt-quatre heures au héros. Quand la fracture s'est-elle produite ? Comment s'explique que les mêmes événements aient poussé l'un à donner sa vie, l'autre à profaner la sienne ? Ces questions, je ne cesse de me les poser. Socialiste à trente et un ans, critique littéraire d'un journal de gauche à trente-huit ans, fasciste à quarante-trois ans, collabo à quarante-six ans : pourquoi ? pourquoi ?

Antoine de Saint-Exupéry. Mort un jour avant Jean Prévost, deux jours avant Ramon Fernandez, le 31 juillet 1944, aux commandes de son avion militaire. Il avait décollé de Bastia pour une mission d'observation sur Grenoble. Abattu par la chasse allemande. Prévost et Saint-Exupéry étaient très liés. C'est Ramon Fernandez qui les avait présentés l'un à l'autre, en 1925, chez la vicomtesse de Lestrange, cousine de Saint-Exupéry et ancienne maîtresse de mon père. Jean Prévost publia dans *Le Navire d'argent* les premiers textes de Saint-Exupéry, puis celui-ci fut amené par Ramon Fernandez aux éditions Gallimard, où parut, en 1929, son premier livre, *Courrier Sud.* Mon père, jusqu'à la guerre, resta proche de Saint-Exupéry comme de Jean Prévost. Tous les trois partageaient la passion du sport, de la vitesse, et ne concevaient la littérature que comme une part de l'action, un reflet et une exaltation de la vie. Leurs destins se sont croisés, entremêlés, presque fondus. Morts ensemble, presque à la même heure, à quoi a-t-il tenu qu'ils ne demeurent liés dans une survie commune ?

Marguerite Duras. Coïncidence ici non de dates, mais de lieux.

En 1942, une jeune femme et son mari cherchent un appartement à louer. Chez Lipp, la jeune femme a pris l'habitude de bavarder avec Betty Fernandez, la seconde femme de mon père. Bien que les Antelme et les Fernandez ne se rencontrent qu'au café, ne dînent pas les uns chez les autres, une grande sympathie lie bientôt Betty et Marguerite. Celle-là informe celle-ci qu'un appartement vient de se libérer 5, rue Saint-Benoît, au troisième, juste au-dessous du sien. Pendant deux ans, les deux couples se côtoient, se fréquentent, vivent en bonne amitié.

Le 1er avril 1942, un décret du maréchal Pétain crée, au Cercle de la Librairie, la « Commission de contrôle du papier d'édition », chargée de répartir entre les éditeurs le papier devenu rare. Parmi la quarantaine de lecteurs accrédités figurent Brice Parain, Dionys Mascolo, André Thérive, Louis de Broglie, Paul Morand, Ramon Fernandez, de bords politiques souvent opposés. La secrétaire de la Commission n'est autre que Marguerite Antelme, dont Dionys Mascolo deviendra l'amant. La Commission agit comme un organe indirect de censure, voulu, installé et supervisé par la Propagande allemande.

« Je n'ai jamais rencontré de gens qui aient davantage de charme que ces deux êtres-là, les Fernandez. Un charme essentiel. Ils étaient l'intelligence et la bonté », a témoigné bien plus tard Marguerite Duras (dans *Le Nouvel Observateur* du 24 juin 1992). Elle montait au quatrième, le dimanche, pour assister aux réunions qu'organisait mon père, avec des invités qui avaient nom Drieu La Rochelle, Chardonne, Jouhandeau, Gerhard Heller, officier de la Propagandastaffel délégué à la censure, Karl Epting, directeur de l'Institut allemand. « On ne parlait pas de politique. On parlait de la littérature. Ramon Fernandez parlait de Balzac. On l'aurait écouté jusqu'à la fin des nuits », écrira-t-elle dans *L'Amant*. Et encore : « Ramon Fernandez avait une civilité sublime jusque dans le savoir, une façon à la fois essentielle et transparente de se servir de la connaissance sans jamais en faire ressentir l'obligation, le poids. C'était quelqu'un de sincère. »

À moi, elle me répétait, chaque fois que je l'ai rencontrée, qu'elle avait été « amoureuse » de mon père – amoureuse au sens durassien. Voilà pourquoi, sans doute, elle a si bien, avec une telle lucidité et une telle générosité, compris son fourvoiement politique. « Collaborateurs, les Fernandez. Et moi, deux ans après la guerre, membre du PCF. L'équivalence est absolue, définitive. C'est la même chose, la même pitié, le même appel au secours, la même débilité du jugement, la même superstition disons, qui consiste à croire à la solution politique du problème personnel » (*L'Amant*, p. 85). Paroles essentielles : communiste ou fasciste, on le devient non par conviction idéologique, mais pour se guérir d'un mal privé. Paroles étonnantes, qui m'ont encouragé, lorsque j'ai entrepris, dans les deux romans *L'École du Sud* et *Porfirio et Constance*, de raconter sous une forme fictive l'histoire de Ramon Fernandez, non pas à le justifier, mais à expliquer, à tâcher de comprendre comment un homme aussi intelligent et désintéressé avait pu s'engager auprès des nazis. « Je trouve magnifique votre discours sur votre père, mon ami », m'écrivit Marguerite Duras peu après la parution de *L'École du Sud* (1991).

Elle avait conservé une sorte de tendresse pour celui avec qui, en pleine guerre, l'antagonisme idéologique ne l'empêchait pas d'entretenir des relations affectueuses. C'était l'époque, rappelons-le, où Malraux, de passage à Paris, allait converser avec Drieu, lequel tirait Paulhan des mains de la Gestapo. La guerre froide, les injures de Sartre contre les ennemis vaincus, tout cela fut beaucoup plus dur, sectaire et inhumain. Entre les deux étages de la rue Saint-Benoît, il n'y eut jamais ni haine ni peur de communiquer, même quand les Antelme et Mascolo eurent fait leur choix et commencé à accueillir des résistants. La même femme de ménage, prénommée Marguerite, s'occupait des deux intérieurs. François Mitterrand, comme on sait, fut hébergé clandestinement au troisième.

C'est au début de 1943 que Marguerite Duras, ayant opté définitivement pour son camp, s'en ouvrit franchement à mon père, avec une candeur qui prouve quelle confiance elle avait en lui. « Ramon descendait l'escalier. Je l'ai abordé. Je lui ai dit : "Ramon, nous venons d'entrer dans la Résistance. Il ne faut plus nous saluer dans la rue. Ne plus se voir. Ne plus téléphoner." » Et de conclure, par cette phrase qui vaudrait absolution s'il pouvait y en avoir une : « Il a été un roi, dans le secret et dans la discrétion » (*Le Nouvel Observateur*, numéro cité).

Marguerite Duras publia chez Plon, en 1943, son premier roman, *Les Impudents*, dans un silence presque total. Le seul article important fut celui de Ramon Fernandez, dans *Panorama* du 27 mai. Mon père saluait « l'œuvre d'une jeune romancière qui témoigne dès l'abord d'un des dons essentiels de son art : celui de remuer de nombreux personnages, de les grouper, de les tenir en main et de les débrider soudain… Elle est maîtresse de les rêver, mais ils gardent, on le sent, la possibilité et comme le droit de la dérouter elle-même ». L'ensemble paraît au critique « à la fois étrange et naturel ». Ce que les glossateurs durassiens dépiauteront en doctes amphigouris se trouve d'emblée désigné sans jargon.

En février 1944, Marguerite Duras porta le manuscrit de son deuxième roman, *La Vie tranquille*, aux éditions

Gallimard, qui le publièrent en décembre 1944. Dès le 28 mars précédent, Raymond Queneau avait envoyé le contrat. Mon père avait contribué à faire accepter le livre.

5, rue Saint-Benoît ! L'appartement du troisième étage, où Marguerite Duras a vécu jusqu'à sa mort, en 1996, est entré dans le mythe. Les hauts lieux du Paris littéraire qui l'entourent en ont prolongé le rayonnement : les cafés, Flore, Lipp, Deux Magots ; la librairie du Divan, sous la direction d'Henri Martineau, l'admirable éditeur de Stendhal, si jaune de teint qu'on le surnommait « le troisième magot » ; à peine plus loin, le Cercle de la Librairie. Marguerite Duras, au centre de cette toile, tissant sa légende… Cinquante ans de mythologie… Mais cette mythologie serait incomplète si on ne l'étendait aux deux étages de la rue Saint-Benoît et à l'escalier fondateur où se croisait, pendant les années sombres, indépendamment des clivages politiques, tout ce qui vivait par l'esprit.

5.

Souvenirs personnels

Rue Saint-Benoît… Les souvenirs que j'en ai par moi-même ? Mes souvenirs personnels ? Très rares, hélas, presque insignifiants. Je me rappelle surtout l'appartement, sa configuration : derrière la porte d'entrée, un couloir court et large, presque une antichambre, qui desservait : à droite, la cuisine, puis la salle à manger, puis la chambre de mon père et de Betty, sa seconde femme (depuis 1940) ; à gauche, le salon, puis le bureau de mon père. Partout, sur les murs, des livres : dans le couloir-antichambre, dans le salon (les éditions de luxe, sous emboîtage, comme on faisait avant guerre), surtout dans le bureau, recouvert sur les quatre murs d'étagères. Dans ce décor, une femme charmante, élégante, ma belle-mère, envers laquelle je n'éprouvais aucune antipathie, malgré mes treize-quatorze ans ; qui me plaisait plutôt ; et un homme massif (il buvait beaucoup), sombre, toujours préoccupé, absent de ce qui se passait en famille ; en sorte que je revois avec une netteté parfaite Betty apportant de la cuisine et posant sur la table de la salle à manger une soupière de raviolis fumants, mais si mon père les appréciait, comment il les mangeait, ce qu'il disait à table, si même il parlait, je ne puis le dire, je ne m'en souviens absolument pas. *En moi-même, je ne voulais prêter la moindre attention à ce qu'il faisait, à ce qu'il disait* : une sorte de censure intérieure m'empêchait de prendre part à la vie de mon père – de le reconnaître pour père.

Paroles obscures, je m'en rends compte, si je n'explicite pas la situation familiale. Mes parents s'étaient séparés en 1936. Ils ne s'entendaient plus depuis plusieurs années, la séparation définitive eut lieu quand ils quittèrent leur appartement du 1, rue Mornay (au coin du boulevard Bourdon, non loin de la Bastille), et que ma mère, dont la situation financière était devenue de plus en plus précaire, vint s'installer avec ses deux enfants près de la place de Breteuil, au 7, rue César-Franck, rue limitrophe du VIIe et du XVe arrondissement. Les immeubles aux numéros impairs n'avaient pas d'ascenseur, leur confort était modeste, les loyers y coûtaient deux fois moins cher qu'en face. De la rue Mornay, un seul souvenir : une gifle monumentale reçue de mon père, qui me laissa étourdi. J'ai oublié le motif de la gifle, mais non la gifle elle-même. Pourquoi ne l'ai-je jamais oubliée ? Moins à cause de la violence du coup que parce que ma chétive personne trouvait pour une fois l'occasion de fixer l'attention de mon père. Ah ! que n'a-t-il été brutal avec moi plus souvent !

De 1936 à 1940, je crois ne l'avoir revu qu'une ou deux fois. La politique l'avait pris tout entier, il ne s'intéressait d'ailleurs pas aux enfants. *Infans* : celui qui ne parle pas, avec qui on ne peut pas avoir une conversation. Il les avait eus pour les avoir, il se serait intéressé à son fils quand il aurait eu dix-huit ans. Ma sœur, mon aînée de deux ans, et plus mûre au moins de quatre, commençait à être pour lui une partenaire intellectuelle, pas moi, resté môme à ses yeux.

Pendant l'hiver 39-40, ma mère, qui craignait des bombardements sur Paris, nous avait envoyés, ma sœur et moi, à Pontigny, dans l'Yonne, et confiés à la famille Desjardins, à qui tant de liens l'unissaient. M. Desjardins, quatre-vingts ans, très fatigué, presque endormi, mais dont la barbe blanche faisait à mes yeux un personnage imposant, ne descendait de sa chambre que pour présider les repas. Un jour de février, mon père arriva à Pontigny, au volant d'une Citroën traction avant. Ma sœur se rappelle que le vieillard se ranima soudain et que la conversation à table fut des plus brillantes, comme au temps révolu des fameuses décades. Je n'ai aucun souvenir non plus d'une circonstance qui présente l'énorme intérêt de me montrer mon père sous un jour politique absolument contraire aux positions qu'il afficherait bientôt. Selon ma sœur, RF emmenait un couple d'amis, Juifs allemands, visiter Vézelay. Ces malheureux, qui avaient tout perdu, semblaient hébétés. « Deux victimes de monsieur Hitler », déclara mon père, en soulignant par ce « monsieur » méprisant l'opinion qu'il se faisait du chef nazi, quelques mois avant de s'engager dans la collaboration.

J'avais dix ans. Je fus moins ému de le revoir (déjà la censure intérieure) que stupéfait et émerveillé par les impacts de balles dont la voiture était criblée. Nous allâmes déjeuner à Chablis, dans un restaurant paraît-il réputé, surtout à cause des vins (pour mon père, un autre but, je suppose, de cette escapade en province), mais ce qu'on nous servait m'était complètement égal, je regardais par les vitres, hypnotisé, l'épave rangée contre le trottoir. Mon imagination d'enfant auréolait du prestige de la guerre la carrosserie noire mitraillée.

Puis, les années de l'Occupation, 40-41, 41-42, 42-43, 43-44. Nous, les enfants, rue César-Franck, lui, le père, rue Saint-Benoît. Quand j'ai dit que mes parents s'étaient séparés, je n'ai rien dit. On peut se séparer *bien*, rester en bons termes, ne pas obliger les enfants à choisir. Mes parents se séparèrent aussi mal que possible. Huit ans, de 1936 à 1944, sans se revoir, du moins sans permettre aux enfants de voir leurs parents *ensemble.* Pas de haine entre eux, non, mais quelque chose de pire, de plus lâche, l'embarras de se regarder en face malgré la perdurance (c'est mon hypothèse) de l'ancien amour, la glaciation du sentiment : faire comme si on ne s'était jamais connus, comme si on n'existait plus l'un pour l'autre. Quand il se sentit mourir, mon père demanda à ma mère de venir rue Saint-Benoît, il voulait lui parler, elle se rendit rue Saint-Benoît, se parlèrent-ils vraiment ? Je ne sais.

Pour nous, les enfants, il y avait entre nos parents comme une cloison étanche. Pour moi, de onze à quinze ans, il y eut deux mondes sans communication possible. Le monde de la mère et le monde du père. Incompatibilité renforcée par la division politique : le monde de la mère gaulliste et le monde du père collabo. Mais la division politique restait secondaire par rapport à la coupure morale décidée par notre mère, veto originel et d'autant plus fort, d'autant plus paralysant qu'il n'était pas exprimé. Affreuse oppression du non-dit. Ma mère nous « permettait » d'aller le dimanche déjeuner rue Saint-Benoît. Je mets entre guillemets le verbe, car je me rendais bien compte qu'il s'agissait d'une tolérance de sa part, lâchée du bout du cœur. Elle nous regardait partir, le dimanche, pour la rue Saint-Benoît (en métro, Ségur-Odéon, puis Odéon-Saint-Germain-des-Prés), avec un air de désapprobation tel que je ne pouvais pas ne pas me sentir coupable. Elle eût souhaité, je le devinais, que de nous-mêmes vînt le refus de nous rendre chez le traître, doublement, triplement traître, à la mère de ses enfants, à sa famille, à son pays. Qu'il fût notre père, elle l'oubliait. Elle ne voyait que l'homme. Elle espérait que les enfants d'un tel homme eussent assez de jugement pour refuser de le fréquenter. Nous partions pour la rue Saint-Benoît, sous le regard froid, hostile de notre mère. Je n'avais donc aucun plaisir à y aller. Rien qu'à voir quelle tête elle faisait en nous aidant à mettre nos manteaux puis lorsqu'elle ouvrait la porte d'entrée et nous poussait dehors sans nous embrasser, toute joie de voir mon père était morte, dès le seuil de la rue César-Franck.

J'aimais mon père, j'en étais amoureux, mais c'était un amour interdit, qu'il me fallait refouler, nier, piétiner dans mon cœur – au point, comme je l'ai dit, d'être devenu incapable de m'intéresser à la vie de mon père, incapable de l'écouter s'il parlait, incapable de prendre part à ce qui se passait rue Saint-Benoît. Je m'obligeais en moi-même à rester étranger à celui que ma mère me désapprouvait de continuer à reconnaître pour mon père.

Après le déjeuner, au lieu de rester dans le salon, où les invités (Céline ? Drieu ? Chardonne ? Jouhandeau ? Heller ? Duras ?) peu à peu affluaient, je me réfugiais dans le bureau, entre les livres, furetant dans les étagères, où je découvrais, derrière un gros volume, une bouteille de vin ou de pernod que mon père dissimulait à Betty. Il arrivait aussi qu'il n'y eût pas d'invités. Il nous faisait alors la lecture : Hugo, Dumas. Ma sœur se souvient qu'il éclatait de rire en nous lisant les chapitres sur Chicot (le moine qui ayant envie de manger un chapon un vendredi commence par le baptiser carpe) dans *La Dame de Monsoreau.* Il riait souvent, paraît-il. Le rire de mon père est ce que je regrette le plus de n'avoir pas entendu – surdité mentale de celui qui n'admettait pas la gaieté d'un homme qu'il lui était défendu d'aimer. Parfois, on jouait au bridge, à quatre. J'y jouais fort mal. Faire le mort était mon rôle préféré : mon ou ma partenaire jouait à ma place et je n'étais pas engueulé. Mais aujourd'hui m'apparaît un autre sens à donner à cette préférence. « Faire le mort » me permettait d'être vraiment étranger à ce salon, à ce père, à cette situation affreuse où, paralysé par le veto maternel, je n'avais pas le droit de manifester mon amour à celui que j'aimais, pas le droit de me sentir heureux de l'aimer, pas même le droit de me dire que je l'aimais.

Accuser uniquement ma mère serait injuste. Mon père ne faisait aucun pas vers moi, son fils. Il n'emmenait jamais ses enfants au cinéma, jamais au théâtre (peut-être une fois, à l'Odéon, pour *Le Bossu* ?), jamais au restaurant – soit qu'il n'en eût même pas l'idée, soit qu'il craignît de se heurter au refus de notre mère s'il lui en avait demandé la permission. La grand-mère téléphonait souvent, lui jamais. J'avais déjà tant de mal à le reconnaître et à l'aimer comme père, qu'un petit signe de sa part m'eût aidé à me sentir un peu moins un non-fils. Mais non, aucun signe. Rien. Il n'intervint (si l'on peut dire) que deux fois dans ma vie : ces deux épisodes comptent parmi les plus pénibles de mon enfance.

Il ne s'intéressait aucunement à mes études, ne me demandait jamais ce que nous faisions en classe, ne cherchait pas à voir mon bulletin, ignorait que je collectionnais les bonnes notes en français, discipline où, stimulé par son exemple, j'étais ce qu'on appelle un élève « brillant ». En seconde, au lycée Buffon, j'avais un professeur, M. Gioan, sec, noir, sévère, je l'adorais, il s'intéressait à moi, lui, il reprenait mes erreurs, corrigeait mes fautes, me tapait sur les doigts avec l'autorité virile dont j'avais besoin. *Cinna* et *Britannicus* étaient au programme. Comme sujet de dissertation, il nous donna le fameux jugement de La Bruyère : « Racine peint les hommes tels qu'ils sont, Corneille tels qu'ils devraient être. » Tout faraud d'avoir décroché un 18, et vu l'intérêt du sujet et la hauteur intellectuelle du problème, j'osai pour une fois prendre l'initiative d'informer mon père du succès de son fils. Il entra dans une colère épouvantable. « Ces professeurs ! Des crétins ! Ce sujet est un des pires lieux communs ! Est-ce que Phèdre et Hermione ne sont pas des folles à lier ? Est-ce que Cléopâtre qui fait assassiner son fils te paraît la mère idéale ? » Bien entendu, il avait raison, mais : 1° notre connaissance très limitée des auteurs (je n'avais lu ni *Phèdre* ni *Rodogune*) ne nous permettait pas de contredire l'opinion d'un autre « classique » ; 2° il me blessait dans mon admiration pour M. Gioan ; 3° il déniait toute importance à la note exceptionnelle que j'avais obtenue ; 4° il me rangeait parmi les « crétins » qui ne comprennent rien à la littérature, ce domaine où il était, lui, un maître incontesté. J'étais ravalé, humilié, anéanti. Au lieu du triomphe que j'avais escompté, que restait-il de moi ? Un petit imbécile, qui gobe les clichés, un sot dépourvu d'esprit critique, un nul de nul, un zéro. Inutile d'ajouter que depuis ce jour je hais La Bruyère.

Aujourd'hui, je pense que la colère de mon père avait une origine plus profonde que le souci de démolir un pont aux ânes : il craignait que son fils ne se fût référé, en dissertant sur les « hommes tels qu'ils devraient être », au modèle que lui offrait son ex-épouse (femme entièrement de vertu, qu'il avait fuie pour cette raison), lui-même étant l'échantillon parfait des « hommes tels qu'ils sont », lâche, parjure, alcoolique, cachant les bouteilles derrière ses livres et devinant que je les avais dénichées. Peut-être ne se trompait-il pas, peut-être m'étais-je formé d'après mes parents plutôt que d'après Corneille et Racine mes idées sur le bien et le mal, les personnes de devoir et celles qui se laissent dégringoler, ce qui expliquerait l'excellence de la note, obtenue pour la bravoure à distinguer les deux types d'individus. Acuité psychologique (inconsciente, il va sans dire) qui provoqua la sortie paternelle et solda par un fiasco ma tentative de manifester mon admiration et mon amour à celui qui m'avait appris (par son seul exemple, sans qu'il fît rien pour m'y pousser) à idéaliser la littérature.

1942 : soirée à la Comédie-Française. Ma mère nous a emmenés, ma sœur et moi. On donne l'*Iphigénie en Tauride* de Goethe. Pour les collabos, manière de célébrer le génie allemand. Pour les gaullistes, occasion de distinguer, de l'Allemagne nazie, la « vraie » Allemagne, celle des grands humanistes et phares de l'esprit humain. Weimar n'appartient pas à Goebbels, pardi ! La première option prédomine : beaucoup d'uniformes allemands dans la salle. À l'entracte, nous allons nous mêler à la foule qui a envahi le foyer. Une exposition Goethe réunit dans des vitrines et sur des tables protégées par une vitre des photographies, des vues de Francfort, d'Italie, de Grèce, des manuscrits, des éditions rares, des médaillons. Je nous revois, ma mère, ma sœur et moi, penchés sur un de ces médaillons : il représente, en ombre chinoise, le profil de Charlotte. Nous relevons la tête. De l'autre côté de la table, mon père et Betty examinent la page d'un manuscrit. Ils relèvent la tête. Mon père et ma mère s'aperçoivent l'un l'autre, ils s'aperçoivent au même instant. J'aperçois mon père et Betty. Mon père m'aperçoit. Moins d'un mètre nous sépare. Il suffirait de contourner la table. La famille est là, réunie. Réunie ? Mon père détourne la tête et feint de ne nous avoir pas vus. Ma mère fait de même et nous entraîne dans la foule. J'ai beau n'avoir que treize ans, la censure intérieure m'empêche de courir après mon père. Je n'ai pas eu à réprimer d'élan. L'élan, je ne l'ai même pas ressenti.

Il ne me reste *aucun autre souvenir* d'avoir vu mes parents ensemble, que cette seconde où ils n'ont pas eu le courage, pour leurs enfants, de s'aborder, de se parler. Pas même le courage de se saluer. Aucun signe de tête. Rien. Ils ont fait comme s'ils ne se connaissaient pas, sous le regard de leurs enfants. Ils ont commis cette lâcheté inouïe d'obliger leurs enfants à nier qu'ils eussent un père. Mon père avait là l'occasion de réparer, en un éclair de temps, ses torts envers moi, son absence, son indifférence. Il a fait comme si je n'existais pas. Il a fait le mort pour moi. Que de fois me suis-je repassé dans la tête le dialogue de la réconciliation. « Liliane, comment allez-vous ? Je vous félicite d'élever si bien les enfants ! » Dans les rêves les plus optimistes, c'était : « d'élever si bien *nos* enfants ! » Et elle : « On s'en tire comme on peut. » (Neutre d'humilité, d'effacement de soi.) Ces quelques mots échangés eussent suffi. La seule fois où je les voyais ensemble, mes parents me rejetaient. J'étais *anéanti*, au sens moral mais d'abord au sens propre. Radié de leur existence. Annulé dans leur cœur. Je comptais si peu pour eux, qu'ils n'avaient pas trouvé le moyen de surmonter leur embarras pour se dire bonjour devant moi.

À la sortie, je me souviens de la hâte avec laquelle ma mère nous poussa vers le métro. Elle avait peur de se retrouver face à face avec mon père, peur de ne pas savoir de quelle façon se comporter. Comment affronter à nouveau une épreuve qui, pour elle aussi, avait dû être terrible ? Lasse d'avoir tant souffert, elle préféra nier (j'ai d'abord écrit : « tuer »), sous les yeux de son fils et de sa fille, le père de ses enfants.

6.

Amour interdit

La mort physique de mon père, dans quelles circonstances l'ai-je apprise ?

Rue César-Franck, le téléphone (fixé au mur) était placé au milieu du couloir qui divisait notre appartement en deux moitiés symétriques : le salon (où dormait ma mère) et la salle à manger du côté de la rue, les deux chambres, celle de ma sœur et la mienne, sur la cour. Tiens ! la même configuration que la rue Saint-Benoît, sauf que le couloir, chez nous long et étroit, ne pouvait prétendre à la dignité d'antichambre, bien qu'il fût lui aussi recouvert d'étagères et de livres. Mais il n'y avait pas de fenêtre dans ce couloir, qui était toujours sombre et triste. J'en avais un peu honte, lorsque je le comparais au couloir de la rue Saint-Benoît, éclairé par une fenêtre et lumineux comme doit l'être une bibliothèque.

En outre, la présence de ce téléphone, noir et fixe, m'horripilait. Avoir une conversation privée était impossible ; tout le monde entendait ce qu'on disait. J'avais l'impression qu'un espion nous guettait en permanence, bien que les coups de fil fussent rares, ma mère, de caractère fermé, ne cultivant guère ses relations. Elle répondait à mes camarades d'une manière si glaciale qu'elle les dissuadait de revenir à la charge. Ses propres amis, découragés, renonçaient à l'appeler. Si j'insiste sur l'apparence hostile de notre téléphone, c'est parce qu'il ne m'apportait jamais de bonheur ; jamais la voix de mon père, en vain attendue ; jamais la voix d'un ami de lycée ; jamais le flux de la vie. Bête malfaisante tapie au centre géométrique de l'appartement, il ne pouvait transmettre que de mauvaises nouvelles.

La nuit du 2 août 1944, la sonnerie se déclencha. Je dormais profondément. Le vacarme dans le silence de la nuit ou l'instinct plus fort que le sommeil me réveilla. On (ma grand-mère ?) annonçait à ma mère la mort de mon père. Alité depuis de nombreux jours, une embolie venait de l'emporter. La même personne demandait à ma mère d'apporter rue Saint-Benoît un drap pour ensevelir le corps. De mon lit, situé juste de l'autre côté de la paroi, j'avais parfaitement deviné de quoi il retournait, mais feignis, le lendemain matin, une complète ignorance. « Vous avez compris ce qui est arrivé ? » nous demanda ma mère au petit déjeuner. « Non », répondis-je, pour faire croire à ma mère que j'avais dormi tranquillement, sans me ronger de chagrin (ni me demander pourquoi c'était à elle de fournir le linceul).

Ce mensonge avait une autre raison, il avait jailli d'une source plus profonde, cachée au-dedans de moi : si j'avais dit que j'avais compris, j'aurais dû paraître dans la salle à manger avec la mine bouleversée d'un garçon qui vient de perdre son père. Or, devant ma mère, quelque chose m'interdisait de montrer mon chagrin ; la désapprobation dont elle enveloppait tout ce qui touchait à mon père continuait à peser sur moi après sa mort et me défendait de manifester mon deuil. « Votre père est mort cette nuit », nous dit-elle. Impassible, je fis comme si cette nouvelle ne me bouleversait pas. En fait, elle ne me bouleversait pas, tant j'avais intériorisé l'interdit maternel. Je ne répondis pas, ne dis rien, baissai la tête et bus mon bol de lait en silence. Ni larmes ni signes apparents de détresse. Impossible pour moi de paraître souffrir devant le regard sévère de ma mère, et sans doute, à force de la réprimer, réussis-je à émousser la souffrance que j'éprouvais, peut-être même à ne pas l'éprouver.

Voilà les seuls souvenirs que j'ai de mon père. Je n'ai jamais eu l'occasion de lui exprimer combien je l'aimais, ni même le soulagement de pleurer quand il est mort. Amoureux de mon père, je l'ai toujours été, je le reste. Ma mère, je l'ai admirée, je l'ai crainte, je ne l'ai pas aimée. Lui, c'était l'absent et c'était le failli, l'homme perdu, sans honneur. C'était le paria.

Jamais d'occasion directe, devrais-je ajouter. Les personnages des romans que je me suis mis à écrire plus tard – héros fourvoyés, partagés entre la célébrité professionnelle et la flétrissure sociale – sont à l'image de la première idée que je me suis formée de mon père. Tous ils adressent, en quelque sorte, un message de solidarité à mon père. Porporino le castrat ou Pasolini le maudit, le grand-duc de Florence Jean Gaston, dernier de sa lignée, qui a traîné le grand nom des Médicis dans la boue par des orgies répugnantes, Tchaïkovski le scandaleux, Caravage le proscrit – il n'y en a aucun que n'ait stigmatisé, tôt ou tard, quelque action ou catastrophe honteuse. Chacun, malgré sa gloire, porte un sceau d'infamie. Et quels titres, déjà : *La Gloire du paria*, *La Course à l'abîme*... Tous ces livres pourraient avoir en sous-titre : *Prestige et infamie*, y compris celui que je suis en train d'écrire.

Et puis, dans ma vie privée, je me suis arrangé, plus ou moins consciemment, pour manifester à mon père l'amour qu'on me défendait de lui montrer. Au centre de ma vie, depuis l'enfance : aimer ce qui est interdit, puisqu'on m'interdisait d'aimer l'objet de mon amour. Sortir des voies admises, déraper dans l'illicite, ne pouvant être attiré par ce qui est permis. Je raconterai ailleurs ce choix de vie, qui serait hors sujet dans l'histoire de RF.

7.

Trois témoignages

André Gide.

« Parmi ceux de la nouvelle génération, j'en connais plus d'un près de qui me gêne le souci de ne point paraître trop bête. Oui, près d'un Fernandez, d'un Malraux, d'un Chamson, je me fais l'effet d'un idiot ; leur intelligence est d'un fonctionnement si alerte que je me fatigue très vite à les suivre. » (*Journal*, 26 avril 1929.)

« Je me sens heureusement bien plus à mon aise avec Fernandez ; son intelligence est si vive, si prompte que, quoi que ce soit qu'on lui dise, il l'avait toujours pensé avant vous. » (*Journal*, 5 février 1931.)

Roger Martin du Gard.

« Surabondance d'intelligence et de culture, étourdissante. » (Lettre à Hélène, envoyée de Pontigny le 3 septembre 1925, publiée en annexe du *Journal*, tome II.)

Georges Bernanos.

Combien plus que ces brevets décernés à la qualité la moins discutée de mon père (et qui ne le servirait pas toujours, selon la prédiction du même Martin du Gard :

« C'est un malheur que vous soyez si intelligent », lettre du 21 juillet 1935), me touche cette phrase, placée comme dédicace à l'exemplaire du *Journal d'un curé de campagne* que Bernanos envoie à mon père le 26 mars 1936.

« Mon cher ami, ce curé si peu cartésien vous paraîtra peut-être d'abord un peu bête, mais je suis sûr que vous finirez par l'aimer, car votre cœur est avec ceux de l'avant, votre cœur est avec ceux qui se font tuer. »

26 mars 1936 : le 18 juillet suivant, le général Franco prendrait la tête du soulèvement militaire contre le gouvernement républicain. La guerre civile espagnole rejetterait chacun des deux amis dans un camp opposé. Mon père abjurerait à cette occasion ses sympathies pour la gauche. Ce serait son premier reniement. Je ne peux m'empêcher de voir dans cette dédicace comme un pressentiment de ce qui allait advenir et une supplication, adressée à celui dans la poitrine duquel battait un tel cœur, de ne pas tomber dans l'illusion fasciste.

8.

Témoignages pendant l'Occupation

Mais, pour les années 40-44, que sont devenus les témoignages ? Naguère louangeurs, marquent-ils maintenant des doutes ? des réserves ? Ont-ils viré à la déception ? au dégoût ? au mépris ? Dans la masse de récits, de souvenirs, de correspondances, d'études historiques qui portent sur cette période, j'ai à craindre le pire. Depuis la fin de la guerre et encore aujourd'hui, toute nouvelle publication me fait peur. Tout à coup, au détour d'une page, ne vais-je pas découvrir la preuve décisive, accablante ? J'ouvre chaque fois, d'une main qui tremble, les ouvrages qui font référence à l'Occupation, en commençant par l'index. Il n'y a aucun de ces livres où le nom de Fernandez ne soit cité, souvent à plusieurs reprises. Je cours aux pages correspondantes : qu'a-t-il dit, qu'a-t-il fait, pendant ces quatre années, de vraiment inexpiable ? L'index permet de vérifier dans les cinq minutes si oui ou non je dois ajouter au procès une pièce à charge, si le document impossible à réfuter est là, sous mes yeux.

La plupart du temps, ce fut, cela continue à être le soulagement. Soit par pitié pour leur ancien ami, soit que celui-ci n'ait rien commis de plus répréhensible que d'avoir participé aux meetings du PPF ou donné la caution de sa signature aux journaux de la collaboration, les témoins ont épargné Ramon Fernandez. Il a écrit dans *La Nouvelle Revue française* des Allemands, dans *La Gerbe* d'Alphonse de Châteaubriant, dans d'autres organes de presse encore plus compromettants, oui, mais sans quitter le plan de la réflexion politique ou même, le plus souvent, de la critique littéraire. Il a participé au voyage des intellectuels français à Weimar en octobre 1941, soit, cette tache est sur lui à jamais, mais s'il a répondu à l'invitation de Goebbels, c'est à titre d'observateur, non de militant. Pas d'appels à la haine dans ses articles et ses comptes rendus, pas de dénonciations, pas d'hystérie antisémite, pas de propagande nazie.

Le rapport de mon père avec Brasillach est de ceux qui m'ont le plus tourmenté. Brasillach a été condamné à mort et exécuté non pour ses opinions, mais parce qu'il avait dénoncé et appelé à dénoncer les Juifs, les gaullistes. Il écrivait dans *Je suis partout*, le journal le plus engagé dans la collaboration, où les enragés Cousteau et Rebatet prêchaient avec un acharnement abject la croisade antisémite. Mon père n'a jamais écrit dans *Je suis partout*, mais lui et Brasillach se connaissaient, se fréquentaient et sans doute, par quelque côté, s'appréciaient. L'exemplaire de l'*Histoire du cinéma* (Denoël, 1935) parvient à mon père avec cet envoi : *à RF, en bien sincère et reconnaissant hommage.* En octobre 1937, après la fondation du PPF et l'adhésion de mon père à ce parti (où Brasillach ne s'inscrivit jamais), alors que la montée du fascisme en France rapprochait les deux hommes, l'auteur de *Comme le temps passe...* adressa son livre à mon père avec cette dédicace : *à RF en souvenir bien cordial de nos discussions publiques*. Cordialité qui ne semble pas avoir faibli pendant l'Occupation. Ils sont allés ensemble en Allemagne en 1941, ils ont milité ensemble dans les

Cercles populaires français, émanation « culturelle » du PPF de Doriot. Brasillach, RF, Abel Bonnard étaient présents à la réunion des CPF à la salle des Sociétés savantes le 23 novembre 1941, puis le 21 décembre. En février 1942, les mêmes vont animer les CPF à Nice, Toulouse, Lyon et Montpellier, en avril à Marseille, Nîmes, Carcassonne, Perpignan, la ville natale de Brasillach, Toulouse, Clermont-Ferrand. En mai 1943, RF et Brasillach assistent ensemble, sans Bonnard, à une session des Cercles populaires de la Jeunesse française, et en juillet ils se retrouvent lors d'une manifestation à l'École nationale des cadres des Jeunesses populaires françaises.

Aussi, quels ne furent pas ma surprise, mon bonheur, de lire, en 1975, dans le journal de Claude Mauriac, à la date du 16 juillet 1942, une relation de ce qu'il avait observé à la terrasse des Deux-Magots : « À la table voisine, l'odieux Brasillach, adipeux et blafard, image de la trahison et du crime, discutait calmement avec un ami. Ramon Fernandez passait sans le saluer. » (*Le Temps immobile*, tome 2, *Les Espaces imaginaires*, p. 237.) Pourquoi RF n'a-t-il pas salué Brasillach le 16 juillet 1942 ? Réponse que je me fais : parce que deux événements venaient de se produire, qui avaient traduit en actes criminels l'antisémitisme haineux de Brasillach et de *Je suis partout*. Le 15 juillet avait été placardé sur les murs un *Avis* selon lequel il était désormais interdit aux Juifs de fréquenter les établissements publics, restaurants, cafés, théâtres, cinémas, musées, bibliothèques, piscines, plages, parcs, cabines de téléphone, marchés, stades, etc. Bien pis : ce 16 juillet, à partir de 4 heures du matin, la police française avait procédé à l'arrestation de treize mille Juifs à Paris, dont plus de trois mille enfants : la fameuse rafle du Vel' d'Hiv'. Le refus de saluer un des instigateurs idéologiques de ce crime fut la protestation symbolique de RF : insuffisante, bien sûr, d'une timidité désolante (et RF, comme on l'a vu, continuerait de côtoyer Brasillach dans les manifestations du PPF), mais témoignage de désapprobation tout de même, refus de se déshonorer jusqu'à ce point, preuve qu'on pouvait être collaborateur sans se joindre à la curée, avoir des convictions fascistes sans prendre parti contre les Juifs. Entre les collabos, il faisait la distinction : Chardonne, Drieu, Jouhandeau, voilà des gens dont il pouvait, à l'occasion, partager les idées. Il ne s'agissait que d'idées. Avec Brasillach, il s'agissait d'actes, entraînant l'arrestation et la déportation de milliers de Juifs et d'enfants juifs promis aux chambres à gaz.

Parfois, l'index manque. Je dois tout lire, avec la crainte que la page suivante ne soit le coup de couteau. Parmi les témoignages les plus mesurés, les plus justes, sur l'Occupation, sauf quand le parti pris l'emporte, il y a le *Journal des années noires* (1947) de Jean Guéhenno, homme d'esprit court, mais honnête. Je n'ai pas lu son livre, alors. Je ne le découvre que dans la réédition en « Folio » de 2002. Parmi les auteurs que Guéhenno blâme d'écrire dans *La Nouvelle Revue française* reprise par Drieu en décembre 1940, après six mois d'interruption, il ne mentionne pas mon père (qu'il connaissait depuis 1928). « Au sommaire de décembre : Gide, Giono, Jouhandeau… Au sommaire de janvier : Valéry, Montherlant… L'espèce de l'homme de lettres n'est pas une des plus grandes espèces humaines. Incapable de vivre longtemps caché, il vendrait son âme pour que son nom paraisse. Quelques mois de silence, de disparition l'ont mis à bout. Il n'y tient plus… Il va sans dire qu'il est tout plein de bonnes raisons. "Il faut, dit-il, que la littérature française continue." Il croit être la littérature, la pensée française, et qu'elles mourraient sans lui. » (30 novembre 1940.)

Que ces articles soient purement littéraires n'excuse pas leurs auteurs. « Que penser d'écrivains français qui, pour être sûrs de ne pas déplaire à l'autorité occupante, décident d'écrire de tout sauf de la seule chose à quoi tous les Français pensent, bien mieux, qui, par leur lâcheté, favorisent le plan de cette autorité selon lequel tout doit paraître en France continuer comme auparavant ? » Guéhenno juge enfin le premier numéro. « La NRF a décidément reparu. Je lis le numéro de décembre. Il est lamentable, à le considérer même du seul point de vue littéraire. L'esprit se venge. Il semble que la plupart de ces messieurs aient perdu presque tout leur talent. »

Point de vue partisan, donc sans valeur. Les articles de RF dans *La Nouvelle Revue française* de l'Occupation, pour ne rien dire des autres textes (Valéry donne en janvier 41 *La Cantate du Narcisse*, Eluard (!) en février *Blason des fleurs et des fruits*, en mars est publié un texte posthume de Saint-Pol Roux, *La Magdeleine aux parfums*), restent de premier ordre. Celui de décembre 1940 portait sur Vauvenargues. Celui de janvier 1941 sur Balzac : Paul Léautaud le trouve si « remarquable » qu'il lui prend envie de lire les romans qu'il ne connaît pas, « *La Vieille Fille*, *Le Lys dans la vallée*, *Le Cabinet des Antiques*, et d'autres encore, comme *Les Chouans*, par exemple. » (*Journal littéraire*, 15 janvier 1941.) Même son de cloche chez Gide, qui, d'Alger où il séjourne, repère dans la livraison de janvier 1943 « un remarquable "Lamennais" de Fernandez ». (*Journal*, 8 juillet 1943.)

Mon père a eu tort, sans doute, d'écrire avec une telle régularité dans un organe contrôlé par les Allemands, mais je commençais à me dire qu'il n'avait péché que par espoir de sauver, dans l'effondrement du pays, quelque chose par la littérature, par le « retour aux classiques », lorsque je suis tombé plus loin, dans le *Journal* de Guéhenno (16 mars 1942), après les bombardements des 3 et 4 mars de Boulogne-Billancourt par les avions anglais, sur cette page qui m'a atterré. « Les journaux ont publié ces jours-ci une incroyable protestation des "intellectuels français" contre les "crimes" anglais. » (En fait, un « Manifeste des intellectuels français contre les crimes britanniques », rédigé à l'instigation des Cercles populaires français et publié dans *Le Petit Parisien.*) « La Grande-Bretagne, qui a toujours affiché le plus profond mépris pour les populations coloniales qu'elle avait conquises, demeure fidèle à sa conception que les nègres commencent à Calais. Le pays des milliardaires et des chômeurs ne craint pas de distribuer, à coups de bombes, les chômeurs et les cadavres. Le pays qui a tenté de voler à notre Branly son invention géniale, qui vraiment n'a jamais rien appris ni rien oublié, s'est permis une impertinence *(sic)* criminelle. » Et Guéhenno de poursuivre : « Ce texte imbécile, rempli de coq-à-l'âne, évidemment traduit de l'allemand, est signé d'Abel Bonnard, de l'Académie française, Ramon Fernandez, Brasillach, Céline, de Châteaubriant, Drieu La Rochelle, Abel Hermant, Luchaire, La Varende… » Mon père, anglophile, donnant son aval à ces lignes abjectes… Combien d'autres déclarations du même acabit, qui m'ont échappé, que nul n'a recueillies, auront couru dans la presse et étalé la honte de leurs signataires ? Qui me dit qu'elles ne reparaîtront pas un jour, compilées par quelque historien, étranger à la compassion comme à la vengeance, mû par le seul souci de la vérité ?

Je n'ignore pas, non plus, qu'il y eut, chez certains résistants et proches de la Résistance, quelque ignominie de pensée. Chez Léon Werth, par exemple, qui juge de haut en février 1944 le *Barrès* de mon père et prend prétexte de son attitude politique pour tourner en dérision sa supériorité intellectuelle. « Il travaille à longueur de journée dans l'amplification scolaire, comme un employé du métro à longueur de journée poinçonne des billets… » Il est le type « des primaires du secondaire », qui sont « nourris d'une culture pseudo-humaniste ». Je dois dire que de tels dénis de justice ne me font ni chaud ni froid, tant ils sont bêtes. La pure haine des ennemis de principe de RF ne peut m'atteindre : juger sévèrement ce qu'il y a à juger, oui, mais déblatérer à tort et à travers, injurier, calomnier est méprisable.

Guéhenno lui-même n'est pas au-dessus de tout soupçon. Aversion imbécile contre Gide, contre Cocteau, stupide homophobie générale. « Problème sociologique : Pourquoi tant de pédérastes parmi les collaborateurs ? C… F… M… D… (qui, à ce qu'on dit, tâte de l'un et de l'autre). Attendent-ils de l'ordre nouveau la légitimation de leurs amours ? » (18 juin 1941.) Que de sottise, que de haine dans ces quelques lignes ! Aurait-il supporté, lui, d'entendre dire qu'il « tâtait » de sa femme ? Et il se gausse du français approximatif approuvé par Abel Bonnard, « de l'Académie française », signataire du torchon antibritannique, sans se douter qu'il emploie lui-même à contresens le mot « pédérastes ». Le 7 août 1941, il revient à sa marotte sexiste : « Pourquoi les pédérastes collaborent ? Leur joie est celle des pensionnaires d'un bordel de petite ville quand vient à passer un régiment. » L'odieux ici, c'est que sous couleur de s'en prendre aux collaborateurs, il se joint à la meute des aboyeurs qui conspuent l'homosexualité. Sectarisme, ignorance, moralisme infect de petit prof de la Troisième République, qui rabaisse ce qu'il ne comprend pas.

Collaboration et homosexualité : on pourrait étudier leur rapport, mais plus sérieusement et avec plus de dignité intellectuelle que ne le fait Guéhenno. Nous avons le témoignage de Dominique Arban (*Je me retournerai souvent*, Flammarion, 1990), sur son ami Brasillach.

Il était allé au congrès nazi de Nuremberg au printemps de 1934 et avait avoué son enthousiasme pour la beauté des garçons alignés sous le drapeau à croix gammée. À la suite de quoi il avait rencontré, en Belgique, un jeune officier hitlérien dont il s'était épris. « Ce jeune homme, c'est mon premier amour, petite Nat. » Commentaire : « De toute part, il était désormais "hitlérien". De l'enthousiasme de Nuremberg avait surgi en Flandres l'extase de l'amour partagé[1]. »

Nul doute que sur certains autres que Brasillach (Jouhandeau, Fraigneau, Bonnard, Cocteau, Montherlant, Benoist-Méchin) ne se soit exercé l'attrait érotique du blond aryen sportif. Il est probable qu'une telle attirance n'a pas été sans jouer quelque rôle dans leur orientation politique. Sartre a eu beau vouloir faire de Jean Genet un maudit, victime de la société bourgeoise, *Pompes funèbres* n'en reste pas moins une déclaration d'amour enflammée au nazisme.

1. Ce témoignage est capital, car les historiens continuent à nier ou à mettre en doute l'homosexualité de Brasillach. Le dernier en date (Patrick Buisson, *1940-1945. Années érotiques*, Albin Michel, 2008) s'en tient encore aux formules prudentes : « imaginaire pédérastique », « idéal d'amitié masculine ».

9.

Du côté de Mexico

Sa famille paternelle était mexicaine; plus anciennement, espagnole. De quelle partie de l'Espagne? Quand les Fernandez abordèrent-ils pour la première fois au Mexique? Je ne remonte pas plus loin que mon arrière-grand-père, Ramón Fernández, personnage qui a joué un rôle dans l'histoire de son pays. Né en 1833 à San Luis Potosí, ville dont l'aristocratie minière avait converti depuis le XVIe siècle une partie de l'or et de l'argent extraits des montagnes voisines en églises et en palais baroques, il était décidé à ne pas rester pauvre et inconnu. Modeste médecin de quartier, il s'enrôla dans l'armée. À peine sous l'uniforme, le voilà promu capitaine de cavalerie. Ascension trop rapide pour être honnête. À partir de 1872, on le repère dans l'entourage de Porfirio Díaz, général et homme d'État, antilibéral et antidémocratique, qui s'empara de la présidence de la République en 1876, conserva un pouvoir dictatorial pendant trente-cinq ans et appelait mon arrière-grand-père « *mí estimado amigo* » (lettre du 18 octobre 1888).

Dès 1881, Ramón Ier avait été nommé rien de moins que gouverneur du District fédéral, c'est-à-dire maire de

Mexico. Une de ses premières décisions : supprimer les courses de taureaux. Une spectaculaire recrudescence de la criminalité humaine le força à les rétablir au bout d'un an. Contempteurs de la corrida, sachez quelle fonction sociale elle remplit ! Aristote, qui jugeait nécessaire de purger les passions en les faisant vivre par des personnages de théâtre sous les yeux de milliers de spectateurs, aurait approuvé cette forme moderne de catharsis. L'effusion rituelle de sang, chaque dimanche, empêche de peupler les morgues et de surcharger les prisons.

Je possède deux rapports que Ramón Ier rédigea à l'intention des recteurs de la mairie *(Regidores del Ayuntamiento)*. Dans le premier (1883), il se montre préoccupé par diverses questions d'intérêt public en souffrance : l'éclairage des rues, les ressources en eau potable, qu'il faut augmenter, la sécurité dans les théâtres, la surveillance des fraudes commerciales, le financement de l'instruction publique, qu'il juge très insuffisant, l'amélioration de la voirie, l'établissement de latrines publiques, l'état sanitaire des prisons. Il se félicite de l'installation prochaine d'horloges électriques importées de l'étranger, qui permettront à la population de prendre une « mesure exacte et uniforme du temps ». Dans le second rapport (1884), il annonce l'achèvement de l'avenue du Cinq-Mai, « la plus belle des voies publiques de la ville », et exprime la satisfaction générale causée par cet événement. Il reconnaît que l'hygiène, la propreté et le pavement des rues, l'instruction publique, les abattoirs, les prisons laissent encore beaucoup à désirer, l'insuffisance du budget, qu'il déplore, retardant les réformes nécessaires. Et de conclure que « l'Administration municipale de Mexico a soutenu une lutte cruelle et incessante pour couvrir du manteau de la magnificence des haillons de mendiant ».

Le maire de Mexico, scrupuleux pour la santé et le confort de ses administrés, l'était moins quand il s'agissait de ses propres affaires. Il spécula sur la monnaie, au point d'être accusé de graves malversations. Jugeant bon de prendre le large, il avait demandé à être envoyé en France, comme chef de la légation du Mexique à Paris. Par trois fois, le Quai d'Orsay, qui d'habitude n'y regarde pas de si près, refusa de l'accréditer. Il insista. Porfirio Díaz craignait l'influence politique croissante de ce dauphin aux dents longues. Nullement fâché de l'éloigner de Mexico, il appuya la candidature de mon arrière-grand-père, qui finit par obtenir le poste. Arrivé à Paris en juin 1884, il présenta au président de la République française Jules Grévy les lettres qui l'accréditaient comme *Enviado Extraordinario y Ministro Plenipotenciaro* du Mexique en France, puis s'installa sur les Champs-Élysées, au numéro 65, avec 10 000 *pesos* d'appointements annuels. D'avoir eu pour ancêtre un diplomate de carrière ne m'aurait guère plu. Mais, d'un pirate déguisé en ambassadeur, n'y a-t-il pas lieu d'être fier ?

Un an après, Ramón Ier, sans renoncer à son exil doré, est nommé directeur de la Junte des actionnaires du Chemin de fer transocéanique mexicain. En 1888, il extorque au dictateur 18 750 *pesos* destinés à couvrir les frais de son ambassade. Affaires de plus en plus louches, qui l'amènent à demander un congé, pour rentrer au Mexique et répondre aux « calomnies » dont il se dit victime. En mars 1889, le voilà de retour à San Luis Potosí, sa ville natale. Détail romanesque qui m'intrigue : il obtient de Porfirio Díaz une audience nocturne au palais présidentiel du Paseo de las Cadenas. Sept mois plus tard, nouveau congé. Le 24 septembre 1894, il invoque la maladie chronique d'une personne de sa famille pour demander à être relevé de son poste à Paris. Dans le splendide domaine qu'il a acquis près de Monterrey au nord du Mexique, *Las Amoladeras*, il aménage une fabrique d'eau-de-vie de maïs, faisant valoir, pour redresser son image auprès de la société de riches propriétaires qui l'entoure, le succès du Mexique à l'Exposition universelle de Paris.

Ramón Ier mourut à Cuernavaca le 7 février 1905. Il reste des traces de son action en France : les insignes de commandeur dans l'ordre de la Légion d'honneur, qu'il avait reçus des mains du président de la République française, et un essai qu'il avait écrit en français et publié en 1888 à la librairie Delagrave, *La France actuelle, quelques études d'économie politique et statistique*, par M. Ramon Fernandez, sénateur, ministre des États-Unis mexicains, in-8°, XX-750 p., planches et graphiques. Jules Simon, ancien président du Conseil, membre de l'Académie française, avait lu le manuscrit et accepté de faire la préface de vingt pages. Je conserve la lettre de huit pages qu'il écrivit à l'auteur, le 16 avril 1888. « C'est une véritable description de la France par les chiffres... Vous avez réussi, par la précision du style et la bonne ordonnance des matières, à rendre un livre de statistiques attrayant. » Agriculture, industrie, instruments de crédit, voies de communication, population, budget, instruction publique, guerre et marine de guerre, tout est passé en revue avec soin. Seule réserve : l'auteur n'a pas consacré une place suffisante aux affaires religieuses et à l'influence des congrégations, dont plusieurs sont riches, puissantes et agissantes. « Peu de questions sont discutées chez nous avec plus d'âpreté que celles qui ont rapport au budget des cultes, et à l'immixtion du clergé dans l'enseignement et l'assistance publique. » Enfin, il le loue d'avoir montré que la France, loin d'avoir accepté la défaite de 1871, s'est relevée brillamment : empire colonial, développement des chemins de fer, embellissement des villes. « Vous le dites avec raison : jamais peuple ne fut plus malheureux, après la guerre désastreuse de 1870, après la capitulation de Bonaparte à Sedan, celle de Bazaine à Metz. Après la fatale insurrection du 18 mars *(Commune de Paris)*, que nous ayons pu retrouver des soldats, en arriver en si peu d'années à opposer à l'armée allemande une armée égale en nombre, en discipline, en science militaire : c'est assurément une merveille. Elle est due en majeure partie à M. Thiers et à son gouvernement. Si je disais en quel état j'ai trouvé l'instruction publique, on verrait que, là aussi, la France est revenue de loin. La résurrection du travail a eu toutes les apparences d'une féerie… Puis est venu le phylloxéra qui nous a ravi pour un temps la principale source de nos richesses ; la crise commerciale, la crise monétaire, qui ont suivi le Krack ; la crise agricole, qui est loin d'être terminée. Nous avons fait face à tout cela avec un courage auquel vous rendez hommage. Je crois, Monsieur, que vos éloges sont mérités ; il nous est très doux de les recevoir. Ce sont des éloges sérieux, venant d'un homme qui a marqué dans l'histoire de son pays, et appuyés sur des preuves probantes. » Nous appartenons, conclut-il, « à ces races latines dont l'union serait si facile, et aurait tant d'influence sur les destinées de la civilisation ». Sous l'emphase académique, ce n'était pas si mal vu. Plus d'un bon esprit, aujourd'hui, indépendamment des vues plus suspectes de politiciens excités, pense que l'alliance des pays méditerranéens et d'origine méditerranéenne serait le seul barrage efficace contre l'impérialisme américain, qui a submergé le Mexique et menace l'Europe. Je note surtout cette passion pour la France et pour le redressement de la France, de la part d'un étranger. L'aura-t-il communiquée à son petit-fils, qui, dans les années 1930, estimant que la France était retombée bien bas, chercherait un moyen de « résurrection », mais, se trompant de sauveur, mettrait son espoir dans les fascistes ? Il jouerait Doriot contre les communistes, comme son grand-père avait joué M. Thiers contre les communards.

Le 26 décembre 1888, le secrétaire de l'Institut de France informe Ramón Ier qu'il a fait inscrire son ouvrage au concours de l'Académie des sciences morales. Le 15 juin 1889, Marcelin Berthelot, sénateur, membre de l'Institut, ancien et futur ministre (et qui serait le modèle de Philippe Dubardeau dans le roman de Giraudoux *Bella*), lui demande de faciliter le voyage de deux de ses amis au Mexique. Autre signe de la considération dont était entouré celui qu'on appelait « Monsieur le Ministre » : Émile Ollivier, ancien Premier ministre de Napoléon III et membre de l'Académie française, lui écrit, de sa retraite de Saint-Tropez, le 6 janvier 1900, pour le prier de l'aider à établir la vérité sur l'expédition du Mexique, dont il a été l'adversaire comme député et qu'il blâmera comme historien. « Il me manque quelques renseignements sûrs sur la Constitution de 1857 et sur la légalité du pouvoir de Juarez. » Le 10 janvier, il le remercie de sa réponse rapide et lui demande des détails supplémentaires. On voit que les malhonnêtetés qu'il avait pu commettre au Mexique ne jetaient aucune ombre sur la réputation dont il jouissait à Paris.

Son fils, Ramón María Buenaventura Adeodato, né à Mexico le 14 juillet 1871, mais parisien d'adoption, étudia à l'École centrale des arts et métiers de Paris. Il devint membre de l'Association des ingénieurs et architectes de Mexico et de la Société des ingénieurs civils de France, mais n'exerça jamais. Il montait à cheval au bois de Boulogne, où eut lieu la rencontre décisive de sa vie. La jument d'une jeune amazone s'étant emballée, le vaillant hidalgo se jeta au cou de l'animal. Ces débuts romanesques eurent une suite bourgeoise. Il épousa le 20 mars 1893 celle qu'il avait sauvée, et qui s'appelait Jeanne Gabrié. Il habitait à l'époque avec son père, 23, rue Galilée. Les témoins du mariage furent Jules Simon, alors sénateur, et Jean Aicard, homme de lettres, natif de

Toulon (comme la mariée), qui écrirait en 1908 le populaire *Maurin des Maures* et serait élu l'année suivante à l'Académie française au fauteuil de François Coppée, comme Jules Simon l'avait été en 1875 au fauteuil de Charles de Rémusat.

Quelques années après son mariage – mais relativement jeune pour un homme du Sud, où l'habitude est de vivre le plus longtemps possible aux crochets de ses parents –, Ramón II entra dans la carrière diplomatique. Je possède le diplôme, signé de Porfirio Díaz, en vertu duquel il fut nommé, le 25 septembre 1899, consul à Marseille, aux appointements annuels de 1 500 *pesos* et 15 *centavos*. Il passa ensuite deuxième secrétaire de la légation du Mexique en France. Mon père, né à Paris, en 1894, le 18 mars, fut baptisé Ramon Maria Gabriel Adeodato. Sept ans après, le couple eut un second fils, Jean Félicité Raynald, né le 10 juillet 1901 et mort le 31 décembre de la même année. Sa mère lui fit élever, au cimetière Montparnasse, un tombeau de porphyre, gravé de quatre vers de Victor Hugo.

Pendant un séjour au Mexique, Ramón II s'efforçait de dompter un mustang sauvage, quand sa monture le jeta à terre. Les reins brisés, il mourut des conséquences de l'accident, le 13 août 1905, à Paris, âgé de trente-quatre ans, six mois après son père. Chevalier de la Légion d'honneur, il habitait 41, rue Spontini et fut enterré à Saint-Honoré-d'Eylau, aux frais du gouvernement mexicain, qui déboursa 3 700 francs pour lui assurer des « funérailles décentes ». La maison Henri de Borniol donna quittance de cette somme à M. de Mier, « ministre du Mexique en France ». Les diplomates mexicains à Paris et l'ambassadeur d'Espagne assistèrent aux obsèques.

Son fils conduisait le deuil, ainsi qu'en témoigne le rapport établi le 17 août par ce M. S.B. de Mier, qui fait suivre son nom de la mention *Señor Secretario de Relaciónes Exteriores. « Las honras fúnebres fueron presididas por el pequeño hijo del Señor Fernández y por mí. »* Ce *« pequeño hijo »* en tête du cortège, c'était mon père. Ramon III avait onze ans. Il avait perdu son grand-père en février. Les deux hommes de sa famille étaient morts presque en même temps. Fils sans père, il grandirait orphelin, comme il laisserait orphelin son propre fils, trente-neuf ans plus tard, moi, *« pequeño hijo »* à mon tour, marchant en tête de la procession funèbre dans les rues de Paris et demeuré seul, à peine plus âgé, dans le regret lancinant du père.

Un cheval avait fait de Jeanne une épouse ; un autre cheval la rendit veuve. Et la voilà, à trente-sept ans, libérée en même temps du beau-père et du mari, voilà ma grand-mère indépendante, rôle pour lequel nulle femme n'était mieux taillée.

Je l'ai bien connue, puisqu'elle n'est morte qu'en 1961, à l'âge de quatre-vingt-douze ans. Je la croyais peut-être immortelle – illusion commune à l'intérieur des familles –, ou j'étais encore trop jeune pour m'intéresser à mes origines. Chacun ne commence à se retourner vers son passé que lorsque son avenir se rétrécit. Que n'ai-je fait parler plus longuement ma grand-mère de son mari, de son mariage mexicain, de ses séjours au Mexique ! La famille Fernández vivait dans l'opulence, grâce aux tripotages financiers de Ramón Ier. Elle possédait une vaste hacienda près de Monterrey. Le mariage eut lieu là-bas. Ma grand-mère prit le bateau jusqu'à New York. Comment se rendit-elle ensuite à Monterrey ? De quoi avait l'air la propriété ? Le village alentour ?

Je ne garde qu'une seule carte postale de cette époque. Elle est datée du 1er janvier 1905 : cinq paysans, coiffés d'un chapeau de paille pointu, posent dans un beau paysage de montagnes, à côté de trois ânes recouverts d'une housse. La légende, imprimée en rouge, dit : « *México. En Camino à Nuestro Pueblo* » (« En route vers notre village »). Quelques mots griffonnés à l'encre en dessous, dans l'espace resté blanc, souhaitent un « *Muy Feliz Año* » et sont signés des deux initiales : RF. La carte est adressée à « Monsieur Enrique Olarte, Premier Secrétaire de la Légation du Mexique, 13, rue Lamennais, Paris ». RF, ce pouvait être soit Ramón Ier, soit Ramón II (en aucun cas Ramon III, l'écriture n'étant pas d'un enfant). Je suis fondé à croire que mon arrière-grand-père ou mon grand-père envoyait ses vœux à un compatriote, collègue ou ancien collègue diplomate, et que l'image offre un échantillon du paysage et de la population de leur hacienda. Les paysans sont de petite taille, ils regardent d'un air timide, les deux femmes assises sur deux des ânes portent une longue natte qui leur descend le long du dos. Un des hommes tient un bébé dans ses bras. Le chemin où hommes et bêtes ont fait halte est caillouteux. Au second plan s'ouvre une vallée aux pentes richement boisées. L'ensemble respire la pauvreté et la dignité d'une vie simple dans un cadre magnifique.

Pour accueillir la jeune étrangère, ses beaux-parents avaient fait construire un chemin de fer dans la propriété, élever un arc de triomphe, pavoiser le parc de drapeaux tricolores, sonner une fanfare de cuivres et de tambours. En guise d'épithalame retentirent les belliqueux accents de *La Marseillaise*. Comment expliquer que Jeanne, reçue avec ce faste, se soit retrouvée si démunie après la mort de son mari ? Comme elle ne m'entretenait jamais de son séjour mexicain, j'ai lieu de penser qu'elle se brouilla avec sa belle-famille, ou que sa belle-famille, c'est plus vraisemblable, la spolia de sa part du patrimoine fernandézien.

Ayant choisi de vivre en France avec son fils, mais restée de nationalité mexicaine (pendant l'occupation allemande, elle devait se présenter à la police, le Mexique étant en guerre contre l'Allemagne), elle se débrouilla pour couper Ramon III de ses origines américaines. De propos délibéré, selon moi, bien que, dans son inconséquence, elle appelât son fils « Moncho », et moi « Mengo ». Elle reprochait à ma sœur de ne pas avoir appris l'espagnol. Quoi qu'il en soit, mon père ne s'est jamais intéressé au Mexique. Dans la masse d'articles qu'il a écrits, on n'en trouverait pas un seul consacré à un auteur de son pays paternel. Alfonso Reyes, le grand essayiste, lui en fit gentiment le reproche, dans une lettre de 1929 où il essaya d'attirer son attention sur la richesse de la littérature mexicaine. À cette époque n'existait pas encore la vogue des écrivains latino-américains en France. Mon père a été le premier « originaire » du continent américain à écrire en français. Mes amis mexicains continuent à me demander pourquoi il a répudié si catégoriquement la contrée de ses ancêtres, au point de rompre, par le prénom qu'il m'a donné, avec la tradition mexicaine de placer chaque fils aîné sous le patronage du même saint. Je soupçonne sa mère d'avoir imposé un veto sur tout ce qui touchait de près ou de loin aux Fernández. Mon grand-père, son mari, avait des frères et sœurs, qui ont eu eux-mêmes une descendance. J'ignore presque tout de ces divers cousins, jusqu'à leurs noms.

Né et élevé à Paris, mon père a connu à peine le Mexique. Combien de fois y est-il allé avec son père ? Pas plus de deux, semble-t-il. Pendant onze ans, néanmoins, il a vécu avec ce père mexicain, en sorte qu'à son éducation française se sont mêlées des influences qui ne l'étaient pas. Une atmosphère exotique imprégna son enfance. Atmosphère morale, il s'entend, préparée, favorisée peut-être par des dispositions physiques.

Très typé, lèvres épaisses, front bas, cheveux noirs plaqués en arrière par de la gomina, Ramon III tenait du côté paternel l'inquiétante étrangeté du métèque. J'ai une seule photographie de son père : en redingote, gilet, col dur et cravate, il se tient debout derrière le banc où sa femme est assise avec mon père âgé de deux ou trois ans sur ses genoux. Photographie très posée : ma grand-mère porte une ample robe à manches bouffantes, fermée sous le menton et s'évasant vers le bas jusqu'aux pieds qu'elle cache. Une coiffure extravagante, sorte de capeline à ruches, virevolte autour de son beau visage, froid et régulier. Mon père est habillé en fille, avec une vareuse à col marin et un chapeau de paille enrubanné. Masque autoritaire, dur de ma grand-mère : aplomb triomphal. Au second plan, son mari regarde fixement l'objectif. Pointe des cheveux bien dessinée sur le front, cheveux épais rejetés en arrière (comme seront ceux de mon père), front assez bas, yeux profondément enfoncés et cernés de bistre, menton lourd, bouche abaissée aux coins. L'expression est butée, l'apparence massive. On sent un homme tout d'une pièce, assez lent d'esprit, peu rompu à la conversation, de bonne volonté mais impuissant devant la volonté de sa femme. Il a ôté son chapeau, un panama, qu'il presse de trois doigts contre le dossier du banc. Le soleil doit taper dur, à en juger par la dimension des coiffures des deux autres personnages. Pourquoi s'est-il découvert, sinon en signe de soumission à celle qui dirige le ménage et lui a demandé de se tenir *derrière* elle, en retrait ?

Par une de ses ancêtres, un peu de sang indien coulait dans ses veines. Ma grand-mère avait les yeux bleus, les lèvres minces, mais rien d'elle n'est passé dans les traits de son fils. Plût au ciel que l'action du Mexique se fût bornée à marquer le physique de mon père ! L'histoire de son mariage et l'évolution de ses idées politiques prouvent assez qu'il avait reçu l'éducation des hommes du Sud, laquelle, combinée avec le despotisme maternel, aboutirait au plus affreux résultat.

« École du Sud » : une non-école, qui laisse aux garçons la bride sur le cou, les choie et les dorlote à l'excès, leur épargne les contrariétés, ne les dresse à aucune discipline, ne leur apprend la maîtrise ni du temps ni de l'argent, les étouffe sous une sollicitude de tous les instants et enfin les lâche dans le monde, à vingt-cinq ans, souvent à trente ou même plus tard, aussi démunis que des bébés. Ils débouchent dans l'âge adulte en croyant que tout leur est dû. Sans ressort devant la première épreuve, les voilà sitôt déconfits. Graine de mélancoliques, d'amertumés, de vaincus. Je ne trace là qu'un cadre général, que je tire de mon expérience de Naples et de la Sicile, mais je suis sûr qu'il convient à l'histoire que je raconte.

Au reste, à supposer que Ramon III n'ait pas reçu de son père ce délectable (pour l'enfant) mais calamiteux (pour l'homme) apprentissage de la vie, sa mère eût suffi pour le conduire au désastre.

10.

Du côté de Toulon

Née en 1868 à Toulon, provençale et fière de son Midi, Jeanne Adeline Andréa Gabrié était la fille d'un marchand de sucre, par surcroît journaliste, homme de lettres et poète. Cet Alfred Gabrié était lui-même le fils d'André Joseph Gabrié, dont je ne sais rien en dehors du diplôme de bachelier que ma sœur a fait encadrer, tant il tranche, par la frise de fleurs de lis qui entoure le parchemin, par la solennité de l'adoubement, sur nos misérables papiers informatiques d'aujourd'hui.

Université de France
Conseil royal de l'Instruction publique
Au nom du Roi

Nous, Denis Frayssinous, évêque d'Hermopolis, Premier Aumônier du Roi, Pair de France, Grand-Maître de l'Université,

Vu le certificat d'aptitude au grade de Bachelier ès Lettres, accordé le 1er août 1823

au sieur Gabrié André Joseph

né à Toulon le 30 novembre 1800

Donnons par ces présentes, audit sieur Gabrié, le Diplôme, etc.

Cachet avec trois fleurs de lis et la couronne royale.

Il était né un 30 novembre. Ma grand-mère, sa petite-fille, naîtrait le 30 novembre 1868.

Revenons à Alfred Gabrié. Né en 1840, la même année que Zola et Tchaïkovski, il appartenait au groupe des félibres, qui se disaient nourrissons des muses – félibre dérivant d'un mot latin, connu pour des raisons moins littéraires, le verbe *fellare*, « sucer ». Alfred Gabrié causait et correspondait avec ces fameux suceurs de lait poétique qui avaient nom Frédéric Mistral, Théodore Aubanel, Joseph Roumanille. Il envoyait ses vers aux grands écrivains de l'époque, qui souvent le remerciaient par une lettre ou un billet. Faute de trouver trace de ses productions, j'ai longtemps cru qu'il n'avait jamais réussi à les faire imprimer, se contentant d'en expédier des copies manuscrites. Dans les archives de ma grand-mère, j'ai fini par dénicher deux récépissés de l'Académie française, prouvant qu'il soumettait au jugement de cet aréopage de vrais livres.

« L'Académie a reçu les ouvrages que vous avez bien voulu lui adresser, intitulés : 1° *Jacques Monnier*, 1 vol. in-12 ; 2° *Néron*, 1 vol. broch. in-8. Conformément à votre demande, ces ouvrages ont été enregistrés pour concourir aux prix fondés par M. de Montyon pour les ouvrages d'utilité morale. » Billet daté du 14 décembre 1872 et signé par le secrétaire perpétuel, Patin. En août 1880, second récépissé, pour *Provençales* (poésies), lesquelles briguent cette fois le prix fondé par M. de Jouy. La signature est du latiniste Gaston Boissier, nouveau secrétaire perpétuel.

La liste des œuvres est plus longue, comme en témoigne le catalogue de la Bibliothèque nationale, que mon ami Claude Martin a eu l'obligeance de consulter pour moi. Pas trace de *Jacques Monnier*, mais *Néron* y figure bien, sous-titré *ou la Persécution chrétienne sous les Césars, étude antique* et publié à Anvers en 1872. Puis : *Pompeï*, poème (Marseille, 1865) ; *Le Secret d'une mère*, pièce en un acte, en prose, représentée au théâtre Chave, à Marseille, le 3 janvier 1865, et publiée dans la même ville la même année ; *Le Commandeur Navarro de Andrade*, biographie contemporaine, illustrations brésiliennes (Marseille, 1866) ; *Lieds d'amour, pages intimes* (Marseille, 1869) ; *Provençales, études et croquis* (Paris, 1879). Le catalogue mentionne en outre *La Quinzaine, journal littéraire*, paru du 1er mars 1863 au 15 février 1864 et imprimé à Marseille.

À ma connaissance, aucun laurier ne se posa jamais sur le front de cet arrière-grand-père. Était-il aussi piètre barbouilleur que cela ? Sans doute, à en juger par les seules épaves qui ont survécu, sous forme de vers qu'il écrivait sur la page de garde ou à la fin des ouvrages qu'il aimait et avait fait relier en rouge. Sur son exemplaire des *Contemplations* (Hachette, 1863), je lis, en tête du volume, ce distique :

Au Lecteur
Lecteur, ouvre ce livre, ainsi qu'on ouvre un temple
Et, les yeux vers le ciel, prosterne-toi, contemple !
A.G.

puis, en fin de volume, ce quatrain :

Le poète l'a dit : Magnitudo parvi !
J'en vois la vérité dans ton œil tout ravi
D'avoir sondé ces flots de douce poésie,
Et d'avoir dans ton cœur versé leur ambroisie !
A.G.

À la fin des *Poésies nouvelles* de Théophile Gautier (l'édition Charpentier de 1863 publiait sous ce titre rien de moins qu'*Émaux et Camées*), mon arrière-grand-père recopia, toujours de sa main, ce poème :

SONNET

Il est mort le poète aux rimes enflammées,
Le chantre d'Albertus, ouvrier glorieux,
Qui de son style d'or cisela les Camées,
Et sur l'Art pur posa son pied victorieux.

Amoureux de la forme, il chante les Almées,
Les rêves de la chair, doux et mystérieux ;
Les chauds enivrements, les passions calmées,
Et dans tout il plongea son regard curieux.

Son vers, tout imprégné de parfum poétique,
Fait revivre en nos cœurs le culte de l'Antique,
Seul Dieu qu'il adorât plus que les chastes Sœurs ;

Mais, hélas ! lui, poète ennemi du squelette,
Sous notre loi moderne a dû courber la tête,
Et livrer son cadavre aux sombres fossoyeurs !
A. Gabrié
1872.

Je n'ai pas transcrit ce sonnet pour me moquer d'un « chantre » de province (la mort loi « moderne » !), mais en considération de la date : 1872. Théophile Gautier était mort le 23 octobre 1872. Le poème fut donc écrit sous le choc, en hommage spontané à un écrivain aimé. Je trouve touchantes ces mœurs de la Provence profonde, où un épicier se précipitait pour dresser en alexandrins un mausolée à un de ses maîtres.

Les éloges qu'il recevait de ses confrères par la poste étaient-ils donc de pure complaisance ? Une des premières lettres que mon aïeul ait gardée (de sa correspondance littéraire, il a fait un album, dédié à sa fille) est signée de Frédéric Mistral, qui le félicite d'avoir trouvé le ton juste *(« lou gaubi »)*, pour la première fois où il s'essaye dans le provençal. Il l'encourage à cultiver les deux langues. « Souvent le vrai bonheur est dans le mariage avec sa voisine. » La lettre, du 27 octobre 1863 (Alfred a vingt-trois ans, Mistral trente-trois, il a déjà publié *Mireille*), est adressée à Marseille, 27, rue Saint-Ferréol, « aux bureaux du journal *La Quinzaine* ».

En août 64, Victor Hugo, de Guernesey, envoie ce message au jeune troubadour : « Le cœur a dicté vos vers, Monsieur, et je les ai lus avec émotion. Vous avez souffert, vous pleurez ; toute poésie vient de là. Recevez mes bien affectueux remerciements. » Le compliment était flatteur, mais, si le vieux poète avait voulu se débarrasser d'un rival, il n'aurait pu lui recommander précepte esthétique plus pernicieux.

Le 1er décembre 65, lettre de Lamartine, pour le prier de signer une promesse d'abonnement : l'auteur du *Lac* (soixante-quinze ans) en est réduit à mendier. « L'Angleterre, tout en reconnaissant la légitimité de sa dette envers moi, en ajourne le remboursement. Il ne me reste que mon travail pour solder mes créanciers... » Sainte-Beuve, le 6 avril 69 : « Vos vers, Monsieur, se recommandent autrement encore que par le fait que vous les avez composés. Il en est de tout à fait aimables et naturels, et votre Finette me fait ressouvenir de la bonne veine de Murger. » On ne saurait se moquer avec plus de grâce. La lettre est adressée à « Monsieur Alfred Gabrié, rédacteur du *Nouvelliste de Marseille* », 27, rue Saint-Ferréol. Le journal avait donc changé de nom.

Théodore de Banville l'assure qu'il a lu et relu avec un bien vif plaisir ses *Lieds d'amour* (si mon arrière-grand-père savait le provençal, on voit qu'il ignorait l'allemand). Il en loue « la verve, l'harmonie, l'inspiration, le vrai mouvement lyrique, et un art de composition si remarquable, car vos *Lieds* sont combinés avec un sens exquis de la proportion. Je vous reprocherais seulement quelques défaillances de rime ; mais là-dessus je suis un fanatique… » La « note amoureuse un peu vive » qu'il relève dans ces vers pourrait « effaroucher les hypocrites », mais c'est la rançon du talent : quand on est poète, il ne faut espérer de personne l'indulgence.

Le romancier et journaliste Joseph Méry, marseillais, auteur de romans populaires à succès, exprime le plaisir qu'il a eu à lire le poème de *Pompeï*, en lequel il reconnaît une « vocation pour la haute poésie », tout en conseillant au jeune auteur d'étudier, pour parvenir à ce qui lui manque encore « comme perfection de détails, surtout dans le travail de la rime ». Décidément !

De Caprera, en Sardaigne, où il se trouve en exil, Garibaldi lui écrit, le 16 mai 71, sur un papier d'écolier quadrillé de lignes roses : « Merci pour votre gentille lettre du 9 et pour votre bel *(sic)* ode. Votre dévoué G. Garibaldi. » Cette lettre, ainsi que les suivantes, est adressée à Monaco, où Alfred Gabrié est devenu rédacteur en chef du *Journal de Monaco*. Michelet, 5 novembre 71 : « C'est seulement hier que j'ai reçu vos beaux vers et votre hommage. J'en suis fier et vous remercie. » Le 2 novembre 71, le Dr Pouchet, directeur du Museum d'histoire naturelle de Rouen, le félicite pour sa « tortue ».

Un sonnet de Louise Colet, l'ancienne égérie de Flaubert, non daté, mais immédiatement postérieur, sans doute, aux événements de 1870-71, semble lui reprocher d'ignorer ces drames.

Tout chante et rit en vous, votre cœur de poète
Quand le mal est vainqueur garde la foi du bien.
Des sombres désespoirs qui courbèrent ma tête,
Votre sérénité s'étonne et ne sent rien.

De ces conflits sanglants j'ai subi la tempête,
Surpassant en horreurs le triomphe prussien,
Et je porte le deuil de la double défaite
Qui frappe tout français soldat ou citoyen.

Heureux, pour votre enfant et pour sa jeune mère,
Vous avez détourné de vous la coupe amère,
Des (mot illisible) collectifs vous ignorez les pleurs,

Mais ceux que l'abandon exile aux solitudes
Tressaillent aux sanglots sortis des multitudes
Comme à l'écho sans fin de leurs propres douleurs.

Cette remontrance piqua-t-elle au vif mon arrière-grand-père ? Le décida-t-elle à changer de manière ? George Sand (lettre du 21 octobre 71, publiée dans le tome XII de la *Correspondance générale*) refuse qu'il lui dédie des vers d'inspiration politique. « Écrivez-moi sur un sujet littéraire, champêtre, tout ce qu'il vous plaira ; mais ne me posez pas une question de principes politiques. Je hais le sang répandu et je ne veux plus de cette thèse : "Faisons le mal pour amener le bien ; tuons pour créer." Non, non ; ma vieillesse proteste contre la tolérance où ma jeunesse a flotté… Il faut nous débarrasser des théories de 93 ; elles nous ont perdus. Terreur et Saint-Barthélemy, c'est la même voie… Maudissez tous ceux qui creusent des charniers. La vie n'en sort pas… Apprenons à être révolutionnaires obstinés et patients, jamais terroristes… » Que contenait le poème incriminé ? Mon arrière-grand-père, après avoir tâté de l'églogue et du badinage, avait-il cédé à des transports patriotiques et réclamé vengeance contre l'Allemagne ? Ou célébré l'héroïsme des communards ? Tardive entrée en politique, exemple de cette mauvaise conscience et de ce désir d'engagement des intellectuels, qui perdraient son petit-fils.

Nouvelle embardée, cette fois du côté religieux, saluée, le 21 septembre 72, par l'évêque d'Orléans, qui siège à l'assemblée de Versailles, et le congratule d'entrer en lutte contre l'« invasion redoutable d'athéisme » qui distingue la génération présente. « C'est faire œuvre de Salut Social que de combattre cette erreur capitale mère de toutes les autres. » Théodore de Banville, le 9 décembre 72, compare *Jacques Monnier* au *Jocelyn* de Lamartine. « Votre talent a certainement grandi et dans votre nouveau poème la puissance d'émotion est égalée par l'habileté poétique. Certaines pages y sont tout à fait parfaites, et toutes attestent avec une remarquable hauteur de pensée la main d'un savant et consciencieux artiste. » Le 17 mars 73, Mistral approuve le recueil présenté au prix Montyon. Cet « hymne de bon chrétien » sera un remède au « cataclysme effroyable qui submerge les traditions, les croyances, la foi, la poésie et la patrie ». Rien de moins ! « Votre chant religieux s'élève dans le ciel comme parfois dans un orage la voix d'un passereau éperdu. Vos vers sont sympathiques, simples et doux, comme ceux de notre maître Lamartine, et vos pensées sont graves et sereines comme celles d'un philosophe qui lit son évangile. » Ramon Fernandez, lui, malgré toutes ses errances pour trouver un remède à la crise politique et morale de la France des années 1934-39, ne renierait jamais l'athéisme.

Charles Monselet, auteur en vogue de romans-feuilletons, de livrets d'opéras-comiques et de recettes de cuisine en vers, dédie en 1873 un triolet au poète :

Donnez une aile à Gabrié
Un l *pour faire un archange,*
Dans chaque genre il a brillé;
Donnez une aile à Gabrié.

Alexandre Dumas fils décline une invitation à envoyer des vers : « Je n'ai plus l'âge du quatrain ni même du distique. » Jules Massenet lui donne du « Cher Maître et ami ». Il a désormais un pied-à-terre à Paris, 82, rue Mazarine, où il reçoit une nouvelle lettre de Mistral, datée du 9 août 1879 : éloge des *Provençales*, qui fleurent bon le pays natal et rendent « cette sensation voluptueuse qui nous envahit, quand la bouillabaisse odorante et fumante est versée sur les tranches de pain blanc ». Il y a là des morceaux « d'un fini étonnant et ravissant ». Plusieurs confrères le régalent d'un sonnet manuscrit : François Coppée, Jean Aicard, Sully Prudhomme, Théodore Aubanel, hommes de lettres considérables à l'époque. Louise Colet, réconciliée, y va de deux longues ballades d'inspiration italienne. Cette brillante correspondance prend fin vers 1880, en même temps, sans doute, que la carrière publique du poète.

Seule exception : le 29 mai 93, Mistral lui explique l'origine du nom *Mireio* (Mireille). Il l'a trouvé dans ses souvenirs de famille. « Quand ma mère et ma grand-mère voulaient exprimer leur admiration pour une belle fille, elles disaient : "Semblo la bello Mireio" ou quelquefois : "Semblo Mireio mi amour !" Cette locution populaire devait se rapporter à quelque héroïne dont la beauté ou les aventures avaient fait parler d'elle. D'où vient ce nom ? Je crois que c'est un nom issu de nos juiveries provençales, où *Marie* se dit *Miriam* ou *Mïan.* » Le nom d'une autre de ses héroïnes, ajoute-t-il, *Merto*, sort aussi de la synagogue, où on l'emploie encore pour « Esther ». « Chose singulière, Esther, en hébreu, signifie "myrte", et “merto” en provençal a la même signification. » Cette lettre est adressée à Paris, 9, rue Gounod. Le 22 août 1894, mon arrière-grand-père félicite Mistral, qui a reçu la rosette de la Légion d’honneur. Après quoi, plus trace d’échange avec aucune célébrité.

11.

Jeanne

La femme d'Alfred, née Marie Thérèse Léonie Riffey, et sa fille, soit qu'elles fussent fermées à la poésie, soit parce qu'elles estimaient que le peu de succès remporté auprès des académiciens condamnait la famille à une obscurité humiliante, avaient décidé d'abandonner en Provence l'élégiaque marchand de sucre, plus apte, pour leur jugeote sans illusion, à vendre ce dérivé de la betterave, que digne de chevaucher Pégase. Elles partirent pour Paris, résolues à utiliser le pied-à-terre de la rue Mazarine et à percer dans la capitale. Ou plutôt, d'après ce que je sais de son caractère, c'est Jeanne qui, voulant échapper à la médiocrité de la province et se faire un état plus distingué, entraîna sa mère dans une aventure où la présence d'un aède-épicier eût apporté moins d'aide que d'embarras. Les accompagna-t-il quelque temps, avant de revenir à ses ballots de marchandises ? Venait-il les rejoindre parfois, rue Mazarine puis rue Gounod ? Il ne mourut qu'en 1911, délaissé depuis longtemps par sa muse. Dès que Jeanne et sa mère se furent installées à Paris (vers 1890), on perd la trace du poète. Et surgit, à la place du bonhomme enfariné, un familier du bois de Boulogne, un fringant écuyer, un fils d'ambassadeur, paré, aux yeux de ma déjà snob de grand-mère, des trois couleurs brillantes de la cavalcade, de l'exotisme et de la diplomatie.

À peine mariés, ils s'installèrent 41, rue Spontini. Après la mort de Ramón II, ayant à sa charge un garçon qui présentait des dispositions intellectuelles peu communes, la veuve abandonna les parages chic du Bois pour s'installer sur la rive gauche, à proximité des grands lycées du Quartier latin et de la Sorbonne. Elle navigua de la rue du Bac à la rue de l'Odéon, de la rue de Vaugirard au quai de Bourbon. Entrée dans le journalisme de mode, heureuse de travailler et de ne compter que sur ses gains, elle se fit bientôt une brillante situation. Fondatrice du *Vogue* français, elle était rédactrice dans de grands périodiques, dont le plus important fut *Le Jour*, fondé en 1933 par Léon Bailby, qui avait pignon sur les Champs-Élysées, au 91 – dans un immeuble d'où je me souviens avoir vu, avant guerre, défiler la parade du 14 Juillet, en compagnie de mon père que fascinaient les uniformes, et qui attira mon attention sur le contraste entre le pas lent de la Légion étrangère et la foulée rapide des chasseurs alpins. Appréciée pour ses articles où elle n'enseignait pas seulement aux femmes l'art de s'habiller mais les moyens de rester en forme, de se tenir en société, de plaire aux hommes, partisane du chapeau et de la voilette, parce que, s'il n'y a rien à ôter pour arriver à la bouche, le baiser n'est pas aussi excitant, ma grand-mère a été une féministe modérée, légiférant avec une niaiserie calculée, et jouissant d'une autorité morale et d'une réputation littéraire qu'on accorde rarement à une journaliste de sa catégorie. Politiquement très à droite, conservatrice bon teint, avec des indulgences pour certains aspects de la politique sociale du Reich. Néanmoins, pendant la guerre de 39-40, d'un patriotisme intransigeant : elle presse ses lectrices de se rendre « utiles » et de participer à l'effort national. « Nous trouvons là une preuve de l'importance qu'il y a à enseigner aux filles tout ce qui doit faire d'elles des femmes qu'aucune situation grave ne trouvera embarrassées. »

Voici un échantillon des sujets que, en plus des comptes rendus sur les grandes collections (Lanvin, Schiaparelli, qui l'habillait, Molyneux, Chanel, Lelong, Paquin, Maggy Rouf, Mainbocher, Patou, Heim, Reboux, Worth), elle traitait dans sa chronique quotidienne, jusqu'au 10 juin 1940, date de son dernier article. Pour l'année 1934 : simplicité des « puissants de la vie », leur « exquise affabilité », leur « désir de connaître dans les détails l'existence d'une société modeste à laquelle ils auraient aimé se mêler », telle est l'impression retirée d'une audience accordée par la princesse Marina; mouvements des muscles faciaux à faire pour éviter les rides; hostilité au travail des femmes, « perdues pour la famille » et ne sachant apporter au mari fatigué le réconfort nécessaire; le panier de la ménagère; obligation de sortir dans le monde, pour faire vivre l'ouvrière en dépit de la crise; l'objet de luxe donne du travail aux chômeurs; éloge de la couleur noire; encouragement aux femmes qui « se piquent de culture, d'intellectualité ». Pour l'année 1935 : déplorable décadence des soirées d'opéra (« Les femmes s'entassaient dans les loges, fût-ce de premier rang, sans se souvenir que nos mères ne voulaient que deux femmes par loge de huit, tout l'arrière de la loge meublé d'habits noirs uniquement... »); approbation de la campagne menée par M. Henry Bordeaux pour que les sports d'hiver deviennent accessibles à la classe moyenne; manière élégante de faire un cadeau; souvenirs sur Anna de Noailles, qu'elle a rencontrée alors que celle-ci revenait du grand débat entre Bergson et Einstein; comment s'habiller élégamment à peu de frais, en empruntant au costume des campagnes ; aveu qu'elle aime le luxe, mais, comme George Sand, elle ne l'aime pas pour son usage personnel ; l'excès de réflexion empêche aujourd'hui les jeunes gens de se lancer franchement dans la grande aventure du mariage ; il faut savoir vieillir, sans tromper sur son âge ; utilité du mardi gras ; vais-je acquérir une radio ? ; rôle des fleurs dans la toilette ; la cantine de Mme Léon Daudet ; satire des snobs qui veulent être vus dans tous les lieux à la mode ; scepticisme quant au vote des femmes, qui ne sont pas encore prêtes, et auxquelles il faudrait faire passer d'abord un examen ; les hommes, le soir, ne s'habillent plus pour sortir, sous l'influence du cinéma et des salles obscures ; contre l'obsession de maigrir ; les différents types de baise-main ; prix du foie de veau ; les *Cenci* d'Antonin Artaud, dans le théâtre comble où « un souffle grandiose a passé » ; l'Exposition italienne au Grand Palais ; supériorité des femmes italiennes, plus élégantes et raffinées ; Joséphine Baker à la Foire de Paris ; souvenir de sa sixième année, quand sa mère lui montra, dans la cour déserte de l'Institut, un couple dont l'image est restée gravée dans son esprit (un vieillard de forte corpulence, voûté, habillé d'un veston d'alpaga noir, marchant à très petits pas, au bras d'une petite vieille, très menue, en robe d'alpaga noir, coiffée d'un bonnet de dentelle noire, deux anglaises retombant sur les oreilles : ils montèrent dans un fiacre attelé d'une haridelle bien vieille elle aussi) : « le grand et fort vieillard était Victor Hugo et la petite vieille était Mme Drouet » ; l'esprit protestant est « plein de noblesse » mais « particulier » ; fête costumée chez Étienne de Beaumont ; l'éducation physique des enfants est plus importante que le programme scolaire : le Reich donne l'exemple ; interview à Chanel ; une culture moyenne suffit aux femmes ; les musiques faciles de la radio font disparaître le goût de la belle musique. Pour l'année 1936 : soirée chez les Saint-Exupéry ; le prix des nouilles ; comment les cuire ; éloge des auberges de jeunesse ; une femme mariée qui travaille ne vole-t-elle pas le travail d'une femme seule ? (Ce sera un de ses arguments contre sa bru.) Ambiguïté de la femme en auto, qui s'habille comme un homme (j'ai de ma grand-mère une photo où elle est debout, la main sur la poignée de portière d'une limousine : habillée ostensiblement en femme, avec manteau croisé à col de fourrure, chapeau incliné sur l'œil, gants, collier de perles ; et, sous la voilette, quel air autoritaire, méchant !) ; la clef ouvre-boîte ; Giono en Provence. Elle note les contrecoups du Front populaire : Cécile Sorel s'habille plus modestement, signe que les temps ont changé ; simplification des salons ; tristesse de la rue de la Paix ; la politique ? un éternel recommencement des mêmes ambitions et des mêmes corruptions, selon les Goncourt ; le salon de thé, institution d'un passé révolu ; quelques conseils pour une mode économique ; n'a-t-on pas droit au luxe, malgré les événements ?; si le lundi est chômé dans les magasins, pourquoi ne pas embaucher les chômeurs pour pallier la gêne causée aux maîtresses de maison ?; nécessité de s'amuser, de faire des fêtes, citation de Mme de Girardin à l'appui ; polémique contre les femmes du Front populaire qui se moquent des femmes du monde dans le besoin. Et encore : mort de Juliette Adam ; comment sauver la dentelle auvergnate ; utilité du snobisme ; éloge des camps de travail agricoles féminins en Allemagne ; retour à la coiffure « en huit », qui dégage la nuque, « cette nuque divine, chantée par les poètes d'autrefois, et dont tant d'hommes s'éprirent vers 1890 » : souvenir personnel ? 1890, c'était l'année de sa rencontre au bois de Boulogne avec son futur mari ; prix du veau, la viande la moins chère.

Le 10 juin 1940, son dernier article, dans le dernier numéro du *Jour*, est un hymne à « l'énergie, cette incomparable force morale qui aide à conduire sa vie ». Elle dépeint par ces mots son propre caractère. Pourquoi ajoute-t-elle : « Le moment n'est guère propice pour laisser se développer ce penchant » ? Fait-elle allusion à la débandade des armées françaises et à la déroute nationale ? Ou pressent-elle que cette « énergie » qui est sa vertu principale sera la ressource qui manquera le plus à son fils dans les années à venir ?

Snob, elle l'était, par nécessité professionnelle et par goût. Elle ne manquait pas un bal chez le comte Étienne de Beaumont, pas une soirée chez Mlle Le Chevrel. Pour la fête des Rois chez le couturier Paul Poiret, en 1923, il fallait se costumer. Maurice Sachs, dans son livre *Au temps du Bœuf sur le toit*, sorte de journal des Années folles, a fait la liste des invités, parmi lesquels je relève : Mme Robert Singer, en reine des Bohémiennes ; Baronne Robert de Rothschild, en reine de Saba ; Damia, en reine des Fortifs ; Princesse Lucien Murat, en reine de Naples ; J.G. Domergue, en François Ier ; baron Robert de Rothschild, en Charles X ; Van Dongen, en Neptune roi des mers ; Mme Fernandez, en Marie Stuart. Ce choix peut paraître étrange ; pour une battante comme ma grand-mère, prendre les traits d'une reine vaincue et décapitée ! Le plaisir de se déguiser en femme célèbre par la beauté, la culture et la vie romanesque l'aura emporté sur les considérations historiques.

Ce que j'admire en elle, c'est d'avoir ajouté au snobisme mondain, inné en elle (ou fruit de son éducation provinciale) et renforcé par les besoins de son métier, un snobisme intellectuel acquis à Paris. Le transfert du XVIe aux VIe et VIIe arrondissements fut le symbole de cette évolution. Elle comprit qu'il était nécessaire, si elle voulait réussir dans la capitale, puis faire réussir son fils, de côtoyer et connaître de plus près ceux dont la plume faisait l'opinion. Autodidacte, moyennement cultivée, honnête lectrice de romans, admiratrice de Gyp comme de Barrès, elle lisait aussi Baudelaire et même Mallarmé, dont *Vers et Prose*, morceaux choisis publiés en 1901 par la librairie Perrin, voisinait dans sa bibliothèque avec les ouvrages d'Edmond Rostand et d'Anna de Noailles. Réfugiée pendant l'été 40 au château de Chitré, chez Yvonne de Lestrange, elle tint dans un petit calepin une sorte de journal de l'exode, où elle consignait ses lectures et ses jugements. Elle n'aime pas Giraudoux, « qui se fiche du public », se plonge avec délectation dans Proust, se régale de William Blake et d'Élémir Bourges, et, chose plus surprenante encore, découvre les *Catilinaires* de Cicéron : « L'intérêt est immense, je lis cela comme un roman. » Sans doute trouvait-elle dans ce texte, où l'orateur latin fustige la jeunesse dépravée de Rome, des correspondances avec ce qu'elle pensait du désarroi de la jeunesse française actuelle. Elle était curieuse de tout, et le resta jusqu'à la fin de sa vie. À plus de quatre-vingts ans, elle revint enthousiasmée d'un petit théâtre du Quartier latin, où elle avait assisté à la première pièce d'un inconnu nommé Ionesco, *La Cantatrice chauve*, éreintée par le critique du *Figaro* qui était son journal ordinaire.

Sous l'influence de son fils, quand celui-ci fut devenu étudiant, non seulement elle avait changé de quartier, mais élargi ses relations au monde des écrivains et des artistes : politique qui profiterait à Ramon III, tout au long de l'entre-deux-guerres. L'abbé Mugnier, qui fréquentait les milieux mondains comme les milieux littéraires et tenait un *Journal* devenu célèbre, note, au 5 janvier 1921, un dîner chez les Jacques Porel, avec Drieu La Rochelle, Lucien Daudet, « Mme Fernandez et son fils ». Picasso et Colette se sont décommandés au dernier moment. Jeanne recevait souvent chez elle, quai de Bourbon. Des femmes du monde, des gens du milieu de la mode, mais aussi des écrivains. Le 9 décembre 1932, Rosita de Castries, Fernand Ochsé, les Martin-Chauffier.

Le 10 février 1933, Mme de Mun, les Chamson, Jean Prévost, Fernand Ochsé. Le 14 janvier 1934, Yvonne de Lestrange et Jean Prévost. Le 25 février suivant, Yvonne de Lestrange et Jean Schlumberger. Le 29 avril, elle a Drieu à dîner, le 14 mai, Robert de Saint-Jean au thé. Le 27 janvier 1935, l'abbé Mugnier dîne chez elle avec Saint-Exupéry, Yvonne de Lestrange et mes parents. Le 10 février suivant, Saint-Exupéry revient, avec la princesse Bibesco. Ce ne sont là que les soirées où ma mère était présente, et qu'elle a notées dans ses agendas.

Le salon du quai de Bourbon : quatre mètres de hauteur, boiseries aux murs, deux fenêtres sur la Seine, le suranné confortable et accueillant d'une atmosphère Ancien Régime. Même après la guerre, quand sa situation financière fut devenue précaire, ma grand-mère conserva l'art de s'entourer de gens « de qualité ».

Parmi les lettres qu'elle avait conservées, j'en trouve une de Jacques Rivière, plusieurs de Marthe Bibesco (sa voisine du quai de Bourbon), de Colette (« C'est bien vous qui habitez le plus beau logis de Paris ? Ah ! si j'en trouvais un dans l'île, un sur les quais ! » 28 novembre 1928), de Cocteau (« Envoyez-moi votre petite famille [ma sœur et moi] au studio Francœur où je tourne les P. terribles, cela les amusera peut-être »), du marquis de Cuevas, le célèbre directeur de ballet (« Jeanne, je t'adore, tu es douce comme de l'or », 12 juin 1954), de Marie Laurencin (qui avait fait un portrait de Betty), de l'abbé Mugnier, de François Mauriac, de Paul Morand, de Jean Paulhan, lequel a lu ses *Souvenirs* (perdus) et, tout en regrettant qu'elle n'ait pas mis plus de détails sur sa vie en Amérique du Sud, trouve ses portraits de Lucien Daudet, de Cocteau, de Louise Abbéma « délicieux (et tous les autres) de vie, de surprises, de finesses. Il n'est pas jusqu'à Paul Deschanel… ». André Gide, envers qui elle s'est « toujours montrée si aimable », en profite pour lui recommander un certain Xavier de Dombrowski, afin qu'elle lui donne « d'utiles conseils » (sans date ; 1929 probablement).

Voici comment elle apparaissait, dès avant la Première Guerre mondiale, à Maurice Rostand, le fils d'Edmond, très mondain, très répandu dans les salons. « Jeanne Fernandez était d'une rare beauté de traits ; son charme, son intelligence groupaient déjà autour d'elle une société qui avait du goût… Dans un appartement modeste [alors place de l'Odéon], où il y avait plus de livres que d'objets d'art, Jeanne Fernandez était arrivée à créer une atmosphère où les amis se plaisaient et où venait une élite, alors que telle milliardaire endiamantée, flanquée de douze maîtres d'hôtel, ne parvient jamais à réunir chez elle que le dentiste et la charcutière. » (*Confessions d'un demi-siècle*, La Jeune Parque, 1948.)

Elle avait les mains longues. La lettre la plus amusante (et restée inédite comme les autres), expédiée du 98, rue Lepic, à la veille de son départ pour la Russie (donc en juillet 1936) où *Voyage au bout de la nuit* vient de paraître, émane de Céline. Soucieux d'assurer une situation à celle dont il s'apprête à faire sa femme, il compte sur l'autorité de ma grand-mère pour influencer le tout-puissant directeur de l'Opéra. « J'ai une petite grâce à demander à Monsieur Rouché. Puis-je avoir l'audace de solliciter votre favorable appui ? Il s'agit d'une petite danseuse qui veut réintégrer l'Opéra-Comique après une tournée en Amérique. Cette petite se nomme Lucette Almanzor. 3 ans de conservatoire, 3 ans d'opéra-comique – danseuse 1re catégorie (24 ans) – et syndiquée. Il s'agit d'un petit coup de pouce en somme qui la replace dans le personnel et dans l'emploi. Vous voyez que je m'intéresse bien aux arts. Par le petit côté aussi bien que par le grand. Mais comme je suis impertinent ! J'arrive chez vous sans coup férir ! Je vous demande à présent de protéger mes créatures ! La honte me recouvre ! Enfin je sollicite en même temps votre indulgence, toute votre indulgence !... Je voulais voir Ramon avant mon départ. L'aiguillage vers la NRF prend tournure. Je pousse, croyez-le. J'en ai soupé de ma galère. Elle n'est que trous ! » Après un « très respectueusement et amicalement », et encore une page sur le dérangement qu'il lui cause, vient un post-scriptum : « La petite s'appelle [nom et adresse dans une bulle] Lucette Almanzor, 108, boulevard Berthier. »

Les lettres de condoléances que ma grand-mère reçut pour la mort de son fils sont signées de certains des grands noms mentionnés ci-dessus. Cocteau se montra le plus bouleversé, Colette la plus attentive. Misia Sert, Reynaldo Hahn, le mécène Charles de Beistegui, Marcel Herrand, Abel Bonnard, encore ministre de l'Éducation nationale, Jean Paulhan lui témoignèrent leur compassion. Vieille et seule, dépossédée de sa tribune et de son pouvoir, ma grand-mère sut conserver ses belles relations. En 1952 encore, Julien Green lui écrivait au sujet de son pamphlet contre les catholiques dont elle avait si « aimablement » parlé au cours d'un déjeuner récent. « Ce petit livre est le premier que j'aie écrit ; c'est ce qui explique sa véhémence... Je me demande ce que je penserais de ce pamphlet si je le relisais aujourd'hui. Il y aurait peut-être lieu de lui donner une suite. »

L'influence qu'elle avait gardée, ma grand-mère la mit à mon service, n'ayant de cesse, dès que j'eus dix-huit ans, de me présenter à ceux dont elle pensait que la fréquentation me serait utile. Gabriel Marcel, pour faire ma connaissance et celle de ma sœur, vint déjeuner quai de Bourbon entre la mort et l'enterrement de sa femme (j'en fus estomaqué). Darius Milhaud, de tous ses amis, resta le plus constamment affectueux, à son égard et au mien.

Jeanne Adeline en imposait. Jean Cayron, Federico de Madrazzo, peintres mondains, ont laissé d'elle des portraits qui la montrent dans tout l'éclat d'une beauté impérieuse. Du vivant de son mari, Porfirio Díaz lui avait fait la cour, et le roi de Norvège proposé un rendez-vous dans un de ses appartements parisiens. Cinquante ans après, elle en riait encore. Un port de tête hautain, un nez busqué à la Bourbon, un air énergique, une autorité naturelle furent sans doute, pour les soupirants de la jeune veuve, des obstacles aussi dissuasifs que sa grâce et son élégance étaient de séduisants appâts. L'un d'entre eux réussit-il à l'émouvoir ? Son cœur était-il capable d'amour ? Ses sens de passion ?

Elle a laissé une nouvelle (inédite) qui est peut-être un fragment romancé d'autobiographie. « Perles d'un collier brisé, les autos, rapides et désordonnées, roulaient de l'Étoile à l'obélisque. Pierre et Marthe descendaient à pied l'avenue, côte à côte, unis dans une même pensée, un même désir, celui de perpétuer cette entente parfaite, cérébrale bien plus encore que physique, cette même compréhension de la Beauté, ce sentiment inappréciable de saisir ce que l'un allait dire avant même que l'autre ne l'ait formulé. Sans échanger une parole, ils éprouvaient fluidiquement mais intensément à de pareilles minutes une possession absolue, brutale, aussi forte que la possession physique. » Qui sont donc ces deux amants qui ne semblent pas mettre les voluptés du corps au sommet de la hiérarchie des plaisirs ? « Fille de rentiers aristocratiques », veuve et indépendante, Marthe s'est éprise d'un « amour insensé » pour ce Pierre, d'origine paysanne, qu'elle a aidé à devenir peintre. Cependant, avertie de la mobilité des sentiments humains, elle craint le moment où il ne l'aimera plus. « Pour elle, c'était le trou béant et noir au fond duquel on descendra lentement avec terreur, inévitablement. » Parade contre cette chute affreuse, elle provoque elle-même la rupture, en écrivant à Pierre une lettre où elle lui rend sa liberté.

Deux ans passent : la célébrité est venue à l'artiste. Conduit par son chauffeur dans une somptueuse limousine, Pierre descend les Champs-Élysées sous la pluie. Soudain, un choc : la voiture a heurté un piéton, ou ce piéton s'est jeté sous les roues. On s'empresse autour du « petit tas de fourrure et de soie tombé là comme un oiseau ». Pierre, « anéanti de stupeur », reconnaît Marthe. « C'est lui qui a tué son amie, sa camarade de toujours, à cette même place, à cette heure qui tant de fois les virent ensemble ! Depuis deux années, chaque jour à la même heure par cette même avenue, Marthe, avidement, venait évoquer le fantôme de son amour anéanti. »

Faute de pouvoir dater ce texte, qui remplit six pages dactylographiées, j'en propose deux interprétations. Ou bien Jeanne s'est mise elle-même en scène (je reconnais son rêve d'être née riche et noble), et elle évoque un amour malheureux pour un de ses jeunes protégés, échec qu'elle exorcise par un suicide spectaculaire. Ou bien Pierre n'est autre que son fils (poursuivi en effet, comme il sera dit plus loin, par des héritières huppées). Idéalisé en surhomme, Ramon III sauve, par un crime rituel, son indépendance de créateur. Dans les deux cas, je note des traits que je crois avoir été constants chez ma grand-mère : indifférence à la partie physique de l'amour (dédain, répété deux fois, de la sexualité) ; fantasmes de vie brillante (les Champs-Élysées, les voitures de luxe, les fourrures, la métaphore des perles) ; contrôle de soi, froideur, voire cruauté. Le filet de sang qui coule des lèvres de la morte, sur le pavé de la glorieuse Avenue (magnifiée par un A majuscule), symbolise cette cruauté. Toute sa vie, on la verra à la fois femme du monde et cœur d'acier.

Parmi ses soupirants, il s'en trouva au moins un pour ne pas se décourager. À la fois haut dignitaire de l'État et homme de lettres reconnu, il incarnait une double réussite, sociale et mondaine. Paul Deschanel, membre de l'Académie française depuis 1899, présidait la Chambre des députés quand il perdit la tête pour ma grand-mère. J'emploie ce cliché à dessein, me souvenant que, après la fin de leur idylle, quand il fut devenu, en 1920, président de la République, il déménagea pour de bon. On le retrouva un jour, errant sur une voie de chemin de fer. Il était tombé du train présidentiel, en pyjama. Sept mois après son élection, il fut contraint à démissionner. J'espère que l'insuccès de sa cour auprès de ma grand-mère n'a pas été jusqu'à lui brouiller le cerveau. En 1901, il l'appelait « chère Madame » et l'assurait de ses « respectueux hommages ». Ce fut bientôt « Chérie » et « tendrement ». Billets courts, d'homme pressé, mais fervents, signés de deux initiales discrètes, P.D., pour fixer un rendez-vous, protester de ses sentiments éternels, remercier avec effusion, offrir une place pour une séance de l'Académie ou de la Chambre. Le dernier de ces messages est daté de 1907, mais il n'est pas impossible que d'ultérieurs se soient perdus.

Il voulait l'épouser. Une fois qu'il se montrait trop pressant, elle tira sur un cordon pour sonner sa domestique et faire raccompagner le visiteur, comme dans les romans de Balzac. RF manqua ainsi l'occasion d'avoir pour beau-père un président de la République. Pourquoi déclina-t-elle son offre ? Parce qu'elle le trouvait un peu ridicule, avec sa moustache rebiquée, ses poses à la Montesquiou et ses serments éperdus ? J'ai peur que le premier motif n'ait pas été celui-là. Elle refusa par principe, estimant qu'une mère n'a pas à se remarier, quand elle doit consacrer tout son temps, son amour, son énergie à l'éducation de son fils.

12.

Genitrix

Conviction fatale, dont l'erreur retomba sur mon père. Jeanne Gabrié était une femme du Sud, elle aussi, d'un Sud moins corrupteur et démoralisateur que celui du Mexique, d'un Sud tempéré par les usages plus raisonnables de la démocratie française, mais Sud néanmoins, absorbé dans l'adoration et le culte des enfants mâles. Ajoutez le penchant au despotisme, la tyrannie maternelle déguisée en abnégation, l'ignorance des principes pédagogiques les plus élémentaires, la nécessité de tenir le rôle des deux parents auprès de l'orphelin, la concentration de tous ses soins sur le fils unique qui lui restait, et vous obtiendrez le portrait de la parfaite *genitrix*, poussant la sollicitude et l'amour jusqu'à la destruction.

J'ai vu mon père, à cinquante ans encore, lui obéir comme un petit garçon. Pendant la guerre, profitant des difficultés de ravitaillement pour renforcer sa domination par des envois de poulets et de viande, elle ajoutait à ses moyens de pression la tyrannie alimentaire. Le jeudi, nous déjeunions, ma sœur et moi, quai de Bourbon. Notre père nous rejoignait parfois. Il eut à subir une épouvantable scène, le jour où il osa dire qu'il avait fait la veille chez Mme de… le meilleur repas depuis longtemps. Pour fuir les imprécations de sa mère, il se leva de table au milieu du déjeuner, quitta la pièce et claqua la porte de l'appartement, sans nous dire au revoir, sans prononcer un mot. J'entendis son pas décroître dans l'escalier, le nez baissé sur mon assiette, les yeux en larmes, avec le sentiment d'être coupable d'un drame obscur dont les tenants et aboutissants m'échappaient.

Si encore ma grand-mère n'avait pu être jalouse que pour la nourriture ! « Moncho », comme elle appelait son fils, l'avait laissée constamment intervenir dans ses affaires, privées et publiques, sans trouver la force de la contrecarrer. Sa vie conjugale comme sa vie politique, cette dépendance les a viciées. Aux moments cruciaux de son existence, elle le jeta dans la voie la plus contraire à ses intérêts, à ses affections, à son honneur. Si, dans la force de l'âge et dans la maturité de son esprit, une telle servitude continuait à le ligoter, je me dis que sa mère l'avait élevé en sorte de lui ôter à tout jamais les moyens de s'affranchir. Sa volonté étant bien inférieure à son intelligence, il aurait eu besoin de règles sévères pour fortifier son caractère. Il ne trouva que la complaisance et l'aveuglement d'une mamma fanatiquement dévouée.

Le portrait que j'ai esquissé de lui plus haut n'a pas mis dans un relief suffisant la prestance physique du métis. De taille moyenne (1,77 mètre d'après son livret militaire) mais bien fait, avant que l'alcool ne l'eût épaissi, le teint basané, la paupière lourde, le sourcil fourni, le poil noir, pas un cheveu blanc, pas un cheveu tombé à cinquante ans, la mâchoire puissante, mon père était beau, de cette beauté mexicaine et sombre qui fige les traits et plaque sur le visage un masque. Sa figure était-elle plus mobile que sur les photographies de studio, trop posées, de Daniel Masclet, artiste à la mode installé quai de Bourbon, dans le même immeuble que ma grand-mère ?

La photo prise sur son lit de mort, dont j'ai parlé, me le révèle sous un aspect entièrement différent. Beauté pure, éthérée, sans rien de lourd ni d'exotique. Était-il double ? Le corps plombé par le sang mexicain ? Et l'esprit affiné, épuré par le maniement des idées, qui ne sont d'aucun lieu, d'aucun temps ?

On connaît la belle page qu'a écrite sur lui Maria Van Rysselberghe, la gidolâtre Petite Dame, non sans formuler une réserve inspirée par l'étrangeté de cette figure double. « Fernandez, physique vulgaire et engageant, donne l'impression d'une force disciplinée et conditionnée par des facultés extraordinaires… Il a la grâce du beau joueur, je ne sais quel mélange d'empire sur soi et de sans-gêne méridional qui n'est pas sans saveur. » (31 août 1926.) Beaucoup de ses amis, Roger Martin du Gard entre autres, ont été frappés par le contraste entre les deux RF, le gaucho mal dégrossi et l'intellectuel raffiné. En le rendant à son véritable ciel, qui était celui des idées et des livres, la mort aura fait le partage.

Mais suivons le jeune homme à travers les photos de ses vingt ans, puisque je n'ai pas d'autres indices pour retracer l'histoire de ses années d'études, en dehors d'une carte d'inscription, pour l'année 1913-1914, à l'École des sciences politiques. Il a souligné, dans la liste des professeurs imprimée au revers de la carte, sans doute pour suivre leurs cours, les noms de MM. Dupuis, R. Pinon et E. Bourgeois. Des clichés d'amateurs, couleur sépia, me le montrent à Cambridge, au début de l'année 1914, habillé en dandy, costume cintré et chaussures bicolores. Il était allé parfaire sa connaissance de l'anglais (mais pour répondre aussi, comme je vais en faire plus loin l'hypothèse, à un appel plus secret ; sans compter une motivation évidente : prendre quelque distance vis-à-vis de sa mère), langue dont il acquit la pleine maîtrise. Ce séjour lui permit de se forger, en dehors du cycle universitaire français, une solide culture britannique. En Sorbonne, il suivrait à son retour d'Angleterre les cours de Brunschvicg et de Bergson, sans aller plus loin que la licence de philosophie, obtenue en 1916. Les jeunes gens chic snobaient l'Alma Mater, et Jeanne, à qui la destinée maligne devait donner pour bru une agrégée, jugeait un professeur à l'aune de son salaire, c'est-à-dire avec le plus profond mépris.

Comment se formait un jeune garçon dont on voulait faire un homme du monde ? Comment se forma mon père ? En causant dans les salons, en voyageant, mais aussi en bûchant, seul, le soir, dans sa chambre, après le spectacle ou le souper, ce qu'ignorait Jean Prévost. Ce système, subventionné par les finances de la journaliste, ne réussit pas trop mal à Ramon III, qui émergea de ces années de vagabondage élégant et de travail solitaire beaucoup plus calé en littérature et en philosophie que les élèves des filières traditionnelles. Quel angliciste patenté a contribué plus que lui à faire connaître en France les écrivains d'outre-Manche ? Cet autodidacte en apparence si nonchalant introduisit, après la guerre, auprès des lecteurs de *La Nouvelle Revue française*, les grands noms de George Meredith, Joseph Conrad, Thomas Hardy, T.S. Eliot. Avec Eliot, il fut en correspondance. J'ai trouvé trois lettres de RF, écrites en anglais, au poète, qui lui avait demandé une contribution pour sa revue *Criterion*. Dans la première lettre, datée du 1er septembre 1924, il l'appelle « *Sir* » et lui propose un article sur Newman. Dans la deuxième (21 octobre 1924), il l'appelle « *My dear sir* », se déclare heureux que l'article sur Newman lui ait plu et lui offre, quand il viendra à Paris, de lui faire rencontrer Jacques Rivière. Dans la troisième (4 mars 1925), il l'appelle « *My dear Eliot* », lui apprend la mort inopinée de Rivière et quelle catastrophe, aux conséquences *« both material and moral »*, est pour lui la disparition du directeur de *La Nouvelle Revue française*.

RF était si bien introduit dans le milieu intellectuel anglais qu'on l'inviterait souvent en Angleterre, où il prononcerait des conférences en anglais, sans le moindre embarras. J'ai sous les yeux la feuille de route d'une tournée, du 13 février au 8 mars 1927.

« Dimanche 13 février : départ de Paris Nord 8 h 25, arrivée à Victoria 15 h 30, départ de Paddington 16 h 30, arrivée à Reading 17 h 12. Lundi 14 février : départ de Reading West 12 h 10, arrivée à Manchester London Road 16 h 50, conférence 19 h 30, grand public intelligent, le comique de Molière. Mardi 15 février : libre, transfert à Leicester. Mercredi 16 février : conférence à 20 h, George Eliot. Jeudi 17 février : départ de Leicester à 9 h 44, arrivée à Cambridge à 12 h 12, conférence à 18 h 30, Pirandello. Vendredi 18 février : départ de Cambridge à 11 h 08, arrivée à Oxford à 14 h 38, thé à 16 h, conférence dames à 17 h, conférence étudiants à 20 h, les deux sur Pirandello. Samedi 19 février : départ d'Oxford à 10 h 50, arrivée à Paddington à 12 h, conférence à 15 h, George Eliot. Lundi 21 février : conférence à Reading à 18 h 15, George Eliot. Mardi 22 février : départ de Reading 9 h 28, arrivée à Leeds à 15 h 58, conférence à 20 h à l'Université, le comique de Molière. Mercredi 23 février : départ de Leeds à 12 h, arrivée à Newcastle à 14 h 49, conférence à 20 h à l'Université, Pirandello. Jeudi 24 février, départ de Newcastle à 12 h 10, arrivée à Durham à 13 h 31, conférence à 17 h à l'Université, le comique de Molière. Du vendredi 25 février au lundi 28 février : libre. Mardi 1er mars : conférence à Leamington Spa à 20 h, le comique de Molière. Jeudi 3 mars : conférence à Newport à 20 h, le comique de Molière. Vendredi 4 mars : départ de

Newport à 10 h, arrivée à Birmingham à 12 h 37, visite du musée, thé, conférence à 18 h, le comique de Molière. Samedi 5 mars : départ de Birmingham à 12 h 43, arrivée à Derby à 13 h 36, conférence à 19 h 30, le comique de Molière. Lundi 7 mars : départ de Londres Victoria à 13 h 25, arrivée à Bexhill à 15 h 26, conférence à 17 h, le comique de Molière. Mardi 8 mars : conférence à Normanhurst, grande école de jeunes filles, le comique de Molière. Rentrée à Londres le même soir, arrivée à Charing Cross à 21 h. »

Qui organisait ces tournées ? Un marathon intellectuel et un exploit athlétique. Vingt-quatre jours de déplacements perpétuels, seize conférences sur trois sujets. Même aujourd'hui, où les Relations culturelles qui envoient un écrivain en mission à l'étranger sont soucieuses de rentabilité, elles n'oseraient lui infliger un tel programme. Quatre ou cinq conférences, c'est le maximum qu'elles exigent. Mon père sautait d'un train à l'autre, parlait aussi bien à un grand public qu'à des étudiants, aussi bien à des jeunes filles qu'à des dames après le thé, répandait son éloquence dans les deux temples de la culture anglaise, Oxford et Cambridge, comme dans des universités moins prestigieuses et des villes de second ordre. J'insiste sur cette anglophonie et anglomanie de RF, sur sa familiarité avec le monde britannique, sur son réseau londonien d'amis et de connaissances, toutes circonstances qui rendent d'autant plus stupéfiante la décision adoptée en 1940. Autant il se sentait étranger à la culture allemande – même à la culture classique allemande, sans parler de la non-culture hitlérienne –, autant il avait d'affinités avec les Anglais et leur littérature.

« Vous ne croyez pas si bien dire », me déclara Betty, ma belle-mère (elle me vouvoyait, comme elle vouvoyait son mari). J'étais allé, bien plus tard, la voir à Londres, où, dégoûtée par le pillage de leur appartement de la rue Saint-Benoît, œuvre de la Némésis républicaine, elle s'était retirée après la mort de mon père. « En juin 40, Ramon envisagea de partir pour Londres. Il s'ouvrit de ce projet à sa mère, qui poussa les hauts cris, puis lui joua la grande scène de tragédie : elle était vieille [soixante et onze ans, mais en ayant à vivre plus de vingt autres encore], elle était seule, allait-il l'abandonner dans ce Paris déserté par l'exode ? Il voulait donc sa mort ! Ramon céda à ce chantage, et... »

La suite, je ne la connaissais que trop. Ce qui me plut dans ce récit, ce fut de m'entendre confirmer que mon père était si peu satisfait de Jacques Doriot et de la doctrine fasciste que sa première impulsion, au lendemain de la défaite, avait été de gagner l'Angleterre. Ce qui me consterna, ce fut de le voir (mais là aussi je n'apprenais rien) dominé si complètement par sa mère, qu'il laissa filer sa chance de racheter son adhésion d'avant-guerre au PPF par un ralliement, qui n'eût pas manqué d'être remarqué, au général de Gaulle. Il eût rejoint, à Londres, son ami Raymond Aron, et, au lieu de passer à la postérité comme un parjure, il aurait eu, à son retour, les honneurs de la victoire. Cette hypothèse n'est nullement absurde. Entre de Gaulle et Doriot, que de points communs : la religion de l'ordre, la haine du gâchis, un nationalisme exacerbé, la mystique du chef supérieur aux partis, la volonté de nettoyer la France de ses mauvaises habitudes parlementaires et de la relever de sa « décadence », l'aspiration à une démocratie plus musclée. L'idéal dont mon père avait crédité le « grand Jacques », en se trompant de modèle et en prenant pour guide un forban, il l'eût trouvé en version plus authentique chez le « grand Charles », *duca, signore e maestro* vraiment digne de foi.

Mais nous n'en sommes qu'au premier avant-guerre. Le jeune dandy sort beaucoup, fréquente les bals masqués du comte Étienne de Beaumont, apogée de la saison parisienne, dans l'hôtel particulier de la rue Masseran que ne dédaignent pas de décorer pour un soir Picasso ou Cocteau. Le fils d'Alphonse Daudet, Lucien, l'appelle « cher Râ ». Il rend deux visites à Robert de Montesquiou, dont Proust faisait le modèle du baron de Charlus, et après chaque visite envoie une lettre de remerciement et de gratitude éperdue à l'homme du grand monde et auteur des *Hortensias bleus.* L'une est datée du 29 mai, l'autre du 26 juin 1914. « Vous m'êtes apparu comme l'émanation suprême de votre œuvre dont votre personne est le sommet. » « Je me permets de vous envoyer quelques vers dont le seul mérite sera d'avoir été lus par vous. » Pour excuser tant de flagornerie, rappelons qu'elle était dans l'air du temps, et que Proust lui-même n'y allait pas par quatre chemins pour les courbettes et les compliments – en particulier ceux qu'il adressait à ce même Montesquiou. Plus tard, quand on publia la correspondance de Proust, mon père convint (dans *La Nouvelle Revue française* du 1er avril 1931) qu'elle n'était pas à la gloire de l'écrivain. « Les lettres à Montesquiou ont surpris quelques-uns, parmi lesquels des proustiens convaincus. On y trouve Proust trop élogieux, et presque servile. J'avoue que l'effet d'ensemble n'est pas très plaisant, mais pour juger il faut avoir connu Montesquiou. » Et d'évoquer ses souvenirs d'avant-guerre, dans une page qui aurait fait un chapitre savoureux des mémoires qu'il n'a pas écrits. « La personnalité de l'homme était forte, surprenante, attirante aussi. Le mélange en lui d'un esthétisme affreux et d'un fond de gentilhomme campagnard authentique était assaisonné d'un esprit faiseur de "mots", lesquels doivent une grande part de leur éclat à la façon dont il les imposait à un auditoire subjugué. Le faubourg Saint-Germain, doué de tant de grâces et d'admirables qualités, ne pèche point par excès de goût. Montesquiou n'était qu'un noble émancipé et nerveux, profondément naïf, enfantin, artiste devant ses pairs, aristocrate devant les bourgeois, ayant l'admiration la plus touchante pour toutes les manifestations de l'esprit qu'il ne savait pas apprécier à leur juste valeur, prenant D'Annunzio pour Dante et Wells pour Newton, et finissant toujours par confondre le grandiose et le maniéré. »

Fort de son origine latino-américaine, RF commence une activité qui fera longtemps l'essentiel de sa réputation : il lance dans la haute société le tango, et devient le champion de cette danse qui, née dans les bordels de Buenos Aires, reçut, en grande partie grâce à lui, ses lettres de noblesse dans les salons du faubourg Saint-Germain. Il la dansait, selon le témoignage du philosophe Vladimir Jankélévitch, « comme Dieu le Père ». Avec l'élégance un peu canaille requise pour cet exercice qui tenait de l'art, du sport et de l'épate. Glissades, déhanchements, ondulations, renversements spectaculaires, pâmoisons chaloupées, virevoltes étourdissantes suivies d'alanguissements à rendre l'âme... De quoi scandaliser l'archevêque de Paris, qui lança en 1913 l'anathème contre une gesticulation et une esbroufe jugées trop lascives. Le pape Pie X qualifiait cette danse de « sauvage ». Tout Paris l'avait adoptée.

Le tango, cependant, n'était pas la seule arme de séduction dans la panoplie richement fournie du jeune Mexicain. Il avait d'autres moyens de plaire, d'amuser la galerie. Il faisait des imitations impayables, dans des langues étrangères qu'il ne connaissait pas. Un jour, place de la Concorde, des Russes, qui l'avaient entendu parler russe et pris pour un compatriote, lui demandèrent conseil. Très adroit dans les exercices du corps, il marchait sur les mains. Il pilotait des motos de course, des Voisin, des Bugatti décapotées, tête nue hors du minuscule habitacle, les yeux protégés par de grosses lunettes d'aviateur dont il agrafait le cordon sur sa nuque. À la suite de sa mère, il passait une partie de l'été à Biarritz, vacances mi-sportives, mi-érotiques, dont on trouve un écho dans la nouvelle qu'il publierait dans deux livraisons (septembre et octobre 1924) de *La Nouvelle Revue française*, dirigée alors par Jacques Rivière.

Surprises est un texte symptomatique, où je sens à la fois la fascination pour l'oisiveté dorée des plages méridionales et le rejet satirique d'un mode d'existence jugé imbécile. Le récit est mis sous la plume d'une jeune fille de la haute bourgeoisie. Vingt-deux ans, libre, affranchie, sportive, échantillon de cette nouvelle génération où Paul Morand choisissait ses héros. Parmi ses congénères, Dominique distingue les Affreuses (soumises à leurs parents, à la tradition, « bétail de la foire au mariage ») et les Terribles (qui sortent, dansent, choisissent leurs flirts, comme elle le fait elle-même). « Finis les minauderies de boudoir et les égarements de chaise longue de Paul Bourget. » Biarritz la surprend, l'amuse, l'horripile. « Imaginez une sorte de Magic-City, ou plutôt de Tragic-City, sans forme et sans couleur. Dans les rues qui respectent le tracé des anciens chemins de mules, les Hispanos emboutissent les chars à bœufs. Le souffle court du klaxon des villes se mêle au cri rauque du klaxon des champs. L'allonge héréditaire du Basque règle l'allonge étudiée d'un jeune animal à sweater jaune qui révèle sous son feutre enfoncé le hâle chimique de la crème N° 10. Des jeunes gens casqués de brillantine balancent leurs corps bleus et blancs : pourquoi ébauchent-ils tout le temps des coups de poing avec leurs épaules ? » Dans ce « ghetto de la vanité » fréquenté par « ces Américains du Sud qui nous paraissent de loin donner le ton de la vie moderne » (tiens, tiens !), Dominique se donne aux caquetages et aux coquetteries du bavardage mondain, aux agaceries et aux agacements du flirt. « C'est un vide magnifique rempli par une incessante activité. » Elle refuse aussi bien d'être une marchandise sexuelle que de céder à l'illusion de l'amour, puisque « c'est à la faveur de cette illusion que la femme devient une esclave ».

Méfiance à l'égard de son propre désir, volonté de ne pas être dupe, prudente curiosité des corps, féminisme modéré : ce sont là les thèmes de l'époque, évoqués dans un style brillant et bavard qui est lui aussi dans la bonne moyenne des années 1925. Je relève, pour essayer de comprendre le monde intérieur de mon père, une significative bipolarité : vers les coutumes héréditaires des provinciaux et vers leur singerie par les Parisiens. Vers les Hispanos et vers les chars à bœufs. Est-ce pour avoir trop abusé des premières que le RF des années 40 se laissera séduire par les doctrines vichystes du « retour à la terre » ? Pour s'être mêlé trop complaisamment aux jeunes gens casqués de brillantine, rejoindra-t-il un jour les militants du PPF qui portent, eux, une tenue véritablement militaire et font le coup de poing pour de bon ?

Un passage retient particulièrement mon attention : la crise de conscience que traverse Dominique. « De deux choses l'une : ou bien je réprouve l'esprit de mon milieu, et j'ai tort d'y demeurer, ou bien je cède encore aux préjugés et je dois me retirer, me reprendre, m'examiner, me mettre au point. Depuis que je suis ici je me laisse vivre, la proie des surprises. Ma conduite est sans rapport avec ma volonté : je veux, et puis je bronche, et puis je veux encore, et puis je ne sais plus si je dois regretter d'avoir voulu ou d'avoir bronché. Mon état, est-ce un état de liberté ? »

Une conduite sans rapport avec la volonté, une volonté qui ne cesse de broncher : je ne vois pas de meilleure analyse de ce que sera le comportement politique de mon père. « Je veux, et puis je bronche » : de gauche à droite, comme une girouette. Et pour finir : fasciste. Fasciste ? Objectivement oui. Il n'y a pas de doute là-dessus, si l'on regarde les choses du dehors. Mais son état, était-ce un état de liberté ? Pressentiment, par la littérature – sur un sujet complètement étranger aux préoccupations politiques –, de ce que serait, dans un peu plus de dix ans, sa dérive.

13.

Le jeune Ramon : rapports au sexe et à l'argent

La vie sexuelle du jeune homme, en ce premier avant-guerre ? Premières maîtresses, sans doute, bien qu'il ne soit pas facile d'être le fils de Jeanne Adeline. Si, d'un côté, on l'imagine fière de le voir faire le coq et collectionner les succès féminins, d'un autre côté, n'a-t-elle pas à craindre qu'il ne tombe amoureux pour de bon et ne lui file entre les doigts ? Oh ! elle le tient bien, car elle le tient par l'argent, ayant fait en sorte qu'il lui soit presque impossible d'échapper à son pouvoir.

S'il reste en laisse, avec une marge de manœuvre très limitée, ce n'est pas faute de l'avoir suppliée de l'aider à trouver un travail. Dans une lettre de l'été 1916 (il a vingt-deux ans), il lui écrit de Versailles, sur papier à lettres à en-tête de l'« Hôtel de France », pour lui confier sa déception d'avoir manqué un poste dans un collège privé. On lui a offert d'enseigner le latin et le grec. « Ce poste m'est inaccessible. J'ai écrit pour dire que je pouvais professer l'anglais jusqu'à la classe de troisième. » Et le voilà présentant sa requête en soulignant les mots : « Je voudrais vivement que tu t'occupes de quelque chose pour moi ; je peux faire un saut à Paris n'importe quand. Il faut absolument que je fasse quelque chose à la rentrée, n'importe quoi, mais quelque chose de rétribué ; il est nécessaire que je gagne de l'argent à la rentrée. »

Réitération, plus motivée, dans la lettre suivante, où il avoue qu'il commence à admirer l'Amérique (pour son pragmatisme). « Je ne suis pas libre vis-à-vis des gens. À vingt-deux ans, il faut pouvoir moucher les gens avec des billets de banque, si l'on veut faire ce qu'on veut. C'est pourquoi je suis décidé à gagner de l'argent coûte que coûte, que ce soit dans un Collège ou dans une Banque, peu importe. L'expérience rend utilitaire ; j'aurais aimé éviter de le devenir, mais qu'y faire ? Le docteur Faust ne nous offre pas, avant Méphisto, un idéal bien désirable ! »

Un passage de la même lettre me confirme dans l'impression que, s'il tient autant à gagner de l'argent, c'est moins par sens des responsabilités et maturité civique que pour satisfaire ses plaisirs. Un vrai pacte avec Méphisto, de la part de ce Faust désireux de contrebalancer l'austérité de ses études par d'aimables récréations. Le jouisseur mexicain apparaît pleinement dans les lignes suivantes. Sa mère, lui explique-t-il, veut le garder à Paris (ou à Versailles, ce n'est pas clair), alors qu'il vient de passer sa licence et qu'il aurait droit aux « amusements ». Et de citer deux exemples historiques pour appuyer ses revendications. « Le père de Deschanel faisait passer à son fils ses vacances à Louis-le-Grand pour une picadille [*sic* : hispanisme involontaire ?] : cela lui a-t-il beaucoup servi ? D'Annunzio a surtout cherché à bien vivre : cela lui a-t-il beaucoup nui ? »

Lui, décidé à « bien vivre », expose à sa mère ce qui les distingue. « Toi, dans la vie, tu as toujours été une Romaine. Cela est admirable, et nul plus que moi, quoique j'en parle peu, ne sait mieux l'admirer, mais ce n'est pas ma faute si je te suis bien inférieur. Je suis, je crois, plus méridional, désarmé devant les mouvements du cœur et la beauté aiguë des instants, de ces instants où l'on est sûr, quoi qu'il arrive, de ne pas perdre son temps. Comme dit Verlaine : "J'ai la fureur d'aimer." »

Plusieurs détails m'intriguent, ici. Qu'appelle-t-il « une Romaine » ? Sans doute désigne-t-il par cette épithète qui sent son Corneille la veuve qui a refusé de se remarier et qui n'a pas d'amant, la femme, de devoir plus que de cœur, qui a préféré aux aventures sentimentales le travail et la carrière professionnelle, la Minerve qui a opté pour le bureau en renonçant au lit. Or quelle femme se choisira RF pour épouse ? Une « Romaine », encore plus « romaine » et Minerve que sa mère. Invoquer le tempérament « méridional » et l'exemple de D'Annunzio pour justifier son besoin de dépenses semble une commodité prête à couvrir bien des lâchetés. Enfin, il est curieux de retrouver dans *Surprises*, texte publié huit ans après, la même citation de Verlaine. « Vous connaissez les vers de Verlaine : "J'ai la fureur d'aimer." » L'héroïne de la nouvelle a vingt-deux ans, comme le jeune homme de la lettre. Cette Dominique inquiète et lucide, qui cherche l'amour mais a peur de s'aliéner dans un engagement, qui flirte et virevolte sans être jamais satisfaite, ne serait-elle pas un double féminin de l'auteur ? Lequel, pendant toutes les années de sa jeunesse, et malgré ses appels pressants, ne reçoit de sa mère aucun appui pour trouver un métier. A-t-elle cherché pour lui ce « quelque chose » qui l'aurait libéré ? Ou s'est-elle gardée d'entreprendre des démarches qui auraient eu pour effet de le détacher d'elle ?

Il n'a aucune formation professionnelle, aucun diplôme qui donne accès à un métier, pas d'autres ressources que les libéralités maternelles. Elle ne lui a appris ni à établir un budget, ni même à remplir un chèque (je tiens ce détail de Betty). L'aider à chercher une place fixe, ce qu'on appelle une situation ? Fi donc ! ce serait l'entraver dans son développement. Jeanne femme du Sud et Jeanne despote maternelle se sont liguées pour ôter à Ramon III l'autonomie financière, manière infaillible de le garder sous leur dépendance. De le savoir incapable de subvenir aux besoins d'un ménage apporte, à celle qui craint le mariage de son fils comme une dépossession, la quasi-garantie qu'il restera célibataire.

Pourtant, le danger subsiste, l'amour plante ses flèches où il veut. Jeanne, pour son compte, est forte, ce n'est pas une sentimentale à qui on conte fleurette sans risquer une gifle. Elle l'a prouvé avec l'épisode Deschanel. Son fils, qui n'a pas cette trempe, pourrait tomber dans les rets d'une « petite » – image qui traduit parfaitement le dédain que lui inspirent les battements de cœur, roucoulades et autres symptômes de la maladie de Tristan. Aussi a-t-elle soin de diriger ses pulsions érotiques, comme nous le verrons dans un chapitre ultérieur, vers des femmes que leur haute position dans la société, leur nom, leur fortune rendent inaccessibles à un garçon à la fois roturier et pauvre. S'il peut être pour elles le charmant partenaire d'une liaison, il est hors de question qu'elles se l'attachent par un engagement durable. J'interprète ainsi l'essaim des « comtesses » – j'en ai connu deux assez bien – où mon père va virevolter avant son mariage.

Ce qui ne l'a pas empêché, j'ai de fortes présomptions pour le croire, de rechercher ailleurs des satisfactions, du côté où sa mère n'avait pas à redouter de rivales, là où son goût, qui sait ? le portait plus spontanément.

Pauvre, il l'était assurément, et l'est resté jusqu'à sa mort. Mais roturier ? L'acte de mariage de ma grand-mère, en date du 20 mars 1893, spécifie que l'époux est le fils de Ramón Fernández, ministre du Mexique à Paris, et d'Irène Fernández de Arteaga. Dans le livret de famille, établi à la même date du 20 mars 1893, je constate que le mari est désigné comme étant le fils de Ramón Fernández de Arteaga, et que lui-même, dans la case « époux », est mentionné sous les noms de Ramón María Buenaventura Adeodato Fernández de Arteaga. Au Mexique, il est vrai, la particule n'est pas forcément un signe de noblesse ; on dit d'ailleurs plus volontiers : Fernández y Arteaga. Elle indique (et c'est sans doute ici le cas) à quel arbre de l'innombrable famille Fernández appartiennent le beau-père et le mari de l'épouse. Mais en France, mon père aurait pu se targuer de ce « de Arteaga » pour faire croire qu'il appartenait à l'aristocratie, avantage nullement négligeable dans le Paris de Proust et de Paul Morand. S'il a laissé tomber la particule et l'appendice joliment sonore, s'il a toujours signé « Ramon Fernandez », ses lettres comme ses livres, c'est moins, je pense, par peur du ridicule, que par profonde indifférence à ce qui n'était pas le mérite personnel.

Pourtant, une fois, il semble avoir dérapé sur ce sujet, si l'on en croit Jean Grenier, qui rapporte cette conversation, au début de l'Occupation (*Sous l'Occupation*, Éditions Claire Paulhan, 1997) : « Fernandez venait de se marier... Je lui demande si le nom de Fernandez n'est pas souvent porté par des Juifs en Espagne et au Mexique. Il me répond : "C'est un nom patronymique. Quand les Juifs convertis ont pris des noms chrétiens en Espagne, ils ont adopté les noms des grandes familles qui leur avaient servi de parrain ; je m'appelle d'ailleurs marquis de Laparra." » Première nouvelle : je n'ai jamais entendu prononcer ce nom par ma grand-mère, dont le snobisme se fût délecté d'un fils marquis. Comme les carnets de Jean Grenier contiennent beaucoup d'erreurs sur mon père, dues à une inimitié patente, je mets en doute la véracité de cette déclaration. Ou bien mon père se sera moqué de son interlocuteur, dont l'hostilité l'agaçait.

14.

La Grande Guerre

Août 14.

Ramon III, fils d'un Mexicain, est resté, comme sa mère, de nationalité mexicaine (il ne prendra la nationalité française, par un décret de Gaston Doumergue, président de la République, signé par Louis Barthou, ministre de la Justice, que le 20 mai 1927, après son mariage, avant et pour préparer la naissance de ses enfants). Pour Jeanne, un prétexte rêvé. Il aurait pu s'engager, elle l'en empêche. Il n'ira pas au front, il ne sera même pas mobilisé. Rien ne change pour lui. Il continue, à l'arrière, une vie studieuse devenue par la force des choses une vie de planqué. L'élan patriotique qui soulevait la France, l'enrôlement de ses camarades de Sorbonne comme de ses amis mondains, le départ pour les tranchées de toute la jeunesse, l'improbation qui frappait les embusqués ne pouvaient le rendre, ce garçon de vingt ans, que malheureux. Se réjouir d'éluder, par le hasard de la naissance et les intrigues d'une journaliste de mode, un devoir auquel il voyait tous ceux de sa génération obéir de grand cœur, ce n'était pas dans son tempérament. À cette époque, on ne se demandait pas si le sacrifice des intérêts personnels à la patrie était le plus noble des idéals ou une docilité d'imbécile manipulé par le pouvoir. Qui eût osé mettre en doute l'héroïsme de Péguy, d'Alain-Fournier ?

La plupart des camarades et amis de Ramon III ne revinrent pas de la guerre. Lui, entre ces millions de morts, se retrouva sain et sauf, mais au prix de ce qu'il estima être une trahison. Personne ne l'accusa, sans doute, il avait un solide alibi. Sa conscience, cependant, était à l'œuvre, pour le poursuivre et le tourmenter. Mes preuves, en l'absence de tout texte écrit de sa main ? Ce que décida mon père, plus de vingt ans après, en s'engageant dans l'armée, le 5 avril 1940. Trop vieux désormais pour être envoyé au front, il était encore bon pour porter l'uniforme et « servir », fût-ce dans une caserne de l'arrière. Il resta près de Bourges jusqu'au 3 août, jour de sa démobilisation, notifiée par le capitaine du régiment d'artillerie de Bénévent-l'Abbaye. Bénéfice indiscutable de cette parenthèse militaire : une cure de désintoxication alcoolique, qui lui permit, à peine rentré à Paris, de reprendre ses travaux littéraires, abandonnés depuis plusieurs années.

Déjà, en 1937, parmi les causes directes de son ralliement au PPF, je mets en première ligne l'aspect militaire des sections doriotistes. Sans la honte d'avoir sauvé sa peau de la boucherie de Verdun, sans la volonté pathétique de remplacer le soldat qu'il n'avait pas été au bon moment par un fantoche en uniforme, l'aurait-on vu, à Paris et en province, se pavaner à la tête de défilés ou à la tribune de meetings, déguisé en milicien, avec la tunique bleu marine et le béret basque des nervis fascistes ?

Pis encore, ce complexe de Mars, né de la frustration militaire, je le vois à l'œuvre pendant l'Occupation. Pour séduire mon père, dans cette Allemagne avec laquelle il n'avait aucune affinité intellectuelle, pour lui faire oublier l'Angleterre et l'inciter à « collaborer », il fallait le prestige de la Wehrmacht et des victoires qu'elle remporte. La gloire des vainqueurs, cet ancien sportif y est resté trop sensible. Il n'a pas su, pendant la Grande Guerre, tenir sa partie dans l'équipe gagnante ? Cette fois, il ne va pas rater l'occasion. À quelles conditions Hitler est en train de conquérir l'Europe, dans quel but le Führer lance ses divisions vers l'Atlantique et bientôt vers l'Oural, il ne veut pas le savoir. La fascination de l'uniforme vert-de-gris devant lequel aucune armée ne résiste l'aveugle sur la face sombre et criminelle du nazisme.

Principale responsable de cette mystique du guerrier : sa mère. En interdisant à son fils de se battre aux côtés de ses amis quand l'intérêt supérieur de la nation était en jeu, Jeanne le condamnait à se battre un jour contre ses amis, à se déshonorer par une absurde volonté d'expiation.

15.

Marcel Proust

Néanmoins, ces vacances impudentes ne furent pas sans profit pour mon père. Il put s'adonner à ses premiers essais littéraires et nouer des relations. L'abbé Mugnier raconte comment, le matin du 25 juin 1917, « Ramuncho Fernandez » est venu le voir. « Il est licencié ès lettres, et vient d'avoir je ne sais plus quel titre en philosophie mais il veut s'occuper de lettres, d'œuvres d'art. Il m'a lu la première partie d'un drame, *Floréal*. La scène se passe le matin, au bord de la mer. C'est une bacchanale. Fernandez m'a parlé d'un journal que lui et quelques amis venaient de créer, sous ce titre : *La Belle matineuse*, nom emprunté à Ménage. Il a écrit sur Claudel et montré qu'il tire sa technique du dogme catholique. » De *Floréal* comme de *La Belle matineuse* il ne reste absolument aucune trace. Je ne sais de quels amis il s'agit. Mon père ne s'est jamais plus essayé au théâtre, ni occupé de Claudel, un auteur qui me semble aussi éloigné que possible de ses goûts et de ses préoccupations, mais qui peut l'avoir rapproché, momentanément, de Jacques Rivière. À vingt-trois ans, comme tout jeune homme, il cherchait sa voie. Plus conforme à ses intérêts profonds était l'admiration qu'il portait déjà à Meredith. Il place le romancier anglais, dit l'abbé Mugnier, « sinon au-dessus de Balzac, du moins à côté : "un Balzac plus aigu" ». Selon ce même témoin, mon père et ses amis aimaient Nietzsche, mais avec des réserves. « Fernandez et ses amis ont dépassé Nietzsche en ce sens qu'ils concilient le vitalisme de ce dernier et les idées altruistes. » Rien de plus éclairant chez l'abbé, qui transcrit plus qu'il ne commente.

À force de voltiger dans le monde, mon père tomba sur Marcel Proust. Dès 1914, celui-ci exprimait à Lucien Daudet son « grand désir de connaître Fernandez » à qui autrefois, mais trop rapidement, il avait été présenté dans un théâtre. Le 16 mai 1915, il réclamait au même correspondant « des nouvelles de Fernandez ». « Que devient Fernandez ? » demandait-il encore, fin décembre de la même année. Le 31 décembre 1916, Lucien Daudet rapportait à ma grand-mère ce détail savoureux : « Marcel Proust m'écrit : "Je suis revenu chez moi amoureux de Madame Fernandez (*sic*) – c'est la belle-sœur sans doute de Ramon Fernandez (re*sic*)." » Le 8 avril 1918, Proust à Lucien Daudet : « J'ai été enchanté de dîner avec Fernandez, l'autre soir », bien que le « physique » du jeune homme ne l'attirât guère (ce n'était pas son type).

La première lettre de Proust à mon père (trois seules restent connues, qui lui donnent l'occasion de mettre ses « respectueux hommages aux pieds de votre admirable Sœur-Mère ») date du 27 avril 1918. Il y fait allusion à leur rencontre récente aux Ballets russes ; « J'ai été doublement heureux de vous voir l'autre samedi », ayant souhaité connaître « une belle intelligence » et découvert mieux que cela, un encouragement à développer un de ses personnages qu'il avait l'intention d'abandonner. « De ce Legrandin que seule une erreur dans la correction des épreuves m'a empêché de retirer de *Swann* où il est si ennuyeux, Fernandez parle tellement mieux que moi que Legrandin redevient utile. »

Ce fut à cette époque que débuta leur amitié. Mon père venait d'avoir vingt-quatre ans. Le Vénézuélien Reynaldo Hahn, compositeur de musiques légères et homme du monde, qui était un ami de ma grand-mère et un autre Latino-Américain de Paris, avait pu servir d'intermédiaire, en même temps que ce Lucien Daudet, lui aussi ancien amant de Proust, et qui avait organisé chez lui, le 30 mars 1918, ce dîner entre Proust et mon père.

Ma grand-mère voyait beaucoup la famille Daudet. La veuve d'Alphonse organisait des réceptions pour les enfants. Il me souvient d'avoir été traîné dans un immense salon, où une très vieille dame (elle ne mourut qu'en 1940, à quatre-vingt-seize ans) distribuait des cadeaux, entre deux numéros de prestidigitation. J'avais une peur affreuse de ces polichinelles qui jaillissaient d'une boîte. Lucien, né en 1878, dix ans après Léon, faisait partie de ce cercle d'hommes en vue dont ma grand-mère aimait s'entourer, parce qu'ils avaient un pied dans le monde, un autre dans la littérature. Brouillé avec son frère aîné, plus célèbre, dont il ne partageait pas les idées d'extrême droite, celui que Proust appelait « mon cher petit » entretint jusqu'à sa mort une volumineuse correspondance avec ma grand-mère. Il terminait ses lettres par un « tendrement à vous ». Certaines d'entre elles donnent des indications intéressantes sur le caractère de mon père.

Par exemple, le 17 août 1933 : « Vous êtes tout ce qui compte (dans le fond) pour Moncho. Mais il est si faible. C'est ce qui m'empêchera (moi qui ne suis pas sa mère) de me lier de nouveau fraternellement avec lui… Quand on sent un être si influençable, on s'éloigne. » Le 26 mars 1934 [après les événements du 6 février et le virage à gauche de mon père] : « Je n'ai plus jamais rien su de Moncho. Je ne puis supposer qu'il me haïsse personnellement, ce serait si bête ! Enfin, moi, je connais mes sentiments pour lui, intacts, quelles que soient ses opinions et les miennes. Je crois que chaque homme porte en soi sa dose d'enfantisme à travers la vie. La sienne, c'est de temps en temps de faire table rase de tout. » Étonnante perspicacité : la maladie d'« enfantisme » et le désir récurrent de tout saccager, dans l'illusion de renaître à nouveau, voilà les clefs à ne pas oublier quand j'essaierai de comprendre les déroutantes embardées de mon père.

Je l'ai connu, ce Lucien Daudet, en une circonstance qui m'a laissé une profonde impression. C'était au lendemain de la guerre, j'avais quinze ans, lui soixante-six. Ma grand-mère, privée de ressources à part une maigre pension que lui versait un journal argentin, vivait plus ou moins de la charité des amis riches qu'elle avait autrefois obligés lorsqu'elle était une journaliste influente. Lucien avait préparé pour elle un paquet de beurre (nous étions encore en période de sévères restrictions) qui provenait de sa maison de campagne, et j'étais chargé d'aller le retirer rue de Bellechasse pour l'apporter quai de Bourbon. « Profites-en pour voir de près un personnage d'une époque disparue », me dit ma grand-mère, plus âgée de dix ans.

Un valet de chambre en gilet rayé, espèce que je n'avais jamais vue, moi qu'une mère pauvre élevait à la dure, dans les principes les plus spartiates, m'ouvrit la porte ornée d'un marteau de bronze, me toisa d'un air dégoûté et, sans dire un mot, me fit signe de le suivre jusqu'au bout d'un corridor, obscur et sentant le moisi, qui me parut interminable. Nous débouchâmes dans une grande pièce surchargée de tentures, de tableaux, de bibelots, de livres, où flottait une odeur de poussière, de pommes blettes et de velours humide.

Au fond d'un fauteuil, les jambes enveloppées dans un plaid à carreaux, recroquevillé dans une vieille robe de chambre (cette fameuse robe de chambre que son avare de famille, après sa mort, vendrait à un fripier, sans se douter qu'il avait cousu dans la doublure les diamants de sa mère), se tenait un vieillard auquel j'aurais donné cent ans. Quelle figure pouvais-je faire, devant cette ruine auguste, fagoté comme j'étais ? Chaussé de sandales à semelles de bois, où les doigts de pied dépassaient des lanières, je portais un pantalon de golf, qui s'attachait sous les genoux. La momie me regarda m'avancer. À moitié mort de honte, à cause de mes pieds et de mes mollets nus, dans ce salon qui avait l'air d'un musée, j'osais à peine m'asseoir sur un des nombreux sièges recouverts de tapisserie. Le valet de chambre tapota le fauteuil dans mon dos. Lucien prit des nouvelles de ma grand-mère. Pendant que sa bouche aux lèvres blêmes marmonnait des paroles anodines, son œil dilaté par une attention que je m'expliquais d'autant moins qu'il ne me posait aucune question pour savoir qui j'étais, quelles études je faisais, furetait le long de ma personne avec une rapidité à la fois prudente et hardie qui m'ôta mon reste de contenance, bien que je fusse trop nigaud pour soupçonner la cause de cet examen. En lisant, plus tard, *À l'ombre des jeunes filles en fleurs*, je découvris que le baron de Charlus, croisé sur la digue de Balbec, avait produit sur le jeune narrateur, par ses regards dont la mobilité fuyante se resserrait tout à coup en pénétrante inquisition, le même effroi que Lucien sur la petite gourde plantée devant lui.

Je n'avais pas eu besoin de lire son roman pour être initié au monde de Proust, à cet univers délicieusement faisandé que tout, dans ce bric-à-brac d'esthète, rappelait : l'accumulation d'objets de grand goût, la poussière qui les recouvrait, les manières cérémonieuses et ironiques du valet, les sous-entendus équivoques tapis au fond des propos convenus.

« Je suis venu pour le beurre », dis-je pour cacher mon malaise, mais la trivialité de la mission qui m'amenait dans ce sanctuaire de la littérature et de l'art, et la gaucherie de ces quelques mots ne firent que l'augmenter. Il fixa sur mes joues qui devenaient écarlates un ultime coup d'œil interrogateur, puis, s'étant dit qu'il n'y avait décidément rien à tirer d'un lourdaud aussi empoté, il me tendit une main molle et dit à son domestique de me reconduire. La taie de l'indifférence était retombée sur sa prunelle un moment plus tôt si vorace. Je fus peut-être, à mon insu, la dernière déception de celui qui avait été un des compagnons les plus chéris de Proust, et lui avait sans doute, trente ans auparavant, présenté le jeune Ramon III.

Le beau métis à la peau brune (métis ? Du moins, jouait-il à l'être) devint un familier de celui autour duquel la publication récente de *Du côté de chez Swann* avait attiré un petit cercle de connaisseurs. En 1924, Alfonso Reyes, qui habitait, au 44, rue Hamelin, l'immeuble où était mort Proust, fut informé par le concierge qu'un jeune homme d'origine mexicaine avait fréquenté le grand écrivain. Grâce à Proust, qui l'avait présenté à Jacques Rivière[1], mon père entra, en 1923, à *La Nouvelle Revue française*, débutant par un hommage au romancier qui venait de mourir. RF raconte comment, une nuit, en pleine guerre, tandis que les gothas faisaient rage, il entendit, dans la cour déserte de son immeuble,

1. Charles Du Bos note dans son Journal, à la date du 22 octobre 1923, que dans son salon où il avait réuni quelques amis, « Jacques Rivière et le charmant jeune Ramon Fernandez » ont fait leur entrée, au grand contentement de Gide. (*Extraits d'un Journal*, Éditions de la Pléiade/Schiffrin and Co., 1928, p. 168.)

44, rue du Bac (en face des futures éditions Gallimard de la rue Sébastien-Bottin, le même immeuble où, dans les années 30, André Malraux habiterait et recevrait ses amis), une voix l'appeler. Proust avait traversé Paris, dans le fracas des autocanons qui bombardaient le ciel, pour le prier d'un tout petit service. « Est-ce que vous pourriez, vous qui savez l'italien, prononcer la traduction exacte de *sans rigueur* ? » Je ne crois pas que mon père sût l'italien, mais ses dons d'imitation, entre autres talents de société, devaient être déjà proverbiaux. Il prononça *senza rigore* aussi nettement qu'il le put, après quoi son visiteur lui expliqua qu'ayant eu l'imprudence de placer dans un passage de son livre ces deux mots italiens, il lui était intolérable de n'en pas connaître la musique exacte. Pendant qu'il parlait, « il restait debout, la tête légèrement inclinée sur l'épaule, le corps raide, mécanique et léger comme celui d'un médium en transe, et tournant sur lui-même comme la lampe d'un phare, il éclairait d'intelligence les moindres recoins de la pièce où je le recevais. Ses admirables yeux se collaient matériellement aux meubles, aux tentures, aux bibelots ; par tous les pores de sa peau il semblait aspirer toute la réalité contenue dans la chambre, dans l'instant, dans moi-même ; et l'espèce d'extase qui se peignait sur son visage était bien celle du médium qui reçoit les messages invisibles des choses ».

Dès 1919, mon père, un des premiers à subir la fascination de Proust et à reconnaître son génie, écrivit sur *Pastiches et Mélanges* une étude (jamais publiée et sans doute perdue) qu'il soumit à leur auteur, lequel lui répondit par une lettre d'éloges. La meilleure preuve de l'estime où il tenait son jeune admirateur fut de lui donner la primeur de l'idée qu'il développerait bientôt dans son étude sur le style de Flaubert. « Vous m'avez deviné par votre *Critiques et actes* car j'avais d'abord voulu faire paraître ces pastiches avec des études critiques parallèles sur les mêmes écrivains, les études énonçant d'une façon analytique ce que les pastiches figuraient instinctivement (et vice versa), sans donner la priorité ni à l'intelligence qui explique ni à l'instinct qui reproduit. Le tout était surtout pour moi affaire d'hygiène ; il faut se purger du vice si naturel d'idolâtrie et d'imitation. Et au lieu de faire sournoisement du Michelet ou du Goncourt en signant (ici les noms de tels ou tels de nos contemporains les plus aimables), en faire ouvertement sous forme de pastiches, pour redescendre à ne plus être que Marcel Proust quand j'écris mes romans. » (Août 1919.)

Trois lettres, dont celle-ci, qui ont été publiées, les autres étant perdues, une longue dédicace à un volume des *Jeunes filles*, voilà les seuls témoignages matériels qui me restent des sentiments que Marcel Proust pouvait porter à mon père. Confiance dans les dons intellectuels du jeune homme et sans doute quelque chose de plus. Le « Cher Monsieur » de la première lettre devient ensuite « Cher ami ». Amicales (pour le moins) durent être leurs relations, si le reclus enfermé dans son œuvre accepta que son cadet de vingt-quatre ans vînt lui faire la lecture, en plusieurs séances nocturnes, d'un manuscrit dont il était l'auteur. Dans ce roman, intitulé *Philippe Sauveur*, mon père ne traitait de rien de moins que de l'inversion – ainsi appelait-on alors l'homosexualité –, en développant la thèse du « vice bourgeois ». Erreur, lui objecta Proust, peut-être soulagé de dissimuler, en relevant une fausseté historique, un jugement littéraire défavorable. Il écrivit à mon père plusieurs lettres et eut avec lui quelques entretiens à ce sujet (selon le témoignage de RF dans son livre sur Gide). L'inversion, précisa-t-il, est de tous les milieux, de toutes les classes, elle est répandue dans toutes les couches de la société – vérité qu'illustreraient les amours du baron de Charlus et du giletier Jupien. Dépité, mon père abandonna son manuscrit, qu'il avait lu aussi dans certains salons, à en croire l'abbé Mugnier.

« 4 novembre 1917. Dîné, chez les François de Castries avec les enfants et Ramon Fernandez. Fernandez m'a fait un grand éloge de la poésie anglaise, Swinburne, etc. Il fait un roman sur les invertis qui aura pour titre *Philippe Sauveur*. Raphaël en est mort, dit-il. Les invertis d'autrefois très différents en ceci qu'ils avaient le culte spirituel de ceux qu'ils aimaient. Barrès serait de la bande. »

« 10 novembre 1917. Hier déjeuné chez les François de Castries avec Fernandez. Ce dernier nous a lu, après le repas, des fragments de son roman sur les invertis. C'est avec émotion qu'il lisait, en particulier, le chapitre de la séduction, un hymne en l'honneur de cet amour condamné.

« L'amour de l'être pour son semblable. Le héros a commencé par aimer particulièrement sa mère : "signe distinctif". Il paraît aussi que les menus souvenirs d'enfance tiennent une grande place dans la mentalité d'un inverti *(Du côté de chez Swann)*. Le roman de Fernandez est, par moments, remarquablement écrit. Dans la pièce close, préparée pour la séduction, on voit les dessins du peintre anglais Beardsley. J'étais trop fatigué [ajoute le bon abbé] pour jouir suffisamment de cette lecture. »

Douze ans plus tard, l'abbé Mugnier me baptiserait. C'était une crème d'homme, que son dénuement, plus que le snobisme, poussait à s'asseoir à la table des riches. Ma mère, qui aurait eu toutes les raisons d'être hostile à un ecclésiastique mondain, l'excusait sur son indigence. Elle l'avait vu ramasser et avaler les miettes éparpillées autour de son assiette, geste de pauvre qui l'avait touchée.

16.

Philippe Sauveur

Philippe Sauveur ne figurant pas dans les archives en ma possession, je pensais ce texte, renié par mon père, définitivement perdu. Invité en 1991 à présenter à la télévision *L'École du Sud*, roman où j'avais évoqué très librement l'enfance de mon père, en la transposant en Sicile, j'exprimai le regret d'être condamné à ignorer un document qui devait être de première importance pour connaître les goûts et les intérêts du jeune homme. Écrire sur l'homosexualité, à cette époque, quand on était soi-même, ou qu'on passait pour être, un homme à femmes ! Quelle étrange curiosité poussait l'apprenti romancier ? Il est sans exemple, autrefois comme aujourd'hui, qu'un écrivain ait abordé ce sujet sans être lui-même de la famille ou tenté d'y entrer. S'il est sans danger, à présent, de traiter ce thème, quel risque il fallait prendre il y a cent ans ! Que devais-je donc penser ? Peu après l'émission, je reçus une lettre d'Auxerre. Un téléspectateur avait reconnu, dans les liasses de feuillets qu'il conservait au fond de son grenier, le manuscrit dont j'avais déploré la disparition. Le paquet portait le titre, *Philippe Sauveur*, mais sans nom d'auteur. Je courus à

Auxerre. C'était bien le manuscrit perdu. Comment il avait échoué dans ce grenier, pourquoi cet homme, professeur au lycée, dont les parents n'avaient jamais eu de rapport avec Ramon Fernandez, se trouvait le détenir, nous ne pûmes en aucune façon nous l'expliquer. La proximité de Pontigny pourrait être une clef, si mon père n'avait commencé à fréquenter les décades de l'abbaye que bien plus tard, à partir de 1925. Le professeur me remit le manuscrit avec la meilleure grâce du monde, et je l'emportai, comme la relique d'un culte secret.

Si impatient que je fusse d'en prendre connaissance – tâche assez facile, l'écriture, large et bien formée, du débutant n'ayant pas encore été contractée par la hâte du professionnel –, j'ai laissé ce texte reposer plusieurs années sans l'ouvrir. Il me semblait que, par son sujet même, il contenait un message qui avait quelque chose à faire avec ma propre histoire. Ce n'est pas que je craignais de me découvrir un père homosexuel, ou n'ayant échappé que de peu à l'inversion. Non, je redoutais plutôt le contraire : que l'inversion n'eût été pour lui qu'un objet de curiosité intellectuelle et que, comme la plupart des gens qui la considèrent du dehors, il n'y eût rien compris.

Je distingue trois étapes dans la rédaction de *Philippe Sauveur*. Une première version, réduite à une ébauche d'une quarantaine de pages, situe l'action en 1912, l'année sans doute de la première idée du roman. Il n'en reste que des considérations, très fumeuses, sur « notre jeunesse » et sa « crise intellectuelle ».

Une deuxième version, des trois la plus importante, occupe quelque cent cinquante feuillets carrés, numérotés de 222 à 371, couverts d'une écriture penchée, sans marges, presque sans ratures. Il manque donc tout le début, ainsi que, en trois endroits, quelques pages. L'action cette fois est située vers la fin des années 1890, peut-être pour permettre au lecteur d'entrevoir la silhouette d'Oscar Wilde dans le brouillard de Londres.

Jeune Parisien lancé dans le grand monde, Philippe Sauveur voue une « adoration » à sa mère, prénommée Maria : la Mère par excellence, l'idole chaste qui ôte l'envie d'approcher les femmes. De son ami Marcel, il reçoit un jour une lettre équivoque. « Sais-tu que tu promets dans le genre éphèbe ? » Réaction violente de Philippe : « Je suis un homme normal, absolument normal. » Sur un banc du Luxembourg, il aperçoit un jeune homme en pleurs. Il s'approche pour le consoler, lui prend la main, mais le jouvenceau déguerpit en murmurant : « Cochon ! » Après un dîner chez Marcel, dispute avec celui-ci. Philippe le blesse méchamment, et, quelques minutes plus tard, sanglote entre ses bras. On comprend qu'ils couchent pour la première fois ensemble. Début, pour Philippe, d'une vie de drague : il va rôder du côté des fortifications, hante les cabarets louches, les abords des casernes. Ses relations avec Marcel sont rien moins que paisibles. « L'amour réciproque de deux hommes est la forme la plus tragique de la passion. » Ils sont condamnés à s'entre-déchirer, pour faire pièce à leur similitude, alors que l'homme et la femme cherchent l'entente, pour surmonter leur différence. Curieuse théorie, aussi étrange que l'idée qu'il ne peut y avoir entre invertis qu'un état de guerre permanent. Philippe et Marcel font l'amour (« étreintes », « spasmes »), puis se querellent violemment et cancanent sur les autres invertis.

Fréquents séjours de Philippe en Angleterre. (Tiens, tiens !) De la page 260 à la page 354, on reste à Londres, où « celui qui cherche l'ombre la trouve à coup sûr ». Philippe drague aux derniers étages des théâtres et devient « un inverti de race », oscillant entre « un aristocratisme extrême » et une « bestialité révoltante ».

Il suit les matches de boxe, aime voir le sang couler, ce qui ne l'empêche pas de s'enfermer, dans des chambres closes et parfumées, avec d'agréables jeunes gens blonds. Victime de son « intellectualisme sensuel », il subit l'influence de la luxure anglaise, « unique au monde pour la violence sourde de son élan et le raffinement sadique de son expression ». Il participe à des orgies et se livre à des actes de cruauté.

Chez un ami anglais, il rencontre un jeune Irlandais, Ralph Abberton, éphèbe un peu simplet mais d'une beauté renversante, qui joue au tennis, a plaqué une fiancée à Dublin et se met à chanter une vieille romance de son pays. Philippe, qui l'accompagne au piano, fixe sur lui des yeux « hagards ». Est-ce là cette scène de séduction qui a frappé l'abbé Mugnier ? Commence une grande histoire d'amour. L'inversion, présentée jusqu'ici comme un « vice », apparaît tout à coup sous un jour beaucoup plus sympathique. Une candide emphase la pare de couleurs choisies.

« Ralph était merveilleusement beau, et la parfaite beauté physique a souvent l'étrange effet de spiritualiser la passion qu'elle inspire. Alors qu'une laideur caractéristique ou un défaut singulier eussent concentré l'attention de Philippe sur l'intérêt sensuel qu'y aurait puisé son imagination, la ravissante figure de l'Irlandais éveillait et épanouissait en lui une extase religieuse. Son âme alourdie frémissait au contact de cette légèreté joyeuse, y gagnait des espoirs de délivrance et commençait timidement à essayer ses ailes. Il y avait quelque chose de si inexprimable dans la façon dont Ralph souriait, quelque chose de si complètement dépouillé de toute arrière-pensée, et même de toute pensée, quelque chose de si sain, de si transparent et de si triomphal que Philippe, à chaque fois que son sourire écartait ses lèvres, suspendait sa respiration. D'un geste instinctif et timide, il levait la main comme pour l'arrêter au passage. On ne pouvait dire qu'Abberton fût bête : il était étranger à l'intelligence. Elle ne le raffinait pas, mais elle ne le déformait pas. Il était ce qu'il y a, parmi les hommes, de plus près des ruisseaux, des horizons, des peupliers, de tout ce qui épouse directement le soleil ; l'humidité qui brillait aux coins de sa bouche et de ses yeux avait la qualité de la rosée ; les lignes de son visage faisaient penser aux courbes délicates des collines et des vallées, son corps à un jeune arbre, ses cheveux à la moisson, ses yeux à la mer. Toute la nature était en lui, rassemblée et animée d'une vie supérieure par la synergie humaine. Il n'était pas assez naturel pour être la nature, mais il était trop naturel pour être un homme, ce qui fit croire à Philippe qu'il était un dieu. »

Naïveté ? Mièvrerie ? Il serait plus intéressant de remarquer qu'à l'époque où personne ne niait, et Proust pas moins que les autres, que l'homosexualité fût un penchant « contre nature », ce jeune auteur de vingt-trois ans envisageait, bien avant le *Corydon* de Gide, l'hypothèse d'une homosexualité *naturelle*. Acte certain de courage, mais aussi, selon moi, aveu d'un trouble intime. Cette page pourrait être autobiographique, et dans un double sens : mon père a été amoureux, en Angleterre où il se rendait si souvent, d'un Ralph blond et « sain », et, en couchant avec lui, il a cru se « délivrer » d'un « vice » cuisiné dans les coteries « intellectualistes » du Tout-Paris. Voilà bien la seule fois où quelqu'un d'« étranger à l'intelligence », pour ne pas dire « bête », aurait retenu son attention.

Après une lacune de onze pages, on se retrouve à Londres, où la gentry est occupée par le « scandale » de la liaison de Philippe et de Ralph. La « chute d'un ange » fait jaser, tandis que Philippe oublie, dans les bras de son amant, son « impureté, comme il arrive à ceux qui jouissent d'une passivité morale absolue ». Les deux jeunes gens s'aiment comme « deux enfants tendrement unis, deux enfants qui ne demandaient au monde que de leur permettre de jouer ». Nouvelle lacune, de cinq pages, après quoi on découvre que Ralph s'est enfui de Londres pour se réfugier chez des amis à la campagne, à la suite des perfidies ourdies par Marcel, jaloux de cette liaison. Une sombre affaire de chantage accule Ralph au suicide. Philippe, rejeté brutalement à son destin de « damné social », va se perdre à nouveau avec « les professionnels de l'inversion ».

La deuxième partie du roman, sous-titrée *L'Idéal de Philippe Sauveur*, commence page 354 et s'interrompt page 371. Scène mondaine, à Paris, entre un académicien et un prêtre (l'abbé Mugnier ?), où il est question d'une duchesse. On apprend que Philippe a entrepris une carrière de peintre. Rien de plus.

Brouillons, sans doute, souvent confus et encombrés de généralités, mais vibrants d'une audace étonnante pour l'époque. Je vois dans ces ébauches, coupées de beaux passages, le récit ému d'une expérience personnelle. J'y décèle aussi la volonté, symbolisée par le suicide de Ralph, de briser avec une forme de vie jugée trop difficile à assumer.

Philippe Sauveur fut remis en chantier. Troisième version, soixante-dix pages, postérieures à 1917, dactylographiées avec soin. En 1923, RF travaillait encore à son roman. Au début de l'année, il demanda à Jacques Rivière, dont il venait de faire la connaissance, s'il accepterait d'en lire quelques pages.

« Dans mon roman, j'ai voulu traiter un cas limite qui, lui, n'est plus dramatique, mais tragique, en ce sens qu'il est insoluble. J'ai peut-être eu tort de commencer par là, car bien des lecteurs se méprendront sur le modeste message que je leur adresse. Heureusement que, dans la vie, les invertis ne voient jamais le problème de leur destinée sous cet angle-là, qu'ils se nourrissent de dérivations et de sublimations, sans quoi il ne leur resterait plus qu'à "fuir dans un désert l'approche des humains". Tout dépend, en somme, de l'idée qu'on se fait de la vérité. »

La nouvelle version resta inachevée elle aussi. Le 27 mars 1924, RF confia à Jacques Rivière l'échec de ses efforts. « J'ai beau faire (et je suis dans les meilleures conditions pour travailler), je ne sens pas ce roman dans mes doigts. » Il laissa de côté, définitivement, *Philippe Sauveur*, pour mettre la dernière main à sa nouvelle *Surprises*, qui serait publiée en septembre dans la NRF. À la lumière du roman abandonné, *Surprises* peut passer, soit pour une opération stratégique de prudence, soit pour une satire de la jeunesse hétérosexuelle.

Par rapport aux deux premières ébauches de *Philippe Sauveur*, la troisième version témoigne d'une plus grande maturité littéraire, acquise sous l'influence de Proust, dont avaient paru entre-temps *À l'ombre des jeunes filles en fleurs* (1919), *Le Côté de Guermantes* (1920-1921) et *Sodome et Gomorrhe* (1921-1922). Il y a dans le roman un nouveau personnage : le narrateur, placé en retrait, qui observe et raconte, figure neutre.

Philippe a évolué : mystérieux, cachottier, entouré d'une légende, il a pris la démarche et le regard de Charlus. Le narrateur le découvre dans une soirée mondaine à Paris. Sauveur « jeta les yeux de gauche à droite d'un mouvement sec, exactement le mouvement du semeur ; et l'on eût dit que ses yeux, en se déplaçant ainsi, déchiraient comme une toile leur regard, un regard rapide, fuyant, affolé, minutieux et traqué, dont les lambeaux informes allèrent se perdre dans l'ombre des paupières qu'il abaissa aussitôt avec un air de contentement béat. Je ne fus pas d'abord sensible au contraste, car j'avais moi-même fermé les yeux devant ce regard, par pudeur, comme on ferme une porte ouverte par mégarde sur un spectacle intime qu'on ne doit pas voir. J'y avais lu tant de sentiments surprenants et contradictoires, tant de faiblesse, tant de précision, tant d'acuité, tant d'angoisse, tant d'affolement, tant de sarcasme, que j'eus l'impression qu'il lui avait échappé à son insu, et l'envie de le prévenir par un signe quelconque, de son indiscrétion involontaire. Mais quand je rouvris les yeux il paraissait si placide et gai que ma crainte se dissipa ».

La voix de Philippe est elle-même symptomatique : « blanche, déchirée, à bout de souffle, et incisive, pourtant, martelée, dure et découpée : la voix d'un chef qui agonise. Elle corroborait l'impression de despotisme évanouissant que m'avaient donnée la présence de Sauveur et son contact. »

La suite du roman se passe à Londres. Philippe fréquente les soldats, les matelots, les bars où des messieurs en tenue de soirée côtoient la pègre des docks, à la grande surprise du narrateur. « Pour tout ce qui concerne les relations équivoques des hommes entre eux j'étais à l'époque extraordinairement naïf. » Ce procédé du narrateur me semble une manière de se détacher du récit, d'avoir l'air d'adopter un point de vue extérieur, pour faire croire que l'auteur ne se sent pas impliqué dans l'histoire qu'il raconte. N'est-ce pas une forme de prudence, après les semi-aveux de la version précédente, que de se mettre à distance de son héros, en feignant de s'intéresser à un autre que soi ?

Subterfuge qui vaut confession. De ces textes avortés, je conclus que mon père a connu de près ce dont il parle. Si, en plus, je pense à ses deux livres sur Gide et sur Proust, à l'intérêt constant qu'il a manifesté pour ces deux écrivains opposés par le style, l'esthétique, la conception de la vie, dont le seul point commun était de revendiquer leur différence, si je relis les quelque cinquante pages, fort hardies pour 1931, consacrées dans l'*André Gide* à *Corydon*, pages qui ne sont rien de moins qu'une sorte de plaidoyer pour la « pédérastie » (nouvelle désignation, après « inversion » et avant « homosexualité »), je ne trouve pas, dans le donjuanisme bien connu de mon père, la preuve qu'il n'eût pas un fort penchant pour les garçons ni renoncé de bon cœur aux aventures de « l'ombre ». Courir de femme en femme est souvent le symptôme d'une quête qui ne peut être assouvie avec aucune d'entre elles. Pourquoi en changer si souvent, sinon parce qu'elles ne servent que de dérivatif à un désir qui refuse de se satisfaire avec son véritable objet ? Gregorio Marañón a établi (années 1930) que le premier modèle historique de don Juan, le comte de Villamediana, grand seigneur de la cour de Philippe IV, avait été convaincu du « péché abominable ». Le grand essayiste espagnol se fonde sur cet exemple pour affirmer que le besoin de collectionner les conquêtes féminines, loin d'être le signe d'une virilité exceptionnelle, accuse plutôt une faiblesse de l'instinct. Toutes les femmes, aucune femme. Celui qui, faute de poursuivre le but que lui assigne sa vraie nature, se contente de solutions de rechange, ne trouvant jamais le repos restera un homme inaccompli. (Aimable préjugé de l'époque.)

Dans l'intention de son auteur, je le rappelle, *Philippe Sauveur*, loin d'être un roman apologétique, devait dénoncer la perversion d'une classe. Les pages qui manquent exposaient sans doute la thèse que Proust démentirait en citant à mon père son coiffeur, son cocher. L'homosexualité, selon cette thèse ? Une maladie sociale à laquelle il y aurait un remède. Dans le chapitre de l'*André Gide* occupé par la longue analyse de *Corydon*, Ramon III, qui se déclare alors « hétérosexuel » (il était encore un jeune marié), résume ce point de vue (et c'est le seul moyen qui nous reste de le connaître) par ces mots : « J'imaginais qu'une révolution sociale, en portant au pouvoir la classe populaire que je croyais alors protégée de la contagion, déracinerait le mal. » Candeur ou mauvaise foi ? Il pouvait être tentant, pour un garçon qui se découvrait faire partie d'une minorité proscrite, de se croire victime de la corruption ambiante, comme si la « décadence » était une épidémie dont il n'était pas responsable. Les séjours en Angleterre, les souvenirs de Wilde, de Beardsley, de Swinburne (autres noms mentionnés dans les soirées commentées par l'abbé Mugnier), la perversité délicatement opiacée qui enveloppait Londres de vapeurs délétères, les mœurs en vigueur chez les étudiants de Cambridge et d'Oxford, dont les romans de Forster et de Stephen Spender se feraient bientôt l'écho, ce climat, ce décor auront peut-être réussi à convaincre mon père que ses tendances homosexuelles n'avaient pas leur origine dans sa propre nature, mais dans l'état de la société. D'où l'espoir qu'une saine réaction apporterait le contrepoison nécessaire. Il eût été mieux avisé de reconnaître que l'homosexualité, conduite humaine universelle, ne dépend ni de l'époque, ni des milieux, ni de la mode, qu'on la trouve dans les clubs de Chelsea comme chez les petits-bourgeois, tantôt raffinée, tantôt brutale, le plus souvent anodine, mais toujours aussi vraie ; élégiaque et sentimentale, telle que la peignait Virgile, ou cynique et vulgaire, selon les descriptions que, dans le même temps, dans le même pays, sous le même ciel, en faisait Pétrone.

Çà et là, dans les fragments conservés de *Philippe Sauveur*, affleure le motif politique. Quand on sait que mon père se rapprocha des communistes, en 1934, il est tentant de se demander si le lointain projet de combattre la « contagion » répandue par la tribu des Lucien Daudet, Reynaldo Hahn et autres satellites de la nébuleuse proustienne a été complètement étranger à cette curieuse embardée. Gorki (*Humanisme prolétarien*, 1934) : « Dans les pays fascistes, l'homosexualité, ruineuse pour la jeunesse, fleurit impunément. Dans le pays où le prolétariat s'est audacieusement emparé du pouvoir, l'homosexualité a été déclarée crime social et sévèrement punie. »

Quant au dérapage final vers le PPF et à l'attirance pour les milices fascistes, ne puis-je leur prêter, entre les causes déjà vues, un mobile plus intime ? *Philippe Sauveur*, troisième version : « Pourquoi un vrai soldat est-il beau ? Parce qu'il exprime l'épanouissement de la force morale et physique dans la soumission, la grandeur de l'homme dépouillée des guirlandes factices de la liberté, le sombre faisceau des puissances humaines suspendu à l'autel du renoncement. Il est beau parce qu'il est limité comme une statue, orienté comme un fleuve, mesuré comme un chant. Il est beau, comme un chef-d'œuvre, par l'absence de toutes les choses qu'il a sacrifiées. »

Soumission, renoncement, sacrifice : le vocabulaire même de l'idéologie fasciste, associé ici, vingt ans plus tôt, à l'érotisme des jeunes militaires poursuivis par Philippe dans les bas-fonds de Londres. Plusieurs de ceux qui dériveront vers la droite musclée de Doriot tomberont dans la même confusion. Emmanuel Berl l'a dit sans détour à Patrick Modiano : « Dans cette fascination du chef et de la force, il y avait aussi beaucoup de féminité latente, une certaine forme d'homosexualité. Au fond, chez la plupart de ces intellectuels fascistes, je pense à Brasillach, à Abel Bonnard, à Laubreaux, à Bucard, il y avait le désir inconscient de se faire enculer par les S.S. » *(Interrogatoire)*. Et que dire de Montherlant, quand il célèbre la « païennie » allemande déferlant sur la France en 1940 ? Ces « types magnifiques d'humanité… respirent le grand style de la force ». Ils prennent les villes « avec dix bicyclettes, dix garçons débraillés, ruisselants de sueur, l'arme à la bretelle, et qui s'amusent rudement ». Les démocraties, en face, n'ont à opposer que des « épaules étriquées », des « cuisses de sauterelle », des « calvities précoces » *(Le Solstice de juin).* Berl signale que cette infériorité physique était particulièrement frappante dans le clan pro-allemand. « Il suffisait de voir la bedaine de Laubreaux, la voix de fausset et la taille minuscule d'Abel Bonnard, les épaules étriquées de Rebatet... J'ai toujours trouvé que ces intellectuels fascistes n'avaient pas le physique de leurs idées. Ils n'auraient pas tenu une minute sur un ring, contre le boxeur juif Max Baer. »

Voilà une remarque qu'il n'aurait pu appliquer à Ramon Fernandez. Même alourdi, à la fin de sa vie, par l'alcool, mon père gardait la prestance du danseur et du sportif qu'il avait été. S'il a aimé quelque Ralph, et plus tard admiré (mais rien ne le prouve) la supériorité physique du soldat allemand, ce ne fut aucunement par compensation. Je ne repère d'ailleurs dans ses critiques de la démocratie parlementaire et dans ses textes du temps de la collaboration pas le moindre signe d'adhésion à quelque mythologie de l'aryen.

Que Proust ait entendu lire ou ait lu lui-même *Philippe Sauveur*, il en reste une trace dans la deuxième partie de *À l'ombre des jeunes filles en fleurs* intitulée *Noms de pays : le pays.* L'apparition du jeune marquis de Saint-Loup dans la salle à manger de l'hôtel de Balbec est un des moments forts du livre. « Je vis, grand mince, le cou dégagé, la tête haute et fièrement portée, passer un jeune homme aux yeux pénétrants et dont la peau était aussi blonde et les cheveux aussi dorés que s'ils avaient absorbé tous les rayons du soleil. Vêtu d'une étoffe souple et blanchâtre comme je n'aurais jamais cru qu'un homme eût osé en porter, et dont la minceur n'évoquait pas moins que le frais de la salle à manger, la chaleur et le beau temps du dehors, il marchait vite. Ses yeux, de l'un desquels tombait à tout moment un monocle, étaient de la couleur de la mer. » (Ed. de la Pléiade, tome II, 1988, p. 88.)

Rappelons-nous la description de Ralph : « Il était ce qu'il y a, parmi les hommes, de plus près des ruisseaux, des horizons, des peupliers, de tout ce qui épouse directement le soleil ; l'humidité qui brillait au coin de sa bouche et de ses yeux avait la qualité de la rosée ; les lignes de son visage faisaient penser aux courbes délicates des collines et des vallées, son corps à un jeune arbre, ses cheveux à la moisson, ses yeux à la mer. »

Il n'est pas question d'insinuer que Proust a « plagié » un passage de *Philippe Sauveur*, ni même qu'il s'en est inspiré consciemment. Il aura retenu, comme particulièrement bienvenue, la comparaison de Ralph avec des éléments de la nature (le soleil, le beau temps du dehors, la mer), pour les intégrer dans une des symphonies plus vastes dont il avait le secret. Quand on sait que Saint-Loup est le neveu du baron de Charlus, le rapprochement n'en est que plus troublant, puisque le modèle de Charlus était Robert de Montesquiou, fréquenté et adulé par RF dès 1914, dans les salons du comte Étienne de Beaumont, que décorait le jeune Cocteau, un des modèles de Saint-Loup… Vertigineux amalgame de la fiction et de la réalité.

Un chercheur proustien, M. Luc Fraisse, a établi l'antériorité de la deuxième version de *Philippe Sauveur* sur *Noms de pays : le pays.* Son article, paru dans la *Revue d'histoire littéraire de la France* (2010), étudie minutieusement les rapports littéraires de Proust et de RF. Pour l'anecdote et l'influence de RF sur la vie privée du grand écrivain, on ajoutera le témoignage de Céleste Albaret, la gouvernante et confidente de Proust. « En dehors de son café, il ne buvait rien – surtout pas de vin, jamais une goutte – sauf de la bière, dont il avait tout soudain un caprice. C'était l'écrivain Ramon Fernandez, tout jeune alors, qui lui avait donné l'idée de la bière, en lui vantant la fraîcheur de celle de la brasserie Lipp, boulevard Saint-Germain. Au début – c'était pendant la guerre – on allait la chercher là, avec une bouteille qu'on remplissait au robinet de la pression. »

Double surprise. Pour le lecteur de Proust, de voir ce délicat s'enticher de bière fraîche, boisson qui ne passe pas pour spécialement raffinée. Pour moi, de découvrir le rôle précoce de *Chez Lipp* dans la mythologie de mon père. Dès la Première Guerre mondiale. Il n'avait donc pas attendu, comme je le croyais avant de tomber sur ce témoignage, d'être installé rue Saint-Benoît pour devenir un familier de cette brasserie, qui aura pour lui une telle importance dans les dernières années de sa vie.

17.

L'hypothèse homosexuelle

Question à laquelle je ne pourrai jamais répondre : sorti de l'adolescence, mon père avait-il renoncé aux liaisons homosexuelles ? Mûri, puis marié, eut-il encore des aventures ? J'ai bien le témoignage d'Aragon, mais je dirai pourquoi il me semble suspect. Aragon avait lu, en 1974, *Porporino ou les Mystères de Naples*, et demandé à me voir. Je me rendis rue de Varenne. Il avait connu mon père, me dit-il, en 1934, lors des manifestations d'intellectuels contre le fascisme. Bref rapprochement politique, lorsque mon père fut sur le point d'adhérer au communisme. Les deux écrivains n'avaient aucune affinité littéraire. Le surréalisme n'a jamais intéressé Ramon Fernandez, et la poésie, en général, était étrangère à son esprit tourné vers l'analyse des comportements humains. Aragon voulut-il me surprendre ? Me choquer ? À une époque où sa propre homosexualité n'était plus un mystère, voulut-il me faire savoir que *tous, ils en étaient* ? Il avait rencontré un jour, me dit-il, Léon-Paul Fargue, qui sortait tout excité de chez Drieu La Rochelle.

« Eh bien ! lui demanda Aragon, que s'est-il passé ? – Il s'est passé que Drieu était au lit avec Ramon Fernandez.

– Tu les as vus ? – Je suis entré dans le salon, la chambre était à côté, ils me rejoignirent d'un drôle d'air. Par ma banquette chez Lipp ! ils venaient de coucher ensemble, c'était aussi clair que l'orange est bleue, selon ton ami Paul Eluard. »

Tel fut le récit d'Aragon, auquel je n'ai pas changé un mot. Qui m'assure que Fargue (pilier du Lipp comme mon père) n'avait pas fabulé ? Qu'Aragon ne me mentait pas ? Le poème d'Eluard, *La terre est bleue comme une orange*, est de 1929, avec sa métaphore bizarre qui embrouille plutôt qu'elle ne rend « clair » le témoignage de Fargue.

Les relations d'Aragon et de Drieu furent tour à tour, comme on sait, très affectueuses et violemment hostiles. Liés dans leur jeunesse par l'admiration réciproque, franchirent-ils les bornes de la simple amitié ? Vers 1923, ils « s'étaient livrés un jour – ou une nuit, et une seule fois – à des tentatives de gymnastique pas tout à fait orthodoxes », selon une confidence tardive d'Aragon, d'ailleurs sujette à caution. Drieu prétendit, tardivement lui aussi, qu'il avait été « le premier à faire éclater le malaise qui sourdait sous nos gentillesses et tendresses d'adolescents ». Et d'ajouter : « Sexuellement, je l'avais percé à jour : je comprends qu'il ne m'ait pas pardonné cela. » (*Journal*, 4 décembre 1944.) À cause d'une femme, en principe, ils s'étaient brouillés. Querelle privée, qui devint publique et aboutit à une rupture fracassante, le 1er juin 1934, après qu'Aragon eut bassement attaqué Drieu pendant une séance de l'Association des écrivains et artistes révolutionnaires. Depuis ce temps, ils se haïssaient. Au printemps de 1940, Drieu fulmina contre Jean Paulhan qui publiait *Les Voyageurs de l'impériale* dans *La Nouvelle Revue française*.

Pourquoi Aragon – sans pouvoir, malheureusement, m'en indiquer la date, même à plusieurs années près –

me livra-t-il le récit de Fargue ? Nous nous connaissions à peine, les sujets de conversation ne nous manquaient pas, et pourtant il alla repêcher au fond de sa mémoire ce souvenir qu'il me présenta avec tant de sérieux et de conviction que, si ne m'était pas connue sa duplicité en toute chose, je tiendrais pour vrai un épisode aussi inattendu dans la vie de Drieu que dans celle de mon père.

Cette coucherie entre deux hommes qui se piquaient de beau sexe expliquerait la froideur, voire l'animosité dans leurs rapports, qui les tint à distance et semble avoir été plus forte, même pendant la guerre et l'Occupation, que leur fraternité politique. Certes, l'antisémitisme obsessionnel de Drieu devait répugner à mon père, ce qui ne les empêcha pas d'aller ensemble à Weimar et de militer dans le même camp. Quel motif secret n'a cessé de les dresser l'un contre l'autre ? Les romans de Drieu, mon père les jugeait avec condescendance. « Le meilleur livre de Drieu : donc relativement un bon ouvrage... » disait-il, dans la *NRF* de mars 1926, de *L'Homme couvert de femmes.* « Drieu se distrait trop promptement des êtres pour faire un bon romancier. » Et, au sujet d'*Une femme à sa fenêtre*, le jugement (*NRF*, mai 1930) n'est guère plus tendre : « Comme le roman n'allait pas à Drieu, Drieu est allé au roman. Il demande à ses personnages la permission de penser à propos d'eux plutôt qu'il ne leur accorde la permission illimitée de vivre. » De son côté, dans son *Journal* de guerre, Drieu marque une forte hostilité à mon père. À la date du 21 juin 1940, quand il se demande avec qui il voudrait former « une équipe », il en écarte « Maulnier, Petitjean, Jouvenel, Fernandez », ajoutant : « Mes ennemis : Aragon, Bernstein, Benda, Paulhan, Hirsch, Fernandez, Alphand, Gérard Bauër. » Pour Aragon et Paulhan, nous savons les motifs. Les autres étaient des Juifs, objets constants de sa haine. Mais Fernandez ? Un souvenir embarrassant ne serait-il pas à l'origine de son ressentiment ? Il ne signa pas le registre des obsèques à Saint-Germain-des-Prés[1], et l'article nécrologique qu'il consacra à mon père, dans un journal de la presse collabo, sent le pensum fait à contrecœur. « On me demande d'écrire sur Ramon Fernandez… » Cependant, ma sœur se rappelle l'avoir aperçu rue Saint-Benoît, au chevet du lit de mort de mon père, le visage décomposé. « Quasi mort lui-même, m'a-t-elle dit. Un souvenir horrible… »

Ils s'étaient connus dès 1923 ou 1924. Dans une lettre à Jacques Rivière de février ou mars 1924, RF, qui devait partir en Bugatti pour le Midi, est incertain du jour où il arrivera, pris, comme il est, dit-il, « entre le courroux grandissant de Madame de Castries et l'impatience de Drieu que j'emmène avec moi ». Cette précieuse correspondance avec Jacques Rivière, qui s'échelonne de janvier 1923 à décembre 1924, a été publiée par William Kidd dans le *Bulletin des amis de Jacques Rivière et d'Alain-Fournier*, n° 14, 1er trimestre 1979. Seules les dix-huit lettres de mon père ont été conservées, celles qu'il recevait de Rivière sont perdues. Ces dix-huit lettres nous renseignent un peu sur la vie de jeune homme de RF. Il est invité à dîner avec Reynaldo Hahn, qu'il n'a pas vu « depuis près d'un an », parle de sa Bugatti, de sa Voisin, raconte les déboires d'un voyage en auto dans le brouillard, cite ses maîtresses, passées ou présentes. Mme de Castries le reçoit au Lavandou, où, se sentant « comme dans ma famille », il invite Rivière. Mlle d'Hinnisdäl les accompagne, lui et sa mère, en Italie à Pâques 1924. Mme de Trévise lui prête son appartement. Mon père était un locataire très instable, tou-

---

1. Sa présence est attestée par Mauriac, dans l'article de *La Table ronde* cité en exergue, et par Alfred Fabre-Luce (*Journal de la France*, À l'enseigne du cheval ailé, p. 632).

jours en train de déménager. Après avoir habité, avec sa mère, 44, rue du Bac, jusqu'en 1920, il essaya, sans grand succès, de se trouver un domicile indépendant – 1, rue Budé, dans l'île Saint-Louis, et 10, rue Oudinot, parmi d'autres adresses –, ne réussissant à se fixer qu'en 1926, après son mariage, rue des Gérideaux, à Sèvres, et non sans être retourné plusieurs fois vivre avec sa mère. Une lettre du 4 février 1926 à Charles Du Bos est écrite sur du papier à en-tête du 44, rue du Bac.

En revanche, il semble avoir trouvé très tôt son groupe littéraire, sa véritable famille. La villa de Mme de Castries – « villa du Cap Nègre, Pramousquier, par Le Lavandou, Var » –, où il conduit Drieu, est « en train de devenir le séjour hivernal de la NRF (Drieu, Morand, etc.) ». Le 27 mars 1924 : « Vous ai-je écrit qu'il devient urgent d'établir une succursale de la NRF sur la côte des Maures ? Ici Drieu et votre serviteur, à 5 K Lacretelle, à 6 Schlumberger, à 30 Martin du Gard et Syndral [pseudonyme de Fabre-Luce], enfin Morand en météore. Il ne manque que vous, mon cher Jacques, mais c'est beaucoup ! »

D'Italie, RF n'envoie pas une seule lettre à son ami. Il s'était contenté de lui dire qu'il ne partait pas « sans une vive émotion, l'admiration que j'ai pour les Romains ne le cédant à celle que m'inspirent les Grecs ». Il admire tellement les Grecs que, voulant mentionner la ville de Troyes en France, il l'appelle : Troie. Le 2 avril : « Je ne pars pour Rome que demain seulement. Je ne veux y voir, pour cette fois, que la Rome antique, celle qui me repousse et m'attire à la fois. » Je ne trouve quelques détails sur ce voyage de Pâques que dans une lettre à un autre de ses correspondants du milieu littéraire, le critique Charles Du Bos, avec qui il s'est lié dès 1923, qu'il a revu chez Rivière, avant de le côtoyer régulièrement aux décades de Pontigny. Le 13 avril 1924, long récit de ses impressions de voyage. Je le cite en entier, car c'est une des rares fois, à ma connaissance, sinon l'unique, où mon père ait essayé de juger un pays, son art, ses habitants, d'un point de vue personnel et subjectif, sans référence à la politique – et ici, il vaut la peine de le remarquer, sans la moindre allusion au fascisme, installé depuis presque un an et demi.

Sur l'art italien. « J'ai été poursuivi, dans ma traversée de l'Italie, par un temps déplorable que m'avaient fait prévoir les averses répétées sur la côte des Maures. Mais là-bas les entretiens de Schlumberger, de Drieu, de Lacretelle me consolaient un peu. Que dire de Florence sous une pluie battante qui assombrissait le faîte des oliviers, de Bologne dans la boue et de Parme étouffée par un brouillard londonien ? La beauté de ce pays a été créée en collaboration avec le soleil. Heureusement qu'il a bien voulu me révéler l'Ombrie dans sa fleur, et je suis entré dans Rome comme dans un tableau de Claude Lorrain. La Ville, à dire vrai, me déçoit un peu. Je la trouve mal dessinée, sans perspectives et sans composition, c'est bien le bric-à-brac de Taine. Si j'interroge mes réactions spontanées et inattendues, je vois que je suis surtout ému par les souvenirs de l'Antiquité, que je cherche d'abord et partout les traces de Scipion ou de Marc Aurèle. Je suis un peu gêné (voyez, j'ose vous avouer tout) par la Renaissance et ses monuments d'un luxe monstrueux qui ne me paraissent point nécessaires. Entendez-moi bien : je les admire par le goût et l'esprit, je n'y consens pas. J'en dirai autant de la chapelle Sixtine. Avec quelle joie j'ai retrouvé dans Burckhardt mon sentiment lesté de son autorité magistrale ! Avec ma manie de la hiérarchie spirituelle, vous me voyez consterné devant cette confusion psychologique où les saints ne se distinguent point des damnés. Mais quelle œuvre éblouissante ! Je ne quitte guère les antiques, qui me satisfont, ici comme partout où je puis les contempler. »

Mon père n'était pas, à trente ans, un « artiste », et ne le serait jamais. Il ne pouvait voir une ville, un paysage, qu'à travers des écrivains tenus pour « magistraux » : ici, Taine, auteur d'un *Voyage en Italie* (1864) intelligent mais doctrinaire, et Jakob Burckhardt, dont *Le Cicerone, guide de l'art antique et de l'art moderne en Italie* (1855) a fait longtemps autorité. La « manie de la hiérarchie spirituelle », dont il se moque, l'empêche de se fier au témoignage de ses sens. Il cherche partout la construction, l'exemple, tendance de l'esprit qui le pousse à surévaluer la présence de l'Antiquité dans la Rome contemporaine, les colonnades, les ruines lui paraissant plus dignes d'intérêt que le « bric-à-brac » et le chaos de la rue. Il reste scolaire dans ses appréciations – comme la plupart des touristes encore aujourd'hui. Seulement, chez lui, on peut se demander si l'attachement à la Rome antique n'a pas eu une influence profonde sur sa vie et sur sa pensée. Il se choisirait bientôt une épouse latiniste, et plus tard ne récuserait pas la rhétorique « impériale » de Mussolini et l'ambition fasciste de ramener l'Italie au rang qu'elle occupait du temps « de Scipion et de Marc Aurèle ».

Sur les Italiens. « Cher ami, Paris me manque et je "sympathise" avec Du Bellay. Le niveau intellectuel est hélas ! bien bas. On ne crée point, on combine, et avec tant de préparations et de complications qu'il ne reste plus de temps pour l'essentiel. Je compte revoir en passant les florentins, et cette école de Pérouse qui me charme beaucoup et m'écœure un peu. La société romaine est d'une bêtise qui dépasse l'imagination. Je la fuis. Le menu peuple m'enchante et m'évoque Plaute, que je viens de relire, et qui est un bien bel écrivain, le plus original sans doute de l'âge latin avec Catulle. »

RF avait été introduit, par sa mère et par Thérèse d'Hinnisdäl, dans l'aristocratie romaine, stupide par elle-même en effet, et doublement stupide pour le jeune homme qui étouffait entre ces deux femmes du monde. Il cherchait dans la lecture de Plaute et dans un vague populisme (autre incitation lointaine au fascisme ?) un antidote contre la haute société. À noter la curieuse remarque sur l'école de Pérouse, qui se distingue en effet par le nombre de « Vierge à l'Enfant » et le style suave (Perugino, Raphaël). Les Madones se penchent, amoureusement et possessivement, sur le nouveau-né : d'où l'écœurement du fils qui, à trente ans, ne peut voyager qu'accompagné encore de sa mère.

Revenons à Rivière. Bien entendu, les lettres de RF au directeur de *La Nouvelle Revue française* sont avant tout un échange intellectuel entre les deux hommes, dont l'un publiait les articles et les notes de lecture de l'autre, et qui allaient faire en Suisse, en décembre 1924, deux conférences contradictoires (publiées plus tard sous le titre *Moralisme et littérature*). Mon père affirme déjà ce qui sera le fondement de sa philosophie et de sa pensée critique. « Je ne puis me résoudre à opposer dans un dilemme la conduite de la vie et l'observation des méandres de la conscience et de l'inconscient : j'y vois plutôt une antinomie qu'on résoudra peut-être un jour. Question d'athlétisme spirituel... Ne croyez-vous pas que le sentiment, c'est précisément ce qui surnage et résiste aux impulsions affectives ? que c'est une construction et une attitude de l'esprit ? que la véritable *forme* du sentiment, ce n'est pas la conscience qu'on en a, mais l'action qu'on en tire ? » (Première lettre à Rivière, de janvier 1923.) Du Bos qualifiera RF d'« athlète de la critique contemporaine » – un athlète qui aura placé très haut son idéal de vie, dans l'accord de la conscience et de l'action, et pour qui sera particulièrement dure et mortifiante la constatation que, cet idéal, il ne l'a pas respecté, il l'a trahi. Mars 1924 : « Je crois fermement que le secret de la vie, c'est qu'à la volonté de vivre corresponde constamment la possibilité de vivre. Savoir jusqu'où peut aller la possibilité et quand il faut arrêter la volonté afin de ne point créer de l'artificiel, c'est cela qui est difficile. Il ne faut jamais que vous oubliiez, mon cher Jacques, que j'ai un fond de primitif. Il n'est pas mauvais d'écouter l'avocat des sauvages ! » « Athlète » et « sauvage » : ainsi aime à se définir celui qui se révélera particulièrement inapte à distinguer les possibilités saines des possibilités irresponsables, à mettre de la cohésion dans sa pensée et dans son action.

Le conflit entre la conduite de la vie et les méandres de la conscience et de l'inconscient forme, comme on sait, un des axes du proustisme. Proust est au cœur de cette correspondance : premières et fortes réserves de mon père, qui admire l'œuvre mais proteste contre son « subjectivisme romantique » pour lequel « l'analyse de la coupe d'un pantalon devient aussi valable, aussi importante que l'analyse d'un acte héroïque ou simplement noble ». « C'est assimiler l'acte de l'intelligence à l'acte artistique. Contre cela je réagirai toujours de toutes mes forces. » Incidemment, il est question de Jean-Jacques Rousseau, de Freud – et de Drieu, dont mon père trace un portrait qui pourrait éclairer leurs futures relations.

Drieu a lu *Surprises*, et aimé la nouvelle. « Nous travaillons très régulièrement. À ce propos, je dois vous dire que ma seconde hypothèse (ou plutôt celle de M. du G.) était fausse. La vôtre n'est plus vraie. La vérité est entre les deux. Il possède une seconde nature, sous la première, très différente, qu'il laisse peu voir mais qui commande toutes ses réactions. Encore une victime de l'absolu. Je ne sais pas pourquoi je dis "victime", car son sens très fin des réalités lui permettra sans doute de sortir vainqueur de cette épreuve d'adaptation à la vie parisienne et moderne qui a fait tant de victimes. Il gagne beaucoup à être connu de près. »

Ce passage reste plein de mystère. Quelle hypothèse avait faite Rivière sur Drieu ? Quelle autre hypothèse Martin du Gard ? S'agissait-il de la vie sexuelle de Drieu ? De son orientation sexuelle ? Le ton allusif, énigmatique de telles lignes le laisserait penser. Et RF, sur quelle connaissance plus intime se fondait-il pour prétendre savoir la « vérité » au sujet de Drieu, d'un an son aîné ?

18.

Maîtresses

Jeanne ne devait pas voir d'un mauvais œil les embardées de son fils, quand il était encore célibataire, vers l'amour qui, selon la formule d'Oscar Wilde relancée en 1927 par François Porché dans un essai célèbre, « n'ose pas dire son nom », mais se révèle une protection efficace contre le spectre du mariage. Une *genitrix* se sent flattée de rester, pour celui qu'elle couve d'une jalouse domination, l'unique femme qui possède son âme et son cœur. Elle-même avait pour meilleurs amis ceux qu'elle appelait ses « mousquetaires », l'architecte Emilio Terry, Reynaldo Hahn, Henri Sauguet, un critique musical nommé Berlioz, Maurice Rostand, le peintre Drian, tous homosexuels et mondains.

Puisqu'il faut faire sa part au sexe, nécessité physiologique que Jeanne considère comme extérieure à la sphère des sentiments, accordons à ce fils les garçons : voilà un exutoire pratique, qui ne met pas en péril la suprématie maternelle. Mais le monde a ses lois. L'inconvénient des garçons, c'est qu'ils peuvent freiner, chez qui n'est pas assez riche pour braver l'opinion, une ascension sociale dont la réussite dépend en partie de l'image qu'on présente. Sans les femmes, pas de carrière possible. Je ne pense pas que ma grand-mère se soit livrée sciemment à de tels calculs. Son instinct seul lui conseilla le compromis le plus judicieux : jeter son fils dans les bras de maîtresses trop haut placées dans la société pour devenir un but conjugal. Mon père, si ce que je déduis de la lecture de *Philippe Sauveur* est vrai, n'eut pas besoin de se faire beaucoup prier : pour lui aussi, la solution des « comtesses » a permis de concilier la façade sociale et le goût secret. Songea-t-il qu'il renforçait encore sa dépendance, en limitant son terrain de chasse au faubourg Saint-Germain ? La fréquentation du beau monde nécessite d'importantes dépenses (billets de spectacle, cadeaux, frais de toilette, frais de taxis, pourboires aux domestiques) auxquelles un jeune homme sans ressources personnelles ne saurait subvenir sans les libéralités de sa mère, moyen supplémentaire pour Jeanne de garder la haute main sur les destinées de son fils.

Contemporaine, ou presque, de ma grand-mère, la comtesse Thérèse d'Hinnisdäl, figure légendaire du Tout-Paris, dont Proust a fondu les traits, moraux et physiques, dans ceux de ses diverses Guermantes, fut sans doute la première maîtresse titrée et huppée de mon père, quand il avait entre vingt et vingt-cinq ans. Jean Hugo raconte dans ses souvenirs qu'il l'avait croisée en 1918, « vêtue, comme elle le fut toute sa vie, à la mode de 1912, large bandeau cachant toute sa chevelure, longs pendants d'oreilles encadrant un visage aux cils presque blancs qu'on croyait avoir déjà vu dans un livre d'heures du XVe siècle. Près d'elle se tenait son danseur de tango d'avant la guerre, Ramon Fernandez, mon ancien condisciple à la Sorbonne ». (*Avant d'oublier*, Fayard, 1976.) Elle a signé une de ses photos : *à Jeanne et à Ramon, très tendrement, Thérèse, 1916.* Restée fidèle à ce qui avait été, plus qu'une passade, un amour de maturité, elle fut de ces bienfaitrices qui aidèrent ma grand-mère, dans sa vieillesse, à surmonter une situation économique précaire. Quand mon père mourut, elle demanda à veiller le corps, et passa toute une nuit auprès de la dépouille de celui qu'elle ne voyait plus depuis de longues années, mais n'avait pas oublié.

Lorsque je fus nommé, en 1955, au lycée d'Amiens, elle me fit savoir, sur la prière de ma grand-mère toujours soucieuse de me munir de relations, qu'elle me recevrait volontiers dans son château de Tilloloy, proche du chef-lieu de la Somme. Je me rendis plusieurs fois chez elle, accueilli et conduit dans un salon aussi lugubre qu'immense, par un maître d'hôtel octogénaire dont les bajoues tremblotaient, amusé par cette vieille originale au profil d'aigle, sèche, ridée, restée fille pour ne pas aliéner sa liberté, hautaine, caustique, mi-sphinx, mi-araignée, qui appuyait sur les dentales, se coiffait du même bandeau façon médiévale qu'en 1912, s'habillait en Chanel, accrochait à ses oreilles les mêmes longs pendentifs en perles de diamant, déblatérait contre la Révolution française et vivait comme si les privilèges de l'aristocratie n'avaient jamais été abolis. Jeune, elle avait refusé, à la sortie d'un bal, de se faire raccompagner par l'héritier des Rothschild. « Que dirait mon père ? » objecta au jeune Juif médusé la fille du comte d'Hinnisdäl, quatre quartiers de noblesse, descendant de Sully, selon l'abbé Mugnier.

Sur d'autres points, cependant, elle manifestait une curiosité et une intelligence toutes modernes. Bernanos, Picasso, d'autres gloires du demi-siècle avaient été de ses familiers. Tilloloy ayant été rasé lors de la Première Guerre mondiale, elle avait reconstruit pierre par pierre, brique par brique, non point par orgueil de propriétaire mais par obéissance à la volonté de ses ancêtres, cette austère bâtisse Louis XIII, qui portait la livrée blanche et rouge des résidences picardes. En vraie aristocrate, qui se sent plus proche du peuple que des bourgeois, elle avait campé dans le chantier et partagé le pain et le vin avec les ouvriers. Pendant la drôle de guerre, en 1940, alors que Jean Marais était mobilisé dans une unité du département, elle ouvrit son château à Cocteau, qui profitait de la permission hebdomadaire du soldat pour passer un week-end discret avec son jeune amant.

Plus âgée que mon père de deux ans, Yvonne de Lestrange, duchesse de Trévise par son mariage éphémère, la deuxième de ces femmes du monde qui l'ont aimé, celle-ci dans les années qui ont suivi immédiatement la guerre, était une créature moins proustienne, moins pittoresque mais, par l'étendue de sa culture et le sérieux de ses occupations, une partenaire autrement plus intéressante. Fille du vicomte Marie Henri Raoul de Lestrange, elle appartenait à une des plus vieilles familles de la noblesse française, originaire des provinces de Limousin et d'Auvergne. Un Lestrange avait participé, dans l'armée de Guillaume le Conquérant, à la bataille de Hastings. Dom Augustin de Lestrange fut un des réformateurs de la Trappe et rétablit, dans l'Orne, l'antique abbaye de Soligny. Il aurait persuadé Napoléon Ier d'être plus compréhensif envers les ordres religieux. Le père d'Yvonne était mort en 1900, et son jeune frère, Antoine, né la même année que mon père, avait été tué à la guerre, en 1917. N'eût-elle eu ni titre ni fortune, elle tranchait, par sa valeur personnelle, sur les oisives de son milieu. Cousine d'Antoine de Saint-Exupéry, qu'elle appelait comme tout le monde Tonio, elle tenait, dans son appartement du quai Malaquais, un salon littéraire où Edmond Jaloux et Charles Du Bos donnaient des conférences qui attiraient André Gide et les jeunes écrivains de *La Nouvelle Revue française* (ou qui s'apprêtaient à y collaborer, Jean Prévost et mon père dans le nombre). En même temps, elle manifestait des aptitudes scientifiques inattendues. Servie par un tempérament lymphatique qui la mettait à l'abri des passions, dotée d'une humeur égale et placide, elle travaillait à l'Institut Pasteur, avec le sérieux d'une chercheuse professionnelle, sous la direction du professeur Fourneau.

« Madame de Trévise, écrit RF à Jacques Rivière, dans une lettre qu'on peut dater du début de 1923, ayant pitié de mes petits drames locatifs, met à ma disposition son appartement – un des plus jolis de Paris – quand je désire causer librement avec mes amis. Comme, ne la connaissant pas, vous pourriez avoir des scrupules, et que d'autre part elle entend me prêter son salon, elle nous laisserait seuls et libres d'échanger tranquillement nos idées. Madame de Trévise est une femme remarquable, dont l'esprit – discipliné par la pratique d'une science expérimentale – est ouvert à tous les problèmes littéraires et artistiques, une vraie femme de Meredith. Je crois que vous aimeriez son commerce, et je vous rappelle qu'elle a manifesté le vif désir de faire votre connaissance. » Une femme de Meredith : de la part de mon père, le compliment suprême. En 1925, elle reçut, du professeur Fourneau, une mission officielle. Il l'envoyait au Congo, en compagnie du Dr Bossert. Sa liaison avec mon père était finie à cette date. La mission, en tout point difficile, consistait à expérimenter en pleine brousse africaine l'action préventive du « 309 Fourneau », vaccin destiné à combattre l'épidémie de trypanosomiase, sorte de maladie du sommeil qui dévastait la colonie. À Coquilhatville, le 9 septembre, elle retrouva André Gide, et fit la connaissance du jeune Marc Allégret qui, après avoir été, à dix-sept ans, l'amant passager de l'écrivain, lui servait maintenant, à vingt-cinq, de secrétaire. Ce voyage à trois en Afrique-Équatoriale française ne fut pas sans conséquences sur la vie privée d'Yvonne et de

Marc. Il en sortit également, comme on sait, deux livres importants de Gide, première dénonciation des méfaits du colonialisme.

Héritière d'une des plus grosses papeteries de France, élevée en province dans une tour, donnée en épouse à un homme qu'elle n'avait jamais vu, Yvonne de Lestrange était devenue à vingt ans duchesse de Trévise. Le duc s'étant révélé impuissant, elle avait repris sa liberté, avant même l'annulation du mariage. Riche à millions, à la tête de deux énormes châteaux, Écharcon près de Corbeil, Chitré dans le Poitou, elle organisait son existence comme elle l'entendait, plus indépendante qu'aucune femme en son temps, freinée seulement par un certain manque de vitalité, comme si elle avait été piquée au Congo par la tsé-tsé fatale.

Sous le nom de vicomtesse de Lestrange, je l'ai fort bien connue, puisqu'elle était ma marraine, selon le système adopté par mon père, qui espérait que les bontés déversées jadis dans l'alcôve se reporteraient sur le berceau de ses enfants. La comtesse François de Castries avait été choisie, en 1927, pour être la marraine de ma sœur. « La marraine de Dominique ? Je veux bien, dit la vicomtesse de Lestrange, mais seulement à cette condition, que je n'aurai jamais à lui faire de cadeau. » Ce trait ne la dépeint pas tout entière, heureusement, mais marque la limite d'un caractère, et ce qui empêchait qu'on se sentît tout à fait à l'aise avec cette femme exquise. Elle n'a jamais cessé de m'intimider. La tutoyer m'eût semblé incongru. L'avarice mettait une barrière entre elle et ses meilleurs amis. Elle tint loyalement parole à mon égard. Cette marraine qui avait les moyens d'être une fée ne m'a jamais apporté un seul jouet. Plus grand, j'avais droit, pour Noël, à un livre, mais d'une édition courante, qui ne lui coûtait presque rien. Quand elle déménagea, vers les années 60, de la rue Monsieur à la rue de Rivoli, elle me demanda si je voulais sa collection Budé des classiques grecs et latins, parce qu'elle ne savait plus qu'en faire. De temps à autre, elle me repassait un volume de la Pléiade, ayant reçu deux exemplaires à la fois, l'un en service de presse, l'autre de Jeanne Gallimard, la femme de Gaston, une de ses intimes. Dans le somptueux immeuble de la rue de Rivoli qu'elle possédait en entier et dont, à la fin de sa vie, elle occupait un étage, elle n'invitait à déjeuner qu'une personne à la fois, pour ne pas subir les remontrances de sa domestique. Si elle devait recevoir plus d'une personne, elle organisait la rencontre à Écharcon, à une heure de Paris, où le personnel, plus nombreux, se tournait les pouces le reste du temps. C'est là que j'ai été présenté, sur ma demande, à son ami Jean Delay, qui vint avec sa femme et leur fille de seize ans, Florence.

Molière n'a rien inventé de plus profond que certains de ses mots, prononcés avec une candeur désarmante. Nous avons joué souvent aux échecs. À la première occasion, elle s'emparait d'un de mes pions, modeste capture accompagnée d'un commentaire invariable : « Il n'y a pas de petit profit. » Je l'ai entendue me dire : « C'est merveilleux de vieillir et de perdre la mémoire. Quand j'ai fini un livre, j'en ai oublié le début. Ainsi je recommence à le lire, sans avoir besoin d'en acheter un autre. » Elle prêta un jour à ma sœur une certaine somme pour l'achat d'un appartement. Irène s'en alla avec le chèque. Yvonne ouvrit la fenêtre et la héla dans la rue. « Remonte, je suis si pingre que j'ai oublié un zéro. »

Cette ladrerie, dont elle avait si parfaite conscience, n'était peut-être qu'un réflexe d'orgueil. Traitée dans sa jeunesse en pure héritière, comme un objet de grand prix qu'on monnaie contre un titre de duchesse, voulut-elle, une fois libre, être choisie pour ses qualités individuelles, en prévenant d'emblée ses amis qu'ils ne tireraient de son commerce aucun profit pécuniaire ? André Gide, le plus illustre de ses amis littéraires, jouait avec elle aux échecs. Il la cite souvent dans son *Journal*, sous le nom de Pomme, nom étrange pour moi, qui ne l'ai pas connue du temps où des cheveux en rouleaux entouraient son visage rond. N'étant guère moins pince-maille que la vicomtesse, il trouvait des moyens ingénieux de la faire payer à sa place. Un soir qu'ils étaient allés sur la rive droite au spectacle, il lui proposa, comme il se doit, de la raccompagner en taxi. En route, sur le pont de la Concorde, il se prit soudain le front, incrimina un mal de tête foudroyant, et lui demanda la faveur de rentrer tout de suite chez lui, sous prétexte d'avaler un remède, en réalité pour ne pas régler la course. Elle m'a raconté elle-même l'épisode, avec un amusement ingénu. Quand elle m'emmenait au théâtre ou au concert, dans les années 50, avec les deux billets de faveur qu'on lui avait envoyés, nous montions dans sa grosse Studebaker noire, une des dernières américaines à circuler dans Paris, qu'elle pilotait elle-même, autant par vieille habitude d'indépendance que pour faire l'économie d'un chauffeur.

Du jeune Marc Allégret rencontré en Afrique, elle avait eu un fils, Michel, né en 1927, la même année que ma sœur. Ce fut un des compagnons intermittents de notre enfance, sauf pendant les deux premiers étés de guerre. Yvonne nous avait accueillis dès juin 40 à Chitré, dans le gigantesque château qui servait de refuge aux fuyards de l'exode, riches et pauvres mêlés dans le désastre national. Michel mourut très jeune, à vingt-cinq ans, emporté par une leucémie, malgré les moyens colossaux mis en œuvre par sa mère. Le sort fut d'autant plus cruel pour Yvonne de Lestrange, qu'elle continuait à dédier une partie de son temps à la médecine. Associée jusque dans sa vieillesse aux travaux de l'Institut Pasteur, elle se rendait à pied, tous les matins, de la rue Monsieur au bout de la rue de Vaugirard. Partie active de sa vie, dont elle ne se vantait jamais, bénévolat étendu sur de longues années, qui lui valut le ruban de la Légion d'honneur. Elle le reçut aussi discrètement qu'elle se consacrait à la biochimie dans son laboratoire, sans avoir fait d'études régulières ni même passé le bachot.

Avec la froideur calme qui était la dominante de son caractère, elle accomplissait son devoir quotidien. Elle avait fait le tour du monde, avec son fils âgé de six ans, moins par goût de l'aventure que par ennui de voir toujours les mêmes paysages du Poitou. Elle conduisait elle-même ses autos, je l'ai dit, mais des voitures invariablement molles et encombrantes, le contraire de celles qui plaisaient à mon père. Je n'ai jamais vu personne si flegmatique ; plus indulgente aussi dans ses jugements sur autrui. À ce point libérale, qu'on se demandait si c'était par une disposition exceptionnelle à la tolérance, ou par indifférence et paresse de juger.

Présente aux obsèques de Gide, à Cuverville, elle assista à la sorte de scandale soulevé par l'homélie d'un pasteur protestant, en violation de la volonté de l'écrivain de n'avoir aucun accompagnement religieux. Paul Léautaud et Robert Mallet étaient indignés, Jean Schlumberger et Roger Martin du Gard carrément furieux. Une voix tranquille s'éleva pour apaiser la querelle : « Calmez-vous, tout cela n'a aucune importance. » Yvonne n'était ni pour Dieu ni contre Dieu. Comme toutes les autres questions, celle-ci lui était complètement égale. Quel piquant mon père pouvait-il trouver à cette pomme à laquelle manquait le serpent ? Qu'avaient en commun ces deux êtres, et pourquoi, malgré tout ce que je vois qui les séparait, leur liaison dura-t-elle si longtemps ? Je constate qu'Yvonne de Lestrange, comme Thérèse d'Hinnisdäl, était une femme indépendante, non seulement par sa fortune, mais par son caractère. Mon père n'aurait jamais pu s'attacher à une amoureuse qui collât à lui par la glu du sentiment. Il voulait, non une femelle soumise, mais une égale, une vraie partenaire, *partner*, à l'anglaise, selon la coutume de son pays d'élection illustrée par les héroïnes de Meredith. Pour Ramon III tenu à l'œil par sa mère, Yvonne possédait une qualité supplémentaire, cette égalité d'humeur, cette apathie qui le soulageait de la pression morale subie en permanence à la maison. Que de scènes encourues chaque fois qu'il oubliait de prévenir Jeanne d'une sortie en ville ou qu'il la prévenait trop tard ! Avec Yvonne, il n'avait rien à craindre de semblable. À la différence de la spirituelle et caustique Thérèse, Yvonne ne détenait qu'un pâle ego. La Petite Dame l'a définie d'un trait qu'il suffirait d'allonger pour ne pas le trouver blessant : « Légère, discrète, d'une grâce simple et précise, charmante et de bon aloi, elle me paraît sans grande résonance, son passage n'a laissé aucune trace. » Malgré la jalousie entre femmes qu'on sent percer dans ces lignes, le portrait sonne juste.

Yvonne songea-t-elle à épouser mon père ? Oui, selon ma grand-mère, qui lui aurait répondu : « Jamais Moncho ne fera un mariage riche », protestation qui sous-entendait : « Les Fernandez sont des gens désintéressés. » Ce que ma grand-mère m'a raconté, dans son extrême vieillesse, a été confirmé par Yvonne à ma sœur. « Assise là, dans cette bergère noire, elle m'a intimé l'ordre de ne pas épouser ton père. » (La bergère tendue de noir, qui faisait partie du mobilier de ma grand-mère, se trouve aujourd'hui chez ma sœur.) Était-ce seulement Yvonne qu'on récusait ? Toute femme prête à lui voler son fils, Jeanne eût inventé un prétexte pour la rembarrer.

On verra, aux chapitres suivants, que si le rêve d'une bru millionnaire froissait la susceptibilité de ma grand-mère, la réalité d'une belle-fille pauvre lui faisait horreur. Je crois plus juste de penser que mon père a refusé d'épouser Yvonne de Lestrange, parce que l'atmosphère paisible qu'elle répandait autour d'elle, l'indolence d'un tempérament toujours lisse, la placidité d'un amour à la longue plus lénifiant que roboratif, après l'avoir reposé de sa mère, fatiguaient celui qui connaissait trop ses défauts pour ne pas être à la recherche de la personne qui l'aiderait à en guérir.

19.

Liliane

Ce Sud dont mon père était un raccourci complet rencontra en la personne de Liliane Chomette, jeune provinciale descendue des montagnes, une parfaite incarnation du Nord.

Insistons sur ce que j'appelle le Sud : il importe d'avoir sous les yeux, dessiné avec précision, ce théâtre d'*opera buffa*, au moment où la scène va s'élargir pour accueillir un personnage du genre *serio, serissimo.* L'enfant mâle est roi, dans le Sud. On l'admire d'aller à l'école, comme s'il accomplissait une prouesse ; on le plaint d'avoir à apprendre ses leçons. Les obligations les plus simples – se lever à l'heure, se laver, se moucher, rester assis à table – lui sont présentées comme de pénibles contraintes. Le soir, quelle injustice, grands dieux, que de l'envoyer se coucher ! Quel châtiment pour lui que de passer de la chaude présence de la famille au silence et à l'obscurité de la chambre ! Quelle punition affreuse que de se retrouver seul dans son lit ! Il sautillera donc jusqu'à minuit entre les jambes des adultes, trépignera, pleurnichera, épuisé de fatigue et d'énervement, mais victorieux, ayant démontré qu'il se place au-dessus de l'horaire et se moque des principes, avec l'assentiment émerveillé de la maisonnée et la bénédiction émue de ses parents.

Je décris ici ce que j'ai observé en Sicile – ah ! le supplice de ces dîners au milieu de la marmaille ! –, mais je doute que les choses se soient passées autrement au Mexique : unité circulaire du monde méditerranéen. Tout, dans la conduite ultérieure de mon père, me porte à croire qu'il avait reçu cette non-éducation. Je retrouve en lui chaque article du décalogue méridional : faible sentiment des responsabilités ; notion lâche de la fidélité en amour ; aucune rigueur dans la vie morale ; difficulté de s'en tenir à des règles ; incapacité de respecter un programme ; répugnance à établir un budget ; conviction que tout peut « s'arranger » ; sens très flou de l'argent.

Cependant, la désastreuse philosophie pécuniaire de mon père ne doit pas être mise au seul compte des antécédents paternels. Comme j'ai commencé à le dire, dans un chapitre précédent, ma grand-mère avait transmis à son fils, d'après sa propre expérience, une vision de la société très particulière. On ne s'élève, on ne réussit que par les relations. Son fils était jeune, beau, séduisant. Pourquoi songer à une insertion professionnelle ? Il n'avait qu'à s'appuyer d'un côté sur son talent, de l'autre côté sur les femmes riches : elles seraient trop heureuses de l'aider. La première partie de ce programme fut remplie : Ramon Fernandez se gagna l'amitié de Proust, puis de Rivière, et entra sans diplôme à *La Nouvelle Revue française.* La seconde partie aurait pu être remplie, s'il avait été complètement lâche de caractère, sa mère ne voyant pas d'un si mauvais œil qu'il eût une carrière de gigolo. Est-ce parce qu'il entrevit le danger et prit soudain en horreur la voie où elle le poussait, qu'il décida de se marier avec une jeune fille pauvre ? Sursaut qui reste sa meilleure action. Néanmoins, en ce qui concerne la formation professionnelle et l'acquisition d'un métier, le mal était fait. Mon père n'a jamais eu de place définie dans la société ni de revenus stables. Il subsistait d'articles, de corrections de manuscrits, de conférences, de piges glanées çà et là, de secours allongés par sa mère. Dans les cafés de l'époque, le jeu à la mode consistait à pêcher, dans une guérite de verre, au moyen d'une grue qu'on manœuvrait de l'extérieur, de menus objets, babioles de deux sous. Mon père passait des heures à ce jeu. Ce qu'il arrivait à extraire, quand il réussissait à saisir dans les mâchoires de la grue un morceau de savon ou un baigneur en Celluloïd, n'avait aucune valeur et ne le remboursait même pas de sa mise, mais, tel un Napolitain qui ne compte que sur le *lotto* pour être moins pauvre, ou comme un enfant qui n'a d'autres revenus que les cadeaux qu'il reçoit, il trouvait merveilleux d'empocher un gain inattendu, obtenu sans travail, par la seule grâce du ciel.

Le Mexique l'avait enlisé dans une complaisance limoneuse, où la *genitrix* provençale planta la semence de destruction. Mélange d'Agrippine et de Jocaste, Jeanne de Toulon, mère d'un fils unique, reportait sur cet enfant livré à son pouvoir la totalité de ses énergies démobilisées par le veuvage. En prévenant ses désirs, en lui évitant les épreuves, en aplanissant devant lui les contrariétés, elle était sûre de le garder sous sa coupe. Corruption permanente, dont il ne sut jamais se libérer. Acheter (avec son argent à elle) une voiture de course ? Elle ne voyait pas, dans cette acquisition absurde aux conséquences funestes, le signe qu'il poursuivait des rêves disproportionnés à ses moyens, mais l'indice d'une nature noble, fougueuse, indomptable. Ego infantile à combattre ? Non : brillante affirmation de soi, « tempérament » à encourager. Vive le sport, la vitesse, le danger !

Hardi, le jeune Mexicain ! Ma grand-mère avait rompu avec sa belle-famille américaine, pour ne pas étouffer dans une civilisation qui ne laissait aucune liberté aux femmes, mais cette décision ne la gênait pas pour emprunter au pays de son mari les éléments d'une légende (hacienda d'une étendue démesurée, mustangs sauvages, chute mortelle de cheval) qui donneraient à son fils, dans l'atmosphère confinée des salons parisiens, une touche rare de romantisme exotique. L'irrésistible séduction du « barbare », déserts de cactus et pyramides aztèques à l'appui, auréolerait celui dont les ancêtres indiens arrachaient le cœur à leurs victimes pour le dévorer encore palpitant.

Si l'Auvergne, du point de vue géographique, ne relève pas du Nord, du point de vue moral et mental elle appartient au stade glaciaire de l'humanité. Ma mère, née le 1er avril 1901, n'était pas originaire de la plaine, cette partie de la province adoucie par l'Allier, moins rude de climat, moins sévère de mœurs, mais de Saint-Anthème, au-dessus d'Ambert, commune chétive nichée, à mille mètres d'altitude, dans les montagnes du Livradois. Pentes raides, stériles, terres pauvres et isolées, qui subvenaient à peine aux besoins de leurs habitants. Au début du XXe siècle, c'était presque la misère. On se nourrissait de lard, de chou, de châtaignes. Les hommes coupaient et sciaient le bois dans les forêts, ou s'engageaient dans les papeteries de la vallée. Sous les toits en lause des burons, avec le lait des troupeaux disséminés dans les tourbières, la confection de la tomme et de la fourme occupait les vieilles femmes.

Petite-fille, par sa mère (Marie-Antoinette Truchet, née le 16 décembre 1878 à Roanne, rue des Aqueducs), d'un corroyeur et d'une lingère, par son père d'un menuisier-charpentier, Marc Chomette, dans la maison duquel elle était née, ma mère assista à la complète déchéance de ce grand-père, après que, tombé d'un toit, il eut été soigné à la morphine et en fut devenu dépendant. Les parents de

Liliane, Marie-Antoinette et Pierre Auguste Chomette, étaient instituteurs à Saint-Anthème. Fille d'un couple d'enseignants pauvres, sévères et orgueilleux de leur pauvreté, orpheline à onze ans de sa mère, l'enfant ne put compter que sur ses seuls mérites et talents pour s'extraire d'une condition misérable. Elle grandit dans ce culte des vertus républicaines qui a caractérisé la France de Jules Ferry et de Georges Clemenceau. Il fallait venger la défaite de 1871, se préparer à une nouvelle guerre, reprendre aux Allemands l'Alsace-Lorraine, entourée d'un trait noir sur la carte de France. L'école, laïque et obligatoire, serait le creuset des nouvelles générations et le laboratoire de la revanche. Boursière au lycée de Saint-Étienne, pur produit de cette école, la jeune fille décida qu'elle se mettrait à son service en devenant professeur, métier qui présentait le double avantage de permettre un début d'ascension sociale personnelle et de se rendre utile à la communauté. J'ai à peine connu mon grand-père maternel : le peu que je m'en rappelle est une figure triste, silencieuse, une silhouette maigre, des moustaches taillées en brosse, un sérieux et une raideur militaires. Sous sa blouse grise d'instituteur, il montait la garde comme un soldat.

En Auvergne, par un curieux amalgame, ce dévouement séculier à la patrie était fortement teinté de religion. Ancienne terre de protestants et de camisards, le Massif central se trouve être aussi un des berceaux du jansénisme français, par l'entremise de Pascal, natif de Clermont-Ferrand. À l'idéal austère de ses parents instituteurs, ma mère joignait la fierté ascétique des jansénistes. Sans adhérer elle-même à aucune confession, mais animée par un sens très fort du sacré, elle avait adopté les règles de conduite du puritanisme le plus sévère. Retrancher toutes les inutilités de sa vie, renoncer à tout plaisir et à toute superfluité, on se rappelle le programme que, d'après sa sœur Gilberte, s'était fixé l'auteur des *Pensées*. Ma mère avait lu ce livre au lycée et le garda toujours sous la main, dans l'édition cartonnée des classiques Hachette établie par Brunschvicg, corné, annoté, usé par la consultation quotidienne et le besoin de trouver dans un grand texte des raisons supplémentaires de se punir et de se mortifier.

Une robe droite unique – dans l'enfance, par nécessité, puis, femme, par choix ; jamais de parfum ni de rouge à lèvres, rigueur dont je lui ai tant voulu : voilà pour la toilette. Première à l'École normale supérieure de Sèvres à dix-huit ans, avec cent points d'avance sur la deuxième, première à l'agrégation des lettres à vingt-deux ans, elle se claquemura volontairement dans l'enseignement secondaire : voilà pour le métier, conçu comme un sacerdoce. Trop modeste pour entamer une thèse, malgré d'exceptionnelles aptitudes à la recherche, elle se borna à la correction minutieuse de dizaines de copies par semaine, exercice assidu d'autoflagellation. Mœurs et discipline de nonne.

Mais laissons-lui la parole, puisqu'elle a écrit, en 1972, au seuil de la vieillesse, une sorte de mémorandum, où elle fait le bilan de ce qu'a été sa vie. Je vais rapporter ici ce qui a trait à son enfance et à son adolescence, marquées de dures épreuves et – ce qu'elle croit avoir été – de grandes grâces. Le caractère, en accord avec la fermeté de l'écriture pointue, avec la concision et la sûreté du style, s'y dessine tout entier : double tendance à la mélancolie et à l'exaltation, goût du repli sur soi, sentiments de honte et de péché, conscience orgueilleuse du désastre de sa destinée personnelle.

« Saint-Anthème, 1901-1906

« Voici les plus lointains souvenirs… La figure de ma grand-mère, toute bonne, qui ne pouvait entendre crier un enfant sans aller voir au bout du village pourquoi. Elle m'a élevée et soignée. Elle m'appelait "beausignette", un diminutif de ce "beauseigne" que je n'ai jamais plus entendu. Mon grand-père, grande blouse, grande barbe, décharné, peau de cuivre collée sur les os, errant comme un spectre dans la maison, cachant ses burettes et sa morphine. La morphine, malédiction de la famille, qui a emporté la maison et les champs et l'entreprise de charpente et enfin la vie.

« Autour du village et de la grand-rue, où nous étions, avec son pavé inégal et son ruisseau bourbeux, il y avait l'immensité de la montagne. Nous n'avions pas seulement deux "côtés", mais bien trois ou quatre, qui m'apparaissent encore souvent en rêve. D'abord, le côté de Neufonds, vallée fraîche, ruisseau où couraient les truites et où l'on dénichait les écrevisses sous les racines des arbres, prairies semées d'anémones, les œillets pourpres sur les talus, la grâce, une Arcadie paysanne. Puis le côté de la Roue, la grande forteresse carrée dévorée par la forêt, hauts murs croulants, broussailles impénétrables sous le couvert des bois. Je croyais y voir surgir le long passé mystérieux, ce qu'on appelle l'histoire. Il y avait encore le côté des "limites", à la frontière des deux départements, avec la croix de l'homme mort et le dolmen. Vaste lande battue des vents ou noyée de brume, passage de fantômes, sentiment exaltant de la solitude. Enfin, la vallée de l'enfer et son nom d'épouvante, torrent et gouffre, nature sauvage avec ses grands bois sombres, parfois l'éclat blanc d'un bouleau, souvent les grandes écharpes de brouillard tombant jusque sur la route, et dans les sous-bois les tapis d'airelles, que les barbares appellent myrtilles, et enfouie sous la mousse, la tête jaune des chanterelles, qu'ils appellent girolles. C'est dans ces chemins déserts, qu'à l'aube ou au crépuscule mon grand-père ou mon arrière-grand-père rencontraient familièrement le diable, sous la forme le plus souvent d'un chien aux yeux ardents qui les épouvantait.

« Et maintenant, ce qui revient de très loin, de la confuse petite enfance. Les grandes personnes s'agitent et parlent. Elles souffrent, elles ont des "douleurs". Je n'en suis pas, je n'en veux pas être. Avec un magnifique sentiment de toute-puissance, je pense dans mon coin : « Eh bien ! moi, quand je serai grande, je n'aurai pas de ventre. » (Note ajoutée : « mais je rougis d'écrire le mot "ventre". Il me paraît encore une obscénité qu'il ne faut pas prononcer – bien que je juge comique ma sottise ». Seulement comique ? L'ignorance, le mépris de la sexualité ont joué un rôle non secondaire dans l'échec de son mariage.)

« Mon grand-père dit que si on se couche du côté du cœur, on risque de mourir. Je me promets, avec un vague effroi, de faire attention en dormant. Mais comment faire ? Je sais cependant quelque chose de plus. Quand on est seul, on entend dans l'air des bruits mystérieux, très légers, mais sensibles, que personne n'entend. C'est le bruit du monde invisible. Il en est d'aigus et perçants, je les appelle "les fourchettes" ; d'autres, graves, secrets, insistants, "les cuillers". Je n'en parle à personne, c'est mon secret. Ainsi à quatre ans croyais-je entendre la musique des sphères.

« Un jour, il faut quitter la maison où je suis née. Mon grand-père, ruiné par la morphine, l'a vendue. Je monte la rue du village allant vers Notre-Dame, roulant dans ma petite brouette deux objets essentiels : la poêle à matefaim [c'est le nom de la crêpe plus bourrative que nourrissante, plat de base pour « tuer la faim »] et le carreau, un petit carreau à ma mesure que mon grand-père a construit pour moi (c'est ce qu'on appelle, plus analytiquement, un métier pour la dentelle au fuseau).

Soudain j'échappe à ma grand-mère, je cours sans rien écouter. Sur la route, quelqu'un me rejoint : "Votre grand-mère est souffrante, il faut revenir." Bouleversement. J'éprouve en un éclair combien je suis mauvaise, dure, ingrate. Première expérience de ce sentiment du péché, qui ne me quittera plus.

« J'ai cinq ans. Je désire m'en aller, loin de ma grand-mère qui a été tout pour moi ; je veux suivre mes parents, vivre avec ma mère, que j'admire et qui me fait peur. J'ai le sentiment qu'il le faut et je l'obtiens. Il faut apprendre à lire, il faut grandir. [Refus, dès cet âge, de toute facilité ; volonté déjà bien trempée.] Quand la voiture nous emmène, à l'endroit du grand tournant, d'où l'on voit pour la dernière fois le village et son clocher, je sens bien que se consomme un adieu déchirant. Pays bien-aimé où l'on ne reviendra plus, que l'on s'efforce d'emporter dans des yeux de cinq ans pour toute la vie.

« 1912-1917

« Je suis assise à côté du lit de ma mère, je lui tiens la main, bien serrée. Depuis des mois, elle ne quitte plus son lit. Mon père la veille nuit et jour depuis vingt-neuf jours. Il est 1 heure de l'après-midi, 10 novembre 1912. Dans la pièce voisine, mon père et "marraine" (c'est la marraine de maman, ma grand-tante) doivent achever de déjeuner. Mon père rentre dans la chambre, pousse un cri : "Elle est morte." On dénoue nos mains. Je me sens seule, abandonnée pour toujours.

« Avant de mourir, maman m'a appris à ranger les armoires. "Fais attention, c'est la dernière leçon que je te donne." Elle m'a fait promettre de veiller sur mon petit frère. Je l'ai fait, jusqu'à ce qu'il soit devenu un homme, avec une application maladroite et tragique. Il est mort maintenant lui aussi, lui que j'avais espéré si passionnément revoir quand la guerre enfin finirait. Il me reste des armoires à ranger. [Mon oncle Paul, ingénieur des mines, en poste en Indochine, fut capturé par les Japonais en 1942, torturé et tué.]

« Ensuite les années sombres, celles dont il ne faut point parler. On déménage encore. La hideuse rue Saint Jacques [à Saint-Étienne]. Les cris des ivrognes dans la nuit. La honte bien souvent, étouffée dans le silence.

« Survient encore la guerre, l'abandon total [le père est mobilisé], les deux enfants seuls et sans argent, la misère. N'y plus penser.

« Il y a le lycée qui est ma patrie, ma raison de vivre et de survivre. À la distribution des prix à la fin de la classe de seconde, quand j'entends dix ou douze fois répété mon nom précédé de “premier prix”, j'éclate d'un rire extravagant, qui stupéfie et consterne mes voisins. C'est que j'ai de grands trous à mes bas et que j'essaie – vainement – de les dissimuler en repoussant mes talons dans mes chaussures percées. »

Le plus triste, dans cette histoire, c'est que Liliane n'a confié le dénuement de son enfance qu'à une feuille de papier tardive. Je suis sûr que mon père n'en a jamais rien su. Sa conduite eût peut-être été différente si elle avait pu vaincre cette difficulté ou impossibilité de communiquer, qui a fait constamment son malheur et celui des êtres autour d'elle.

« 1917-1923

« Dirai-je les années enchantées après les années sombres ? Oui, à condition d'oublier l'angoisse et le cauchemar des vacances.

« J'ai seize ans et demi. J'arrive à Versailles (où on m'a donné une bourse d'internat) pour préparer le concours de Sèvres. La directrice me trouve beaucoup trop jeune, désapprouve mes nattes bien cordées de chaque côté de ma tête et me conseille de retourner dans ma province. Mais l'internat où je tombe est la maison Eugénie de Guérin où me semblent rassemblées les puissances bonnes et secourables dont j'imaginais à peine l'existence. Mes camarades sont beaucoup plus âgées que moi ; elles accueillent et protègent l'enfant de 16 ans qui leur arrive. Je leur voue une gratitude et une amitié émerveillée.

« Et voici que l'une d'entre elles me met un jour dans les mains un Nouveau Testament, et, quelques semaines après, me donne une Bible. Je lis aussi Pascal dans cette petite édition Brunschvicg qui ne me quittera plus. Je suis éblouie d'admiration, et comme tremblante d'espoir, au seuil d'une révélation inespérée. Le dimanche de Pentecôte, j'accompagne au temple mes amies, et moi aussi à 17 ans je vois l'esprit dans la nuée : le pasteur dans sa chaire, son autorité, sa rayonnante certitude, la prière qui jaillissait de lui comme une force, l'expérience de la foi vivante et visible. »

Suit le récit d'une brève crise religieuse, que j'attribue à l'influence de cette figure paternelle de substitution, le pasteur Monod, plus qu'à l'éveil d'une vraie foi. Cette crise fut sans lendemain, car ne tarda pas à surgir une seconde figure paternelle, d'une stature autrement forte et imposante, une figure souveraine mais elle parfaitement agnostique.

« Ensuite les années de Sèvres, belles et pleines. La vie protégée et réglée [préparant aussi peu à la vie que l'enfermement dans un cloître]. Les seuls soucis de l'étude et de l'amitié. Le désir de servir. “Que rendrai-je au Seigneur pour les biens qu'il me donne ?”

« Surtout, surtout, la rencontre du maître, du père, de l'ami, dont la sollicitude pendant des années allait former et illuminer ma vie. J'ai dit ailleurs ce que nous lui devions [dans un opuscule collectif d'hommages paru aux Éditions de Minuit], mais je n'ai pas dit à quel point il m'a aimée. J'étais encore, je suis restée longtemps une enfant paralysée de timidité devant lui, je n'ai pas su lui rendre, comme je l'aurais pu, le don merveilleux qu'il me faisait. Après ma sortie de l'École, les lettres presque quotidiennes, les conseils, les livres, l'agenda qu'il m'avait donné comme à lui-même et que nous tenions tous deux, le nom secret qu'il me donnait, sa Psyché.

« À la veille du mariage, je m'étais dit que, quoi qu'il arrive, je ne devais rien ôter à cette amitié. J'ai mal tenu ma promesse, parce que presque aussitôt le malheur est tombé sur moi. J'étais persuadée d'une part qu'un honnête homme ne se plaint jamais, et d'autre part mon orgueil ne voulait pas avouer l'humiliation et la défaite. Ainsi le silence se refermait entre nous. Il en a souffert, et moi aussi. Voici le temps des désastres. »

Qui était donc cet être si sacré à ses yeux qu'elle parle de lui sans le nommer ?

20.

Paul Desjardins

Quelqu'un assurément d'exceptionnel, même si l'on fait la part de la surestimation. Ce qu'il y avait en Liliane de nonne avait rencontré, toute jeune, celui qui resterait son Père abbé. *« Tu duca, tu signore e tu maestro »*, aurait-elle pu lui dire, comme Dante à Virgile, si le tutoiement n'avait été radicalement exclu de leurs rapports. Paul Desjardins, qu'elle eut pour professeur de littérature française à l'École normale supérieure de jeunes filles, entre 1919 et 1923, est un personnage illustre bien qu'il ait choisi de se tenir dans l'ombre. Issu d'une famille de grands notables parisiens, fils d'un professeur d'épigraphie au Collège de France élu ensuite à l'Académie des inscriptions et belles-lettres, il préféra pour sa part le rôle d'éminence grise. Autant son œuvre écrite est de dimensions modestes – quelques essais, sur Poussin, sur Corneille, une traduction de Théocrite –, autant son influence fut immense. Il l'exerça par l'enseignement et par plusieurs entreprises auxquelles son nom demeure attaché. Normalien, camarade de promotion de Bergson, de Jaurès, promis à un brillant avenir littéraire, apprécié du jeune Proust qui, soldat à Orléans, attendait avec impatience ses articles de la *Revue bleue*, il avait vite renoncé à la carrière des lettres. Inquiet de l'évolution du monde et de la confusion, politique et religieuse, de l'époque, il voulait susciter un rapprochement international des esprits par des rencontres et des entretiens consacrés à la recherche de la vérité, en dehors de toute doctrine, parti ou confession. Il tenait de Socrate par cet effacement volontaire, de Renan par l'acuité et la souplesse ironique de l'esprit, de Tolstoï par la foi dans les vertus de l'apostolat, du faune par sa barbe bifide, son alacrité persifleuse et sa maïeutique ambiguë.

Le début de l'oraison funèbre de Nicolas Cornet par Bossuet : « Ceux qui ont vécu dans les dignités et dans les places relevées ne sont pas les seuls d'entre les mortels dont la mémoire doit être honorée par des éloges publics. Avoir mérité les dignités et les avoir refusées, c'est une nouvelle espèce de dignité qui mérite d'être célébrée… », ce début s'applique très exactement à Paul Desjardins, esprit des plus admirables par la culture, l'intelligence, le dévouement, le sacrifice des vanités personnelles à de grandes causes morales et sociales. Pensera-t-on que Liliane Chomette eut beaucoup de chance d'avoir été distinguée par un tel mentor ? À mon avis, elle ne pouvait tomber plus mal. Revoyons cette frêle jeune fille, qui semble issue des romans populaires de l'époque : élevée à la dure, descendue sans un sou de sa montagne, fagotée dans son unique robe rapiécée, imbue du sentiment de sa petitesse, ne voyant de salut que dans le strict respect du devoir, l'abnégation, l'annulation de soi. Avait-elle besoin d'être rappelée sans cesse à une humilité et à un ascétisme dont elle était déjà saturée ? Être poussée en avant, arrachée à l'ornière janséniste, frottée au commerce du monde, voilà qui lui aurait été plus utile que d'être endoctrinée dans le mépris des vanités humaines. Ses instincts masochistes s'épanouirent au contact de cet enseignement. Le maître et l'élève se ressemblaient trop, à cette différence près qu'elle n'avait que dix-huit ans lorsqu'elle fit sa connaissance, tandis que lui en avait soixante. Il avait eu une existence riche et variée, habitait à Passy, 27, rue de Boulainvilliers, l'hôtel particulier qu'il tenait de sa famille, fréquentait Gide, Martin du Gard, Rivière, Valéry, Lyautey, Miguel de Unamuno, Hugo von Hofmannsthal, Alexandre Millerand, Paul Painlevé. Elle sortait de nulle part, ne connaissait personne, n'était rien. La médecine qu'il administrait avec d'autant plus de conviction que les désabusements de l'âge, les épreuves de la guerre, la mort de deux de ses fils (Jean, noyé à huit ans, Michel, l'aîné, tué à vingt et un ans au front le 18 juillet 1918) semblaient la justifier, cette cure intensive de spiritualité laïque n'était sûrement pas la meilleure pour un être jeune que ses inclinations naturelles empêchaient de s'ouvrir à la vie. Il lui aurait fallu un maître qui la tirât hors d'elle, au lieu d'abonder dans son sens.

En 1891, Desjardins avait publié une brochure intitulée *Le Devoir présent*, où il formulait le programme d'une société régénérée (toujours le traumatisme de la récente défaite contre l'Allemagne) par la discipline, l'entrain, la bonne volonté. Parmi les écrivains, il condamnait sous l'appellation de « négatifs » les nihilistes comme Leconte de Lisle, les fatalistes comme Zola, les Goncourt, Maupassant, les faux mystiques comme Maeterlinck, les exquis à la manière d'Anatole France, les symbolistes coupables de cultiver leurs névroses, exaltant au contraire les « positifs » tels que Platon, les stoïciens, Kant, Sully Prudhomme (!), Kipling et autres professeurs d'énergie morale. En 1892, il fonda l'Union pour l'Action morale, transformée, après l'affaire Dreyfus, en Union pour la Vérité. « Ordre laïc militant du devoir privé et social », qui faisait appel « à tous les hommes qui, de quelque pays, de quelque condition que ce soit, en s'appuyant sur n'importe quelle religion ou philosophie, consentent à subordonner leurs intérêts particuliers immédiats à l'accomplissement de ce qu'ils croient juste, bon et vrai ». Conférences, séances de lecture, « libres entretiens » réunissaient dans les étroits locaux de la rue Visconti les membres de cette chevalerie.

En 1906, après la séparation de l'Église et de l'État, l'abbaye de Pontigny dans l'Yonne fut mise aux enchères. Desjardins l'acheta, avec l'arrière-pensée, non de passer des vacances paisibles dans ces beaux et vastes bâtiments cisterciens, mais d'y rassembler pour une période de dix jours et chaque fois sur un sujet précis des intellectuels de tout pays et de tout bord. Les premières décades eurent lieu en 1910. Du 31 juillet au 9 août, on traita du « sentiment de la justice », du 10 au 20 août du « sentiment de l'art et de la vie d'autrefois », du 21 au 30 août du « sentiment de la vie religieuse », du 31 août au 9 septembre de « la vie ouvrière actuelle : ouvriers de l'industrie, ouvriers agricoles ». En attendant que les locaux fussent aménagés pour ces rencontres, Desjardins avait composé un *Calendrier manuel* dont les fascicules parurent entre 1907 et 1914.

Examinons un peu ces publications, uniques dans leur genre, qui durent servir de bréviaire à ma mère, puisque je les ai retrouvées en bonne place dans sa bibliothèque. Conçu comme un almanach, dont le but n'est pas de catéchiser ses lecteurs mais de les amener à réfléchir par eux-mêmes sur un grand sujet de morale ou de philosophie, le *Calendrier manuel* divise l'année en douze mois, à chacun desquels correspondent des vertus spécifiques : « Initiative, Courage » pour janvier, « Acceptation de la Loi » pour février, « Discipline de la Raison » pour mars, « Rajeunissement perpétuel » pour avril, « Admiration, Joie » pour mai, « Objectivité, Simplicité » pour juin, « Lutte pour le Droit » pour juillet, « Révolution et Sacrifice » pour août, « Entraide, Amour » pour septembre, « Repliement, Scrupule » pour octobre, « Souvenir, Continuité » pour novembre, « Patience, Silence » pour décembre. Elle trouvait là son miel, la petite Auvergnate.

Pour chaque jour de chaque mois, l'almanach propose : 1° une commémoration. Ainsi, le 2 janvier, on commémorera la révocation de Michelet de son cours au Collège de France, prononcée le 2 janvier 1848 ; le 17 février, la mort de Giordano Bruno, brûlé vif à Rome sur ordre de l'Inquisition, le 17 février 1600 ; le 30 mars, la loi Millerand-Colliard instituant la journée de 10 heures pour les femmes et les enfants, texte promulgué le 30 mars 1900 ; 2° un thème de réflexion, sous forme de citation tirée d'un grand auteur. Pour le 1er janvier : « Il n'y a d'irrévocable que le destin que nous nous faisons nous-mêmes » (Edgar Quinet). Pour le 19 mars : « Le plus grand dérèglement de l'esprit, c'est de croire les choses parce qu'on veut qu'elles soient, et non parce qu'on a vu qu'elles sont en effet » (Bossuet) ; 3° un texte « justificatif et explicatif », lettre, témoignage, arrêt de tribunal ou récit d'un événement marquant. Par exemple, pour édifier les bavards et les étourdis, on porte à leur connaissance le témoignage d'une institutrice sur sa collègue défunte : « Son souci visible était de rester toujours en paroles bien en deçà de ce qu'elle sentait, pour ne pas risquer d'aller au-delà. » Cette méfiance à l'égard de sa propre sensibilité, ce culte de la litote, quel prix ne coûteraient-ils pas à ma mère ! À force de ne rien exprimer, on est pris pour un glaçon, et le mari se détourne, en quête d'un peu de chaleur, même moins sincère, moins pure.

Aux yeux de Paul Desjardins, il était important que le rythme astronomique réglât le retour et fixât le sujet de la méditation quotidienne, pour inciter à descendre et remonter l'escalier du temps. Au lieu de borner sa mnémonique au petit champ de sa petite histoire propre, le lecteur saute d'un siècle à l'autre et engrange dans sa mémoire tous les faits notables du passé, dans un télescopage stimulant. Assister, un certain jour, en 1903, au suprême entretien de Renouvier mourant, le lendemain, en 1815, au refus du maréchal Moncey de présider le conseil de guerre qui doit condamner le maréchal Ney, et le surlendemain, en 257, à la comparution de saint Cyprien devant le proconsul d'Afrique, voilà qui l'éclaire du soleil que ses yeux n'ont pas vu. Le jeu des combinaisons ne peut que l'exciter. Le même jour, un 6 juillet, à cent vingt ans d'intervalle, l'Église romaine a supplicié Jan Hus en le réprouvant, et pleuré avec des louanges le supplice de Thomas More. Zola a publié *J'accuse* au quinzième anniversaire, jour pour jour, de la première représentation d'*Un ennemi du peuple* d'Ibsen. Un 17 octobre, à deux cent neuf ans de distance, Pascal écrit à sa sœur sur la mort de leur père, et Tolstoï écrit une lettre sur la mort de son frère. Le 9 mars 1762, Calas est supplicié à Toulouse (« meurtre commis avec le glaive de la Justice », dira Voltaire indigné). Le 9 mars 1901, le Saint-Synode excommunie Tolstoï. À cent trente-neuf ans d'intervalle, c'est le même déni de justice, la même obtusité mentale, le même crime contre l'esprit.

Aucune arrière-pensée de prosélytisme, dans cette collection de textes établie pour aider le lecteur à repousser toute propagande, à n'être docile qu'à la raison. Sont citées aussi bien les lois de la Convention livrant les accusés, sans avocats ni témoins, au bon plaisir du tribunal révolutionnaire, que les proscriptions non moins arbitraires édictées sous Charles X, Louis-Philippe et Napoléon III contre les partis révolutionnaires. Noter le martyre des insurgés de la Commune fusillés sans jugement ne dispense pas de signaler les exécutions sommaires qu'ils ont eux-mêmes sur la conscience. L'essentiel, souligne Desjardins dans sa préface, est d'exercer le jugement du lecteur. « Il n'est pas de geste plus assoupissant que le hochement de tête approbateur. » Ni exhortations, ni banalités chaleureuses, on ne trouvera rien de tel dans le *Calendrier*, mais seulement le moyen de s'informer impartialement et de s'entraîner au gouvernement raisonnable de l'action.

L'aspect ludique de ce gigantesque collage d'événements et de citations est indiscutable. Desjardins rendait amusante une matière aussi rébarbative que l'enseignement civique. N'empêche que les milliers de faits, anciens ou récents, graves ou menus, consignés dans les fascicules concernent tous l'histoire de la science ou l'histoire de la justice, l'effort vers la vérité ou la lutte pour le droit. J'ai peur que ma mère ait été moins sensible à la malice des rapprochements saugrenus qu'à l'austérité du projet général. Tendre de toutes ses forces vers le bien, par la pratique régulière, quotidienne, des exercices spirituels, se mettre tout entière au service de la vérité, sans indulgence pour ce qui est lâche et bas, ou simplement frivole, telle serait sa devise, à laquelle elle se tiendrait fidèlement, même auprès d'un mari à qui un traitement plus souple aurait été d'une plus grande aide.

Les décades de Pontigny, après l'interruption de la guerre, reprirent en 1922. En 1923, Liliane, élève préférée de Paul Desjardins et fraîche agrégée, se rendit pour la première fois à l'abbaye qui allait jouer un rôle capital dans sa vie et dans celle de mon père. Elle y entendit discuter sur « le trésor poétique réservé ou de l'intraduisible », un sujet qui semble avoir été choisi exprès pour cette jeune fille miraculeusement préservée du monde par l'intensité de sa vie intérieure. Le 31 août, rentrée à Paris (et avant de gagner Mayence, dans l'Allemagne occupée, son premier poste de professeur), elle reçut ces mots de son maître : « Pontigny se souvient de vous tendrement. On ne peut poser le regard sur la pente gazonnée du terre-plein des noyers sans vous y revoir assise, séchant vos cheveux déroulés, un certain soir, alors que les autres s'étaient empressés au goûter. » Ainsi commença la correspondance, mi-pédagogique, mi-amoureuse, de la part de celui qui assurait son élève de sa « paternelle affection » et lui envoya régulièrement, jusqu'à son mariage, des lettres admirables par le style comme par la pensée. Je n'ai pas les lettres envoyées en réponse : ce n'est qu'à travers celles de Desjardins que je peux apprécier l'extraordinaire qualité de ce qui était débattu entre eux, mais aussi me demander si cet échange de propos presque élégiaques qui ne descendent jamais des cimes n'a pas préparé aussi mal que possible Liliane Chomette à devenir la femme de Ramon Fernandez.

Cette correspondance s'installe d'emblée à un très haut niveau : ils ne se racontent pas les petits événements de leur vie – elle à Mayence, lui à Paris ou à Pontigny –, ils ne parlent même pas de leurs lectures, sinon par brèves allusions – Dante, Virgile, Kant, Vigny, *Anna Karénine*, Thomas Hardy –, ils se livrent à un échange purement spirituel dont le but est de vérifier la noblesse et l'élévation de leurs sentiments. Entre eux, il ne sera question que de l'essentiel. Le maître recommande à son élève de lui écrire « seulement quand, étant quitte de ce que vous devez à d'autres, votre cœur s'y sent porté, et que ce serait être un peu oppressée, vraiment, que de n'écrire pas. Ceci dit (comme il le fallait), pourquoi nous dissimuler que cette libéralité, d'une lettre de vous, m'est délicieuse ? La même amitié, qui ne donne point de chaînes, mais qui les ôte, pourtant nous établit puissants pour la félicité l'un de l'autre. » (3 novembre 1923.) Pour la seule année 1924, il lui adresse quatre-vingt-onze lettres, une tous les quatre jours en moyenne, la plupart longues de trois ou quatre pages, écrites à la plume, d'une belle écriture bien formée. Même rythme pour l'année 1925, avant le ralentissement dont nous verrons la cause.

Tout de suite, il la met en garde contre les excès possibles. Citation de Pascal à l'appui (« Il est injuste qu'on s'attache à moi… Ne suis-je pas prêt à mourir ? Et ainsi l'objet de leur attachement mourra »), il souligne leur différence d'âge et, craignant « que ma bien-aimée fille ne soit plus entière et ferme dans sa raison, moi ôté », veut que leur amitié se tienne « sur un des sommets du sentiment humain », sans « que la passion se mêle à ce pur attachement ». (4 décembre 1923.) Ah ! c'est trop, s'écrie-t-il, en réponse à une lettre particulièrement exaltée. « Quel déplaisant bonhomme vous feriez de votre vieil ex-professeur s'il allait être crédule à ce que vous lui chantez de lui-même. » De quelle sorte est leur amour ? se demande-t-il. D'une espèce si rare, qu'il est impossible de le définir. Ce qui est sûr, « c'est qu'il est franc de trouble, de jalousie, de désir, de tristesse, d'impatience, d'envie de dominer, d'inquiétude ». (1er janvier 1924.) Il appelle son élève sa « fille d'alliance », sa « jeune amie, si infiniment chère (non pas trop, cependant) », sa « vaillante et aimante amie », son « enfant chérie, in aeternum », son « unica dilecta », sa « Psyché », sa « Psyché dilectissima », sa « petite gardienne céleste », sa « festiva puella », sa « chère Espérance », sa « chère Survivance », sa « parfaitement bonne », sa « petite Liane ».

Culte discret de l'homme sur son déclin, qui loue la jeune fille pour son « exceptionnelle puissance de gratitude et d'adoration », et se contente, à son tour, de la vénérer de loin, sauf, de temps en temps, la « grande émotion des deux mains offertes en loyal engagement, avec les paroles consacrantes ». Mais c'est justement cette ferveur idolâtre dont il l'entoure, cette façon de maintenir leur relation dans « l'intemporel » et « le divin », que je juge désastreuses pour l'avenir de Liliane Chomette. Elles la préparent à être déçue par l'homme de son âge qui aura pour elle moins de vénération et plus de désir. Elles dévalorisent à l'avance tout ce qui sera pour elle la partie physique, donc « vulgaire », du véritable amour. Elles la soulèvent et la cantonnent dans une sorte d'empyrée sans rapport avec la réalité de la vie. En ne s'adressant qu'à l'âme, cette dévotion habitue la « princesse lointaine » à mépriser tout ce qui est du corps. Après ce commerce exclusivement sublime, comment un mari, avec ses prétentions légitimes, ne lui paraîtrait-il pas grossier et brutal ?

« Vous êtes un pur esprit, la privation vous est une nourriture », lui dit son maître, tout en lui reprochant de « se persécuter trop » et d'être un peu « huguenote », et en l'encourageant à ne pas retomber « dans cette désolation et ce mépris amer du temps de votre enfance, dont mon office est de vous guérir ». Elle doit « secouer ces dernières loques d'humilité », cesser de « s'enfoncer des épines dans la conscience », tendre à être « moins hyperborée ». Il lui conseille « d'y aller plus gaiement et bonnement », mais ce conseil ne vise qu'à la rendre moins timide dans ses lettres. « Soyons forts du sentiment de notre innocence foncière. » Certes, mais c'est toujours à planer qu'il l'invite, très haut au-dessus des contingences.

Au début du mois de mars 1924, éprouvant le besoin d'entrecouper l'échange épistolaire par un peu de présence réelle « plus réchauffante », avides de mêler à « la joie de l'unisson » que les lettres procurent « les charmes inquiets de l'attache » (mot emprunté à Bossuet, précise-t-il), ils conviennent d'un rendez-vous à Strasbourg. Desjardins lui prépare ce voyage par une lettre écrite au futur, où il détaille, avec la sollicitude et les prévenances d'un amoureux, tout ce qui lui arrivera : l'arrivée du train dans la gare, un homme qui l'attendra sur le quai, où elle déposera sa petite valise pour lui tendre les deux mains à la fois, l'installation dans une petite chambre « non pas loin de la mienne, et sous le même toit, enfin ! », le thé chaud ou le chocolat pris en route, la visite à la cathédrale, le recueillement au pied des degrés du chœur plein d'ombre, la méditation du *Panégyrique de saint Jean l'Apôtre* de Bossuet, « ce paroxysme d'amour ». Le moyen qu'elle aura, plus tard, après tous ces soins, tous ces préparatifs, tout cet apparat dont s'entourent ces premières vacances, de ne pas être désappointée par ses futurs voyages ?

La lettre suivante est du 7 mars. Elle déborde de souvenirs enchantés. « Quelque chose d'assez solennel est advenu. » Le 5 juillet encore, il lui rappellera « la flèche de la cathédrale » et « la ruelle du Chaudron, Kesselgässchen, 5 mars, 10 heures et demie du matin », avec un pieux attachement aux détails. Il s'est passé là quelque chose qui relève de l'expérience mystique. « Nous avons été délivrés du temps, du tempus edax, fugax, dissociabile, chose essentielle, inoubliable, d'avoir goûté ensemble à l'éternel. » Pour justifier son émotion (qui rend sa syntaxe, d'habitude impeccable, pour une fois bafouillante), il dit qu'elle a ressuscité pour lui son fils mort à la guerre. « Ce sont ces parties de moi qui m'ont été retranchées, que vous me ramenez au jour et me restituez. » Quelles parties ? Quand on sait que sa femme, qui s'appelait d'ailleurs Lily, vivait désormais retranchée dans une réserve austère, « mère en deuil, personne repliée, et qui fait tout pour s'éteindre », on est près de se dire qu'on ne se trompe pas en parlant de transfert.

Les anges de la cathédrale de Strasbourg ont-ils eu sur ce couple le même effet foudroyant que l'ange à la flèche d'or sur Thérèse d'Avila ? Le maître se fait plus insinuant, tout à coup. 16 mars : il craint qu'« une vertu négative » ne la retienne prisonnière. « Puritaine, vous pourriez bien l'être, pour avoir dû dès l'enfance vous commander à vous-même, comme Joad,

> Rompez, rompez tout pacte avec l'impureté,

et pour avoir muré, afin de la préserver, votre somme intime de tendresse. Maintenant qu'elle s'épanche et ne craint plus, baissez-vous hardiment, généreusement, sur ce que vous vous interdisez à vous-même… Savoir se mépriser est utile à son heure, mais le mépris n'est pas le dernier mot. Amour est au-dessus. »

Paroles mystérieuses, à moins que je ne les interprète dans le sens le plus trivial. Quelle confusion dans la tête et le cœur de la jeune fille ! Voilà qu'on lui recommande presque de ne pas se braquer contre « l'impureté ». Ces écarts de son maître restent rares. Hélas ! ai-je envie de dire, tenant pour certain que si Liliane s'était « baissée hardiment » et avait profité de l'intimité créée par le séjour à Strasbourg et la proximité des chambres, cette chute dans l'impur aurait eu pour elle (et donc indirectement pour mon père) deux ou trois conséquences heureuses : 1° lui faire voir que son guide spirituel était fait comme tous les hommes, d'un composé d'esprit et de sexe ; 2° déshéroïser et humaniser son mentor ; 3° lui ôter de la tête qu'on « tombe » en acceptant d'être femme. Hélas ! encore une fois : il reprend vite son ton de prophète et d'oracle, lui répétant à satiété qu'elle est « belle par transparence » et qu'il faut « le regard perçant de l'esprit » pour l'« apercevoir à fond ». À la veille d'une nouvelle rencontre, il drape sa joie de pourpre biblique. « D'aujourd'hui à une semaine, nous roulerons vers Pontigny, et vous quitterez Mayence. Les amis s'ébranleront donc, comme au son vif des trompettes de la Résurrection, les uns à la rencontre des autres. »

(4 avril 1924.) Chacune des lettres de la jeune fille, quand il la reçoit à Pontigny, est « emportée au petit bois tout grelottant de pluie, lue sous les branches, relue, et enfin descendue au fond de ma pensée pour s'y mêler, inséparable ». (28 juillet 1924.) Comme il s'y entend, le faune, pour faire croire que sa sensualité ne s'éveille qu'au contact de la nature ! À peine, dans la même lettre, s'est-il avancé de façon un peu plus pressante, qu'il s'abrite sous l'autorité de saint Paul. « Il est seulement permis de dire, avec mon Saint Patron, que nous sommes membres les uns des autres, et partie d'un même divin ensemble. » Lui arrive-t-il de manifester l'envie de revoir son élève, il ajoute que cet aveu lui fait honte. « Comprendrez-vous ce desiderium tui, candida Psyche ? Ne le trouverez-vous pas indigne de notre spiritualité ? » Ainsi, la seule fois où il parle de « désir », Desjardins s'empresse de mettre le mot en latin, afin de rendre intemporelle, éthérée, une réalité qui pourrait être choquante sans cette hypocrisie de la déguiser par un rappel aux chères études. *Candida Psyche !* La réduire à une âme pure, blanche, au moment où il évoque sa personne de chair ! On n'était pas à cette époque, assurément, aussi direct qu'on ne l'est aujourd'hui, mais cette rhétorique de sacristie n'en respire pas moins une ruse et une duplicité qu'on ne pardonnera au tentateur qu'en les mettant sur le compte de la prudence sénile. Ramon Fernandez, lui, ne s'adressera pas à elle en latin pour obtenir ce qu'il attend d'elle, il n'aura pas de ces délicatesses.

« À quoi tient ce charme singulier qui réside en vous ? » se demande le « vieux bonhomme », comme il s'appelle lui-même, par une feinte modestie qui lui permet de prendre dans la glu de ses sophismes la colombe ingénue. « Je crois avoir trouvé ce que vous avez en propre, c'est que vous manifestez en vous l'unité profonde de l'âme. » Liliane Chomette est « une, d'une unité naturelle et sans brisure ». Et enfin cette parole terrible : « Votre âme n'est jamais remisée pour laisser travailler des sous-ordres. » Il songe, en pensant à ce refus tenace de transiger avec sa conscience, au mot de Renan sur sa sœur Henriette : *elle ne savait pas se profaner*. Une telle lettre, écrite « dimanche matin, 13 janvier 1924, lever du jour » (Desjardins précise toujours la date et le moment de la journée, pour entourer ses propos d'une solennité astronomique), aura, je crois, été déterminante pour son élève, en lui causant un mal irréparable. Quelle est la condition de la vie conjugale, sinon une suite de petites concessions, acceptées de grand cœur parce que nécessaires à la solidité et à la durée d'un amour ? Comment réussir une existence à deux, sinon en s'adaptant aux habitudes, aux goûts, aux besoins de l'autre ? Aucun mot ne pouvait avoir plus de rentendissement dans l'âme de la jeune fille que l'éloge adressé par Renan à sa sœur : « elle ne savait pas se profaner ». Pour Liliane, non seulement l'acte physique du mariage, mais le fait même de devoir pactiser avec des idées, des humeurs qui ne seront pas les siennes sera une profanation de son idéal. En consentant à cette profanation, elle se sentira déchoir de cette hauteur à laquelle son maître avait voulu la maintenir. Pis encore, elle ne se profanera qu'à moitié, essayant de s'accrocher à son idéal malgré les compromissions, restant raide en dedans d'elle-même, intransigeante, puritaine, refusant de composer sinon du bout des lèvres avec un homme aussi différent d'elle que Ramon Fernandez.

Qui pourrait nier, maintenant, que Paul Desjardins a eu une large part de responsabilité dans l'échec du mariage de son élève ? Il l'avait induite à une fausse conception de l'amour, magnifiée par le grand style des classiques. Que de phrases superbes ! « La logique en flèche des poètes, qui vole au but sans regarder en arrière. » « Un vieillard, recroquevillé dans son incomplet définitif. » « L'enfance étranglée » de Liliane. Son « virus chrétien d'autopersécution, comme une sombre source qui bouillonne soudain d'une sorte d'abîme ». Ils appartiennent tous les deux à « la confrérie des désabusés de l'égoïsme et réveillés du songe des apparences sensibles ». La mission qu'il se donne : « Je ne vous fixe pas, je vous élance. » Formules qui sonnent haut, mais dont l'éclat même obligeait celle qui avait le culte du beau langage à être d'accord avec l'ensemble du discours. Comment trouver le courage de contredire un homme qui s'exprime aussi bien ? La faute la plus grave du maître est d'avoir placé sur la tête d'une débutante l'auréole d'une sainte. Au lieu de lui conseiller de « remiser » son âme pour les choses où l'âme n'a rien à faire et que les « sous-ordres » sont plus aptes à traiter, il hissait la jeune fille sur un trône d'excellence et de gloire d'où elle ne pouvait descendre, pour aller au-devant de la vraie vie, sans remords, ni honte, ni ignorance de la conduite à tenir, ni calamiteuse maladresse. Ah ! que n'a-t-elle choisi comme maxime personnelle une des rares exhortations vraiment généreuses qu'il lui ait adressée ! « Toute vertu qui ne va pas jusqu'à la gaieté est restée en chemin. »

21.

Rencontre

25 septembre 1924. Desjardins, à qui il reste deux enfants, après les deux qu'il a perdus, prend soudain conscience de la solitude où vit son élève. Elle est à la veille d'entamer une seconde année à Mayence. « La plus délicate, et noble, et vulnérable, et repliée des femmes, condamnée à vivre comme en pleine rue, cela je ne le tolère pas. Et me voici, pour la première fois, décidé à vous découvrir un mari au cœur simple et profond. Je ne le connais pas encore. Je le susciterai, je vous l'amènerai. Je vous léguerai à lui… » Il rêve de remettre sa « chère main à une main jeune et ferme et fiable ». À partir de ce jour, je note un changement de ton et de sujets dans les lettres. Elles se font plus courtes, plus pauvres, plus extérieures. Desjardins abaisse le niveau de l'échange, en s'enquérant des côtés pratiques de son existence en Allemagne, en lui donnant des conseils pour l'enseignement, en l'entretenant de ses propres occupations et tracas professionnels, en lui exposant les problèmes politiques de l'Europe, en lui faisant part de ses inquiétudes sur la montée des fascismes, bref, en mêlant à l'angélisme coutumier de leurs lettres « ces éléments

moins purs » qu'il disait, dans sa lettre du 10 novembre 1923, « exclus » de leur amitié.

Qu'est-il arrivé ? Est-ce lui qui se refroidit et ne ressent plus l'exaltation passée ? N'est-ce pas plutôt la « pensée du mari » qui est la cause de ce changement ? Il a compris qu'il ne pouvait plus suffire à la jeune fille, qu'il devait la pousser hors de leur sphère privée, amener à elle, en même temps que le mari futur, le monde dont elle restait si éloignée. Désintéressement ? Générosité ? En apparence seulement, car il savait bien qu'elle remarquerait la distance qu'il prenait et en souffrirait. Le 7 décembre 1924, il lui écrit (en réponse à une lettre où elle devait s'alarmer de cette évolution dans leurs rapports) : « La cause d'une si surprenante altération, je crois vous l'avoir dite. Dans notre correspondance, il est surtout question de nous, et du sentiment qui nous unit. C'est un sujet qui s'épuise. Je n'ai pas, quant à moi, assez de ressources dans l'imagination pour le renouveler indéfiniment. » « C'est un sujet qui s'épuise » : rien ne pouvait blesser plus la jeune fille, qui avait mis l'infini dans leur relation. Elle lui répond en lui disant (il cite sa phrase pour la combattre, le 14 décembre) : « Vous êtes fatigué d'une amitié qui se tarit. » Elle a fort bien compris qu'en se proposant de lui trouver un mari, son maître ne la jugeait plus digne de séjourner avec lui sur les hauteurs de l'esprit.

Desjardins, sans doute, n'a rien dit de formel là-dessus ; entière reste sa sollicitude. N'empêche que l'ombre de celui qu'il considère comme un intrus s'est glissée et va grandir entre eux. Se donner l'air d'encourager le bonheur humain de son élève, c'était, de la part du maître, lui donner un demi-congé, la renvoyer dédaigneusement à la condition commune d'épouse et fondatrice de foyer. Dans une autre lettre (17 janvier 1925), il lui reparle de sa « possible entrée en ménage ». Quels mots pouvaient la ravaler plus durement, et dévaloriser plus, à la fois le mari et le mariage ?

8 juin 1925 : « Je céderais sans murmure cette première place dans vos affections, que vous m'accordiez dans une de vos dernières lettres, dès la première occasion sérieuse. Devant un mari digne de vous, puis devant des enfants, je reculerais à l'arrière-plan avec une béatitude paternelle. Seulement l'occasion ne s'est pas offerte encore, et je tiens l'intérim. » En même temps, dans la même lettre, parlant des grands personnages qu'il côtoie (Hofmannsthal, Bergson, la fille de Tolstoï), il proteste, pour prévenir sa jalousie, qu'ils ne lui sont pas des compagnons. « Ils traversent, ils sillonnent de feux ma nuit. Vous m'êtes, vous, la lampe de ma demeure... Au bout du compte, je persévérerai à admirer à droite et à gauche, et à ne m'attacher qu'à vous. Ne vous avisez pas d'être jalouse de ces météores. Mes regards sont prompts, mobiles, appréhensifs – mon cœur est fixé. Vous savez son lieu. »

Pression insidieuse, double langage : partez, mon enfant, éloignez-vous de moi, faites votre vie, rien n'est plus légitime, mais sachez qu'en vous engageant sur la voie d'un bonheur auquel vous avez pleinement droit, vous ferez le malheur d'un homme qui vous reste éperdument attaché. Allez de votre côté, c'est tout à fait « normal », je ne suis d'ailleurs qu'un vieux type qui n'en a plus pour longtemps, etc. D'avance, avec ce chantage habilement masqué, il la rendait coupable d'oser jeter les yeux sur un nouveau venu : cette initiative, qu'elle le veuille ou non, éteindrait la « lampe » qu'elle avait allumée pour lui ; une éternelle « nuit » serait désormais son lot. Coupable de trahir son vieux maître, son père, son guide, son absolu, coupable de ne pas savoir se contenter des joies pures de l'échange spirituel, coupable de songer à un « ménage », voilà dans quel état d'esprit, avec quel lourd bagage de remords et d'insatisfaction de soi, Liliane allait tomber amoureuse de Ramon, « la première occasion sérieuse », mais deux ou trois fois dévalorisée déjà par tout ce qu'il lui fallait abandonner, répudier pour accéder à la vie de femme.

Quels que puissent être les torts de Ramon, il faudra toujours garder en tête ces circonstances, qui plombaient dès le départ leur aventure. Même quand les deux fiancés en sont encore au stade de l'idylle, l'échec est programmé. Idylle ? Même pas, trop de fiel étant pour Liliane mêlé au miel. Ces deux années de perfection morale et intellectuelle que Desjardins lui a fait connaître, elle ne se pardonnera jamais d'y avoir renoncé.

Où, quand, comment mes parents se sont-ils rencontrés ? J'en ai l'indication précise par le petit calepin tenu par Liliane en 1925. Elle avait pris de Desjardins cette habitude de l'agenda, pour y noter non pas ses sentiments, mais, très succinctement, les petits faits qui sont le support des sentiments et qui, réévoqués après coup, fixent leur histoire. Soixante-deux agendas, de 1924 à 1985 (la plupart de la marque « Bijou »), écrivent, en filigrane, l'histoire du cœur de ma mère. Desjardins y est mentionné par les lettres M.D. (« Monsieur Desjardins »).

Le 16 août 1925, Liliane arrive à Pontigny, pour la deuxième décade, qui dure jusqu'au 26 août et a pour thème : « Nous autres Européens. Europe et Asie. » Ramon Fernandez, qui n'a encore publié aucun livre mais à qui ses articles dans *La Nouvelle Revue française* assurent déjà beaucoup d'autorité, n'est pas venu à cette décade, qui réunit une brillante assemblée d'intellectuels et de savants, Charles Du Bos, Bernard Groethuysen, Jean Schlumberger, le sinologue Henri Maspero, le germaniste Edmond Vermeil, l'historien de l'art Henri Focillon, l'hindouiste Lanza del Vasto, le philosophe Jean Baruzi, spécialiste de saint Jean de la

Croix, enfin Paul Valéry (ce sera sa seule appartition à Pontigny). Liliane enregistre, en style télégraphique, le déroulement des entretiens, entrecoupés de quelques conversations privées avec M.D. « dans le petit bois » ou « dans les champs ». Elle ne se laisse pas éblouir par toutes ces gloires. On la sent plus attentive à ses rapports avec M.D., à l'évolution de ces rapports. Elle relève ses silences, craint de l'avoir blessé, l'accompagne à la poste, l'aide à classer des papiers. Une de ses remarques l'a frappée : ce qui distingue l'Europe de l'Asie, c'est la conquête de l'exactitude. « L'exactitude c'est ce qu'on exige de soi. (*Exact* participe de *exiger*.) » Décade un peu « morne » dans l'ensemble, à laquelle succède, du 27 août au 6 septembre, la troisième décade, sur le thème « l'autobiographie et la fiction ». Maurois et Jean Prévost sont arrivés dès le 26, par le petit train à voie unique qu'on prend à Laroche-Migennes, sur la ligne du Paris-Lyon-Méditerranée (PLM). Aller chercher les arrivants et raccompagner les partants à la minuscule gare fait partie des rites de Pontigny.

27 août. « Après-midi, rangé et épousseté la bibliothèque. Jusqu'à l'arrivée de la nouvelle troupe, Mauriac, R. Fernandez, Martin du Gard, sir Roger Fry, miss Harrison. » Ensuite, chaque jour, pendant les dix jours d'entretiens, elle mentionne R. Fernandez. Très brièvement sans doute, s'abstenant, à son habitude, de commentaires; mais cette insistance même à le distinguer, lui, entre tous les intervenants, ce besoin de se rapprocher de lui pour l'écouter révèlent que la vierge de glace est en train de fondre. Ai-je dit qu'elle était fort jolie, d'une taille et d'une fraîcheur de lis ? Et que, une fois sortie de son univers exclusivement féminin de sévriennes et de collègues de lycée, elle ne cessa d'exciter la convoitise des hommes ? « Vénus sous le casque de Minerve », selon François Mauriac. Mon père fut séduit à la fois

par la Minerve et par la Vénus, comme elle-même fut conquise autant par le play-boy que par l'intellectuel.

28 août. « Parlé avec R. Fernandez, au thé. Puis retrouvé M.D. derrière la maison. Petite promenade dans les champs, confiante et tendre. » Significatif, ce besoin de retrouver aussitôt l'intimité de son maître : indice du mélange d'attraction et de crainte que lui inspire le nouveau venu. Le même soir : « Après dîner, R. Fernandez lit son étude sur personnalité et autobiographie, avec l'exemple de Stendhal. »

29 août. « Entretien collectif sur J. Cocteau, les surréalistes… Puis avec Fernandez sur son idée du *moi* et de la personnalité, son désir de restituer une doctrine, la conversion imaginative des romanciers – pour finir, la logistique et le fascisme. À 2 h, ex[ploits] athlétiques de Fernandez, Prévost et Fayard. On s'amuse. » Les deux RF, le « sérieux » et le « ludique », ont donc fait mouche ensemble. À noter ce « on » impersonnel : jamais elle n'oserait écrire : « je m'amuse ». Plus tard, le même jour : « Soir : marché un peu avec M.D. derrière la maison, dans la nuit sombre. » Toujours la sauvegarde, après le trouble. Pour finir : « Danses, musique, jeux (Fernandez et Fayard) jusque plus de minuit. » La pleine transgression !

30 août. « Quelques mots avec Fernandez dans la bibliothèque. Il me donne son manuscrit de *Messages*. Entretien très animé et chaud, sur Montaigne et Rousseau. » Quelle confiance il a déjà dans cette jeune inconnue, pour lui confier le manuscrit de son premier livre, un recueil d'essais à paraître en mars prochain chez Gallimard ! Elle dîne près de Martin du Gard, entend Maurois lire une de ses nouvelles, puis la journée s'achève comme la veille : « Fernandez, Fayard, Fabre-Luce, Prévost continuent à jouer : romanciers, critiques, personnages de fiction… jusque minuit encore. »

31 août. « Matin : parlé avec Fernandez, de Rousseau, Goethe, la construction de la vie. Puis accompagné M.D. à la poste. Au soir, petite promenade sous la charmille avec M.D. » Le souci de « construire sa vie », d'unifier sa personnalité, était alors une dominante dans la pensée de RF : on comprend que Liliane l'ait tout de suite suivi sur ce terrain.

1er septembre. « Écouté Fernandez parler d'Eliot et Thackeray. Au dîner, Fernandez et Martin du Gard sur le féminisme. Féminisme par amour, dit F. » Ensuite, à nouveau, les jeux du soir. « Extrême gaieté. Le talent comique de Fernandez », auquel on serait surpris de la trouver si sensible si on oubliait son enfance sans joie suivie de deux internats sévères. « Lu, après minuit, son essai sur Newman. Croyance : signe d'une disposition à créer ce qui n'existe pas encore. Objets de culte préfigurés au creux de notre nature spirituelle. Idéalisme sevré du christianisme. »

2 septembre. Le matin, F. explique Newman. Puis, « tout le matin, causerie, avec M.D., avec Fernandez, avec Mauriac ». La séduction intellectuelle exercée par RF est donc complète. Liliane écrit son nom quatre fois par jour. Mais voilà qu'une autre espèce de séduction, plus inattendue, achève de l'étourdir. « À 5 h, à Auxerre avec Fernandez, dans la Bugatti. Plaisir de la route. Beauté de la lumière au retour. » RF n'était donc pas venu par le train. Les témoins de ce départ en Bugatti, Mauriac, Martin du Gard, n'en revenaient pas. « L'enlèvement d'Europe », murmurèrent-ils, surpris de voir la fille de l'instituteur pauvre grimper dans le roadster tomate. Ils auraient été encore plus stupéfaits s'ils avaient su que c'était la première fois de sa vie qu'elle s'avouait avoir pris du « plaisir ». Au dîner, on parla d'éditions et d'éditeurs, Gallimard et Grasset. « Fernandez contre Martin du Gard. » Évidemment, après dîner, sous la

« splendeur de la pleine lune », Liliane essaya de se pardonner et de se faire pardonner l'escapade à Auxerre, cette audacieuse embardée hors de la grand-route de la raison, en faisant « le tour du jardin avec M.D. Très belle douceur. La lumière sur la cime des arbres ». Devina-t-il ce qui se cachait sous cette douceur, le tumulte qui se préparait ? Le soir, « parodies, danses, jusque plus de minuit ».

3 septembre. « Lu un peu de Fernandez, qui me demande de le délivrer de Salvemini » (historien italien, antifasciste). Début de complicité des deux jeunes gens, à la barbe d'un « vieux ». « Repris son étude sur l'idée de critique philosophique. Je le retrouve dans la bibliothèque. Finalement, nous parlons d'esprit masculin et féminin. Psychologie de lui (difficulté à s'unifier) et de moi, qui peux l'aider. » Lui et moi, déjà. « À 2 h, il me demande un mot d'entretien. À 5 h, promenade sur la route de Venoux : sentiment plus profond, dit-il, qui a guidé ses paroles de ce matin. Notion du couple (<u>mate</u>), d'un accomplissement possible. » Après dîner, « lecture de Newman par RF. Puis jeux endiablés. » RF, par sa double batterie de dons, sauvait Pontigny du pédantisme : Liliane en était heureuse, Desjardins reconnaissant.

4 septembre. « Un peu causé avec RF au déjeuner (ses talents de comédien, délivrance de sa vraie personnalité). » Liliane rayonne. « Aisance, tendresse », note-t-elle, avant de revenir sur les jeux du soir, « étourdissants » (mot à prendre au sens fort), cirque, jongleries, improvisations, chansons « à en perdre l'esprit ». Mon père était très fort dans ces exercices, jusqu'à faire « perdre l'esprit » à celle qui tenait tant à garder le contrôle du sien.

5 septembre. « Au déjeuner, RF commence à m'expliquer sa théorie de la personnalité. À 5 h, envoyé une dépêche à la maison. Puis jusqu'à Ligny-le-Châtel avec

RF, retrouvé sur la route. » (Tiens donc, par quel hasard la Bugatti rôdait-elle dans les parages de la poste ?) « Comment se forme une personnalité. Il dit qu'il a besoin de moi, chance unique de réussir sa vie, que tout dépend de moi. Respect et garantie du sentiment, capacité de se décider. Je réponds franchement et avec certitude aussi. » Entre deux jeunes gens de cette trempe, il ne pouvait être question tout bêtement d'amour. « Je t'aime » : paroles impossibles pour eux. Ils devaient avoir un grand projet en commun : construire, réussir leur vie. De Ramon à Liliane, dans le cockpit de la voiture de course, c'était bien une déclaration d'amour, enveloppée de volonté philosophique. Il y a neuf jours qu'il a fait sa connaissance : et l'on mesure, au progrès fulgurant de leur intimité, à la fois, chez Ramon, la lassitude et le dégoût de sa vie antérieure, qui le précipitent vers cette jeune fille comme le cerf assoiffé des psaumes vers la source d'eau fraîche, et, chez Liliane, la force de l'ascendant qu'elle exerce.

Le lendemain, 6 septembre, tout le monde s'en va. Les uns par le train, le matin. « Puis le départ de F. et Du Bos. » (Il l'emmène dans la Bugatti.) « Leur équipement. » (Serre-tête, lunettes de motocycliste, pour résister au vent de la vitesse : attirail particulièrement comique pour Du Bos, critique littéraire d'une grande profondeur mais perdu dans les nuées, qui n'aurait pas su soulever le capot de la voiture.) « Sens d'une séparation », conclut-elle, avec ce laconisme derrière lequel elle dissimule la révolution qu'elle vient de subir.

Irrésistible Bugatti ! Voici ce qu'écrit à Gide, le 24 septembre suivant, revenue de Pontigny en Provence, Élisabeth Van Rysselberghe, fille de la Petite Dame et mère de Catherine, la fille de Gide. Parti pour le Congo le 14 juillet, Gide n'avait pu prendre part à la décade.

« Le premier jour, déjeuner à Aix. Tandis que je montrais à Théo [mari de la Petite Dame] les photos de Pontigny reçues le matin même et que je désignais Fernandez, je lève le nez et qui vois-je à deux tables plus loin : l'attrayant Fernandez lui-même ! Il faut savoir qu'il fut étincelant à Pontigny, *prodigieux* dans les jeux, s'entendant particulièrement avec Whity [Ethel Whitehorn, amie d'Élisabeth], très charmant. Nous nous amusions beaucoup ensemble, et sa Bugatti entrait pour une petite part dans le charme qu'il dégageait. Dès les premiers jours nous nous faisions emmener : de Pontigny à Auxerre en 18 minutes (19 km), d'Aix aux Baux, où nous étions à 4 h. Coucher aux Baux. Partis le lendemain matin pour Arles, en avisant un poteau indiquant Avignon ; mieux marché avec Théo que je n'aurais osé l'espérer. Il se laissa emmener à Marseille où il devait aller : 25 minutes pour la Bugatti. »

22.

Fiançailles I

Le 8 septembre, Liliane note : « Lettre de M.D., de dimanche. Émouvante et parfaite. » Que lui a-t-il écrit ? « Mon enfant, je vous ai bien observée ces derniers jours. Ne me faites pas de confidences. Sachez seulement que je suis là. Je veux ardemment votre bien. » Pas un mot d'encouragement. Parce qu'il connaissait la réputation de RF ? Ou parce qu'il ne pouvait prendre sur lui de se montrer plus chaleureux ? Sans approuver directement le choix de son élève, il lui cite la lettre de remerciement que lui a envoyée François Mauriac : « Rien ne donne mieux le sentiment de Dieu que le spectacle de l'intelligence humaine. Dieu était dans la dialectique de Fernandez. »

Le 27 septembre – elle vient d'être nommée au lycée de Dijon –, elle reçoit de Desjardins une longue lettre, où il se réjouit de la trouver transformée. « Vous riez, vous vous intéressez à cent choses, vous vous sentez vous-même, vous paraissez – enfin – contente de vivre… Je me récrie sur une telle transfiguration » à laquelle participe, il n'en doute pas, « le jaillissement perpétuel d'idées de Fernandez ». Le 2 octobre, il lui annonce qu'il va essayer de rencontrer RF à Paris, mais en évitant, bien entendu, toute allusion. « Je ne me poserai même pas, en sa présence, l'interrogation : Êtes-vous celui qui doit venir, ou devons-nous en attendre un autre ? » Le 7 octobre, au moment où elle quitte Mayence pour Dijon, il constate qu'une période se clôt. « Quelque chose finit, qui fut, qui restera dans notre vie, à l'un et à l'autre, une chose suprême… Avec cette lettre [de vous], la 165e, que je joins au trésor des autres depuis le 23 août 1923, je scelle ce trésor. C'en est fait. » Tambour funèbre, plutôt que trompette de la résurrection. La sagesse lui conseille de se mettre désormais en retrait pour « laisser libre une place qui, j'espère, ira grandissant ». Le 11 octobre, il se félicite qu'elle ait échangé « le sombre ascétisme et l'orgueil hiératique de Leconte de Lisle » (poète qui restera un des préférés de ma mère) pour une « gaieté jaillissante ».

La suite de la correspondance tisse une sorte de comédie à trois personnages : Desjardins, qui continue à jouer avec Liliane au chat et à la souris, Liliane, qui se débat entre la confiance et le découragement, RF, dont j'entrevois mieux le caractère à cette époque cruciale de sa vie.

Le 13 octobre, Desjardins expose son projet de confier à RF des leçons sur la personnalité, qu'il prononcerait devant le public de l'Union pour la Vérité. Le 3 novembre, il loue pleinement la lettre de RF qu'elle lui a communiquée. « Expression d'un amour profond et lucide. Demande formelle en mariage, avec une très pure, haute idée du mariage, purgée de romantisme. Il apprécie et admire comme il faut la force d'esprit et la pureté de celle qu'il aspire à rendre sienne tout en la voulant de plus en plus libre. Émotion parfaitement bonne de l'acquiescement, ou plus, de la convergence des vouloirs. La destinée dont j'étais tendrement en peine se fait, sans accident, sans aliénation. » Il la tient quitte de toute apostasie – néanmoins il prononce le mot. Quant à lui, il n'éprouve aucune amertume. « Est-ce que contre mon aveu j'ai pris un moment la figure déplaisante d'un vieil ami exproprié ? »

Le 6 novembre, apparition de Jeanne Fernandez, dans une lettre embrouillée où il exhorte Liliane à accepter les contraintes inhérentes au mariage. Elle doit se replacer « dans le complexe humain », la lignée. « Il faut que la mère de Ram. Fern. vous devienne un objet de sollicitude. » On sent à l'embarras de ces conseils qu'un énorme obstacle vient de surgir, qui menace le bonheur du jeune couple.

Le 9 novembre, nouvelle épreuve pour Liliane : son « vieil ami », en recevant sa dernière lettre, s'est effondré. Jusque-là il a fait bonne figure, mais cette fois c'en est trop. Il répond par un simple billet, nu, écrit d'une écriture plus ample et aérée que d'habitude, avec une solennité voulue : « Mon unique amie, je sens que je vous perds. Je saurai taire ce que je souffre [mais non : il le clame, au contraire]. Tout s'obscurcit. Adieu, adieu. » Bien sûr il y aura réconciliation, reprise du dialogue, gaieté en constatant que les enveloppes qui arrivent maintenant de Dijon portent le cachet de la « célèbre foire gastronomique », protestations de « communion parfaite », mais le ressort intime est cassé. Il continue à vanter les mérites de RF, mais par personne interposée, comme s'il ne pouvait prendre sur lui d'être directement approbateur. « Il faut relater ici que mon vieil ami Lucien Herr, qui est un bon dynamomètre des esprits, m'a demandé lundi dernier, à la Bibliothèque de l'École de la rue d'Ulm : "Qui est ce Ram. Fern. que vous avez eu à Pontigny ? Je l'ai vu une demi-heure au Musée pédagogique et j'ai lu deux essais de lui. Il me paraît tout autre chose qu'un littérateur. C'est un bel outil intellectuel que ce garçon, un des espoirs d'à présent, s'il ne se gâte pas par l'envie de plaire." Je lui ai certifié qu'à cette heure justement il se dépouille de cette pernicieuse envie. Je me risque à vous le dire parce que cela, j'en suis assuré, vous concerne – quelle que soit votre décision que je ne préjugerai plus. Un changement très émouvant, jusque dans la contenance, mais surtout dans la façon d'écouter, de déférer au sentiment d'autrui, et dans la mesure discrète des jugements, voilà ce qui a frappé, non moi seulement, qui étais en mesure d'interpréter ce que j'observais, mais ceux mêmes (les Baruzi, par exemple) qui ne soupçonnaient point les causes déterminantes d'un tel changement. »

Le 1er décembre, RF, avec qui il a parlé au téléphone, est en train de lui devenir « unique, comme vous m'êtes unique ». Le 5 : « Je ne connaissais pas, depuis le massacre de nos fils, un seul jeune homme répondant à mon attente pour vous. Ram. Fern. lui-même, en août 1925, ne l'était pas. Je crois... qu'il l'est à présent... Il l'est devenu pour vous agréer, pour se modeler sur vous, et par votre influence, votre grâce – de sorte qu'il ne saurait plus, le voulût-il, vous arracher de lui-même : vous représentez pour lui un accroissement d'être, une énergique retouche qui le révèle à ses propres yeux et le réalise

« Tel qu'en lui-même enfin (le fort amour) le change.

« Je suis donc, en ce qui vous concerne – mais vous, c'est mon intérêt suprême –, rassuré, apaisé, exaucé. »

Il ajoute que l'heure du « social » a sonné pour les futurs époux : lettre de RF « à M. votre père », début de la procédure de naturalisation. Le 7 décembre, « avant le jour », nouveau bémol à l'alléluia. « Je ne suis pas si mauvais devin que je n'entende aussi bien les silences que les paroles, ni tellement ignorant des ressources du cœur humain et de leur économie, que je me puisse figurer que l'amour filial d'une femme aimée et comprise de son mari, régnant sur son foyer, sera jamais pareil à l'amour filial d'une jeune fille isolée, froissée, perdue… Il faut bien payer de quelque privation la grande félicité qui vous échoit aujourd'hui. » Pris d'une sorte de remords, à l'idée qu'il a donné à entendre qu'il préférait la jeune fille isolée, froissée, perdue à la femme épanouie, il reprend la plume « vers midi » pour ajouter : « La petite Liliane que j'ai ramassée, comme tombée d'un nid détruit, hérissée et contractée par le froid, et que deux ans j'ai tâché de réchauffer contre ma poitrine, elle prend son vol, vivifiée et enfin jeune. Sentez-vous la grandeur pour moi de cette victoire ? Par exemple, ma chérie, n'entreprenez pas de me persuader, à force de tendresse, que rien ne sera changé dans ce tissu si serré qui nous a tenus l'un contre l'autre ces deux années. » Il désavoue tout ce qui dans ses sentiments n'est pas purement et simplement la joie, mais cette formule même donne la mesure de son amertume. Le 11 décembre, il se plaint de la « dextérité » avec laquelle RF a toujours éludé (on le comprend) « l'accueil que mon affection paternelle était prête à lui faire ». 14 décembre : bravo à « l'épanouissement harmonieux » de Liliane. « Je chante magnificat. » Le 15 décembre, décidément magnanime, il lui fait part d'un secret : il songe à placer RF à la tête de l'Union et de Pontigny (projet qui n'aboutira pas, sur le refus de mon père), de manière à ce qu'il reçoive « de moi, indivis avec vous, ma fille, cet héritage dont je suis en peine »[1]. Le 1er janvier 1926, vœux à celle qui ne sera plus jeune fille avant la fin de l'année. « Nous resterons tout proches, il n'y a pas brisure » : soit, mais le mot est prononcé. Désormais RF est mentionné comme « le

---

1. Cf. agenda de Paul Desjardins, 24 décembre 1925 : « Liliane et Ramon. Ils feront un jour un beau et important travail à Pontigny. Ils seront les fondateurs d'ordre. » (Bibl. Doucet.)

loyal ami ». Desjardins se dit « incrédule au bonheur » et trouve très bon ce que lui dit Liliane de sa conception du mariage : « l'un confortant l'autre dans une sorte de spontané et conscient héroïsme » (4 janvier). Le 15 janvier, il constate que leurs lettres s'espacent. « Ce crépuscule d'amitié a quand même du charme. »

La première leçon de RF à l'Union a été « excellente ». Jolie assistance : Gabriel Marcel, Benjamin Crémieux, Groethuysen, « mais surtout un cortège de femmes à la mode, peut-être venues pour envelopper de leurs charmes le professeur, plutôt que pour apprendre à se faire une personnalité ». Aïe, la flèche empoisonnée ! Le 19 janvier, retour sur le ralentissement de leur amitié, auquel tout ce qui est parole, protestations, promesses, est de nul remède. Chez Mme de Pange, il a entendu « vingt propos ailés, touchant Ramon Fernandez : ce qu'il était naguère, ce qu'il est en passe de devenir, et la rencontre qu'il a faite d'une jeune philosophe extraordinairement sérieuse, à présent toute-puissante sur lui ». Le 27 janvier, répondant à une lettre où Liliane lui a fait part d'une crise survenue entre elle et son fiancé, il lui prodigue de bonnes paroles qui ne peuvent que l'inquiéter davantage : « Les homme sont maladroits ou inégaux, surtout ceux qui ont été gâtés par une mère ou par la vie de plaisir ; mais le fond de celui-là est ferme et vous y régnez. » Le 6 février, il s'étonne que, bientôt compagne de RF, ses lettres ne soient pas plus « victorieuses ». « Renoncer à l'aimer, dites-vous, passe mes forces. » L'étrange aveu ! Au lieu de se sentir forte, elle a « un sentiment oppressif de la force d'un autre », d'une force qu'elle subit. « Il ne faut pas encourager en lui le personnage si vulgaire de dompteur de femmes. » Là, le mot, enfin, est lâché, le fond de la pensée révélé. Comment doit-elle s'y prendre ? Ce n'est pas à lui de l'indiquer. « Je ne suis pas caricaturiste, et il est mon ami. Je dirai seulement, après enquête auprès de ses amis moins récents, que je suis de plus en plus persuadé qu'être sa femme n'est pas un rôle facile. » Le 11 février, il se plaint qu'elle ne lui envoie que des lambeaux de confidences, des doléances voilées, des cris réprimés, ce qui entraîne de sa part des mots de compassion maladroits, auxquels elle réplique par « un démenti cinglant ». Dans ces conditions, mieux vaut le silence. « Eh bien, ma volonté tranquille et arrêtée, ce matin 11 février 1926, est de couper net ce prolongement mutilé, douloureux, sans franchise, d'un très beau commerce d'amitié. »

Faisons le point. Tantôt semant le doute, tantôt redonnant confiance, un jour la mettant en garde, un autre jour la rassurant, alternant les insinuations (sans doute justes, mais lui appartenait-il de les faire ?) et les encouragements, jetant à pleines mains le chaud et le froid, incapable lui-même de rester neutre, aggravant par son chantage les angoisses de la jeune fille, était-ce là le *duca* et *signore* qu'il lui fallait ? Quel supplice que d'entendre ce refrain : en vous abandonnant à un amour périlleux et de qualité douteuse, vous perdez la sublimité d'une amitié parfaite ! Comme la formule de congé est elle-même blessante ! Un « très beau commerce d'amitié » : certes, sous la plume de Desjardins, qui a écrit sur Corneille et Poussin, « commerce » garde le sens élevé que ce mot avait au XVIIe siècle ; mais ne savait-il pas qu'au XXe siècle « commerce » évoque plutôt une activité mercantile qu'un échange éthéré entre deux âmes ?

Sa menace de rupture, il ne la met pas tout de suite à exécution. Les lettres reprennent, limitées le plus souvent à des questions secondaires. Constatant que le fossé se creuse entre les deux jeunes gens, avant même leur mariage, il s'oppose à la « pétrification » de Liliane, l'exhorte une fois de plus à la spontanéité et à la joie, lui défend de dire, avec une morne résignation, que

« l'affaire est réglée ». Tant que les signatures n'auront pas été données, « vous gardez l'un et l'autre le droit de vous reprendre et de vous sauver de l'erreur mortelle » (13 mars au matin).

Le soir du même jour, il lui communique une sorte d'audit qu'il a établi sur RF, lors d'une rencontre à une conférence de Charles Du Bos sur Novalis. « J'ai regardé R avec application... Je l'ai emmené prendre le thé, je l'ai ramené à son hôtel. Nous avons causé. Je suis rassuré. Il vous admire, il vous aime. Il est revêtu de ses principes de conduite comme d'un imperméable qui l'isole mais ne tient pas à sa personne. Je ne le crois pas incapable de bonté. Vous lui ferez découvrir son vrai fond, qu'il a recouvert de formules dont il s'applaudit, mais qui s'écailleront sous votre douce et patiente influence. Il est surtout occupé des retardements et empêchements extérieurs à votre mariage [d'un côté, l'intervention et les menaces de Jeanne, de l'autre côté, la procédure trop lente de naturalisation, malgré les efforts de Pierre Hamp "pour annexer au plus tôt une parcelle précieuse du Mexique à la France" : devenue mexicaine par le mariage, Liliane ne pourrait plus enseigner]. – Serez-vous constant ? Êtes-vous sûr ? lui ai-je demandé. – Oui, m'a-t-il dit, d'un tel accent qu'il fallait le croire. Croyons, ma chère fille. »

Le 24 mars, sur papier à en-tête de l'Union pour la Vérité : « Ramon a été tout à l'heure admirable. Lumineux, ordonné, précis et pénétrant. Sa critique du bergsonisme et sa réhabilitation du pragmatisme, de première valeur. Que mon enchantement d'une telle maîtrise vous soit dédié, ma chère fille. »

Puis il semble ne plus vouloir troubler la paix de Liliane, tout en sachant que, cette paix, il la dévaste, par l'écourtement et l'appauvrissement de ses lettres. « L'affaire est réglée », donc il n'interviendra plus. Protestations de son amitié fidèle, évocations de leurs années passées (avec mention de la fameuse ruelle du Chaudron à Strasbourg), regard narquois sur l'ajournement indéfini du mariage, il se borne désormais à ce rôle de gardien des souvenirs et de surveillant mi-grondeur, mi-railleur. « Si vous le rencontrez à quelque virage, dans ses essais de voitures, tâchez de le fixer dix minutes et comme vous le trouverez sans doute de sang-froid, faites effort pour l'être aussi, et arrêtez, dans la mesure où cela dépend de vous, une ligne de conduite, un ordre de morale. Le spectacle d'une volonté satellite, soumise à l'imprévisible, et qui renonce, a quelque chose d'affligeant pour ceux qui ont mis en vous leur confiance. » (2 juillet.) Le 9 juillet, après qu'elle lui a confié sa « détermination » à se marier, il se démasque et se montre franchement désagréable. « Vous voilà debout sur le parapet. Allons, vous savez nager. Et il y a des sauveteurs prêts. Et maintenant, continuez seule. Je disparais au tournant du chemin. C'est volontairement, moi aussi… Je ne pose même pas la question de savoir si je vous reverrai cet été. Les décades à présent sont sans objet pour vous. Le loisir vous a manqué même pour lire le programme. Et vers la fin de vos fiançailles, cette multitude de gens serait importune pour vous, comme le spectacle de vos apartés nous agacerait peut-être un peu. » Le 11 juillet, il se ravise : « Il est possible que, si les personnes de qui vous dépendez à présent y consentaient [quel ton ! quel mépris !], vous soyez disposée à donner sinon vingt jours, du moins dix à l'Abbaye… Daignez en faire part à ceux qui non sans peine organisent les rendez-vous de l'été, où déjà les places manquent. » La chute de la lettre est un nouvel outrage : « Soyez assurée, chère amie, de ma respectueuse et fidèle affection. » En fait, elle viendra à la deuxième et à la troisième décade, à la troisième en compagnie de son fiancé. Le 18 juillet, s'étant aperçu de sa brutalité, Desjardins corrige le tir. Il regrette le ton « guindé » de sa dernière lettre mais insiste sur la nécessité de l'éloignement. « Nous ne frissonnerons plus par un vain rapprochement entre ce qui est et ce qui fut… Il faut respecter ce qui est unique en ne faisant pas resservir ce qui fut consacré par cet unique usage… Il n'y a plus de poésie entre nous, ni d'élan, ni cet intérêt de toutes les minutes que rien ne rassasiait. » Qu'elle soit heureuse avec RF, « quoique ce mot mystique de "bonheur" n'ait pas la forme de ma bouche… Les deux conditions particulières que je mets à la réalité, à la durabilité de ce "bonheur" poursuivi par l'union avec Ramon F., c'est 1° qu'il veuille sérieusement établir à neuf sa vie en accord avec ses principes et qu'il s'appuie sur vous pour se construire ; 2° que vous à présent vous conceviez bien, embrassiez, preniez à votre compte l'œuvre qui doit donner forme à cette vie… Surtout, ne vous abjurez point, ne faiblissez point, ne vous émoussez point : sur la pointe de diamant que vous êtes pivote une double et précieuse destinée. » L'analyse et les conseils sont justes, mais le poids de responsabilités qu'il met sur les épaules de la jeune fille ne peut que redoubler ses angoisses et sa peur de ne pas agir comme elle devrait. Le 23 juillet, il reprend durement ses distances. « Je commence à savoir me taire, en attendant que je sache me désintéresser. »

La troisième décade de 1926, du 26 août au 5 septembre, fut particulièrement brillante : Gide, Maurois, Groethuysen, Du Bos, Mauriac, Martin du Gard, Prévost, Brunschvicg. La Petite Dame a relaté en détail les entretiens. C'est à cette occasion qu'elle fit de mon père le portrait que j'ai cité : « Fernandez, physique vulgaire et engageant, donne l'impression d'une force disciplinée et conditionnée par des facultés extraordinaires. » Revenons un moment sur ce mot de « vulgaire », qui est venu sous la plume de Desjardins aussi. « Vulgaire », c'est l'étiquette que les gens du Nord collent sur les Méridionaux, pour se cacher la fascination qu'ils éprouvent devant une vitalité plus grande, une aisance, une liberté, un aplomb, un brio dont ils manquent. Les Milanais trouvent « vulgaires » les Napolitains. Marseille est pour les Parisiens une ville « vulgaire ». À plus forte raison, dans la serre ultralittéraire de Pontigny, pour ces délicats qu'étaient Desjardins, Gide, la Petite Dame (belge), tout ce qui venait du Sud était suspect de « vulgarité ». Ce fut le mérite de Liliane que de passer outre à ce dédain conventionnel et de se livrer à un homme qui tranchait sur le milieu intellectuel, où l'on se surveille et craint de prêter le flanc à la malveillance et au dénigrement, par la faconde, la joie de vivre, en un mot le naturel.

Après les décades, je ne compte plus que cinq lettres de Desjardins à Liliane, brèves, anodines, jusqu'au mariage, qui eut lieu le 1er décembre 1926. Et ensuite, la dernière étant datée de la Saint-Sylvestre 1927, douze lettres en tout. Une misère, après les épanchements de jadis. Il souhaite bon travail et bon vent à son « conquistador », répète la nécessité de couper court à leur correspondance, « pour s'épargner la présence d'un fantôme à un fantôme », s'émeut de la savoir enceinte, la félicite pour la naissance de sa fille (le 7 septembre 1927) non sans ajouter cette remarque qui révèle, sous l'ironie un peu « vulgaire », pour le coup, la perdurance de la jalousie : « Il faut remercier Ramon de son exactitude. »

Y eut-il encore des lettres ? Se sont-elles perdues ? Ma mère les a-t-elle jetées ? Elle avait un tel sens des reliques que je crois plutôt que Desjardins, comme il l'en avait plusieurs fois menacée, ne lui a plus jamais écrit. Depuis la fin de 1925, l'échange s'était tari. Mais il subsistait, au moins. Désormais, ce serait le silence. Un silence qui équivalait à une punition. Il la punissait d'avoir voulu se marier, d'avoir préféré le « bonheur » humain à la haute et pure communion des esprits. En dehors de ce qu'elle eut à souffrir de mon père, comment aurait-elle pu être heureuse de sa nouvelle condition, puisque l'homme vénéré entre tous la lui reprochait comme une diminution de ce qu'elle se devait à elle-même, comme un compromis indigne d'elle ? La voilà condamnée au malheur, avant même de traverser les vicissitudes du mariage. Peut-on jouir d'un bien acquis au prix d'une trahison ? Double trahison, d'un idéal et de l'homme qui l'incarnait. Toute sa vie, ma mère garda sur son bureau une photographie de Paul Desjardins : comme un souvenir de la meilleure période de sa vie, mais aussi comme un remords dont elle se meurtrissait.

23.

Fiançailles II

Telle est l'histoire des fiançailles, vue par les yeux de Paul Desjardins. Qu'en a-t-il été au juste ? Pour la corriger, ou la compléter, pour élucider les allusions aux bonheurs et aux déboires de ce couple, je dispose : 1° des agendas de ma mère ; 2° des lettres de Ramon Fernandez à sa fiancée, du 8 septembre 1925 au 26 novembre 1926. Les lettres de Liliane sont perdues.

8 septembre 1925 : « Mademoiselle... » Lettre écrite du 44, rue du Bac (où il habite donc avec sa mère) et adressée à Thil, près de Lyon (où elle finit ses vacances chez son père, en compagnie de son jeune frère Paul). « Le sentiment que vous m'inspirez, si profond et si doux, ne laisse pas d'être tragique, car il me divise, me sépare de moi-même, fait dépendre non seulement mon repos, mais l'unité de ma vie, d'un au-delà de moi. » Il est bouleversé, l'élan qu'il éprouve l'arrache « tout entier ». Je remarque que son émoi, son trouble, son ébranlement n'ont rien de « sentimental », au sens mièvre du mot. Il souligne que leur union, si elle se réalise, aura une valeur « objective » : plus encore que la satisfaction de son amour, il y trouvera le moyen de réaliser son « unité personnelle ».

Voilà, posée d'emblée, la dimension philosophique de l'aventure où il s'engage. L'amour, il ne l'envisage pas comme une simple rencontre de deux êtres qui se plaisent, mais comme l'épreuve nécessaire où chacun s'accomplisse dans sa totalité existentielle. La notion de personnalité, qui va nourrir ses premiers livres, il veut l'expérimenter dans sa vie. Faire coïncider le cœur et l'esprit, la pensée et l'action, voilà son ambition. Trouver dans l'autre non seulement un partenaire agréable, mais « l'être complémentaire » qui l'aidera à se réaliser. Exigence dangereuse, comme la suite le prouverait, la ruine de l'amour entraînant un effondrement du moi. Impossible de ne pas relier les conduites politiques aberrantes de RF au désarroi intellectuel consécutif à l'échec de son mariage. Le fiasco conjugal ne sera pas seulement un désastre privé, mais aussi une déroute de l'esprit.

10 septembre, agenda de Liliane : « Lettre de RF. Lue le soir, émouvante. » Le 11, elle lui répond, et note, non moins laconiquement : « Besoin d'une certitude qui ne vient pas. »

14 septembre, deuxième lettre de RF, de la rue du Bac à Thil. Il la remercie de lui avoir répondu avec sa « claire sagesse ». Peut-être lui a-t-il donné l'illusion de vivre « facilement et joyeusement ». En réalité, il a toujours lutté contre cette tendance, il restait « crispé ». C'est elle qui a « enclanché » (*sic* : comment a-t-elle accueilli cette faute d'orthographe, elle si exacte, si pointilleuse ?) les rouages de sa personnalité, sommeillante jusque-là. « J'ai d'un seul coup ordonné ma vie à ma pensée. » Toujours ce souci de ne pas rester à fleur de sentiment, de justifier l'aventure privée par un projet intellectuel. Du changement survenu en lui il allègue plusieurs preuves : l'inscription au parti socialiste, le choix d'un travail pratique, l'acquisition d'une discipline. « Ainsi vous ne ferez

peut-être pas un homme heureux, mais en tout cas vous avez fait un homme. »

Il ne se doutait pas que, le 15 septembre, avant de recevoir cette lettre, Liliane était partie pour Annecy, en compagnie de M. Desjardins, qui l'avait rejointe à Ambérieu, non sans avoir préparé minutieusement leur voyage. Les pages d'habitude si succinctes de l'agenda se couvrent de notations pressées et heureuses, du 15 au 18, pendant les quatre jours de cette évasion. « Très doux voyage », dont elle détaille chaque étape, les promenades sous les arcades, les flâneries le long des canaux. Le 16, « journée très belle ». Elle lui montre la première lettre de RF. L'hôtel du Lac est charmant. Ils prennent le thé sous les arbres. « Douceur surnaturelle. Silence des étoiles. Jamais plus proches. Extrême joie. » Le 17, elle note : « Il souffre. » Ils se remémorent leur passé. Après dîner, ils parlent de RF. « Ne déchirez rien », lui dit M.D. « Grande amitié, conclut-elle, volonté de la garder, jaillissante et sacrée. Ne jamais consentir à lui rien ôter. Excès d'émotion. » Le 18, à Aix-les-Bains, ils visitent la maison de Lamartine, puis c'est le départ, elle rentre à Lyon, lui à Paris. À la gare, « séparation pleine d'actions de grâces ». À Thil, elle trouve la lettre de RF du 14. « Lue tard. Émotion. » Mais sans excès, ici, facilement maîtrisée. Le 20, elle répond longuement.

Le 22 septembre, troisième lettre de RF, lettre-fleuve, onze pages serrées, de l'hôtel Sextius, Aix-en-Provence, à Thil. Il se félicite qu'ils aient pu établir un vrai dialogue. Tous les deux ont souci d'unir, de faire coïncider conscience intellectuelle et conscience morale. « La personnalité n'est pas autre chose à mes yeux que le consentement de tout l'être à cette identité. » Jusqu'à présent, continue-t-il, il n'avait connu que la société universitaire, faite d'individus sans milieu social, et la société aristocratique, où il n'y a qu'un état d'esprit sans individus.

Suivent de longs développements filandreux où il essaye de lui expliquer ce qu'il a appris en la rencontrant. Il parle d'un fauteuil de Pontigny qu'il a brisé par un saut maladroit, erreur due moins à un défaut d'entraînement qu'à une discordance entre la pensée et l'action. « J'avais nié le saut avant l'échec. » Abondante et confuse digression sur les deux sortes d'amour, l'amour pour toutes les femmes – qui se borne aux relations de l'espèce – et l'amour pour une femme unique. Enfin, il se dit ému des motifs qui l'ont poussée à communiquer « notre secret » à M. Desjardins, pour lequel il éprouve sympathie intellectuelle et respect.

Le 27 septembre, elle note : « Lu de près la lettre de RF. Points d'accord et de désaccord. » Le 28, réponse. Le 30, elle part pour Mayence, sans savoir encore qu'elle vient d'être nommée à Dijon.

Le 29 septembre, quatrième lettre de RF, adressée à Mayence. « De l'expérience que nous tentons dépend mon sort, je veux dire mon sort en tant qu'être spirituel. » Cette épreuve sera « ma confirmation ou ma condamnation ».

En cas d'échec, point d'accomplissement pour lui. « Ainsi je m'incline devant une compétence plus haute, et je vous identifie à mon idéal. » Puis, comme il l'a sentie choquée par ce qu'il lui a dit de « l'amour pour toutes les femmes », il se défend d'avoir voulu, si peu que ce fût, le légitimer. Pour sa part, affirme-t-il, il ne tend qu'à « un absolu de l'esprit ». Il y a deux points du christianisme qu'il n'a jamais pu admettre : « le primat d'une âme, d'une unité donnée avant la création de soi, le plus avant le moins, et la non-collaboration de l'homme à l'absolu ».

Cette étrange correspondance d'amour continue sur des cimes qui passent par Kant, Jean-Jacques Rousseau, Jules Lagneau (un des maîtres de M. Desjardins) et le stoïcisme, « la doctrine qui me touche le plus profondément ». Il ajoute : « Au point de vue de la spiritualité, je suis un self-made man ; et je ne suis pas sans me sentir un peu prolétaire devant votre haute aristocratie morale. » Préoccupé par le sort de ses semblables et en particulier par le désarroi de la jeunesse contemporaine, il est conscient d'avoir rempli une « mission » en écrivant les essais de son prochain livre (*Messages*, sous presse), où il s'efforce de répondre « à Rivière, à Gide, à Fabre-Luce, à Maritain, aux freudiens », et de redresser les idées qui règnent à Paris présentement et mettent le trouble dans les esprits. Mais, alors que, jusqu'à présent, il se sentait sur un plan légèrement supérieur à celui de ses lecteurs, il avoue que, maintenant, « je m'adresse à qui me domine ». Pour conclure : « Si quelque chose peut me donner l'expérience d'une plénitude d'être, c'est bien le sentiment et la conscience que j'ai de vous. Vous êtes donc à mes yeux beaucoup plus qu'un être infiniment cher : vous êtes la condition de mon être à venir… Chaque jour je m'élève un peu plus haut, parce que chaque jour j'apprends à vous aimer avec plus de pureté et plus de profondeur. »

Aucune de ces lettres ne comporte de formules, ni au début ni à la fin, de politesse ou de tendresse : elles commencent abruptement et se terminent de même.

Le 2 octobre, Liliane note : « Lettre de RF [celle du 29 septembre] au courrier du soir. Très belle. »

Le 6 octobre, cinquième lettre de RF, adressée à Dijon. Il se félicite de cette nomination au lycée d'une ville proche de Paris. Discussion, assez embrouillée, sur « christianisme » et « spiritualité ». Au sujet de « l'amour pour toutes les femmes », il cite en exemple Drieu La Rochelle, dont une de ses amies anglaises lui a dit : « *He is not a man, because he could never find a woman.* » Suit un curieux portrait de Drieu, « que je connais assez bien », comme « spiritualiste » et même « déiste convaincu ». « Il attend Dieu… c'est un esprit religieux. » Jugement plus sévère sur Mauriac. « Le voilà tiraillé dans tous les sens par mille désirs dont il a honte et dont il se délecte et souffre à la fois. Dans la mesure où il ne cède pas à ses désirs, que fait-il pour se garder pour Dieu sans rien donner à Dieu qu'une abstention qui ne marque aucun progrès réel de son être ? » RF termine sa lettre en annonçant qu'il prépare une tournée politique en Italie.

Agenda du 15 octobre : « Repensé beaucoup à RF », ce qui n'empêche pas Liliane de noter chaque jour si elle a reçu ou si elle attend une lettre de M. Desjardins. Le 17, quand il en arrive une, elle commente : « Ma joie ». Sa grande affaire est encore de régler ses rapports avec M.D., de plus en plus difficiles.

Le 13 octobre, RF déclare à sa fiancée son « horreur de l'inconscient », horreur qui lui a donné la volonté de se rendre maître de ses moindres mouvements, de ses moindres actions et réflexes. Résumant leurs positions philosophiques respectives (raccourci qui me montre la jeune fille plus « religieuse » que je ne le pensais, imprégnée du christianisme que lui a enseigné le pasteur Monod), il lui dit : « Vous sortez de saint Paul et de Malebranche, et moi je sors de Platon (du *Théétète*), du Kant de la raison pure, de la philosophie des sciences et de la psychologie expérimentale. »

Très intéressantes précisions sur le voyage projeté en Italie. Il se propose de faire une enquête sur les principaux membres de l'opposition au fascisme, personnalités « d'une très haute valeur morale », qui « mènent actuellement une vie de parias ou de martyrs ». Menacés dans leurs biens et leur personne, ils ne peuvent ni se défendre ni s'exprimer. C'est « une élite que le fascisme détruit ». L'enquête sera délicate : il sera épié, son courrier surveillé. Quelques « frottades » sont même à craindre, « auxquelles les sports m'ont depuis longtemps habitué ». Donc, prudence dans leurs lettres. « Ma pauvre Bugatti soupire et me reproche mon infidélité. » Mais il va la vendre.

Aucune réaction de Liliane, à l'annonce de ces dangers. Elle est plongée dans Proust et dans Lagneau.

Le 25 octobre, lettre sur la différence entre l'amitié et l'amour – en réponse sans doute à une lettre où Liliane disait vouloir s'en tenir à des rapports d'amitié. L'amour, selon RF, n'est que la continuation, l'intégration de l'amitié, il n'y a rien de mystérieux en lui, rien de trouble. Le mariage, fondé « sur une fidélité absolue et sur une indépendance spirituelle absolue », permet seul, par une communication ininterrompue, d'établir l'harmonie jusque dans les différences d'opinions. Le mot anglais de *mate* exprime à merveille ce qu'ils pourraient être l'un par l'autre : « époux dans l'esprit, compagnons dans la vie quotidienne, collègues dans la pensée ». Elle sera la garantie vivante de son énergie, la collaboratrice nécessaire de son œuvre (« et dans mon œuvre je comprends ma vie »). Mais il ajoute, sans soupçonner qu'il programme par ces mots le désastre et de son œuvre et de sa vie : « En retour je prendrai l'engagement solennel de ne vivre que pour ma mère et pour vous. »

Le 31 octobre et le 1er novembre, lasse peut-être des « plaintes et reproches » de M.D., elle est à Pontigny. « Parlé du mariage prochain, gaiement. » Elle montre à M.D. la lettre de RF. « Émotion. "*Nunc dimittis*..." Le jugement de Du Bos sur lui. Je me sens pourtant certaine. » Elle relit son agenda de septembre : « Ma place si grande dans sa vie. »

Le 1er novembre, justement, il la presse de consentir à leur union, citation de Dante à l'appui et conviction que son amour repose sur la « raison ». Liliane écrit sur son agenda, le 4 : « Lettres, les deux attendues : de M.D. – pleine de sérénité, de paternité ; de RF. Prière "objective" et tendre. Incline ma volonté. » Le 10 novembre, il s'inquiète des bruits malveillants qui courent sur lui. Pour les dissiper, et par désir de « transparence », il souhaite aller passer quelques heures à Dijon. Le 15, il annonce sa visite pour le jeudi prochain 19 novembre, de plus en plus alarmé d'une « circonstance » (?) qui pourrait le repousser « dans le néant ». Comme elle est en train de lire *Diane de la croisée des chemins*, ce « livre qui a le plus fortement influé sur moi », elle verra comment l'héroïne de Meredith se guérit sévèrement de tout sentimentalisme. (Dans cette lettre, dont l'essentiel me reste obscur, je relève que RF s'est lié d'amitié avec Gaetano Salvemini, l'antifasciste croisé à Pontigny, « une grande âme, et une grande intelligence, quoique limitée ».)

Et voici cette rencontre du 19 novembre à Dijon, dont l'agenda rend l'écho, capté le soir même. Je transcris intégralement la page – assez obscure elle aussi. « Étrange journée, ni repos, ni sommeil. RF à 2 h – 1/4 (je ne l'ai pas trouvé à la gare) jusque plus de 11 h. *Rather* [mot anglais illisible, sans doute quelque chose comme : embarrassé] au début, puis d'une netteté sans merci, et enfin d'une aisance assez douce. "Il me semble que je vous connais depuis cent ans." Parcours de la gare à la rue Millotet. Auparavant, nous nous nourrissons de "*bread and butter*", gaiement. Parlé un peu de M.D., de Meredith, des décades et de "réalisations pratiques", de politique et du parti socialiste enfin. Belle nuit claire. Un peu de tremblement, d'inquiétude, d'émotion continuée. Le statut auquel nous sommes arrivés. »

Le 21, RF remercie pour cette journée merveilleuse, même si leur union n'a pas encore été complète. (La question commence donc à se poser.) Bien qu'il ait toujours veillé, par « horreur du sensualisme grossier où s'engluent mes contemporains », à ne pas dissocier la vie des sens de la vie spirituelle, elle lui a révélé, par sa « pureté », que la chasteté n'empêche pas le bonheur. « Je vous aime », conclut-il, pour la première fois. Le 22 novembre, renouvellement de ses protestations de respect : il attendra qu'elle lui accorde ce qu'elle refuse encore de lui donner. Mais le 29, lors d'une rencontre à Paris, il a dû se montrer « brutal », comme il s'en excuse le lendemain. « Pourvu que ce caractère un peu sauvage ne vous répugne pas, ne vous alarme pas ! » Le 2 décembre, elle note qu'elle a annoncé ses fiançailles à plusieurs personnes.

Du 3 au 11 décembre, en route pour l'Italie, RF s'arrête à Dijon. Dans l'agenda, le 3 : « Intimité immédiate et chère. Certitude gagnée par l'affirmation même de la certitude. » Le 5 et le 6, week-end ensemble à Beaune : marches, lectures, silences. Le 7, à Dijon, il continue à lui lire des extraits de son étude sur la personnalité. « Reconnaissance d'une parfaite et chère identité. Émotion. Sa résolution de ne plus danser. » Le 8 : « À 7 h – 1/4, hôtel Terminus. Jusque 8 h 1/2 encore. Intimité. Il m'appelle par mon nom. Confiance parfaite. » C'est la première fois qu'il l'appelle Liliane. Jusqu'où est allée cette « intimité » ? Le 10, elle cite ce que lui a dit RF : « Ne m'abandonnez jamais. Ce serait me tuer, en me laissant conscient… Vous me regretterez… » Après quoi elle recopie deux vers de Verhaeren, sans doute pour s'aider à vaincre ses propres résistances :

> *La lumière de joie et de tendresse mâle*
> *Éteinte entre les doigts pincés de la morale.*

De Turin, le 14 décembre (jour où apparaît pour la première fois dans l'agenda « Mme Fernandez », à qui elle a envoyé « les papiers convenus »), sur papier à en-tête du Grand Hôtel Roma (le même où en août 1950 se suiciderait Cesare Pavese), il la salue comme son « directeur spirituel », mais sans un mot sur son voyage, crainte de la censure. Le lendemain, pourtant, quelques lueurs : il trouve les rues de Turin (capitale de l'antifascisme) plutôt laides. « Assez grande activité industrielle, foules et plaisirs mécaniques qui me font horreur. » Il fréquente « des gens ardents, sombres et résignés. Étonnante culture, conscience aiguë de l'action, du devenir historique. Transfert évident de la pensée religieuse dans le plan politique. Encore un phénomène nettement catholique. Savez-vous que le fascisme s'est donné pour une "contre-réforme" ? ». Le 17, du train qui le ramène à travers la Suisse, il lui raconte comment il a renoncé à rendre visite au sénateur Albertini, parce qu'on l'avait averti que deux agents de la questure l'attendaient dans la loge du concierge. Il annonce son arrivée à Dijon et termine par ces mots : « Peut-être un jour croirai-je en Dieu. Je ne sais, mais dès à présent je vous dois des sentiments, un sentiment véritablement religieux. »

Agenda du 18 : « Ses aventures en Italie. Le fascisme qui veut détruire toutes les valeurs morales. Le mot de Jean Prévost sur moi. » (Quel mot ? C'est Jean Prévost, je le rappelle, qui a amené mon père au parti socialiste.) « Aisance enjouée, jusque dans la véhémence. » Le 20, RF est encore à Dijon. Dans l'agenda de ce jour : « Moments pénibles. Le soir, élucidation par l'intelligence. Intelligence et douceur. » Le 21, de Paris, RF l'avertit que sa mère, persuadée qu'elle la connaîtra mieux « dans la paix et l'intimité dijonnaises que dans le tumulte de sa vie à Paris », souhaite passer le réveillon à Dijon, avec eux deux. « Noël est mon point d'attache sentimental au christianisme. Je vous supplie de ne voir dans cette visite de ma mère nulle cérémonie glaçante : c'est une bonne, et jeune, et grande âme. Je serai heureux de réunir les deux êtres que j'aime. » Il lui confirme que sa naturalisation française est en cours, et qu'elle pourra continuer à enseigner.

Compte rendu, dans l'agenda, de la visite de Jeanne. Laconisme extrême : thé, dîner, soirée, sans commentaire. « Le baiser de minuit. » Le 25, ils vont tous les trois à Beaune. Le lendemain, « Mme F. s'en va à 2 h 45. Nous rentrons seuls. Ce qu'il y a de tragique dans notre situation. » Hostilité déclarée de Jeanne ? Début du conflit entre les deux femmes ? Pendant les vacances de Noël, Liliane est à Paris, elle se rend rue du Bac, rencontre RF également chez M. Desjardins, entre Maurois et Gabriel Marcel, lequel lui dit que « R. est la plus forte intelligence et la mieux outillée ». Les fiançailles sont maintenant officielles, tout le monde la félicite, sauf que, lorsqu'elle arrive le 30 décembre à Thil, chez son père, celui-ci lui reproche leur procédé « incorrect ». Il voudrait que R. lui écrive. « Embarras et tristesse. »

À partir de 1926, les lettres sont moins longues, moins graves, pleines d'espoir et d'une confiance naturelle entre deux êtres qui ont décidé de s'unir, accordés qu'ils sont par une « correspondance intellectuelle, morale, affective, et, osons le dire, <u>politique</u> ». Il lui communiquera un peu de sa « sauvagerie », elle lui prêtera un peu de sa « sainteté ». Il prépare, dit-il, un petit livre sur le fascisme. Martin du Gard l'a félicité, pour ses fiançailles, « les larmes aux yeux ».

Pourtant, au cours d'un séjour de RF à Dijon, la crise éclate. Agenda du 16 janvier : « Déjeuner aux Trois Faisans. Retour : question de la sensualité [ou : sexualité ? l'écriture est peu claire, peut-être par peur de prononcer le mot]. Tristesse. » Le lendemain, dimanche : « R. de 9 h 1/2 à 6 h 15. Expériences. » Le lundi 18, elle lui écrit une lettre qui le consterne, à laquelle il s'empresse de répondre, le 19. De quelle nature ont été ces expériences, cette réponse le laisse entendre. Qu'elles n'aient pas été poussées jusqu'au bout, c'est non moins certain. « Le rapprochement, ou le choc physique, vous désunit, vous vous y perdez, et vous n'y trouvez rien qui compense votre perte. Cependant cette fois-ci je ne regrette point ma brutalité : elle était nécessaire, il fallait quitter cette zone équivoque où vos élans étaient accueillis en moi par une sensibilité à vous inconnue. » Pour lui, ce fut une épreuve rassurante, joyeuse même. Mais pour elle ? « Si mon amour doit vous détruire, par ses exigences profondes, je ne puis vous l'imposer. » Déçu de n'avoir pas réussi à coucher avec elle (pour le dire en termes moins emberlificotés), il insiste – et ici, au lieu de le blâmer pour sa « brutalité », il vaudrait mieux reconnaître en lui une intelligence concrète, une clairvoyance tolstoïenne des choses de l'amour : « Il faudrait avoir le courage de tenter cette expérience avant qu'il soit trop tard. Ce n'est pas pour moi que je le crains, c'est pour vous. Peut-être cette expérience, qui ne ressemble guère à ces demi-mesures énervantes auxquelles nous sommes réduits, vous ferait passer du découragement et de la tristesse à la sécurité et à la joie. » Et d'ajouter : « Si votre corps et le mien offusquent à ce point votre âme, c'est sans doute que je n'ai pas su vous inspirer un de ces amours qui donnent la force de se dépasser pour s'enrichir, qui font qu'on ne peut se perdre même quand on s'égare un moment. »

Dans le post-scriptum, il cite une phrase de la lettre de Liliane : « Je me sens meurtrie dans l'idée que j'ai de vous et dans l'idée que j'ai de moi, je ne sais où vous retrouver. » Commentaire de celui qui a depuis longtemps intégré le sexe dans le sentiment : « Vous attachez une importance excessive à une chose dont vous semblez croire qu'elle m'occupe jusqu'à l'idée fixe. Ou alors l'idée que vous aviez de moi était bien faible, pour qu'une passion légitime la souffle en quelques instants. » Agenda du 20 janvier : « Lettre de R. (dure). » Lettre du 21 janvier : regrettant la dureté, pourtant nécessaire, de sa dernière lettre, il la conjure de se représenter dès maintenant les actes qui seront répétés indéfiniment entre eux, « dans leur réalité crue ». L'erreur serait d'avoir une conscience imparfaite des conditions que l'on accepte. « Moi, j'aime votre corps autant que votre âme, je veux dire que votre corps me parle de votre âme et l'exprime et que par sa possession je vous possède tout entière... D'autre part je ne puis avoir une mauvaise conscience au sujet d'un désir, d'une action qui me paraissent normaux, utiles et sains. » Agenda du 22 janvier : « Lettre de R. (dure encore). »

Elle décide d'aller le lendemain à Paris. « L'hôtel du Pont-Royal. » On voit RF, d'après l'agenda du 23 janvier, pris dans un cercle d'activités intellectuelles et politiques. Défilent Emilio Terry (architecte et ami de Jeanne), les Du Bos. Le soir, il revient, en habit, d'un dîner politique.

Du 25 janvier au 7 février, il est en Angleterre, pour une tournée de conférences. Il parle à Leeds, à Londres, où il descend chez Roger Fry, à Reading, à Oxford. Deux courtes lettres. Elle souffre de ne pas en recevoir plus. « Espoir blessé, jusqu'aux larmes. » Le 8 février, de retour en France, il commente à nouveau sa « brutalité », expérience « d'où dépendait notre bonheur », répète-t-il, et qui eût paru « normalité » à une femme « moins absolument pure ». La correspondance reprend ensuite plus légère. Il l'entretient de ses activités littéraires : on l'a nommé au comité de lecture des éditions Gallimard, il est débordé de travail, écrit des articles, donne des cours, toute cette dépense d'énergie pour s'assurer « une position assez solide pour deux ». De plus, il doit aider sa mère à recevoir des amis américains

(« le service de ma mère est pour moi chose sacrée »), et pense qu'il ne faut pas fixer la date du mariage avant qu'il n'ait obtenu sa naturalisation. Il refuse de séjourner à nouveau à Dijon, de peur que ses exigences physiques auxquelles elle continue de répugner ne rendent la situation « intolérable ». Au sujet de M. Desjardins, il met les choses au point : sans se permettre de le critiquer, il déclare qu'il lui est impossible d'être naturel avec lui, « et d'éprouver pour lui de l'amitié positive ». (Comme on le comprend !)

Cependant, Liliane souffre de ce ralentissement et raccourcissement des lettres. À ses amies de Dijon, consternées, elle dit que son mariage est remis à trois ans. Elle semble résignée. « Que ma vie se suffise à elle-même. » (25 février.) « Se faire un cœur neuf, content de vivre sans savoir où l'on va. » (26 février.) Que s'est-il passé ? Nouvelle crise ? Le 6 et le 7 mars, elle se rend à Paris, sur la double demande de RF et de M. Desjardins. C'est M. Desjardins qui l'attend à la gare de Lyon, avec un gros bouquet de violettes. Elle déjeune chez lui, avec Jean Schlumberger, dont l'inquiétude et la confiance la touchent. Ils parlent de R. Sollicitude de Schlumberger : « Met-il tout son cœur là-dedans ? Ne pas être "prosternée" devant lui. » R., elle le voit très peu, il est très pris, elle se sent seule. Agenda du 11 mars : une amie lui demande ce qu'elle souhaite pour cadeau de mariage. « Je ne souhaite rien. » Les pages suivantes dégagent une indicible tristesse. Après avoir reçu une lettre de M. Desjardins, elle dit de lui à une amie : « Celui qui m'aime le mieux. » Le 9 avril, elle est à Pontigny, y rencontre RF, qui lui dit avoir lu cinq fois tout Balzac. *Messages* vient de sortir en librairie. Elle éprouve de ce court séjour un « intolérable malaise ».

À Paris, le 17 avril, rue Oudinot où il vient de s'installer, enfin loin de sa mère, il lui parle de Molière, qu'il caractérise par ces traits (ces traits du moins qu'elle retient) : « Pressé, amour physique, besoin de plaire. » Et elle, de commenter : « Assez bien lui. » Le lendemain, il lui expose « sa théorie du sentiment révélé par l'action : pas de vie intérieure non constatable du dehors ». Que d'efforts, de la part de RF, pour justifier intellectuellement le besoin de possession physique ! Elle, plus lucidement, discerne l'aspect sportif de cette théorie de l'amour. « Celui qui aime comme un coureur au départ : il a la passion de la course. »

La course, il vient de la gagner : tout porte à croire, en effet (malgré l'absence de réaction dans l'agenda, sinon ces mots : « Réveil tard. Insuffisance. »), qu'il a touché au but, dans la nuit du samedi 17 au dimanche 18, 10, rue Oudinot – d'une manière encore insatisfaisante, sans doute, mais certaine, si j'interprète correctement la lettre expédiée le 20 à Dijon. Il l'appelle « ma chérie », lui dit qu'il ne peut supporter de la sentir étrangère, non seulement au plaisir lui-même, mais bien à l'existence, à la raison de ce plaisir. Elle se sent inquiète, désaccordée ? Qu'elle se garde de rien conclure sur son aptitude ou inaptitude à la « réciprocité », car, sur le moment, « vous étiez toute froissée par la surprise d'une douleur qui ne vous importunera plus ». Les mots « ma femme chérie » confirment la nouvelle étape dans leur intimité.

Agenda du 22 : « Lettre de Ramon sur le violoncelle. Tout est changé. Ma joie. » Quel violoncelle ? Il n'en était pas question dans la lettre du 20. Une lettre s'est-elle perdue ? Le 24 avril : malgré le défaut de synchronisme dans leurs relations, « vous m'avez rattrapé si vite que je ne doute pas que vous ne soyez bientôt tout près de moi ». Puis, encore plus clairement : « Nous pensions que notre mariage aurait lieu à Pâques. C'est à Pâques qu'il a eu lieu. » Rien, dans l'agenda, ne marque quel bouleversement a dû être pour une jeune fille complètement ignorante du sexe et élevée dans l'atmosphère conventuelle de Sèvres et de Pontigny la première expérience hors mariage, à une époque où les dégourdies de Paul Morand n'étaient qu'une minorité.

Le 19 avril, elle a acheté, pour 600 F., « un Balzac », c'est-à-dire un Balzac complet. Elle va lire, un par un, toute l'année, bon nombre des romans. Réactions mitigées. « Lu Le Lys dans la vallée. Je supporte cela mal. »

Le 28 avril, mariage de Jean Prévost à Hossegor, avec pour témoins RF et François Mauriac. Marcelle Auclair, la femme de Jean Prévost, donne à RF un œillet blanc, avec l'assurance que, muni de ce talisman, il sera marié avant août. Le 6 mai, il attend toujours sa naturalisation. « Votre compatriote Laval n'ayant rien à refuser à la droite du parti socialiste, à laquelle j'appartiens, j'ai bon espoir. » Le 8 et le 9 mai, Liliane est à Paris. Rue Oudinot avec RF, qui lui lit de ses articles. Conférence de Keyserling et dîner en son honneur. Elle est assise entre Du Bos et Schiffrin. Le 12 mai, RF lui écrit que la naturalisation sera obtenue dans un mois, et qu'ils pourront se marier le 1er, le 15 ou le 31 juillet. « Immense joie », note-t-elle le 14. Et de recopier une phrase de Vauvenargues : « Le désespoir est la plus grande de nos erreurs. » Mais, dès le 22 mai : « Indécision jusqu'aux larmes. »

Le 24 mai, elle est à Paris, après avoir lu *César Birotteau* dans le train. « Ramon à la gare. L'hôtel Jeanne d'Arc. Nous deux ensemble », annotation suivie du signe =, deux barres parallèles couchées, moyen d'indiquer, désormais, les fois (assez rares) où ils auront fait l'amour. « Puis, rue Oudinot. » À noter qu'ils ont préféré l'hôtel, pour faire l'amour, bien que RF soit désormais chez lui. Crainte de voir surgir Jeanne ? Ou parce que, tous les deux, ils dissocient encore l'aspect physique (et, pour elle, transgressif) de l'amour et son application domestique ?

Le 25 mai, elle assiste à un dîner chez Gabriel Marcel, avec Du Bos. On parle de Bergson, de Berl, de Martin du Gard, des surréalistes, de Voltaire. Elle ne participe pas à la conversation. Timidité ? Répugnance aux bavardages mondains ? « Silence, que R. me reproche plus tard. Retrouvée seule. Grande détresse. Je n'ai plus d'intérêt à ma vie même. Larmes, une bonne part de la nuit. » Le lendemain, après un après-midi en tête à tête rue Oudinot avec RF, celui-ci va dîner chez Jean Schlumberger. « Je reste seule, sans avoir le courage de quitter ma triste chambre d'hôtel. Lu Mon corps et moi, de R. Crevel. Dégoût, amertume, désespoir de soi. Nuit tout entière en fièvre et en larmes. Désir du matin. Que suis-je donc ? » Le 27, elle essaye, rue Oudinot, de lui expliquer son désespoir, « très mal », puis repart pour Dijon. Il l'accompagne à la gare. « Tendresse et confiance. » Comme il devait mal supporter, lui, « l'athlète de la pensée », ces va-et-vient continuels entre la confiance et les larmes !

Le 31 mai, sa grand-mère étant morte, elle va l'enterrer à Roanne, occasion d'éprouver à nouveau « misère et solitude ». Reparcourant la destinée de cette femme, elle y voit le « dessin d'une très longue vie de gêne, de privations et de souffrances. Je pleure jusqu'à en perdre l'esprit. Je donnerais ma vie à quiconque pût un peu m'aimer ». Elle choisit ici son camp : comparant le dénuement de sa famille auvergnate avec les brillantes soirées parisiennes, elle affirme, par le biais d'un attendrissement sur elle-même, sa solidarité avec les pauvres, les déshérités.

Le 1er juin, lettre où RF revient sur le « marasme » où il l'a vue sombrer le 27 mai. « Je lis dans Balzac : “Le mariage cause à une jeune fille de profondes perturbations morales et physiques.” Il faut avoir, dirai-je le courage ou la modestie ? de considérer ses états d'âme comme les phases d'un développement objectif. Vous sortirez de cette crise, ma bien-aimée, et vous en sortirez fortifiée et retrempée, car je ne puis imaginer que vous soyez vaincue dans l'épreuve cruciale de votre valeur. » Rien ne pouvait la blesser plus, à mon avis, que ces encouragements maladroits : d'abord par cette réduction de ses sentiments à une pure réaction « objective », c'est-à-dire physiologique, de vierge déflorée, ensuite par la référence à Balzac, dont elle était justement en train de lire *La Cousine Bette* et *Le Cousin Pons*, livres « féroces » d'un auteur que je l'ai entendue souvent juger brutal et grossier. À l'injonction finale de RF (il vous faut « refondre entièrement votre héroïsme »), elle répond par cette note de son agenda, le 6 juin : « Lettre matinale de M.D. Celui qui m'aime le mieux. » Et pour cause ! Il ne lui demandait rien de ce que l'amour est en droit d'exiger.

Le 8 juin, lettre, qu'elle juge « parfaite », où il lui promet que sa mère l'aimera et l'aidera à surmonter son récent deuil en l'accueillant dans une nouvelle famille. Le 12 juin, elle relit les premières lettres de RF et se permet, enfin, cet aveu : « Mon bien-aimé. » La lettre reçue le lendemain l'enchante. Il la félicite de s'être adaptée si vite à sa situation nouvelle, d'avoir montré « une force, une puissance de satisfaire autrui, une aisance dans l'accomplissement qui vous portent très haut dans l'ordre humain ». Qu'elle ait été heureuse de ces compliments, de nature clairement sexuelle, prouve que ses réticences premières, sa raideur, sa froideur tenaient moins au tempérament qu'à la peur de ne pas être « à la hauteur ». Comment il fallait se comporter avec un homme, elle l'ignorait. Complexe d'infériorité, social et sexuel à la fois, dont elle ne guérirait jamais.

En juillet, RF l'emmène dans sa nouvelle voiture à Besançon. « Difficultés le soir. Lequel de nous deux n'aime pas assez ? Je suis assurée que c'est moi. » Le 14 juillet, elle le rejoint au « Couffin », petit mas provençal que Jeanne Fernandez vient d'acheter à Meyreuil, près d'Aix-en-Provence. Dans l'agenda, les deux barres couchées parallèles (=) indiquent qu'ils ont fait l'amour, le 14 et le 15 juillet, geste qu'elle ne se permettrait jamais d'avouer directement.

Le lendemain, « discussions entre Ramon et sa mère. Tristesse ». Le 19 : « Conflit véhément à midi. Larmes, désespoir. Avec Ramon, au bord du puits. Notre entente. L'hostilité de sa mère. Ce que je ne dis pas. » La guerre est, enfin, déclarée. 20 juillet : « Conflit renouvelé au petit déjeuner. Larmes, cris. Le soir, sous la lune et les étoiles, confidence à Ramon. Admirable solidité. Amour. Oscillation tragédie comédie. Attachement détachement. » L'obstacle de la sexualité, la résistance intérieure étant vaincus, voici que surgit, bien plus redoutable, le veto maternel. À Dijon, où elle est retournée, elle reçoit, le 26 juillet, « deux télégrammes de Mme Fernandez : "opposition formelle". Sentiment tragique. » Puis elle rejoint à Paris RF, qui s'est installé 30, rue Saint-Dominique. « Dîner avec Mme F. Ramon me raccompagne. Il est las. Il prétend que je manque de confiance en lui. » Le lendemain 31 juillet : « Conversation avec Mme F., qui m'explique son point de vue. Ramon me retrouve en larmes. » Mais il reste, lui, écrit-il le 8 août, d'une « détermination inflexible ».

Du 18 au 25 août, deuxième décade de Pontigny, « L'empreinte chrétienne ». RF ne fait qu'y passer, le premier jour. À propos de leur prochain mariage, elle note : « Précisions, chaleur, joie. » Il y a là Gide, dont elle reçoit le 23, à 2 heures de l'après-midi, les « félicitations ». Du Bos, revenu d'une première méfiance à l'égard de RF et pris d'un élan de tendresse pour sa fiancée, l'appelle « Liliane » et lui demande de l'appeler « Charlie ». Une

Mlle Elmina Regert la prend à part, « derrière la maison, sur l'herbe », pour lui expliquer *Corydon.* Le 25 juin précédent, RF lui avait annoncé, indigné, que M. Desjardins ne voulait pas de Gide à Pontigny cette année, à cause du scandale soulevé par la publication de *Corydon* et des *Faux-Monnayeurs.* Puis, après intervention de Schlumberger et de Du Bos, les choses s'étaient arrangées, Gide étant quelqu'un « qu'on ne fait point passer comme une muscade ».

Troisième décade, du 26 août au 5 septembre, « L'humanisme ». RF revient, mais « avec Mme de Trévise ». Liliane peut-elle ignorer que c'est une de ses anciennes maîtresses ? Décade brillantissime, avec Maurois, Brunschvicg, « Ramon fantastique » dans les jeux. Mauriac lit une de ses nouvelles, Gide ses souvenirs du Congo, Schlumberger *Partage de midi* de Claudel. Le 3 septembre : « Quelques mots avec Mme de Trévise, près de sa voiture. “Vous aurez une vie dure. C'est pour vous que je crains.” » Le lendemain, « promenade dans la forêt, en auto, avec Mme de Trévise, Marc Allégret, Marc Schlumberger [le fils de Jean], Ramon, Guillemin ». Le soir : « Paroles difficiles avec Ramon. Ce qu'il ne comprend pas en moi. Ce qui peut nous séparer. »

Du 6 au 9 septembre, RF ramène Liliane à Dijon, dans sa nouvelle voiture, par Avallon, Vézelay, Semur et Autun. Le 7, « je raconte à R. mon entretien avec Mme de Trévise. Difficultés, peine ». Le 8 : « La lettre de Mme Fernandez : irréductible. Peine féroce. » Le 12, à Dijon : « Lettre de Mme F. : proteste contre notre “stupide erreur”. » Puis, à l'hôtel Terminus, avec Ramon : « Serment que nous serons mariés avant fin octobre. » Une petite croix dans l'agenda (+), de mois en mois, depuis mai, marque le retour de ses règles. Le 14 septembre, lettre de RF, adressée à Thil, où il lui affirme que sa mère ne s'opposera pas au mariage. « Elle désire oublier et faire oublier sa lettre du 5 septembre, qui l'a sans doute en quelque sorte surprise elle-même. Elle maintient ses critiques mais ne leur donne plus force de loi. Il faudra jouer sur le temps et huiler sans cesse les roulements. » Il avoue qu'il sera forcé d'accompagner sa mère en Italie une semaine en octobre. « Il ne faut point, ma Liliane adorée, prendre trop au sérieux des manifestations d'hostilité qui sont le fait d'un caractère si différent du vôtre que vous ne pouvez vous rapprocher de lui que par l'indulgence et la douceur, mais gardez-vous de le prendre au mot, sous peine de compromettre un avenir que je ne puis me résoudre à croire désespéré. » Pourquoi avoir lâché ce mot « désespéré », sinon par conscience, plus ou moins claire, que ses efforts pour minimiser l'hostilité de sa mère étaient trop embarrassés pour convaincre ?

Le 16 septembre, il annonce que « la maison Bugatti, ne se tenant pas de joie de mes mésaventures avec l'Hispano-Suiza [ils sont restés en panne sur la route d'Avallon], m'a remis un cabriolet de sa façon sous les meilleures conditions du monde. Une Bugatti a présidé à notre première rencontre : puisse une Bugatti présider à notre union définitive ».

Le 30 septembre, elle apprend qu'elle est nommée au lycée de Sèvres. L'agenda d'octobre atteste un découragement persistant : « Sans courage. Désespoir devant la vie matérielle. » « La tête lourde d'avoir trop pleuré. » « Conflit renouvelé. Encore sa mère. Douleur et raidissement. » « Journée pénible, pleine de raidissement et de larmes. » Le 20 octobre, elle visite le garage Bugatti, rue Marbeuf, et note : « Visage de notre temps, ne sait même pas que la spiritualité existe. » Le 26, elle refuse d'aller dîner chez RF avec Mme de Trévise. Le 27, « pénible entretien, deux fois renouvelé, jusque près de minuit ». 2 novembre : « La soirée est longue, seule. »

4 novembre : « Lamentable journée. R. m'empêche d'aller où je veux. Étouffée de larmes. Aucun courage à rien. » 6 novembre : « La colère de Ramon le soir. » 12 novembre : « Grande tension nerveuse jusque tout le jour. Mais larmes à l'heure du dîner le soir. » Le 20 novembre, réunion rue Saint-Dominique, avec les Du Bos, Mme de Trévise, Gabriel Marcel, M. Desjardins. « Mme F. me donne de ses perles. Malaise et larmes. » Le 24 novembre, chez Ramon, auprès de lui, elle lit *Si le grain ne meurt.* Le 25 novembre, elle déjeune chez M. Desjardins. « Ses cadeaux : la pendule, les dernières fleurs blanches. » Le 26 novembre, dernière lettre de RF, sur papier à en-tête du 11, rue Gérideaux, Sèvres (« Vous le voyez, j'étrenne notre papier ! ») pour fixer l'heure du contrat de mariage, le 1er décembre. Le 29 novembre, dans l'agenda : « Je suis triste, Ramon nerveux. Nous ne sommes pas heureux. »

1er décembre 1926 : mariage, à 11 heures à la mairie du VIIe, 116, rue de Grenelle, à 12 heures au temple de Pentémont, 106, rue de Grenelle. Puis départ en voiture pour Tours et les châteaux de la Loire. Retour à Paris le 5 décembre.

24.

Jeune marié

Voilà donc ce couple, uni civilement et religieusement le 1er décembre 1926. Selon le culte de l'Église réformée. La jeune femme avait imposé son point de vue : à son mari, indifférent en matière de religion, et surtout à sa belle-mère, aussi peu croyante que son fils, mais attentive à la suprématie sociale du mariage catholique, plus valorisant, en particulier auprès de son lectorat et du milieu des « comtesses ». Victoire pour Liliane ? Il ne semble pas que le choix du temple ait apporté le moindre allègement à sa détresse. Dans le « Memorandum » de 1972, sous le titre « Mariage, 1926 », le premier paragraphe donne un raccourci saisissant de ses dispositions d'esprit le jour des noces. Pour elle, l'échec était programmé, le naufrage imminent, même s'il est improbable qu'elle fût sur le moment aussi consciente du désastre que ne le laisserait entendre ce texte rédigé à une date tardive.

« Mariage. 1926. Je ne pouvais ignorer que c'était une entreprise désespérée. Les fiançailles, ou ce qu'on appelle ainsi, avaient été assez longues, assez traversées, pour que j'aie mesuré le péril. Mais un jour R. m'avait dit, en décembre 1925, à Dijon, avant la première terrible entrevue avec sa mère : “Ne m’abandonnez jamais. Ce serait me tuer en me laissant conscient.” Je ne pouvais autrement. »

Elle se dévouait, en quelque sorte, en épousant, à contrecœur et sans nourrir la moindre illusion, quelqu’un qui n’était pas fait pour elle, elle le savait, et pour qui elle n’était pas faite, elle le savait aussi. Ils s’aimaient, ils n’ont jamais cessé de s’aimer, je le crois, mais ils étaient trop différents de caractère, d’éducation, de culture, de milieu social, pour que l’amour fût un lien suffisant.

Caractère, éducation, habitudes. Elle a été élevée dans la solitude, et la solitude lui est chère. Notes quotidiennes dans l’agenda, version laïque de l’examen de conscience protestant. Introversion, méticulosité, scrupules. Quelques manies presque obsessionnelles, comme de relever, chaque jour : le temps qu’il fait (pluie, froid, orage, « torrents d’eau », soleil, nuit de lune, beau temps, « lumière du couchant », etc.) ; l’heure exacte, à la minute près (« thé, de 4 à 7 » ; « lu *César Birotteau*, de 9 h 43 à 14 h 20 » ; « Paul, à 4 h 1/2 » ; « je m’en vais seule, à 7 h 1/4 ») ; la liste des lettres qu’elle écrit ou reçoit ; les sommes exactes dépensées (« payé à Mme Misset [sa logeuse de Dijon] 247,5 + 18,5 = 266 » ; « donné 1 000 f. pour Paul, 200 f. à Jeanne [la seconde femme de son père] + 22 f. pour le chapeau »). Cette minutie trahit une anxiété de chaque instant. C’est une personne si incertaine d’elle-même, qu’elle doit poser sans cesse des repères, trouver des preuves pour se confirmer qu’elle existe, utiliser les plus minuscules indices pour se rassurer. L’attachement au passé, aux émotions d’autrefois (M. Desjardins, les années de Sèvres, la grand-mère peu connue mais idéalisée), est un autre obstacle qui l’empêche de s’adapter facilement à une situation nouvelle. La préparation vétilleuse des classes, le zèle excessif pour corriger les copies, le dévouement scolaire qui outrepasse les devoirs du métier, toute cette croix professionnelle dont elle se plaint mais sans se permettre un seul jour de l'alléger atteste un besoin de s'éreinter à des tâches qui n'apportent aucune satisfaction, un masochisme qui ne contente que le doute maladif de soi-même.

Lui, au contraire, c'est l'homme pressé, rapide, tourné vers l'avenir, qui a beaucoup vécu, qui aime vivre, collectionne les voitures, les femmes. Assez lucide pour se rendre compte que ce genre d'existence l'éparpille, il aspire à « l'unité » de son être et découvre dans cette jeune fille, repliée sur soi, préservée, pure, l'instrument possible de son « salut » – quitte à s'agacer vite de la raideur, de l'intransigeance auxquelles il se heurte. Mexique contre Auvergne, encore une fois. Exubérance baroque contre rigueur huguenote. Le pays des volcans en activité et le pays des volcans éteints cherchent à s'apporter l'un à l'autre ce qui manque à chacun, l'ordre et la discipline pour l'un, la joie de vivre pour l'autre, en essayant de se cacher la profondeur abyssale de l'océan qui les sépare. Mariage, non comme une promesse, mais comme un pari. « On verra bien… » On a vu.

La fatalité des origines a-t-elle pesé d'un plus grand poids que les sentiments ? Entre deux êtres aussi climatiquement dépareillés, le terrain d'entente était-il impossible ? J'ai trouvé dans un roman d'Alphonse Daudet, Provençal qui connaissait les défauts de sa terre, une réponse à cette interrogation si choquante pour l'esprit. L'impuissance des bonnes volontés devant les conditionnements par la géosociologie, quand un des partenaires est enraciné dans les « vertus » du Nord et l'autre dans les « vices » du Sud, fournit le thème de *Numa Roumestan*, histoire de cet avocat de Nîmes, hypernîmois, qui épouse la fille, hyperseptentrionale, d'un magistrat de Valenciennes. Numa est avide, sensuel, coureur, Rosalie, élevée chez les bonnes sœurs, sans expérience du monde.

« S'il y eut jamais deux êtres peu faits pour vivre ensemble, ce furent bien ces deux-là. Opposés d'instinct, d'éducation, de tempérament, de race, n'ayant la même pensée sur rien, c'était le Nord et le Midi en présence, et sans espoir de fusion possible. La passion vit de ces contrastes, elle en rit quand on les lui signale, se sentant la plus forte ; mais au train journalier de l'existence, au retour monotone des journées et des nuits sous le même toit, la fumée de cette ivresse qui fait l'amour se dissipe, et l'on se voit, et l'on se juge.

« Dans le nouveau ménage, le réveil ne vint pas tout de suite, du moins pour Rosalie. Clairvoyante et sensée pour tout le reste, elle demeura longtemps aveugle devant Numa, sans comprendre à quel point elle lui était supérieure. Lui eut bientôt fait de se reprendre. Les fougues du Midi sont rapides en raison directe de leur violence. Puis le Méridional est tellement convaincu de l'infériorité de la femme, qu'une fois marié, sûr de son bonheur, il s'y installe en maître, en pacha, acceptant l'amour comme un hommage, et trouvant que c'est déjà bien beau ; car enfin, d'être aimé, cela prend du temps, et Numa était très occupé, avec le nouveau train de vie que nécessitaient son mariage, sa grande fortune, la haute situation au Palais du gendre de Le Quesnoy. »

Analogies : le pacha (RF courant vers sa fiancée escorté de son ancienne maîtresse), l'ambitieux occupé de ses articles, de ses relations, qui laisse sa « bien-aimée » se morfondre seule. Celle-ci, et c'est la grosse différence, n'a jamais connu « l'ivresse » de la passion, elle n'a jamais été « aveugle » ni sans clairvoyance. « Supérieure », elle l'est à coup sûr, par le caractère, les qualités morales ; mais sa modestie l'empêche de se l'avouer à elle-même, et peut-être s'en veut-elle de le penser fugitivement. Elle admire le brio de RF (les jeux de Pontigny), comme Rosalie, au début, est séduite par le bagout de Numa, lequel illustre « la race verbeuse » des Méridionaux, pour qui « les tapes sur l'épaule doublent la valeur des mots, toujours trop froids au gré d'une sympathie méridionale ». Il aime « la vie brillante, le plaisir gourmand et fastueux » (Bugatti, grands hôtels, grands restaurants), avec « une pointe de débraillé » (cf. le jugement de la Petite Dame [belge] sur l'aspect « vulgaire » de RF) qui indispose Rosalie, parce que cette ostentation de vitalité est « à l'opposé de sa nature si intime et sérieuse ». Le regard de Rosalie « s'abaisse sur la verve de Numa pour la geler ».

« Ce qu'elle lui reprochait surtout, c'était ce besoin de mentir, ces inventions, auxquelles elle avait cru d'abord, tellement l'imposture restait étrangère à cette nature droite et franche, dont le plus grand charme était l'accord harmonieux de la parole et de la pensée. »

Pas de meilleur portrait de Liliane. Et Ramon ? Mettons un intellectuel à la place d'un avocat, un homme de grande culture et intelligence au lieu d'un hâbleur du barreau, nous ne devrons pas nécessairement changer le caractère. RF n'entendait pas, en se mariant, s'enfermer dans une existence rangée, laborieuse, petite, routinière, monacale ; il voulait au contraire entraîner sa femme dans le cercle brillant de ses relations, où elle apporterait, pensait-il, la rigueur et la fraîcheur d'un esprit non frelaté, cette grâce unique que j'appelle, si je superpose Liliane à Rosalie, « sa rectitude de pensée, ce sentiment de justice qui la faisait si vaillante ». Le malheur de cet esprit, c'était d'être trop droit, le revers de cette rectitude, d'être trop absolue pour accepter la moindre compromission mondaine. D'où, par exemple, la crise du dîner chez Gabriel Marcel. RF lui reproche d'être restée muette dans son coin, alors qu'elle était fort capable de soutenir la conversation. On parlait d'auteurs à la mode ? Son agenda recense les nombreuses lectures qu'elle fait pour se mettre à la page, consciente que ses longues études l'ont cantonnée du côté des classiques, en marge de la modernité. Elle avale à la suite, dans une fringale de rattrapage qui ne se restreint pas aux écrivains de la NRF, Proust, Mauriac, Pierre Hamp, Jules Romains, Jean Prévost, Cocteau, Rivière, Lacretelle, Maurois, Tchekhov (le seul qui la bouleverse), Bernanos, Pierre Jean Jouve, Alain, Boylesve, Colette, Thierry Sandre, Alain-Fournier, Gide, Crevel, Chesterton, Meredith, Conrad, Oscar Wilde, Ibsen, Johan Bojer. Être au courant des écrivains en vogue, d'accord. Mais échanger sur eux des propos forcément superficiels, non, et je vois très bien ses lèvres se pincer, son regard s'abaisser sur la verve de son fiancé, « geler » la faconde du causeur et refroidir les autres convives.

Différend sans grande importance ? Voici d'autres points où le désaccord, beaucoup plus grave, tourne au conflit.

La sexualité. Y a-t-il seulement, entre les deux jeunes gens, « défaut de synchronisme » dans les rapports physiques ? Les résistances, les répugnances de Liliane ne s'expliquent-elles que par sa complète ignorance, un manque de préparation qui lui représente comme une obscénité le contact charnel, comme une agression la perte de la virginité ? Ne s'agirait-il, en somme, que d'une épouvante commune aux jeunes filles de l'époque, auxquelles, ma mère me l'a confié plus tard, les mots « ventre », « soutien-gorge », « grossesse » étaient présentés comme le comble de l'indécence et frappés d'interdit ?

Pour Liliane, le mal est beaucoup plus profond. Blocage, phobie, ces mots ne seraient pas excessifs pour désigner les « perturbations » psychologiques et morales causées par la partie physiologique de l'amour. Un raidissement de tout l'être, auquel contribuent : une vision idéaliste du monde, nourrie par la lecture des classiques ; la conviction que seuls les sentiments élevés et nobles sont dignes d'une grande âme ; une chaste exaltation de sévrienne, élevée loin des hommes ; l'exemple donné par M. Desjardins, que la continence est la meilleure garantie de la valeur d'une amitié ; un dégoût naturel pour les fonctions du corps. RF attendra en vain qu'elle partage ses joies sensuelles. Il percevra toujours de la défiance, de la réserve, l'absence de tout élan. Bien pis, il sentira qu'on le blâme d'attacher autant d'importance à des gestes, des mouvements jugés « bas » et qu'il faudrait réduire au strict nécessaire. Disparité de plus en plus difficile à supporter, à mesure qu'elle sera moins justifiée par la première surprise, le choc de la défloration, l'inexpérience, les préjugés. Le refus de se plaire à l'acte sexuel ne sera pas la seule cause du fiasco conjugal, mais, pour comprendre l'éloignement rapide du mari, ses infidélités, ses mensonges, grande part doit être faite à la déception de ne serrer au lit qu'une poupée de bois.

Jeanne Fernandez. Les notes trop succinctes des agendas, les allusions trop hâtives des lettres ne me permettent pas d'évaluer à sa juste mesure le rôle de la mère/belle-mère dans l'histoire du couple. Qu'a-t-elle écrit, le 5 septembre, à celle dont elle ne voulait pas pour bru ? Quels arguments a-t-elle utilisés de vive voix, lors de la « terrible entrevue » ? Quels reproches, remontrances, menaces, chantages, orages son fils a-t-il affrontés ? Au romancier de prendre ici, plus encore que sur la question de la sexualité, la relève de l'historien. Je dois imaginer ce qu'il sera toujours impossible de prouver.

En premier lieu, Jeanne, par jalousie possessive, est opposée à quelque bru que ce soit. Puis, moins que toute autre, elle accepte une jeune fille pauvre, inconnue, sans famille, sans « nom ». Et qui travaille. Elle-même travaille, mais, inconséquente avec son propre choix, elle a développé dans ses articles sur les femmes l'idée que l'épouse modèle est tenue de rester à la maison. « Une femme qui se rend à son bureau ou à son atelier perd le goût de son foyer et l'instinct des soins qu'exige une maison bien tenue. » À ses lectrices, elle adresse de pathétiques objurgations : « Oubliez-vous ce qu'est pour l'homme – ouvrier, artiste, homme d'État – une femme détendue, dévouée, attentive ? Ignorez-vous ce que représente un visage souriant qu'on retrouve après une journée de labeur et de soucis ? Sous-estimez-vous le rôle d'une épouse dispose et pleine de gaieté, les conseils d'un être intuitif et qui voit plus clair parce qu'il n'a pas été tout le jour mêlé au chaos des affaires ni déformé par l'âpreté de la lutte, par le contact trop étroit avec les réalités ? »

À son fils, je l'entends dire : « Tu as beaucoup d'activités au-dehors, rien n'est plus fatigant que de courir au marbre, j'en sais quelque chose, le cercle de tes relations va s'élargir, tu envisages même une carrière politique, qui t'obligera à recevoir, donc à avoir un intérieur agréable, accueillant, une table présidée par une hôtesse reposée et fraîche. Et tes enfants, quand tu en auras ? Veux-tu qu'ils voient revenir à la maison, le soir, une mère harassée, de mauvaise humeur ? » Il essaye de répondre : « Mes amis apprécieront une "hôtesse", comme tu dis, remarquable par l'intelligence, la culture, et qui les charmera par d'autres moyens que la décoration florale de la table ou l'artifice des préparations culinaires. Ils seront agréablement surpris de rencontrer une égale, habitués qu'ils sont à l'insignifiance de leurs compagnes. Avec elle, ils pourront parler de ce qui les intéresse, philosophie, religion, littérature, politique. » Jeanne s'esclaffe, le traite de naïf, paraphrase Mme de Staël, un auteur qu'elle admire pour son indépendance d'esprit, son courage, son énergie. « Si nous essayons de rivaliser avec les hommes sur leur terrain, ils sont trop jaloux de leurs prérogatives pour ne pas nous en vouloir. Leur faire sentir notre supériorité, c'est les détacher de nous. Une femme intelligente les inquiète, les repousse. »

Il continue à résister. L'argument « je l'aime » la fait rire de plus belle. « L'amour ? A-t-on jamais vu l'amour servir de ciment au mariage ? Le mariage est un lien social, qui ne tient que par l'adaptation du couple au milieu où il évolue. Je suis allée la voir à Dijon, ta petite. Elle trouve naturel de vivre avec 900 f. par mois. C'est une provinciale, et qui le restera. Je ne lui reproche pas d'être pauvre, mais d'aimer sa pauvreté. Elle n'a aucune ambition. Sa logeuse lui compte les bûches qu'elle met dans son poêle, ses bains chauds, pas plus d'un par semaine ! Je l'ai emmenée aux Trois Faisans, elle a commandé ce qu'il y avait de moins cher, une andouillette à la moutarde, avec des frites. – Par délicatesse, maman. – Non, par humilité, ce qui est bien différent. Une femme humble est une croix pour le mari qui vise à une situation brillante. Ta perle rare ne voudra jamais se mettre en valeur et te désapprouvera de te pousser toi-même en avant. Elle te blâmera d'être ce que tu es, c'est-à-dire gai, expansif, cherchant à jouir de la vie. Elle n'aime pas la vie, regarde comme elle est fagotée ! Elle ne sera jamais élégante. Agrégée de l'Université ! Fais attention qu'elle ne soit pas communiste par-dessus le marché, qu'elle ne veuille pas saper par jalousie et stupide rancœur contre les riches les avantages que notre milieu s'est acquis. »

À part cette dernière sottise, préjugé d'une journaliste de mode qui gagne son pain avec les clientes de la haute couture, RF reconnaît la validité des objections maternelles. Mais le cynisme avec lequel elles sont énoncées, l'assurance péremptoire, l'arrogance moqueuse ne peuvent que le hérisser, le braquer, l'exciter à la démentir. Liliane est trop humble ? Il l'aidera à s'épanouir. Elle se tient en retrait dans les dîners mondains ? Il la décidera à briller. Ils n'appartiennent pas au même milieu ? L'amour dont il déborde renversera les barrières. Le mariage sera leur salut à tous deux : pour elle, en remédiant au hasard d'être née pauvre, isolée, puis d'avoir grandi dans des conditions qui n'ont pas permis d'éclore à ses exceptionnelles qualités intellectuelles ; pour lui, en le sauvant d'une existence futile, en le soustrayant à la domination de sa mère, en le faisant accéder à la maturité. Trente-deux ans et huit mois : il est temps d'être adulte.

Ma mère prétendait qu'un jour, à Dijon, alors que son fiancé était venu la voir et se trouvait avec elle à l'hôtel, un télégramme était arrivé de Paris, qui les avait bouleversés. « Exige rupture immédiate sinon accès à mon compte en banque coupé. » Je n'ai pas trouvé trace de ce télégramme. Peut-être n'est-il qu'une légende. Peut-être ma mère avait-elle imaginé, et, à la longue, cru vraie une scène dramatique pour résumer l'emprise de sa belle-mère sur celui qu'elle aurait voulu voir libre, autonome, affranchi de toute dépendance et d'abord de la dépendance financière. Seuls un métier fixe et une rémunération régulière l'auraient transformé, pensait-elle, de fils en mari.

Livre II

25.

Messages

Messages (1926), le premier livre de mon père, ne passa pas inaperçu : « dans l'ordre de la critique le début le plus éclatant auquel nous ayons assisté depuis la guerre », selon un des essayistes les plus réputés de son temps, ce Charles Du Bos déjà entrevu, qui confesse n'avoir rien « rencontré d'aussi lumineusement profond et vrai » depuis les conférences de Bergson de 1911 (*Approximations*, troisième série). En 1948 encore, la notion de « message » excitait la verve épaisse de Sartre. Il rapportait nommément cette notion à « Fernandez », lequel l'aurait jetée comme une bouée de sauvetage pour « tirer d'embarras » les « bourgeois » (*Qu'est-ce que la littérature ?*, in *Situations II*, p. 77). Comme quoi, à vouloir tout politiser, on tombe dans un dogmatisme cocasse…

L'ouvrage se présente comme un manifeste de la critique « philosophique », méthode impersonnelle, détachée de celui qui la met en œuvre et strictement limitée à l'étude des textes, sans référence à la vie des auteurs étudiés. Je trouve bien des remarques qui non seulement n'ont pas vieilli, mais auxquelles l'évolution de la littérature depuis quatre-vingts ans confère un surcroît de vérité.

Ainsi, cette mise en garde contre le formalisme dans le roman, l'expérimentation à outrance. « Cette recréation à la fois libre et réglée du monde par l'esprit, source de toute joie artistique, que devient-elle si vous supprimez un des deux termes de la relation ? On ne possède pas une chose évanouie : il faut qu'elle résiste et que la résistance soit la mesure de notre souveraineté. Même il ne faut pas qu'elle nous laisse trop de marge : il y a une certaine nécessité artistique à l'origine de tout chef-d'œuvre qui est faite pour une part de la pression de l'objet. Un art purement formel rappelle ces matamores de théâtre qui ne font des prouesses que quand l'ennemi n'est pas là. Il dégénère en poncif plus vite encore que l'art académique, et l'on ne voit point en tout cas qu'il puisse éviter l'écueil du décoratif. Il y a dans un chef-d'œuvre tout le recueillement et le fort silence de la concentration spirituelle. Il ne faut jamais oublier que la création artistique est, à sa manière, une connaissance. » Et vlan ! Le Nouveau Roman prévu, jugé, liquidé à l'avance, la trame de ses « poncifs » mise à nu, ses rodomontades dégonflées. Si on supprime « l'ennemi » (c'est-à-dire le sujet, l'intrigue, les personnages), on n'obtient plus que de jolies choses ornementales.

En même temps que le formalisme et ses gracieuses futilités, RF prend pour cible l'illusion selon laquelle on peut cacher une création romanesque faible sous le tapage d'un attirail théorique. « D'une part l'artiste accomplit son œuvre d'artiste, de l'autre il la commente, en fait la théorie, la relie aux œuvres maîtresses qui retiennent l'attention du public ou l'intérêt des spécialistes : il "parle" l'œuvre en même temps qu'il l'exécute. Une confusion, fatale au bon sens, a lieu bientôt entre l'œuvre telle qu'elle est créée et l'œuvre *telle qu'elle est expliquée*, c'est-à-dire imaginée et voulue par l'auteur. Celui-ci prolonge, complète, parfait sa création par sa conception, il bouche les trous, dissimule les fissures avec des idées, évoque à la rescousse les chefs-d'œuvre dont il se réclame ; il veut nous faire admirer dans l'œuvre justement ce qu'il n'a pas réussi à y incorporer et nous empêcher d'apercevoir que sa théorie-montagne a accouché d'une œuvre-souris. »

Ici, on pense à la fois au Nouveau Roman et à l'autofiction : le roman français ne s'est pas guéri de ses manies explicatives. Elles sont même devenues maladies. Et le diagnostic, déjà cruel en 1926, les condamnerait à mort aujourd'hui. « Quand le mot remplace la chose et l'intention, l'accomplissement, c'est le signe qu'on veut appliquer à la vie spirituelle les méthodes de la réclame et de la politique. La conscience critique d'une œuvre n'est pas l'œuvre de son auteur : tel devrait être, tel a certainement été le principe de toute saine critique. Le silence et le mystère autour du chef-d'œuvre dépassent infiniment toute définition. Et nous savons d'ailleurs qu'une idée n'est valable que si elle ne provient pas de la même coulée que la réalité qu'elle interprète. »

On devine, par ces citations, le ton, le son du livre : une robuste gravité, un sérieux enjoué, un tissu serré d'analyses, qui requiert un effort de la part du lecteur mais ne l'assomme jamais par du jargon, la clarté de la gaieté, le dédain des formules faciles, un exercice quasi musculaire de l'intelligence, une approche athlétique des œuvres, empoignées dans leur structure, leur essence même – Balzac, Stendhal, Conrad, Meredith, Proust, Newman démontés comme des moteurs, avec la patience et le savoir-faire professionnel du mécanicien. Axiome de base : la pensée qui nourrit l'œuvre n'est pas dépendante des contingences biographiques de l'auteur. L'autonomie spirituelle de celui-ci est absolue. Corollaire : il n'y a pas à épier l'homme derrière ce qu'il écrit. Psychologisme, psychanalyse, psychobiographie, les voici nettement récusés. Les préjugés de Proust contre Sainte-Beuve, qu'il aura fait partager à son jeune ami, auront contribué à dissuader celui-ci de chercher à expliquer l'œuvre par ce qui n'est pas dans l'œuvre.

Messages ne devrait donc rien m'apprendre sur mon père que la force et la souplesse de son esprit. « Athéna sortant tout armée de la tête de Zeus – image qui s'impose toujours à moi lorsque j'évoque la pensée de Ramon Fernandez », comme l'écrivait Du Bos dans son compte rendu. En relisant ces études, pourtant, il m'est apparu qu'elles ne sont pas si impersonnelles que cela ; et que, tout armées de vigueur et casquées de rigueur qu'elles semblent, elles ne relèvent pas seulement de la virtuosité intellectuelle. Derrière l'exercice de la pensée, je distingue des préoccupations plus intimes, derrière l'intrépidité méthodique, une inquiétude profonde – tant il est vrai que toute œuvre, philosophique ou non, échappe par quelque côté à l'intention de son auteur et révèle ce qu'il croyait cacher.

RF se trahit d'abord par le choix de ses auteurs préférés et par la prédilection qu'il accorde à une catégorie bien particulière d'écrivains : il les convoque non seulement pour leur valeur littéraire mais pour la leçon d'existence qu'ils proposent. Deux surtout : Stendhal et Meredith. Chez Stendhal, l'autobiographie n'est jamais passive, jamais purement introspective ; elle est déjà affirmation imaginative d'un être situé au-delà du moi, d'une personnalité « en puissance » qui ne se réalisera que dans l'acte d'une œuvre – d'où le passage de l'autobiographie au roman. Chez Meredith, RF admire le travail constructif de l'intelligence, laquelle au lieu de dissoudre l'énergie vitale dans une analyse stérile, comme chez les romantiques et les décadents, renforce les ressorts de l'activité et crée les conditions d'un optimisme raisonnable.

La « faillite de l'individu », faillite qui menace chacun en permanence, et comment trouver les moyens d'y remédier, tels sont les motifs récurrents de ces études, dissimulées sous le souci avoué de faire face à la crise de l'homme moderne. Mais comment ne pas reconnaître, dans cette crise, le conflit où se débat RF lui-même ? D'une part une existence facile, gâtée, éparpillée ; d'autre part l'aspiration à un renouveau salvateur : tout son problème est dans cette contradiction qui le déchire ; et, s'il place au centre de sa réflexion la question de la personnalité, c'est qu'elle est au centre de sa vie.

Mars 1926 : publication du livre, écrit pendant les deux années précédentes, période où, las de faire le playboy, et se sentant « dissoudre » dans la vanité des salons et des raouts, il a cherché à se ressaisir, à se reconstruire, et trouvé en la personne de Liliane celle qui lui paraît faite pour l'aider dans cet effort. D'où, lorsqu'il transpose sa problématique personnelle dans la critique littéraire, l'accent mis sur la nécessité de l'action, du dynamisme, de la volonté, et sur les auteurs qui ont préféré montrer des hommes capables de maîtriser leur vie dans une synthèse positive plutôt qu'enclins à se complaire dans l'échec.

La réserve, la méfiance manifestées à l'égard de Proust seraient incompréhensibles sans cet arrière-plan autobiographique. Mon père a été un des premiers lecteurs et admirateurs de Proust et en même temps le premier, et un des rares – et peut-être reste-t-il le seul –, à marquer fortement ses limites. Émerveillement devant le génie de Proust, devant sa faculté de percevoir et d'analyser à fond la réalité de tout être, de toute chose, mais déception de le voir mésuser d'un aussi incomparable instrument. Les objections que cette œuvre soulève se ramènent, pour RF, à deux essentielles : « Elle n'édifie pas une hiérarchie des valeurs, et elle ne manifeste, de son début à la conclusion, aucun progrès spirituel. » Je crois que mon père, fasciné par Proust mais conscient du péril qu'il courait s'il ne luttait pas contre la conception proustienne purement passive de la vie, a écrit *Messages* comme un *Contre Proust*.

Rappelons-nous ce qu'il disait à Jacques Rivière : « Proust me paraît dangereux en ceci que, grâce à lui, l'analyse de la coupe d'un pantalon devient aussi valable, aussi importante, que l'analyse d'un acte héroïque ou simplement noble. » Miné par l'impression de se perdre en virevoltes gracieuses auprès des « comtesses », de se liquéfier en vanités mondaines, RF vise à la « noblesse », à « l'héroïsme » de l'esprit, et, dans la littérature, cherche le moyen de remonter sa pente – avant de le rencontrer, ce moyen, incarné par une jeune, jolie et sévère sévrienne. Au lieu de l'homme « rétrospectif » exalté par Proust, qui se noie dans la complexité et le raffinement de ses sensations, il pose comme modèle l'homme « prospectif » de Meredith, celui qui reprend confiance en lui à mesure qu'il découvre les puissances d'activité cachées dans les replis de la sensibilité. Le moi tourné vers le passé ne peut que s'épuiser dans le travail de la mémoire, pour exister il faut qu'il se projette dans l'avenir et mette en mouvement ses facultés d'adaptation au monde. En clair : le mari responsable doit prendre le pas sur le playboy et l'esthète, le « sauvage » mexicain profiter de son entraînement musculaire pour foncer droit devant lui.

À Proust, il oppose aussi le cardinal Newman, un autre analyste et philosophe de la personnalité, mais qui a vu, lui, dans la sensibilité et l'imagination individuelles la garantie de nos sentiments et de la continuité de l'effort humain. Newman découvre les racines de la vie spirituelle dans l'expérience même qui la rend impossible pour Proust. Là où le renouvellement continu de nos expériences entraîne pour l'auteur de *Swann* la faillite de notre personnalité, par une soumission excessive à une sensibilité toute passive, Newman distingue au contraire le matériau nécessaire à un homme pour construire et sculpter sa figure.

Il me semble remarquable que cette louange d'un homme d'Église imprégné de mysticisme provienne du parfait athée qu'était mon père ; et encore plus saisissant, le fait que ce texte sur Proust ait bouleversé un lecteur situé aux antipodes philosophiques et religieux. Jean Daniélou avait vingt et un ans en 1926. Il entrera chez les jésuites en 1929, sera créé cardinal en 1969. Plusieurs fois dans ses livres il a dit l'importance qu'avait eue pour lui ce chapitre de *Messages*. En 1974 encore, à la fin de ses Mémoires *(Et qui est mon prochain ?)*, il résumait ce qui l'avait « profondément ému ». « Fernandez montrait que la véritable sincérité ne consiste pas à mettre ses comportements à la merci des fluctuations de la sensibilité, mais à garantir ses fidélités fondamentales par rapport à elles. »

Aux « messages » proprement dits s'ajoutent trois « notes », dont l'une, consacrée à Freud, m'apprend pourquoi mon père a renoncé (ou essayé de renoncer) à la vie homosexuelle. Les *Trois essais sur la théorie de la sexualité* venaient de paraître en traduction chez Gallimard (1923). Freud y expose sa théorie des trois étapes, autoérotique, homoérotique, génitale de la sexualité. À l'enfant onaniste, à l'adolescent homophile, succède, doit succéder l'adulte hétérosexuel et monogame. Sinon il y a arrêt dans le développement, fixation indue à un stade intermédiaire. L'inverti n'est pas un taré, un dégénéré, comme l'affirmaient les sexologues avant Freud (Krafft-Ebing), mais une sorte de handicapé, victime d'un retard dans l'évolution.

Or comment RF résume-t-il cette théorie ? « Pour qu'il y ait sexualité normale, il ne faut pas que ces tendances [les tendances polymorphes affirmées au cours de l'enfance] se neutralisent, mais qu'elles se situent et s'ordonnent par rapport à la sexualité proprement génitale. Il n'y a perversion que lorsque l'une d'elles fixe une période pré-génitale à l'exclusion des autres. L'instinct sexuel normal est donc un instinct centré. Le perverti est un excentrique. Mais il est aussi un enfant, un malvenu, un fruit vert qui ne mûrira point. » Les notions d'ordre, de centre, de maturité prédominent dans la pensée de mon père, parce qu'il est sans cesse au bord du désordre, de l'excentricité, parce qu'il se sent « un fruit vert ». Pourquoi a-t-il renoncé à l'homosexualité ? Je crois comprendre que la peur de l'opinion, le conformisme moral n'y ont été pour rien. Adoptant les vues (combien petites-bourgeoises, rétrogrades, erronées, nous le savons aujourd'hui) de Freud sur le développement de l'instinct sexuel, il s'est détourné des hommes par crainte de rester « en chemin », de ne pouvoir atteindre au plein épanouissement de sa personnalité. Une saine critique du freudisme, mais encore impossible en ce début de siècle, lui eût montré que le fondateur de la psychanalyse, si révolutionnaire qu'il eût été sur d'autres points, était resté prisonnier des préjugés de son époque concernant la primauté du mariage et de la famille.

Parce que Freud présentait l'homosexualité comme une abdication de l'esprit, comme un abandon et une facilité, et l'état « normal » non comme une donnée naturelle mais comme le résultat d'une lutte, d'une « intégration difficile des tendances sexuelles », par conséquent comme une victoire de la volonté, il a sans doute contribué à fixer l'orientation sexuelle de RF. L'abandon des tendances intermédiaires, les fiançailles, le mariage n'ont pas été pour lui une façon de se ranger au point de vue de la majorité, de se résigner à la morale, aux conventions du grand nombre, ils ont fait partie de son programme général de ressaisissement et d'accomplissement personnels. « Ce fameux état normal, que nous croyions qui triomphait dans les moyennes, Freud nous le montre au terme d'un véritable drame vital. » Voilà qui ne pouvait qu'exalter mon père. Faire de l'hétérosexualité l'enjeu d'une bataille contre les forces démissionnaires, c'était « donner une valeur épique à la conquête de la normalité ».

J'attache d'autant plus de prix à ces lignes qu'elles se trouvent reléguées dans une « note », lieu par excellence, comme on sait, des aveux. Et que dire de cette seule réserve que se permet RF ? « Quand Freud remarque que beaucoup d'invertis mâles ont été élevés par des personnes de leur sexe, il néglige malheureusement d'ajouter qu'un grand nombre de ces invertis ne se sont jamais détachés sentimentalement de leurs mères, auxquelles ils vouent un culte religieux et passionné. » Ce « malheureusement » a l'air d'un cheveu sur la soupe : c'est le lapsus de celui qui s'est juré de ne pas parler de lui-même, le soupir échappé au fils de Jeanne.

« Faillite de l'individu » : un auteur a centré une partie de son œuvre sur ce thème : Joseph Conrad, auquel un court chapitre de *Messages* est consacré. Mais, curieusement, ce chapitre, très général, en dit moins sur ce sujet qu'un article antérieur de RF sur *Lord Jim*, le chef-d'œuvre de l'écrivain anglais. Cet article, paru le 1er mai 1923, est le deuxième que mon père ait donné à *La Nouvelle Revue française*, après l'hommage à Marcel Proust (*L'Accent perdu*, 1er janvier 1923). D'emblée, donc, RF s'est attaché à Conrad. Lord Jim est un officier de marine. Le navire dont il est le second menaçant de faire naufrage, il a sauté dans une chaloupe en abandonnant son poste, faute d'autant plus grave que le navire, finalement, au lieu de sombrer, a pu être remorqué jusqu'à un port. Le souvenir de cette « vilenie » ne va cesser de torturer lord Jim. L'article de mon père commence par ces lignes, qui m'ont extrêmement troublé : « Lord Jim, c'est l'homme qui a manqué l'acte qui devait confirmer le brevet sublime que son imagination avait signé. "Il n'était pas prêt", et le voilà condamné à l'horreur d'imaginer la version héroïque d'un passé dont les hommes détournent les yeux. Un seul geste a mis tous ses gestes hors la loi. » Je relis cette dernière phrase, je la garderai soulignée dans mon cœur, j'aurais pu la mettre en exergue de mon livre. Ne résume-t-elle pas le destin de mon père ? On a beau avoir été un des plus brillants intellectuels de son temps, le basculement dans la collaboration a comme effacé cette réussite, ces dons. « Un seul geste a mis tous ses gestes hors la loi. » Le plus extraordinaire, c'est que cette phrase a été écrite en 1923, quand mon père n'avait pas trente ans, qu'il n'avait jamais fait de politique, qu'il ne songeait pas encore à en faire.

Relisons donc *Lord Jim*, pour relever les termes ou les passages qui auront frappé le jeune lecteur. Le livre venait de paraître chez Gallimard, traduit par Philippe Neel, mais mon père l'avait certainement lu en anglais. Je choisis la nouvelle traduction d'Odette Lamolle (Le Livre de Poche/Biblio roman, 2007).

Le narrateur, qui raconte l'histoire de lord Jim, cherche à trouver, au fond de cette faillite, « le détail rédempteur, l'explication inespérée, l'ombre d'une excuse convaincante » (p. 68). Il connaît la « faiblesse » de lord Jim, met en cause un « destin destructeur » (p. 69). « Il avait réellement sauté dans un abîme sans fond. Il s'était laissé tomber d'une falaise qu'il ne pourrait plus jamais gravir » (p. 135). « Lorsque l'on a perdu son navire, c'est l'univers entier que l'on a perdu ; cet univers qui vous a façonné, qui vous a contraint, qui a pris soin de vous » (p. 145). « Il me vint à l'esprit que c'est parmi les êtres de sa catégorie que se recrute l'armée des épaves et des hors-la-loi, cette armée en marche vers les bas-fonds du monde. Dès qu'il aurait quitté ma chambre, il s'enrôlerait dans ses rangs et commencerait sa descente vers les profondeurs des abîmes infinis » (p. 210). « La vérité, c'est qu'il n'est pas possible de se libérer du fantôme d'un fait… Il était presque poignant de le voir aller sous le soleil avec son secret en remorque » (p. 229-230). « Il avait quitté un univers à cause d'un simple saut irréfléchi, et maintenant l'autre univers, celui qu'il avait construit de ses mains, tombait en ruine sur sa tête » (p. 475). Et enfin – c'est dans la dernière page – cette ultime considération, encore plus prophétique pour le destin de mon père : « Il quitte une femme vivante pour célébrer ses pitoyables noces avec un idéal de vie nébuleux » (p. 484).

Tout n'est-il pas dit ici de ce que seront la trajectoire et la faillite de mon père ? Pas plus qu'il ne s'était lancé encore dans la politique, il n'avait rencontré la « femme vivante » qu'il épouserait. Et pourtant, tous les éléments du drame à venir dans plus de dix ans sont là : la chute du haut de la falaise, l'enrôlement dans l'armée des épaves en marche vers les bas-fonds du monde, la descente à l'abîme, l'abandon de la femme vivante pour épouser un idéal nébuleux. « Un seul geste a mis tous ses gestes hors la loi. » Il y a ainsi des êtres qui, sans rien savoir de ce qu'il leur adviendra, à qui au contraire l'avenir semble s'ouvrir radieux, découvrent dans un livre comme un miroir du désastre qui les attend.

26.

Tango

Mon père avait importé ou du moins lancé le tango à Paris vers 1914. Le dansait-il encore en 1926 ? Quelle « unité » pouvait-il y avoir entre l'auteur des austères *Messages* et la coqueluche du faubourg Saint-Germain ?

Qui ne connaît Buenos Aires ignore ce qu'est le tango. Entrons par exemple dans la *Confitería Ideal*, un samedi après-midi. Ce n'est ni une confiserie ni un salon de thé, bien qu'il y ait des tables recouvertes de nappes, des fauteuils autour des tables, un bar, au rez-de-chaussée comme au premier étage. Le rez-de-chaussée est vide, lugubre. À l'étage, non moins sombre ni triste, la sono diffuse tantôt un tango, tantôt une milonga (variante plus rapide) pour quelques couples (pas très nombreux) qui évoluent, au centre de la salle, sur la piste faiblement éclairée par des globes. Les murs sont décorés de boiseries et de miroirs, le plafond orné d'une verrière, bombée et ovale. 1912 : le vieux style, la Belle Époque. Toujours digne, ici. Les clients sont plutôt âgés. Ils sirotent, entre deux tours, des boissons gazeuses, sans alcool. Certains sont venus en couple, d'autres seuls. On s'invite, au petit bonheur, semble-t-il. On danse, avec sérieux, application. Le jeu de jambes est lent, compliqué, raffiné. Obéissant à un code minutieux, comme tous les arts d'anticipation, et, à ce titre, attirant à nouveau les jeunes, à ce qu'on me dit. Comment l'homme indique-t-il à sa partenaire les pas qu'elle doit exécuter ? Par la pression des doigts sur son épaule. Il joue sur cette épaule comme sur un clavier. De l'épaule, les ordres sont transmis aux hanches, aux jambes, aux pieds. Même principe, même cérémonial à San Telmo, le dimanche, en plein air, en plein soleil, place du marché aux puces, ou dans les cafés de la Boca, l'ancien quartier génois (galvaudé par le tourisme). On trouve là des professionnels du tango, qui dansent soit avec leur compagne (elle aussi professionnelle), soit avec l'une ou l'autre des passantes ou clientes. Sa compagne invite l'hôte de passage, et c'est alors elle qui lui indique les pas. Le cours est gratuit, il fait partie de l'hospitalité portègne. Ni sourires ni amabilité folklorique : le sérieux d'un rite. D'où la concentration extrême des danseurs. Aucune liberté n'est permise, aucune faute d'inattention, aucune erreur. Les amateurs, les néophytes sont par force plus attentifs encore, plus appliqués.

Le tango, né chez les immigrants, vers 1880, dans les bordels, est une danse triste, la seule danse triste au monde. Elle exprime la tristesse du déraciné, la culture d'un pays sans culture, la seule tradition d'un pays sans tradition. Au début, les hommes la dansaient entre eux, faute de partenaires féminines, les femmes étant restées au pays. Je possède un dessin, fait à Paris, qui représente deux hommes en pleine activité tanguesque. Ils dansent enlacés, dans des pantalons serrés aux mollets par des guêtres. Le dessin est dédicacé et signé : *à Ramon Fernandez, à mon maître. Bernard Boutet de Monvel. Mai 1919.* Les deux danseurs sont des hommes mûrs, qui ne ressemblent nullement ni à mon père ni à son ami

Bernard Boutet de Monvel, mais leur comportement indique bien quelle ancienne conception du tango prévalait, encore, au lendemain de la guerre. Hommage à la tradition portègne. Bien qu'ils dansent enlacés, nulle lascivité ne transpire de leurs visages sérieux. Rien de troublant dans cette proximité : raideur et hauteur de *caballeros.* On ne s'abandonne pas dans le tango. C'est une danse privée d'élan.

Mon père n'est jamais allé à Buenos Aires[1], et je me demande quelle danse il a lancée à Paris vers 1914, ce tango portègne, fait de rythmes lents et de pensées mélancoliques, ou ce que nous appelons tango aujourd'hui. Le tango, transporté en Europe, y est devenu un exercice de virtuoses, avec figures spectaculaires, chaloupés acrobatiques, étirements, fioritures, pâmoisons. À Buenos Aires, curieusement, on appelle « tango de salon » le tango populaire, modeste, couramment pratiqué, dans les cafés, dans la rue, et « tango de scène » le tango-spectacle, le tango à effets, le tango à l'européenne. Le « salon » était à l'origine la salle d'attente du bordel. Dans ce tango de salon, on se tient près du corps, mais sans joie du corps. Pas de sensualité. Un rite digne et triste, plein d'une séduction tout intérieure. On ne démontre pas, on garde pour soi sa peine, ses rêves. Grand respect mutuel entre les partenaires. Chacun regarde les jambes, les pieds de l'autre, par crainte de l'erreur qui sanctionnerait une faute d'inattention. Ce jour-là, à la *Confitería Ideal*, il y avait un couple joyeux, un seul. Ils se parlaient, riaient, se regardaient dans les

1. Encore moins était-il argentin, ou lié de quelque façon à l'Argentine, comme l'affirme étourdiment Pierre Hebey. « Son père, ambassadeur, y représentait l'Argentine. » (*La NRF des années sombres, 1940-1941*, publié pourtant par Gallimard !) Il aurait pu se renseigner ! Autre bévue : mon grand-père n'était pas ambassadeur, mais secrétaire d'ambassade débutant.

yeux, dansaient avec vivacité et mal. Le jeune homme, de type indien. (Bolivien ? Péruvien ?) Ils détonnaient, dans ce milieu grave. Le vrai tango ne scintille pas, n'invite pas à la joie. On se serre, comme frileusement, l'un contre l'autre. On est des immigrés, des expatriés. Jadis, de sa patrie perdue, l'Italie, l'Espagne, l'Allemagne. On continue à l'être : expatrié de soi-même, à la recherche de qui on est, dans ce croisement de nationalités et de races. Les Italiens qui débarquaient, les uns de la Vénétie, les autres des Abruzzes ou de la Ligurie, ne connaissaient que leur dialecte, et ne pouvaient communiquer entre eux. Ils devaient apprendre l'espagnol pour échapper à l'isolement.

Qu'est-ce que c'est, que d'être argentin ? Chacun, ici, se le demande, au moyen de ces pas, de ces gestes, qui ont maintenant plus d'un siècle mais n'ont guère fait avancer la question. On ne s'amuse pas en dansant le tango, les visages expriment tension et souffrance. C'est très beau, poignant, sans rapport ni avec la danse brésilienne (exubérance charnelle) ni avec la danse américaine et ses copies européennes (dépense physique). C'est à la fois hautement ritualisé et parfaitement informel (au contraire de la valse viennoise). C'est une danse vécue du dedans, une introversion dansée, « une pensée triste qui se danse », selon la définition d'un des créateurs et plus grands poètes du tango, Enrique Santos Discépolo.

Comment RF dansait-il le tango ? Comme dans les années 1920-25 à Paris, c'est-à-dire avec une emphase vaniteuse, démonstrative ? La femme renversée sur le bras ? La femme pâmée, éperdue, défaillante ? Ou à la portègne, sobrement, intérieurement, religieusement ? Le dessin que j'ai cité me montre un tango corps à corps, intérieur, réfléchi (malgré la caricature, ou à cause de la caricature). Qui avait appris à mon père à danser ? J'inclinerais à penser que ce n'était pas une danse mondaine qu'il avait lancée à Paris – même si plus tard, et peut-être grâce à lui, elle l'était devenue, si elle s'était transformée en danse de scène, « de salon » pour les Français.

Mais voici le point important : j'ai peur que ma mère, quand elle a su quel rôle son fiancé avait joué dans la fortune parisienne du tango, ne se soit dit : « Encore une séquelle de son éducation mondaine. » Le tango n'est pas plus une danse enjouée et de « salon » que Molière n'est un auteur « amusant ». Le tango, comédie triste, comme *L'École des femmes* ou *Le Misanthrope.* Je m'imagine bien mon père portant en lui cette tristesse, cette mélancolie non dite. Molière serait bientôt son auteur préféré ; et, de même que Molière est la victime du malentendu qui l'enferme dans le cliché réducteur d'une machine à faire rire, l'image du danseur « brillant », étoile des salons, chouchou des comtesses, resterait collée à mon père – sans qu'il en soit plus mécontent que cela. Double jeu, jeu risqué.

Pourquoi d'ailleurs avoir choisi le tango ? Il était mexicain, non argentin. Le Mexique, pays d'antique civilisation. L'Argentine, terre d'immigrants, sans culture ni tradition. Désir d'être le « barbare » sans racines, pour mieux s'implanter dans la langue française ? Tout en choisissant une danse qui l'étiquetait à Paris comme « mondain » ? Énigme sans réponse. À moins qu'il ne faille la chercher, cette réponse, dans un autre trait que j'observe dans le tango : la sujétion de la femme à l'homme, le machisme spectaculairement déclaré. Chaque tango est un petit psychodrame où l'homme affirme sa supériorité sur la femme, où la femme, pianotée (rageusement ? tendrement ?) sur l'épaule, subit, se soumet, proclame sa soumission. Égalité des sexes dans la danse américaine moderne, machisme absolu dans le tango argentin. Dans les tangos « de scène », élaborés, dansés par des virtuoses (par exemple à l'*Esquina Horacio Manzi*, sorte de conservatoire de la tradition portègne), j'ai été frappé par le regard dur, méchant, des danseurs masculins. La femme sourit, cherche l'approbation de l'homme, l'homme plie la femme à sa volonté, le visage fermé, comme un masque. Après le spectacle, quand ils viennent bavarder avec les clients du restaurant, les voilà souriants, aimables, gais ; mais, le temps de la danse, ils sont des mâles qui exercent leur domination, acceptée par leur partenaire. La femme suit, fermement dirigée. Conduire la femme, c'est la mater.

Peut-être eût-il mieux valu que Liliane dansât le tango avec Ramon, au lieu de le lui interdire. Ils eussent épuisé dans cette relation sans conséquence le machisme du « barbare ». Opération symbolique, le tango eût purifié leur amour de toute scorie latine. Je ne crois pas que ma mère eût jamais dansé de sa vie ; ou seulement à contrecœur, forcée, de si mauvaise grâce qu'on ne la réinvitait plus. Elle qui note tout dans ses agendas, les thés, les déjeuners, les dîners, les rencontres, n'a pas mentionné une seule fois une réunion où on ait dansé. Significative la note, déjà signalée, du 7 décembre 1925. Ils sont presque fiancés, il est venu passer quelques jours avec elle à Dijon, c'est le début de leur intimité, il cherche à lui plaire par tous les moyens, il n'a rien à lui refuser. Elle écrit ce jour-là : « Reconnaissance d'une parfaite et chère identité. Émotion. Sa résolution de ne plus danser. » Elle a choisi ce moment pour le prier, ou lui suggérer, de lui faire ce plaisir. Prière ou suggestion qui me paraît être, dans cette circonstance, une sorte d'abus. Elle aurait pu se contenter de ne pas danser elle-même. Non, elle a prétendu de son fiancé, et obtenu, qu'il renonçât à l'exercice où il excellait. Exigence égoïste et calcul funeste : où mettrait-il l'hérédité sud-américaine, la violence du *conquistador*, la prépotence masculine innée, si on lui ôtait cet innocent moyen de s'en purger ? Non seulement il aimait danser, mais il était assez psychologue pour savoir que ce type de danse lui était nécessaire. S'il préférait le tango, n'était-ce pas pour se délivrer, s'affranchir d'un sexisme primaire ? Pour être prêt, après cette dernière et inoffensive démonstration de virilité, à respecter sa femme comme une égale ? En lui refusant de gérer gracieusement sa brutalité native, en le privant de cette catharsis anodine, elle le préparait à se venger par des moyens moins plaisants.

27.

Mariage : la face brillante

« Je ne pouvais ignorer que c'était une entreprise désespérée... Ce fut pire que dans mes plus sombres craintes... » À peine fini le voyage de noces, le 5 décembre 1926, le soir même du retour des châteaux de la Loire : « Ramon va dîner chez sa mère. Je reste seule ici [à Sèvres]. » Le 6 décembre : « R le soir seulement. Je pleure. Nuit sans sommeil. » Le 7 : « Journée seule. R dit à midi que j'ai l'air crucifié. Et c'est vrai : il me semble qu'on me sépare le corps et l'âme. Larmes tout le jour, et devant les élèves. R revient à 11 h. » Le 9 : « Difficultés avec R : larmes, instabilité, angoisse. Que je me garde ma raison, que je me purifie de tragédie et d'égoïsme, que je reste entière en ma raison. » Le 11 : « R se dit fatigué. Et moi ? » Il a gardé son appartement de la rue Saint-Dominique, ne rentre que tard. Le 20, à 1 heure et demie du matin. « Extrême angoisse. » Le 23, alors qu'il emménage avec elle à Sèvres : « Grande et triste solitude. » Le 26 : « Grande discussion sur la question économique. Avec éclats. Bien difficile de vivre. »

L'engrenage est en marche. De quel côté sont les torts ? À première vue, du côté du mari. Il n'a rien changé à ses habitudes, dépense sans compter et en ne gagnant que très peu, assuré maintenant d'avoir à sa disposition, outre les libéralités de sa mère, le salaire de son épouse. Il sort quand il a envie de sortir, rentre sans se soucier de « l'angoisse » de la jeune femme laissée à la maison. Ou plutôt si : il remarque à quel point elle est malheureuse, mais il est de la race des cœurs durs, qui ne se laissent pas apitoyer. Au contraire, les larmes continuelles de celle qu'il a choisie pour compagne l'énervent, l'irritent, elles le poussent à être plus égoïste, plus méchant. L'air « crucifié » de Liliane, au lieu de l'attendrir, réveille en lui le sadisme de l'enfant gâté.

La cause n'est-elle pas entendue ? Le bien et le mal nettement répartis ? Pourtant, le jugement sur les responsabilités de chacun change dès qu'on se représente, à côté de cet homme déjà lancé dans Paris, aimé des femmes, fêté, la pleureuse solitaire et sans relations, qui se braque dans son rôle de victime. Je retire le mot de « pleureuse », qui pourrait faire croire que je prends parti, et injustement. Ma mère, qui n'avait pas été élevée et que sa nature n'avait pas faite pour briller en société, ma mère sans usage du monde et démunie devant les obligations qu'il impose, ne pouvait être que meurtrie par cette vie qui lui laissait le choix entre des sorties où elle ne se sentait ni à sa place ni reconnue pour sa vraie valeur, et des soirées solitaires où elle se retrouvait, mais pour sangloter.

Pourquoi n'avoir pas pris sur soi avec plus de détermination ? Que n'a-t-elle eu la force, comme elle le souhaitait, de renoncer à vivre ouvertement en « tragédie » ! Montrer sans cesse ses doutes, sa tristesse, faire étalage de son abattement, n'aurait touché qu'un homme ayant du goût pour les vaincus. Les vaincus ont toujours inspiré de la répulsion à mon père. Il se sentait sûrement coupable devant sa femme, mais le chantage à l'angoisse était le dernier moyen qu'elle devait employer pour l'amener à une vie conjugale plus régulière.

Combative, cependant, je constate qu'elle l'a été, obstinée contre elle-même, jouant loyalement, bravement sa partie dans les mondanités exigées par son nouveau statut. Le rythme, pour elle, est pénible à soutenir, elle le soutient, auprès d'un mari trop pressé. On la reçoit, on l'estime, on s'intéresse à elle pour elle-même, et pas seulement parce qu'elle est l'épouse d'un homme à la mode.

Comme une ouverture d'opéra, le premier mois de leur mariage expose les divers motifs de ce que sera leur vie commune pendant leurs six meilleures années, du 5 décembre 1926 au 5 décembre 1932, jour de l'attribution du prix Femina à mon père. Chaque mois, presque chaque jour, je note dans les agendas de ma mère le contraste entre une vie mondaine extrêmement brillante, où elle se laisse peu à peu entraîner, et une profonde détresse intérieure. Par « vie mondaine », j'entends non seulement le commerce de certains riches oisifs qui faisaient partie de la société de ma grand-mère et auraient pu servir – ou avaient servi – à Proust de modèles, dames du faubourg Saint-Germain, Mme de Castries, Mme de Croisset, Mme de Kergorlay, Mme de Moutiers, Mme de Grammont, Madeleine Le Chevrel, qui avait un salon littéraire, Isabel Dato, qui en tenait un autre, lady Rothermere, les Porel, les Vaudoyer, les Blaque Belair, Alain de Léché, Lucien Daudet, Reynaldo Hahn, Fernand Ochsé, François Le Grix, Louis Gautier-Vignal, les peintres Drian, Jean de Gaigneron (qui fera un portrait de ma mère, perdu) et Federico de Madrazzo (qui a fait un joli portrait de R jeune), l'architecte Emilio Terry, mais aussi la fréquentation des intellectuels les plus en vue de Paris. Il arrive encore à R de sortir seul, mais le plus souvent il emmène sa femme. Ils déjeunent ou dînent au restaurant ou chez leurs amis, à moins qu'ils ne reçoivent chez eux, à Sèvres. Dès le 27 décembre 1926, au soir d'un « conflit avec R, sur la question de la grossièreté mondaine », les voilà qui dînent à l'Écrevisse, avec François Mauriac et Drieu La Rochelle.

Je vois ensuite défiler les Paulhan, les Arland, René Crevel, Emmanuel Berl, Alfred Fabre-Luce, les Du Bos, Gabriel Marcel, Roger Martin du Gard, Jules Supervielle, Bernard Groethuysen, Gaston Gallimard. Le 9 février 1927, ils ont les Jean Prévost à déjeuner. Le 10, ils déjeunent chez les Maurois. Le 12, chez Berl, avec Drieu. Du 13 février au 9 mars, R fait en Angleterre une tournée de conférences, dont j'ai donné le détail au chapitre 12. Sa femme, pendant ce temps, lit *Corydon*.

Beaucoup de dîners ont lieu au Pont-Royal. Ma mère s'abstient souvent d'y aller, quitte à attendre, toujours dans l'angoisse et les larmes, le retour tardif du mari.

La politique n'est pas absente des préoccupations de mon père. En février 1927, Berl a fondé avec Drieu un petit mensuel, *Les Derniers Jours*, qui ne durerait que six mois et ne compterait que sept cahiers. Mon père consacre dans *Europe* un article à ce périodique (« Intellectualisme et politique », 15 mars 1927), reprochant à Berl de brandir à tort et à travers l'idée de Révolution. « Il est bien plus facile de passer tout de suite à la limite, de se porter et de porter le monde devant un inconnu catastrophique que de réparer progressivement et petitement les choses qui ne vont pas. » Et d'ajouter : « Il serait étrange que les lois de Marx fussent immuables alors que les lois physiques subissent constamment des corrections. » Pour finir, il conseille à Berl et à Drieu de mettre un peu d'ordre en eux-mêmes avant de vouloir changer le monde.

La polémique ne s'arrête pas là. Le cahier d'avril des *Derniers Jours* publie une lettre de mon père à Berl, où il précise sa position. « Oui, sans doute, mon cher Berl, je suis, jusqu'à nouvel ordre, un socialiste réformiste : socialiste, parce que je veux que l'ouvrier conquière son droit ; réformiste, parce que je veux défendre les droits d'une civilisation que je ne juge pas morte… Je crois, avec Proudhon, avec Marx, avec Sorel, que toute valeur sociale nouvelle ne peut être créée que par les travailleurs, mais je ne crois ni à la “nuit juridique” de Marx, ni à la transformation radicale de notre structure mentale. La création absolue des valeurs, comme tout absolu, me paraît un mythe à la fois dangereux et stérile. Ce que j'attends des ouvriers, c'est qu'ils produisent eux-mêmes les thèmes fondamentaux de l'humanité… J'ai trop de respect à la fois pour ce qu'il y a d'humanité nouvelle dans le prolétariat et pour ce qu'il y a d'humanité ancienne en moi : si je sacrifie une partie de ce qui reste de ma tradition, je veux que ce soit au bénéfice d'un ordre nouveau dont cette tradition ne peut me fournir ni les principes, ni les instruments, mais qui pourra bénéficier à son tour de cette tradition elle-même. Pour moi, l'alternative n'est pas entre une révolution créatrice et un réformisme stérile, mais entre deux occupations possibles de l'intellectuel : ou bien il fera le métier d'ingénieur social, réformiste ou révolutionnaire, et devra sacrifier tout intérêt intellectuel et moral à l'intérêt des ouvriers qu'il représente ; ou bien il tâchera de cultiver les valeurs qu'il jugera bon de sauver en les éprouvant sur lui-même ou par lui-même : valeurs d'analyse ou valeurs de personnalité. »

C'est là une importante déclaration de principes, conforme à son engagement, dès 1925, dans la SFIO, un véritable credo qui, malgré sa hauteur de vues et sa sagesse apparente, porte en lui les germes de la dérive politique de 1937, quand mon père se rallierait à Jacques Doriot, parce que c'était un ancien ouvrier, et qu'il croirait pouvoir défendre à l'intérieur du PPF fasciste les valeurs de la civilisation.

Le 5 juin 1927, il est naturalisé français. « Réjouissance au déjeuner. » À mi-juin, mes parents s'installent dans une nouvelle maison à Sèvres, où viennent déjeuner, dès le 22, Jean Schlumberger, Berl et Drieu, après quoi, le soir même, ils inaugurent la Fiat neuve. Le 1er juillet, « R – impromptu – s'en va dîner avec sa mère. Pourquoi pas moi ? Essai d'explication ». Il ne rentre qu'à 2 heures et demie. Le 11, nouvelle voiture : une Talbot. Ils partent aussitôt pour le Sud-Ouest, avec Jeanne, visitent Bordeaux, le château de Montaigne, mais une dispute éclate, ma mère prend le train à Châtellerault pour rentrer à Paris, « non sans déchirement », tandis que R et sa mère vont passer quelques jours à Chitré, le château d'Yvonne de Lestrange, entre Châtellerault et Poitiers. Le 29 août, la Talbot tombe en panne. Ma grand-mère, comme on sait, avait acheté un petit mas près d'Aix-en-Provence, « le Couffin ». Exigeant que l'enfant annoncé pour septembre naisse à Aix, pour qu'il soit « provençal », elle force son fils et sa bru à quitter en hâte, le 2 septembre, Pontigny et la décade sur l'humanisme. Voyage difficile, dans la Talbot réparée, pour la jeune femme enceinte qui est à quelques jours de l'accouchement. « Les pneus crèvent et éclatent sur la route. » Ils arrivent au Couffin le 3 septembre. Irène, ma sœur, naît le 7, dans une clinique d'Aix. Le 14 : « premières visites : M. et Mme Darius Milhaud ». Le 2 octobre, nouvelle voiture, une Renault. Retour à Paris le 23. Le 1er décembre, anniversaire du mariage. « Ne commence pas trop bien. » Noël ne semble guère plus réussi. « La dinde est assez manquée. » Les notes des agendas sont si succinctes, l'amertume si déguisée sous l'ironie, que beaucoup d'allusions m'échappent. Certains noms ne sont signalés que par une initiale, les sentiments ne sont pas explicités, on ne sait où va R, pourquoi il ne rentre qu'à point d'heure, même au Couffin, pendant que la jeune mère se relève de ses couches.

En 1928, de nouveaux noms apparaissent. Le 6 janvier, le philosophe catholique Jacques Maritain. Le 13, ils dînent chez Lucien Vogel, grand patron de presse, avec le prince D.S. Mirsky[1] et la fameuse Lou Salomé, disciple de Freud et ancienne égérie de Nietzsche et de Rilke : « Russie toujours. » Le 30 janvier et le 11 février, soirées chez André Chamson, chez qui ils rencontrent Jean Guéhenno. Voilà deux figures (deux amitiés ?) intéressantes pour suivre l'évolution politique de mon père. À la différence de leurs autres amis, assez peu concernés par la politique et plutôt « de droite », ce sont deux hommes de la gauche militante : Chamson, romancier des camisards, des marginaux qui luttent pour leur liberté, futur résistant, et Guéhenno, fils d'un cordonnier de Fougères, fidèle au prolétariat dont il est issu, rendu pacifiste par la Grande Guerre, rédacteur en chef de la revue *Europe* fondée par Romain Rolland en 1923. Je regrette particulièrement ce laconisme du 16 février 1928 : « Dîner au Pont-Royal, et conférence de Guéhenno à la Sorbonne. Humanité et humanités. Éloquent et émouvant, jusqu'aux larmes. Difficultés avec R ensuite : il n'approuve pas. » Que blâme-t-il ? Les idées de Guéhenno ? Sa sentimentalité un peu geignarde ? Les larmes de l'épouse ? Le 24 : « Soirée Chamson, jusqu'à 2 h du matin. » Le 26, déjeuner chez les Maurois, avec Jean Prévost. Le 3 mars, déjeuner chez les Paulhan, avec Benjamin Crémieux et Marcel Arland. Du 4 au 20, nouvelle tournée de conférences de R en Angleterre. Le 27, il déjeune avec Mauriac, pendant que Liliane commence à corriger les épreuves de *Du côté de chez Swann*.

« Ce n'est pas un petit travail. » Gallimard avait confié à mon père le soin d'établir une nouvelle édition, moins fautive, des œuvres complètes de Proust pour la collection

1. Qui publiera en 1934 un *Lénine* chez Gallimard.

« La Gerbe » (le premier volume paraîtra en mars 1929), mais c'est sur sa femme, en fait, qu'il se déchargeait de cette tâche. Elle collabora aussi au découpage des *Morceaux choisis* pour le volume 3 des « Cahiers Marcel Proust », fondés (en 1927) et dirigés par mon père. 10 février 1928 : « Travaillé pour Ramon à découper Guermantes et La Prisonnière. » Le volume paraîtra en juillet.

Du 30 mai au 8 juin 1928, R est à Madrid avec le philosophe et essayiste Julien Benda. Aucun écho, nulle part, de ce voyage, assez surprenant, si l'on se rappelle les relations tendues entre Benda et *La Nouvelle Revue française*. En 1927 avait paru chez Grasset *La Trahison des clercs*, où Benda s'était déclaré partisan de l'intellectualisme pur contre toute compromission avec les problèmes sociaux, économiques, politiques. « Les hommes dont la fonction est de défendre les valeurs éternelles et désintéressées, comme la justice et la raison, et que j'appelle les clercs, ont trahi cette fonction au profit d'intérêts pratiques. » Un tel point de vue avait suscité de fortes réserves de la part de Gide, de Thibaudet, de Crémieux. Rendant compte de ce livre, dans le numéro de janvier 1928, mon père saluait le courage et l'indépendance hautaine de l'auteur, mais lui reprochait sa raideur excessive. « M. Benda est le philosophe aristocrate, le philosophe aux mains propres. Je crois qu'il faut se salir un peu, et même beaucoup, pour sauver ce qu'il révère avec une intransigeance qui lui fait honneur. » Que vont-ils faire en Espagne ? des conférences contradictoires ? Benda tracerait plus tard un portrait féroce de mon père, mais ce texte date de 1947, quand la conduite de mon père pendant l'Occupation avait faussé les jugements.

À peine de retour à Paris, le 11 juin, R emmène sa femme au théâtre des Champs-Élysées. Ils écoutent *La Flûte enchantée*, en compagnie de Jacques Maritain et de Paul Valéry. Le 24, nouvelle voiture, une Bugatti.

Gabriel Marcel vient dîner chez eux le 29, les Drieu le 6 juillet. Ils dînent le 30 juin chez l'historien Daniel Halévy, déjeunent le 1er juillet avec Marcel Arland au collège du Montcel, où mon père fut professeur deux ou trois ans (les seules années, m'a dit ma mère, où il eut des revenus réguliers, bien qu'insuffisants pour l'entretien de ses voitures et de ses motos). Le 13 juillet, ils reçoivent à déjeuner Eugenio d'Ors, qui sera invité à Pontigny pour la première décade de 1931, la fameuse décade sur le baroque, où le grand essayiste espagnol révélera la beauté et la grandeur de cette civilisation alors inconnue, ou méprisée, en France et particulièrement dans les cercles puritains de *La Nouvelle Revue française*, qui prêchent la réserve des sentiments et l'économie du style. Le 24, Marc Allégret vient à Sèvres en compagnie d'Yvonne de Lestrange, pour photographier ma sœur âgée de onze mois. Le 25, R et L se joignent à Gide, Marc Allégret et Yvonne pour voir au cinéma *La Fin de Saint-Pétersbourg*. Le 29, ils déjeunent chez la princesse Bibesco, avec l'abbé Mugnier. Vacances d'été au Couffin, sans ralentir les mondanités. Ce ne sont qu'allées et venues entre la charmante maisonnette ombragée de trois pins parasols, et la ville, où ils voient presque chaque jour les Darius Milhaud. Retour à Sèvres le 30 septembre, non sans pneus crevés ni panne d'essence. Le 13 octobre, ils déjeunent chez les Paulhan, dînent chez Emilio Terry. Soirée, le 23 octobre, chez Isabel Dato, avec Francis de Miomandre et plusieurs femmes du monde. Le 6 novembre, R dîne seul, chez Isabel Dato, avec Paul Valéry. Le 17, ils passent la journée chez les Paulhan, à Robinson, le 6 décembre dînent chez les Bourdet, avec les Mauriac, les Maurois, Abel Hermant, le 8 déjeunent chez les Maurois, le 11 dînent chez Isabel Dato, avec les Mauriac.

Je sens le fastidieux de ces énumérations. Elles montrent la fréquence et la régularité de ces rencontres, qui entretenaient à la fois la discussion et l'amitié. Invasion progressive de la politique dans les préoccupations de mon père : le rapprochement avec Chamson et Guéhenno, l'idée que l'intellectuel doit se salir les mains marquent un désir plus vif d'engagement qu'au temps de son adhésion à la SFIO, sous l'influence de son ami Jean Prévost. Pour le moment, cependant, les réunions restent essentiellement littéraires. Il y a les « déjeuners NRF » : tantôt chez les Paulhan, tantôt chez les Arland, tantôt chez eux, à Sèvres. Benjamin Crémieux et Jean Schlumberger se joignent à eux pour ces repas, qui constituent une sorte de comité central de la revue. Et les sorties « privées », qui continuent de plus belle, pendant les quatre années 1929-1932. On déjeune ou on dîne avec Gabriel Marcel, les Milhaud, les Mauriac, Jacques de Lacretelle, Daniel Halévy, François Porché et sa femme l'actrice Simone, Drieu La Rochelle, Du Bos, Louis Martin-Chauffier. Une autre coutume est de prendre le thé ; le 29 mars 1930, chez François Le Grix, avec Valéry, Maurois, Morand ; le 29 janvier 1931, chez Paul Morand, avec Abel Bonnard. Le 24 mars 1929, Saint-Exupéry vient les voir à Sèvres, reste de 4 à 8 heures et leur raconte des histoires sur les aviateurs allemands. Le même soir, ils assistent au transfert du cercueil du maréchal Foch, de l'Arc de Triomphe à Notre-Dame, par les Champs-Élysées. « Torches, cavaliers, foules. Assez beau. »

Sans cesse de nouvelles voitures : une Talbot le 24 mars 1929, une Ford le 11 août suivant. Et de nouvelles motos. Est-ce dans la Talbot que R emmène Mauriac en Espagne, du 25 mai au 9 juin 1929 ?

« La dernière fois que je l'ai vue [sa mère], rue Rolland, à Bordeaux, je partais pour l'Espagne avec Ramon Fernandez. Elle s'inquiétait de ce voyage en auto. Je la vois encore penchée sur la rampe et me regardant descendre ; et moi je ne songeais pas à m'arrêter sur une marche, à lever la tête une fois encore.

« Ce fut un voyage un peu fou. Dieu sait si nous nous amusâmes dans ce Madrid des derniers mois de la monarchie. Au retour, je comptais aller embrasser maman, puisque je traversais Bordeaux. Mais Ramon était pressé de rentrer à Paris. Après tout, ne devais-je pas rejoindre ma mère à Malagar dans quelques semaines ? J'aurais dû pourtant être averti par une honte obscure. » (*Nouveaux mémoires intérieurs*, chap. XIII.)

La raison de cette hâte de R est la sortie de son *Molière*, qu'il va signer chez Gallimard le 13 juin. Liliane en a corrigé les épreuves le 28 avril, « péniblement ». Comme on voudrait en savoir plus sur ces « amusements » partagés en Espagne, par les deux amis si proches alors ! Mon père ayant vu Mauriac acheter des cadeaux pour sa famille, il voulut rapporter quelque chose à sa femme. Son choix tomba sur un châle espagnol à franges, écho peut-être de virées dans des boîtes de flamenco, mais parure aussi inadaptée que possible, assurément, au style de Liliane. « Le seul cadeau qu'il m'ait jamais fait », dirait-elle, sourde au désir de son mari de la rendre un peu plus coquette.

Dieu et Mammon de Mauriac, dédié à Charles Du Bos, avait paru en mars de cette année 29, avec une préface de R longue de cinquante pages. Quelques années plus tard, la guerre d'Espagne les séparerait, Mauriac ayant d'abord pris parti pour le soulèvement franquiste, avant de se rallier à la cause des républicains, indigné par le bombardement de Guernica.

En octobre 1929, après ma naissance à Paris, le 25 août – pour y être présent, mon père s'absente quelques jours de la décade de Pontigny « Sur la réussite classique dans l'art » –, ma mère est nommée au lycée de Reims. Du 26 novembre au 15 décembre, tournée de conférences de R en Angleterre. Le 27 juin 1930, ils quittent Sèvres et emménagent quai de Bourbon, dans le voisinage de Jeanne. Le 16 juillet, Henri Mondor, qui est le chirurgien de la NRF avant de devenir le biographe de Mallarmé, opère ma mère du pied. Du 18 au 23 juillet, ils vont en moto en Angleterre, visitent Canterbury, le Sussex, Londres. À la National Gallery, les Rubens, les préraphaélites, les Gainsborough, les Van Eyck « et tous les Italiens » retiennent leur attention. Voilà un des rares témoignages sur l'intérêt certain que mon père portait à la peinture. Le 27 novembre 1927, ils sont allés au Louvre : « Les Titien, les Vélasquez. » À l'exposition Cézanne, qu'ils visiteront à Paris, au théâtre Pigalle, le 25 janvier 1930, ils admireront « les paysages, les portraits, les natures mortes. Peintre du poids, dit R. ». Le 15 mai 1932, ils retourneront au Louvre, dans « les salles de peintures connues ». Nouvelle querelle au sujet de Guéhenno, le 3 avril 1930. « Il me dit que je sape le fondement de sa vie morale. » Ici encore, regrets d'ignorer tout du sujet de leur dispute. Le 3 mai, ils vont voir la Pavlova au théâtre des Champs-Élysées, le 30 décembre, *L'Ange bleu* aux Ursulines. Du 19 octobre au 9 novembre, R fait une tournée de conférences en Allemagne. Le 19 novembre, Drieu vient dîner chez eux. « Conversation politique, jusqu'à 1 h du matin. »

1930, c'est aussi l'année des discussions probables avec le jeune André Malraux. Il est difficile de dire avec précision quand mon père a fait la connaissance de son cadet. En 1928 (lettre non datée), celui-ci remercie pour l'envoi de *De la personnalité* et exprime à mon père le souhait de le rencontrer quelque jour à la NRF. Le 9 mars 1929, il décline l'invitation à prononcer une conférence en Espagne, tout en ajoutant : « J'ai plaisir à vous rencontrer. » Le 3 octobre 1928, Malraux est entré au comité de lecture de Gallimard, où siégeait déjà mon père. Datons de ce jour leur rencontre. Dans les agendas de ma mère, je relève que le 22 mars 1930 une réunion à l'Union pour la Vérité, rue Visconti, autour d'Henri de Man (syndicaliste belge qui s'emploie à réviser les thèses de Marx), rassemble Guéhenno, Malraux, Charles Andler (auteur d'un ouvrage fondamental sur Nietzsche), Marcel Déat (alors militant socialiste), Georges Valois (proche des fascistes italiens et fondateur du Faisceau français) et mon père. « Assez brillamment réussi », note ma mère. Le 1er décembre, « thé-whisky-porto, à 5 h, franco-allemand. Blaque Belair, Malraux, Drieu, etc. Je m'en vais à 8 h et demie, et ils vont rester jusqu'à 2 h du matin. » C'est donc de discussions politiques qu'il s'agit (surtout ou exclusivement) entre RF et Malraux. En fait foi la lettre (inédite) qu'adresse le second au premier. Elle n'est pas datée, mais porte l'en-tête et l'adresse de la NRF, 3, rue de Grenelle. La NRF a déménagé le 1er janvier 1930 rue de Beaune, mais il n'est pas impossible que du vieux papier à lettres ait circulé encore quelque temps. Je daterais donc cette lettre de 1930, comme écho de ces rencontres (ou d'autres discussions privées) et d'une lettre de mon père qui y a fait suite (peut-être y a-t-il eu une correspondance plus nourrie). La lettre de Malraux atteste que les idées politiques de mon père s'orientaient décidément vers la gauche.

« Mon cher Fernandez

« Pour moi, le révolutionnaire <u>moderne</u> est aussi éloigné de Marx que celui-ci de Victor Hugo, parce qu'il se refuse à tout optimisme, et à la recherche de garanties données par une interprétation de l'histoire.

⋆

« Les mesures de Salut public sont déterminées avant tout par une rupture entre “les hommes” et le chef révolutionnaire. Elles sont la conséquence d’un sens tragique et non compensé de la responsabilité.

⋆

« La Révolution est le moyen dont se sert le révolutionnaire, non pour réaliser ce qu’il imagine, mais pour traduire dans un domaine de <u>formes</u> ce qui est d’abord étranger à ce domaine.

⋆

« Marx sait ce que serait le monde qu’il prépare, Lenine ne le sait pas. Il en connaît seulement la direction.

⋆

« Et comme, dans toutes ces discussions, il faut revenir à 1, je voudrais savoir d’abord ce que vous pensez de l’idée d’une opposition fondamentale (métaphysique) au monde.

⋆

« Et d’ailleurs, pourquoi discuter, puisque votre post-scriptum nous met d’accord ? »

La signature est suivie d’un dessin schématique d’hippocampe.

La question du « chef » jouera un rôle de plus en plus grand dans les préoccupations politiques de mon père. On verra comment cette question l’a conduit de plus en plus loin de la gauche.

Pour 1931, je note : les allers et retours de ma mère entre Paris et Reims, par le train, où elle rencontre parfois Georges Bidault, qui est alors professeur d'histoire au lycée de garçons de Reims. Une visite à Daniel Halévy, chez qui se trouvent Thibaudet, Daniel-Rops, Gabriel Marcel (7 février). Un dîner (11 février) chez Yvonne de Lestrange, avec Gide : « Conversation sur Proust et Du Bos, jusqu'à 2 h du matin » (Proust dont ma mère est en train de corriger *La Prisonnière*). Un thé chez eux, avec les Malraux (14 février), où on parle de Dostoïevski et de Conrad. Une visite à Gide, après dîner (le 13 avril), peu de temps avant la parution, chez Corrêa, de l'*André Gide* de mon père. Un dîner chez les Drieu, avec les Paulhan (le 20 juillet). Un thé chez les Martin du Gard (le 1er novembre). Un « déjeuner de Pontigny », où ma mère se trouve assise à côté de Malraux (le 17 décembre).

En 1932, mon père prononce à l'Union pour la Vérité, rue Visconti, quatre conférences sur l'humanisme, les 9, 16, 23 et 30 janvier, où interviennent Raymond Aron, Gabriel Marcel, Dominique Parodi. Le 17 janvier, journée chez les Paulhan, à Châtenay, où R et L se sont rendus en moto, sur la BMW. Mon père y lit des pages de son roman en cours *(Le Pari)*, devant les Arland et Thibaudet. Marcel Arland a reçu en 1929 le prix Goncourt pour *L'Ordre*, et Albert Thibaudet prépare la réédition de son *Flaubert*. C'était une habitude, alors, que les auteurs lussent devant un cercle d'amis et de critiques, pendant plusieurs heures quelquefois, les livres qu'ils avaient en chantier. Le 3 mars, après le déjeuner NRF chez Schlumberger, mon père lit son roman jusqu'à 5 heures. Le 21 mai, Martin-Chauffier vient dîner chez eux, quai de Bourbon, et R lit jusqu'à 1 heure et demie du matin. Le 12 juin, c'est Martin-Chauffier qui les reçoit à dîner, avec l'éditeur Jacques Schiffrin, fondateur de la Bibliothèque de la Pléiade, pour leur lire son ouvrage sur Chateaubriand, après quoi ils rentrent en side-car, à 4 heures du matin. Le 15 février, au « déjeuner de Pontigny », Liliane est assise entre Schlumberger et Pierre Bost. Il y a là Mauriac, Pierre Hamp, romancier des ouvriers et des artisans, Du Bos. Le 24, dîner chez Schlumberger, avec Martin-Chauffier, Mme Van Rysselberghe, Breitbach, jusqu'à 1 heure du matin. Le 4 mai, dîner chez Berl, à Belleville. Le 7, ils apprennent l'assassinat de Doumer, par un Russe qu'on dit « bolcheviste ». « Dans Paris avec Ramon. Passé devant l'Élysée. Foule silencieuse. » Le même soir, ils vont voir *Jeunes filles en uniforme*, au cinéma Marigny. « Silence au moment des actualités. » Le 9 mai, on a le résultat des élections : « Elles sont "à gauche", plus qu'on ne pensait. » Le 12, ils assistent aux funérailles nationales de Doumer, d'abord rue Dante, puis autour du Panthéon. Le 25 juin, ils vont chez Daniel Halévy à 5 heures, chez Mauriac à 6 heures et demie, puis dînent au parc Montsouris avec Jean Prévost et Simone. Le lendemain, journée chez les Arland.

Du 18 au 27 juillet, R et L voyagent en Allemagne. À Leipzig, ma mère fait une conférence sur « Trois figures de femmes dans le roman féminin français : *La Princesse de Clèves* (1678), *Indiana* (1832) et *La Vagabonde* (1910) ». Mon père donne une leçon sur Proust. Ils rencontrent des Allemands (Friedmann), parlent politique avec eux, visitent à Dresde la galerie de peinture, où ils remarquent la *Madone Sixtine* de Raphaël, les Vermeer, les Rembrandt, les Holbein, Dürer et Cranach « et tous les Italiens ». Ils font une excursion à Pilnitz (« le Schloss baroque et rococo »), puis passent par Berlin, où ils visitent le Pergamon (« architecture grecque et assyrienne, de proportions écrasantes »), le musée de peinture (« les Italiens, les Allemands, les Flamands, Dürer et Holbein surtout, les Botticelli »), puis prennent le thé à l'hôtel Adlon avec Roland de Margerie, alors secrétaire d'ambassade dans la capitale allemande, et qui deviendra, quelque trente ans plus tard, mon beau-père. Journée à Wannsee et à Potsdam, enfin retour par Marburg, où ils sont attendus, reçus, promenés, choyés par Erich Auerbach, professeur à l'université. R donne une conférence, suivie d'une réunion au café avec les étudiants. Auerbach, spécialiste de littérature romane, sera destitué de ses fonctions par les nazis et s'expatriera, en 1935, d'abord en Turquie puis aux États-Unis. Il publiera à Berne, en 1946, son célèbre ouvrage, *Mimesis*.

Dans l'île Saint-Louis, quai d'Anjou, se trouvait un petit restaurant fréquenté par des ouvriers, des bateliers de la Seine. On mangeait, « Au rendez-vous des Mariniers », sur le marbre nu des tables, du poisson frit. R et L y dînent souvent, en voisins. Le 2 juillet, avec Emilio Terry et André Malraux, parlant, jusqu'à 1 heure du matin, de Picasso, Manet, Drieu, Mauriac. Le 9, avec les Paulhan. En octobre, nommée enfin à Paris, L commence la nouvelle année scolaire au lycée Victor-Hugo. En septembre, elle corrige les épreuves du *Pari*, qui paraît fin octobre. Automne riche en rencontres : Saint-Exupéry, Guéhenno, Jean Prévost, Paulhan, Mauriac, Arland, et, nouveaux venus en décembre, Bernanos et Robert Vallery-Radot, écrivain, petit-neveu de Pasteur. Il y avait alors, comme on voit, une petite société littéraire, d'un type qui a disparu. Pas encore célèbres, sauf Gide, les amis écrivains du début des années 30 commençaient à être connus, sans renoncer à une familiarité quotidienne. On se voyait toutes les semaines, on jouait au bridge avec Saint-Exupéry, au ping-pong avec Pierre Bost, aux boules avec Jean Paulhan. Ma mère, si rétive à avouer qu'elle n'est pas entièrement malheureuse, note parfois, après la mention d'une sortie ou d'un spectacle : « bonne soirée », « amusement » ou même : « vif plaisir ». Le restaurant ne coûtait pas cher, le temps semblait élastique.

Double couronnement, pour mon père, de cette vie à la fois studieuse et gaie dans le milieu littéraire qui brille alors d'un éclat exceptionnel : d'une part la cofondation, avec Emmanuel Berl, de l'hebdomadaire de gauche *Marianne*, qui durera jusqu'en 1940 et sera le journal le plus intelligent et le plus ouvert à la culture. RF y assure, dès le premier numéro, le 26 octobre 1932, la chronique des livres : dix articles jusqu'à la fin de l'année, dont celui qui contribue à lancer *Voyage au bout de la nuit*, le 16 novembre. D'autre part le prix Femina. Le 2 décembre, sa femme note, avec une malice encore affectueuse : « R toutes voiles dehors pour le prix Femina. » Lequel lui est attribué le lundi 5. On fête l'événement à la Coupole, jusqu'à 3 heures du matin. La décision a été obtenue au onzième tour de scrutin, par neuf voix contre neuf à Guy Mazeline, la présidente, Andrée Corthis, ayant fait valoir sa double voix. Le 7 décembre, Mazeline aura le prix Goncourt, par six voix contre trois à Céline, le nouveau venu qui venait de débouler dans l'arène. *Le Pari* avait été aussi en piste pour le Goncourt, avec *Le Voleur d'étincelles* de Brasillach, *Tite-le-Long* de Jouhandeau, *La Maison dans la dune* de Maxence Van der Meersch. Au palmarès du Femina, *Le Pari* succédait à *Vol de nuit* de Saint-Exupéry. Apothéose pour Ramon Fernandez, mais, si l'on s'étonne que la dégringolade ait commencé aussitôt après, c'est qu'on a omis d'observer, derrière le brio de façade de ces six années, l'envers sombre et misérable.

28.

Mariage : la face sombre

Elle faisait front, mais à quel prix ! Dans quel désarroi, ou dévastation intérieure ! 1er janvier 1927, après tout juste un mois de mariage : « Je me sens étrangère à la vie que je mène. Elle n'est pas mienne. Ou bien, comme un spectacle, un jeu d'un moment – ou bien, sérieusement, avec désespoir. La nuit, Ramon. Son diagnostic : je suis sans indulgence, je n'ai pas de sympathie pour l'humanité, je n'aime ou du moins je n'aime aimer que les faibles, je le sous-estime. Esprit religieux ? » R déteste les faibles, parce qu'il se sait lui-même être un faible.

Le 7 janvier, après une conversation « littéraire et mondaine » chez Yvonne de Lestrange, « nouvelle crise de désespoir, le soir. Colère de Ramon ». Le 14 : « Le dîner de Mme de Lestrange. Pénible angoisse. Je n'y vais pas, mais en larmes. » Le 23 : « Sorte de détresse vide. » Le 4 février : « Chagrin. » Le 6 : « Larmes. » Le 10 : « Nouvelles larmes devant le feu. » Le 10 mars : « Je suis de nouveau gonflée de larmes. » Le 7 avril : « Je dis que je suis mal adaptée à lui. Il part sans un mot. Je me pince les doigts dans la grille. Cris et larmes. Misère. Le démon du désespoir. » Le 19 avril : « Crise de détresse et de larmes (devant Ramon). » Le 1er juillet : « Rythme de larmes. » Le 2 août : « Ramon ne rentre pas dîner. Jusque 2 h du matin. Crise de larmes, angoisse. »

Et ainsi de suite, avec des pointes terribles. Le 1er avril 1928, jour de ses vingt-sept ans, après une soirée chez Mme de Grammont où on a distribué du buis bénit pour le dimanche des Rameaux : « Discordance, protestation, désir de fuite. Extrême misère. La solitude qui vous prend à la gorge. Étrange situation, de révolte et de beaucoup de misère. Et il paraît qu'il est dimanche, Rameaux, anniversaire. Sans force. » Le 3 mai : « Dureté de R. Joie desséchée. Ne vaut-il pas mieux finir ? » Le 10 juin : « Inquiétude, énervement, fatigue. Crise de larmes. Le soir, violence de R. Épuisée de larmes. » Le 6 août : « Tristesse et colère de la solitude. Comme sa jeunesse perdue. Prisonnière dans une prison vide. » Le 22 octobre : « Explosion de tristesse et d'irritation. Fièvre et larmes, jusqu'au moment où il faut parler à Ramon. Comme une blessure rouverte. » Le 6 novembre, après que mon père a dîné avec Valéry : « Il rentre tard. Nous ne dormons pas à 4 h du matin. Mes larmes et sa colère. » Le 28 novembre : « Désolation, le soir : toujours la plus grande solitude. »

En 1929, la situation empire. Le 12 janvier : « Désespoir. Renoncement. » Le 8 février : « Jours noirs. Se détruire ou s'en aller. » Le 11 février : « R toujours dehors. » Peu de répits, semble-t-il. Le 13 mars 1930 est une « journée d'agonie ». Le 3 avril : « Fatigue et effroi. Hideur des discussions conjugales. Promesse que nous non. » Le 7 juin, malgré cette promesse échangée loyalement mais balayée par la violence des dissensions : « Sinistre après-midi, avec R. Séparation, querelles, colère (deux fois). » Le 17 juillet : « Déjeuner et dîner dehors. Ma vocation de célibat. » Le 30 décembre : « Querelle avec R sur la question d'argent. Bien pénible. »

Le 1er mars suivant, ils vont prendre le thé chez Mme de Castries. R s'incruste, ne veut pas partir. Finalement ils restent à dîner, avec Marc Chadourne (prix Femina 1930) et l'abbé Mugnier. « R boit trop », première mention de l'alcool. Le 31 du même mois : « Horrible journée. Querelle atroce, pour la deuxième fois, le soir. » Le 29 avril : « Scène affreuse avec R. » Les prétextes futiles alternent avec les motifs graves. Le 16 mai : « Querelle de la cuisse de poulet. » Le 18 juin : « Menace de poursuites le matin, pour l'assurance motos. Je suis consternée (notre situation est sans issue). » Le 17 juillet : « Querelle avec R à propos des motos, toujours. »

Pic de détresse le 25 juillet : « Crise de désespoir. Le divorce ou le suicide, dis-je à Ramon. » Ils continuent pourtant, jusqu'à la reprise de cette guerre coupée de rares trêves. Le 19 septembre : « Horrible querelle avec R (deux fois renouvelée). » Le 28 novembre : « Querelle avec R » à propos des dettes. En 1932, nouveau sujet de dispute : *Le Pari*. Le 21 février : « Grande querelle avec R à propos de son roman, dure tout le jour. » Le 2 mars, encore une « horrible querelle avec R, sur ma fatigue et ma tristesse ». Quatre jours après, « grande querelle avec R à propos du side-car, des motos et de l'argent. Meurtrie ». Les discussions deviennent de plus en plus pénibles. Le 16 mai : « Le soir, après une tendre entente avec R, sincérité inopportune (de moi). Colère et brisure. Une fois de plus, et toujours ces larmes ! » Il aime être aimé de sa femme, à condition qu'elle ne lui rappelle pas les réalités de la vie à deux.

Le voisinage de ma grand-mère envenime la situation. Les deux femmes se querellent sans cesse, jusqu'à une « crise domestique complète », le 30 juin. Le 22 décembre, après le prix Femina, R emmène ses invités au restaurant : « Moi seule. » Le 24 : « Crise de désespoir le soir (à cause d'Yvonne). » Le 30 juin, un homéopathe, consulté sur l'avis, semble-t-il, de Jeanne, avait rendu son verdict sur le couple. « Pour moi : le foie, Saturne, la mélancolie, les ligaments détendus, et le vieillissement. Pour R : les reins, Jupiter, la colère et l'or. » On se croirait revenu au temps de la Renaissance, quand on expliquait tout par les quatre tempéraments et l'action invisible du ciel. Michel-Ange, lorsqu'il sculptait pour la chapelle des Médicis les quatre statues de l'Aurore, du Crépuscule, du Jour et de la Nuit, incarnait en elles respectivement l'humeur sanguine, l'humeur mélancolique, l'humeur flegmatique et l'humeur colérique. On estimait que l'âme était asservie à des contraintes auxquelles il aurait été chimérique de chercher à se soustraire. Au XXe siècle, pouvait-on encore croire à cette fatalité des influences stellaires ? L note sans rire, sans point d'ironie, l'oracle du Dr Ruy : Saturne contre Jupiter, la mélancolique contre le colérique, ce n'était pas mal trouvé. Mais, au-delà de la magie et de la malice astrales, quelles étaient les causes réelles de leur mésentente ?

Premières qui viennent à l'esprit : les femmes. Où donc mon père s'attarde-t-il si tard, sinon avec des femmes ? Le « à cause d'Yvonne » renforce les soupçons. A-t-il renoué avec son ancienne maîtresse ? Ou ma mère fantasme-t-elle, parce qu'ils n'ont jamais cessé de se voir ? 12 janvier 1927 : « Fin de journée seule. R dîne avec Mme de Lestrange. » 14 janvier : « Le dîner de Mme de Lestrange. Pénible angoisse. Je n'y vais pas, mais en larmes. » 25 mars : « Seule. R dîne chez Mme de Lestrange », constat accompagné de la mention du temps : « Pluie, tempête, orage », comme si, semblable à Chateaubriand, elle cherchait dans les turbulences atmosphériques une confirmation de sa calamité personnelle. La note du 22 mars 1928 constitue-t-elle une preuve ? « R dîne avec Mme de Lestrange. Rien de changé. » Elle entend peut-être par ces mots, non qu'il a repris sa liaison, mais qu'il accepte de la laisser seule à la maison, sans comprendre combien elle souffre de ce qu'elle considère comme un abandon. 29 mars : « Mme de Lestrange vient déjeuner. Je me sens tout à fait hors de moi. » Le 22 avril suivant : « Mme de Lestrange à 6 h. Étrange humeur : jalousie et désespoir, dit R. » Le 9 avril, Yvonne a annoncé qu'elle avait adopté un petit garçon de deux mois. Le 13 mai, ma mère apprendra « la vérité sur l'enfant de Mme de Lestrange », à savoir qu'elle l'a eu de Marc Allégret. Une nouvelle note, le 14 juin, semble accuser derechef Yvonne : « Dîner (par force) chez Mme de Lestrange. Cris dans la voiture, cris à la fin, à propos du midi. Pénible. Retombée ensuite dans le silence (à 1 h du matin). » Mais il n'est pas sûr que cette scène ait eu Yvonne pour objet, plutôt que les projets de vacances à Aix.

Puis, accalmie apparente, Yvonne n'apparaissant plus qu'en compagnie de Gide ou de Marc Allégret – jusqu'à la crise de désespoir du 24 décembre 1932 (« à cause d'Yvonne »), note qui n'apporte pas la clef du mystère. Je relève que mes parents ont passé une partie des vacances de 1930, 1931 et 1932 à Chitré, non dans le château même d'Yvonne, mais dans une villa située à l'intérieur du vaste domaine, la Pajarderie, que celle qui est devenue ma marraine met à leur disposition.

Une autre femme occupe une certaine place, pendant ces premières années du mariage, dans la vie de mon père : l'épouse de l'éditeur Jacques Schiffrin, Youra Guller, elle-même pianiste de grand talent, très appréciée à Pontigny, mais d'un caractère si fantasque que sa carrière en a pâti. On ne trouve d'elle, aujourd'hui, que deux disques, un disque anthologique Nimbus de 1986 (Bach, Albeniz, Couperin, Rameau, Daquin, Balbastre, Chopin, Granados) et un disque Tahra de 2007 consacré à Chopin (Concerto pour piano n° 2, Barcarolle, trois

Mazurkas et deux Nocturnes). Enregistrements tardifs, de 1958 à 1975, qui ne rendent certainement pas justice à son jeu, loué par ses contemporains à l'égal de celui des plus grands.

Elle était née à Marseille, le 16 janvier 1895, d'un père russe et d'une mère roumaine, que les pogroms tsaristes avaient contraints à la fuite. Enfant prodige, elle donne son premier récital à cinq ans. Élève d'Alfred Cortot au Conservatoire de Paris, elle remporte le premier prix en 1909, devant Clara Haskil, classée seconde. Le jury comprenait, entre autres, Gabriel Fauré, Raoul Pugno, Georges Enesco. Clara Haskil a fait une immense carrière, à la mesure de son talent ; celle de Youra Guller fut en dents de scie : apparitions fulgurantes, coupées de longues éclipses. En 1913, Darius Milhaud lui confie la création de sa Sonate pour piano et violon. Elle possédait, dit-il, « une sonorité et un jeu profonds atteignant parfois le sublime ». Pendant les Années folles, elle joue les Nocturnes et les Mazurkas de Chopin, en compagnie d'Arthur Rubinstein, aux dimanches de la comtesse de Polignac. Celle-ci était la fille de la couturière Jeanne Lanvin, amie de ma grand-mère. Youra Guller se lance dans Ravel, Poulenc, participe aux révolutionnaires « Concerts salades » de Jean Wiener, paraît à la cour de Roumanie avec Enesco, joue l'intégrale des sonates de Beethoven avec Joseph Szigeti.

Mais, instable, dépressive, de santé précaire, elle s'exile soudain à Genève. Autant son âme était tourmentée et ses exigences capricieuses, autant son visage était pur, rêveur, lumineux, dégageant un magnétisme auquel on ne résistait pas – une vraie beauté slave, d'un éclat si mystérieux qu'un producteur de la Metro Goldwyn Mayer lui offrit un jour un rôle destiné d'abord à Greta Garbo.

En épousant Jacques Schiffrin, Juif russe rencontré en Suisse, Youra Guller entre dans le monde des écrivains. Le premier livre publié par Schiffrin aux Éditions de la Pléiade avait été, en 1923, *La Dame de pique* de Pouchkine, dans la traduction de Gide. Comment mon père rencontra-t-il Mme Schiffrin ? Je vois quatre pistes possibles : Gide, Darius Milhaud, Jeanne Lanvin ou Schiffrin lui-même. Je remarque qu'elle était plus âgée que ma mère de six ans : ce n'est donc pas sa jeunesse qui a attiré mon père. Je note aussi qu'elle avait un physique d'actrice de cinéma, comme aura sa seconde femme, Betty.

Selon ma sœur, Youra a été la maîtresse de mon père, et cela même, à Aix-en-Provence, au moment où ma mère accouchait. Le séjour à la clinique a duré du 6 au 21 septembre 1927. Le nom de Youra Guller revient sans cesse dans l'agenda de cette époque. Le 15, elle est la deuxième, après les Milhaud, à rendre visite à la jeune mère. Le 20, R l'emmène à Marseille, le 26, au Tholonet. Sont-ils allés au Couffin pendant l'absence de Liliane ? En tout cas, peu de temps après son retour de la clinique, il lui impose Youra. Le 1er octobre, celle-ci vient déjeuner au Couffin. Le 2, R déjeune avec elle à Aix, et elle vient dîner le soir au Couffin. Le 4, mon père essaye d'apprendre à sa femme à conduire – il n'y arrivera jamais. Dans quelles conditions aussi eurent lieu les premières leçons ! « Leçon de conduite le soir, sur la route de Nice, avec Mme Schiffrin. Peine et larmes. » À cause des marches arrière, trop « pénibles », ou à cause de la présence d'une rivale ? Le 5, celle-ci vient dîner au Couffin. Le 7, à déjeuner. « Le soir, violence de R. Fureur devant l'injustice du raisonnement. » Mots obscurs. Le lendemain, Mme Schiffrin revient déjeuner. Déjeuner et dîner le 11. « Elle me donne son collier de semblantes perles. » L'ironie est cinglante. Pourtant, la page de ce jour se termine dans l'euphorie. « Ramon et ses chansons. Plaisir à vivre. » N'est-ce pas étrange ? Avant le départ pour

Paris, le 21 octobre, Mme Schiffrin revient déjeuner au Couffin les 16, 18, 19 et 20. Peut-être en toute innocence. Je n'ose penser que mon père ait poussé les mœurs du pacha jusqu'à profiter de l'indisposition momentanée de sa femme pour trouver une remplaçante sexuelle. Youra Guller n'apparaît plus ensuite dans les agendas de ma mère qu'à de rares occasions. R déjeune chez elle à Paris le 15 mai 1928, puis le 7 juin, cette fois en compagnie de Liliane, qui souligne « sa gentillesse ». Le 9, elle vient à Sèvres l'après-midi, le 11, elle fait partie du groupe, avec Paul Valéry et Jacques Maritain, qui va écouter *La Flûte enchantée.* « Grand plaisir. » Le 14 juin, avant l'horrible scène et les cris dans la voiture qui les emmène dîner chez Mme de Lestrange, Youra Guller leur a rendu visite à Sèvres. Le 5 juillet : « R déjeune avec Mme Guller, dîne avec Mme de Lestrange. » Le 15 août, Youra vient déjeuner à Sèvres, puis elle disparaît des agendas. De ces indications contradictoires, aucune conclusion à tirer.

Elle et mon père se sont-ils revus ? Ils avaient beaucoup de relations en commun. En 1931, Schiffrin fonda la Bibliothèque de la Pléiade, qui avait son siège 73, boulevard Saint-Michel. Je possède le *Molière* publié en deux volumes en 1932, avec cette étrange dédicace, tirée de Molière : *À Ramon Fernandez "le plus fin des commerçants, et le plus tatillon des amis", J. Schiffrin.* La Bibliothèque de la Pléiade passa ensuite chez Gallimard, qui avait engagé Schiffrin sur la recommandation de Gide. Lequel, en retour, reçut de Youra Guller des leçons de piano. On sait que Gide réprouvait les interprétations trop romantiques de Chopin. Chopin, selon lui, suggère plus qu'il n'assène ; il faut le jouer comme un classique. Sur ce point, il semble que la fougueuse Slave ait écouté les conseils de l'écrivain. Mon père, qui n'était pas musicien mais préférait, lui aussi, la retenue classique à l'exhibition romantique, aurait apprécié le jeu pondéré de la pianiste.

Pendant la guerre, Youra Guller se réfugia dans sa ville natale et trouva asile au château de Montredon où la comtesse Lili Pastré (1891-1974) abritait de nombreux Juifs pourchassés. J'ai bien connu cette Lili Pastré, richissime, généreuse, mécène des musiciens et même de ceux qui ne l'étaient pas – comme ma grand-mère, qui devenue vieille et pauvre reçut d'elle des subsides jusqu'à sa mort en 1961. Clara Haskil, la harpiste Lily Laskine, la pianiste Monique Haas furent parmi les artistes qui trouvèrent refuge au domaine de Montredon, une centaine d'hectares dans les calanques marseillaises, agrémentés de deux lacs et d'un canal. La comtesse était une proche de Nicolas Nabokov, dont Youra Guller avait été la maîtresse à Paris au début des années 30 – mais, dans ses Mémoires, le cousin de Vladimir ne la mentionne même pas.

Après la guerre, nouvelle éclipse de Youra Guller. Elle disparut pendant huit ans, mais sa biographie est si incertaine qu'on ne sait pas si elle les passa à Shanghai ou à Bali. En 1955, retour en Europe, concert avec Ernest Ansermet en Suisse, puis elle grava pour Ducretet-Thomson des Nocturnes et des Mazurkas de Chopin, disque dont la critique loua l'absence de sentimentalité. En 1959, concert à Londres, puis, sept ans après, à Berlin – entre-temps, rien. En 1971, Carnegie Hall à New York. En 1973, alors qu'elle fêtait ses soixante-dix-huit ans, la firme Erato lui fit enregistrer, grâce à l'obstination de Martha Argerich, les deux dernières Sonates de Beethoven. On ignore la date et le lieu exacts de sa mort. Elle se serait éteinte à Paris le 11 janvier 1981. D'autres prétendent que l'événement s'est produit à Genève, une année plus tôt, d'autres à Londres, dix mois plus tard. L'astre s'était totalement éclipsé.

Une telle femme ne pouvait que passer fugitivement dans la vie de mon père. Quant à la « crise de désespoir » mentionnée le 25 juillet 1931, et soulignée par le commentaire « le divorce ou le suicide », elle a été précédée, le 24, d'une « scène le soir (Marcelle) ». Qui est cette Marcelle ? Une autre rivale ? Ou une des nombreuses domestiques qui défilent dans la maison, introduites, imposées par Jeanne malgré leur incompétence ?

En réalité, dans la mésentente entre mes parents, l'argent, le manque d'argent a compté plus que les femmes. La « question économique » a dévasté leur ménage. Mon père gagnait peu, dépensait beaucoup, faisait peser ses dépenses sur sa femme, qui avait seule la charge matérielle de la maison, puis d'un enfant, puis de deux. L'inquiétude financière n'a cessé de la ronger. En mars 1927, son traitement est de 1524,90 f. (elle note jusqu'aux centimes). Le 2 mai suivant, elle ne touche que 1390 f. En octobre : 1779 f. Elle fait souvent ses comptes, additionne les dépenses et constate la difficulté à joindre les deux bouts – à cause surtout des assurances et des réparations à payer pour les autos et les motos. Gouffre sans fin. Le 14 août 1928, arrive une traite de 3 000 f. Le 18 novembre : « Lavage de la voiture. Ce qu'il y a d'irréductiblement triste dans ces dimanches. Réclamation de notes. Le souci de l'argent. » Ma mère, qui n'a jamais pu apprendre à conduire, détestait les voitures, d'autant plus qu'elles donnaient à mon père la possibilité de se déplacer librement, d'aller à Paris ou ailleurs, en la laissant, à Sèvres, comme une recluse, comme une idiote. Elle payait les autos, qui lui enlevaient son mari. Colère, humiliation, détresse. « Ramon toujours dehors. » Le 13 décembre, après un dîner en tête à tête aux Mariniers, discussion entre les époux sur l'argent. « La dépense m'inquiète, et je le laisse voir. R furieux. Triste soir. » Ce qui l'afflige autant, c'est la crainte des dettes, bien sûr, mais aussi de voir son mari si puérilement aveugle devant la réalité. Il collectionne les autos, les motos, mais se fâche quand on lui met le nez sur ce qu'elles coûtent, en entretien, en frais de garage, en réparations, en assurances, en impôts. Il entre en colère, comme un enfant à qui on refuse un jouet trop cher.

Ses jouets à lui sont ruineux. En vain essaye-t-elle de lui apprendre à ne plus vivre selon le principe unique du plaisir. Le 1er février 1931 : « Querelle, trois fois renouvelée avec R, sur les motocyclettes. Jusqu'à l'épuisement. » Le 30 avril : « Journée encore bien menacée : les motos, les impôts, les bonnes d'enfant… » Le 18 juin, elle est « consternée » [et cette latiniste emploie ce mot au sens étymologique de « bouleversée, épouvantée, prise de panique »] par leur situation financière « sans issue ». Le 28 novembre : « Querelle avec R : les dettes anciennes, son irritation… » Le 25 janvier 1932, elle envoie un chèque de 226,05 f. « pour l'assurance des motos de R ». Le 28 février, encore 757 f. pour l'assurance motos. Le side-car qu'il achète le 5 de ce mois coûte 5 300 f. Le 2 mai, la situation est de nouveau « sans issue ». Le 2 juin, un huissier se présente pour encaisser une traite. Le 22 de ce mois, R revend le side-car : « 6 000 f. + 1 000 f. à valoir sur une nouvelle BMW ». Il bouche un trou, en ouvre un autre. Le 4 juillet : « Querelle avec R sur les traites de motos (toujours, et il y en a toujours plus que je ne crois !). » Le 3 octobre, arrive la note de la réparation de la Ford : 1 000 f. Le traitement, depuis qu'elle est à Paris au lycée Victor-Hugo, est de 3 454 f. Pour la Ford, il faut encore payer l'impôt, le 22 novembre (chiffre non indiqué).

En plus de la question économique, il y a la question physique, la question de la fatigue. Ma mère a une triple vie à mener. Trois vies, dont chacune occuperait une femme ordinaire. D'abord sa vie professionnelle, qui l'accapare déjà, et dont elle s'acquitte scrupuleusement, préparant avec le plus grand soin ses cours, corrigeant les copies jusqu'à l'épuisement, s'efforçant d'entretenir de bonnes relations avec ses directrices, ses collègues. Aux corvées scolaires s'ajoutent, pendant les trois années de Reims, les courses vers les gares, les heures de train, sans compter les besognes annexes – corriger les épreuves de Proust[1], les épreuves du *Pari* – dont l'accable son mari, lequel est libre d'organiser son temps – ou son oisiveté – entre ses articles, ses lectures, ses visites en ville, sans horaire fixe, à part la parenthèse du Montcel. Elle, pendant ce temps, s'éreinte à la tâche. Je n'ai jamais vu professeur prendre autant à cœur son métier. Je crois, si j'en juge par ce que j'ai connu par la suite de ses veilles tardives, qu'elle s'est enfoncée dans la prépararion des cours et la correction des copies avec une méticulosité morbide et une rage autodestructrice, pour protester contre l'injustice du destin. Les pensums de ses élèves ne méritaient certainement pas qu'elle y passât une partie de ses nuits, avec cet entêtement inutile. Perversion du sens du devoir, acharnement absurde qui ne pouvait qu'irriter mon père et la désespérer elle-même.

Puis la vie domestique. La jeune mère, absente une partie de la semaine, a besoin d'une nurse et d'une femme de ménage. Les domestiques se succèdent, et causent autant de tracas qu'ils apportent d'aide. Il lui arrive fréquemment, quand elle rentre de province, de trouver la maison sens dessus dessous, la cuisine en désordre, les enfants se battant entre eux, encouragés par leur grand-

1. 12 avril 1927 (au Couffin) : « Après-midi, corrigé les épreuves de Proust. » Il s'agit de l'édition originale du *Temps retrouvé*, dont l'achevé d'imprimer est du 17 septembre 1927. Robert Proust et Jean Paulhan n'ont donc pas été les seuls, comme on le dit, à établir le texte.

mère qui avait un faible pour ma sœur et l'exhortait à me taper dessus, en criant : « Hardi, la petite Mexicaine ! » Les enfants… Ils sont souvent malades, ainsi qu'elle le note avec une morne résignation. Moi en particulier, qui souffre d'asthme depuis l'âge d'un an, et dont les crises spectaculaires laissent les médecins désarmés. On ne savait pas alors soigner ni même alléger cette maladie, et l'impuissance de ma mère, devant son bébé qui étouffait dans d'effrayantes convulsions, dégénérait en angoisse. Quant à mon père, il ne semble pas qu'il se soit beaucoup intéressé à la vie domestique, à la vie familiale, aux questions d'intendance et d'organisation intérieure. Les pères, à cette époque, n'aidaient pas les mères à s'occuper des enfants ; et, de lui-même, le mien n'aurait pas eu l'idée d'intervenir, de proposer ses services. Un enfant, avant quinze ans, n'existait pas pour lui. Le pacha laissait tout le poids de la maisonnée sur les épaules de sa femme, sa vraie vie, selon lui, étant dans les salles de rédaction et dans les salons de Paris. Il ne se souciait même pas qu'elle dût préparer les innombrables déjeuners et dîners pour les amis qu'il amenait à la maison, veiller aux courses, à la cuisine, à la table. Énorme égoïsme, assurément, mais aussi conséquence naturelle du statut des femmes, qui n'avaient pas le droit de vote et acceptaient leur infériorité politique comme leur soumission conjugale.

Ma grand-mère, qui avait de l'argent et aurait pu être d'un grand secours si elle avait accepté sa bru, s'ingéniait au contraire à lui saper le moral, par des critiques sur sa façon de conduire son intérieur, par des conseils d'habillement et de parure qui ne pouvaient lui sembler que d'une vanité dérisoire, par des sarcasmes sur la modicité de son traitement, par le reproche, particulièrement injuste et odieux, de faire le malheur de son mari. Les deux femmes avaient entre elles d'« horribles querelles ». Le 9 septembre 1932, alors que ma mère est au Couffin avec son mari, elle reçoit quatre lettres de sa belle-mère, « mamé », comme on l'appelait dans la famille. « Il y en a quatre ! Larmes et colère. » Même les crises d'asthme étaient un sujet de dispute. Le 25 octobre 1932 : « Dominique : horrible crise d'asthme. À 10 h et demie, horrible scène avec mamé, autour du lit de D toussant et criant. » Je dérangeais, par mes cris, le repos de son fils, et je ne suis pas sûr que celui-ci n'ait pas été, de son côté, furieux (je le déduis de certaines allusions des agendas) d'être nargué dans sa religion de la force et de la réussite par un rejeton aussi invalidé.

Que disait, sur tout cela, M. Desjardins ? Il est fréquemment mentionné dans les agendas, mais sans commentaire, pour les visites qu'il lui fait ou celles qu'elle lui rend.

Enseigner en province, élever deux enfants en bas âge, sous l'œil partisan d'une belle-mère qui réprouvait ce mariage et agissait en conséquence, ces deux tâches étaient déjà très lourdes. Ma mère les eût supportées, parce qu'elles faisaient partie de son éthique du sacrifice, toute vie pour elle devant comporter une part importante d'abnégation, si ne s'étaient ajoutés à ces dévouements nécessaires le tourbillon de la vie mondaine, l'obligation de s'y montrer, et de s'y montrer dispose, les retours fréquents à 1 heure, 2 heures du matin. Beaucoup de disputes avec mon père éclatent au retour de leurs soirées. Il lui reproche son air crispé, maussade – alors qu'elle est tout simplement éreintée, « crevée », disait-elle. Il exige qu'elle soit toujours au mieux de sa forme, toujours fraîche et avenante, il veut qu'elle brille dans les conversations littéraires. Ce n'est pas qu'elle-même n'y prenne goût et n'y soutienne fort bien sa partie, mais comment feindre un bonheur constant et se maintenir sur les cimes du pur esprit, quand on songe aux copies qui restent à corriger, au médecin qu'il faut appeler pour les enfants, au train qu'on doit prendre le lendemain matin ? Le 25 juin 1932, jour où son mari l'emmène chez Daniel Halévy à 5 heures, chez François Mauriac à 6 heures et demie, puis dîner au parc Montsouris avec Jean Prévost et Simone, jusqu'à 1 heure du matin, elle est revenue de Reims à 3 heures de l'après-midi. Mais cela, mon père ne veut pas le savoir. Sa femme est jolie, elle plaît, il ne supporte pas qu'elle ait l'air triste, distant, absorbé ou absent, au retour il lui fait une scène s'il pense qu'elle l'a dévalorisé par un visage fané.

Ma mère m'a dit souvent qu'elle était si harassée par cette triple vie à conduire de front que certains jours, à peine assise, elle s'endormait sur sa chaise. Et pourtant, le couple tenait bon. Ils discutaient ensemble de livres, d'idées, se passionnaient pour Proust, s'indignaient ensemble, le 23 août 1927, de l'exécution de Sacco et Vanzetti, partaient pour l'Angleterre, pour l'Allemagne, préparaient ensemble les sujets traités à l'Union pour la Vérité ou aux décades de Pontigny (où elle-même ne se rendait plus guère) : le rationalisme, les rapports du spirituel et du surnaturel, l'humanisme, la réussite classique dans l'art.

Et surtout, surtout, elle aimait mon père, il aimait sa femme. L'argent manquait entre eux, non l'amour. Les querelles alternaient avec les effusions. Le 28 juillet 1928, R est parti pour Biarritz avec sa mère, en laissant à Sèvres sa femme et sa fille. Ma mère se morfond, lit *Le Temps retrouvé* et pleure à cette phrase : « les personnes que nous avons même le plus aimées… » Elle attend les lettres de son mari, elle attend son retour, dans la peine et l'angoisse. Il ne donne pas de nouvelles. Le 16 août : « Attente (depuis plusieurs jours) de chaque pas dans la rue, de chaque bruit de moteur. Et en vain. » Le 18 août, il téléphone qu'il rentre le lendemain. « Tout est changé. Succession des émotions : joie pure, colère, attendrissement. » Ce que je traduis ainsi : joie pure à l'idée du retour imminent, colère contre la belle-mère qui l'a retardé si longtemps, attendrissement devant le combat qu'il a dû livrer à sa mère pour obtenir de rentrer. Mais le lendemain, dimanche, au lieu de rentrer, il téléphone qu'il ne sera là que mardi. « Déception, qui m'atteint trop. » Le soir de ce dimanche, elle recopie dans son agenda deux phrases du roman qu'elle est en train de lire, *Le Songe*, de Montherlant. Dominique, l'héroïne, s'engage comme infirmière dans un hôpital militaire, pendant la Grande Guerre. « La nécessité de s'imposer dans un sens qui n'était pas celui de sa nature, de se forcer pour rire, de s'intéresser, de "savoir les prendre", tout lui constituait un avenir hérissé vers lequel elle s'avançait en tremblant… Alors elle s'enfuit sans tourner la tête, comme si une divinité la poursuivait. » (La seconde phrase appartient à une autre page, à une autre scène : ma mère s'est livrée à un montage, en raccordant les deux phrases par cet « alors » de son cru ; elle cherchait à recomposer à son usage, par un enchaînement logique entre deux passages éloignés, un texte adapté à sa propre situation, et propre à satisfaire son besoin de « tragédie ».) Le mardi non plus, R ne rentre pas. « Attendu jusqu'à minuit (le dîner aussi). Et rien. » Enfin le mercredi 22, étant revenue de faire des courses à Paris, elle le trouve à la maison. « R là. Joie qui emporte tout. »

Il va de temps en temps l'attendre, à la gare de l'Est, pour la ramener dans son side-car. D'Angleterre, entre deux conférences, il lui envoie des « lettres tendres ». « Tendre après-midi avec Ramon. » (24 mars 1929.) « Tendresse de R. » (7 avril 1930.) Même mention le 13 octobre. « Ravissante promenade avec R le soir. » (23 avril 1931.) « Promenade le soir dans les bois.

D'abord seule – puis avec R. Tendresse. » (23 septembre suivant.) Le 6 décembre, cinquième anniversaire de leur mariage : « Journée détendue et douce. » Aux funérailles de Doumer, le 12 mai 1932, il l'enveloppe, dans la foule, d'une « tendresse protectrice ». Certes, ces notations restent rares, et on peut même s'étonner qu'entre deux époux la tendresse soit si intermittente qu'il vaille la peine d'en consigner les manifestations. Mais j'ai une autre preuve de leur entente profonde : ils font régulièrement l'amour, ainsi que me l'attestent les petites croix (+) marquées chaque mois après ma naissance, et qui signifient, comme on l'a vu, le retour des règles, donc le soulagement de ne pas être à nouveau enceinte. Je n'ai relevé que quatre fois la double barre horizontale (=) enregistrant un rapport sexuel. Signe, non pas qu'il n'y en ait pas eu d'autres, mais que ceux-ci avaient une signification particulière pour ma mère, soit qu'elle les considérât plus réussis, plus pleinement satisfaisants, et qu'elle se félicitât elle-même des progrès qu'elle avait accomplis, soit parce qu'ils couronnaient un moment de grâce, comme le 23 août 1928, après la « joie pure » du retour de Biarritz.

Ce qui a séparé peu à peu mes parents, ce n'est donc ni l'affaiblissement de l'admiration intellectuelle réciproque, ni le déclin de l'attraction physique, mais bien, d'un côté, l'égoïsme et l'irresponsabilité financière de mon père, d'un autre côté, le poids excessif des charges dont ma mère se sentait accablée, sa fatigue, son jansénisme (qui lui faisait voir les dettes comme une honte), son hostilité à la vie mondaine. Je ne cherche pas à justifier mon père, en disant qu'elle manquait de souplesse et que, moins raide, elle eût peut-être sauvé leur couple. Cette raideur tenait à sa famille d'origine, à son enfance pauvre, à son passage par l'École normale, à l'influence de M. Desjardins, enfin à tant de pressions sociales et intellectuelles que le fossé des cultures était trop profond entre elle et mon père, pour que l'amour pût les garder longtemps unis. Ils n'étaient pas adaptés l'un à l'autre, elle l'avait compris la première, et, quand elle notait, le 17 juillet 1930, que sa « vocation » était le « célibat », peut-être songeait-elle à ce tableau de Philippe de Champaigne, qu'elle avait vu au Louvre en compagnie de son mari, *Ex-voto*, représentant deux religieuses de Port-Royal, graves, sévères, figées dans une attitude qui excluait tout ce qui n'était pas expérience spirituelle et recherche de la vérité.

29.

L'œuvre critique et philosophique, de 1928 à 1932

Impossible, en tout cas, d'accuser mon père de paresse ou d'oisiveté. En cinq ans, il ne publie pas moins de quatre livres de critique littéraire et philosophique :
De la personnalité, 1928 ;
La Vie de Molière, 1929 ;
André Gide, 1931 ;
Moralisme et Littérature, 1932.

À quoi s'ajoute la publication régulière des *Cahiers Marcel Proust*, avec une substantielle étude, « La vie sociale dans l'œuvre de Marcel Proust », en préface au nº 2 : *Répertoire des personnages* de Charles Daudet, et un avant-propos au nº 3 : *Morceaux choisis de Marcel Proust*, choisis par lui-même (avec la collaboration de ma mère). Deux longues préfaces, en 1929, à *Dieu et Mammon* de Mauriac et au *Retour de Silbermann* de Jacques de Lacretelle, complètent les nombreuses chroniques de *La Nouvelle Revue française*. Enfin son premier roman, *Le Pari*, paraît à la rentrée littéraire de 1932.

Moralisme et Littérature, publié tardivement (je tâcherai dans un instant d'expliquer cette date de 1932), renferme les conférences contradictoires prononcées avec Jacques Rivière en 1924 à Lausanne. Rivière soutenait que le jugement moral fausse l'expression littéraire. C'est l'indifférence de Racine à la morale qui a permis à celui-ci de saisir l'âme dans sa plus obscure mais plus réelle spontanéité. Rousseau, en introduisant la préoccupation morale, a gauchi la psychologie classique, remise en honneur par Proust, qui, de Charlus par exemple, a fait un personnage totalement vrai. Le jugement moral eût fait de lui un monstre ; la description purement psychologique le rend proche et vivant.

À quoi mon père répliqua qu'un homme qui n'était pas « orienté » moralement n'était pas fidèle à sa mission d'homme, et que tout homme d'ailleurs, qu'il le voulût ou non, était soumis à cette orientation. Il n'est pas vrai que Racine a une vision « objective » de l'humanité. « Tout comme les autres il a ses préférences et son orientation, seulement il penche, lui, vers une des formes de la faiblesse, de la dissolution. Il la cultive soigneusement, la dénonce avec complaisance. » Rousseau a gagné en profondeur ce qu'il a perdu en vérité (plus tard, RF sera aussi sévère sur Rousseau que l'était Rivière). Par « moralisme », mon père n'entend pas jugement moral préconçu. « Je tiens à déclarer que je débarque résolument tous les préceptes, lois, cadres moraux tout faits, que je renonce à qualifier de morale l'œuvre de Paul Bourget, par exemple. Non, c'est là une œuvre législatrice, ce qui n'est pas du tout la même chose. » Au sujet de Proust, mon père réitère ses réserves, déclarant qu'il se sent gêné, non pas de le trouver immoral ou amoral, mais parce qu'il accueille et maintient la vie au-dessous du niveau où le fait moral apparaît. La vie, il ne la pousse pas à fond de course. « Sans doute Charlus et Swann sont vrais et beaux, mais que ne fussent-ils pas devenus sous la plume d'un Cervantès, d'un Molière, d'un

Fielding ? » La psychologie de Proust est incomplète, en ce qu'elle ne s'attache à peindre que des personnages s'abandonnant sans résistance à chaque pente qui s'offre à eux. La *Recherche* laisse à mon père l'impression d'une « récréation douloureuse, d'une permission trop longtemps prolongée », et il en profite pour reprocher à la culture française, dans son ensemble, de nourrir et protéger « trop de permissionnaires de la vie ».

Certes, on ne parlait pas d'« engagement », à cette époque, mais pourquoi publier le texte de ces conférences en 1932, sinon parce que mon père commençait à sentir le besoin d'échapper, par l'engagement politique, à cette longue « permission » civique dont il avait bénéficié jusque-là, besoin auquel il donnerait satisfaction moins de deux ans plus tard ? Je sens également, derrière ces pages où il défend une certaine idée de l'homme et de sa mission, contre les tentations d'un amoralisme irresponsable, la présence de ma mère. À l'époque où leur ménage prend l'eau, où elle attend une partie de la nuit le retour de son mari en lisant, précisément, un volume de la *Recherche*, il s'emploie à la rassurer, en lui montrant un homme qui lutte contre ses propres faiblesses, qui ne s'abandonne pas à sa pente, ne veut pas se « dissoudre » comme les personnages de Racine ou de Proust, mais cherche à se perfectionner, à s'enrichir, à se renouveler par une « orientation » morale.

Il va même, dans une page de ce livre, jusqu'à se qualifier de « Barbare » dompté par la civilisation et la culture de son pays d'adoption. « Croyez-en l'expérience d'un Latin d'Amérique qui est venu demander à l'Europe de donner un sens à sa vie, qui a pénétré avec des exigences de Barbare dans l'admirable cité française. » Ce passage a donné lieu à une légende aussi tenace que celle du « métis » ou « demi-bâtard d'Amérique ». Ainsi Georges Poulet, l'excellent critique littéraire, ne craint pas de commencer un portrait de RF en le définissant comme un « Mexicain arraché très tôt à son pays natal, transporté dans une Europe pour lui inconnue, n'ayant pas à ses débuts la faculté de trouver appui dans un monde avec lequel il se trouve sans attache ». Voilà une affirmation cocasse, pour un garçon né à Paris, 9, rue Gounod, élevé à Paris, éduqué par des maîtres de la Sorbonne. Je suis certain que le sang mexicain qui coulait dans les veines de mon père a influencé son destin, mais que sa formation intellectuelle, entièrement française, l'a installé d'emblée dans « l'admirable cité ». Sa mexicanité a pesé sur sa conduite (séquelles de l'éducation, évasion du service militaire, machisme, prestige de l'exotisme, etc.), non sur ses aptitudes mentales. Tout au plus le Mexique lui a-t-il fourni un mythe commode pour éluder certaines questions embarrassantes, un horizon chimérique où il pouvait oublier ses contradictions.

Parmi les principaux livres recensés pendant ces cinq années dans *La Nouvelle Revue française*, je note : *La Trahison des clercs* par Julien Benda (avec la recommandation faite au clerc, citée plus haut, de ne pas refuser de se salir les mains) ; *Une femme à sa fenêtre* et *Blèche* par Drieu La Rochelle (avec les réserves habituelles) ; *Destins*, *Trois grands hommes devant Dieu* et *Le Nœud de vipères* (salué comme un chef-d'œuvre) par François Mauriac ; *Aspects de la biographie* et *Le Cercle de famille* par André Maurois ; *Caliban parle* par Jean Guéhenno ; *L'Ordre* par Marcel Arland ; *Entre terre et mer* par Joseph Conrad ; *Un, personne et cent mille* par Luigi Pirandello ; *Dieu est-il français ?* par Friedrich Sieburg ; *Physiologie de la critique* par Albert Thibaudet ; *Un taciturne* par Roger Martin du Gard ; *Essai sur la France* par Ernst Robert Curtius. Il y a aussi des articles plus généraux : sur l'esthétique de Proust ; sur l'esprit classique ;

sur la poétique du roman ; sur Molière et Copeau ; sur Goethe ; sur « Poésie et Biographie » ; sur « La pensée et la Révolution » ; sur les rapports franco-allemands ; sur le roman policier ; sur Bergson ; sur Mussolini diplomate ; sur l'état de la philosophie.

Variété des sujets, principalement littéraires et philosophiques, et montée en puissance de la préoccupation politique. « La pensée et la Révolution » (1er septembre 1930, pas moins de vingt pages serrées !) proclame « la faillite des croyances démocratiques humanitaires » et propose une réflexion sur le marxisme, présenté comme « une synthèse de l'idéalisme révolutionnaire le plus élevé et de la science de puissance », et dont il est faux de dire qu'il serait « la négation absolue de la vie spirituelle ». Notons cette phrase qui prépare l'évolution politique de RF : « Un communiste, même dépourvu d'intelligence, est plus proprement un individu qu'un bourgeois libéral, ne fût-ce que par la connaissance qu'il a des illusions de l'individualisme. » Fortes réserves cependant contre deux autres illusions propres au marxisme : « l'illusion que la pensée peut connaître, plus ou moins directement, le sens et la direction de l'histoire ; l'illusion que les événements sociaux ont plus de réalité que les autres, et, par extension, que les valeurs humaines n'ont de réalité que dans leur expression sociale. »

« L'autre impasse (à propos des rapports franco-allemands) » examine (le 1er janvier 1931) les limites et les dangers du pacifisme français, en face des « tendances bellicistes » de l'Allemagne. « Ce contraste entre l'universalité de l'intention et le particularisme de l'effet est présentement la tragédie de l'esprit politique français. » Prenons garde à l'efficacité du marxisme, non le marxisme strict des communistes, mais la pensée marxiste généralisée, « qui permet à l'Italie et à la

Russie de se comprendre et de se faire comprendre de l'Allemagne ».

Dans le même numéro de la *NRF*, l'article sur *Dieu est-il français ?*, le célèbre livre de Friedrich Sieburg, description bienveillante de la France et de son esprit, est l'occasion d'alerter les Français, en leur rappelant qu'ils habitent « un pays vieillot et petit-bourgeois, somnolent et mesuré, qui rêve en marge du monde et cultive des valeurs précieuses dont il ne se doute pas qu'elles soient menacées ». Sieburg a tout à fait raison de mettre en doute l'universalité de la civilisation française, au XXe siècle, et de nous inviter par conséquent à nous reprendre et à nous renouveler.

Après avoir signalé avec inquiétude, au sujet de Bergson (« Religion et Philosophie », 1er mai 1932), que, le catholicisme s'étant replié sur lui-même et sclérosé, le communisme est devenu une religion, ainsi que le fascisme et le nationalisme, RF fait l'éloge de l'ouvrage antifasciste de Gaetano Salvemini *Mussolini diplomate* et prend nettement parti contre le Duce, les échecs de sa politique « sous la fanfare des mots », le ridicule de ses « manifestes mirifiques dont quelques-uns sont d'un comique savoureux ». « Ce qui est grave, ce n'est pas que quelques rhétoriciens applaudissent chez nous M. Mussolini, mais que tant de bourgeois nantis prennent ses discours pour l'expression pure de l'autorité et de la clairvoyance. » En conclusion, Salvemini dispense « d'excellentes et discrètes leçons à l'usage des autres nations, préservées peut-être jusqu'à présent de la folie, mais non de la sottise ».

Voilà qui est clair et net ; ce qui ne peut se dire des autres études politiques, où j'ai extrait quelques formules heureuses de raisonnements bien embrouillés. Les lecteurs les plus perspicaces, même s'ils ne pouvaient prévoir où l'entraînerait cette confusion, devaient regretter que mon père ne s'en tînt pas au domaine où il excellait, celui de la critique littéraire. Préface à *Dieu et Mammon* de Mauriac : cinquante pages bien nourries en hommage à celui qui a réussi à surmonter une des crises du roman moderne, l'alternative entre le roman symboliste, pur reflet du « je », et le roman objectif, complètement détaché de l'auteur. « On sent Mauriac à l'intérieur d'un de ses romans comme à l'intérieur d'un vêtement », et en même temps les personnages qu'il met en scène mènent une vie indépendante, heureuse solution d'une difficulté que Gide a échoué à résoudre, en dédoublant *Les Faux-Monnayeurs* en roman et reflet du roman dans la conscience d'Édouard.

Quant à l'étude sur « Le roman policier » (1er mars 1931), elle est une analyse modèle des conditions nécessaires au roman pour rester un genre vital. « Je ne sais si nous nous rendons bien compte jusqu'à quel point la littérature contemporaine de premier ordre, et singulièrement le roman, est dépourvue d'entrain. Nous paraissons affligés de je ne sais quelle myopie mentale qui nous fait rejoindre les choses, le réel, par une suite d'accommodations pénibles ; et plus elles sont pénibles, plus elles "méritent" aux yeux des juges. » Que dirait le critique, quelque quatre-vingts ans après, en constatant que la maladie n'a fait qu'empirer ? Son diagnostic serait toujours aussi juste : « Les auteurs s'attardent volontiers dans la contemplation de l'objet qu'ils décrivent, à la façon des peintres, pour lesquels une pomme se regarde et ne se mange pas. » Et le remède, non seulement au « Nouveau Roman » baptisé un moment « école du regard », mais à une grande partie de la production contemporaine, toujours aussi approprié : « Un roman policier, c'est une pomme qui ne se regarde pas mais se mange, et se mange goulûment. » Faire une discrimination entre le roman littéraire, qu'on lit « avec une joie tout intellectuelle », et le roman policier, ou le roman-feuilleton – dont il est la branche moderne –, qu'on dévore avec une ivresse qu'on n'avoue pas toujours, c'est perdre la notion du vrai roman, croire à tort que le roman doit être vidé de l'abondance d'aventures et de rebondissements qui faisait une partie de sa force chez Balzac, Stendhal ou Hugo. « Je verrais, pour ma part, dans ces séparations un indice de décadence. Aventure, jeu musculaire de l'action, magnétisme du récit, analyses et problèmes, un grand roman doit brasser tout cela. »

Alors que, dans ses articles politiques, mon père se laisse entraîner à écrire trop de phrases fumeuses, comme pour obscurcir des sujets qu'il ne maîtrise pas suffisamment, dans ses articles littéraires il donne au contraire l'impression de ne livrer qu'une partie de sa pensée, un petit aperçu des problèmes dont il a une connaissance et une pénétration sans limites. Quand il écrit, toujours au sujet du roman policier : « Le mélodrame et le feuilleton figurent depuis longtemps dans les lupanars de la poésie, mais une forte dose de l'un et de l'autre, jusqu'à Flaubert, était mélangée aux grandes œuvres romanesques », ce « jusqu'à Flaubert » ouvre un vaste champ de réflexions qu'il dédaigne ce jour-là de poursuivre. Qui en effet, sinon Flaubert et ses épigones, a voulu épurer le roman ?

De la personnalité est une étude de philosophie, d'un ton sévère et abstrait. L'idée centrale est que, le moi étant un assemblage brut de sentiments, la personnalité consiste à les mettre en ordre, à se remettre en ordre. Il s'agit de vivre et de penser sa vie à la fois. Établir de la cohérence entre nos sentiments et nos actes, des correspondances entre notre vie intérieure et l'ordre que la société nous inflige, telle est la préoccupation majeure de l'auteur. Et certes, pareille étude paraîtrait un peu vieillie

– d'autant plus qu'elle est exprimée dans une langue didactique et filandreuse, et renvoie aux philosophes et psychologues de l'époque, professeurs de Sorbonne retombés dans l'oubli, sauf « M. Bergson » – si on n'y décelait une tentative de dresser pour soi-même une règle de vie, un programme de salut personnel. Le livre a été imprimé le 15 janvier 1928, mais il est daté (dernière page) du 14 octobre 1926. Mon père l'a écrit pendant l'année de ses fiançailles, et, me semble-t-il, dans l'intention de se racheter aux yeux de sa fiancée, de lui prouver que ce qu'elle pouvait savoir de lui ne correspondait plus à ce qu'il était devenu sous son influence, de se rendre digne de la nouvelle vie qu'il commençait avec elle.

L'origine autobiographique est patente, de même que le désir de réhabilitation. Dès la page 20, mon père oppose son propre cas à celui de ses confrères qui n'ont pas eu à résoudre le problème d'une hérédité étrangère. « En Europe, l'enracinement et l'automatisme des individus compensent les attraits divergents d'une vieille culture ; mais le demi-barbare, déjà divisé par le mélange du sang, s'y découvre une disponibilité protéenne : le dilettantisme engendre chez lui des métamorphoses, il ne peut rien imaginer qu'il ne soit aussitôt ce qu'il imagine, les déguisements se succèdent sur son âme neutralisée par sa plasticité même. » Entendez : j'ai cédé aux diverses tentations (les comtesses, le tango, les Bugatti...) par « plasticité » extrême, oui, mais est-ce vraiment ma faute ? Mon père s'adressait précisément à sa fiancée : me l'assure le fait qu'il exposait oralement les chapitres de son livre pendant la troisième décade de Pontigny (« L'humanisme. Son essence. Un nouvel humanisme est-il possible ? »), en présence de Liliane, qui lisait en même temps le manuscrit et en notait des points dans son agenda.

La personnalité, continue mon père, est « une incessante mobilité qui lentement prend conscience d'elle-même. N'obéir à aucun modèle, mais par des actes successifs composer une vie qui peut-être, un jour, et pour les autres, fera tableau ». Peut-il avouer plus clairement son ambition de transformer le fiancé encore « mobile » en époux stable ? Seule l'action, ajoute-t-il, permet de vérifier le sentiment. Il faut « résister », c'est-à-dire ne pas se permettre de faire certaines choses. Il critique le théâtre de Pirandello, sur le motif que, pour les personnages de cet auteur, tout est toujours possible. Au contraire, il exalte les romans de George Eliot, comme étant une école de volonté et de conformité des actes aux sentiments. Cette pensée revient avec tant d'insistance dans les conférences qu'il fait à Pontigny, en marge de la rédaction de son livre, que la Petite Dame, présente à cette décade, se dit frappée de la formule si souvent répétée : « L'acte est la conscience du sentiment. »

La personnalité, c'est l'introduction de la pensée dans la vie. Le vrai sentiment de soi est un sentiment prospectif. Il s'agit de se construire. « Le passé d'un homme c'est son hérédité, son caractère, son éducation, les événements qui ont marqué sa vie. Vivre, pour la plupart des hommes, c'est se rendre de plus en plus conforme à ce passé en répétant de plus en plus facilement des mouvements appris. » Pour la plupart des hommes, mais pas pour lui, Ramon Fernandez, qui s'engage implicitement par ses mots, auprès de sa fiancée, à changer de vie, à s'arracher à son passé, à renoncer à ses habitudes. Toute cette théorie un peu fumeuse de la personnalité ne reste touchante que parce qu'elle traduit l'effort d'un homme voulant se construire différent de ce que sa mère l'a fait.

L'éloge de l'action comme épreuve du sentiment va de pair avec une critique du subjectivisme sous toutes ses formes : la mauvaise foi de Jean-Jacques Rousseau, lequel ne se reconnaît pas dans les actes qu'il accomplit, la complaisance narcissique d'Amiel ou de Maine de Biran, la fausse personnalité intérieure de Nietzsche, l'introspection de Proust, laquelle n'est qu'un « vaste complot ourdi pour sauver la personnalité en évitant l'épreuve de l'action ». Les réserves de *Messages* et de *Moralisme et Littérature* à l'égard de Proust n'ont pas désarmé : mon père l'accuse d'un « impressionnisme qui ne se hausse jamais au niveau de la personnalité » et forge cette brillante définition : « Intelligence à retardement, qui ne trouve son ordre et sa lumière que dans la contemplation du passé psychologique. » Parmi les maîtres du courage, trois sont cités en exemple. Marc Aurèle, qui a répondu d'avance à Rousseau par cette pensée : « C'est un abcès du monde, celui qui renonce et se soustrait à la raison de la commune nature par le dépit qu'il éprouve de ce qui lui arrive »; Meredith, toujours lui, crédité ici d'avoir inscrit la personnalité « dans une nature féminine, dans une atmosphère de sympathie pour la nature féminine » (hommage indirect à Liliane) ; et Montaigne, qui affirme, au contraire de Proust, « qu'exister c'est ne pas s'identifier aux impressions et aux passions, qu'on n'est véritablement que si on se défend de suivre jusqu'au bout les mouvements de sa sensibilité ».

En dépit de nombreuses formules bien frappées, le livre manque d'aisance. Une page tranche par sa coupe romanesque, son écriture rapide, son aspect concret et visuel. L'expérience autobiographique et la volonté d'en tirer une leçon pour sa fiancée sont ici plus directes. C'est le chapitre « La fausse personnalité extérieure. De l'imitation ». Mon père s'y montre à son affaire dans l'analyse phénoménologique, un genre que Sartre et Merleau-Ponty développeraient après la guerre. Il apparaît ici comme une espèce de précurseur, en nette rupture avec les raisonnements abstraits qui constituaient alors la « philosophie ».

« Entre la vanité et l'imitation, les différences sont parfois insensibles. Voici un jeune homme vêtu de blanc et casqué de cuir, tant bien que mal logé dans son auto de sport, le torse penché, les mains collées au volant, le front barré de sourcils farouches. Le court balancement de son corps accuse le va-et-vient du volant. Prolongeant avec une complaisance rageuse son hurlement électrique, il laboure le village poursuivi par le vain sifflet de l'agent. Si vous avez le cœur de l'accompagner, observez-le quand il aborde un virage : vous verrez qu'alors que son visage et ses mains se crispent jusqu'à la crampe, l'aiguille du compteur redescend rapidement : il freine, et il freine trop, dans l'instant même où il croit atteindre le faîte de l'héroïsme. La combinaison de ce coup de frein et de cet héroïsme mimé, c'est l'imitation, ici conçue comme un premier engagement mal tenu de la vanité. Les margoulins savent bien qu'un novice n'achète pas une torpédo de course afin de l'utiliser comme un forgeron utilise sa forge, mais parce qu'il s'imagine dans cette auto à un certain moment et dans une certaine attitude que lui propose son journal illustré. Aussi se préoccupe-t-il bien moins du rendement du moteur que de la ligne du capot, et se décide-t-il souvent sur la forme d'un support de roue ou sur la couleur d'un appareil de bord. Cependant la vanité, qui est symbolisation de soi, se complique ici de l'obligation d'exécuter certains gestes et de la discipline de l'émulation. Un départ se fait promptement entre ceux qui arrivent à “prendre le virage à quatre-vingts” et ceux qui freinent irrémédiablement leur audace fictive. Bientôt on retrouve ceux-ci dans des voitures calmes. Quant aux premiers, l'imitation a pour ainsi dire concentré leur vanité, lui a donné densité et poids. Nourris d'un enthousiasme d'abord imaginatif, ils se sont lentement convertis à l'ascétisme de l'action. Dans leur rude effort pour atteindre à la personnalité sportive, ils se sont lentement perdus de vue. L'imitation peut conduire à la personnalité. Imiter, c'est une manière de prendre de l'élan, et nous ne pouvons prévoir jusqu'où l'élan nous emportera. »

N'est-ce pas un sophisme, ou du moins un appel à l'indulgence, que de prétendre que l'imitation peut conduire à la personnalité ? Joli moyen de dire à sa future femme : j'ai eu des Bugatti, pour singer les pilotes de course, c'est vrai, mais à présent, si je continue avec les voitures de sport, c'est parce que je me suis converti « à l'ascétisme de l'action ». Que pouvait penser ma mère de cette conversion ? Dans son agenda du 28 août 1926, elle note : « Lu la 2e partie de R : le désir de personnalité, vanité, imitation, cas de Rousseau. Devant la bibliothèque avec joie. » Avec joie : elle y croit donc. Il y a pourtant une ombre au tableau : « À l'entretien, R sur Montaigne. Mécontentement de M. Desjardins. Crise. » Ce Desjardins, quand même ! Heureusement que mon père, à la fin de son ouvrage, trouve le moyen de lui river son clou, par cette profession de foi où résonne, après l'aride exposition des idées, une sorte de frémissement intime aussi peu philosophique que possible : « Je ne serais pas fidèle aux principes défendus dans cet essai si je ne reconnaissais qu'une croyance m'a guidé et me guidera dans mes recherches. Je crois en la nécessité d'une intense concentration si nous voulons vraiment atteindre notre être, qui ne nous est pas donné, que nous devons gagner à la sueur de notre front. L'homme ne peut pas vivre sans religion… » Impossible d'écrire, évidemment : ma religion s'appelle Liliane, mais, dans ce credo final, je vois tout l'élan du nouvel amour, toute la conviction que celui-ci va changer sa vie, toute la foi dans l'homme nouveau qu'il se sent devenir.

Hélas ! plus cette conviction, plus cette foi étaient sincères en 1926, plus il en coûterait à mon père de constater l'échec de son effort pour s'arracher à ses habitudes, échapper à l'influence de sa mère, être différent de ce qu'il avait été jusque-là. *De la personnalité* fut un défi énorme, un pari d'une imprudence folle : si le pari réussissait, il serait sauvé. Si le pari échouait, cet échec entraînerait beaucoup plus que la simple faillite de son mariage : l'écroulement de sa pensée, le doute sur la validité de cette pensée, le sentiment de s'être fourvoyé complètement dans sa recherche intellectuelle et donc le désir d'aller voir « ailleurs », de se forger une autre doctrine, n'importe laquelle qui serait capable de l'aider à surmonter le désastre. Chercher « l'ascétisme de l'action » dans le rapprochement avec les communistes puis dans le ralliement au fascisme, après avoir montré son incapacité à tenir ferme le lien conjugal, ce serait prolonger le fiasco par une caricature du programme initial, ajouter la dérision à la déconfiture.

En attendant, le livre ne reçoit que des compliments. Gabriel Marcel, à peine l'a-t-il ouvert, trouve le début « simplement <u>admirable</u>, d'une force, d'une clarté, d'une logique souveraine ». (Lettre, inédite, du 26 février 1928.) Gabriel Marcel venait de publier, en 1927, son *Journal métaphysique*, ouvrage qui le posait à l'avant-garde de la philosophie, et ferait de lui, après la guerre, en opposition à Sartre, un « existentialiste chrétien ».

Roger Martin du Gard, au moment d'entamer sa lecture : « J'espère que vous n'allez pas bouleverser mes notions élémentaires au point de m'obliger à recommencer *Les Thibault*, depuis le début. » (Lettre du 24 février 1928.)

Petite Dame, 11 mars 1929 : « J'entends Gide dire à Fernandez toute l'importance qu'il attache à son livre sur la personnalité, et que certainement, s'il l'avait lu plus tôt, il aurait peut-être modifié un peu son *Montaigne.* »

André Malraux : « J'ai été très sensible à la richesse et à la densité de votre livre... Je croyais que vous prépariez un livre de psychologie, mais il me semble qu'il s'agit d'une psychologie qui tendra – et tend déjà – sans cesse à l'éthique. Vous traitez de la personnalité considérée comme une possibilité désirable, comme d'un état humain supérieur. Je voudrais surtout savoir si vous apportez de la permanence de cet état d'autres preuves, d'autres garanties, que votre désir. Entendons-nous : ce n'est pas tant de la permanence de l'état même que je parle, que de sa "qualité". » (Lettre, inédite, de 1928, non datée.)

Quant à François Mauriac, dans la conférence qu'il prononce à l'Université des Annales, en 1929, intitulée *Mes personnages*, il mêle à l'éloge quelques réserves, inspirées par ses convictions religieuses, et dont l'avenir prouvera, hélas, la pertinence. « Nous ne croyons pas que dans son remarquable ouvrage *De la personnalité*, M. Ramon Fernandez, qui se souvient de Nietzsche, ait raison d'écrire que le défaut du christianisme est de distinguer le bien du mal. » « M. Ramon Fernandez se glorifie de n'obéir à aucun modèle », poursuit Mauriac. Il cite alors mon père, qui souhaite qu'un homme, « par des actes successifs, compose une vie qui peut-être un jour et pour les autres fera tableau ». Objection du conférencier : « Le chrétien, lui, sait d'avance quels traits il souhaite que le tableau rappelle. La vie de Néron, qui "fait tableau", est-elle, selon M. Fernandez, réussie ? » Plus loin, Mauriac insiste encore sur la nécessité de faire une place, dans le roman, à la préoccupation morale, et de respecter cette « distinction du bien et du mal que M. Fernandez déteste dans le christianisme ». (Conférence publiée dans *Paroles perdues et retrouvées*, Grasset, 1986.) Lors de leur voyage en Espagne, entre leurs « amusements », les deux amis ont-ils discuté de ce problème ? Et, le jour de l'enterrement de mon père, à Saint-Germain-des-Prés, Mauriac se sera-t-il souvenu d'avoir trop bien prédit les dangers d'une conception purement expérimentale de la personnalité ?

Quelques années plus tard, RF recevra un autre témoignage d'admiration, d'un médecin philosophe alors inconnu du public. Les deux hommes se sont rencontrés à Pontigny, sans doute pendant la décade de 1930 (du 9 au 19 août) : « De trois psychologies : l'enfant, le primitif, l'anormal ». Longs et fructueux entretiens entre l'essayiste et le médecin. Sympathisant surréaliste, ami de Crevel, de Breton, de Dalí – lesquels ne venaient pas à Pontigny –, Jacques Lacan gardait un vif souvenir de ces discussions, il me l'a dit lui-même. Lorsqu'il envoie à mon père sa thèse, publiée à la Librairie Le François, *De la psychose paranoïaque dans ses rapports avec la personnalité*, il y ajoute cette dédicace : *à Ramon Fernandez, avec qui j'ai médité sur la personnalité, bien avant d'avoir parlé à sa personne. En signe de grande sympathie intellectuelle. Jacques Lacan, 10 décembre 1932.*

On pourrait voir dans ce travail presque une influence de RF. Lacan demande qu'on prenne en compte la personnalité concrète et entière des fous, au lieu d'expliquer leur état par la constitution ou l'organique.

30.

La Vie de Molière

En 1929, c'est *La Vie de Molière.* Écrit comme en état de grâce – peut-être dans le premier bonheur du mariage ? C'est le meilleur livre de mon père, et le meilleur livre sur Molière – et un des quelques grands livres de critique du siècle, si complexe et subtil que plusieurs lectures n'en épuisent pas le mystère. L'auteur de *Messages* et de *De la personnalité* est méconnaissable. Le philosophe qui semblait avoir, attelé à son chariot de concepts, la lourdeur et le sérieux du cheval de trait, se débarrasse par une ruade de ce fardeau devenu inutile, s'enlève, saute les obstacles que des études poussées opposent à une pensée en formation, révèle sa nature de pur-sang. L'écriture est nerveuse, rapide, allusive. Le livre s'inscrivait, chez Gallimard, dans une collection de biographies, mais mon père n'était pas un biographe, et l'on sait peu de chose sur la vie de Molière. Occasion idéale, pour le critique, de déclarer qu'en étant dédaigneux de la vérité historique on se rend plus attentif à la vérité morale, et que ce n'est pas la vie qui éclaire l'œuvre, mais l'œuvre qui établit ce qu'a été la vie. Peu importent, par exemple, les circonstances exactes de la faillite du mariage de Molière, si Armande a trompé son mari, et avec qui. *L'École des femmes* puis *Le Misanthrope* nous disent tout ce qu'il faut savoir sur la question, indépendamment des recherches des biographes, indépendamment des « caquets de cette potinière ». Mon père ne se perd pas à enquêter sur les détails de ce qui a été, il inaugure un nouveau genre, la biographie intellectuelle, il écrit un chapitre de l'histoire des idées, ramassant le peu d'événements connus en un faisceau de symboles d'où il tire des notions essentielles.

L'influence des comédiens italiens rencontrés en province, pendant les années d'apprentissage dans le sud de la France ? « La *Commedia dell'arte* de cette époque ressemblait peu au monde lunaire de Watteau. Foule extraordinaire de sauteurs gesticulants et multicolores… cette comédie faisait déboucher dans le peuple, par sa gymnastique experte et fruste, par ses *lazzi* coupés de citations de Sénèque et de Montaigne, toute la force explosive et complexe de la Renaissance. Spectacle populaire où les grands trouvaient leur compte, réalité collective créatrice de types collectifs comme aujourd'hui le cinéma, derrière les chandelles elle menait sa révolution permanente et inoffensive, déchirant la société de bas en haut. Dans une époque où le platonisme régnait, rien de plus antiplatonicien que la *Commedia* : elle ne représente pas la déchéance des idées, mais une poussée venue d'en bas contre le monde des idées, une sorte de Jacquerie philosophique au son de la pratique de Pulcinella et des coups de batte d'Arlecchino. » Grâce à ces Italiens, la comédie du XVIIe siècle avait à sa disposition « une mythologie, non point littéraire comme la mythologie tragique, mais vivante, réelle, aussi réelle que pouvait l'être pour un Grec la mythologie de l'Olympe ».

Voilà l'université de Molière : le corps des acteurs, le mouvement de ces corps, leurs déplacements rythmiques dans l'espace de la scène. Mon père insiste sur ce point, où il innove fortement : Molière ne sort pas de la littérature, mais de l'exercice du théâtre. Son langage reflète exactement la physique du jeu. « La force extraordinaire des répliques vient moins de leur éloquence que d'une sorte de détente musculaire qui les lance comme d'une catapulte. Nous verrons que le génie de Molière a consisté à faire coïncider l'effet moral avec l'effet physique, la danse avec la démonstration. » Toutes les « idées » de Molière sont déjà des gestes de théâtre. Son art est une « imitation critique », où le jeu de scène n'est que la mise au point de l'acte de pensée.

Autre fait à souligner : il a été chef de troupe avant d'être créateur de chefs-d'œuvre. Les obligations pratiques de sa profession l'ont formé, guidé, gouverné, contraint, et c'est tant mieux. « Sans ces frottements et ces difficultés froissantes, pénibles à force d'être puériles, nous n'aurions sans doute pas eu le Molière aigu, le Molière oppressé, le profond Molière. »

RF met en lumière une autre source, complètement inattendue, de la philosophie comique de Molière : la Fronde, cette révolte des princes contre le pouvoir royal, révolte mal coordonnée et dont l'échec renforça la monarchie. L'erreur de ces princes (dont l'un, Conti, fut le premier protecteur de Molière à Pézenas) était, selon mon père, de vivre dans le monde des possibles, sans penser à rendre leur action efficace. « Ce qui était voulu devenait aussitôt faisable, et ce qu'ils croyaient être voulu n'était qu'imaginé. La distinction du vouloir et de l'imaginé devait être l'œuvre de la seconde moitié du siècle, notamment l'œuvre de Molière. » RF, je le répète, n'est pas du tout un historien : il ne travaille pas ici sur documents, mais en rapprochant un fait historique : le fiasco des princes, et une constante du théâtre de Molière : la critique réaliste des prétentions impossibles à réaliser, et en reliant les deux ordres de choses. « Nous pouvons supposer sans grande crainte de nous tromper que Molière eut devant les yeux, en la personne du prince de Conti, un bon modèle de cette illusion de puissance qu'il devait dénoncer jusqu'à sa mort. »

On sait qu'à l'occasion du carnaval de 1655, la troupe de Molière représenta devant ce prince de Conti un *Ballet des Incompatibles* dont il ne reste rien, sauf le titre. Un titre, selon RF, qui conviendrait à l'ensemble des œuvres de Molière. « Que sont donc Arnolphe et Agnès, Tartuffe et Elmire, Alceste et Célimène, s'ils ne sont des Incompatibles ? Plus profondément, un personnage de Molière n'est comique que parce qu'il prétend marier des choses incompatibles, par exemple l'autorité et l'amour. Et plus essentiellement encore, le comique n'est-il pas la dénonciation d'une incompatibilité foncière entre ce que l'homme veut et ce que l'homme peut ? »

Sur l'impatience de Molière et son aversion des fâcheux, son horreur des « complaisances pour eux-mêmes de gens enfermés en eux-mêmes, car rien n'irrite le bon ouvrier pressé comme ceux qui n'aperçoivent point sa hâte »; sur Corneille et Molière, et comment le second, un moment tenté par la « noblesse » et le « sublime » du premier, a gardé de cette morale héroïque, contrairement à Racine (qui fonde son théâtre sur « l'indifférence de l'amour à l'idéal »), « un fond d'idéal, l'envie de s'indigner, le besoin de redresser », en sorte qu'il fait figure d'intermédiaire entre l'auteur de *Cinna* et l'auteur d'*Andromaque* ; sur Molière et les femmes ; sur les attaches autobiographiques de certaines de ses pièces, surtout celles qui traitent du mariage entre un homme mûr et une épouse beaucoup plus jeune ; sur le problème général du rôle de l'autobiographie dans les œuvres de création, et s'il ne convient pas de chercher dans celles-ci la part refoulée de l'auteur plutôt que le reflet de sa vie réelle (par exemple, *L'École des femmes*, au lieu d'être une transposition de ses déboires conjugaux, ne serait-elle pas une assurance sur l'avenir? « Molière, sûr de sa femme, heureux mari, afin de ne point détruire son ménage, se délivre d'une humeur autoritaire et jalouse afin d'en démasquer la vanité »); sur Molière et le roi, leurs rapports étant commandés par « la théorie du droit divin, aussi virulente à cette époque qu'aujourd'hui l'idéal démocratique ou prolétarien »; sur tous ces sujets les vues originales abondent, transformant la simple biographie en ouvrage de réflexion sur le dynamisme créateur.

Mais les analyses les plus fortes portent sur l'esprit comique, sa nature, son fonctionnement. Molière comble « ce besoin de penser en riant » qui est si vif en nous et si mal satisfait le plus souvent. Comment s'y prend-il? Dès *Les Précieuses ridicules*, son système est au point. Jamais il ne tombe dans l'erreur de présenter des personnages factices, des marionnettes sans épaisseur. Magdelon est puissamment sérieuse, vivante, elle existe pleinement. « Donner le rythme de la vie, puis rompre ce rythme ou l'accentuer par trop, de façon à en dissiper la puissance ensorcelante, de façon à découvrir l'idée critique sous la manifestation vivante, telle est l'acrobatie du génie comique. » Molière juge mais reconnaît la réalité de ce qu'il juge : « Il tue d'autant plus cruellement en esprit qu'il fait vivre plus intensément en réalité. » RF découvre que la loi du grand comique réside dans ce qu'il appelle la double vision : les gestes, les paroles du personnage comique nous communiquent à la fois la conscience qu'il a de lui-même et la conscience que Molière (et donc le spectateur) a de lui. « Ces deux consciences se rapportant dans le même moment à une réalité unique, il se produit un dédoublement de notre vision intérieure, et comme une hésitation suspendue entre ces deux visions, et la glissade brusque de l'une à l'autre provoque le rire. » Arnolphe comme Alceste sont des personnages tragiques que notre double vision rend comiques. Ni leur conscience ni leur volonté ne peuvent les affranchir de la situation qui les rend comiques. « Molière ne réussira jamais mieux la rigoureuse superposition de deux consciences, la conscience comique du spectateur et la conscience dramatique ou tragique de l'acteur : le drame qui se déroule tout entier et de toute sa force nous communique à son insu le rire qui nous en délivre et le jugement qui le condamne. » Il est relativement facile de régler les gestes et les paroles d'un personnage pour rendre celui-ci ridicule : c'est la recette des auteurs comiques moyens. « Il est exceptionnel de faire vivre des êtres, comme Molière, de les faire vivre à fond, et en même temps de faire surgir de leurs actes les traits qui les dénoncent, qui les annihilent. »

Formule qui résume la question : « Prendre quelqu'un au sérieux, c'est ne faire qu'un avec lui ; prendre quelqu'un "au comique", c'est "faire deux" avec lui. »

Les grandes pièces de la fin affirment le droit du jugement comique d'atteindre aux profondeurs de l'âme. « *Tartuffe* et *Dom Juan* signifient que la comédie ne reconnaît pas de vices privilégiés, *Le Misanthrope* signifie que la comédie ne reconnaît pas de vertu privilégiée... L'homme devenant comique par une espèce de folie, le dérèglement de la volonté, il n'y a point des sentiments et des conditions qui sont risibles, et d'autres qui ne le sont pas. »

L'analyse de *Tartuffe* met à nu l'ambiguïté de la pièce et l'ambiguïté des sentiments de Molière. L'homme noir est-il un fripon ? un fanatique ? Et Molière ? « La question n'est pas de savoir s'il croyait en Dieu ou n'y croyait pas : la question est de savoir s'il était assez éloigné de la vie chrétienne intense pour être importuné, irrité, indigné par un excès de religion; s'il aimait assez la vie terrestre pour la défendre avec une sorte de patriotisme contre la haine que lui témoignaient les chrétiens exaltés. »

Orgon, c'est le même personnage qu'Argan, le malade imaginaire. Changez une voyelle à son nom, et vous passez, de l'obsédé pour le salut de son âme, à l'obsédé pour le salut de son corps. « Tout personnage comique, d'après la formule de Molière, est un hypnotisé. Son isolement, son impuissance à communiquer avec le monde raisonnable, sa surdité et sa cécité mentales, sa béatitude proviennent d'une passion fixe qui fait agir ses charmes sur lui. » Cette passion peut se nourrir d'elle-même, comme dans le cas d'Arnolphe; ou résulter de la pression d'un groupe social, comme dans le cas des Précieuses; ou être le produit d'un hypnotiseur. Orgon est un ensorcelé, prisonnier d'un « charme ».

Il m'enseigne à n'avoir d'affection pour rien,
De toutes amitiés il détache mon âme;
Et je verrais mourir frère, enfants, mère et femme,
Que je m'en soucierais autant que de cela.

Il suffit d'isoler ces vers d'Orgon, d'oublier Tartuffe et de se demander pourquoi on a ri, pour voir s'ouvrir devant soi les conséquences extrêmes du jugement comique. De quoi avez-vous ri? « Tout simplement de l'état d'âme d'un homme complètement christianisé, radicalement détaché du monde, de ce même état d'âme dont l'expression, chez Pascal, vous a fait frémir. Demandez-vous maintenant pourquoi ce qu'Orgon dit vous paraît comique : vous reconnaîtrez qu'Orgon est complètement isolé dans sa paix profonde, qu'il a rompu tout contact avec le monde naturel et raisonnable, ce qui est le propre, nous le savons, du personnage comique, mais ce qui est aussi le propre, nous devons le savoir, du personnage chrétien. » D'où la querelle du *Tartuffe*, qui ne saurait se réduire à une querelle politique, à une cabale des dévots. Molière est dangereux parce qu'il fait rire de l'isolement du possédé, que la possession soit celle de l'avarice ou celle du croyant. « Ce que les passions humaines deviennent lorsque l'homme perd le contrôle de soi-même, et le sens de la relativité, la passion chrétienne le devient, et dans les mêmes circonstances. »

Le rire délivre, aussi bien des vrais que des faux dévots : voilà l'insupportable vérité. Il arrive que la comédie, poussée aussi loin, se heurte à une difficulté insoluble qui ne peut se résoudre par le rire. Ainsi dans *Dom Juan*, peinture critique du libertinage comme *Tartuffe* est la peinture critique de l'hypocrisie. Le sceptique absolu, parce qu'il est supérieur à ceux qu'il berne, échappe aux moyens de correction dont dispose la comédie. « Les spectateurs reconnaissaient ce qu'avaient d'inquiétant la toute-puissance et le cynisme de Dom Juan, mais devant cet homme plus intelligent que tous les gens de bien qu'on lui opposait, ils ne savaient plus si c'était eux ou lui qui détenaient la vérité. Aussi, quand survenait la punition *ex machina*, répondaient-ils par une colère vengeresse ou par l'étonnement, non par le rire. »

Si les démêlés de Molière avec sa femme ont une importance si considérable pour l'histoire même de la comédie, c'est que *Le Misanthrope* met en scène la défaite de la raison, chez un homme qui prétendait, par le jugement comique, lui assurer la victoire. Molière trompé par Armande et conscient de sa propre lâcheté de continuer à subir une passion devenue indigne se projette dans Alceste amoureux et jaloux d'une coquette qui non seulement le berne mais dévoile la faiblesse d'un homme qui se jurait d'être intraitable et fidèle à son idéal. Cette comédie marque « l'entrée de l'auteur dans le monde comique qu'il a créé et dont il reconnaît qu'il fait partie. Ayant aperçu dans sa propre nature les contradictions qu'il dénonçait chez les autres, il se donne à lui-même le baptême du ridicule ». Pour cette raison, *Le Misanthrope* ne pouvait être une pièce parfaitement réussie : elle était trop proche de l'auteur, trop chargée d'affects personnels, trop tissée de ses angoisses – à la différence des comédies plus légères parce que plus lointaines, *Amphitryon*, *George Dandin*, *Le Bourgeois gentilhomme*, *Les Femmes savantes*, miracles de technique théâtrale, créant une atmosphère de détente molle, de plaisante indifférence au bien et au mal, « qui fait flotter le monde, toutes amarres rompues, devant les yeux mi-clos des spectateurs ». L'ironie, « fondée sur l'acceptation de ce qui est », produit les chefs-d'œuvre les plus maîtrisés. La satire, « qui refuse d'accepter », l'indignation produisent les pièces qui mettent en péril le principe même de la comédie.

Molière-Alceste se flagelle dans cette pièce, il flagelle la vertu qu'il prétend incarner, et c'est parce qu'il s'isole du monde dans un refus exagéré des compromissions, qu'il devient un personnage comique, par l'impossibilité de faire triompher les valeurs qu'il défend. Pis encore, ce réformateur enflammé, qui n'a pas, comme Rousseau, l'art de cultiver sa différence et d'en tirer un monde nouveau, fait le jeu de ses ennemis et contribue plus qu'un autre, par son intransigeance, à maintenir la société comme elle est, avec ses travers et ses vices. « Point d'autre débouché que le ridicule. L'humeur sera condamnée dans le même temps où elle s'exprimera, et condamnée par le jugement qui règle la comédie. Il faut que le fracas d'Alceste aille se perdre et comme s'annuler dans le fracas plus retentissant du rire. »

C'est un personnage touchant que cet Alceste revisité par mon père : nous voyons un homme pourvu de trop belles, de trop hautes qualités pour supporter la vie en société, un héros cornélien égaré dans le brouhaha mondain. Et je ne peux m'empêcher de penser que mon père avait continuellement sous les yeux quelqu'un de la même trempe. Sa propre femme, n'était-elle pas une sorte d'Alceste féminin, avec sa raideur morale inflexible doublée d'une raideur physique, son horreur des dîners en ville, sa défiance des fausses caresses et des grimaces nécessaires au bon fonctionnement d'un couple en vue ? Le ton frémissant des pages consacrées au *Misanthrope*, cette espèce de déploration implicite de la défaite d'un individu supérieur vaincu par l'excès même de sa « vertu », ce portrait d'un caractère « tout armé de raison, et d'une raison défendable », d'un esprit « complètement achevé et refermé sur lui-même », s'appliquent parfaitement à Liliane.

Mais Alceste, c'est aussi un peu de Ramon lui-même. Un autre passage, dans l'analyse du *Misanthrope*, me semble faire référence à la vie privée de mon père. Pourquoi Molière, se demande-t-il, est-il si abattu, si désespéré en écrivant sa pièce, qu'il s'offre de lui-même à la risée générale ? C'est que la crise de ses rapports avec sa femme doit avoir attaqué en lui les fibres de sa vie intérieure. « Nous perdons le goût de nous-mêmes lorsque nous devons renoncer à réaliser dans notre nature l'unité qui est dans notre esprit. » Or cette phrase, je la reconnais ; la cohérence entre les sentiments et les actes, c'était la condition même, pour l'auteur de *De la personnalité*, d'une réussite vitale ; le chagrin de devoir renoncer à réaliser dans sa vie l'unité qui est dans l'esprit, c'était un des leitmotive des agendas de ma mère. Il est probable que les discussions entre mes parents revenaient souvent sur ce point, et que Molière ne leur plaisait tant, à tous les deux, que parce qu'ils voyaient inscrit au centre de son œuvre le problème de cette cohérence et de cette unité.

Poussons même plus loin l'analyse des rapports entre ce qui semble être un simple ouvrage de critique littéraire et ses racines, ou ses prolongements, autobiographiques. « Perdre le goût de soi-même », quand on a failli à l'idéal qu'on s'était proposé, n'est-ce pas ce qui arrivera à mon père, pendant les années de l'Occupation ? Le *Molière*, comme tous les livres qui correspondent à un besoin intime, n'aura pas été seulement le reflet de préoccupations actuelles, mais la matrice des événements à venir. Une œuvre n'est pas seulement autobiographique dans le présent : elle l'est pour le futur, elle contribue à modeler la vie future de l'auteur.

Comment le livre fut-il reçu ? François Mauriac : « Votre Molière aigu, "oppressé", se fixe dans l'esprit et n'en sortira plus. Votre commentaire de *Tartuffe*, sur lequel il faudra que je revienne, tant il me frappe, est un modèle d'intelligence ; et il est certain que vous avez réussi à travers l'œuvre à toucher l'homme – cet homme qui ne m'intéressait pas, et qui maintenant m'obsède au même titre que Pascal : il est l'autre parieur, mais au fond plus tragique... Je suis si ignorant que je ne connaissais pas le rapport anonyme sur la conversation Molière-Chapelle [où Molière, bien que mourant, déclare vouloir jouer à tout prix, les cinquante ouvriers de son théâtre n'ayant que leur journée pour vivre]. Que c'est beau ! Comme il est plus humain que Racine ! Et cette dernière parole sur les pauvres ouvriers, quelle réponse à l'anathème de Bossuet ! Il y a là un acte de charité parfaite, le soir même de sa mort, qui a une signification plus qu'humaine. » (Lettre du 28 octobre 1929.) Quelques mois plus tard, dans le numéro de mars de la revue *Vigile*, l'article de Mauriac sur « Molière le tragique » commence par ces mots : « Le Molière aigu, le Molière oppressé, le profond Molière relève le défi de Pascal. » Mauriac cite à de nombreuse reprises le livre de mon père, et revient sur la conversation avec Chapelle. Du Bos déclara à Gide : « Pour bien comprendre la position de Mauriac vis-à-vis de Molière, il ne faut pas oublier qu'il l'a prise surtout en fonction du livre de Fernandez. » (Cité par la Petite Dame, 13 mars 1930.)

Bergson, l'auteur du *Rire*, remercie mon père sur une carte de visite, pour « un livre très intéressant et original, qui renouvelle, à force d'analyse psychologique, bon nombre de problèmes relatifs au théâtre de Molière ».

Un autre philosophe, Léon Brunschvicg, l'éditeur de Pascal et ami de mon père, félicite celui-ci d'avoir fait surgir peu à peu, construit son héros « à la manière de Conrad ». Le livre, dit-il, lui a rendu le contact d'une œuvre qu'il avait perdue de vue. « Peut-être ai-je mené une vie étrange, mais je n'ai pas rencontré la sorte de gens auxquels s'intéresse Molière ou je n'ai pas su les regarder, m'imaginant que j'avais autre chose à faire. Vous m'apprenez à ouvrir les yeux et il serait temps. » (Lettre, inédite, du 4 juillet 1929.)

Jean Schlumberger, qui travaille à un livre sur Corneille, admire que le critique, à partir de quelques anecdotes disparates, ait pu reconstituer une psychologie de Molière qui a tous les caractères de la vraisemblance, et fait sentir l'évolution profonde qui se marque dans ses pièces : « non point une simple ligne ascendante, du Barbouillé au Misanthrope, mais une pointe aventureuse par-delà les frontières certaines du comique ». Un autre mérite du livre est de « nous montrer sans cesse M. acteur, M. dominé par son métier, M. homme de la minute présente. Mieux que Copeau [Jacques Copeau, fondateur avec Gide et Schlumberger de *La Nouvelle Revue française*, puis fondateur du théâtre du Vieux-Colombier, rénovateur du théâtre en France et autorité des milieux intellectuels en matière dramatique], vous nous avez donné cet éclairage essentiel ».

À part celle de Mauriac, ces lectures déçoivent ; Bergson en particulier, dont *Le Rire* a pris un certain coup après ce livre, ne se mouille guère. Il n'est pas étonnant que le seul Mauriac (des lecteurs connus, en tout cas) ait senti la profondeur du *Molière*. Il devait savoir que toute grande œuvre est une autobiographie imaginaire, et que son auteur, sans rien y dire de lui-même, ne parle en grande partie que de lui. De la part obscure qui s'agite en lui, le trouble et l'inquiète. RF, c'était, ou ce serait bientôt, un personnage de Molière.

Retenons les grandes notions qu'il a dégagées de son analyse : la vision double, l'hypnose, l'ensorcellement. Mon père était déjà, et bientôt le serait encore plus nettement, dédoublé en ce qu'il croyait qu'il était et en ce qu'il était aux yeux des autres. Dans sa jeunesse, dédoublement entre le play-boy et l'intellectuel : quelques-uns discernaient l'intellectuel, la plupart n'apercevaient, pour l'admirer ou pour le dénigrer, que le play-boy. Double vision du même homme. En 1929, pendant qu'il publie le *Molière*, dédoublement entre le mari idéal et le coureur virtuel : ses amis ne voyaient que le mari idéal, seule ma mère, peut-être, craignait l'irruption du coureur. Deux hommes en un. Quelques années plus tard, sous le béret fasciste, dédoublement entre le patriote militant et le fantoche des tribunes. Un petit nombre applaudirait à l'engagement dans le PPF, le grand nombre rirait ou s'indignerait de cette folie stupide.

Ce n'est pas aussi net que cela, bien sûr, il faudrait introduire mille nuances, mais toujours, dès l'origine et jusqu'à la fin, on retrouve chez RF cette confusion entre l'imaginé et le réel, cette superposition de l'homme qu'on pense être et de l'homme tel que les autres le voient. Si mon père a si bien compris Molière, c'est qu'il se savait, par une prescience de son évolution politique, destiné à devenir un des personnages de la galerie moliéresque. Un hypnotisé. Un ensorcelé. À la fois tragique et comique, tel Orgon, tel Alceste. On n'échappe pas à Molière, au regard qu'il force à porter sur soi-même. « S'il fallait résumer son enseignement, je dirais qu'il enseigne l'art incroyablement difficile de se voir malgré soi. »

Il enseigne à se voir, mais ne délivre pas de l'hypnose. On peut très bien être lucide et à la fois frappé d'impuissance : Alceste en donne le meilleur exemple. Chacun porte en soi son « invariant comique ». Quand mon père tomberait sous la coupe de Doriot, quand il se ferait le propagandiste de ses idées et lui servirait, en quelque sorte, de ministre de la Culture, ce ne pourrait être que par l'effet d'un « charme » : ce mot qu'il employait, dans son sens premier et fort, pour désigner la déraisonnable fascination d'Orgon pour Tartuffe, d'Alceste pour Célimène. L'homme de la raison que croyait être mon père déraperait, hors de toute raison, s'exclurait du monde sensé et intelligent, se fourvoierait, se perdrait, coïncidant complètement avec un personnage de Molière par cette aberration mi-tragique mi-comique qu'il serait seul à ne pas voir – aveugle sur son propre dérèglement, comme Arnolphe, comme Orgon, comme Alceste étaient aveugles au désordre de leur esprit.

31.

André Gide

Le chapitre le plus intéressant de l'*André Gide*, pure étude littéraire, analyse des thèmes gidiens et des valeurs gidiennes, sans références à la biographie, est consacré à *Corydon*. Depuis l'amitié avec Proust et le lointain *Philippe Sauveur*, l'homosexualité n'a jamais cessé de paraître à mon père un sujet important, à traiter avec attention, sympathie et respect. « C'est là un problème que j'étudie depuis près de vingt ans », précise-t-il dans une lettre (21 juillet 1931) où il reproche à Charles Du Bos son approche trop sommaire de la question. Il étaye d'ailleurs sa propre défense de *Corydon* par « un témoignage personnel » : et de rappeler comment, aux environs de sa vingtième année, « préoccupé par ce délicat problème de la pédérastie, et curieux de voir si un hétérosexuel y pouvait comprendre goutte », il avait lu à Proust le manuscrit de *Philippe Sauveur*, et comment Proust lui avait ouvert les yeux sur le caractère universel, non limité à une classe sociale, de l'inversion. Une autre trace de l'intérêt de mon père pour le « problème » est un passage du *Molière*, une des pages les plus inspirées et des plus finement écrites, qui a trait aux relations entre Molière et le jeune acteur Baron, adolescent d'une beauté et d'un charme exceptionnels, entré dans sa troupe, et peut-être dans son lit, à l'âge de treize ans. Mon père n'affirme rien, se contente de suggérer, avance plusieurs hypothèses : la tendresse paternelle, l'orgueil du maître, le transfert d'un amour malheureux sur un autre sexe (selon une idée chère à Proust), enfin « le besoin d'une chair fraîche et chaude que l'on caresse au moins du regard ».

Quand le *Gide* paraît, il existait des livres où l'on traitait de l'homosexualité ; mais c'étaient toujours des livres de médecins, de psychanalystes : Moll, Krafft-Ebing, Freud, Hesnard ; des livres négatifs, aux conclusions déprimantes. Freud lui-même, sous le couvert de la science, et non plus de la morale, comme au XIXe siècle, présentait l'homosexualité comme une « perversion » (c'était toujours mieux qu'une « tare », mieux qu'une « dégénérescence ») de l'instinct, un arrêt dans le développement affectif, un obstacle à la maturité. Un seul livre d'écrivain avait abordé le sujet : *L'amour qui n'ose pas dire son nom*, de François Porché (Grasset, 1927), consacré à Proust, Wilde et Gide ; livre relativement courageux (mon père le cite en note), à l'époque où Cocteau n'osait pas publier sous son nom *Le Livre blanc* (1928), où Breton fulminait contre les « pédérastes » (*La Révolution surréaliste*, 15 mars 1928), mais freiné par une pudibonderie, de conviction ou de prudence, qui identifiait l'homosexualité à un « vice », en aucun cas à de l'amour. De toute façon, l'ouvrage de Porché était axé sur une « spécialité », qui relevait, pour les lecteurs du temps, de la pathologie plus que de la littérature ou de l'histoire des idées.

Le *Gide* est le premier livre qui étudie l'homosexualité d'un auteur, non comme une curiosité médicale, un fait privé sans conséquences littéraires, une étrangeté accessoire, mais comme une composante essentielle de son œuvre, le premier livre qui rattache à l'orientation sexuelle d'un écrivain l'activité de son esprit. RF loue Gide d'avoir été le premier à parler ouvertement de ses mœurs, et nous pouvons à notre tour louer le critique d'avoir osé, non seulement féliciter Gide de sa franchise, au lieu de la lui imputer à crime, comme le reste de la critique et du public, mais encore étudier, en critique littéraire et en historien des idées, la portée de cet aveu. Le chapitre n'a vieilli que dans l'emploi du vocabulaire. Mon père utilise, fort improprement comme tout le monde alors, « pédérastie » pour « homosexualité ». Mais l'analyse de ce que Gide doit à la découverte de sa différence n'a pas pris une ride, et nous sommes d'autant plus intéressés à écouter le critique, que ce qui était vrai pour les homosexuels de 1900 le reste pour les gays d'aujourd'hui, malgré le bond de la tolérance dans la société. Gide refusant l'ordre du monde qu'on lui proposait, c'est encore le jeune homme du XXIe siècle qui rejette les valeurs qu'on lui inculque parce qu'il ne s'y reconnaît pas. « Il ne pouvait faire siennes les notions par lesquelles, autour de lui, on représentait la réalité humaine. Accepter d'emblée la moindre "vérité" sur l'homme ayant cours, c'eût été s'exposer à condamner, par voie de conséquences, le "penchant naturel" qu'il voulait défendre parce que le plus vivace de sa vie en dépendait. De là une constante veille de l'attention, de l'intelligence, une méfiance fondamentale qui l'obligeait à reprendre une à une les idées sur lesquelles nous vivons, à les vérifier par lui-même, à n'avancer rien qui ne fût lié à sa plus personnelle, à sa plus intime expérience. »

Le chapitre sur *Corydon* occupe une place centrale, comme le foyer d'où toute l'œuvre découle, et remplit 50 pages sur 260 : c'est de loin le plus long, bien qu'il ne porte que sur un seul livre de Gide. Il commence par une critique de ce que nous appelons de nos jours l'homophobie. « Quand un homme, après s'être fait entretenir par des femmes, après en avoir séduit et trompé autant qu'il en a pu serrer entre ses bras, rencontre un inverti dans un salon, il sent une réprobation l'envahir qui tient lieu des sentiments moraux qui toute sa vie lui ont fait défaut… » Qu'un débauché « normal » appelle sur lui une complaisance indulgente, sinon de l'admiration pour ses exploits érotiques, et qu'un pédéraste, « avant toute débauche », soit rejeté aux égouts de la société, « il y a là une injustice formelle que la raison ne peut tolérer ». RF souligne le rôle de la religion chrétienne, et la responsabilité d'une tradition qui, proclamée par ceux qui ne suivent en rien les préceptes du Christ, devient « une infâme parodie du jugement moral, un sacrilège déguisement de la répulsion sexuelle ». Phrase suivie de cette formule absolument neuve en 1931, personne avant mon père n'ayant osé cette association : « L'attitude de l'homme moyen à l'égard du pédéraste est exactement semblable à son antisémitisme. »

Une autre source de l'homophobie est le manque d'imagination. Quand Chesterton considère la pédérastie comme une chose « antinaturelle », une « basse démence », et que Charles Du Bos (auteur d'un livre antérieur sur Gide) approuve ce jugement, c'est que ni l'un ni l'autre « ne tiennent assez compte de ce fait que ce qu'on désire paraît toujours naturel, et ce qui répugne toujours étrange ». De là l'idée que l'homosexuel est un laissé-pour-compte, un infirme, un dément (un « handicapé », disait le charitable Jean-Paul II). Gide a écrit *Corydon* précisément pour déboucher l'oreille des sourds. « Il s'agissait pour lui de défendre cette musique exquise auquel le pédéraste doit le meilleur, le plus vif de sa force sensible, et pour tout dire le feu qui entretient sa chaleur. Il entendait montrer que la source où s'abreuve le pédéraste, dans sa pureté nue et son jaillissement de source, vaut l'autre source où se désaltèrent les autres hommes ; et que si l'on reconnaît que la nourriture sexuelle développe en l'homme des forces précieuses, il faut laisser chacun libre de choisir l'aliment qui lui convient. » D'où le tour didactique de *Corydon*, rendu nécessaire par l'incapacité de l'opinion à voir plus loin que le bout de ses habitudes.

Le plaidoyer de Gide, que vaut-il ? Il repose sur une distinction, une opposition nettement établie entre le pédéraste et l'inverti. Le pédéraste, c'est Corydon, tout miel et extase ; l'inverti, c'est M. de Charlus, tout soufre et souffrance. Mon père est le premier à montrer que la publication de *Corydon*, écrit en 1911, donné au public en 1924 seulement, a été une réplique à *Sodome et Gomorrhe* (1922). La réserve principale qu'il oppose à Gide a trait à la femme : la femme dans l'Antiquité ne jouait aucun rôle social ni intellectuel, elle était cantonnée dans le gynécée, et quand Gide prétend que la pédérastie était alors la seule forme d'amour complète, englobant le corps et l'esprit, il a sans doute raison ; mais étendre aux temps modernes cette analyse est un non-sens. « La jeune fille a conquis, dans une large mesure, ce qu'on appelle son autonomie. Cultivée autant que le jeune homme, ouverte autant que lui aux mystères du sexe, c'est notre véritable éphèbe, et qui présente sur l'éphèbe grec l'immense avantage de permettre l'union complète des amants. » Cette critique et quelques autres n'empêchent pas de reconnaître que « Gide a eu raison de publier *Corydon*. Il ne pouvait laisser passer *Sodome et Gomorrhe*. *Corydon* attire notre attention, maladroitement peut-être, mais vivement, sur les aspects heureux de l'amour homosexuel ».

Mesure-t-on aujourd'hui la portée révolutionnaire de cette phrase ? Certains de ses meilleurs amis tournèrent le dos à Gide pour avoir publié son livre ; Martin du Gard lui reprocha la publicité faite à ses mœurs ; M. Desjardins refusa pendant un an de le recevoir à Pontigny. Entre la lâcheté des Cocteau, des Montherlant, des Julien Green, la sottise arrogante de Breton, l'épaisse suffisance des psychanalystes, il fallait beaucoup de courage pour applaudir à la sincérité de Gide, et beaucoup d'intelligence pour choisir de mettre en avant, parmi les arguments en faveur de l'homosexualité, la « joie » qu'elle peut apporter à ses adeptes. En 1938 encore, dans un livre traduit chez Gallimard, on lirait cette affirmation d'un psychanalyste allemand : « On n'a jamais vu un homosexuel vivre heureux » (Wilhelm Stekel, *L'Éducation des parents*). Évidemment, puisque seuls ceux qui avaient honte, ceux qui se sentaient mal dans leur peau, allaient quémander une aide sur l'obscène divan.

Ce n'est pas tout. *Corydon*, et son complément romanesque, *Les Faux-Monnayeurs*, paraissent à mon père fonder un nouvel humanisme. L'homme qui aime les jeunes garçons se doit de rester jeune. Comme Édouard épris d'Olivier, il n'a le droit ni de s'encroûter ni de faire prévaloir une autorité acquise par l'âge. « Ce rajeunissement le déraidit, lui rend cette clef de la nouveauté que l'on égare vers quarante ans, et que bien peu retrouvent. » Et Gide lui-même, s'il est resté si jeune d'esprit, si rétif à toute ankylose, si ouvert à toutes les aventures intellectuelles, n'est-ce pas grâce à ce perpétuel rebondissement vital que lui impose sa vie sexuelle ? « Obligé, pour vivre, de se renoncer sans cesse ou du moins de se reprendre, contraint de se succéder afin de se survivre, Gide ne connaît point cette inertie de l'âme que d'autres prennent pour une vocation. Il est à tout instant réveillé de lui-même, et son rajeunissement, qui répond à une urgence vitale, le sentiment qu'il a, lorsqu'il suit une pente, du versant qu'il devra remonter, son émouvante obsession de cela même dont il se distrait, font qu'en sa sensibilité même l'éveil critique se fait naturellement. » Qui avait jamais lié aussi fortement la création à la vie sexuelle ? « Je crois, pour ma part, que le pédéraste n'est guère capable de réaliser une expérience et de concevoir une idée complète de l'homme, mais il reste plus constamment ouvert à l'inquiétude que beaucoup d'hommes "normaux", et par là plus proche de l'esprit. » Mon père parlait-il d'expérience ? Ou pour rassurer sa femme (saluée quelques pages plus haut comme « l'éphèbe » des temps modernes) ? En tout cas, quel retournement de l'opinion commune, que de présenter l'homosexualité comme un salutaire exercice de subversion, une école d'intelligence, un facteur de progrès ! Jusqu'alors on disait, d'un écrivain ou d'un artiste gay (Verlaine, Rimbaud, Michel-Ange, Léonard de Vinci), pour le féliciter d'avoir surmonté le handicap de mœurs déplorables : « Bien qu'homosexuel, il a pu faire une grande œuvre. » Pour la première fois, mon père disait : « C'est parce qu'il est homosexuel que Gide a fait une grande œuvre », et je ne crois pas forcer sa pensée en ajoutant qu'il aurait pu affirmer aussi bien : « C'est parce qu'ils étaient homosexuels que beaucoup de créateurs se sont imposés dans la littérature ou dans les arts. » Point de vue si radicalement nié par l'ensemble de la critique universitaire, qu'on a pu lire, en 1964 encore, dans la préface de M. Émile Chambry au *Banquet* pour les éditions scolaires GF-Flammarion : « Platon commet une autre confusion quand il prend pour de l'amour ce qui n'en est qu'une déviation maladive… Le manteau de la philosophie sert à couvrir ici de singuliers égarements, et l'on aurait bien de la peine à prendre Platon au sérieux si l'on ne savait combien il est difficile aux meilleurs esprits d'échapper aux erreurs de leur temps. » Donner de l'âne à ce professeur ne suffit pas : il faut comprendre que l'habitude, le préjugé, la peur de l'opinion ont tant de poids sur les esprits qu'il leur est très difficile de voir dans l'homosexualité autre chose qu'un frein au développement de la pensée, une aberration dont les dégâts frappent de nullité une partie de l'œuvre. Un demi-siècle après, les Chambry continuent à sévir.

Le chapitre sur *Corydon*, qui passa pour une apologie de l'homosexualité, souleva l'hostilité, même de proches amis de mon père. Ceux qui se voulaient le plus larges d'esprit rejetèrent ses conclusions, tel Charles Du Bos, lequel lui avoue candidement (lettre du 14 juillet 1931), dans le langage des papes, des évêques et des curés d'aujourd'hui, généreux en apparence mais sur fond de bêtise et d'intolérance : « Il est exact que je n'ai pu obtenir de moi qu'une "sympathie" insuffisante pour la pédérastie – j'entends pour les pédérastes *pratiquants*, car vous aurez peut-être remarqué au passage une ou deux notes d'un ton tout autre quand il s'agit des pédérastes qui ne sont que tentés. » On croirait entendre une homélie de Jean-Paul II, de Benoît XVI !

Jean Schlumberger, dans *La Nouvelle Revue française* du 1er septembre 1931, loua le *Gide*, ce qui n'est pas une surprise, de la part d'un homme concerné au plus haut point par le « problème ». Il prophétise que Gide lui-même en viendra, sur tel ou tel point, à faire siennes certaines vues qui contredisent tant soit peu ou complètent celles qu'il a formulées sur son propre compte. « Il se peut que l'intuition du critique précède la parfaite lucidité de l'intéressé lui-même. » Compliments en particulier sur l'importance donnée à *Corydon*, ce livre qui « n'avait guère été jusqu'ici que l'objet de grossières injures ».

Que pensait l'intéressé en question du miroir qu'on lui tendait ? André Gide à Dorothy Bussy, le 18 avril 1931 : « Je me sentais trop peu vivant, trop inexistant pour vous écrire... À présent je relève un peu la tête, grâce à l'encouragement que me donne le livre sur moi que Fernandez achève et dont il vient de me donner lecture. » Selon la Petite Dame (2 juin 1931), Gide, content du livre de Fernandez, « trouve que c'est ce qu'on a écrit de mieux sur lui... ».

Faute de retrouver aucune lettre à mon père sur ce sujet, je dispose d'un indice pour identifier le chapitre qui a plu d'abord à Gide. Benjamin Crémieux ayant tracé en 1934, dans trois articles de *Candide*, un portrait général de l'écrivain, en soulignant que sa critique de la morale sexuelle traditionnelle s'était étendue peu à peu à toutes les conventions sociales, Gide le remercia par ces mots : « Je crois fort juste de dire que la non-conformité sexuelle est, pour mon œuvre, la clef première; mais je vous sais gré tout particulièrement d'indiquer déjà, par quel glissement, par quelle invitation, après ce monstre de la chair, premier sphynx sur ma route, et des mieux dévorants, mon esprit, mis en appétit de lutte, passa outre pour s'en prendre à tous les autres sphynx du conformisme, qu'il soupçonna dès lors d'être les frères et cousins du premier. » Or Crémieux n'avait fait que reprendre l'analyse de mon père, s'en inspirant à tel point que le scrupuleux Jean Delay fit une erreur sur le destinataire de cette lettre et cita celle-ci comme ayant été adressée « à Ramon Fernandez ». (Sur cette affaire, voir le *Bulletin des amis d'André Gide*, n° 159, juillet 2008.)

Comme le *Molière*, le *Gide* fait écho, me semble-t-il, à la vie conjugale de mon père. Reprenons le parallèle avec Proust. Selon Proust, qui ignore l'épanouissement vital auquel peut conduire la satisfaction du désir, tout amour est une duperie, un mensonge, une chute, et l'inverti a cette supériorité sur l'homme « normal » qu'il s'aperçoit plus vite de l'enfer où il tombe. « Proust, par sa conception de l'amour physique, clamait cette détresse sexuelle qui fait l'affaire du christianisme. » Opposer Proust à Gide amène à définir deux types de réaction au plaisir physique, deux styles de conduite érotique où je crois reconnaître les deux manières de mes parents : « Il est des hommes pour qui l'amour physique est pure joie, pure plénitude, total évanouissement de l'inquiétude. Ils y puisent un tel élan, une si merveilleuse permission de sentir et de comprendre, une confirmation si parfaite de leur réussite *ici-bas*, qu'on ne peut attendre d'eux qu'ils se repentent de ce qui les fait rayonner. » Ce sont les hommes de la Renaissance, les humanistes. « Leur ivresse leur apparaît comme une découverte, la révélation de la vérité. » L'auteur des *Nourritures terrestres* est en cela le plus parfait des humanistes. « Ils n'ont que reconnaissance et qu'attendrissement pour les étreintes qui les ont ouverts de toutes parts à l'afflux des choses. »

Voyons maintenant la seconde famille. « Il est d'autres hommes, au contraire, pour qui la jouissance est un effondrement. Ils y entrevoient un infini qu'ils ne peuvent rejoindre, ils s'y sentent appauvris de tous les trésors que convoitaient leurs désirs... Comment ne croiraient-ils pas aux commandements de leur conscience, qui ne faisaient que leur dire ce que leur corps maintenant leur crie ? » Ces deux familles ne peuvent s'entendre, ajoute mon père, qui affirme que « les pires ennemis du christianisme traditionnel sont les hommes de la race de Montaigne, de Molière, de Diderot, de Gide ». Pourtant, il se garde de généraliser, de ranger dans la famille des « effondrés » tous les chrétiens, et dans la famille des exultants tous les humanistes. Il ne s'agissait pas de cela, entre sa femme et lui, il le savait bien. Il s'agissait d'une incompatibilité de tempéraments, renforcée seulement par la diversité des philosophies. Je trouve dans l'emploi si étrange des mots « entrevoir l'infini », dans cette référence si évidente à Pascal, un signe de connivence secrète et désolée avec celle qui avait fait des *Pensées*, dans l'édition Brunschvicg, son livre de chevet, et se sentait appauvrie, voire humiliée, par l'acte sexuel.

Tout le *Gide*, comme le *Molière*, a été écrit en fonction, serais-je tenté de dire, de la crise de leur couple, pour tâcher de voir plus clair dans leurs démêlés et si possible leur trouver un remède. L'analyse vibrante de *L'Immoraliste* et de *La Porte étroite*, qualifiés de « chefs-d'œuvre », n'est-elle pas un autre « message » à Liliane ? Pour lui suggérer que s'il ressemble, lui, à Michel, et elle, à Alissa, le seul fait de mettre en lumière leurs différences et de regarder en face ce qui les sépare pourrait bien être le meilleur moyen de se comprendre, de se rapprocher, de continuer ensemble le chemin.

32.

Le Pari

L'œuvre critique de RF est donc loin d'être une œuvre « objective », au sens où un professeur traite d'un sujet qui n'a rien à voir avec ses problèmes personnels. À plus forte raison, *Le Pari* dévoile la vie privée de mon père, même si ce roman est un véritable roman, et non une confession déguisée.

Trop dense, chargé à ras bord de réflexions qui entravent l'action, moins finement écrit, moins « romanesque » que le *Molière*, il pèche par un excès de commentaires. Les personnages sont plutôt glosés que décrits, plutôt jugés que montrés. Il y a des images bien venues : « Elle venait de s'apercevoir qu'elle avait les mains sales, les ongles noirs… Comme une tartine tombe toujours du côté de la confiture, ses yeux se fixaient involontairement sur ses mains, y attirant les yeux du jeune homme », mais d'autres incroyablement empotées : « Robert ne pouvait pas plus chasser ces impulsions qu'il n'aurait pu continuer à vivre après s'être vidé de son sang. » Les références culturelles arrivent comme un cheveu sur la soupe. Après qu'on lui a annoncé qu'à la place de la daurade souhaitée on servira à déjeuner du loup : « Ça ne fait rien, fit M. Bordier avec l'exquise suavité d'un Marc Aurèle. » S'exprime-t-on ainsi, dans la campagne d'Aix-en-Provence ? Quand l'auteur parle en son nom, sous forme de maximes, il est bien meilleur. « Lorsque nous décidons d'accomplir une action que nous jugeons importante, il est dur de ne pouvoir compter que sur les amis que nous estimons le moins. » Ou : « Cette honte subtile et confuse que nous éprouvons pour les autres quand ils ont tort en nous mettant dans notre tort. » Ou : « La crainte de souffrir n'est souvent que la forme la moins reconnaissable de l'impatience de souffrir. » Ou : « Un homme aimé des femmes se persuade aisément qu'il connaît l'amour. » Le moraliste s'en tire mieux que le romancier.

Plusieurs scènes, cependant, sont peintes avec bonheur : voici un bourgeois snob qui veut se faire présenter à un duc, obligeant celui-ci à s'incliner très bas tout en se reculant de quelques pas, « comme s'il eût voulu à la fois mettre sa courtoisie hors de doute et éviter tout contact ». Même impression de choses vécues et observées, dans la description du milieu des courses d'auto. On sent que mon père connaît ce dont il parle, la bravoure ou la lâcheté des pilotes, les diverses façons de prendre un virage, l'odeur de l'huile et de l'essence, les marques de pneus, le fonctionnement des bielles, des cylindres, des carburateurs, des courroies de transmission. Ces pages de reportage et de précisions techniques sont parmi les meilleures du livre : elles exploraient un monde encore inconnu, annexant à la littérature le domaine des bolides, comme Zola y avait annexé celui des locomotives ou Saint-Exupéry celui des avions. Mais aucune idéalisation dans la peinture du métier : les garagistes spéculent avec autant de cupidité et d'absence de scrupules que dans n'importe quelle entreprise, plus cyniquement encore, puisque la vie des pilotes est en jeu. Le trafic des voitures peu sûres, qu'on préfère confier à un riche client sans expérience plutôt qu'à un professionnel aguerri, donne lieu à des calculs ignobles. « Avec un as, l'accident, ce serait la faute de la machine. Avec un amateur, ça pourra passer pour la faute de l'amateur. »

Le Pari évoque aussi, avec drôlerie et brio, une pension d'étudiantes pauvres dans le Quartier latin. Mlle Brille, qui tient l'établissement, reproche aux jeunes filles de rester trop longtemps penchées sur leur table, de travailler trop. « Vous allez vous congestionner et vous rentrer les organes, et puis vous verrez après, quand vous voudrez avoir des enfants ! » L'initiative d'une de ses pensionnaires, une Suédoise, venue en motocyclette, et par surcroît de marque allemande, lui permet de préciser sa pensée. « Vous êtes complètement folle, Jeanne ? Qu'est-ce que vous faites de vos organes ? Vous allez vous préparer une jolie maternité !... Ah ! la question de la maternité ne compte pas pour vous ? Sachez qu'elle prime toutes les autres pour une Française, et qu'une Française n'a de conseils à recevoir de personne sur les devoirs de la femme. Si nous avions passé notre vie à motocyclette et à préparer des examens, nos fils n'auraient pas pu supporter la guerre comme ils l'ont fait, ni infliger une rossée à vos Allemands, avec leur science et leurs motocyclettes. » On reconnaît là les discussions de l'époque, sur la nécessité pour les femmes d'être de bonnes mères et pour les hommes de bons soldats. Mlle Brille s'attire cette réplique de Pauline, une de ses pensionnaires réfractaire aux slogans nationalistes : « La maternité ne me paraît pas plus sublime que le service militaire. » Je vois aussi, dans les propos de la patronne, un écho ironique des conseils que ma grand-mère prodiguait dans *Le Jour* sur « les devoirs de la femme » (et le fait d'avoir appelé « Jeanne » celle à qui ces conseils sont donnés illustre ce phénomène d'attraction bien connu : on souligne par une sorte de lapsus ce qu'on voulait cacher). Le thème de l'intrusion de la motocyclette dans le monde studieux et feutré des jeunes filles est une des conséquences de la rencontre de Ramon et de Liliane. Enfin, si les scènes dans la pension paraissent si justes et amusantes, c'est qu'elles auront été inspirées par les souvenirs de Liliane sur ses internats, la khâgne de Versailles ou l'école de Sèvres.

Je sais que ce n'est pas une méthode juste de chercher dans un roman les attaches autobiographiques. Aujourd'hui, néanmoins, le principal intérêt du *Pari* est de donner certaines indications sur l'auteur et sur sa femme. Indications indirectes, bien sûr, souvent déformées, transposées par le travail romanesque, mais claires tout de même. Année de l'action : 1925. Nom du héros : Robert Pourcieux. C'est un riche jeune homme passionné par les autos de course et les courses d'autos. La passion des autos correspondait à la réalité de RF, la richesse à son désir : il se permettait, grâce au roman, d'être ce qu'il n'avait pas été en réalité, comme le bedonnant Stendhal se métamorphosait en beau jeune homme sous le nom de Fabrice del Dongo. Autres indices autobiographiques. Robert a voulu s'engager en 1916 ; son père le lui a interdit. Peu importe ici le fait que c'est Jeanne, sa mère, qui a empêché Ramon de se battre ; le commentaire de mon père sur son héros me donne un précieux renseignement sur la façon dont il a vécu lui-même, et continuait à vivre, cette « permission » forcée. « Robert avait beau penser que l'héroïsme est une chose vaine, il avait eu beau se faire réformer, après la guerre, par complaisance, il restait un soldat, un soldat honteux. Tout son être, malgré lui, souhaitait le service dangereux d'une grande cause ; la vie pour lui ne valait d'être vécue que dans le voisinage de la mort. » Romantisme d'époque, à la Drieu, à la Malraux. Certes, mais j'aperçois déjà dans quelle direction ce souhait de servir une grande cause va orienter mon père, quand je lis le paragraphe suivant : « Les hommes de sa trempe… aiment à faire abnégation de leur volonté. S'ils forment d'excellents chefs, ils sont rarement le chef. Ils préfèrent la responsabilité qu'on accepte à celle qu'on impose. Ils aiment l'obéissance, parce qu'elle consacre l'orgueilleuse abdication de leur orgueil, et parce qu'elle les absout de certains actes sombres qu'ils ne peuvent éviter de commettre en son nom. » Le chef, l'attente du chef et la soumission au chef, les actes sombres dont on cherche à s'absoudre : quelle sinistre et véridique prophétie !

Et que dire de cette autocritique lucide ? « Il ne s'était jamais préoccupé sérieusement de mettre de l'ordre en lui-même, sachant que la discipline se chargerait de ce soin. » À un ami, Robert confie : « Songe au passé que je porte en moi, à ces envies déraisonnables de me battre, de souffrir, de me dévouer, d'obéir surtout. Tu ne sais pas ce que je donnerais pour me sentir le droit d'obéir ! J'ai beau faire, j'ai beau me rendre compte que tout cela est vain, j'attends, j'attends toujours. Je ne suis jamais présent. » En lisant ces lignes, on se souviendra peut-être que les écrivains qui ont tenté d'expliquer la psychologie du nazi (Robert Merle dans *La mort est mon métier* ou Jonathan Littell dans *Les Bienveillantes*) n'ont pas fait du SS un monstre, mais quelqu'un à qui manque une épine dorsale et qui pour cette raison est obsédé par le besoin d'adhérer à une idéologie, d'obéir sans discuter. « Le sentiment d'être inemployé, toujours latent chez Robert, s'exaspérait jusqu'à l'idée fixe. Un creux à l'estomac, l'attente identifiée à l'angoisse. L'envie de se jeter, tête baissée, n'importe où. » N'importe où, comme fera mon père : dans la première cause qu'on lui proposera, fût-elle contraire à ses convictions, à sa culture, à son honneur.

Les amis de Pourcieux le soupçonnent d'incartades homosexuelles. Pourquoi est-il toujours fourré chez les mécaniciens ? On l'a vu s'isoler dans une chambre pendant une heure avec un gars en salopette – « ravissant, je dois le reconnaître » – puis redescendre, « l'air très gêné ». Commentaire de ce témoin : « Si, comme je suis bien forcé de le croire, il a des goûts qu'il ne tient pas à faire connaître, n'est-il pas naturel qu'il affiche une attitude très “homme” ? » Comme il n'a pas de maîtresse en titre, certains de ses amis le jugent « impuissant ». D'autres, « pédéraste ». Il est possible que par ces lignes mon père ait voulu souligner la sottise des médisances sur les hommes efféminés en apparence ; il n'est pas à exclure non plus qu'il ait cherché à se libérer une bonne fois, en les avouant, de tendances bien réelles en lui.

Quant à Pauline Bordier, l'héroïne, celle qui réplique si vertement à Mlle Brille au sujet de la maternité et du service militaire, elle a des traits de ma mère sans être le double de Liliane, comme Robert tient et ne tient pas de Ramon. Elle est pauvre, studieuse, fière, volontiers critique envers la société, avec des idées « de gauche » bien arrêtées qui peuvent la faire passer pour une rebelle. Ces deux êtres, issus de milieux si différents, ne se seraient peut-être jamais croisés sans le hasard d'une rencontre dans la gare de Dijon. Dijon, tiens ! « Sa féminité était gauche et rugueuse. Pauline n'avait aucune idée de la valeur qu'elle représentait sur le marché capricieux d'une grande ville. Robert la comparait à une belle pierre encore salie de terre et de vase. La mise modeste de la jeune fille inspirait de l'audace. » Que pensa l'intéressée, en lisant que l'enseignement de M. Desjardins était comparé à de la vase, et que ce qu'elle croyait être un maintien réservé avait été perçu comme un excitant sexuel ? « Les mouvements de sa taille, ses épaules larges et minces éveillaient des émotions précises. »

Dans la pension de famille, au petit déjeuner, loin de se plaindre de la radinerie de Mlle Brille qui n'offre à ses locataires qu'une tartine de pain rassis et une minuscule coquille de beurre, Pauline s'exalte de ces privations. « Elle éprouvait, à mordre la tranche grisâtre et dure, vaguement teintée de jaune gras, le plaisir que ressent un jeune athlète qui, afin de se maintenir en forme, refuse les plats succulents qu'on lui présente et que les siens dévorent autour de lui. » Par cette image, je trouve validée l'identification, proposée dans le *Gide*, de la jeune fille moderne à l'éphèbe grec. Mais ce qui suit me renseigne beaucoup plus sûrement sur la lucidité du regard que RF portait sur sa femme. « Et c'est bien dans cet acte de refus, où elle puisait à la fois une impression de liberté et de supériorité, que Pauline se sentait le mieux vivre, sans que sa jeune conscience fût encore en état de discerner si c'était le goût de la pureté ou le plaisir de l'orgueil qui l'emportait. » Voilà qui est d'un vrai romancier, à la Balzac, à la George Eliot : déduire de sa philosophie culinaire la psychologie de la mangeuse.

Plus audacieusement « moderne », une page montre ce qu'il peut coûter à une jeune fille de se lancer dans des exercices sportifs. En croupe derrière la Suédoise sur la fameuse motocyclette allemande, après avoir bu de l'alcool dans un bistrot, Pauline sent « une chaleur » l'envahir, « plus perfide et plus douce que la chaleur du pernod, que la chaleur du vent ». Elle a beau lutter contre ce qui monte en elle, elle finit par s'abandonner à ce qui a tout l'air d'un orgasme. Son premier orgasme. Elle en est horrifiée. Peut-être, se dit-elle, n'a-t-elle été victime que d'un désordre purement mécanique où le meilleur d'elle-même n'a pas eu de part ? Ce serait mentir que de le croire. « Elle avait consenti, pendant quelques minutes foudroyantes, de tout son corps, de tout son esprit, avec autant de joie que dans les abandons sublimes qu'elle avait rêvés. Et cela, non point par la grâce de l'amour, non point dans les bras de l'homme de son choix, non point dans un don souverain de l'âme à l'âme, mais pour avoir été secouée sur de mauvais pavés, pour avoir bu trop vite un verre d'alcool, contre un coin de mur, comme on vomit, comme on éternue... » Qui veut faire l'ange fait la bête : n'est-ce pas la leçon que mon père essaye de donner à sa femme, en lui rappelant qu'une idée trop naïve de la pureté, de la maîtrise de soi, précipite dans l'ordure redoutée ? « Quand notre corps nous apprend ainsi, avec ses manières de goujat, qu'il en sait plus long sur nous que nous-mêmes, notre esprit humilié renverse d'un coup le monument fragile qu'il avait bâti avec nos espoirs. Il renonce à tous ses vœux, il nous en juge indignes, il nous reproche amèrement de l'avoir dupé. Ce n'est pas le corps qui détruit, c'est l'esprit, qui par une illusion aristocratique et millénaire refuse le compromis que lui propose le vigoureux cynisme de son compagnon. » L'illusion « aristocratique et millénaire », n'est-ce pas la croyance qu'armé de sa seule culture (et de l'enseignement de M. Desjardins) on peut faire fi d'une moitié de son être ? Les disputes qui opposaient les fiancés, à Dijon, sur le rôle du corps dans l'amour, ont-elles donc continué à Paris, entre les époux ?

Robert, lui, n'a pas de ces pruderies fatales. Entre les garages et les salons du faubourg Saint-Germain, il évolue dans des milieux où « avoir envie d'une femme, c'est la même chose qu'avoir envie d'une auto ». Il hésite entre plusieurs maîtresses possibles, flirte avec une Mme de Jaulnies, promène son manque d'idéal, son désabusement, sa vaine attente d'une grande cause à servir, dans des soirées mondaines que mon père échoue à peindre avec assez de relief pour qu'elles n'aient pas l'air d'une resucée de Proust. La seule petite lueur dans la vie de Robert, c'est cette Pauline, revue plusieurs fois, mais appartenant à un milieu si éloigné du sien qu'il ne peut voir en elle qu'un mirage impossible. De son côté, Pauline a l'intuition que Robert, sous ses dehors brillants, cache une profonde angoisse. « Cet homme est à sauver, se dit-elle. Seule une femme y réussirait. » « Sauvez-moi », disait Ramon à Liliane, pendant leurs fiançailles. Mais Pauline se sent impuissante, indigne d'une telle mission. Les choses en sont là, lorsque le jeune homme invite la jeune fille à une soirée dansante qu'il donne dans son appartement. À peine est-elle entrée, au milieu des snobs et des mondains, que Robert se précipite vers elle, « comme un homme harassé jette de l'eau fraîche sur son visage ». La présence de Pauline donne « un sens humain à cette ménagerie ». Surprise (pour moi) : Pauline se révèle une excellente danseuse. Que ce soit pour la valse ou pour le tango, elle devine d'instinct les pas de son danseur, « la tête un peu haute, le corps abandonné avec une réserve charmante ». Privilège inestimable du roman ! De même que Ramon, en se dédoublant dans le riche Robert, se vengeait de sa condition réelle de jeune homme limité par l'argent, il refaisait Liliane à sa façon, telle qu'il aurait rêvé qu'elle fût, en transformant une épouse raide et idéologiquement hostile aux virevoltes de la valse comme aux glissades du tango, en « danseuse-née ».

Indignée par un invité qui a trop bu et s'est mis à vomir, Pauline quitte brusquement la soirée. C'est alors que ses amis interrogent Robert, non sans insolence, sur ses rapports avec la jeune fille, puis lui arrachent le pari qu'il couchera avec elle dans les trois mois. Une huit-cylindres est l'enjeu du pari.

Pauline est repartie pour Aix-en-Provence, chez ses parents, là où la solitude est « recueillement » et non « détresse », comme à Paris. « Je suis faite pour vivre seule », pense-t-elle, mais sans pouvoir se cacher qu'elle est amoureuse de Robert. Lui, de son côté, se sent avec Pauline dans un état de « vague indécision sentimentale ». Mais il se trouverait lâche de ne pas mener son pari jusqu'au bout. Il se rend donc chez Pauline, lorsque celle-ci a regagné Paris. Il lui propose de partir ensemble en voyage, pour se connaître mieux. « Le mariage, à mon avis, est une consécration qui doit venir après, si tout va bien. » Ils gagnent donc la province, deviennent amants, malgré les scrupules de Pauline, et son impression de rester « étrangère » à leur bonheur. Peu à peu, elle accepte l'abandon, la volupté. « Chaque audace de Robert leur prouvait l'incorruptible pureté de leur amour. Bientôt Pauline avait répondu, avec cette joie de surprendre et de donner, ce symbolisme émouvant des gestes les plus hardis, qui est le couronnement de la passion, et non sa honte. Elle était complètement revenue de ses idées de jeune fille : elle pensait maintenant que tout ce qui ne s'exprime pas par le corps, par la joie du corps, n'a pas de réalité. Quand, au cours de la journée, elle se découvrait quelque raison noble d'aimer Robert, elle attendait avec impatience l'épreuve de la nuit. » Ces lignes signifient-elles que Liliane avait accepté « la joie du corps » comme une composante essentielle du couple ? Je n'en suis pas si sûr. J'y verrais plutôt une exhortation que mon père lui adresse, un encouragement à se laisser aller à cette joie, car le besoin de préciser que les gestes les plus hardis sont le couronnement de la passion, et non sa honte, relève d'un didactisme qui semblerait naïf s'il n'était justifié par les réticences persistantes de la jeune femme.

L'entente sensuelle de Robert et de Pauline n'empêche pas les crises, les disputes. Robert n'ose pas avouer à son amie qu'il doit précipiter son retour à Paris parce qu'il s'est engagé pour une course automobile et qu'il doit préparer sa voiture. Pauline devine qu'elle a une « rivale » et réagit par une susceptibilité jalouse qui provoque sa colère. « Ils se regardaient comme des gens qu'une bourrasque a jetés l'un contre l'autre. »

Leur liaison se poursuit à Paris, coupée de querelles et de violences de la part de Robert. Pauline constate tristement (il me semble lire une page d'agenda de ma mère) : « Ces choses en font partie, ces choses en font partie… Une impression dominait, accablante : c'était un métier à apprendre, sans préparation, sans conseil, toute seule, à mesure. À quoi s'était-elle engagée ? Elle avait accepté, elle ne fléchirait pas. » À noter que mon père réussit mieux les scènes de violence que les scènes de tendresse physique.

Robert, parallèlement à sa liaison avec Pauline, en commence une avec cette Mme de Jaulnies, Nicole. Souvenir d'Yvonne de Lestrange ? de Thérèse d'Hinnisdäl ? De l'époque où mon père se partageait entre ses maîtresses du faubourg Saint-Germain et sa fiancée de Dijon ? Car la distinction des personnes recouvre une différence d'opinions politiques. « Quant aux propos révolutionnaires de son amie, à ce défi constant des choses qui animait Pauline, Robert se sentait obligé de les contester avec une violence angoissée, comme si Nicole, innocente et trahie, l'avait chargé de défendre les valeurs qui lui étaient chères. » Sa double vie flatte l'amour-propre et la combativité de Robert. « Il se sentait vivre. » Quand Pauline découvre le rôle de Nicole dans la vie de son amant, c'est le désespoir. Elle retourne à Aix, où a lieu précisément cette course d'autos dans laquelle Robert s'est engagé. Les deux maîtresses prennent place dans les tribunes, chacune paraissant ignorer la présence de l'autre. Bonne description de la course. La voiture de Robert se retourne, il n'est que légèrement blessé. Nicole conduit vers lui Pauline, et se retire, comme si elle avait compris qu'il fallait les laisser seuls ensemble. Robert passe des aveux complets, Pauline apprend l'affaire du pari. Pourquoi ce détour, en apparence stupide et grossier, du pari ? Parce qu'il se défiait trop de ses sentiments pour reconnaître qu'il était amoureux. Son scepticisme était si absolu que, pour céder au noble sentiment que lui inspirait Pauline, il avait besoin de croire qu'il obéissait aux plus mauvais instincts. « Ne vous est-il jamais arrivé, en suivant une fausse piste, de rejoindre quand même le lieu que vous cherchiez ? »

À eux deux, continue-t-il, s'ils étaient unis, ils « pourraient » beaucoup plus, le couple étant « le véritable individu ». Cependant, il ne se sent pas le droit de rien lui promettre, se contentant de lui dire : « Voulez-vous tenter la chance, vous risquer ? Que ferez-vous ? » Et elle, de répondre : « Vous faire confiance ou disparaître, végéter, sombrer. » Le roman se termine sur un *happy end*, ou du moins une forte dose d'espoir. « Deux êtres auront-ils le courage, pour une fois, de refuser le malheur ? » demande Robert. À qui elle réplique, c'est la dernière phrase du roman : « Essayons, dit Pauline en lui tendant la main. »

La main, Ramon et Liliane se l'étaient tendue, il y avait de cela six ans ; le couple, ils s'étaient engagés à le former, le 1er décembre 1926. En 1932, il ne pouvait plus être question d'« essayer ». Les querelles, les violences de mon père, les crises d'angoisse de ma mère menaçaient chaque jour un peu plus ce couple. Un couple qui n'avait plus qu'un improbable avenir. Par la magie du roman, mon père espérait-il pouvoir remettre le compteur à zéro (pour parler son langage d'automobiliste), recommencer à neuf avec sa femme, surmonter une bonne fois leurs différences de milieu et de culture ? Ce finale optimiste du *Pari*, imaginé par un homme de trente-huit ans, rend un son pathétique : il n'y a que les enfants pour croire que tout est possible, seuls les contes de fées prêtent foi à l'utopie et présentent le temps comme réversible.

Réactions au *Pari.*

François Mauriac, le 6 décembre 1932, après l'attribution du prix Femina : « Je n'ai pas reçu *Le Pari.* Je vais l'acheter : ce qui sera la plus grande preuve d'affection que j'aie encore donnée à un de mes cadets ! » Il pense « à la fierté de votre mère, à la joie de votre femme, qui est un ange déguisé en Minerve ». Variante que j'ai recueillie oralement : « une Vénus déguisée en Minerve ». La « joie » de ma mère a dû être très mitigée. Et qu'aura-t-elle pensé, en lisant dans *Marianne* du 14 décembre, à la fin du portrait de son mari par Jean Prévost, cet éloge ? « Marié, père de famille et vivant de son travail, il est de ceux qui n'ont pas triché avec la vie. » Chaleureux, ce Jean Prévost, mais peu perspicace, décidément, ou insuffisamment averti : c'est dans ce même article qu'il présentait le jeune RF comme un jeune homme mondain et inculte, saisi tout à coup par la passion de la lecture et de l'étude, alors que, je l'ai dit, mon père a vécu dans la société des livres dès l'époque du tango.

Dans le même numéro de *Marianne*, mon père tente d'expliquer ce qu'il a voulu faire en écrivant son roman : 1. fondre ensemble les deux plans de la vie, celui des gestes physiques et celui des sentiments, celui de l'action et celui des réactions ; 2. s'interdire de prévoir le déroulement de son livre. « Il me semble qu'un roman est vraiment "en train" quand l'auteur ne sait plus très bien où il va. » Or, sur ces deux points essentiels, l'échec du *Pari* est patent. La justification que fournit mon père ressemble fort à une autocritique. L'article de *Marianne* attire notre attention précisément sur le fait que non seulement la présence de l'auteur, mais encore ses directives apparaissent à chaque page : il arrange les choses à sa guise, il manipule ses personnages, se tenant derrière eux pour nous montrer ce qu'ils sont, comment ils ressentent, comment ils pensent. Certes, l'écueil du roman à thèse est évité, mais les intentions du romancier sont partout manifestes.

D'ailleurs, la partie convaincante de l'article est celle où le romancier nous les livre, ses intentions. Dans les périodes de scepticisme radical comme la nôtre, dit-il, toutes les passions se valent. « Une automobile peut captiver autant qu'une femme, et la femme peut être jalouse, sans le savoir, d'une automobile. L'épreuve est particulièrement dure pour mon héroïne, parce que, comme beaucoup de jeunes filles élevées parmi les livres dans la solitude et la révolte, l'éthique qu'elle s'est faite ne correspond plus aux réalités de son temps. » Après ce dévoilement involontaire, peut-on encore mettre en doute les attaches autobiographiques du roman ?

Un jeune homme qui se ferait un nom important dans la critique littéraire, le protestant Albert Marie Schmidt, alléché par les résonances pascaliennes du titre, juge (lettre du 25 décembre 1932, inédite) que le monde décrit dans *Le Pari* n'est ni cynique ni diabolique (beaucoup de journalistes avaient jugé le livre « immoral »). C'est « un monde sans grâce, un monde au pouvoir de Bios et d'Éros... Pourtant, à mesure que je lisais votre livre, je sentais vos héros de plus en plus soumis à la nécessité de se convertir, de découvrir, dans le christianisme, la seule doctrine capable de les expliquer à eux-mêmes, bref, de parier pour Jésus. Et voilà qu'en fait ils optent pour l'autre terme du pari, sans que je puisse m'offusquer de cette décision ; et voilà que, l'un des premiers parmi les éthiciens modernes, vous rendez, au bonheur, une dignité, sinon métaphysique, du moins : eschatologique. »

Après cette lecture chrétienne, une lecture allemande. Le professeur Erich Auerbach, qui avait accueilli mes parents à Marburg, au mois de juillet, reconnaît au *Pari* (lettre du 30 décembre 1932, inédite) « un intérêt documentaire qu'ont aussi, au même titre, les livres de Gide ou de Martin du Gard. Mais Gide est souvent trop spécial et Martin du Gard, avec toute sa force, un peu trop simple ». Le critique allemand remarque que les nouveautés sociales, sports, nouvelle situation de la femme, nouvelles formes des rapports sexuels, s'inscrivent en France dans une continuité nationale, une tradition, alors qu'en Allemagne la rupture est complète. Ni Robert ni Pauline n'auraient pu garder à Berlin de liens avec leur famille. Auerbach affirme, un mois exactement avant l'accession de Hitler au pouvoir, qu'après sa propre génération, les jeunes ont brisé tout rapport avec le passé. « C'est une déchéance absolue. »

Que pense Martin du Gard, justement ? Il écrit à mon père une longue lettre, le 23 décembre 1932, chaleureuse mais franche, comme toujours. Agacé d'abord par « une sorte d'assurance sportive » qui se dégage du livre, il finit par l'accepter, comme le comportement légitime d'un « champion-né ». Les critiques les plus sérieuses vont au « bavardage » et à l'excès d'explications sur les personnages. Le romancier cède trop souvent la place au « monsieur qui parle bien subtilement, sur n'importe quoi, et qui le sait », au « brillant dialecticien », qui complique jusqu'à l'invraisemblance l'analyse des sentiments, embrouille tout pendant une demi-page, « pour retomber habilement sur ses pieds et nous laisser l'impression que, sans lui, nous n'aurions pas saisi toute la complexité des caractères ». Il faut savoir mieux camoufler sa main. La perspicacité de Martin du Gard est ici admirable, et on ne peut que souscrire à son opinion que le romancier authentique doit laisser agir, laisser vivre ses personnages, ce qui n'est pas le cas dans *Le Pari*.

Les réserves sur la description des garages et du monde de l'auto me paraissent moins convaincantes. « Il est bien possible qu'avant vingt ans, de telles pages soient aussi comiques que le plus hystérique film d'avant-guerre... Possible que cette exaltation vieillisse vite certaines parties du livre – comme une partie de l'œuvre de Morand se trouve déjà compromise par le fétichisme du sleeping et l'épatement de la vitesse des trains en 1920. »

Entière approbation, en revanche, du personnage de Robert. « Vous avez su, et sans qu'on sente le truc littéraire, conserver au caractère de Robert ce perpétuel dédoublement, qui, chez lui plus que chez tout autre, est un trait spécifique de caractère. Bien des fois j'ai pensé à Laclos. » Morand, Laclos : bien que le livre ne mérite pas l'honneur de ces comparaisons trop flatteuses, il reste un bon document sur l'époque ; et, de surcroît, comme je l'ai indiqué, une source inestimable de renseignements sur certains secrets de la vie privée de mes parents et l'échec programmé de leur couple.

33.

1933

Gros succès de vente du *Pari*, et début, pour mon père, de la chute. Oh ! ce n'est pas encore la débâcle. Rien qu'une lente, irréversible érosion. Apparemment, la vie du couple continue comme avant. Ils sortent et reçoivent, à un rythme de plus en plus soutenu : la notoriété apportée par le prix élargit le cercle des relations. Le 3 janvier : « R dehors tout le jour. » Mais ce n'est pas nouveau, et peut être mis au compte des obligations d'un auteur à la mode. Le 4, ils reçoivent à dîner les Prévost, qui leur rendent la politesse le 27, lors d'une soirée où ils font la connaissance de Josette Clotis, qui a rencontré Malraux dans les bureaux de *Marianne* et deviendra bientôt sa compagne. Le 18 janvier, thé chez Mme Chauvelot, à Neuilly, autour de Valéry. Le 3 février, dîner chez les Arland, jusqu'à 2 heures du matin, le 4, chez les Chamson. Le 7, R dîne seul chez Violet Trefusis, femme du monde et de lettres, anglaise, très répandue dans Paris. Le 8, ils déjeunent chez Madeleine Le Chevrel, avec la princesse Murat et l'abbé Mugnier. Le 9, ils reçoivent à déjeuner Brice Parain, philosophe du langage et responsable de la littérature russe chez

Gallimard. Le lendemain, soirée chez « mamé », avec les Chamson, Jean Prévost, Fernand Ochsé. Le 12, journée chez les Paulhan, le 17, « dîner de l'abbé Mugnier ». Le 19, déjeuner NRF chez les Paulhan.

Le surlendemain, 21 février, événement spectaculaire, au milieu de ce qui est devenu des habitudes : « Le soir, le fameux dîner Céline – Bernanos – Vallery-Radot – Madeleine Le Chevrel – Thierry Maulnier. Ensuite viennent encore le jeune Vallery-Radot, André de Vilmorin, Lucien Daudet, Saint-Jean. » Ce « fameux », pour qualifier un dîner, est unique sous la plume de ma mère. Elle s'est rendu compte qu'elle assistait à un événement historique : la rencontre de deux phénomènes, Louis-Ferdinand Céline, la nouvelle curiosité du Tout-Paris, et Georges Bernanos, depuis longtemps célèbre, et qui a défendu, le 13 décembre 1932, dans *Le Figaro*, le *Voyage*, en réponse à un éreintement d'André Rousseaux paru le 10 décembre. « Le bout de la nuit, c'est la douce pitié de Dieu – c'est-à-dire la profonde, la profonde, la profonde Éternité. » Les deux personnalités les plus fortes du milieu littéraire tranchent par leur violence, leur entêtement, leur emportement sans concessions, leur pathos fracassant, leur frénésie oraculaire. Jusque dans leur apparence physique et leur comportement, ils détonnent. Madeleine Le Chevrel se rend le lendemain chez le peintre Jacques-Émile Blanche et lui raconte la soirée.

« Ah ! cher ami ! inoubliable ! Au-dessus de toutes mes prévisions, une des grandes choses de ma vie : le Dr Destouches. Dès son entrée, l'on est sûr d'être en face d'un demi-Dieu. D'abord un visage superbe, comme sculpté par le ciseau de Michel-Ange dans le marbre. Une tristesse ! Un regard ! Un regard qui fait le tour de la douleur humaine… Des mains très soignées, de médecin bien tenu, mais des cheveux tordus comme un nœud de vipères, rugueux, une gorgone, une tête de damné pour le Jugement dernier de la Sixtine… Quelque chose de sublime et d'effrayant, cette tristesse[1]. » La rencontre dut être pour le moins animée, comme en témoigne la lettre, non datée, de Bernanos à mon père, envoyée quelques jours après[2]. « J'ai été idiot mercredi, je le sais… Dès la première minute je m'étais juré de ne parler à Céline que sur une route (nationale ou non), n'importe quelle route – une, deux, une deux – enfin au grand air, vous comprenez ? Au vingtième ou trentième kilomètre peut-être… peut-être la fatigue eût-elle délivré de nouveau Bardamu… Car aux premières phrases – si touchantes ! – sur le freudisme et la médecine taylorisée, il m'est apparu clair comme le jour qu'arraché de son délire, de sa logique particulière, et posé sur la table, le cher Céline est tout juste un poisson hors de l'eau. Et quel navrement de l'entendre dire si gentiment "qu'il fera mieux la prochaine fois" – paraissant entendre par là Dieu sait quoi !… »

Mon père avait fait l'éloge, dans *Marianne*, dès le 16 novembre 1932, du *Voyage* (les articles positifs ne furent pas si nombreux). Il y trouvait « un allant, un entrain, un coffre, une sorte de jovialité sinistre, qui, presque à chaque page, frappent et séduisent ». « M. Céline peint les horreurs de la vie avec une acceptation franche et truculente bien rare en notre temps de complaisances sentimentales et de peur bourgeoise. » Mon père jugeait cependant « difficile à avaler » que Bardamu, retour de ses errances en Afrique et en Amérique, après la seule

1. Cité par Georges-Paul Collet, *Jacques-Émile Blanche* (Bartillat, 2006).

2. Et non fin 1931, comme il est dit dans l'édition de la *Correspondance* chez Plon, contre toute vraisemblance, puisque le *Voyage au bout de la nuit* n'a paru qu'en novembre 1932.

expérience de la brousse, des usines Ford et des maisons closes, réussît à se faire délivrer un diplôme de docteur. Enfin il soulignait l'originalité de la langue. « Un homme qui écrit ainsi n'est pas personne, comme disait un vieux clochard de mes amis. Le style soutient l'accent. C'est du parler populaire, très habilement dosé et nombré, avec par endroits des tournures plus savantes, qui gênent un peu. »

Dès le lendemain 17, réponse de Céline : « Vous me donnez dans *Marianne* une précieuse leçon… Tout ce que vous écrivez, toujours, je le lis, je l'ai lu, et je le retiens. Cette fois-ci je n'ai qu'à me reprocher de n'avoir pas déliré plus franchement encore. La prochaine fois je n'y manquerai pas. Mais vous me faites la part splendide et ma reconnaissance vous est non seulement acquise mais sincère. Un petit reproche à mon tour, cette sorte de timidité un peu vénérante que je vous retrouve à propos du "diplôme médical". Pas plus de valeur et de charme que le bachot sous Vallès. Inflation ! Je vous l'assure. Vallès, lui, y croyait cependant. Tout cela est banal. Enfin j'aurai très grand plaisir à vous rencontrer un jour… » La lettre est à en-tête du dispensaire municipal de la ville de Clichy.

Le 25, nouvelle lettre (également inédite), à en-tête du 98, rue Lepic, qui fait suite, apparemment, à une lettre de mon père perdue. « Non seulement votre article m'a plu mais je l'ai trouvé d'une bienveillance extrême, la seule forme d'injustice, vous le savez, qui réponde à notre nature. Certes je serais particulièrement heureux de vous rencontrer avec vos amis mais il m'est bien impossible que ce soit à dîner. Je quitte le dispensaire à sept heures et je dois encore passer chez mes malades un peu plus tard. Si vous le voulez, chez vous, après dîner, vers 9 heures par exemple. » Il ajoute qu'il n'a pas encore lu *Le Pari* mais qu'il l'emporte en voyage en Europe centrale. « J'admire en confiance ayant lu *Messages* dont je conserve un souvenir absolument exceptionnel. C'est un ouvrage que je veux reprendre pour savoir si je suis devenu plus bête ou plus lucide un peu ? Il se présente à mon sens comme un test de l'intelligence humaine. » Le 26 décembre il annonce qu'il repart pour deux mois. « Dès mon retour je me précipiterai chez vous c'est entendu puisque vous avez l'amabilité de m'y convier. »

À peine revenu, il se précipite, le 21 février. Où le « fameux » dîner a-t-il lieu ? Ma mère ne le précise pas. C'est donc quai de Bourbon, chez mes parents. Ma mère indiquait toujours chez qui ils sortaient, quand ils sortaient. Le témoignage de Madeleine Le Chevrel confirme la note de l'agenda. En arrivant chez Jacques-Émile Blanche le 22 février, elle déclare qu'elle a dîné la veille chez les Ramon Fernandez, avec Bernanos, Lucien Daudet, Vallery-Radot et le Dr Destouches. Mais Frédéric Vitoux, dans *La Vie de Céline*, biographie de référence, situe ce dîner (p. 243) chez Daniel Halévy, d'après un autre témoignage, celui de Robert de Saint-Jean. Quant à Jean Bothorel, biographe de Bernanos, il date ce dîner du 22 février (*Bernanos le mal pensant*, p. 202), et le place aussi chez Daniel Halévy, qui aurait invité Céline pour le présenter à Bernanos. Vallery-Radot, Léon Daudet et Saint-Jean étaient là. Que faut-il croire ? À qui se fier ? Comme la vérité des faits est difficile à rétablir ! Première erreur de Bothorel : il ne s'agissait pas de Léon Daudet, mais de son frère Lucien. Celui-ci, depuis longtemps dans le secret du dîner, écrivait à ma grand-mère, dès le 16 janvier : « Moncho sait-il quelque chose de la famille Céline-Bernanos et Cie ? Ce dîner du *Pari* est long à cuire ! » Seconde erreur : si Daniel Halévy a organisé un dîner le 22 février avec les convives cités, il ne pouvait « présenter » Céline à Bernanos, puisque les deux hommes se connaissaient depuis la veille. Par ailleurs, n'est-il pas étrange et peu crédible que les mêmes personnes, exactement, se soient retrouvées deux soirs de suite à deux dîners différents ? Reste la question du lieu. Reportons-nous au témoignage de Robert de Saint-Jean. Saint-Jean (que Madeleine Le Chevrel ne cite pas) écrit dans son *Journal d'un journaliste* (Grasset, 1974), à la date du 22 février 1933 : « Hier, après dîner, vu Céline chez Daniel Halévy. » Se trouvent là aussi, selon ce témoin, Lucien Daudet, Vallery-Radot et Bernanos. Plus de doute : Frédéric Vitoux a été abusé par une lecture trop hâtive de Saint-Jean, qui n'a pas écrit « vu, à dîner chez Daniel Halévy » mais « vu, après dîner, chez Daniel Halévy ». Si mes parents avaient dîné ce soir-là chez les Halévy, qu'ils connaissaient très bien, et chez qui ils allaient souvent, ma mère n'aurait pas manqué de l'indiquer. Saint-Jean ne cite pas Ramon Fernandez parmi les invités de Halévy. Ceux-ci, après le dîner chez les Fernandez, se sont-ils transportés, sans mes parents, quai de l'Horloge ? C'est l'hypothèse la plus probable. (Une autre serait que, publiant son *Journal* en 1974, Saint-Jean ait récrit l'histoire à sa façon, remplaçant Ramon Fernandez par Daniel Halévy.) On allait très tard les uns chez les autres, à cette époque, et, de l'île Saint-Louis à l'île de la Cité, du quai de Bourbon au quai de l'Horloge, il n'y avait que quelques pas à faire. Autre indice que la rencontre-choc entre Céline et Bernanos s'est bien déroulée quai de Bourbon, le 21 février 1933 : la lettre, citée plus haut, de Bernanos, ressemble fort à une lettre de remerciement. « Combien je suis touché de votre amitié ! Je vous rends la mienne de tout mon cœur et je vous prie de l'offrir à Mme Ramon Fernandez en la priant de vouloir bien l'accepter. Je serais trop désolé qu'elle la refusât. » Compliment d'usage, pour l'hôtesse.

Le 23 février, dans l'agenda de ma mère : « Céline à 1 h et demie. » Mais assez : je ne vais pas énumérer la suite de ces rencontres littéraires, pour l'année 1933. À déjeuner, à dîner, dehors ou chez eux, mes parents se retrouvent avec les Paulhan, les Arland, Drieu, Schlumberger, Pierre Bost, les Schiffrin, mais aussi, au-delà du cercle NRF, avec Fernand Gregh, Alfred Fabre-Luce, Henry Bernstein. Le 4 mars, chez Du Bos, ils revoient Maurois et Mauriac. Le 17 du même mois : « Dîner avec Céline et Mauriac, en haut de la rue Lepic. » Le 23, d'après un inédit de Jacques-Émile Blanche cité par Collet, mon père organise un deuxième dîner entre Céline et Mauriac, dans le petit restaurant du quai d'Anjou, « Au rendez-vous des Mariniers ». « Céline désirait prendre le petit appartement des Fernandez au quai de Bourbon, moins onéreux que le sien à la rue Caulaincourt où il mena ensuite les Fernandez et Mauriac. » Les Fernandez, non : seulement mon père. Pour cette journée, ma mère a écrit dans son agenda : « Gardé les petits, sans sortir. » Mais l'histoire de l'appartement est vraie. Dans une autre lettre non datée (et inédite comme les précédentes), où il passe du « cher monsieur » au « cher ami », Céline écrit à mon père : « Avec beaucoup de discrétion puis-je me permettre de vous faire souvenir que je suis candidat à votre appartement quand vous aurez décidé votre départ ? » Ma mère avait envie de quitter le quai de Bourbon et visitait depuis un mois des appartements, en quête d'un nouveau logis pour sa famille, sans doute pour échapper à l'écrasante proximité de sa belle-mère. Quelques jours plus tard, Céline revient à la charge. « Encore moi ! À propos de votre appartement. Si vous vous décidez au départ le saurez-vous pour le 15 avril ? Date à laquelle je dois moi aussi donner congé. D'autre part pour la reprise j'irai (tout mon possible, hélas !) jusqu'à 3 000 frs. » C'est précisément au lendemain de ce dîner aux Mariniers entre mon père, Céline et Mauriac, que ma mère dénicha, le 24 mars, un appartement plus à leur convenance – mais pas si éloigné que cela, malgré tout, du quai de Bourbon : au 1, rue Mornay, près de la Bastille. Le déménagement n'eut lieu que du 8 au 18 mai, et le quai de Bourbon échappa à Céline.

Le 14 mai, mes parents rendent visite aux Malraux. « La petite fille, Florence. » Le 27 du même mois, ils dînent chez les Morand, avec les Mauriac, Madeleine Le Chevrel, Robert de Saint-Jean, Drieu. Saint-Jean date ce dîner du 31 mai (autre signe que son *Journal* n'est guère fiable). Selon lui : « Meneurs de jeu : Drieu et surtout Fernandez; et plus encore Mauriac, où la malice triomphe de l'aphonie. » Mon père, comme lors des soirées à Pontigny, fait des imitations qui désopilent. « Fernandez ouvre la bouche, aspire l'air très vite pour reprendre son souffle entre ses "numéros" très réussis. » Le 30 mai, dîner chez la princesse Murat, avec les Mauriac, François Le Grix, Vallery-Radot, la marquise de Noailles. On est venu fêter François Mauriac, dont l'élection à l'Académie française est prévue pour le surlendemain. Le jeudi 1er juin, visite de congratulations au nouvel élu. Le 21 juin, mes parents reçoivent Drieu à dîner. Il a amené Evgueni Zamiatine, le grand écrivain russe émigré depuis 1931 et qui mourra en 1937 à Paris. Le 19 septembre, d'Aix-en-Provence, « visite à Aldous Huxley, à Sanary ». L'écrivain anglais, alors au faîte de sa gloire (*Contrepoint* a paru en France en 1930, *Le Meilleur des mondes* en cette année 1933), se baigne en compagnie de ma mère. Mon père se met en costume de bain, mais reste assis sur la plage. Commentaire de Huxley : « C'est du transvestitisme. » Diagnostic qui pourrait s'appliquer à la future évolution politique du baigneur malgré lui, de l'apprenti acteur réduit au rôle de spectateur.

Du 12 au 25 août, ma mère accompagne son mari à Pontigny, où il dirige la première décade, du 12 au 22,

« sur l'héroïsme ». Jean Schlumberger parle de Corneille, Léon Brunschvicg et Charles Du Bos du sage et du saint. Paul Desjardins dit à cette occasion : « Brunschvicg c'est le sage, Fernandez le héros, et Du Bos le saint. » Cette année 1933 est encore marquée par deux voyages de mon père. Du 25 au 29 mai, à Rome ; du 23 octobre au 4 novembre, en Hollande. Le second, épisodique ; le premier, très important.

Lucien Vogel avait fondé, en 1928, l'hebdomadaire *Vu*, le premier illustré spécialisé dans les reportages photographiques, ancêtre de *Paris Match*. Louis Martin-Chauffier, un ami proche de mon père (il avait préfacé *De la personnalité*), était le rédacteur en chef. Vogel, ayant décidé de consacrer le numéro du 9 août 1933 à *L'An XI du fascisme*, emmena à Rome huit journalistes, chargés d'étudier les diverses réalisations du régime. Le numéro spécial de *Vu*, très copieux, présenté sous une couverture à fond vert illustrée par un portrait de Mussolini en chemise noire, souriant et faisant de son bras levé le salut fasciste, constitue un témoignage d'autant plus intéressant qu'il émane de la gauche, ou de sympathisants de la gauche, en principe hostiles à Mussolini. Le parcours futur de plusieurs de ces journalistes porterait à croire que la rhétorique fasciste n'était pas faite pour les éblouir. Martin-Chauffier fondera, en 1935, avec Chamson et Guéhenno, l'hebdomadaire *Vendredi*, très engagé à gauche. Janine Bouissounouse adhérera au Front populaire, entrera dans la Résistance puis au Parti communiste, pour devenir, en 1951, secrétaire du CNE (Comité national des écrivains, fondé en 1943, instance principale de la Résistance littéraire).

Pendant ce voyage en Italie, elle se lia d'amitié avec mon père. Dans son livre de mémoires, publié en 1977 (*La Nuit d'Autun*, Calmann-Lévy), elle évoque la figure de RF, précisant ce qu'elle appréciait en lui, et résume le jugement, assez curieux, qu'il portait sur deux écrivains de l'époque. « Dans les mois qui précédèrent le Front populaire, nous bavardions chaque soir, interminablement, aux Deux Magots, Fernandez et moi. J'aimais son intelligence, sa vaste culture sans trace de pédantisme, sa gaieté, son rire. » Sachant qu'elle voyait beaucoup Malraux et Montherlant, il lui disait : « Montherlant était fait pour la guerre. Relisez *Le Songe*. Il s'est réfugié dans le style. Malraux me paraît manquer absolument de sensualité. Il gèlerait à pierre fendre que je ne pourrais pas croire qu'il ait froid, et l'imaginez-vous allongé dans l'herbe ? Je m'incline devant l'artiste, le poète, le créateur de mythes, mais je doute de son intelligence philosophique. » RF, ajoute-t-elle, amenait souvent Saint-Exupéry aux Deux Magots. C'étaient alors des fous rires sans fin. Saint-Ex, avec son petit nez en l'air dans une figure toute ronde, déclarait que piloter était un métier de paysan. « On met la main au manche comme à la charrue. On laboure les nuages. »

En mai 1933, mon père ne s'était pas encore engagé à gauche, mais dans quelques mois il prendrait parti. Il est légitime de penser que l'équipe de *Vu* n'avait pas l'intention de dresser un panégyrique de la nouvelle Italie.

Or la plupart des articles en tracent un portrait flatteur. Tous les problèmes sont passés en revue : les syndicats, l'Église (sur une photo, prise dans l'ambassade de France auprès du Saint-Siège, on voit l'ambassadeur, M. Charles-Roux ; sur une autre, sa fille, Edmonde, alors âgée de treize ans, élégante dans une robe blanche, faisant la révérence devant un évêque), la presse, la médecine, l'agriculture, l'économie, les loisirs, l'armée, les colonies, etc. Martin-Chauffier examine « Le régime et le parti ». Dans la grande masse, dit-il, ce n'est pas de l'amour, ce n'est pas non plus de la résignation, « c'est l'acceptation tranquille d'un fait qui n'apparaît pas intolérable ». Mussolini a réussi à créer « un Italien moyen, nouveau, moderne, sportif, discipliné, nationaliste » et à le rattacher, par-dessus quinze siècles de servitude, à l'Italien romain de l'Antiquité. Mythe d'une seconde Renaissance. Henry Bidou traite de « La culture fasciste ». La vie, sous le fascisme, est conçue comme une lutte. D'où l'émergence d'une architecture sobre, dépouillée, sans « la redondance du baroque ». Éloge des travaux de restauration des forums antiques et d'une des devises de Mussolini : « Le fascisme ne vous promet ni honneurs, ni charges, ni gains, mais le devoir et le combat », mots qui annoncent d'autres déclarations fameuses prononcées pendant la guerre, et qui seront blâmées ou louées selon qu'on les entendra dans la bouche de Pétain ou dans celle de Churchill.

Janine Bouissounouse s'est chargée de plusieurs reportages : sur « L'exposition de la Révolution fasciste », où elle loue un art « à la fois oratoire, journalistique, théâtral et publicitaire », éloge aboutissant à cette conclusion admirative que « la grandiloquence trouve parfois des effets sublimes » ; sur les Balilla et les Avanguardisti, ces enfants-soldats, dont elle décrit, sans commentaires, l'organisation et l'endoctrinement ; sur les superstitions et leur survivance (un des plus intéressants articles) ; sur « La maternité au service de l'État », où elle expose les mesures adoptées en faveur de la femme, tout en tempérant son approbation par cette remarque finale : « La femme est avant tout, dans la nation fasciste, l'élément reproducteur ("que serait-elle d'autre ? me disait une jeune journaliste, la femme italienne n'a aucune activité, aucune curiosité et n'aime guère le travail"). Elle sait que son premier devoir est d'enfanter. Elle enfante. » Beaucoup plus tardivement, dans *La Nuit d'Autun*,

Janine Bouissounouse résumera en termes critiques et satiriques son voyage en Italie. En 1933, au moment où il aurait fallu de la lucidité et du courage pour dénoncer le régime fasciste, elle va plutôt, avec ses autres compagnons d'équipée, dans le sens de l'assentiment et de l'encensement.

Au milieu de ce concert de louanges, assorties de maigres réserves, l'article de RF tranche, d'abord par le désir de dépasser les impressions superficielles pour aller au fond des choses, ensuite par l'ironie, à peine voilée, du commentaire. Mon père s'interroge sur « La pédagogie fasciste », pièce essentielle du régime, puisque « la conception totalitaire de l'État a pour nécessaire contrepartie une éducation totalitaire de l'individu, en vue de son intégration dans un tout qui le dépasse et qui l'achève ». But absolument contraire aux tendances spontanées des Italiens, et qui, pour être atteint, doit heurter de front leurs habitudes anarchisantes.

Comment le régime s'y est-il pris, pour « enfoncer chez l'enfant, au-dessous du niveau de l'intelligence, les racines de ses réactions fondamentales » ? L'article expose d'abord, après examen attentif des programmes et des manuels scolaires, ce qui est jugé positif dans cette éducation : l'exercice du jugement, préféré à celui de la mémoire, l'approche empirique des notions, « qui fait appel chez l'enfant au travail personnel des sens et de l'intelligence, et l'amène graduellement, par l'expérience directe des faits, à la découverte des principes ». Mais, demande mon père, si « toute son éducation le dispose à ne pas se laisser bourrer le crâne... comment va-t-il s'accommoder d'un régime qui gouverne jusqu'aux sentiments, jusqu'à la vie intérieure du citoyen ? ». Après les éloges, la critique, subtilement persifleuse. Les programmes claironnent le culte de la spontanéité ; mais les dispositions pratiques le combattent. D'abord l'enseignement religieux, obligatoire et conçu comme un entraînement à admirer les desseins de la Providence. Surtout l'enseignement patriotique, l'exaltation permanente du Duce, du Roi et de l'histoire militaire. « La déformation nationaliste des principes » apparaît dans mille détails : les cris de guerre qu'on fait pousser aux enfants, les biographies de Mussolini dont on les gave, hagiographies qui occultent son vrai passé, picaresque et hasardeux, en le remplaçant par le mythe du sauveur prédestiné. « Nous voilà bien loin de l'éducation réaliste, expérimentale que les programmes de 1923 prétendaient donner aux petits Italiens ! » On les endort sous une légende dorée. « L'étatisme nationaliste l'emporte, dans la pédagogie italienne, sur l'individualisme psychologique inclus dans ses principes. » Si on joint à ce constat l'obligation du serment fasciste pour les professeurs d'Université, on obtiendra le tableau véridique du système d'éducation fasciste : une « façon d'engourdir l'esprit critique en imprimant dans le cerveau de l'enfant une vision d'ensemble harmonieuse et nécessairement fausse, tandis qu'on prétend par ailleurs cultiver l'indépendance et la justesse de son jugement ». Cette « pédagogie dictatoriale » n'est qu'une école de mensonge. Conclusion : « Fidèle d'un culte si la communion fasciste s'accomplit, esclave d'une dictature si le miracle n'opère point, le jeune balilla fournira dans dix ans, dans quinze ans, des preuves qui nous échappent aujourd'hui. Angleterre ou Turquie ? Il faut attendre pour savoir. »

Dans celui qui raille l'écart entre les prétentions proclamées et les applications pratiques, et refuse l'imposture, je reconnais le meilleur RF, qui pense droit et dit ce qu'il pense. Toute l'Europe, à cette époque, notamment Churchill affirmant que le régime fasciste « rendait service au monde entier », admirait l'Italie de Mussolini, le redressement de la vieille nation délabrée sous la férule d'un chef énergique. L'article de mon père détonne heureusement. Les huit journalistes de *Vu* furent reçus en audience au palais de Venise, dans la salle de la Mappemonde. Chacun posa une question au Duce et reçut une réponse. La question de mon père fut la plus embarrassante et la réponse du Duce la plus embarrassée.

Ramon Fernandez : « La liberté d'esprit et l'esprit de libre critique sont nécessaires à la recherche scientifique comme à la création artistique. Le régime fasciste, en limitant, sinon la liberté de la pensée, du moins la libre expression de la pensée, et, dans une certaine mesure, par l'éducation, la libre formation de la pensée, ne risque-t-il pas de restreindre l'esprit critique aux seules sciences de la matière et, par là, de retentir dangereusement sur le travail scientifique lui-même ? »

Le chef du gouvernement : « Avant le fascisme, aucun régime n'avait tant aidé la science. Il faut tenir compte aussi d'une crise indéniable de la science, mais nous ne croyons pas, sous cette réserve, que la limitation de la libre expression de la pensée comporte des conséquences sensibles pour le développement de l'esprit critique, parce qu'elle ne regarde que la politique, et surtout les journaux. Il est donc permis de penser que, en ayant limité la discussion en politique, on a stimulé l'étude des problèmes philosophiques et sociaux et de haute culture en général. »

L'intellectuel avait fait dire au politique ce qu'il voulait entendre, à savoir que le fascisme introduisait en Occident le temps de la langue de bois, des faux-semblants, des mensonges, de la censure et du bâillon. Du côté de l'Allemagne, l'avertissement était beaucoup plus brutal. L'accession au pouvoir de Hitler, en janvier de la même année, l'incendie du Reichstag, en février, les pleins pouvoirs que s'attribua le nouveau chancelier suscitaient une inquiétude bien plus vive que les mesures relativement timides adoptées en Italie. Par contrecoup, on regardait d'un œil moins suspicieux ce qui se passait en Russie. Dès l'année précédente, les préoccupations politiques avaient pris plus de place dans la *NRF*. Gide, dans ses *Pages de journal*, affichait ses dispositions favorables à l'égard de l'URSS et amorçait son virage vers le communisme. Grand remue-ménage dans l'opinion : l'austère revue littéraire deviendrait-elle communiste ? Gide transmet à Simon Bussy un écho de ce tapage. « Une querelle épistolaire éclate entre Fernandez et son ami Gabriel Marcel, celui-ci ayant été répéter partout que la *NRF* s'était vendue aux Soviets. On ne s'embête pas ! » (Lettre du 9 mai 1932, dans la *Correspondance André Gide/Dorothy Bussy*, tome II.)

J'ai retrouvé la lettre que mon père avait écrite sur ce sujet à Gabriel Marcel, le 26 mars 1932. « De plusieurs côtés il m'est revenu le bruit que la *NRF*, non seulement était inspirée par les Soviets, mais même était payée par eux. J'ai été surpris lorsque, parmi les propagateurs de ce bruit pour le moins singulier, on m'a cité votre nom et celui de Mauriac… Vous connaissez pourtant aussi bien que moi les personnes préposées à la direction idéologique de la *NRF* : Paulhan, Thibaudet, Arland, Benda, Crémieux, moi-même… Où voyez-vous, dans tout cela, l'influence soviétique ? Et ne voyez-vous pas que, même si l'un d'entre nous était communiste, son influence serait beaucoup plus que compensée par l'anticommunisme des autres ? » Une chose est vraie, ajoute mon père, c'est l'attitude « antichrétienne » de la revue. « Mais entre le christianisme et le bolchevisme il y a mille transitions et intermédiaires, et vous faussez complètement la riche complexité de notre "philosophie" en la réduisant à je ne sais quelle inspiration de Moscou. » Et de déplorer, chez certains catholiques, comme Charles Du

Bos et ceux qui font courir de telles accusations contre la *NRF*, « cette intransigeance fermée, cette volonté de noir et blanc, ce refus de comprendre une pensée qui ne se ferme pas sur elle-même, qui marquaient autrefois la vie catholique et contre lesquels moi-même et beaucoup d'autres nous sommes formés ». Jacques Maritain, lui, représente le courant des « nouveaux catholiques » à l'esprit plus ouvert.

À noter que mon père s'est toujours déclaré non-croyant. Je repère dans les agendas de ma mère plusieurs témoignages de son agnosticisme, dont celui-ci, en date du 4 septembre 1928 : « À dîner, ce soir, avec R. Profession d'athéisme, sous sa forme la plus catégorique. Émotion qui me bouleverse. »

La lettre de RF à Gabriel Marcel n'a pas fait taire les rumeurs. Le 30 septembre 1932, Chardonne écrit encore à Paulhan : « La *NRF* est désormais tenue pour une revue bolchevik. » Bien qu'elle soit fausse, l'allégation est symptomatique. La fondation, à la même époque, de l'Association des écrivains et artistes révolutionnaires (AEAR), la création de la revue *Commune*, en 1933, dirigée par Aragon et Nizan, la participation de Gide, le 21 mars 1933, à une réunion de l'AEAR qu'il préside et où il prononce une allocution (publiée dans *Marianne* du 29 mars) contre le fascisme hitlérien, non sans saluer, dans l'établissement de la société soviétique, « une illimitée promesse d'avenir », ces divers événements attestent les sympathies appuyées de la gauche intellectuelle pour l'expérience soviétique.

1er juillet 1933 : mon père publie dans *La Nouvelle Revue française* de longues « Notes sur l'évolution d'André Gide », qui permettent d'évaluer sa propre position, faite de bienveillance aux aguets et de cordial attentisme. Gide, dit-il, offre une grande aide à la cause communiste, en lui apportant la caution de son nom. Est-ce seulement par désir de publicité personnelle ? « Le prestige de Moscou est grand sur un cerveau d'artiste. La faucille et le marteau ont un relief scénique extraordinaire. Les jeunes gens d'aujourd'hui, dont Gide est soucieux de ne point se désolidariser, vont à la révolution comme leurs aînés allaient à la guerre. » Après ce point d'ironie, RF analyse les causes profondes de l'évolution politique de Gide. « Il y a du christianisme et du naturalisme dans le mouvement bolchevique, et le communisme a pu fort bien apparaître à Gide comme la synthèse harmonieuse de penchants qu'il était las de tenir pour contradictoires. »

Serait-il vrai que « l'homme nouveau » ne puisse naître qu'en renonçant à sa solitude et à son indépendance ? Mais alors, ajoute RF (et cette suggestion me révèle que, à l'heure même où il se rapproche des positions de Gide, il reste ouvert à la sollicitation opposée), « dans cet écrasement de l'esprit par le social, je parierais pour le fascisme, plus souple, plus compréhensif et plus jeune que la doctrine de Moscou ». Est-ce après son voyage à Rome que mon père s'est formé cette opinion ? Pour conclure, il ne peut s'empêcher de regretter que Gide ait, pour la première fois de sa vie, abdiqué ses spontanéités, « en adhérant à un mouvement dont il ignore les rouages et les encrassements, en léguant sa pensée à une machine toute montée qui va maintenant raisonner à sa place ».

Gide répond aussitôt à mon père, de Vittel, le 29 juin. Lettre si importante qu'il la transcrit dans son Journal, et la publiera dès 1936 dans *Nouvelles Pages de journal*, sans attendre l'édition complète du *Journal* dans la Pléiade (1939). « Mon cher Fernandez. J'ai communication des épreuves de votre article. Vous y dites ce que déjà je me dis souvent à moi-même – et beaucoup moins doucement que vous ne faites… Curieux, tout cela ! » On lui a reproché pendant quarante ans de ne pas savoir prendre parti. « Vous êtes un des premiers à avoir pensé, et le premier à avoir dit (combien je vous en sais gré !) que ce libre jeu de ma pensée, jusqu'alors soigneusement préservé, était précisément le meilleur de moi. Vous dénoncez aujourd'hui le danger qu'il y a dans l'asservissement de cette pensée... Mais reconnaissez que si, comme vous le dites, je “fais beaucoup pour le communisme en y adhérant”, c'est bien parce que cette décision, j'ai attendu, flottant et balançant, quarante ans avant de la prendre. Il n'y a valable sacrifice que du meilleur. »

La lettre se termine par le souhait de se sentir assez bien et disponible pour aller à Pontigny cet été, et, s'il formule ce désir, c'est « beaucoup pour vous y retrouver, car, sur tout cela, nous aurions encore beaucoup à dire ». Gide ne se rendit pas à Pontigny, ni pour la décade sur l'héroïsme, ni aux suivantes.

Au même moment, et précisément sur la lancée de cette inquiétude qui poussait les intellectuels à s'engager ou à accentuer leur engagement, l'astre Malraux arrivait à son zénith. Mon père fut un des premiers à saluer, dans *La Condition humaine*, l'heureux amalgame de la littérature et de la politique. Le 24 mai, dans *Marianne*, il rend compte du livre. « Il y a chez M. Malraux une idée de la grandeur qu'on peut rejeter, mais dont la cohérence est parfaite... La masse de l'événement, et le tragique qu'il comporte, écrase bientôt son Prométhée, qui, dans cet écrasement, découvre sa fin secrète, comme Clappique découvre que le joueur cherche la perte dans le jeu, et non le gain. L'orgueil ne donne sa mesure que dans l'échec, car la réussite est une duperie qui empêche l'homme d'aller jusqu'au bout de lui-même, qui lui permet de s'arrondir illusoirement sans s'achever. » Cette dernière phrase, « l'orgueil ne donne sa mesure que dans l'échec... », peut être si facilement détachée de son contexte et sonner comme une maxime, que Roger Martin du Gard la recopie dans son Journal, le 25 mai, tel un avertissement, ou une menace. Pour moi, je ne puis m'empêcher d'y voir une sorte d'appel que mon père s'adresse à lui-même, et une des clefs pour comprendre sa conduite pendant l'Occupation : « collaborer » ne sera peut-être pas, pour lui, rechercher la « réussite » d'un programme politique, mais au contraire précipiter son « échec » personnel : et cela, en toute lucidité.

Ayant loué le nihilisme révolutionnaire de *La Condition humaine*, RF exprime une crainte : que l'auteur, après s'être tant raidi dans une posture tragique, ne vienne à s'appauvrir. (Ce n'était pas si mal vu.) Le 15 décembre, après l'attribution du prix Goncourt, il prend de la hauteur et replace le livre dans l'histoire générale du roman. « M. André Malraux marque une date importante dans la littérature française. Cette littérature balançait entre l'analyse et l'action comme entre deux pôles opposés. M. André Malraux corrige cette erreur en montrant qu'une action bien choisie, et conduite jusqu'au bout d'elle-même, est le meilleur révélateur de la vérité morale. »

La preuve de son acuité comme agent de la critique militante, la plus difficile, parce qu'on la pratique à chaud, sans recul, mon père la donne dans chacun de ses articles hebdomadaires de *Marianne*, où il peut traiter de l'actualité avec une rapidité que lui défend la périodicité mensuelle de la *NRF.* Certes, il n'est pas soumis, comme ma mère, à un emploi du temps strict, mais la masse de lectures qu'il s'impose (il parle souvent de deux livres, parfois de trois, dans le même article) suppose force de travail et discipline. Parmi les auteurs recensés pour l'année 1933 : Maxence Van der Meersch, Aldous Huxley, Montherlant *(Mors et Vita)*, Giono *(Jean le Bleu)*, Mauriac *(Le Mystère Frontenac)*, Daniel

Halévy, Duhamel, Martin du Gard *(Vieille France)*, Chamson, Drieu La Rochelle (*Drôle de voyage*, livre qui dégage « une cruauté douce, un peu molle » et marque « de grands progrès dans l'art romanesque » – toujours l'éloge un peu condescendant), Irène Némirovsky, Paul Morand *(Londres)*, Marcel Aymé *(La Jument verte)*, Alfred Döblin et Ernst von Salomon (deux témoins essentiels de l'Allemagne pré-hitlérienne), Colette (« le plus grand écrivain féminin de la littérature française »), Alphonse de Châteaubriant (dont *La Réponse du Seigneur*, malgré le pathos mystique et le style lourd, souvent confus et maladroit, laisse « une impression de grandeur »), Céline (*L'Église*, une pièce de théâtre où son « génie » est bridé par les compromis de la scène[1] – article que Céline juge « magnifique », d'une indulgence et d'une bienveillance extrêmes, dans une lettre adressée cette fois à « mon vieux » et écrite, le surlendemain 13 octobre, sur papier à en-tête de la Coupole, où était dessinée alors une femme nue, assise entre un livre et une palette de peintre), Paul Nizan (*Antoine Bloyé*, roman « de classe » un peu schématique sur les rapports de l'ouvrier et du bourgeois, mais attachant par le sérieux et l'excellence des analyses sociales).

Signe de l'autorité qu'exerce le critique de *Marianne* : les auteurs qui n'ont pas l'honneur de sa chronique protestent, sollicitent, quémandent. Ainsi Jacques Chardonne, qui écrit, à la fin de 1932, à un de ses amis (non identifié) : « Vous plairait-il de demander à Fernandez <u>de ma part</u> si c'est par aversion personnelle pour <u>L'Amour du prochain</u> qu'il n'en parle pas dans "Marianne" ou

1. Et par un antisémitisme insidieux. « On y fera aussi des découvertes singulières, et notamment que M. Céline se fait de la SDN, menée par des juifs, une idée toute semblable à celle que s'en font *L'Action française* et M. Hitler. »

parce qu'il a reçu des instructions de Berl. Il n'est pas naturel que "le seul journal de gauche" soit le seul (avec les journaux d'extrême droite) à ne pas souffler mot d'un des rares livres de gauche. » L'article souhaité paraîtra le 8 février 1933, et Chardonne, alors, de s'excuser auprès de mon père, tout en se déclarant « enchanté » de cette « critique magistrale ».

Quelques articles ont une teneur politique. Le 5 avril, il critique, dans un livre de l'Allemand Günther Gründel, sympathisant nazi, l'ambition « de purifier l'Allemagne dans le passé, de l'exalter dans l'avenir » et la tentative de justifier les prétentions hégémoniques du Reich. Retour sévère sur l'Allemagne nazie, avec l'éreintement de *Défense du nationalisme allemand*, par Friedrich Sieburg, dont il trouve la lecture « affligeante ». Selon cet auteur, qui recommence, « et pour tout un peuple, la sophistique et stérile construction de Maurice Barrès », c'est un devoir pour l'Allemagne que de rompre avec la communauté morale de l'Occident, découvrir des valeurs morales purement nationales, s'isoler du monde en poursuivant un destin spécifiquement allemand. Programme déraisonnable selon mon père, qui, en conclusion, renouvelle sa condamnation de ce Barrès qu'il exalterait pendant l'Occupation. « Cette passion pour la différence, pour le je ne sais quoi d'ineffable qui se logerait dans les replis secrets du cœur populaire, est caractéristique de la maladie nationaliste. Ainsi Barrès allait consulter Colette Baudoche pour réfuter les esprits solides de son pays. »

Tout ce qui concerne l'URSS, au contraire, éveille la sympathie de RF. Le 19 avril, rendant compte de l'*Histoire de la Révolution russe* par Léon Trotski, il note « l'impression de libération que donne toujours, au premier abord, la pensée marxiste », non sans montrer quelque inquiétude que l'Histoire n'ait de sens pour Trotski que par rapport aux révolutions. Le 30 août,

La Jeunesse en Russie soviétique, de Klaus Mehnert, lui inspire de chaleureuses remarques sur la « nouvelle aristocratie » en train de se former là-bas, mot qu'il faut entendre dans son sens le plus positif et le plus pur. « Les jeunes communistes ont au plus haut degré le sentiment de l'obligation noble. Ils doivent à tout moment donner l'exemple, être des exemples vivants. D'où vient une austérité qui rappelle le puritanisme des temps héroïques. » L'héroïsme : une des valeurs de mon père, et qui le poussait alors bien plus vers les rouges de Staline que vers les noirs de Hitler. « Si l'héroïsme est un mode de vivre qui suppose la volonté constante de se dépasser soi-même en vue d'un idéal, la vie d'un jeune communiste croyant est héroïque par excellence. »

Un article, enfin, singulier et incongru, « Grosses et petites bagnoles » (4 octobre), est un hymne à la voiture, justifié par le constat optimiste que le progrès industriel (force détails, du connaisseur, sur les pneus superconfort, les amortisseurs hydrauliques, les roues indépendantes, la traction avant, la suspension du châssis, la protection des aciers) met aujourd'hui le luxe et la vitesse à la portée des budgets réduits. La vitesse est dangereuse ? Sottise ! « La meilleure sécurité, c'est une accélération foudroyante. » La lenteur est ennuyeuse ? Mais non ! Le « vieux routier » donne des conseils, qui ont dû faire rire ma mère : la liberté, à présent que les routes sont encombrées, consiste à rouler lentement, pour retrouver l'usage des facultés que la vitesse dérobe, telles que le contrôle de soi, l'amour de la nature… « Mais l'auto n'est pas seulement une passion : elle est une drogue. » Si on ne peut plus aller vite en voiture, eh bien ! qu'on enfourche une moto ! « En résumé : le wagon-lit pour l'homme pressé, l'auto pour le père de famille, la voiture de course pour le richard énergique, la moto pour le sportif qui n'a pas cent mille francs à jeter par an sur la route et pour l'homme qui ne veut pas vieillir. » Pareille conclusion résume toutes les contradictions de mon père : il possède une auto mais ne se soucie pas d'y transporter sa famille, car il la conduit et la traite comme une voiture de course ; loin de faire des économies avec ses motos, il les transforme en gouffre financier.

À ces cinquante-deux articles de *Marianne* s'ajoutent les dix chroniques ou notes de *La Nouvelle Revue française*, plus mûries, plus approfondies. Riche bilan, pour le supposé oisif. Outre les « Notes sur l'évolution d'André Gide », les plus importantes études de la *NRF* (dans la rubrique « Les Essais » dont il est titulaire) traitent de Montaigne et de Nietzsche. Éloge inconditionnel de Montaigne, qui a sauvé l'indépendance du jugement, et fortes réserves sur Nietzsche, d'où il est impossible de tirer une éthique cohérente et féconde. La curiosité de mon père embrasse un vaste champ de sujets, philosophiques, politiques, économiques, littéraires. Il s'intéresse à Keynes comme à Hegel, à Thierry Maulnier comme à Emmanuel Berl, à Keyserling comme à Benda, à John Galsworthy comme à Henry James.

Cette mobilité intellectuelle, l'énorme culture qu'elle suppose inquiètent son ami Roger Martin du Gard, au sujet de la suite que RF pourrait donner au *Pari.* « Est-ce qu'un vrai romancier peut être aussi un homme de grande intelligence critique, un grand lecteur, un travailleur doué d'une puissante mémoire ? » Il en doute, et cite en exemple Jules Romains, dont les pages les meilleures sont celles où il « semble avoir remis toute son intelligence au fourreau », mais qui restent incapables de soulever « ce sourd frémissement intérieur » qu'on éprouve à chaque page de George Eliot, de Thomas Hardy, de Tolstoï. « Je sais bien qu'il y a Meredith. Et Laclos. Enfin, nous verrons. Mais je persiste à penser que dans cette nouvelle voie, votre bagage de connaissances et votre intelligence critique que vous avez dressée à fonctionner comme une tricoteuse électrique sont un sérieux handicap, au départ… » Réponse avec *Les Violents*, en 1935.

En attendant, le « héros », selon Paul Desjardins, « l'athlète », selon Charles Du Bos, celui dont on attend le verdict sur les écrivains du moment et des réflexions sur les thèmes éternels, semble au mieux de sa forme. Cependant, chez lui, dans sa famille, dans son foyer, tout se dégrade. Il rentre de plus en plus tard. À la fin de l'année, véritablement à point d'heure. Le 7 décembre : « R rentre à 4 heures du matin, après avoir dîné (!) avec Simone Téry. » Le point d'exclamation indique que ma mère n'est pas dupe : un tel retard est presque un aveu d'adultère. Le 19 décembre, il rentre ivre. Le 21 décembre, à 5 heures du matin. Le 24, à 2 heures du matin. C'est la nuit de Noël. Ma mère note : « Dîner avec Mlle [la nurse]. Notre pauvre réjouissance. » Simone Téry est une journaliste communiste, répandue dans les milieux intellectuels. Mais voici une autre rivale, infiniment plus dangereuse, dont le nom commence à apparaître. Pour la première fois, le 28 avril : « Dîner chez Bacchus avec F. de Madrazzo et ses amis Bouwens (?) » Elle n'est pas sûre de l'orthographe : signe du trouble qu'elle a ressenti, et du doute qui s'est levé en elle. Les Bouwens sont Betty et son frère. Le 3 mai, dîner chez Madrazzo, avec Madeleine Le Chevrel et ces mêmes Bouwens. Le 31 décembre, réveillon chez la belle-mère, « avec Mlle Bouwens ». Ma mère n'a pas l'air encore de mesurer tout le péril. Les querelles avec mon père sont nombreuses, mais sur d'autres sujets : « l'éducation catholique des enfants, jusqu'à la rupture » (18 mars), les vacances (10 avril). Le 8 juin, « horrible querelle », qui « passe toutes les bornes ». Le 9 juin : « Ping-pong chez les Bost. Et à la maison, nervosité démente. » Le motif principal des disputes, c'est, encore et toujours, l'argent. Le 10 juin : « Ramon a brisé son moteur, faute d'eau (à Clamart). Notes toujours à payer. Et le même climat nerveux, coupé de tempêtes. » Le pacha a besoin de voitures, mais néglige de remplir le radiateur. Ce n'est pas une besogne à laquelle il consent de s'abaisser. Le 15 juin, arrive la note de la réparation : 3 000 f.

Le prix Femina et les droits importants qu'il touche ont conforté mon père dans son illusion et son irresponsabilité financières : pourquoi exercer une activité régulière si l'on peut s'enrichir à l'improviste, et par des moyens plus agréables ? Il n'a pas pensé que le fisc lui réclamerait l'année suivante des sommes proportionnées à cette manne sans lendemain. La feuille d'impôts parvient rue Mornay le 9 septembre : 5 027,50 f. Ma mère écrit une réclamation au directeur. Verdict, le 22 octobre : elle est sommée de payer 5 490,64 f.

Elle n'assiste pas au banquet offert le 14 décembre à l'hôtel Lutetia, par *La Revue du siècle*, en l'honneur de François Mauriac à l'occasion de son élection à l'Académie française. Le nouvel élu est entouré de Mme André Maurois et de Mme Jacques Bainville. Au nombre des convives se trouve mon père, dont un journaliste présent souligne « la voix grave et assurée », comparée à celle, « fragile », de Daniel-Rops. Pendant ce temps, dans l'agenda de ma mère : « Dîner seule avec Mlle le soir. »

Le 30 décembre, mon père a convié à dîner Jean Schlumberger, Simone Téry (encore elle), Émilie Noulet (une autre muse littéraire), mais il s'absente toute la journée et laisse sa femme vaquer aux préparatifs. « Et moi misérable (avec le marché, la cuisine et la vaisselle). » Avant le souper du réveillon, le lendemain, chez la belle-mère, avec cette encore mystérieuse Betty.

34.

1934

Jusqu'à l'été, selon l'agenda de ma mère, la double vie du couple se poursuit sans changement : variée et distrayante vue du dehors, monotone et sinistre en réalité. Ils sortent, reçoivent : les « mondains » habituels, Yvonne de Lestrange, Mme de Castries, Madeleine Le Chevrel, Lucien Daudet, François Le Grix, et, parmi les écrivains, outre ceux de la NRF, Chamson, Brunschvicg, Gabriel Marcel, Saint-Exupéry, Daniel Halévy, Maurois, Du Bos, Maritain, figures accoutumées, auxquelles s'en ajoutent de nouvelles, Jean-Richard Bloch, romancier et dramaturge communiste, Giorgio de Santillana, intellectuel italien, antifasciste, André Breton, avec qui mon père déjeune, René Crevel, qui leur fait une « longue visite », le 23 avril (il était venu quémander de l'argent, me racontait ma mère en évoquant cette scène de comédie, et mon père, ne sachant comment se débarrasser du fâcheux, s'éclipsa par l'escalier de service), Aragon, plusieurs fois cité, soit qu'ils passent chez lui, soit qu'il téléphone à mon père, le 1er mai, à 11 heures et demie du soir, soit que mon père téléphone à ma mère de chez lui, le 12 mai, à minuit.

Mais la personne le plus fréquemment mentionnée est Betty Bouwens : quelque trente fois, entre le 6 janvier et le 30 juin. Ils dînent avec elle au restaurant, le plus souvent chez « mamé » (une douzaine de fois), elle vient dîner chez eux (au moins trois fois), ils vont au théâtre ensemble. Préoccupée surtout par les questions d'argent (les « sombres problèmes financiers » : factures, assurances, amendes pour les voitures, impôts, impayés divers, qui provoquent « l'assaut » des fournisseurs et des créanciers), il ne semble pas que ma mère prenne un ombrage excessif de la présence de plus en plus envahissante de la jeune femme. Le 25 avril, ils sortent tous les trois au théâtre puis boivent un grog jusqu'à minuit. « Bonne soirée », note ma mère, qui se relâche pour une fois de son pessimisme. Le 14 mai, Betty les emmène déjeuner chez le marchand de tableaux Ambroise Vollard : ils y rencontrent le peintre Georges Rouault. Le 4 juin, ma mère passe au Divan, la librairie d'Henri Martineau, place Saint-Germain-des-Prés, où travaille Betty, pour inviter celle-ci à dîner le surlendemain.

Ce qui ronge ma mère, ce sont, outre les soucis matériels, les absences de plus en plus prolongées de son mari. Un soir sur trois, il rentre à 1 heure, 2 heures, 3 heures, juqu'à 5 heures et demie du matin. Elle dîne seule, attend, pleure. Quelquefois il dîne avec elle mais ressort aussitôt après. Une « querelle misérable » éclate de temps à autre. Le 14 mai, il rentre à 2 heures du matin : « Querelle, coups et larmes. » Plus que tout, lui pèse « l'atmosphère de mensonge de tout cela ». Que lui cache-t-il ? « R absent tout le jour. » « R toujours dehors. » « R ne rentre pas. » « R fait téléphoner qu'il ne rentre pas. » « R dépense tout son argent on ne sait à quoi. » « Moi seule, comme toujours. » Jour après jour, c'est le même constat, la même litanie. La vérité, elle se refuse à la voir, car il a des moments de tendresse avec elle. Persistance des petites croix, chaque mois, pour des raisons de santé, de commodité, mais aussi, peut-être, par soulagement après avoir fait l'amour. Mais enfin, comment s'aveugler plus longtemps ? Le 25 mai, Betty et R s'en vont au banquet du *Canard enchaîné*. « Moi ici. Journée pénible. R revient à 4 h et demie du matin. » Le 12 juin, il emmène Betty au concert et rentre à 3 heures du matin. Cette fois, elle se rend à l'évidence. « Moi : lucidité qui supprime le désespoir, du moins un temps. Pas longtemps. » Le lendemain : « R absent jour et nuit. » Le 14 juin : « Explication la nuit, de 3 à 6 h. Au grand jour. » Ces trois derniers mots soulignent l'horreur et la vanité de l'affrontement : au grand jour, quand la ville se réveille et part au travail, pendant qu'eux n'ont pu dormir de la nuit. S'expliquer, ils n'y arrivent pas, ils n'y arriveront jamais. Lui, dès qu'elle le relance au sujet de l'argent ou lui demande des comptes de ses absences, file, claque la porte, disparaît. Arrêtons-nous pour le moment au 30 juin, reprenons souffle avant ce qui va devenir atroce.

Mon père a continué à donner régulièrement son article hebdomadaire dans *Marianne*. Parmi les auteurs étudiés : Jules Romains, Barrès *(Mes cahiers)*, Louis Guilloux, Drieu La Rochelle, Eugène Dabit, Trotski (suite de l'*Histoire de la Révolution russe*), Paul Morand, Marcel Jouhandeau *(Chaminadour)*, Julien Green *(Le Visionnaire)*, Maurois, Kessel, Giraudoux, Irène Némirovsky, Montherlant *(Les Célibataires)*. Que dit-il du nouveau Drieu, le 21 janvier ? Le compliment est-il moins ambigu que les autres fois ? (« Le meilleur livre de Drieu, donc relativement un bon ouvrage », en 1926.) « Il y a longtemps que je n'avais lu un livre aussi plaisant que *La Comédie de Charleroi.* » Le style est « plus frappant que de coutume », dans ces nouvelles de guerre, où le « jeune bourgeois cultivé jeté naïvement dans la tourmente » prend peu à peu conscience de soi. On peut comparer Drieu à Montherlant, « non certes toujours à son désavantage. Il n'a pas les ailes de Montherlant, mais ses pieds retiennent mieux la boue ». À la fin de son article, RF recommande un recueil de nouvelles et de poèmes écrits par des ouvriers, et des ouvriers révolutionnaires. « Je prie les lecteurs bourgeois de ne point se laisser choquer par l'esprit sectaire de certaines de ces pages. À regarder les choses selon la saine justice, un ouvrier que sa vie ne révolte pas n'est pas un homme digne de ce nom. »

Sur *France la Doulce* de Paul Morand, fortes réserves, le 21 mars. RF souligne les relents racistes, antisémites et nationalistes de ce livre, satire des milieux de cinéma envahis par la pègre étrangère. « Je consens que les métèques du cinéma soient ignobles et dérisoires, mais ce n'est pas pour m'endormir dans les bras d'une petite-bourgeoise tassée sur elle-même et ronronnante. » On regrette, poursuit le critique, de voir Morand écrire des phrases de ce genre : « Expulser, c'est difficile, mais réintégrer un expulsé, ça l'est beaucoup moins. Il n'y a qu'à l'inscrire au Parti communiste », contrevérité où l'auteur se fait « l'écho d'injustes propagandes ». Jugement sévère aussi sur *La Nouvelle Arcadie*, de Maurice Bedel, assez sotte parodie du collectivisme soviétique (11 avril). « Voltaire connaissait fort bien l'Église catholique qu'il criblait de ses flèches. Je ne suis pas assuré qu'on en puisse dire autant de M. Bedel et du marxisme. » Quant à l'ouvrage de Mme Blandine Ollivier, *Jeunesse fasciste*, reportage idyllique sur les méthodes d'éducation dans l'Italie mussolinienne, il pèche par naïveté et ignorance de l'endoctrinement nationaliste auquel les enfants italiens sont soumis (27 juin).

On le voit : la politique empiète de plus en plus sur la littérature. Dans les articles donnés à *La Nouvelle Revue française*, elle prédomine absolument. C'est qu'au début de l'année de graves événements se sont produits en France, et que mon père a pris position avec éclat. Le 27 janvier, déjà, ma mère note, pour la soirée : « Avec R, sur les boulevards autour de l'opéra, pour voir les manifestations. On crie : Conspuez les voleurs ; en prison Chautemps ; Stavisky au Panthéon, au chant de la Marseillaise et du "Ça ira" un peu arrangé. Vu quelques bagarres. » Stavisky : homme d'affaires véreux, qui détournait des millions de francs. La découverte de ce scandale financier, à la fin de 1933, contribua à discréditer le régime. Stavisky fut retrouvé tué d'une balle de revolver. Chautemps : président du Conseil, radical-socialiste. Les ligues d'extrême droite accusèrent le gouvernement d'avoir fait disparaître Stavisky et contraignirent Chautemps à démissionner. Il fut remplacé par Daladier, qui le 3 février renvoya le préfet de police Chiappe, connu pour être un sympathisant de l'extrême droite. Les ligues (Croix-de-Feu, Camelots du roi, Jeunesses patriotes), soutenues par une violente campagne de *L'Action française* contre la corruption parlementaire, organisèrent, le 6 février, une manifestation contre le gouvernement Daladier et la Chambre des députés. Foule énorme, place de la Concorde. La police, débordée, ouvrit le feu : une vingtaine de tués, 2300 blessés. Le 9 février, contre-manifestation des partis de gauche, pour dénoncer la menace fasciste. Le 12 février, grève générale. Cette crise, connue sous le nom générique de « 6 février 34 », inaugurait la période de troubles politiques qui précéda la guerre.

Tout de suite, mon père court au front. Dans l'agenda de ma mère, à la date du 6 février : « R dehors – et jusqu'à 6 h du matin. » Cette fois, il a un prétexte avouable. Quant à ma mère, elle reçoit à dîner ce soir-là son frère Paul (ingénieur en Indochine, de passage à Paris) et

« mamé ». Elle note : « Nuit d'émeute. On téléphone : Madrazzo, Adrienne Weill, Lucien Daudet. Raccompagné mamé au quai Bourbon. Rencontré Blaque Belair sur le quai ; puis marché jusqu'au Pont-Neuf. L'Hôtel de ville parfaitement calme, mais on se bat ailleurs. Nuit d'extrême anxiété, et sans sommeil. » 7 février : « On apprend que le gouvernement est démissionnaire » (Doumergue remplace Daladier). 8 février : « Les bagarres ont continué hier soir : encore des morts et des blessés. Marché avec R sur les boulevards, vers 10-11 h. Relativement calme. » 9 février : « Bloch vient dîner avec R à 8 h et demie. Mamé à 9 h. Betty Bouwens à 11 h. Nous allons boulevard Beaumarchais voir les manifestations communistes (les coups et le sang). Puis jusqu'aux Halles, avec Bloch et ses amis communistes. »

À droite comme à gauche, on a protesté contre l'abjection des mœurs politiques et la décrépitude de la démocratie parlementaire : sur ce point, et pour dire qu'il faut changer de régime, tout le monde est d'accord. « On chantait pêle-mêle *La Marseillaise* et *L'Internationale*. J'aurais voulu que ce moment durât toujours », écrit enthousiasmé Drieu La Rochelle, qui opte alors pour le fascisme. Mon père se lance dans la voie opposée.

Il y a longtemps qu'il s'est posé le problème des rapports entre l'intellectuel et la révolution. Dès 1930, dans le numéro de septembre de *La Nouvelle Revue française*, il écrivait, sous le titre « La pensée et la Révolution », ces lignes qui devraient servir de bréviaire à tout intellectuel tenté par l'action politique – mais qui, hélas, ne l'ont pas empêché de se fourvoyer lui-même quelques années après. « Si l'intellectuel est de bonne trempe, il applaudit la révolution naissante tant qu'elle est assez vague et générale pour qu'il la puisse confondre avec la révolution intérieure et permanente de l'esprit. Lorsqu'elle se précise et se spécialise, il s'aperçoit de son erreur. Mais cela ne veut nullement dire qu'il soit moins révolutionnaire que le commissaire du peuple qui le fait fusiller : cela veut seulement dire qu'il est révolutionnaire autrement, et ailleurs. "Ailleurs", telle devrait être la devise du penseur devant toutes les manifestations de la société. » Que n'a-t-il relu ce texte en 1940, avant de passer de l'« ailleurs » au *hic et nunc* de la collaboration !

Retour, en janvier 1934, sur le problème de l'engagement révolutionnaire, dans sa chronique de la *NRF*, intitulée cette fois : « La Révolution est-elle nécessaire ? » Tout en s'interrogeant sur cette vaste fermentation qui soulève l'Europe, il réaffirme son attachement aux valeurs de la personnalité. « L'homme ne devient une personne que par un effort, non de libération, mais de contrainte et de contrôle... Une personne est un homme qui unifie les diverses parties de lui-même à l'intérieur de lui-même, autrement dit qui réussit à appliquer à la synthèse de ses sentiments et de ses actes l'unité d'aperception que nous révèle la critique de la connaissance. » Alors que, dans sa vie privée, il est en train de détruire cette synthèse et de ruiner cette unité, je trouve quelque peu pathétique de le voir appeler au secours des notions qui se sont révélées si inopérantes pour lui.

Quelle est la forme de société la plus favorable à l'épanouissement de la personnalité ? se demande-t-il ensuite : une démocratie libre ou une dictature ? « La tradition révolutionnaire a fait du Français un individu libre, mais il y a en France fort peu de personnalités. Au contraire, la caste militaire prussienne, la caste communiste russe, hier l'état-major fasciste, aujourd'hui peut-être les cadres hitlériens semblent, ont semblé propices à l'éclosion de personnalités fortes. » Ici, j'observe un glissement dangereux sur le concept de « personnalité ». Il ne s'agit plus d'une réalisation unitaire de soi par la mise en harmonie de ses sentiments et de ses actes, mais, dans un sens plus vulgaire, d'une démonstration de force, d'un étalage de virilité. Au moment où il renonce pour lui-même à cette mise en harmonie, au moment où il accueille en lui le désordre et la déroute de son idéal philosophique, mon père laisse entrevoir quelque indulgence pour la personnalité entendue comme individu de premier plan, entendue comme chef. Il reste cependant sceptique sur la capacité des hommes à hasarder leur tranquillité dans une action révolutionnaire. « On comprend qu'un bourgeois risque sa peau pour la sauver : on ne comprend pas qu'il s'arrache la peau dans l'espoir qu'une meilleure lui pousse. »

Après le 6 février, il commence à s'arracher la peau, s'apprête à sauter le pas. Dès le 7, il signe l'appel à la grève générale. Le 9, on le trouve, en compagnie d'Alain, de Jean-Richard Bloch, de Jean Guéhenno, d'André Malraux, parmi les signataires d'un appel à l'unité ouvrière « pour barrer la route au fascisme en gardant à l'esprit la terrible expérience de nos camarades d'Allemagne ». La revue *Europe*, naturellement, est à la pointe du combat, sous l'impulsion de Bloch et de Guéhenno ; mais, même à *La Nouvelle Revue française*, tout le monde se prépare. La rubrique « l'air du mois » du numéro de mars est consacrée aux récents événements. Drieu y pousse le cri de joie cité plus haut, exalte « la foule inquiète et amoureuse », où les uns se disent patriotes, les autres communistes. Gens différents, sans doute, mais unis sur un même point : « C'étaient des hommes qui d'un même geste spontané et généreux offraient leur sang et prenaient celui d'autrui. » Georges Altman, ensuite, fait, plus posément, la chronique des émeutes. Puis Benda livre ses réflexions sur les rapports de la foule et de la troupe : « Le faible qui engage la lutte avec le fort a un immense avantage : s'il perd, ses vainqueurs sont odieux. » Enfin mon père, dans une sorte d'appel intitulé « Pour l'unité d'action », constate : 1. l'unanimité de la colère et du dégoût soulevés par le Parlement ; 2. l'utilisation de ce dégoût par les seules forces organisées, c'est-à-dire la droite ; 3. la manipulation des événements par la presse de droite, qui a présenté les manifestants du 6 février comme des agneaux innocents égorgés ; 4. l'erreur de tactique commise par les communistes, qui n'auraient pas dû paraître place de la Concorde, « car le vandalisme devait nécessairement leur être attribué ». Conclusion : « Les gens qui ont de l'argent forment un front commun contre ceux qui n'en ont pas », et veulent profiter de l'indignation générale pour briser la classe ouvrière. Dès lors, un seul problème se pose, pour les gens de gauche : « gagner la cohésion, la confiance, l'élan nécessaires à une défense victorieuse », et une seule question : « Le régime actuel survivra-t-il assez longtemps pour qu'une conscience de gauche s'oppose à la conscience de droite ? »

En même temps, mon père adhère à deux organisations d'intellectuels antifascistes : l'Association des écrivains et artistes révolutionnaires, dite AEAR, lancée en mars 1932 par des écrivains communistes comme Paul Vaillant-Couturier et Henri Barbusse, et le Comité de vigilance des intellectuels antifascistes, fondé après le 6 février par un triumvirat comprenant le physicien Paul Langevin (communiste), l'anthropologue et ethnologue Paul Rivet (socialiste) et le philosophe Alain (radical). À l'Union pour la Vérité, il organise le 28 avril une discussion sur « Libéralisme et communisme », où interviennent Maritain, Drieu, Benda, Gurvitch.

Commentaire de Gide, transcrit par Mme Van Rysselberghe, en mars 34 : « Avez-vous vu qu'Alain se déclare et que Fernandez quitte ses positions pour se précipiter vers l'extrême gauche ? Il m'en a paru tout rajeuni et j'ai eu un réel plaisir à le retrouver, ce qui ne m'était plus arrivé depuis longtemps. »

Entremêlement de la vie politique et de la vie privée. À la date du 8 mars, je lis dans l'agenda de ma mère : « Réunion AEAR au palais de la Mutualité, rue Saint-Victor. Cassou, Vaillant-Couturier, Langevin, Prenant, Maublanc, Baby… Ramon. Pour finir, avec Betty, Bloch, M. Woof, au café en face – jusque vers 2 h du matin. » Betty associée à ce remue-ménage politique : retenons ce rapprochement.

Mon père ne s'en tient pas à ces réunions et colloques. À titre individuel, il conduit plus loin la bataille, en publiant dans le numéro d'avril de *La Nouvelle Revue française* la fameuse « Lettre ouverte à André Gide ».

« Mon cher ami, Vous êtes communiste et je ne le suis pas encore ; et je persiste à croire que mieux vaut "ne l'être pas" encore quand on veut servir, de la place où je suis, les intérêts essentiels du prolétariat. » L'important, c'est de comprendre qu'il y a des moments, dans la vie publique, « où l'on se voit forcé de prendre position afin de sauver son honneur d'homme ». Et d'expliquer les trois raisons qui l'empêchaient d'adhérer au communisme, trois raisons, dont les deux premières n'existent plus, alors que la troisième subsiste. La première, c'est le caractère rigide de la doctrine de Marx, au détriment des droits de la critique. Mais aujourd'hui, « le redressement farouche et fou du capitalisme a cette conséquence que le marxisme, vaille que vaille, est devenu l'unique rempart des opprimés, je veux dire simplement de ceux qui ont faim. Dès lors, toute critique du marxisme se change automatiquement en argument de "droite". Or il me paraît infiniment plus important de défendre ceux qui ont faim que d'avoir raison contre Marx ». Jean-Paul Sartre, il me semble, quand il s'interdisait, après la guerre, de désespérer les ouvriers de Boulogne-Billancourt par des critiques contre le marxisme, qu'a-t-il fait d'autre que de plagier et lester du plomb de la hargne ces phrases de mon père ? « Un anticommuniste est un chien, je ne sors pas de là, je n'en sortirai plus jamais. »

Deuxième raison : la conviction que l'adhésion au communisme comporte une action de tous les instants, un dévouement total à la cause, et que lui, Ramon Fernandez, ne voulait pas renoncer à ses travaux personnels. « Aujourd'hui, c'est différent, parce que toute absence dans le camp du prolétariat suscite une présence dans le camp de ses ennemis. Il y a plus. Quand on défend comme moi un certain humanisme, fondé sur la croyance que l'homme est pour l'homme la plus haute valeur, et que l'humanité ne sera point égale à elle-même tant que les hommes ne seront pas humains, on ne saurait laisser triompher les gens qui pensent exactement le contraire sans encourir ce déshonneur philosophique qui est peut-être le plus amer de tous les déshonneurs. » Je suis ému et stupéfait de lire de telles lignes, ainsi que celles qui suivent : « L'asservissement qui nous menace ne sera pas seulement économique. On veut nous encadrer et nous subordonner : nous encadrer dans des institutions condamnées par l'esprit ; nous subordonner à quelque principe transcendant, Dieu ou nation, qui réglerait la pensée de la pensée même et imposerait ses mots d'ordre à l'inspiration. » Comment l'homme aussi lucide et bon serviteur de l'esprit en 1934 en arrivera-t-il, trois ans plus tard, à se laisser « encadrer », « subordonner » et asservir par des négateurs absolus de l'esprit, reniant le credo qu'il avait exprimé si magnifiquement ? Voilà l'énigme qui m'a poussé à entreprendre ce livre.

Après avoir insisté sur la nécessité pour les intellectuels de rapprocher leurs intérêts de ceux du prolétariat, car « l'intellectuel a besoin de la classe ouvrière pour se connaître lui-même complètement » (je n'oublierai pas cette affirmation quand il s'agira d'expliquer l'inexplicable séduction exercée par l'ancien ouvrier Jacques Doriot), mon père en vient à la troisième raison, celle qui subsiste. Il faut s'engager, soit, mais dans quel parti ? Si le parti socialiste lui paraît « singulièrement mou, indiscutablement gagné par l'atonie libérale », le parti communiste, « tout hérissé de mots d'ordre et de mots de passe », est trop corseté dans le dogmatisme. « Je n'aime pas les Églises. Je crains toujours que les portes et les vitraux d'une église ne bouchent aux fidèles la mouvante réalité. » Alors, fin de non-recevoir ?

Non, car « aucune des réserves que je viens de vous avouer ne m'empêchera d'adhérer à une action prolétarienne le jour où elle verrait ses ennemis dressés contre elle. Ce jour-là, hésiter serait trahir… Telle doit être, à mon avis, la position d'un intellectuel entièrement acquis à la cause ouvrière, mais qui entend, parce qu'il en a le droit, respecter sa propre réflexion jusqu'au bout, c'est-à-dire jusqu'au moment, déterminé par l'histoire, où il ne s'agit plus de réfléchir ». Le 6 février a sans doute clos la période des atermoiements. « Je suis de ceux qui ont cru, voici quelques années, à la possibilité d'une idéologie, d'une éthique de droite. Cet espoir n'est définitivement plus permis. Il n'y a rien, là-bas, derrière leurs grands mots, que des porte-monnaie qui se dégonflent. Marx avait trop raison, je choisis le camp des porte-monnaie vides… C'est, au sens religieux du terme, nous sauver. »

Le camp des porte-monnaie vides : la formule frappa et fit fortune. Elle indigna le camp de ceux qui avaient peur que leur porte-monnaie ne se dégonflât ; et parmi eux, plusieurs lecteurs de *La Nouvelle Revue française.* Le 19 avril, Paulhan confie à Gide : « Beaucoup de désabonnements ; et (si l'on peut dire) de très beaux désabonnements : Comtesse Joachim Murat, Baronne James de Rothschild, Comtesse F. de Castries, Comtesse di San

Martino, Mme Pierre Bellanger, etc. Les désabonnements sont parfois accompagnés d'explications injurieuses – et si grossièrement injurieuses que je commence à croire que Fernandez a raison. (Il n'est question que de camps de concentration, d'âme basse et étrangère, etc.). » Gide répond à Paulhan, le 25 avril : « Consterné par les désabonnements. Mais quel signe que... » Il est piquant de constater que ce beau monde aristocratique était celui que mes parents fréquentaient ; et que la comtesse F. de Castries (Rosita) était une ancienne maîtresse de mon père et la marraine de ma sœur. Quant à « l'âme basse et étrangère », c'est celle d'un Mexicain naturalisé, donc d'un métèque. À Franz Hellens, le 16 avril, Paulhan avait écrit : « Évidemment, les gens sont tendus. Je reçois des lettres d'abonnés. "Quand Fernandez sera dans un camp de concentration...", etc. C'est un ton nouveau, qui ne demande qu'à se développer. »

La réaction de François Mauriac, pris gentiment à partie dans la *Lettre ouverte à André Gide* (Mauriac reproche à Gide sa foi naïve dans le progrès matérialiste : rien d'étonnant, de la part d'un homme qui se tient « de l'autre côté de la barricade »), est évidemment plus nuancée. Il écrit à mon père (lettre non datée) que c'est « un sentiment d'horreur » qui prédomine après le 6 février. Certains partis peuvent songer à utiliser cette horreur, mais lui a la conviction très nette que « la victoire n'ira à ce que vous appelez les droites que dans la mesure où, comme Mussolini et Hitler, elles s'appuieront sur le peuple, où les premières mesures draconiennes seront prises contre le chômage, où le syndicalisme ne sera pas combattu dans son essence, mais séparé de la politique. Dans le cas contraire, c'est vous qui triompherez et ce sera tant pis pour nous ». Il fait observer ensuite que mon père a de l'esprit public français une opinion faussée par sa situation sociale très particulière : « Il y a pour vous le Monde, les quelques familles aristocratiques et richissimes où vous avez passé votre brillante jeunesse – et les "gauches", la classe ouvrière, etc. Ce qui vous échappe, c'est la connaissance de cette immense classe dont je suis, où j'ai mes racines et qui, vouée à la ruine et au désespoir, est en train de former un nouveau prolétariat, moins organisé que l'autre – et, il faut le dire aussi, moins adapté à la privation et à la misère. » À Bordeaux par exemple, il pourrait lui montrer les filles des Chartrons devenues commises de libraires ou de marchands de souliers – « un déclassement presque général ». Ne recommençons pas l'affaire Dreyfus et tâchons de nous comprendre, dit-il enfin, avant de terminer sur cette mise en garde contre une assimilation trop hâtive : « Je protesterai chaque fois que vous vous efforcerez de créer l'équivoque : "les ennemis du stalinisme" sont ceux de la classe ouvrière, non et non ! »

Il y a de la malice dans cette lettre, qui met l'accent, non sans raison, sur les origines personnelles du virage à gauche pris par mon père. Est-ce une raison pour jeter la suspicion sur sa bonne foi et la sincérité de son engagement ? L'explication par les causes privées est douteuse, quand elle cherche à rabaisser l'adversaire. C'est vrai que mon père a été élevé dans des conditions qui lui ont donné une vision très partielle de la société ; mais la réflexion, la sensibilité, la générosité dont lui faisait crédit Bernanos, l'influence d'écrivains prolétariens ou proches du prolétariat, tels Louis Guilloux, Pierre Hamp, Eugène Dabit, Jean Guéhenno, lui ont ouvert les yeux ; et ce n'est pas seulement par honte de n'avoir connu jusque-là que le « Monde », la classe des riches et des profiteurs, qu'il est sur le point d'adhérer au communisme, mais parce qu'il découvre dans la classe ouvrière, comme beaucoup d'écrivains de sa génération, la vraie richesse du pays.

D'autres lettres qu'il reçoit le confortent dans ses nouvelles convictions. Le 2 avril, Eugène Dabit, justement, l'auteur du roman populiste *L'Hôtel du Nord*, approuve sa *Lettre ouverte* : « Comment ne serais-je pas sensible à son accent ? à ses raisons secrètes ? sensible aussi aux scrupules, aux inquiétudes dont elle témoigne ? mais aussi, à son élan et à certaine noblesse... » Andrée Viollis, journaliste à *Marianne*, lui avoue qu'elle se sent elle aussi toute proche d'entrer dans le Parti communiste, car elle devra bientôt « choisir et faire le sacrifice d'une illusoire et inutile liberté ».

La plus belle lettre (inédite comme les deux précédentes) arrive de Russie. Écrite le 5 avril, sur papier à en-tête de l'UIER, Union internationale des écrivains révolutionnaires, avec l'adresse en caractères cyrilliques calligraphiée au dos de l'enveloppe (Moscou, boîte postale 850), elle est signée de Paul Nizan, le camarade d'École normale de Raymond Aron et de Sartre, entré au Parti communiste dès 1927 (il romprait après la signature du pacte germano-soviétique de 1939, subirait les ignobles attaques d'Aragon et irait se faire tuer, désespéré, sur le front près de Dunkerque, en 1940).

Nizan vient d'apprendre l'adhésion de mon père à l'AEAR. Il l'en félicite, d'autant plus, précise-t-il, que leurs relations n'étaient pas dans le passé très cordiales. « Je suis heureux de votre entrée dans nos rangs, de la force nouvelle que vous leur apportez. » D'accord sur presque tous les points avec la *Lettre ouverte*, il en loue le ton, les scrupules, propres à amener vers les communistes ceux qui se tiennent encore entre deux feux. « Impossible de n'être point ému par ce texte qui est un véritable, un efficace examen de conscience tourné vers l'action. » Évidemment, il récuse le point qui touche l'adhésion au parti. « Je sais tout ce qu'on peut dire contre cette adhésion – vous le dites parfaitement bien – mais je crois que ce “rigoureux rapport de réciprocité” dont vous parlez entre les intellectuels et la classe ouvrière n’est pleinement vécu, complètement réalisé que dans le lien commun de l’appartenance au Parti. Il y a bientôt dix ans que j’en suis membre et cette “fidélité” n’a pas toujours été facile mais cette appartenance même, et les exigences qu’elle comporte – j’y ai trouvé des raisons d’exister qui sont parmi les principales raisons d’un homme. »

Sur Gide lui-même, dont on ne connaît aucune réaction directe aux événements de février, quel effet a eu le texte de mon père, qu’il a lu sur épreuve, dès le 15 mars ? Il écrit à son ami Martin du Gard, le 9 mars : « Les journées du 6, du 9 et du 12 février ont été d’une telle importance qu’elles ont décidé de l’orientation de plusieurs. En particulier Fernandez a été précipité vers la gauche. » Le 18 mars, toujours au même destinataire, pour le convaincre de se rallier : « La menace fasciste paraît si grave que des esprits qui, plus encore que vous, s’étaient tenus précautionneusement à l’écart » commencent à se mobiliser, Alain et Rivet en tête. « Je crois que cette “lettre ouverte” de Fernandez sera pour vous d’une éloquence que je souhaite persuasive. (Vous me renverrez cette épreuve, S.V.P.) » Sur quoi Martin du Gard réplique, le 22 mars : « La lettre de Fernandez est parfaite. Mais elle ne vaut que pour lui. Fernandez est un essayiste, un moraliste, un critique et un professeur ; c’est dire qu’il a pour métier d’enseigner les jeunes et de renseigner les adultes ; qu’il a choisi dans la vie un rôle de conseiller ; qu’il a depuis longtemps pris l’habitude de mettre le public au courant de sa pensée. Tout naturel qu’en ces temps troublés, il continue, et donne publicité à sa réflexion, à ses réactions, à son option. Il a, pour ainsi dire, charge d’âmes. Très différent est le cas d’un romancier… qui s’est presque fait une petite notoriété d'être celui qui ne prend pas parti... Une des raisons que Fernandez donne à son "option" est – je résume grosso modo – que la pensée est menacée d'asservissement par le fascisme. Oui, et par toute dictature. Guère moins par la dictature du prolétariat que par l'autre. Mon mouvement naturel est de renvoyer tous les dictateurs dos à dos. » Réponse de Gide, le 25 mars : « Le parti m'a pris, beaucoup plus que je n'ai pris parti. Ou, pour jouer sur le mot, je n'ai pas de "parti pris", et voudrais garder à la fois la tête froide avec le cœur chaud. Mais, Fernandez le dit fort bien : "Il est des moments où l'on se voit forcé de prendre position afin de sauver son honneur d'homme, même si cette position entraîne des acceptations auxquelles l'esprit s'astreint difficilement." »

Cette formule de mon père frappe tellement Martin du Gard qu'il la recopie, mot pour mot, dans la lettre qu'il adresse à Pierre Rain, le 27 mars. Et, le même jour, répondant à Gide, la commente par ces mots : « Votre citation de Fernandez me rappelle une phrase de Mauriac, dans sa réponse [publique] à Fernandez (*Sept*, 10 mars) : "... car, de gré ou de force, nous avons tous aujourd'hui une mission temporelle". »

Ces échanges de lettres, ces croisements d'articles, ce foisonnement de commentaires ne donnent qu'une petite idée du retentissement soulevé par la *Lettre ouverte*. Sans l'influence qu'elle exerça, Gide, perdant pour une fois sa tête froide pour ne garder que le cœur chaud, aurait-il envoyé au premier congrès des écrivains soviétiques le message publié par la *NRF* de novembre 1934 ? « Sur cette route de l'Histoire où chaque pays, chaque nation devra tôt ou tard s'acheminer, l'URSS a glorieusement pris les devants. Elle nous donne aujourd'hui l'exemple de cette société nouvelle que nous rêvions et que nous n'osions plus espérer. Dans le domaine de l'esprit également, il importe que l'URSS se montre exemplaire...

Sans doute une période d'affirmation intempérée était nécessaire, mais l'URSS a déjà dépassé ce stade, et rien ne m'en persuade davantage que les derniers articles et discours de Staline. » Déclaration d'amour si enflammée, cri d'espoir en l'URSS et la société communiste si bruyant, que Schlumberger jugea nécessaire, dans le numéro suivant, d'apaiser l'émotion provoquée par « nous tous qui avons ici, prudemment ou imprudemment, empiété sur le terrain politique ».

Le 28 avril 1934, à l'Union pour la Vérité, une réunion politique est organisée autour de mon père, à laquelle prennent part Drieu La Rochelle, Julien Benda, Jacques Maritain, le philosophe Georges Gurvitch. L'entretien est intitulé : *Libéralisme et Communisme.* RF expose comment les événements de février l'ont « tiré du sommeil bourgeois », en lui faisant comprendre que la « libération » est infiniment plus importante que le « libéralisme ». « La seule liberté créatrice, c'est la révolution. » Il reconnaît que « cette position est aussi peu chrétienne que possible », tout en expliquant à nouveau les raisons qui l'empêchent d'adhérer au Parti communiste. Drieu, qui dit avoir vu « hier soir » Jacques Doriot, alors encore communiste, mais « acculé à quitter ce parti », répond ainsi à mon père : « Je crois que tu n'es pas du tout communiste. Je crois que tu es très hésitant, que le dernier mot n'est pas dit, que tu n'es pas une recrue sûre, et ce que tu dis de tes réserves est très grave. Tu te méfies profondément de la tactique communiste. » La passe d'armes entre les deux hommes continue. RF : « J'ai le souci habituel des classes opprimées, et je n'ai pu supporter cette extrême injustice… Un point sur lequel je m'oppose avec vigueur à tes affirmations, c'est quand tu dis que mes objections au Parti communiste sont des objections de classe. Toutes mes objections, c'est que le communisme n'a pas une tactique qui lui permettrait de prendre rapidement le pouvoir. Cela n'a rien de bourgeois. » Drieu : « Mais si, justement ! Parce qu'étant petit bourgeois, tu sens très bien que le communisme ne peut pas intégrer la classe dont tu viens. » RF : « J'accepterais très bien que le Parti communiste n'intègre pas ma classe. Ce qui m'intéresse le plus, ce sont les paysans. » [Première nouvelle !] Gurvitch intervient pour dire que RF est attiré vers le communisme par la seule séduction de ce que Dostoïevski a appelé la « tentation du pain ». « Cette tentation consiste à admettre qu'il est bon d'asservir l'homme, si c'est le seul moyen de le nourrir ; mais cette tentation doit être rejetée : car sacrifier la personnalité humaine à sa nourriture, c'est tuer l'homme en voulant le sauver. » C'est là, conclut Gurvitch, l'erreur de Fernandez, « erreur sincère et généreuse, mais qui conduit à un mirage ». (Ces débats ont été publiés dans le bulletin de l'Union pour la Vérité d'octobre-novembre 1934.)

Encouragé par les uns, conspué par les autres, mon père poursuit sa croisade. Dans la *NRF* de mai 1934, il insère, enrichi de nouvelles signatures, l'« Appel aux travailleurs » publié pour la première fois dans le numéro d'avril de la revue *Europe*, sur l'initiative d'Alain, Paul Langevin et Paul Rivet. « Unis par-dessus toutes les divergences, devant le spectacle des émeutes fascistes de Paris et de la résistance populaire qui, seule, leur a fait face », les signataires, parmi lesquels on compte maintenant, à côté de mon père, Julien Benda, André Breton, René Crevel, Paul Desjardins, Léon-Paul Fargue, André Gide, Jean Giono, Jean Guéhenno, Roger Martin du Gard, Romain Rolland, Andrée Viollis, plus de nombreux savants, quarante normaliens de la rue d'Ulm et trente-quatre sévriennes, déclarent « à tous les travailleurs, nos camarades », leur « résolution de lutter avec eux pour sauver contre une dictature fasciste ce que le peuple a conquis de droits et de libertés publiques ». À souligner que ce genre de manifeste était alors assez rare ; après 1944, les intellectuels signeront à tort et à travers, et le manifeste, la pétition, deviendront souvent une facilité, un conformisme ; en 1934, c'étaient des actes de courage, qui engageaient sérieusement.

Au mois de mai, mon père donne encore, dans *Commune*, la revue de l'AEAR, un *Commentaire* qui débute par cette phrase : « J'ai failli devenir fasciste. » Le fascisme, explique-t-il, est le piège tendu aux intellectuels bourgeois qui veulent bien d'une révolution, à condition qu'elle ne touche pas à leurs habitudes, qu'elle ne lèse ni leurs intérêts ni leurs privilèges. Lui-même faisait partie de ces intellectuels bourgeois, jusqu'à ce que la violence des événements de février lui rendît perceptible le scandale des inégalités sociales. Il signa donc le 7 février l'appel à l'action antifasciste et à la grève générale. « Quelques jours plus tard, une personne très intime avec ma famille, et qui m'avait invité pour le lendemain [Rosita de Castries], téléphona afin de me décommander, disant textuellement : Je ne puis recevoir quelqu'un qui a un pistolet braqué sur moi et sur les miens. » La réaction de ces mondains, sotte mais émanant de son cercle habituel, fit hésiter un moment le néophyte. « Ma connaissance antérieure du marxisme me sauva. Je bénis mon apprentissage universitaire de m'avoir permis d'expliquer, en 1916, Le Capital aux étudiants révolutionnaires de la Sorbonne. [Première nouvelle et unique trace de cette expérience pourtant essentielle, à ce qu'il semble : combien d'autres lacunes subsistent-elles dans la biographie de mon père ?] Le marxisme, une fois qu'on se l'est injecté, on peut s'en distraire, par lâcheté ou paresse, mais il vous travaille, il vous ronge, comme le freudisme, mais en plus fort. De même qu'un freudien ne peut prendre son instinct sexuel pour un élan philanthropique, ainsi un marxiste, fût-ce simplement d'information, ne peut confondre la défense du portefeuille avec un réveil de la conscience nationale. »

À l'appel à la grève générale, continue mon père – qui résume ici les étapes récentes de son itinéraire politique – succédèrent l'article dans la *NRF* de mars, « Pour l'unité d'action », et, en avril, la « Lettre ouverte à Gide ». « Pour l'unité d'action » se terminait par cette phrase : « Dans la poursuite de leur unité jusqu'ici chimérique, que les gauches songent à cet énorme avantage des droites sur eux : l'unité que créent naturellement la possession et l'intérêt. » Cris d'effroi, glapissements, levée de boucliers contre le traître. « Tous les salons que je fréquentais se fermèrent. Les uns, me prenant sur mon nom pour un étranger, me promirent le sort des métèques qu'il allait bien falloir, en fin de compte, expulser de la doulce France [allusion au livre xénophobe et raciste de Morand] ; les autres, mieux au fait de mon état civil, songèrent sérieusement à me faire "dénaturaliser". » Notons que cette menace de « dénaturaliser », en excluant de la citoyenneté ceux qui ne peuvent bénéficier du droit du sang, n'était pas nouvelle. Elle remontait à Barrès et à ses *Scènes et doctrines du nationalisme*, où il développait la théorie de la Terre et des Morts, conseillant de se méfier des Français trop récents et proposant de changer la loi des naturalisations. Les Juifs, les étrangers, les naturalisés ne sont, d'après cette théorie, que de pseudo-Français, qui travaillent à la décomposition de la conscience nationale. Par quel chemin mon père en viendra-t-il à prendre au sérieux les inepties de cet écrivain ? Pour le moment, l'idée qu'on veuille l'expulser ou l'exclure de la citoyenneté française excite ses sarcasmes. Il persifle « la singulière défaillance mentale qui consiste à traiter d'étranger quelqu'un qui fait cause commune avec les exploités d'une nation contre un petit noyau de propriétaires fortement internationalisé par les alliances et les intérêts ».

Thierry Maulnier, dans *L'Action française*, traita de « bas » et d'« ignoble » l'« humanitarisme égalitaire » dont il croyait, assez sottement pour un homme aussi intelligent, que mon père était le champion. François Mauriac, prenant publiquement position dans *L'Écho de Paris* et dans *Sept* (article, beaucoup plus dur que la lettre privée, évoqué par Martin du Gard), s'indigna qu'il eût osé parler de possession et d'intérêt, alors que la Concorde, le 6, était « gorgée de petits pauvres protestant contre la corruption ».

Toutes ces polémiques me montrent que mon père, en s'engageant à fond dans la lutte antifasciste, a dû rompre, pour honorer son nouveau credo, non seulement avec les milieux qu'il fréquentait depuis sa jeunesse, mais avec quelques-unes de ses plus chères amitiés littéraires. « M. François Mauriac, chrétien, s'empresse de ranger dans la basse littérature électorale les lignes où je déclare passer dans le camp des porte-monnaie vides. » On s'imagine mal aujourd'hui la violence de ce premier affrontement qui préluda aux conflits soulevés par le Front populaire, la guerre d'Espagne, la défaite de 40, l'occupation allemande. Ce n'était pas l'affaire Dreyfus, mais une mêlée où l'on prenait des horions. Et moi qui ne serai jamais assez sévère pour condamner les choix ultérieurs de mon père, je lui dois de souligner ici avec quelle bravoure il a su lors de cette première crise s'arracher à sa famille naturelle, briser des liens intellectuels, violenter d'anciennes affections, dès que l'honneur lui commanda de placer au-dessus de son confort ce qui lui paraissait être la vérité. Et plus tard, quand il se rallierait au fascisme, comment n'aurait-il pas su qu'il s'attirerait d'autres inimitiés, d'autres haines – d'autres souffrances ? Qu'on lui fasse donc le procès de ses fautes politiques, mais sans contester qu'il ait toujours eu le courage de s'exposer aux coups.

Le *Commentaire* publié dans *Commune* se termine par une adresse, à la fois lyrique et ironique, aux gardiens du capitalisme, ces « maîtres » qui lui ont ouvert les yeux : leurs valeurs sont nulles, leurs habitudes mentales encroûtées, « comme le tabac de la pipe et la place au café », leur ignorance insondable, leur nationalisme lui-même mensonger. « Mesdames, Messieurs, vous nous étouffez, et en retour vous ne nous apportez rien. Vous serrez les rangs autour du rien, et comme vous êtes encore très forts, vous freinez, vous bouchez l'élan de la vie. Cette garde autour du néant, cette sauvegarde de l'insauvable, ce court-circuit social, ce négatif social, c'est proprement le fascisme. »

Après une apostrophe aussi fracassante, de quelle manière expliquer ce qui s'est passé à peine un mois plus tard ? Je lis dans l'agenda de ma mère, à la date du 31 mai 1934 : « Soirée AEAR. Pourquoi écrivez-vous ? L'histoire Drieu-Aragon. Ensuite, à la brasserie Lipp. Colère, jusqu'à 3 h du matin. » Et le lendemain, 1er juin : « À dîner [c'est-à-dire chez mes parents], les Chamson et Betty. » Or, d'après Mme Van Rysselberghe, cette réunion de l'AEAR a eu lieu le 1er juin, et tous les historiens ont repris cette date. Ma mère écrivait chaque soir ce qui s'était produit dans la journée. Mme Van Rysselberghe, en principe, aussi. Première énigme. Puis le compte rendu que celle-ci a fait de cette soirée diffère du récit qu'en fera mon père, lorsqu'il rédigera, en 1939, sa « Confession politique ».

Paul Vaillant-Couturier, le fondateur de *Commune*, avait demandé à mon père d'organiser cette réunion, pour qu'il y attirât des non-communistes, tels Benda et Drieu. La Petite Dame dit que Drieu exposa ses vues, avec des arguments piteux. « C'est Aragon qui lui répond vertement et fort bien, puis, tout à coup comme emporté par son avantage, il est devenu si discourtois, si bassement injurieux qu'il était impossible de ne pas sentir à ce qu'il disait des dessous haineux, et qu'on avait envie de prendre le parti de Drieu. » Le 3 juin, elle complète son résumé, d'après ce que Gide vient de lui apprendre : « Fernandez, outré de l'attitude d'Aragon qu'il considère comme un véritable traquenard à l'égard de Drieu, a envoyé à l'AEAR sa démission motivée. Il paraît qu'en effet il avait d'abord été convenu que c'est Fernandez qui répondrait à Drieu, puis qu'au dernier moment, à la demande de Vaillant, Fernandez lui avait passé la main, mais que l'attaque forcenée d'Aragon était tout à fait inattendue. » Entre Drieu et Aragon, tout le monde le savait, la rivalité n'était pas seulement politique, mais aussi sexuelle. Ils se disputaient les mêmes femmes. Selon l'historien américain Herbert Lottman (*La Rive gauche*, 1981), qui admet cette version des faits, Aragon traita Drieu de lâche. La démission de mon père aurait donc été un geste chevaleresque, d'autant plus élégant que ses relations avec Drieu ne dépassaient pas la simple cordialité confraternelle – même si l'on fait crédit à l'hypothèse que j'ai formulée au chapitre 17.

À entendre mon père, les choses ne se passèrent pas tout à fait ainsi. « Je cessai mon activité révolutionnaire sur une occasion qui n'était pas un prétexte, bien qu'elle en eût l'air. Vaillant-Couturier m'avait chargé de réunir sur une tribune des "contradicteurs", noyau de la future Maison de la Culture. Il était convenu que l'un de nous répondrait à chacun d'eux, afin de donner le ton et de redresser la ligne. Drieu La Rochelle ayant été souhaité, je demandai d'être celui qui le contredirait. On fit observer que mieux valait que Vaillant-Couturier se chargeât de cette mission, comme ayant connu Drieu dans les tranchées. Le jour venu, tous mes contradicteurs contredirent le communisme de façon fort accommodante avec toutes sortes de politesses dont la salle se montra charmée. Sauf un, qui fut justement Drieu La Rochelle. Prenant au sérieux son rôle, avec courage et franchise, il contredit carrément, et se proclama fasciste aux hurlements de la claque retournée. Et voilà que M. Louis Aragon, et non pas Vaillant-Couturier, se leva pour lui répondre ! Or une mésentente intime avait brouillé Drieu et Aragon, lequel ne manqua pas l'occasion d'éreinter son ancien ami devant la salle docile et pâmée. Mais le comble fut que Vaillant-Couturier y alla aussi de son discours, qu'il tenait à placer, de sorte que Drieu, qui avait seul répondu fidèlement à l'objet de la controverse, fut purement et simplement mis en boîte comme un interrupteur de réunion publique.

« Là-dessus j'envoyai ma démission à Vaillant-Couturier, qui me répondit par de grands propos sur le fascisme et le communisme. Peu de temps auparavant, ayant fait une conférence au cercle socialiste de l'École normale sur le délicat sujet de la liberté de pensée, les nuances que j'avais cru devoir y introduire furent balayées par un de nos camarades, qui déclara, péremptoire : “il manque ici un ouvrier pour trancher le débat”. Il me devenait évident que je ne pourrais jamais m'accommoder de ce servage mental. Atteindre à la notion d'une raison libre nous coûte assez de peine pour que la remettre sous le joug d'une chimère politique ne soit pas la pire des folies. Les communistes nouent ces liens avec passion, mais aussi avec paresse, et ils traînent à l'arrière de l'histoire alors qu'ils s'en croient à l'avant-garde. »

À la lumière de ce texte, il apparaît que mon père a démissionné de l'AEAR et cessé son activité militante, moins par solidarité avec Drieu, que pour protester contre le noyautage de la gauche par les communistes et dénoncer l'asservissement de la pensée qui en découlait.

Quel que soit le motif qui a prédominé, aucun des deux n'a pu suffire – ni même les deux ensemble – à justifier une décision aussi radicale. L'amitié pour Drieu n'était que tiède ; quant à la mainmise des communistes sur les organisations antifascistes et à l'absence de liberté dans le Parti, non seulement mon père savait depuis longtemps à quoi s'en tenir, mais encore il s'était exprimé là-dessus avec la plus grande netteté. « Je n'aime pas les Églises. » L'AEAR n'était pas une Église, mais une tribune où les opinions diverses étaient libres de s'exprimer, l'incident entre Aragon et Drieu ne relevant que d'une querelle toute personnelle et ridiculement sans importance en regard des problèmes de l'heure. Le geste de mon père reste pour moi un mystère. Sur l'action peut-être la plus décisive de sa vie publique pèse une ombre épaisse qu'aucun des historiens consultés ne m'aide à soulever. L'hypothèse la plus vraisemblable, c'est que sa conversion à la gauche n'était que superficielle ; la première occasion l'aura découragé ; hypothèse aussitôt démentie par la relecture des textes que j'ai cités : n'avait-il pas longuement réfléchi ? Son engagement n'était-il pas pesé avec soin, mûri, accompagné de réserves qui rendaient impossible un brusque désabusement ?

Quoi qu'il en soit, cette journée marqua un tournant à 180 degrés dans la vie de mon père ; toutes les tentations, toutes les dérives s'offriraient bientôt à lui ; se mettre en réserve de la politique, c'était se rendre disponible pour de nouvelles aventures ; mais je ne puis croire que ce fut sans avoir le cœur serré de devoir renoncer à une voie dans laquelle il ne s'était pas lancé à la légère.

Tournant dans sa vie politique, mais aussi dans sa vie privée. Il est frappant de constater le parallélisme entre la vacance de ses activités militantes et le désordre croissant de ses occupations journalières, surtout nocturnes, comme si d'avoir perdu son assise dans la vie publique l'avait privé de l'étai qui soutenait sa vie conjugale. Certes, il poursuit son travail de critique à *Marianne* (Arland, Bergson, Giono, Faulkner, Jean Prévost, Colette, Jules Romains), parfois sollicité par les auteurs (l'impudent Chardonne réclame un article sur *Les Destinées sentimentales*), mais ne touche pas à la politique, sauf une fois, pour rendre compte, sur un ton neutre, d'un livre sur Mussolini, il préfère prononcer l'éloge de la motocyclette.

À partir de juillet, dans l'agenda de ma mère, les mentions de déjeuners et de dîners littéraires disparaissent : il n'est plus question que des progrès du désastre conjugal. Retours de plus en plus tardifs du mari, explications de plus en plus orageuses. 1er juillet : elle va voir une pièce d'Ibsen au Vieux-Colombier. « Au retour, trouvé R au café de Flore, avec Betty Bouwens et M. Woof. Coup vif. » 7 juillet : « Vu R dix minutes, le temps d'une violente algarade. » 15 juillet : « Effroyable scène. Cris, coups, robe déchirée. » 26 juillet : « Nouvelles de la mort du chancelier Dollfuss [Premier ministre autrichien, assassiné la veille par les nazis]. R à minuit et demi. Nouvelle crise. Larmes, jusqu'à 3 h du matin. » Après le répit des vacances d'été qu'elle passe dans les Vosges avec ses enfants, reprise des humiliations, des brutalités, des litanies. 14 septembre : « Récapitulé l'année : solitude, querelles, angoisse. Faut-il continuer ? » 22 septembre : « Main tremblante et cœur désordonné. » 24 septembre : « Dur conflit avec R, encore. Vie à double fond, difficile à maintenir. » 29 septembre : « Je me sens damnée. » 3 octobre : « Tout ce temps [de l'absence de R], cherché et trouvé : c'est une lettre de M.W., terriblement explicite. Désespoir total. Que faire ? » Qui est M.W. ? Sans doute ce M. Woof, cité souvent en compagnie de Betty ? Un ami de celle-ci ? Un parent ? 11 octobre : « Scène atroce le soir. Ivre. Vin renversé ; puis s'enfuyant. Moi : haine et colère et douleur, jusqu'à l'épuisement. Ensuite, l'affreuse aurore. » 20 octobre : « Querelle dans la nuit jusqu'à plus de 4 h. » 27 octobre : « Sombre dispute avec R depuis midi jusqu'à 5 h. » 1er novembre : « Scène et coups. Est-ce là tout l'avenir ? » 7 novembre : elle va au théâtre avec une amie. « Et alors l'aventure : R arrive avec B.B. – et s'en va aussitôt le 1er acte. » 9 novembre : « Autre grande journée : trouvé à 8 h et quart une lettre de R cette fois, à B.B. Cela achève tout. Il faut finir. » La preuve, enfin ! 11 novembre : « Quelques passes injurieuses le matin, puis le silence, puis l'absence. Maison absolument vide. » 16 novembre : « Le soir, à dîner et après, encore hideuse scène avec R. Toujours toucher le fond. » 22 novembre : « Lutte sans fin. » 23 novembre : « Querelle, jusqu'au pire. Dans le brouillard, café au coin du boulevard Morland. Explication, mais c'est l'irrémédiable. » Là-dessus (4 décembre), arrive la sommation pour les impôts : 13 382,92 f. 13 décembre : « Horrible scène : injures et larmes. » 20 décembre : dîner à Saint-Germain-des-Prés. « À minuit, quand nous sortons, R veut boire encore. Opposition, séparation, deuil. » 27 décembre : « R rentre à 1 h et quart. Jusqu'à 4, explication, injures et coups. L'horreur. » 31 décembre : elle va le soir au cinéma avec une amie et rentre à pied. « R à 4 h et demie seulement. Complet silence. »

Le pacha s'était transformé en brute. Pourquoi ma mère a-t-elle différé de plus d'une année encore son départ ? La maîtresse, plus les dettes, plus la désertion du foyer, plus les injures, plus les coups, n'était-ce pas suffisant ? C'est qu'ils s'aimaient encore. « Gentillesse de

R le soir » (1er octobre). Après la scène et les coups du 1er novembre : « Nuit lourde, et pourtant douce, la seule douceur. » Le 24 décembre : « R revient à 1 h 20. Malgré tout, douce nuit. » Cette douceur, c'est la tendresse des rapports sexuels. La régularité mensuelle des petites croix ne trahit-elle pas la peur d'être enceinte ?

Une dernière question sur cette année cruciale. Betty n'aurait-elle pas joué un rôle important dans le revirement politique de mon père ? Le 8 mars, après la réunion AEAR, elle accompagne mes parents au café en face de la Mutualité, jusqu'à 2 heures du matin. Quatre jours après, le 12 mars, ma mère note une « sombre querelle avec R à propos de l'AEAR », sans en dire plus, malheureusement. Le vrai sujet de cette querelle n'était-il pas la présence de Betty à cette soirée ? Ou mon père, travaillé par Betty, commençait-il à se détacher de la gauche, à regretter son activité militante ? Ma mère avait une sensibilité de gauche, et Betty, à ce que je sais, plutôt de droite. Le soir de la fameuse et décisive réunion de l'AEAR du 1er juin (31 mai pour ma mère), celle-ci parle de « colère, jusqu'à 3 h du matin » à la brasserie Lipp. Au sujet de quoi, cette colère ? Betty était-elle présente avec eux, chez Lipp ? Ma mère m'a souvent dit que mon père avait changé d'opinion politique selon les femmes avec qui il vivait. À droite du temps des « comtesses », à gauche pendant son mariage avec une ancienne élève de Paul Desjardins, à nouveau à droite sous l'influence de Betty. Mais c'était l'opinion de ma mère, sujette à caution, forcément. Quand elle me faisait cette confidence, elle songeait d'ailleurs moins à accuser Betty qu'à souligner la faiblesse morale de celui dont le caractère était si tragiquement inférieur à son intelligence. Le « mystère » de sa conduite ne tient-il pas à cette disparité ?

35.

1935

L'intelligence, l'autorité intellectuelle lui sont de toute part reconnues. C'est, désormais, une sorte de maître à penser. L'Union pour la Vérité lui confie l'organisation d'un colloque autour d'André Gide. La « conversion » du célèbre écrivain est à l'ordre du jour. Mon père invite à en discuter non seulement des amis de Gide, mais certains de ses adversaires, et des plus coriaces. Ma mère date cet événement du 26 janvier 1935. « À 4 h et demie, rue Visconti. Séance Gide-Ramon. Énorme foule. Il y a Mauriac, Maritain, G. Marcel, Guéhenno, D. Halévy, T. Maulnier, Rougemont, Massis, Gillouin, Schlumberger. » Les échanges furent si vifs et si riches, la séance si houleuse et excitante, que Gallimard publia l'intégralité des interventions, dans un petit volume (tout de même 90 pages, avec les annexes) intitulé *André Gide et notre temps*, achevé d'imprimer le 8 juin. Curieusement, l'avertissement liminaire fixe cet entretien au 23 janvier, en contradiction manifeste avec la réalité[1].

---

1. Celle-ci est confirmée par le bulletin de l'Union pour la Vérité, avril-mai 1935, qui publia le premier l'intégralité des

Mon père ouvrit la séance en résumant l'objet du débat. « D'autres attitudes morales eussent pu sortir de l'œuvre de Gide, mais le communisme n'est nullement contraire à son esprit. Ceux qui lui ont reproché son attitude ne me paraissent pas avoir suivi de près son évolution. L'acceptation d'une discipline après la libération n'est nullement une contradiction, mais seulement une suite. Gide pouvait accepter une discipline saine et viable, après avoir lutté pour se débarrasser d'une discipline qui lui paraissait sclérosée, morte. »

Gide prit ensuite la parole. Il relut le texte de son message au premier congrès des écrivains soviétiques, ajoutant que s'il n'avait rien produit depuis quatre ans, c'était par esprit de « sacrifice » à la cause qu'il entendait maintenant servir. Henri Massis, de *L'Action française*, son adversaire de toujours, dénonça la tentation de l'individualiste cherchant à « s'engager dans quelque chose de plus vaste que lui-même… qui le dépasse, qui lui donne une nouvelle raison d'être ». En adhérant au communisme, Gide protégeait une fois de plus ses secrets, qu'il soustrayait à l'ostracisme de la morale, les communistes ne s'intéressant pas à la vie privée. (En clair, si l'on débrouille ces périphrases emberlificotées, le Gide homosexuel ne serait pas inquiété par ses nouveaux « camarades ».) Mon père donna ensuite la parole à Gabriel Marcel, puis Gide remercia celui-ci de lui donner l'occasion de souligner l'unité, niée par Massis, de sa vie politique et de sa vie morale. « Je me fais volontiers, et presque systématiquement, l'avocat de tout ce dont on

débats, ainsi que des extraits de l'abondante presse qu'ils avaient suscitée. Articles des *Nouvelles littéraires*, signé C.Z., d'André Rousseaux *(Le Figaro)*, de Daniel Halévy *(1935)*, de Fernand Vandérem *(Candide)*, de La Pie borgne (?) *(Vendémiaire)*, de Jean Schlumberger *(NRF)*. Chacun de signaler « l'affluence des grands jours ».

cherche d'ordinaire à étouffer la voix (peuples, ou races opprimées, instincts de l'homme), de tout ce qui n'a pas encore pu ou su parler, de tout ce qu'on n'a pas encore su ou voulu entendre. »

Suivit une brève passe d'armes au sujet de Proust. Henri Massis, obstiné à pourfendre (sans les nommer) les mœurs de Gide : « À travers les cercles successifs où il nous fait descendre pour nous conduire jusqu'en son enfer, Proust respecte les notions du meilleur et du pire. Le monde proustien ne détruit pas notre univers moral. Je crois même que vous êtes secrètement irrité de ce que Proust accepte les lois de cet univers, ou plutôt qu'il ne les nie pas. » André Gide : « C'est bien ce que je lui reproche. Proust est un maître-camoufleur. » Ramon Fernandez : « Car il est un vaincu. »

Puis l'intervention de Jacques Maritain, philosophe catholique, poussa Gide à préciser une autre cause de sa conversion. « J'estime que la croyance en une autre vie, que l'espoir de trouver, dans une vie future, une sorte de récompense, de compensation aux maux de celle-ci, affaiblit grandement la force de revendication de la classe opprimée et, par là, fait le jeu de la classe opprimante qui, partant, trouve grand avantage à se déclarer et proclamer chrétienne, encore que tenant si peu compte de l'enseignement et des préceptes du Christ… Je pense profondément que si le christianisme s'était imposé, si l'on avait accepté l'enseignement du Christ, tel quel, il ne serait pas question aujourd'hui de communisme. Il n'y aurait même pas de question sociale. » Maritain répliqua par une remarque fort pertinente, qui fut peut-être à l'origine du voyage en URSS que Gide entreprendrait l'année suivante : « Votre foi est suspendue à des réalisations externes collectives. Si vous ne voulez pas courir le risque de consentir à une duperie, je suppose que la vérification des résultats obtenus par le communisme doit passer au premier rang de vos préoccupations. » Quand on sait l'importance qu'eut ce voyage, l'énorme bruit que souleva la désillusion de Gide, les conclusions que de son revirement tirèrent certains pour s'orienter vers le fascisme, on doit reconnaître que ces réunions de la rue Visconti n'avaient rien de verbeux, mais engageaient l'avenir des intellectuels français.

Daniel Halévy s'étonna d'avoir entendu mon père nommer Montaigne parmi les maîtres de Gide, et celui-ci acquiescer d'un signe de tête. « Eh bien, je me demande en vain quelle sorte de ménage peuvent faire dans sa tête son maître Montaigne et son maître Lénine. » Jean Guéhenno, bonne âme plutôt que forte cervelle, s'empressa de répondre : « Je ne vois pas, quant à moi, qu'il y ait tant de différence entre l'esprit qui inspire le troisième livre des Essais, cette confiance en l'homme, et l'esprit qui anime les constructeurs de la Russie contemporaine. Il n'y a pas si loin non plus de Voltaire proclamant : "Le paradis terrestre est là où je suis", à Lénine. Si l'entreprise soviétique est l'entreprise d'hommes de bonne volonté qui s'efforcent, de toute leur vertu, de rendre cette terre un peu plus habitable, nous ne sommes pas si loin de Montaigne et de Voltaire. » À quoi mon père, pour dissiper la confusion des idées et le pathos de la « vertu », opposa cette distinction essentielle : « N'oublions pas que c'est dans le troisième livre des *Essais* que se trouve le chapitre capital : « De ménager sa volonté », qui implique une position humaine diamétralement opposée à celle d'un Lénine. Ce qu'il faut dire, je crois, c'est ceci : Montaigne enseigne à l'homme à se déprendre de Dieu, à s'accommoder à vivre sans Dieu et, par suite, à se composer une éthique purement terrestre. Quand Gide est frappé par le caractère totalitaire et contradictoire des représentants de diverses confessions religieuses, c'est aux réactions critiques de Montaigne qu'il peut naturellement penser. Mais quand il cherche à résoudre par le communisme le problème de la destinée humaine, il se détourne de Montaigne, quitte à le rejoindre ensuite dans une éventuelle société d'hommes égaux et libres. Montaigne et Lénine répondent à deux moments différents de sa pensée, de son attention. Je ne vois nullement la contradiction qui irrite M. Daniel Halévy. »

François Mauriac ayant demandé une explication sur le fait que Gide, depuis qu'il était devenu communiste, ne pouvait plus écrire, s'attira cette réponse : « S'il m'est prouvé que l'orthodoxie marxiste est utile, indispensable, provisoirement du moins, pour assurer la formation, l'établissement d'un nouvel état social, j'estime que cela en vaut la peine ; oui, qu'il vaut la peine pour obtenir cela de consentir au sacrifice de quelques "œuvres d'art". Et peut-être est-il bon qu'il y ait aujourd'hui un mot d'ordre (j'entends dans le parti communiste) ; mais l'œuvre d'art ne peut répondre à un mot d'ordre... J'ai toujours écrit jusqu'à présent sans chercher du tout l'approbation du public ; mais si, maintenant, j'ai besoin, pour écrire, d'avoir l'approbation d'un parti... je préfère ne plus écrire, encore qu'approuvant le parti... Ne dites pas que je ne veux pas écrire. Simplement, je ne peux pas maintenir ma sincérité de pensée en face de certaines exigences... Il faut donner le temps au communisme de s'asseoir. Il est bon aussi qu'il y ait quelquefois des silences. »

Suivit un long et admirable credo de Gide : « J'ai été longtemps convaincu que la question morale était plus importante que la question sociale. Je disais et j'écrivais : "L'homme est plus important que les hommes" et quantité de phrases de ce genre. J'ai cru cela pendant quarante ans : je n'en suis plus si sûr aujourd'hui. Il m'apparaît aujourd'hui que la question sociale doit prendre le pas, et qu'elle doit d'abord être résolue pour permettre à l'homme de donner ce qu'il mérite de donner. La grande erreur, c'est de venir dire à l'URSS : "C'est monstrueux ! vous ne vous inquiétez que des questions matérielles !" Non ; les questions matérielles ne sont pas précisément les plus importantes, mais elles sont, *les premières*, les plus importantes *dans le temps* ; c'est-à-dire qu'elles sont déterminantes. Tant que celles-ci ne seront pas résolues, on ne pourra rien faire de propre, ou du moins seuls pourront faire quelque chose de propre les quelques privilégiés dont j'ai précisément le dégoût d'être. »

Profession de foi admirable, ai-je dit, mais où tant d'intellectuels – mon père à droite, Sartre à gauche, et combien d'autres dans les mêmes directions, opposées en apparence mais dictées par le même sentiment personnel de malaise, de honte – puiseraient une incitation à s'engager, le plus souvent à l'aveuglette, leur principal souci étant de compenser leurs privilèges. Mon père commenta la déclaration de Gide, et, si je cite maintenant ses paroles, c'est parce qu'elles éclairent le sens de son adhésion future au PPF de Jacques Doriot, ancien ouvrier. Il souligna les avantages de la société communiste, où l'ouvrier a « le sentiment que la société est faite pour lui, que c'est son sort à lui qui dirige moralement les chefs de l'État. De même que le sentiment de défendre sa patrie peut faire qu'un soldat accepte joyeusement le sacrifice. Tout le drame révolutionnaire des temps modernes vient justement de ce que le prolétaire des pays bourgeois n'a plus le sentiment de vivre dans sa patrie. Il est comme un homme au service de l'étranger ».

Après que Mauriac eut chaleureusement remercié Gide pour s'être soumis à cette « inquisition », et qu'il l'eut assuré de sa fidélité, mon père fit la synthèse de l'entretien, dans un magistral raccourci. « Le communisme de Gide est la transposition des croyances chrétiennes dans un monde purement humain. En effet, l'idée que tous les hommes sont égaux par la valeur est chrétienne, mais dès qu'il s'agit d'une égalité naturelle, le premier problème qui se pose à qui veut réaliser cette égalité, c'est la transformation d'une société fondée sur les différences de classes et sur l'oppression de la majorité par une minorité. Cette transformation ne peut s'accomplir que par une révolution économique. De là l'apparence "matérialiste" du socialisme, qui recouvre en fait un spiritualisme vrai, par opposition à la comédie spiritualiste de la bourgeoisie contemporaine.

« Entre le socialisme et le communisme, il y a sans doute une différence de degré dans l'impatience. En ce qui concerne Gide en particulier, l'artiste étant celui qui ne choisit pas, du moment que l'angoisse morale le forçait de choisir, il est naturel qu'il ait été poussé vers le communisme, comme vers la position politique qui exigerait de l'artiste le maximum de sacrifice. Gide socialiste n'aurait à peu près rien à sacrifier. »

Conclusion par Gide : « Je sais gré à Ramon Fernandez d'avoir dit ce que je n'aurais si bien su dire, et je remercie de tout cœur Mauriac de ses paroles si précieuses pour moi. »

Un débat d'une telle hauteur, et entièrement improvisé, qui en serait capable aujourd'hui ? Mais quel écrivain, d'ailleurs, serait encore capable d'être pris au sérieux pour ses engagements politiques, après les complaisances, les mensonges d'un Sartre dans les années 50 ? En 1935, la notion de « maître » restait forte. On respectait celui qui détenait la parole. Mon père raconte (dans « Littérature et politique », un article de la *NRF* de février 1935) ce qu'il a entendu dire, le 12 février 1934, jour de la grève générale, par un ouvrier du bâtiment à un bourgeois socialiste : « Il nous faudrait des fusils,

Jeanne Fernandez, 1905, à peine veuve, et déjà impérieuse, dominatrice.

Ramon III, vers 1905, dix ou onze ans, esclave de cette mère toute-puissante.

Ramon Fernandez II, secrétaire d'ambassade du Mexique à Paris, sa femme, Jeanne, leur fils Ramon III, vers 1895. Qui commande dans le couple ?

Ramon Fernandez à Biarritz, 1917. Le dandy de vingt-trois ans, pendant la Première Guerre mondiale.

Ramon Fernandez, dans un château ami, lisant, en 1923, l'unique édition alors existante d'un roman encore presque inconnu : *Lucien Leuwen* (Ed. Dentu, 1894).

Passion de la Bugatti, voiture de course qui se conduit à droite.

Ramon Fernandez avec le peintre mondain Drian.

Passion de l'Angleterre. Ramon Fernandez, étudiant à Cambridge, 1914.

A droite, Paul Desjardins, maître et mage des rencontres littéraires dans l'abbaye de Pontigny. A gauche, son élève préférée, Liliane Chomette, future épouse de Ramon Fernandez. Vers 1925.

Pontigny, août 1925. Ramon Fernandez dans sa Bugatti. François Mauriac s'apprête à monter à côté de lui. Au fond, Liliane Chomette. Mes futurs parents viennent de se rencontrer, le 27 août.

Voyage en Espagne, 1929. En haut, de gauche à droite, devant le pont de Tolède : Ramon Fernandez, François Mauriac, Rosita de Castries, marraine de ma sœur Irène. En bas, Mauriac est le deuxième à gauche, Ramon Fernandez à l’extrême droite.

IMEC / Fonds iconographique de Pntigny-Cerisy

Pontigny, 1926, décade sur « L'empreinte chrétienne ». Louis Martin-Chauffier et Ramon Fernandez improvisent une danse espagnole. A l'extrême gauche la grande pianiste Youra Guller (Mme Schiffrin), future maîtresse de Ramon. Derrière Martin-Chauffier on aperçoit, de profil, le jeune Marc Allégret. La femme qu'on voit de dos rentrant dans l'abbaye est Maria Van Rysselberghe, la « Petite Dame ».

Unique photo de Ramon Fernandez avec ses deux enfants, Irène et Dominique. Il ne semble vraiment pas avoir l'esprit de famille. Vers 1935, au Couffin, petit mas près d'Aix-en-Provence.

Passion de la moto.
Années 30.

Pontigny, années 30. De gauche à droite : Roger Martin du Gard, Ramon Fernandez, Antoine de Saint-Exupéry. La femme à droite, en robe rayée, est Clara Malraux, l'épouse d'André.

IMEC / Fonds iconographique de Pntigny-Cerisy

IMEC / coll. Irène Fernandez

Pontigny, années 30. Ramon Fernandez (à gauche) en conversation avec les philosophes Léon Brunschvicg (au centre) et Raymond Aron.

Mardi 8 Septembre 1925

Je sens, Mademoiselle, que
des pauvretés, mais j'ai besoin de vous écrire
à Pontigny des heures qui compteront parmi le
de ma vie. Le sentiment que vous m'inspire
doute, ne laisse pas d'être tragique, car il me d
moi-même, fait dépendre non seulement mon
ma vie, d'un au-delà de moi. Je déteste les con
vous importuner : je voudrais simplement vou
maintes fois l'occasion de douter, je ne puis me
t... de ma certitude. On peut rêver qu'on aim
aimer, on ne saurait se tromper quand on aime,
expérience unique qu'aucun travail préalable de
composer.

Je transcris sans ordre les pensées qui me
tés mal exprimé Samedi. J'avais l'air d'imp
iate. J'obéissais à un pur mouvement d'époiss

DU BAC. VIIE

URUS 05-57

ne vais écrire que

Je viens de vivre,

lées bouleversantes

si profond et si

e, me séparer de

os, mais l'unité de

ences et crains de

ire qu'ayant au

ompter sur la na-

on peut ne pas pa

ais qu'il s'agit d'une

sprit n'est capable

ennent. Je me suis

r une réponse immé-

. Je suis naturelle-

Première lettre de Ramon Fernandez à Liliane Chomette, au lendemain de leur rencontre à Pontigny. Il y exprime le sentiment « tragique » de découvrir que « l'unité de sa vie » dépend désormais de quelqu'un d'autre que lui-même.

Liliane et Ramon, les fiancés de Pontigny, 1926.

5 DIMANCHE *Rameaux*

[illegible] et en bonne [illegible]. [illegible] et très [illegible].

[illegible] s'en va à midi.

Dehors, par un froid glacé. [illegible] déjeuné à Porto.

Après-midi pénible. [illegible]
avec [illegible].
au [illegible] des portes (adresses)
au [illegible].

Alban de R. entre 7 1/2 et 8. La stupeur et les autres (la plus belle image de mon échec vital, dit-il. Désormais, c'est fini pour moi).

A. [illegible] à 10 —.

Le couple vers 1926, année du mariage. La fierté insolente de l'un, mais déjà, chez l'autre, le doute et l'inquiétude. Le rêve ne durera que six ans. IMEC / Fonds iconographique de Pontigny-Cerisy

Dix ans après. Page de calepin de Liliane, 5 avril 1936. La rupture est consommée. Ramon Fernandez voit « la plus belle image de son échec vital » dans leur appartement vidé par le déménagement, après leur décision de se séparer.

Dans le bureau de la *Nouvelle Revue française*. De gauche à droite : André Gide, Jean Prévost, Jean Paulhan (debout), Ramon Fernandez (assis), Jacques Audiberti, Benjamin Crémieux (assis, image brouillée).

Même lieu, mêmes années 30. Assis au premier rang, de gauche à droite : Jean Prévost et Ramon Fernandez. Au deuxième rang : Jules Supervielle, André Malraux, Jean Paulhan, Benjamin Crémieux (barbu).

Chevelure gominée, le Mexicain toujours impeccable.

Dans le jardin de Gallimard, années 30. De gauche à droite : Benjamin Crémieux, Jacques Audiberti, Jean Schlumberger, Ramon Fernandez, André Rolland de Renéville, André Malraux, Jean Paulhan, Marcel Arland.

Mariage de Jean Prévost et de Marcelle Auclair, à Hossegor, le 28 avril 1926. Les deux témoins : à gauche François Mauriac, dans son vêtement étriqué et trop court ; à droite, Ramon Fernandez, plus dandy que jamais.

Cassis, fin des années 30. La jeune femme au premier plan est Betty Bouwens, maîtresse et bientôt seconde épouse de Ramon Fernandez.

Pontigny, années 30. Ramon Fernandez, tout en dirigeant les célèbres décades, aimait s'amuser.

Même lieu. Même année. Ramon Fernandez, toujours impeccablement habillé, avec cravate et pochette, même au bord de la mer.

Chez Lipp, où Ramon Fernandez tenait salon, pendant l'Occupation. En face de lui, assis, le poète Maurice Fombeure. MM. Cazes, père et fils, les célèbres propriétaires de la brasserie, se tiennent debout dans une attitude déférente.

Meeting du Parti populaire français, fasciste, fin des années 30. Ramon Fernandez à la tribune, au milieu.

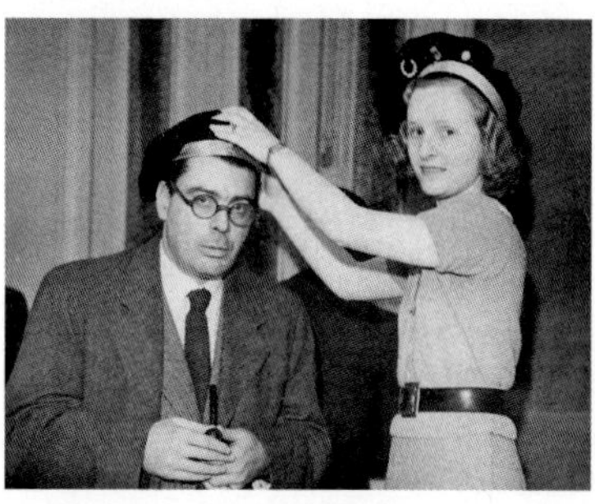

Adoubement PPF par le béret d'uniforme.

Contentement grégaire de Ramon Fernandez entre les jeunes gens du PPF en béret d'uniforme.

Le PPF défile rue de Rivoli, peu avant la guerre. En tête, seul, Jacques Doriot. Ramon Fernandez marche au premier rang des notables du parti fasciste, à droite.

Prix Femina, décembre 1932. Portrait officiel de Ramon Fernandez, par le photographe à la mode Daniel Masclet. Solennel et sceptique.

Sauf mention précisée, toutes les photos proviennent des archives de l'auteur.

et descendre vers les quartiers riches. Et puis il faudrait un homme qui marche à notre tête, un chef, un homme enfin… tenez, un type dans le genre de Gide. »

Le 8 juin 1935, nouveau débat à l'Union pour la Vérité, cette fois autour de Malraux, pour éclairer la nature de son engagement politique, tel qu'il l'a exprimé dans la préface du *Temps du mépris*. Témoignage de la Petite Dame : « La foule est déjà si dense que c'est à peine si nous pouvons nous frayer un passage. Heureusement que nous sommes derrière Fernandez qui s'entend à jouer des coudes, et qui du reste doit présider la séance. » Il y a là Du Bos, Gabriel Marcel, Guéhenno, Gide, mais l'entretien n'a pas été publié. Une partie des intervenants sont allés finir la soirée « sur le trottoir d'un bistrot de la rue Saint-Benoît : Malraux, Guéhenno, Jean [Schlumberger], Thierry Maulnier, Saint-Exupéry, Fernandez, Andrée Viollis », sans Gide, qui est venu puis reparti. Le 15 juin, c'est Schlumberger et ses positions religieuses qui font l'objet d'un débat, rue Visconti. Mon père attaque de front son ami sur cette religiosité « qu'on épouse mais qui n'engage pas l'homme ». Puis, toujours d'après la Petite Dame, on retourne au bistrot de la rue Saint-Benoît, « décidément fort sympathique ». Sont présents « Fernandez et une de ses amies, Benda, Gide… » Une de ses amies : Betty à coup sûr, avec qui mon père s'installerait cinq ans plus tard dans cette rue Saint-Benoît justement, et plus précisément en face de ce restaurant. Ma mère n'est allée ni à la réunion Malraux ni à celle-ci, comme elle le note dans son agenda. Elle avait mieux à faire, ainsi qu'on le verra plus loin.

L'année littéraire 1935 est très riche, et les articles de mon père dans *Marianne* recensent des livres d'importance : *Journal d'un homme trompé* de Drieu et *Journal d'un homme de quarante ans* de Guéhenno (9 janvier),

La Fin de la nuit de Mauriac (30 janvier), *Racine* de Thierry Maulnier (24 avril), *Que ma joie demeure* de Giono (1er mai), *Le Temps du mépris* de Malraux (5 juin), *Orient-Express* de Graham Greene (10 juillet), *Un crime* de Bernanos (7 août), *Note conjointe* de Péguy (28 août), *Les Clients d'Avrenos* de Simenon (18 septembre), *Le Cheval de Troie* de Nizan (13 novembre), *Le Sang noir* de Louis Guilloux (27 novembre), *Service inutile* de Montherlant (11 décembre).

Sur Drieu et son tableau de l'amour quinze ans après la guerre, dans le milieu parisien : sont à louer des « progrès techniques remarquables » et la substitution d'une sorte de sagesse à « l'angélisme un peu lourdaud de ses premières œuvres sentimentales ». Les nouvelles qui composent le recueil sont très significatives : « ce regret d'un absolu [l'amour] qu'on ne se sent pas la force de rejoindre, mais au nom duquel, cependant, on juge et on fait souffrir les êtres, ce regret se rattache peut-être à quelque réalité sentimentale, mais il exprime surtout un mythe, le mythe de l'effort vital non accompli ». Sur Malraux : son entreprise est remarquable, et sa réussite, complète. « L'entrée dans la nuit et dans la solitude, la douleur physique et le demi-délire empruntant un rythme hallucinant qui rappelle les phantasmes de l'écrivain tchèque Kafka ; le dialogue des coups frappés au mur ; le retour à la conscience, le retour à la liberté ; la détente dans la tendresse menacée ; et tout le long de ces thèmes la respiration d'une vie, la tension et la torsion d'une conscience : tout cela se succède, se compose comme l'expression musicale de la prison, de la solitude, de l'héroïsme, avec les motifs affrontés de la cruauté et de la fraternité. » À cette époque, Kafka était encore très peu connu.

Pour Nizan, chaleur exceptionnelle : « Le cheval de Troie, c'est la grande usine qui déverse le sombre peuple des ouvriers, les jours de révolution. » Grande et symbolique image, selon RF, qui salue la réussite de l'écrivain communiste. Dans son roman, un fils de bourgeois retourne au peuple et se sauve de sa classe, grâce au marxisme. C'est le contraire de Paul Bourget, qui voyait, lui, dans l'ascension du prolétariat vers la bourgeoisie, un modèle de progrès moral et spirituel. « *Le Cheval de Troie* est sans doute le meilleur livre que j'ai lu cette saison [qui est la saison des prix littéraires]. Je souhaite, pour les lois de l'harmonie littéraire, lire un roman fasciste de la même trempe. Il ne m'en est pas encore tombé sous la main. » L'article sur le livre de Montherlant est repris et développé dans la *NRF* de décembre. Il y a dix ans, ce « gentilhomme en disponibilité », ce D'Annunzio « de plus fine cuvée », risquait encore de « s'empêtrer dans sa pacotille ». Aujourd'hui, il s'est dépouillé, purifié, il a mûri, pris de la distance, avec un « détachement de somnambule » qui l'apparente à Montaigne. Le 8 mai, dans *Marianne*, paraît aussi un portrait, chaleureux, de Bernanos, « mousquetaire de Dieu et de rêve embarqué dans quelque folle aventure », et, depuis son accident de moto, traînant la jambe « avec l'air d'un pirate de Stevenson ».

Et la politique ?

Dans la *NRF* de février 1935 (« Littérature et politique ») où il cite le mot naïf de l'ouvrier gréviste sur Gide, mon père revient sur les journées de février 34 et s'explique sur sa démission de l'AEAR. « Une chose entre toutes m'avait frappé : le contraste entre les journées du 6 et du 9 février. D'un côté, l'exaltation des victimes ; de l'autre, l'indignation contre les "apaches". D'un côté, les campagnes de presse et la préparation d'un mythe ; de l'autre, le silence, le lâche appui de toute une ville sur la police naguère vilipendée. J'avais tiré de là une image évidemment poétique (la classe dominante écrasant l'autre de tout son poids), et par suite trop simpliste, je le reconnais ; mais non fausse entièrement, loin de là. Il était vrai que ceux qui poussaient les manifestants du 6 février obéissaient au souci de protéger leur coffre-fort, et nullement au désir de fonder une société nouvelle où le travail eût eu le pas sur le profit. Il était vrai que les libertés durement conquises des salariés n'ont jamais couru si grand danger en France que pendant cette quinzaine de février 1934. Et il était cohérent et légitime que, avec les idées que j'ai sur le capitalisme et l'égalité des hommes, je fusse rejeté violemment du côté des "porte-monnaie vides". Je pouvais partir de cette image simple et bâtir là-dessus un communisme poétique, qui aurait valu ce qu'il aurait valu, une sorte de pendant du fascisme de Drieu. Je ne l'ai pas fait. Pourquoi ? »

Parce que, dit-il, la politique purement « poétique » n'est pas du tout son fait. Il aurait voulu, lui, des réalisations pratiques, alors qu'il ne voyait autour de lui que des gens abusés par des formules et par des manifestations tenant plus de la magie que de la recherche de l'efficacité. À quoi bon « ces vastes ensembles, ces emblèmes, ces gestes rituels, ces credos, ces foules en marche vers le Paradis » ? Personne ne cherchait à « réussir » ; l'unique désir était de rester « pur ». « Mes amis communistes songeaient à la perfection, nullement à l'existence. Artistes inconscients, mais passablement académiques, ils s'accrochaient à des formules inutilisables. Ils m'apparaissaient comme les derniers fidèles de la religion du XIXe siècle. Je les imaginais dans un train privé de locomotive, vociférant et tapant du pied pour dissimuler que le train ne partait pas. Moi – qu'y faire ? – par penchant naturel, par hérédité sans doute, je retrouvais ma vieille habitude, qui est de considérer la politique comme un recueil de recettes pour faire, et non pour souhaiter. J'ai le goût des trains qui partent. »

Cette dernière formule est restée elle aussi célèbre. « Je fus aussitôt abreuvé d'injures plus ou moins ordurières par mes anciens camarades, et traité, par *Le Canard enchaîné*, de chef de gare », écrirait mon père dans sa « Confession politique », en 1939. L'amour des trains qui partent explique en partie son ralliement au fascisme français, en 1937 ; mais n'est-il pas étrange que, sous le prétexte d'adhérer à une doctrine se targuant de garantir la précision des horaires, il ait accueilli en même temps le cérémonial fasciste et gobé la « magie » des rassemblements populaires, « ces emblèmes, ces gestes rituels, ces credos, ces foules en marche vers le Paradis » ? Pathétiques contradictions de l'intellectuel, du solitaire, avide de s'intégrer à une famille politique et d'en utiliser les symboles comme parure de son dénuement.

Du 21 au 25 juin 1935 se tient au palais de la Mutualité, à Paris, le Congrès international des écrivains pour la défense de la culture, événement qui marque une étape importante dans la lutte antifasciste mais révèle en même temps la confusion et la rivalité entre les différents clans. Gide et Malraux président la première séance. Parmi les orateurs, on retrouve Guéhenno, Chamson, Benda, Nizan, Aragon, Barbusse, ainsi que des étrangers prestigieux, tels E.M. Forster, Bertolt Brecht, Heinrich Mann, Robert Musil, Aldous Huxley, Boris Pasternak, Ilya Ehrenbourg. René Crevel, prévu également, s'est suicidé quelques jours auparavant, en partie à cause de la querelle entre Aragon et Breton, communistes et surréalistes. À ce congrès, mon père ne participe pas. Comment expliquer son absence à cette grande messe de l'antifascisme ? Par sa démission de l'AEAR ? N'a-t-on pas voulu l'inviter ? A-t-il refusé d'être présent ? Il reste à gauche, contrairement à ce que prétend Gisèle Sapiro dans *La Guerre des écrivains*, et j'en donnerai plus loin la preuve. Mais il commence à se désengager, à prendre de la distance. Le 22 juin, d'après l'agenda de ma mère, le déjeuner de la *NRF* a lieu rue Mornay. Le 24 juin, mon père prononce une conférence, à 17 heures, dans le cercle étroit de la rue Visconti, sur les romanciers du moi après la guerre : sujet et public qui tranchent de façon provocante sur les solennités du palais de la Mutualité.

En novembre, il intervient sur le nouveau problème de politique internationale, l'invasion de l'Éthiopie par l'Italie, commencée le 3 octobre et condamnée aussitôt par la Société des Nations, qui vote le 11 octobre des sanctions. Pour s'exprimer, mon père choisit la *NRF*. Cette affaire, comme on sait, a creusé le fossé entre la droite, qui applaudissait à la conquête d'un pays esclavagiste, et la gauche, qui approuvait les sanctions contre l'Italie, au nom du droit des peuples à disposer d'eux-mêmes.

Affaire politique, qui mobilise les intellectuels des deux bords[1]. Les uns publient dans *Le Temps*, le 4 octobre, un *Manifeste des intellectuels français pour la défense de l'Occident et la paix en Europe*. Le texte, rédigé par Henri Massis, prophétise une guerre « sans précédent », si les sanctions sont décidées. « On veut lancer les peuples européens contre Rome. On n'hésite pas à traiter l'Italie en coupable, sous prétexte de protéger en Afrique l'indépendance de tribus incultes... Par l'offense d'une coalition monstrueuse, les justes intérêts de la communauté internationale seraient blessés. » Les signataires s'élèvent contre une mesure qui menacerait « la notion même de *l'homme*, la légitimité de ses avoirs et de ses titres ». Est-ce que l'œuvre colonisatrice de l'Angleterre et de la France ne reste pas

1. Cf. Max Gallo, *L'Affaire d'Éthiopie aux origines de la guerre mondiale*, Éditions du Centurion, 1967.

« une des plus hautes, des plus fécondes expressions de leur vitalité » ? Grande est donc la stupeur de voir le premier de ces pays réclamer contre l'Italie des sanctions qui mettraient « obstacle à la conquête civilisatrice d'un des pays les plus arriérés du monde ». Bref, ce serait « un attentat irrémissible contre la civilisation d'Occident ». Parmi les soixante-quatre premiers signataires figurent, outre douze académiciens, Léon Daudet, Marcel Aymé, Brasillach, Drieu La Rochelle, Maurras, Thierry Maulnier. Auraient-ils osé souscrire à ce que le cardinal Schuster, de Milan, proclama le 28 octobre dans le Duomo ? « L'armée italienne ouvre au prix de son sang les portes de l'Éthiopie à la foi catholique et à la civilisation romaine, qui abolit l'esclavage, éclaire les ténèbres de la barbarie, donne Dieu aux peuples, inonde le monde de civilisation religieuse et de vrai bien. C'est la perpétuelle mission de l'Italie et de la Rome de Dante. » Le sang italien : moins de six mille tués. Le sang éthiopien ? Entre cent cinquante mille et deux cent mille.

Le 5 octobre, dans *Le Populaire*, réplique de la gauche, qui estime « injurieuse » « l'affirmation de l'inégalité en droit des races humaines » et « généreuse » l'attitude du peuple et des intellectuels anglais. Parmi les signataires : André Gide (qui avait dès 1927 dénoncé les méfaits de la colonisation française en Afrique noire, dans *Voyage au Congo* suivi de *Le Retour du Tchad* en 1928), Jules Romains, Aragon, Romain Rolland, Jean Guéhenno, Paul Rivet, Nizan, Jean Schlumberger, Benjamin Crémieux, Emmanuel Berl, Emmanuel Mounier, Jacques Madaule. Ce *Manifeste pour le respect de la Loi internationale* est suivi, le 19 octobre, d'un *Manifeste pour la justice et la paix*, publié par *La Vie catholique*. « Nous ne nions pas l'importance de l'œuvre colonisatrice accomplie par les États européens... mais nous savons aussi qu'elle n'a pas été accomplie sans lourdes fautes… Il importe aussi de dénoncer le sophisme de l'inégalité des races. » Signèrent, entre autres, Jacques Madaule, Mounier, Maritain, Gide, Benda, Guéhenno, Montherlant. Notons que les catholiques, et parmi eux plusieurs amis de RF, étaient divisés : Mgr Baudrillart, de l'Académie française, et Gabriel Marcel se ralliaient au premier manifeste, Madaule, Mounier, Maritain, P.-H. Simon aux autres. Ma sœur se rappelle avoir vu, pendant l'Occupation, notre père et Madaule se rencontrer par hasard dans la rue, se serrer la main et s'entretenir cordialement, alors que l'un était collabo et l'autre proche des milieux de la Résistance.

La gauche intellectuelle ne se contenta pas de protester, elle se donna une tribune, *Vendredi*, dont le premier numéro parut le 8 novembre. Chamson et Guéhenno s'étaient assuré la collaboration de la plupart des signataires du deuxième manifeste.

Brasillach a rappelé, dans *Notre avant-guerre* (Plon, 1941), quelle rupture « dramatique » de l'amitié franco-italienne, après le succès de l'exposition de tableaux italiens au Petit Palais, en février, avait causé l'affaire d'Éthiopie, « qui commença de faire sortir les intellectuels comme des belettes de leurs trous ». Brasillach se range parmi ceux qui trouvèrent « scandaleux que les deux plus grandes nations coloniales du monde, France et Angleterre, s'unissent pour empêcher l'Italie d'arrondir son domaine africain ». Et de railler au passage la fièvre moralisatrice qui s'empara soudain d'« une bien étonnante maison, qui se nomme l'Union pour la Vérité », où il se rendit, dit-il, pour la première fois, et découvrit un spectacle à mourir de rire. « Elle a près d'un demi-siècle d'existence, elle a été fondée par le vieux Desjardins de l'abbaye de Pontigny, et on y discute de graves problèmes devant un poêle sous le masque de Beethoven et le portrait de Descartes : décor éminemment "affaire

Dreyfus". De vieilles dames de soixante-quinze ans qui n'ont pas, à leur âge, désespéré de savoir ce qu'est la vérité s'y réunissent pour la connaître. Il y règne une atmosphère distinguée et poussiéreuse. » Tourner en dérision un lieu qui jouait un rôle si important dans la vie intellectuelle, se moquer de Beethoven et de Descartes, insister sur l'âge de Desjardins et feindre de croire qu'il n'y avait autour de lui que des vieilles dames, rejeter dans un passé obsolète tout ce qui s'efforçait en France de penser, voilà de l'arrogance typiquement fasciste : mépris de la discussion, liquidation de l'humanisme, triomphalisme bête de la jeunesse. Les jeunes hitlériens avaient brûlé, en 1933, des milliers de livres qu'ils jugeaient faire obstacle à la renaissance de l'Allemagne.

Entendre traiter Desjardins, Pontigny et la rue Visconti de survivants ridicules de l'âge du « poêle » n'a pu que révolter mon père, et augmenter son antipathie pour celui auprès de qui il militait, en 1941, dans la « collaboration ». Le cas de figure est inverse de celui de Madaule. RF pouvait mépriser quelqu'un de son bord et garder son estime et son amitié pour quelqu'un du bord opposé.

Dans les six pages serrées qu'il écrit pour la *NRF*, il commence par s'en prendre au premier manifeste, dans le style imagé qu'il affectionne. Massis et ses amis trouvent « raide » que les deux plus grandes puissances coloniales empêchent l'Italie de les imiter ? « Que penseriez-vous, si les constructeurs d'automobiles reprochaient à un de leurs confrères de placer cette année ses moteurs à l'arrière, sur le seul motif que les années précédentes il les plaçait à l'avant ? Vous penseriez sans doute que ces commerçants sont jaloux de leur collègue, lequel a su réunir des capitaux et un outillage qui lui permettent d'introduire une nouveauté sur le marché. Or, quand on reproche à la Grande-Bretagne son attitude présente au nom de son passé, on fait comme feraient ces commerçants. Car la Grande-Bretagne, au lieu de tourner en rond dans ses vieilles ornières, veut installer une nouveauté sur le marché du monde : l'application, d'une certaine façon, d'un certain règlement international. C'est peut-être mauvais, mais c'est nouveau. Vient toujours, dans l'histoire, un moment où quelque empire est assez puissant pour mettre ses moteurs à l'arrière : ainsi marche le monde. L'Italie, au contraire, dans cette affaire, maintient désespérément ses moteurs à l'avant. Elle copie désespérément des formules extrêmement vieilles. À grand renfort de publicité, elle veut faire passer un modèle 1860 pour un modèle 1935. » Les signataires de ce premier manifeste ne disent donc pas ce qu'ils veulent dire, à savoir que « l'Italie fasciste représente à leurs yeux une valeur antidémocratique de politique intérieure ». Au sujet de la « civilisation » et de la prétention de l'Italie à l'incarner, mon père est net : « Entre la civilisation anglaise et la civilisation italienne il y a la différence de l'indicatif à l'optatif… L'Angleterre peut dire : “Je suis la grande Angleterre.” L'Italie peut dire seulement : “Je voudrais être la grande Italie.” Admettons que la révolution fasciste ait été parfaitement opportune : par définition, elle suppose un état antérieur critique de la nation où elle a pris naissance. Le redressement fasciste s'est donc poursuivi à partir de cet état critique, non point à partir d'un état supérieur, comme celui de l'Angleterre par exemple. N'est-il pas difficile de penser qu'en douze ans, et quel que puisse être le génie de ses chefs, l'Italie soit déjà en état de servir la civilisation universelle ? Nous voyons bien où elle en est : elle en est au stade de la guerre coloniale. » Occasion pour mon père de réaffirmer son anglophilie : l'Angleterre ne serait-elle pas « la nation la plus civilisée du monde » ?

La guerre d'Éthiopie n'a rien à voir, absolument rien à voir, avec une quelconque « défense de l'Occident ».

Pour autant, il ne se rallie pas aux manifestes de la gauche, marquant son indépendance en renvoyant dos à dos la proclamation du *Temps* et celle du *Populaire*. À gauche comme à droite, dit-il, on est frappé d'aphasie. De même que la droite ne dit pas qu'en prenant la défense de Mussolini elle s'attaque à l'idée démocratique, de même la gauche, quand elle qualifie de « généreuse » l'intervention de l'Angleterre en faveur du Négus, cache la vérité, à savoir que « l'action anglaise est une garantie contre l'action fasciste ». De part et d'autre il n'y a que confusion et mensonge. « Et quel désossement de la pensée ! À gauche, quelques jérémiades sur l'égalité et la justice qui recouvrent mal des préoccupations politiques. À droite, une admiration infantile pour les formes les plus désuètes d'un impérialisme équivoque. »

Conseil final : « Lisez les manifestes que je citais plus haut : vous y trouverez des idées beaucoup moins claires et beaucoup moins valables que celles que vous recueillerez au cabaret du coin. Ils comptent pourtant, parmi leurs signataires, un bon nombre d'écrivains très intelligents. Mais ces écrivains, intelligents et compétents dans leur partie, dès qu'ils ont la plume politique à la main, deviennent des "intellectuels", c'est-à-dire des personnes qui se croient le droit de penser, mais qui n'en ont plus les moyens », faute d'avoir acquis « les bases concrètes d'une pensée politique ». « Nos intellectuels feraient bien de s'y employer [à acquérir ces bases], au lieu de gaspiller leur signature. »

Bientôt, hélas, mon père choisirait un camp et s'y engagerait à fond, sans que sa « pensée politique » ait eu le temps de mûrir, dégagée de ses déboires personnels. Que ne s'en est-il tenu à l'impartialité, à la neutralité affichées ici ! Je relève, dans son éloge des rencontres de

« cabaret », le début inquiétant de ce qui deviendra une habitude chez le doriotiste : sous prétexte de se retremper au contact de gens de bon sens, s'attabler au bistrot, ne plus concevoir le travail d'information et de propagande qu'arrosé.

Si j'ai insisté sur cette affaire d'Éthiopie, c'est qu'elle a été occultée par la guerre d'Espagne plus spectaculaire, alors que la première grave fracture entre les intellectuels français a eu lieu en 1935, non en 1936. « Cette faille ouverte en 1935 est celle qui partage la France après la défaite [de 1940] », dit Max Gallo.

Pour le moment, RF se tient au bord de la faille. Il se cherche, hésite, s'interroge, louvoie. De quel côté basculera-t-il, en cet instant où, avec une hauteur de vues qui tranche sur l'assurance de ses confrères, il se place à l'écart des partis ? Il rejette les mots d'ordre, d'où qu'ils viennent ; sort du jeu politique ; de la même façon qu'il s'est mis, dans son foyer, en marge de ses engagements conjugaux. Il se détache progressivement de la gauche, comme il se démarie peu à peu. Période de transition : dans sa vie politique comme dans sa vie privée.

Sa vie privée… Rue Mornay, il y a, encore et toujours, des querelles, des larmes, de la détresse, du déchirement, « des passes d'injures et de coups », rarement de la tendresse, sans cesse « on recommence la guerre », mais ma mère, malgré le renouvellement des « horribles scènes » et l'aveu, inimaginable pour elle, qu'elle a recouru, le 9 février, au « traitement du désespoir par le vin », paraît dans l'ensemble moins accablée. Pour elle aussi, c'est une époque de transition. Au début, parce que ses enfants ont grandi, qu'elle a avec eux de vraies conversations, qu'elle s'occupe de leurs études, qu'elle n'est plus seule à dîner, pendant les absences de plus en plus fréquentes du mari. Puis, à partir du 15 avril, jour de leur rencontre à Pontigny, voici qu'un nouvel homme entre dans sa vie : Angelo Rossi (pseudonyme de Tasca), antifasciste italien en exil. Coup de foudre réciproque. À peine rentrés à Paris, ils se voient ou se téléphonent tous les jours, s'envoient des lettres et des pneumatiques, dînent ensemble, font de longues promenades, visitent à plusieurs reprises la fameuse exposition de l'art italien au Petit Palais. Il lui raconte sa vie, mouvementée : comment il a fondé, avec Gramsci et Togliatti, le parti communiste italien, en 1921 ; comment, pour échapper à la police de Mussolini, il s'est enfui d'Italie par des mines souterraines près de Trieste ; comment il a gagné clandestinement la Russie ; comment il a siégé au Komintern à côté de Staline ; comment il a rompu avec Staline en 1929, au sujet de la politique agricole, et s'est enfui à nouveau, pour choisir la France comme nouvelle patrie.

RF mène sa double vie avec Betty, mais ma mère aussi, avec ce Rossi désigné très vite dans l'agenda par l'initiale A. Elle fait, elle également, « l'apprentissage du mensonge ». Le 13 mai, R ne rentre pas. « C'est A qui téléphone à 10 h. » Le 18 mai : « A à dîner. Jusqu'à 10 h. R vers 3 h. » Chassé-croisé qu'on voudrait appeler de comédie, sans les convulsions où se débattent les époux. La « chère présence » de A remplit désormais les pages. Le 20 juin : « Tendresse et joie », après une longue promenade dans l'après-midi avec A, qui téléphone encore deux fois, le soir, à 8 heures et à 11 heures, assiduité qui arrache à ma mère cette notation pour elle unique : « Bonheur ». Le 26 juin, R rentre à 6 heures moins le quart du matin, « au grand jour ». Mais ma mère ajoute : « Aube adorable depuis 4 h », ce qui laisse entendre qu'elle n'a guère souffert de ce retard, sa pensée étant tout occupée par un autre. Quelle différence avec le ton désespéré sur lequel elle rapportait, l'année précédente, que la querelle avait duré jusqu'au jour et continué en pleine lumière !

Le 28 juin, après que son mari lui a téléphoné qu'il ne rentre pas, elle reçoit A de 9 heures et demie à 10 heures et demie, et la double barre = suivie de la mention « douceur » indique qu'ils sont devenus amants cette nuit-là. Elle sort des bras de A « éperdue de douceur » (3 novembre), éprouve après une promenade avec A une « allégresse plus forte que tout » (11 novembre), reçoit le 19 une lettre de A qui lui procure « aussitôt, admirable chaleur », écrit à A le 25 avec le sentiment d'une « pure tendresse », résume son état nouveau par ces mots étonnants sous sa plume : « Moi : chaleur qui ne me quitte pas, et force et joie. » (24 novembre.)

La douleur de la séparation d'avec R est toujours présente, sans doute. Il ne fait plus rue Mornay que des apparitions fugitives ; découche tout à fait. Mais cette douleur s'estompe, elle s'efface devant l'apaisement du nouvel amour. Il commence à être question, désormais, de la « liquidation juridique de ma situation ». A donne là-dessus des conseils, dès le 24 juin. Les relations entre mes parents deviennent plus calmes, plus amicales, malgré le chagrin persistant. « Revoir simple, questions d'affaires, moi au bord des larmes. » (3 octobre.) Le 5 octobre, ils ont une conversation sur les arrangements à prendre. Le 10 octobre, après avoir fait l'amour avec A, elle retrouve son mari chez mamé : « Fausse cordialité et faux enjouement, agréable tout de même. » Le 18, R rentre à 8 heures et demie du soir, repart aussitôt. « Moi : différence avec l'an dernier ; je reste calme. Retour vers 9 h et quart. Ensemble à la Bastille : bière et sandwichs ; puis ici encore (grogs). Silence, aisance, problèmes supposés résolus. » Le lendemain, « conversation amicale avec R. Ensuite, il s'en va, mais est préservée une certaine douceur ».

Bien sûr, la guerre continue, sourde ou avec des éclats. Le plus souvent pour les questions d'argent. La passion alors de mon père est le jeu de la grue, avec laquelle on pêche des objets dans une cage de verre. De ces grues, il y en a dans les cafés de la Bastille, où il dépense son temps et gaspille son argent. « Cette grue me rendra fou et me ruinera », dit-il lui-même à sa femme dans un jour de gentillesse, le 24 octobre. Cette folie puérile l'exaspère, elle, d'autant plus qu'il y a les impôts à payer, les factures, les impayés qui s'accumulent. Le 15 novembre, on coupe le téléphone de la rue Mornay. Le 23, elle décide de maintenir ses rapports avec son mari sur un ton de « douce plaisanterie ». Nouvelle crise, pourtant, le 29, et nouvelle apparente accalmie : « R à 8 h et quart. Dîner. Puis sortie : d'un café à l'autre boulevard Henri-IV (alcool, grue). Tristesse pour moi insupportable. Je rentre en pleurant. Crise de désespoir, comme il ne m'en était pas arrivé depuis longtemps. R revient à minuit. Irritation d'abord, puis bonté. » Le 27 décembre : « R à dîner à 8 h et demie. Ensuite, place de la Bastille, boissons et grue. » Comprenait-elle que l'alcool et la grue n'étaient que des substituts de l'activité politique interrompue ? Que ses accès de gentillesse étaient les balises d'un homme déboussolé par son désengagement politique ?

Le 14 décembre, elle trouve encore des lettres accablantes pour l'époux adultère, mais les torts, à présent, sont aussi de son côté, et elle se contente de faire ce triste constat : « Je sais qu'il ne peut y avoir de mesure commune entre nous. Ailleurs, tout mon espoir, ailleurs, toutes mes larmes. » Elle me semble beaucoup moins affligée de l'imminence du divorce que tournée vers une nouvelle vie avec l'homme qui a détrôné son mari. Le 1er novembre, elle écrit ces lignes étonnantes : « À la maison, trouvé en rentrant Ramon qui emballe ses affaires. Il s'en va presque aussitôt (soi-disant pour Bruxelles). Dîné gaiement. Moi très joyeuse. » C'est qu'elle est allée chez A de 2 heures et demie jusqu'à 4 heures et demie, et qu'ils ont fait l'amour. S'il n'y avait les préoccupations d'argent et le souci des enfants, toujours malades, elle retrouverait l'élan de sa jeunesse. D'autant plus qu'elle n'a rien à craindre d'un affrontement entre A et R, qui entretiennent les meilleurs rapports. Ils ont une grande conversation politique rue Mornay le 23 décembre, elle les invite à dîner ensemble le 28.

Duplicité de ma mère ? Je ne donne pas ces détails pour diminuer en quoi que ce soit la responsabilité de mon père dans le naufrage de son mariage : il est évident que s'il ne s'était pas conduit depuis longtemps avec autant de légèreté, de muflerie, de brutalité, jamais la janséniste, la puritaine au cœur verrouillé par la foi conjugale, ne se serait trouvée disponible pour un nouvel amour. Il l'avait usée, étouffée, réduite à chercher « ailleurs » du secours. Mais je constate aussi que ma mère n'est pas restée sans consolations. Son destin n'a pas été entièrement tragique, comme elle s'est ingéniée à le faire croire – et à s'en persuader elle-même. Quand elle écrira, en 1972, son « Memorandum », elle rectifiera, assombrira, dramatisera ses souvenirs pour les pousser au noir, comme si l'abandon, la solitude, le désespoir avaient été son unique lot. De sa liaison avec A, du réconfort qu'elle y trouvait, il ne sera fait aucune mention dans ce texte, où elle se plaît à dresser le bilan, uniformément négatif, de son existence. Me voilà conforté dans mon opinion sur une des causes principales de l'échec conjugal de mes parents : ce pessimisme de ma mère, obstiné, têtu, violent, cette volonté de se raidir dans une farouche négation des aspects heureux de sa vie ont contribué (et cela, dès le début de leur mariage) à détacher d'elle un homme éclatant d'allant et de gaieté. Si cette vue est juste, Betty n'aura été (au commencement du moins) que le pis-aller accordé à sa joie de vivre.

La confrontation du « Memorandum » et des dernières pages de l'agenda de 1935 illustre avec éclat le catastrophisme de ma mère et sa propension, décourageante pour un compagnon qui aime la vie, à ne retenir que le pénible, l'horrible, le funeste, le calamiteux. Je vais citer à la suite la page du 24 décembre 1935 où ma mère raconte ce jour et cette nuit de Noël tels qu'elle les a réellement vécus, et le récit qu'elle en a fait vingt-sept ans plus tard, de bonne foi je suppose, mais corrigé, déformé, truqué par un tempérament qui ne veut aucun adoucissement à sa peine. Peu lui importaient les faits, hélas, ce qu'elle voulait, c'était se meurtrir, croire qu'elle était véritablement « damnée », ne retenir des faits que ceux qui étaient à son entier désavantage. Née pour être victime, c'était son credo, c'était l'image d'elle-même qu'elle voulait imposer aux autres, parce que c'était la seule en laquelle elle se reconnaissait. Mon père avait parfaitement identifié ce qui lui paraissait être une maladie : « Déjeuné seule avec Ramon. Sa gentillesse. Il dit que je suis atteinte de névrose d'angoisse. » (5 décembre 1935.) Comment ne pas souscrire à ce diagnostic ?

Agenda du 24 décembre 1935.

« Courses le matin : derniers achats, l'arbre de Noël.

S.F. [Suzanne Fontvieille, une amie proche, professeur d'anglais] à 3 h. Cherché Domi quai Bourbon. Préparé le Noël des enfants.

A à 7 h. Ses cadeaux. Légèreté, gaieté, sorte de transport hors du temps.

Dîné avec S.F. qui s'en va à 11 h. Mal dormi. Domi tousse sans arrêt.

Et alors [on tourne la page et on arrive au 25 décembre] à 2 h du matin, c'est B.B. qui sonne. Explication jusqu'à 3 h. Bouleversement peu à peu compris.

Étrange nuit de Noël.

Le réveil des enfants à 8 h. Activité qui éloigne les fantômes de la nuit.

S.F. à midi et demi. Déjeuner ensemble mais fatigue et dépression.

À 6 h, A, avec les cadeaux pour l'arbre de Noël. Conversation à trois, gaieté, confiance, joie profonde.

Dîné avec les toutous, chez eux. À 11 h et demie, A. =

À 1 h, R avec un poulet et une bouteille de vin mousseux. On enchaîne simplement. »

Qu'est venue faire Betty à 2 heures du matin ? L'entrevue, évidemment, n'a pas dû être des plus agréable, mais l'arrivée, le soir précédent, de A, la gaieté qu'il apporte, puis, le lendemain, la scène de tendresse et de sexe, n'ont-elles pas compensé en abondance le déplaisir et la peine nocturnes ?

« Memorandum » de 1972. Ma mère, au chapitre de son premier mariage, commence par résumer celui-ci.

« Ce fut pire que dans mes plus sombres craintes. D'abord cet étrange état d'être condamné à vouloir ce qu'on ne veut pas, ou à faire comme si… en feignant d'oublier ce qu'on a de plus cher, en renonçant à mettre dans sa vie l'unité conquise dans l'esprit et en éprouvant la douleur de ce reniement. [Allusion sans doute aux mondanités et à la désapprobation de M. Desjardins.] Et puis des malheurs plus visibles, plus banals et plus éclatants à la fois, le mensonge, l'abandon, les dettes. Pour société, l'assaut furieux des créanciers. Les enfants toujours malades, l'angoisse des jours et des nuits ; le désir de finir et pourtant l'obligation de les sauver.

« Laissons cela. Trois jours ou plutôt trois nuits qui reviennent comme des images obsédantes. [Je ne donne ici, pour le moment, que la première.]

« Noël 1935. Il y a des mois et des mois que je vois rarement R. Il fait de fugitives apparitions “à la maison”, généralement à la fin de la nuit, et disparaît pour de mystérieuses destinations qu'il recouvre d'un vague prétexte, quand par hasard il prend la peine d'imaginer quelque feinte. Mais ce jour-là il m'a promis de venir. Irène vient d'être gravement malade. Dominique a la fièvre et une violente crise d'asthme. J'ai préparé une petite réjouissance, des bougies, quelques nourritures, un petit arbre de Noël. Le soir passe, la nuit. J'attends. Dominique tousse sans arrêt. Personne ne vient.

« Et soudain à 2 h du matin, on sonne à la porte. Et derrière la porte, il y a Betty B. Elle m'explique que R l'a envoyée pour me dire qu'il ne viendrait pas. J'ai commencé par crier, un peu épouvantée : "Où est Ramon ?" "Chez moi", dit-elle, avec l'assurance du triomphe. "Oh ! très bien, daignez entrer. Et puisque vous êtes là, laissez-moi vous parler. Je ne serai plus dans votre chemin. J'ai décidé de m'en aller, avec les enfants, bien entendu. Je ne puis plus payer le loyer. Faites de R et avec R ce que vous voudrez."

« Vers 3 h du matin, l'explication est finie, le bouleversement surmonté, la résolution prise. Une sorte d'averse furieuse tombe sur la ville. J'enveloppe Betty dans le grand manteau de pluie de Ramon, je prends congé d'elle en lui souhaitant plus de bonheur qu'à moi. Maintenant les enfants dorment. La maison est silencieuse, où j'aurai passé trois dures années. Étrange nuit de Noël, où les dés sont jetés.

« Le lendemain, ou plutôt le surlendemain, vers 1 h du matin, je vois réapparaître Ramon. Il apporte un poulet et une bouteille de vin mousseux. "Je ne pouvais pas venir, m'explique-t-il, j'avais tant bu que j'étais comme mort. Mais je me souvenais. J'aurais envoyé les pompiers." »

Il y a plusieurs façons de juger cette scène : comme une preuve insigne de la lâcheté d'un homme qui a abandonné sa famille le soir de Noël, malgré sa promesse. Comme un lamentable aveu de faiblesse : boire jusqu'à tomber ivre mort. Comme un acte de parfaite goujaterie : à l'égard de l'épouse, chez qui on délègue en ambassadrice la maîtresse ; à l'égard de la maîtresse, dont on ne fait pas plus de cas que d'un pompier, chargé d'éteindre le feu qu'on a soi-même allumé.

Moi, ce qui me frappe, c'est l'arrangement après coup de cette scène, la dramatisation à outrance, la transformation d'un épisode presque comique à force d'être pitoyable, en grand finale de tragédie. Remarquable travail de condensation des détails pénibles, par élimination des trouées de lumière. On éteint les projecteurs et on ferme les issues de secours, pour que tout reste dans le noir et la désolation. Il est faux de prétendre que les enfants ont été « toujours » malades. Ils le sont souvent, mais l'agenda de 1935 revient sans cesse aussi sur leur « gentillesse », sur le plaisir qu'elle a d'être avec eux. Ensuite et surtout, la radiation de A, de sa visite, de ses cadeaux, du rapport sexuel, de la gaieté, confiance et joie profonde que ces quelque six heures passées avec lui ont apportées à ma mère, l'occultation des moments de bonheur sont l'œuvre d'un grand metteur en scène qui veut faire d'un drame bourgeois une pièce de Shakespeare. Ne manque même pas à la reconstitution l'averse aussi « furieuse » que l'assaut des créanciers, et le « grand manteau de pluie », décor et costume tragiques appropriés à la circonstance.

Cette nuit en apparence atroce ne l'a donc pas été tant que cela. Je n'accuse pas ma mère de mensonge, non. Ce qu'elle révèle ici est beaucoup plus grave : un entêtement congénital à présenter sa vie comme un long martyre ininterrompu, la volonté de se laisser tomber à pic dans le gouffre, de s'envelopper d'obscurité, le goût des ténèbres et du néant. Mais quel plaisir y a-t-il, pour un homme normalement constitué, à vivre avec une compagne qui se veut, qui se pense vouée au malheur le plus absolu ? A-t-on envie de passer la nuit de Noël avec une femme incapable, même en cette occasion, d'ôter son masque de tragédie ?

En juin de cette année 1935 a paru, chez Gallimard, le second roman de RF, *Les Violents*, fruit à la fois de son expérience politique et de ses vicissitudes conjugales. Marcel Arland, dans la *NRF* d'août, loue l'auteur d'avoir repris les personnages du *Pari*, tout en les situant dans un contexte si différent que l'intérêt et l'émotion du lecteur sont entièrement renouvelés. Robert et Pauline se sont retirés dans un petit village de Lorraine, où Robert dirige une usine de motos. Ayant des idées sociales relativement avancées, il a l'intention de faire participer les ouvriers aux bénéfices. Ce qui ne l'empêche pas d'être amené à pactiser avec un gros industriel des environs et à renoncer à ses velléités généreuses. Les compromissions de son mari choquent Pauline. Le conflit entre les époux ne naît pas d'un désaccord sentimental, mais d'un désaccord d'idées. Pauline, plus par sympathie politique que par attirance sexuelle, se compromet avec un des ouvriers, le beau Riquet, d'ailleurs combinard et quelque peu traître à l'éthique ouvrière.

Arland donne un jugement favorable de l'ensemble, bien qu'il peine à reconnaître dans cette femme de chair et de sang une « zélatrice de l'idée sociale ». La scène de sexe, fort crue, entre les amants le rend perplexe. Trois ou quatre pages qui sont, affirme-t-il, « parmi les plus risquées du roman contemporain ». Et c'est vrai : la physiologie de l'acte sexuel, l'érection virile, la pénétration, la hâte maladroite de l'homme, les réticences de la femme, l'odeur et les taches de sperme, tout y est.

Drieu La Rochelle, dans *Europe nouvelle* (20 juillet), soutient que RF a rapporté de sa fréquentation des communistes une fiction pleine de sève, mais pas très claire. « Il nous montre un beau communiste qui séduit une bourgeoise et est séduit par elle. La bourgeoise est attirée en dernier ressort par la force morale qu'elle imagine chez ce personnage – dont, par-derrière, le romancier nous montre qu'il est hésitant et louche – plutôt que par cette beauté physique qui l'a d'abord frappée. Elle s'est donc donnée à lui moralement ; mais à la dernière minute, ayant été le rejoindre dans sa chambrette, elle lui refuse le secret de son corps. » (Drieu a mal lu, ou résume mal sa lecture : Riquet pénètre Pauline, qui au dernier moment le repousse, et lui jouit en dehors d'elle, « se répand sur son linge, sur sa jupe ».) Demi-refus, en somme. Attitude, conclut Drieu, qui symbolise ce qui arrive au bourgeois, quand il s'est jeté dans les bras du prolétariat. « Beaucoup se réveilleront avant André Gide. Que va devenir, demain, la bourgeoise de Fernandez qui s'est si mal donnée à son communiste ? Se donnera-t-elle mieux au communisme ?… C'est toute l'énigme du Front commun [contre le fascisme]. Pourtant Ramon Fernandez qui adhère au Front commun ne s'explique pas là-dessus. » Le persiflage de Drieu, évident, se manifeste jusque dans la présentation du romancier, « curieux et narquois – le plus comiquement narquois peut-être des écrivains d'aujourd'hui : quel malheur que cet exquis sardonisme n'ait pas encore passé dans sa littérature[1] ».

Quelques lettres bienveillantes : du romancier suisse Léon Bopp, qui félicite mon père d'engager ses personnages dans des préoccupations sociales précises, concrètes, contemporaines, et d'unir l'esprit d'analyse et d'ironie français avec la violence, la dureté et la sensualité espagnoles. Du philosophe Léon Brunschvicg, qui approuve l'amalgame des thèmes sociaux et des

1. Article republié dans *Sur les écrivains*, Gallimard, 1964.

vicissitudes du sentiment, et, pour s'épargner sans doute l'embarras d'autres compliments, suggère un curieux rapprochement entre le couple de Pauline et Riquet et le couple de Mme Guyon et Fénelon. Enfin de Bernanos, frappé par « l'extraordinaire concentration de ce livre, sa force tragique, sa vérité si drue, si hardie ».

Exagération manifeste, à mettre sur le compte de l'amitié. Deux jugements paraissent plus véridiques. Paul Nizan y va, dans *Monde* du 1er août, d'un article très sévère – qui prouve, entre parenthèses, que l'éloge du *Cheval de Troie* par mon père, dans *Marianne*, le 13 novembre 1935, donc après l'éreintement par Nizan de son roman, ne sera pas un renvoi d'ascenseur.

Pour Nizan (sans doute braqué contre le démissionnaire de l'AEAR), le drame conjugal est mieux venu que le drame politique. Ni le grand industriel, ni l'ouvrier communiste, ni le grand ingénieur ne sont des hommes réels, mais des êtres de raison. « Fernandez reste loin du héros capitaliste, loin du héros prolétarien. Il est bien un auteur bourgeois en ceci qu'il ne sait voir vraiment dans le prolétariat que le voyou que le prolétariat rejette. Ce ne sont que des idées : le ton des paroles est incroyablement faux. » Ce n'est qu'un roman par ouï-dire. Aujourd'hui, « tout presse le romancier d'écrire des romans politiques : il ne les écrira pas de l'extérieur de la politique. *Le Temps du mépris* est écrit de l'intérieur de la politique révolutionnaire. *Les Violents* du dehors. Livre manqué[1] ».

Même son de cloche chez Martin du Gard. Sa franchise bourrue n'admet aucun accommodement. Lettre dure, mais d'ami, le 21 juillet 1935 : « C'est un malheur que vous soyez si intelligent. Je veux dire que votre intelligence vous rend habile, et que souvent cette habileté

1. Article repris dans *Pour une nouvelle culture*, Grasset, 1971.

vous perd… Quand vous avez bien embrouillé vos fils, au point de ne plus pouvoir reconnaître où est le vrai chemin, celui de la vérité humaine et de la vraisemblance, à ce moment-là (où un autre que vous, moins costaud, averti par son impuissance qu'il s'engageait dans une impasse, se serait aussitôt arrêté), vous, au contraire, assuré de votre intelligence (et enivré peut-être aussi par la déplorable habitude du championnat), vous foncez de plus belle ! Rien n'arrête Fernandez ! Fernandez boit l'obstacle ! Dans l'obstacle, Fernandez ne voit pas l'avertissement précieux que le bon Dieu pose sur sa route ; il ne voit qu'un barrage à sauter. Et il saute. Il saute et il passe. Et nous avec lui, parbleu… Mais qu'il ne se méprenne pas : l'amusement avec lequel nous suivons ces acrobaties n'est qu'un jeu ; n'a rien à voir avec l'émotion d'un lecteur pris par la vérité humaine des personnages. Toute cette partie de votre livre est une gageure, assez bien gagnée, j'en conviens. Mais une construction de l'esprit. Et vous avez beau multiplier les apartés de moraliste et de psychologue, épingler tout le long du récit les plus fines notations psychologiques, dans une forme nuancée, concise, impeccable – vous ne nous "avez" pas !… Non ! »

Lettre prémonitoire, si on la transpose du plan littéraire au plan politique : « Rien n'arrête Fernandez ! » Il boit l'obstacle, il saute, il néglige les avertissements. Ainsi, pour mon père, adhérer au PPF sera d'abord « une construction de l'esprit » ; et « collaborer », participer à un « jeu » : mais le jeu, alors, sera devenu tragique. Plus d'intelligence que de caractère, ai-je dit plus haut. Martin du Gard épingle un autre travers, une autre carence : en s'éloignant de ce qui est humain, de ce qui est vrai, on se perd dans des « acrobaties » mentales qui peuvent mener au pire.

Que donne, aujourd'hui, une relecture de ce roman ? Surprise : il ne me paraît pas si mauvais que cela. C'est un roman politique, un roman d'idées, mais sans la gaucherie, la raideur, le manichéisme d'un roman à thèse. Il est dans la lignée de *Et Cie*, de Jean-Richard Bloch, de *Jean Barois*, de Martin du Gard, d'*Antoine Bloyé* et du *Cheval de Troie* de Nizan. Dix ans plus tard, dans le genre socialo-politique, on ferait bien plus détestable – Sartre, dans *Les Chemins de la liberté*, Roger Vailland, dans *325 000 francs*, les romanciers existentialistes ou communistes. *Les Violents* tranche, par le style nerveux, les formules justes, sèches, sans être trop brillantes, sur les lourdes machineries de l'après-guerre. Je ne relève qu'une afféterie, un parisianisme, une faute de style : appeler le beau Riquet un « Antinoüs prolétaire ».

Pour moi, évidemment, c'est un jeu de relever les allusions autobiographiques, la transposition de Ramon et Liliane dans leurs doubles romanesques. L'œil critique que porte Pauline sur Robert, les remarques aigres que lui suggèrent ses élans philanthropiques doivent refléter le regard acerbe, sans indulgence, avec lequel ma mère considérait l'engagement politique de mon père. « Allait-elle lui dire que la bienfaisance d'un patron (et Robert avait la haute volonté d'être un patron bienfaisant), dans ces affaires sociales, était toujours jeu de dupes, pour les obligés, qui sont dignes d'autre chose, pour le patron lui-même, s'il est sincère ? Que faire le bien, quand c'est concéder une infime fraction de son bien-être, est une assez sinistre plaisanterie ? Que c'était encore une manière de faire son salut par les autres – comme avait dit Robert un jour –, non de faire le salut des autres par soi ? » Une assez sinistre plaisanterie : est-ce ainsi que mon père jugeait lui-même sa participation à l'AEAR, au Comité de vigilance, sa lettre ouverte à Gide ? Amère lucidité, qui expliquerait son désengagement. *Les Violents* n'est peut-être qu'une autocritique, dure, sans complaisance aucune, une condamnation de ses efforts récents pour « aller au peuple », s'intéresser au problème ouvrier. Pauline, elle, n'a jamais été dupe : elle pense que « la participation, dans une usine aussi petite, ne pouvait guère être qu'un jeu, un jeu de grand bourgeois attendri ». Comment, songe-t-elle, pourrait-il en être autrement, pour un homme qui, avant de s'intéresser à la question sociale, s'était contenté d'être « l'oisif, le coureur d'autos et de femmes » ?

Je reconnais ma mère, obligée de faire bonne figure et de préparer bonne chère aux amis de son mari, dans ce portrait de Pauline « qui supportait toujours mal la stupeur irritée où la plongeait une réception nombreuse, dont la préparation lui causait une grande fatigue, aggravée d'un sentiment de grande vanité. Elle ne faisait point ces choses-là naturellement, devait penser à tout avec effort, partagée entre la colère de se gaspiller à des riens et l'orgueil de ne pas mécontenter Robert ». Je reconnais aussi mon père, dans ce que dit de Robert son ami ingénieur : « Je crois que vous êtes de ceux qui jouent pour gagner, et les hommes de votre trempe ne voient dans le sacrifice qu'une pure et simple défaite. » Jeu, jouer, Martin du Gard avait raison : ces mots, ces notions sous-tendent le roman. Mon père a joué sa vie plutôt qu'il ne l'a conduite, de la même façon qu'il s'exerçait à la grue dans les cafés de la Bastille plutôt que de s'assurer un travail fixe.

Les meilleures pages décrivent la naissance et la brutalité grandissante du conflit entre les époux. Dès le premier chapitre ils se disputent au sujet de l'éducation à donner à leur fils, et spécialement au sujet de l'éducation catholique. L'auteur puise dans son expérience pour raconter la dislocation du couple. Peut-on dater l'événement à partir duquel Robert et Pauline ont pris leurs distances l'un de l'autre ? Où a commencé la faille ? Comment la lézarde s'est-elle élargie ? « L'éloignement, dans la vie morale, n'est pas une question de temps. Ce serait plutôt une question de frontière. Un seul mot, un seul acte que nous ne pouvons plus raconter à un être, c'est comme si nous étions d'une autre nation et que nous parlions une autre langue que lui. » De là, on en vient aux querelles, puis aux violences physiques. Une page affreuse évoque l'atmosphère de la rue Mornay. Pauline et Robert se frappent, jusqu'au sang. « Elle tapait au hasard, avidement, pour se défendre ; et quand les coups de Robert la touchaient, elle poussait de petits cris douloureux où entrait une sorte de consentement amer. » Réfléchissant ensuite à cette scène, elle se dit qu'il est impossible de la réduire à un simple incident. « Elle gardait de cette nuit sinistre une amertume d'ivresse et la stupeur d'une révélation. Nous ne savons pas bien la part de vérité qui se découvre dans la rage, mais nous savons qu'il y en a, et d'une nature atroce, car c'est celle que dissimulait la volonté noble de notre être, et qui se délivre par à-coups, comme les hoquets du vin, et comme l'attrait du vice, par vertige. »

Les Violents, un roman politique ? En apparence seulement. À l'époque on l'a jugé comme tel, parce qu'on ne savait pas sur quel arrière-plan, pour quels motifs intimes connus de lui seul et de sa femme mon père avait construit sa fiction. Bien qu'il soit de mauvaise méthode de rapporter une histoire inventée aux motivations autobiographiques de son auteur, impossible de ne pas reconnaître que mon père a fait comme beaucoup de romanciers : tenter de remédier à la crise de sa vie privée en imaginant des personnages aux prises avec des difficultés analogues. Peut-être, aussi, a-t-il cherché, inconsciemment, à punir Liliane de son puritanisme, en attribuant à son double romanesque une liaison quelque peu sordide et de toute façon ratée. À moins qu'il n'ait exprimé par cet épisode le souhait d'avoir une épouse plus sexuelle. Ironie du sort : Rossi-Tasca, encore dans les coulisses, ne tarderait pas à exaucer ce vœu.

Le sexe. Pourquoi cette crudité dans la description du rapport sexuel ? Est-ce que les expériences avec Betty auraient suggéré à mon père de s'aventurer dans un genre qu'il n'avait jamais abordé jusque-là ? Je n'ai comme indice que la dédicace de son livre à sa maîtresse : *pour Betty, sans qui ce roman, commencé avant que je la connusse, n'aurait jamais été terminé, avec l'affection de Ramon Fernandez*. Ce qui se peut entendre dans deux sens : il a reçu, de Betty, ou bien le réconfort moral d'une affection plus détendue, ou bien l'excitation physique dont il était privé depuis longtemps.

Éclairer par l'autobiographie le roman ne rend pas celui-ci meilleur, mais plus intéressant, plus « humain ». D'autant plus que la tentative de mon père d'exorciser son malheur personnel par la transposition littéraire a plutôt échoué. Il ne faudrait plus qu'un an pour envoyer par le fond son mariage.

Rien de plus déchirant que la conclusion du livre : non point parce que Robert, dans un duel au revolver avec Riquet, se fait tuer par celui-ci (suicide déguisé), mais à cause de ce qu'il a compris de Pauline. La nuit qui précède le duel, il médite sur son propre sort. « Ils avaient tenté une honnête aventure, ils ne s'étaient jamais quittés. Et voici qu'ils ne pouvaient plus se comprendre. » Il entend Pauline marcher dans la chambre au-dessus, comme si elle était une étrangère, ou comme s'ils étaient deux prisonniers enfermés dans des cachots voisins sans possibilité de communiquer. La faute à qui ? Mais il n'y a pas de faute. Il n'y a que l'incompatibilité des caractères. « Une femme comme elle, dans une vie, c'était comme les poisons violents qui sauvent ou qui tuent. Il ne voulait pas mourir ; pour le moment il ne souhaitait qu'un long sommeil. Pauline ne vous laissait jamais dormir. »

Ma mère, un poison violent : l'image me paraît admirablement, cruellement juste. Elle aurait pu sauver mon père, elle l'a tué. Et tous les deux étaient conscients, et de cette possibilité de salut, et de cette fatalité du désastre, et de l'innocence profonde de chacun.

Une amie de Robert résume ainsi son destin : « Lui, il s'est lancé, il s'est risqué, surtout, il s'est engagé. Sa mort a quelque chose de symbolique, par son inutilité. » Prendre des risques inutiles, qui ne peuvent mener qu'à la mort : faire de la politique comme on fait de la moto.

Qu'a pensé ma mère des *Violents* ? Le 12 mars 1935, elle écrit dans son agenda : « Après dîner, revu le manuscrit de R. Il revient à 2 h et demie du matin. » C'est tout, mais cette seule notation prouve qu'elle a lu le livre de près. Il est achevé d'imprimer le 20 juin. Huit jours plus tard exactement, le 28 juin, elle devient la maîtresse d'Angelo Rossi. N'y a-t-il pas un rapport de cause à effet entre les deux événements ? Ma mère aura voulu, à la fois se venger de l'intrusion de Betty dans la vie de son mari, et prouver à celui-ci qu'il se trompait en la croyant froide, bonne seulement à tenir sa maison et à recevoir ses amis, agent de l'Éducation nationale incapable de passion sexuelle.

Mais qu'est-ce que la réalité, en comparaison de l'image qu'on choisit de soi-même ? Il est possible que, malgré les « douceurs » prodiguées par A, malgré la satisfaction d'obtenir sa revanche sur les infidélités de son mari, malgré la preuve, maintenant possédée, qu'elle gardait toute sa séduction de femme, ma mère soit restée obstinément fixée sur la vision de son échec et le besoin de se croire damnée. J'ai dit plus haut qu'elle était une figure de Port-Royal, et qu'elle aurait pu servir de modèle à Philippe de Champaigne pour son portrait de la Mère Angélique. À présent je me demande si elle n'était pas aussi un personnage mauriacien, une de ces créatures marquées par la fatalité d'une disgrâce dans laquelle elles se complaisent. En lisant *La Pharisienne* – qui ne paraîtrait qu'en 1941 –, s'est-elle reconnue dans certaines phrases de Jean de Mirbel, le jeune héros ? Celui-ci, estimant qu'une seule petite difficulté avec sa fiancée anéantit les autres signes favorables, attribue à l'« inguérissable romantisme de la jeunesse » cette propension à se juger le plus malheureux du monde. « Il y avait en moi un je ne sais quoi qui avait écarté l'ange. »

L'ange : Angelo. Angelo Rossi avait beau compenser par sa générosité italienne l'abandon du mari, il ne savait pas qu'il était déjà, même victorieux, « écarté », rabaissé. Liliane aurait pu faire sienne cette exclamation de Jean : « Comme nous l'avions dans le sang, cette croyance à une réprobation personnelle, à une vocation de solitude et de désespoir ! »

36.

1936

L'année du grand tournant. Avant tout, bien sûr, tournant politique, tournant public, tournant européen. Deux événements majeurs : 4 mai, victoire en France du Front populaire; 19 juillet, sédition du général Franco et début de la guerre civile en Espagne. Ces deux événements, plus quelques autres – 20 février : ratification du pacte franco-soviétique; 7 mars : occupation de la Rhénanie par Hitler; 27-28 juin : fondation par Doriot du Parti populaire français; octobre : création de l'axe Rome-Berlin; novembre : premier congrès du PPF à Saint-Denis et *Retour de l'URSS*, d'André Gide –, se combinent de la plus étrange façon avec les péripéties de la vie privée de mon père, pour transformer un homme de gauche en fasciste.

Rue Mornay, la vie quotidienne continue à se dégrader. De couple, il n'y en a pratiquement plus. 1er janvier : « R un moment à 8 h. » 2 janvier : « R passe un moment à 11 h et demie. Aigreur et amertume. » 4 janvier : « R à 5 h. Jusqu'à 6 h et demie, querelle qui fait mal (griefs, injures, larmes…). » 11 janvier : « R entièrement disparu. » Il repassera quelquefois, toujours en coup de vent. Le 17, ma mère a la surprise de le voir l'attendre devant son lycée. Ils vont ensemble dans un café de la Bastille. « Bien, gaieté tendre. » Ce n'est qu'une brève accalmie. Dès le 19, ma mère se met à la recherche d'un appartement, plus petit et moins cher que celui de la rue Mornay. Mon père, « peu d'aplomb, par excès de boisson », visite un quatre pièces avec elle, rue César-Franck, près de la place de Breteuil. Ils se rendent ensuite à la NRF. « Vu l'entrée après l'explosion – et André Maurois. (En sortant, R a brisé la grande vitre de la porte d'entrée.) » Voilà un chapitre inédit de l'histoire de la maison Gallimard, et peut-être la première manifestation publique de l'intempérance d'un de ses principaux animateurs.

Le 4 février, ma mère, pour éviter la saisie, négocie avec le percepteur. Elle s'engage à payer 1500 francs par mois, sur les arriérés d'impôts. Le 7 mars, elle signe l'engagement de location pour l'appartement de la rue César-Franck. Le 9 mars, a lieu rue Mornay un dîner qui rassemble Léon Werth et sa femme, mon père et Angelo Rossi. La conversation, politique, tourne autour de « Gide, le socialisme et les classes moyennes ». Ce sera le seul dîner littéraire de l'année, et le dernier dîner littéraire du couple. L'époque brillante de mes parents est révolue. Comme il semble loin, le temps où ils recevaient ou sortaient plusieurs fois par mois, quelquefois plusieurs fois par semaine ! Ils fuient le monde, ou le monde les fuit.

Rossi campe au milieu de ce désastre. Autant mon père est absent, autant lui est présent. Profitant de la situation pour s'imposer, il vient rue Mornay à peu près tous les jours, et pas seulement pour bavarder avec ma mère. La fréquence des = et l'attente anxieuse des + mensuelles prouvent à quoi ils s'occupent. En cas d'empêchement il téléphone, envoie des billets, des télégrammes, des fleurs.

Jamais cour ne fut plus assidue – et couronnée de succès. Ma mère s'est installée dans une double vie, qui est de plus en plus une seule vie. Le 27 mars, l'avocat Maurice Paz – dont la femme, Magdeleine Paz, ex-militante communiste, a été une figure de proue au Congrès international des écrivains pour la défense de la culture, en 1935 – dit à ma mère qu'il n'y a que deux solutions pour elle : « séparation ou divorce ». Maître Paz habite 8, rue César-Franck ; l'appartement que ma mère a loué est au 7, en face. En face, mais de l'autre côté d'une frontière : la ligne de démarcation entre deux classes sociales passe par cette rue. Du côté pair, c'est presque déjà le VIIe, la limite des « beaux quartiers » (Invalides et École militaire) décrits par Aragon : immeubles cossus, ascenseurs, loyers élevés. Côté impair : le XVe, encore populaire à cette époque, avec des immeubles modestes, pas d'ascenseurs, des loyers beaucoup plus bas. Ma mère emménage au 7, le 6 avril, avec ses deux enfants. C'est dans cet appartement, choisi en partie parce qu'il était situé à égale distance du lycée de garçons Buffon et du lycée de filles Victor-Duruy (où ma mère est nommée professeur dès la rentrée d'octobre 1936), que j'ai fait toutes mes études secondaires, puis une partie de mes études supérieures, jusqu'en 1950.

Mes parents se sont donc décidés pour la séparation. Mon père a loué un studio villa Seurat, dans le XIVe arrondissement. L'agenda de ma mère ne donne aucun détail sur ce moment crucial de leur vie, à part cette remarque, qui dit tout, en date du 5 avril. Depuis la veille, seule rue Mornay – les enfants ont été envoyés en pension, près de Paris, et je n'ai aucun souvenir de cette période –, elle emballe ses livres, décroche les tableaux, trie les objets, vide l'appartement. Le 5 : « Retour de R entre 7 h et demie et 8. Sa stupeur et ses aveux (la plus belle image de mon échec vital, dit-il ; désormais, c'est fini pour moi). »

Le « Memorandum » de 1972 est plus explicite. Ma mère y évoque la deuxième de ces trois nuits qui l'obsèdent. « Deuxième nuit, la dernière rue Mornay, 5 avril 1936. J'ai partagé nos biens, les meubles, les draps, les couverts ; emballé mes livres ; réglé les comptes avec le propriétaire. Les déménageurs viendront demain. La maison bouleversée est l'image du désastre. Vers le soir arrive Ramon. Il regarde les hauts tas de livres dans ce qui a été son bureau, semble frappé de stupeur, embrasse mes pantoufles égarées entre les caisses. “La plus belle image de mon échec vital, dit-il. Désormais, c'est fini pour moi.” S'il avait dit seulement un mot. Dis un mot, et je reste ; dis un mot, et nous essayons de vivre. Mais ce qu'il dit, c'est qu'il doit aller dîner chez sa mère – et passer la nuit avec B. Adieu, mon pauvre enfant. »

Échec vital : il s'agit en effet pour mon père, comme je l'ai dit, de bien plus que d'un échec conjugal. Mettre en accord ses sentiments et ses actes, c'était, depuis *Messages*, le principe même de sa philosophie. Réaliser l'unité de sa personnalité, refuser les mensonges, les faux-fuyants, les désordres. Il avait espéré, par son mariage, échapper à la dispersion, à la dissipation de sa jeunesse. Espéré se construire une identité cohérente. Par ses sentiments, il est toujours attaché à ma mère ; il l'aime ; il continue à l'aimer – après leur séparation, il viendra souvent la voir. Par exemple, le 29 avril : « R à dîner. Il me tient dans ses bras jusqu'à 11 h, pendant que je pleure doucement. » Ou, le 10 juillet, après qu'ils ont dîné la veille, « doucement et bien », à la Côtelette milanaise, rue de Médicis (ils se rencontrent maintenant de préférence au restaurant), mon père lui téléphone « à 10 h et quart, disant qu'il a été ravi de la soirée d'hier, qu'il faut recommencer ». Seulement, mettre en accord ses sentiments et ses actes, il y a échoué. Maîtresse(s), dettes, boisson : il s'est renié, il s'est parjuré. « C'est fini pour moi. » Ce qui signifie : « Non seulement je n'ai plus de foyer, mais ma philosophie est à l'eau. Je n'ai plus le droit de penser dans le fil de ce que j'ai pensé depuis dix ans, plus le droit de défendre les idées dont je me faisais gloire, puisque je leur ai moi-même infligé le plus cuisant, le plus accablant démenti. Voilà invalidées dix années de réflexions, de travaux, d'espérances. Je pouvais me cacher jusqu'alors ce fiasco, croire qu'il ne s'agissait que d'incartades, avoir confiance que je reprendrais bientôt la voie juste. Ce soir, la vue des étagères vidées, des tableaux décrochés, de l'appartement dévasté, me révèle en plein le désastre. »

Est-ce uniquement sa faute à lui ? « S'il avait dit seulement un mot », écrit ma mère. Mais ce mot, ne pouvait-elle le dire elle-même ? Pourquoi est-elle restée immobile, silencieuse ? Pourquoi n'est-elle pas passée au « tu », comme elle en a eu envie, selon le « Memorandum », après dix ans de vouvoiement ? Ce « tu » inopiné n'aurait-il pas fait l'effet d'un électrochoc ? Le 18 juillet, il vient déjeuner rue César-Franck, y reste jusqu'à 6 heures. « Moi, ivre de regrets », note-t-elle. Regrets pour le naufrage de son mariage ? Ou de n'avoir rien dit, rien fait, pas une parole, pas un geste, pour essayer de le renflouer ?

À ce moment-là, malgré les apparences, c'est la plus forte des deux. Elle a dans sa vie Angelo, quelqu'un de solide, qui l'adore. Ils font l'amour, souvent. Le soir de ce même fatidique 5 avril, après le départ de mon père, A débarque rue Mornay et couche avec elle (=). Elle n'est nullement démunie, comme elle voudrait le faire croire. Le 22 mai : « Après-midi avec A, chez lui, puis sur les boulevards. Vu un cinéma d'actualités ; un gag à la Bourse. Légèreté, douceur, joie. Il téléphone à 8 h moins le quart, quand je rentre à peine ; et encore à 11 h moins le quart. Le reste (inquiétudes, difficultés) pâlit devant tant de joie. » Les tracas du déménagement et de l'emménagement, les soucis d'argent sont bien réels, sans doute. Mais elle a un métier, des enfants à élever, un amant qui ne demande qu'à l'épouser et avec qui elle retrouve le goût de l'amusement. Elle a une ligne à suivre, et elle la suivra.

Pour mon père, au contraire ? C'est la rupture des amarres, la dérive, la perdition en vue. Que lui reste-t-il ? Sa mère, calamité qui ne désarme pas ; Betty, maîtresse agréable, mais qui n'est pas du tout à la hauteur intellectuelle de ma mère, et ne peut en aucun cas l'aider à reconstruire sa personnalité. Je pèse les fautes de mon père ; j'ai déjà insisté sur elles ; j'y insisterai encore ; légèreté, irresponsabilité, abandon de foyer, violences conjugales : plus coupable il n'aurait pu se rendre. Et pourtant… Dans ce drame de la rupture, il me semble que la véritable victime, c'est lui. « Pauvre enfant », en effet, celui qui se met à genoux pour embrasser les pantoufles de la femme qui, en se retirant de sa vie, lui ôte sa raison d'être, lui interdit, « désormais », de croire en lui-même.

Je date de ce jour l'apparition chez mon père d'un trait qui n'est pas encore bien marqué, qui se renforcera peu à peu, qui grossira laidement, qui enflera au bout d'une année, jusqu'à devenir le plus visible de son caractère ; le trait qui hélas ! passera à la postérité : une sorte d'atonie de l'esprit, d'apathie mentale, de disponibilité à l'aventure, d'indifférence cynique aux conséquences de ses actes. Ayant perdu ses repères, doutant complètement de soi, il se prépare à chercher n'importe où un remède qui lui serve d'antidépresseur, à se raccrocher à n'importe quoi, à marcher derrière n'importe qui. Au moment où il s'apprête à devenir ce personnage qui soulèvera la réprobation générale (et la mienne), il m'apparaît comme infiniment touchant. Comme quelqu'un qui aurait pu être sauvé, et qu'on (on : ma mère, sa mère, les circonstances politiques, les funestes influences) a enfoncé sous l'eau.

Trois choses surtout me consternent.

1. Après mai 1936 – il publie ce mois-là, aux éditions Gallimard, un ouvrage de réflexions philosophiques et politiques, *L'homme est-il humain ?* –, plus un seul livre, jusqu'en 1943. Il continue à collaborer régulièrement à *Marianne* (jusqu'à la disparition du journal, en 1940) et, de plus en plus épisodiquement, à *La Nouvelle Revue française*, mais sans plus entreprendre aucun travail d'envergure. Le critique littéraire de *Marianne* reste brillant et rend compte de tous les titres qui comptent. En janvier, *Les Nouvelles Nourritures*, d'André Gide (tentative, jugée impossible, de concilier un hédonisme du présent avec une volonté communiste) et *Les Anges noirs* de François Mauriac. En février, le dernier volume des *Destinées sentimentales* de Jacques Chardonne. En mars, *Lumière d'août* de William Faulkner. En avril, *Minuit* de Julien Green et *Journal d'un curé de campagne* de Georges Bernanos – qu'il a reçu avec la magnifique dédicace que j'ai citée –, roman qui montre un prêtre aussi peu balzacien que possible (« écrasé par le sentiment de son infériorité… il est de ces hommes marqués d'un signe surnaturel dont le regard candide et têtu crève les papiers décoratifs qui recouvrent la veulerie et la bassesse du monde »). En avril également, hommage à Albert Thibaudet, qui vient de mourir – et dont mon père présentera plus en détail la pensée dans le numéro de juillet de *La Nouvelle Revue française*.

En mai, *Mort à crédit* de Louis-Ferdinand Céline, salué avec enthousiasme, pour ce ton inimitable qui « résulte d'une sorte d'incantation, d'un certain état d'excitation mentale et d'improvisation assez analogue à celui d'un derviche qui serait de la zone » ; et quand on pense, ajoute mon père, que Zola a été considéré comme nauséabond ! « Zola, à côté de M. Céline, c'est du Mme de Ségur et de la fleur d'oranger ! » ; pourtant, « on comprend bientôt que ce lâchez-tout est d'un art subtil, qu'il est en fait l'utilisation la plus intelligente du réalisme, du naturalisme » : Céline, au lieu d'y aller avec des prudences et des demandes de permission, prend appui sur le pire et nous lance d'emblée le seau d'ordures à la figure, son procédé étant de « se porter, par le mouvement de l'écriture, jusqu'à une sorte de demi-délire où la vision éclate, où le mot creuse la page » ; mais qu'on prenne garde qu'il abonde aussi en passages « étrangement émouvants et graves », comme la mort de la grand-mère ; RF se risque à rapprocher ce morceau de l'agonie de la grand-mère dans Marcel Proust, osant même donner l'avantage à Céline : « Comparez les deux scènes, et vous jugerez de quel côté est la délicatesse, la tendresse, l'humanité. »

En juin, *Jézabel* d'Irène Némirovsky, et, directement lié à la victoire du Front populaire, double article sur *Les Modérés* d'Abel Bonnard et *Jeunesse de la France* de Jean Guéhenno : d'un côté le livre d'un homme de droite qui a le tort de réduire la gauche à « l'alliance sordide de la haine et de la gloriole », de l'autre côté le livre d'un homme de gauche qui a le tort de « déduire la contre-révolution de l'intérêt et de la peur » ; chacun de ces auteurs pèche par simplisme : ils feraient mieux d'observer vraiment ce qui se passe de l'autre côté de la barricade, suggère le critique, quitte à passer lui-même pour libéral et « centriste » ; mais qu'y faire ? Quoi que disent les esprits partisans, il n'y a de pensée que « centriste », « car la pensée est toujours au centre », indication précieuse sur l'état d'esprit de mon père. Il donne une légère préférence aux positions de Guéhenno, tout en prenant ses distances des jacobins trop sectaires. « La pensée est toujours au centre » : que ne s'en est-il tenu à cette conviction !

En juillet, *Les Jeunes Filles* de Henry de Montherlant, dont Costa, le séduisant héros, « assez sensible pour sentir le poids de l'amour d'autrui, assez indifférent pour lâcher des cruautés comme des bâillements », est « d'une insolence mijotée qui ne va jamais jusqu'à ruiner la bonne opinion de lui-même qu'il veut laisser à ses victimes » ; dommage que celles-ci soient l'objet d'une peinture superficielle et sans rapport avec la réalité actuelle, la jeune fille moderne se définissant par son énergie, sa volonté (« détachée du trantran familial, il lui faut vouloir sa vie… C'est l'Hélène de Shakespeare, et même Antigone, qui seraient les éponymes des jeunes filles d'aujourd'hui » : Antigone ou la Liliane de Dijon ?). En juillet également, *Histoire de mes pensées* d'Alain, où mon père relève, en la qualifiant d'admirable, une phrase qui le définit lui-même : « Je demande pardon à tous les tristes de n'avoir jamais su être triste. » En août, *Beloukia* de Drieu La Rochelle, livre plus rapide, plus coulant, plus fondu que les précédents, « où on se lassait un peu des problèmes embrouillés et statiques que se posaient longuement des amants un peu froids », et *Long cours* de Georges Simenon. En septembre, *La Route des Indes* de Paul Morand, récit plein d'informations et de détails pittoresques, où l'auteur « nous débite la science par secousses », ses phrases faisant songer « à ces enseignes lumineuses intermittentes qui, dans les gares américaines, rappellent aux voyageurs leurs droits et leurs devoirs ». En décembre, *L'Été 1914* de Roger Martin du Gard, dernier volume des *Thibault*, « un des romans les plus considérables qui aient paru depuis longtemps », un peu « chargé » par endroits, alourdi par la volonté de faire « tableau », mais, dans l'ensemble, digne d'être comparé à du Tolstoï.

Le temps a ratifié les choix de RF et la pertinence de ses analyses, menées pourtant à chaud, sous le choc de la découverte. D'emblée il rangeait les œuvres à leur place et selon leur importance. Je déplore d'autant plus qu'il ne se soit pas lancé dans la composition d'un nouveau *Molière*, d'un nouveau *Gide.* L'époque, il est vrai, entraînait à d'autres préoccupations, et plus d'un grand esprit, comme lui, poussé par l'urgence des événements et le désir de « régénérer » la France, a préféré alors la politique active au recueillement de l'étude. Néanmoins, peut-on soutenir que celui qui avait été le meilleur critique d'entre les deux guerres, avec Albert Thibaudet, a trouvé dans la fièvre du journalisme, le brouhaha des meetings et la grossièreté des écrits de propagande une compensation valable au renoncement littéraire ? Je me persuade qu'en abandonnant les travaux de longue haleine il tirait les conséquences de son échec conjugal : cette faillite personnelle étant aussi, pour lui, un fiasco de sa pensée, il s'interdisait, pour plusieurs années, de publier rien de « sérieux ». La naissance du tribun a coïncidé avec la mise en veilleuse de l'écrivain, l'ascension du politicien avec la démission de l'intellectuel.

2. M. Desjardins, sans doute par solidarité avec son ancienne élève, exclut peu à peu mon père des institutions qu'il avait brillamment animées. Il préside un dernier débat à l'Union pour la Vérité, le 9 mai, autour de *L'homme est-il humain ?* Ma mère assiste à ce débat, avec un « vif plaisir », en compagnie de « Parodi, Friedmann, Rossi [d'où peut-être le plaisir], Brunschvicg, Berdiaev ». (Pour l'intimité, elle appelle son amant A ; Rossi, quand il s'agit d'une manifestation publique.) Le 12 décembre, dernière apparition de RF rue Visconti, lors d'une séance sur Corneille : Schlumberger relève qu'il est « intéressant comme toujours ». Dernière décade à Pontigny, au mois d'août – toujours sur *L'homme est-il humain ?* –,

prévue dès le mois d'avril et préparée par une lettre de Schlumberger à mon père, en date du 4 avril. La plupart des personnalités pressenties s'abstiendront de venir : ni Raymond Aron, ni Jean Rostand, ni Henri de Man, ni Henri Focillon, ni Jean Piaget ne se déplacent; en revanche, on note la présence du philosophe Landsberg, arrivé en auto de Santander malgré la guerre civile, et de professeurs de droit, tels le grand juriste Marcel Prélot, qui garderait un beau souvenir de mon père, ou le jeune Robert Bordaz, qui deviendrait un de ses proches amis. Ma mère ne vient pas. « Décade un peu terne, mais cordiale », note Schlumberger. Le cœur n'y est plus, malgré un « magistral exposé » de RF. Ensuite, celui-ci disparaît de ce Pontigny dont il a été, depuis 1924, une des étoiles.

3. La séparation d'avec sa femme concorde avec le début de son évolution politique. La rupture conjugale amorce le dérapage vers la droite puis le fascisme : c'est l'indication la plus frappante que je retire du rapprochement des dates. La glissade de la gauche vers l'extrême droite serait incompréhensible, selon moi, si l'on n'y voyait qu'une démarche intellectuelle, le résultat d'une réflexion posée. L'intérêt pour Doriot, dès la fin de 1936? Réflexe de noyé. L'adhésion au PPF, en 1937? Conséquence finale du désastre privé, amarrage à la première bouée de secours, après une année d'errance à vau-l'eau. « En détruisant mon mariage, je me suis renié. Pourquoi ne pas ajouter au reniement philosophique le reniement politique? Tant que nous y sommes, soyons renégat à fond. Parjurons-nous dans tous les domaines. » Ce n'est qu'une hypothèse, bien sûr – mais une des plus vraisemblables.

Dans les premiers mois de 1936, mon père est encore un homme de gauche, considéré et respecté comme tel. Jean Paulhan, aux élections municipales des 5 et 12 mai

1935, a été élu conseiller municipal à Châtenay-Malabry, sur la liste de l'Entente républicaine et socialiste, liste conduite par le maire sortant, Jean Longuet. Celui-ci descend de Marx par sa mère, Jenny, fille aînée de l'auteur du *Capital.* Son père, Charles Longuet, était un ancien communard, qui avait siégé avec les proudhoniens au Conseil de la Commune de Paris. Jean Paulhan organise aussitôt à Châtenay-Malabry un « Cercle Voltaire-Anatole France », muni d'une bibliothèque et destiné à accueillir des conférences. Marc Bernard vient parler de Gorki le 28 décembre 1935, Brice Parain de l'enseignement, le 15 février 1936. Puis c'est au tour de mon père, invité pour le 29 mars 1936. Paulhan propose deux titres : « Les doctrines socialistes de Karl Marx à Henri de Man » ou « Le socialisme et la bourgeoisie ». Le petit-fils de Marx tranche en faveur du premier titre, approuvant l'initiative de son conseiller par cette lettre : « Je connais très bien Ramon Fernandez dont j'apprécie beaucoup le talent, et qui d'ailleurs depuis longtemps déjà m'a envoyé plusieurs de ses livres que j'ai lus avec intérêt. »

Paulhan rédige lui-même le communiqué, sur plusieurs points fantaisiste : « Ramon Fernandez, qui vient tout récemment d'être chargé d'un cours à l'Institut britannique de la Sorbonne [exact], est critique à *La Nouvelle Revue française* et à *Marianne* : auteur d'un *Molière* et d'une suite d'études sur la littérature anglaise [?]. Mais il n'a cessé de s'occuper, avant tout, d'études politiques et sociales. Quoi que l'on pense du socialisme en général, il est particulièrement intéressant de connaître l'application pratique et immédiate qu'en propose de Man. Ajoutons que Fernandez, qui a passé lui-même par l'Action française [première nouvelle] et le communisme [?], s'attachera plus particulièrement à la question : comment appliquer une doctrine politique et quels obstacles, ou quelle aide rencontre cette application ? » Le texte de cette conférence semble avoir disparu. D'autres conférences suivront, prononcées entre autres par Julien Benda, André Chamson, Pierre Béarn. Les premières s'inscrivaient dans la campagne électorale qui devait aboutir à la victoire du Front populaire. Marcel Parent, dans le livre duquel j'ai puisé ces renseignements (*Paulhan citoyen*, Gallimard, 2006), constate que parmi les quatorze conférenciers qui sont intervenus entre 1935 et 1937, trois étaient communistes ou anciens communisants (Marc Bernard, Brice Parain et mon père), quatre, socialistes SFIO, trois, radicaux-socialistes (dont André Chamson), et un autre, enfin, indépendant mais ferme soutien du Front populaire et de Léon Blum, Julien Benda.

En dehors de la cause, sans doute principale, que j'ai dite (l'effondrement de son credo philosophique consécutif à la ruine de son mariage), pour quels motifs mon père s'est-il déterminé à s'éloigner de cette famille politique pour s'amarrer à la rive opposée ? Auront sans doute contribué à le rendre suspect à la gauche – et donc à le pousser à chercher ailleurs un ancrage – sa démission de l'AEAR, l'article sur « les trains qui partent », l'entrevue avec le comte de Paris (*Vu*, 27 mars 1935), où il préconisait la nécessité d'un dialogue entre la gauche et l'héritier de la monarchie, dans le cadre de la lutte antifasciste : un discours inacceptable, évidemment, pour les communistes ou sympathisants communistes.

L'homme est-il humain ?, publié en mai 1936, nous donnera-t-il quelque lumière supplémentaire ? Ce livre reprend les thèmes de *De la personnalité*, mais il les reprend huit ans après, quand mon père a échoué à mettre en accord ses sentiments et ses actes. L'époque ayant changé, la pression des événements politiques l'incite à élargir le cercle de ses exemples. Il ajoute Marx,

Benda, Keyserling, Henri de Man, Georges Sorel à Montaigne, Rousseau, Nietzsche et Freud. Le ton est différent : encore plus abstrait et allusif, comme s'il n'était plus sûr de ce qu'il affirmait. Partant de la constatation que l'état d'homme ne suffit pas à constituer une *valeur* d'homme, il prétend amorcer une critique générale de la philosophie, mettre en procès la défaillance de la raison. Mais, dans les lignes suivantes, comment ne pas reconnaître une autocritique indirecte ? « Il est plus difficile aujourd'hui d'être un homme qu'un dieu ou un démon, parce qu'on refuse de prendre le petit nombre d'engagements modestes et terribles qui donnent figure et consistance d'homme. Parce qu'il est infiniment plus facile... de nier la possibilité de l'amour que de pratiquer la fidélité ; parce qu'il est infiniment plus facile de transformer sa faiblesse en valeur que de la reconnaître pour ce qu'elle est : une faiblesse... Sous tous ces traits on retrouve le signe de la défaite, de la déshumanisation. »

« Je ne suis plus un homme » : ce cri, qui sous-tend l'ouvrage et explique son titre bizarre, le rend moins abscons, moins aride, un peu plus vivant. À propos du nationalisme et du patriotisme, mon père revient longuement sur son propre cas, et je comprends, d'après cette insistance, quel problème a été pour lui le fait d'être né d'un père étranger. « Je dus choisir ma patrie dans le temps où j'avais à me choisir moi-même. » Cette patrie, dit-il, il l'a trouvée dans « la forme des maisons, les bruits de la rue, l'odeur du tabac, la terrasse des cafés, une église dans un champ, un refrain de chanson ». « Une nuit que je débarquais d'Italie à Dijon, j'entendis dans une rue déserte un homme qui sifflait : ce sifflement dessinait mieux la France qu'une carte d'état-major. » De cette expérience, de cette nécessité pour lui d'appartenir à une terre précise, il conclut que les ouvriers ne sont pas, ne peuvent pas être spontanément internationalistes, que l'internationalisme des ouvriers est une invention, fausse et rhétorique, des partis politiques. Voilà une des raisons qui inclineront mon père à quitter la SFIO et le communisme pour le national-socialisme de Doriot. Il y avait chez lui cette lancinante question, jamais résolue, de la patrie, des racines, et il crut trouver la solution en s'engageant dans un parti dirigé par un ancien ouvrier qui s'était rebellé contre Moscou.

Pour autant il n'était pas aveugle sur les excès de la pensée nationaliste. Il s'en prend violemment à Maurras, lequel a soutenu que « tous les grades de professeur du monde » ne permettront jamais à « un critique juif » de sentir la beauté spécifiquement française qu'il y a dans un vers de Racine. Pour mon père, de telles affirmations « ne dépareraient point un manifeste hitlérien de 1935 ». RF est encore capable de réactions saines, vigoureusement saines : ailleurs, il dénonce l'inversion nazie des valeurs au profit de l'homme brut et fruste : « raison du plus fort canonisée, fidélité du complice, amour de la bête, volonté de puissance, dignité de l'intolérance. "Je remercie Dieu de m'avoir fait intolérant !" Ce cri de Goering jaillit du cœur de notre époque ».

Abordant le sujet du fascisme, RF n'approuve ni ne condamne ce régime, mais tente d'expliquer son succès, en Allemagne et en Italie. La force qu'il exerce « a beaucoup de causes, en dehors de l'argent à quoi s'accrochent exclusivement les vieux disciples de Marx : le patriotisme (force considérable, aisément déviée en nationalisme), le besoin concret d'une société protectrice, le vieux goût bourgeois de l'audace et de l'aventure sans cadres trop nettement préfigurés ; et surtout, le sentiment d'une totalité sociale, que la dictature d'une classe ne satisfera jamais complètement ». En face de la menace fasciste, l'« antifascisme » verbal ne constitue pas une pensée politique positive. On ferait mieux de comprendre les motivations profondes du fascisme, et ce qu'il offre en réponse au communisme : l'intégration réelle de tous les membres d'une nation, la certitude d'être protégé par une aristocratie dirigeante, « ouvertement et officiellement dirigeante ». Ce besoin d'être pris en main, orienté, n'était-il pas l'attente même de mon père, non encore cristallisée sur un parti ?

J'aime l'entendre faire l'éloge de la tolérance, de la raison, de la justice, j'aime l'entendre protester contre le culte de l'inconscient et de l'irrationnel, j'aime l'entendre s'élever contre tous les régimes totalitaires, quels qu'ils soient, citant nommément ceux de Staline, Hitler et Mussolini, j'aime l'entendre déclarer, à l'époque où la droite française, rappelons-le, jetait l'anathème sur ce pays, sa « passion » pour l'Angleterre, qu'il tient « pour la plus grande réussite européenne ». À Drieu La Rochelle qui écrivait : « Je suis toujours pris d'un grand rire quand j'entends un radical ou un socialiste français parler de l'Angleterre avec admiration » (*L'Émancipation nationale*, 23 janvier 1937), mon père répondait : « L'Angleterre est plus encore une civilisation qu'un pays. » Par quelle aberration se laissera-t-il convaincre sur ce point par Drieu, jusqu'à renier l'ancienne passion de l'Angleterre, appuyée sur une connaissance approfondie de sa langue et de sa culture, et se prendre d'admiration pour l'Allemagne, qui n'était jamais entrée dans le cercle de ses intérêts et de ses curiosités ?

J'aime moins l'entendre condamner le déclin de l'idéalisme chez les intellectuels, et en imputer la faute à l'œuvre de Paul Valéry (« où la fabrication, le faire prennent le pas sur les sources morales de l'inspiration ») ou de Marcel Proust (« où les sentiments se réduisent à quelques secousses d'un mécanisme nerveux monté une fois pour toutes »), j'aime moins l'entendre proclamer qu'en admirant trop ces auteurs « on se décérébrait à coup d'intelligence ». Toutefois, cette volonté de réhabiliter les valeurs morales et rationnelles l'amène à prôner « le travail vigoureux et persévérant d'une revue comme *Esprit*, le renouveau socialiste, et même le renouveau catholique ».

Plus étonnant est le panégyrique final de Karl Marx (non des marxistes, jugés plutôt sévèrement), défini « le plus grand humaniste des temps modernes », parce que « dans la conquête prolétarienne de l'État, ce n'est pas la rupture avec le passé qui lui importe : il y voit au contraire l'achèvement et l'épanouissement d'une tradition humaine très ancienne ». Et de citer, du philosophe allemand, ce passage en effet admirable, digne de Voltaire, et tout indiqué pour conforter mon père dans son propre athéisme : « Ce qu'un pays déterminé est pour les dieux venus de l'étranger, le pays de la raison l'est pour Dieu en général : c'est une contrée où son existence cesse. »

Dans le clair-obscur de pensées souvent trop flottantes où baigne *L'homme est-il humain ?* émergent quelques remarques incisives, comme celles que j'ai citées, ou le conseil suivant, qui traduit l'impatience de mon père de compenser son échec personnel par un engagement quelconque, par une action quelle qu'elle soit : « Homme d'abord, marqué de la faiblesse commune, le sage quittera son cabinet pour se jeter dans la mêlée. Avant de prononcer de haut, et de convertir en vrai et en faux, par le jeu de sa dialectique, les problèmes humains, il écoutera ce que les hommes ont à lui dire. Il fera siens leurs tourments, leurs espoirs, leurs folies, leurs erreurs mêmes, oui, leurs erreurs, afin que s'il les redresse, il ait son propre poids d'humain à redresser du même coup. » Comprenons : monter à la tribune, parler dans les meetings du PPF, communiquer avec les foules, ce sera, pour mon père, moins obéir à une conviction politique, qu'essayer de « redresser » sa propre image flétrie, déshonorée par sa conduite privée.

Les occasions d'intervenir dans la vie publique ne vont pas manquer, en cette année 1936. L'achevé d'imprimer de l'essai sur l'humain date du 28 mai. Le 4 mai, le Front populaire a remporté les élections. Commentaire approbateur de RF, dans *La Nouvelle Revue française* de juillet. « Nous sommes d'abord frappés par la discipline dont a fait preuve le Front populaire. Or, cette discipline est récente, et les nationaux auraient dû ne pas laisser se former contre eux un atout de cette importance. Leur erreur semble contenue dans l'épithète dont ils se sont ornés, justement dans cette épithète de "national". Car il est illogique de s'appeler national quand on ne représente qu'une partie de la nation, ainsi précisément que les élections l'ont établi. Que ce soit du côté communiste, du côté socialiste ou syndicaliste, ou du côté "gauche" en général, on a pu observer la volonté très nette d'affirmer comme nationale la défense de certains sentiments et de certains intérêts. » Langage de gauche, encore, mais pour quelle raison au juste ? Plus, peut-être, à cause du sens de la discipline manifesté par les diverses gauches, que par les idées qu'elles défendent. Il suffira qu'un homme se lève à droite, un homme qui ait de la poigne et impose une forte discipline, pour que mon père, rongé par le sentiment de sa propre faiblesse, se laisse séduire. Quand il ajoute, en conclusion de son article, cet avertissement aux droites : « qu'elles comprennent qu'elles n'ont pas affaire à des imbéciles ; et puisqu'elles sont "nationales", qu'elles comprennent enfin que l'histoire d'un grand peuple ne se réduit pas à des tracas financiers, et qu'un langage viril est le seul qu'il mérite d'entendre », je me dis que Doriot n'avait qu'à paraître pour rafler la mise.

Autre signal avertisseur : l'article « Autorité et liberté : le vrai souverain », publié le 11 octobre 1936 dans *L'Ami du peuple*, journal proche de la droite. RF y prend ses distances du Front populaire et de Léon Blum, auquel il reproche son manque d'autorité. Attention, dit-il, à ne pas mésuser du concept de souveraineté populaire élaboré par Rousseau. Gouverner ne consiste pas à « substituer, au fonctionnement normal des facultés humaines, intelligence, décision, volonté, les mouvements aveugles d'une foule soumise à toutes les variations, à toutes les excitations d'une irresponsable spontanéité ». Léon Blum, incapable d'apaiser les grèves de Lille, donne l'image d'un chef trop faible pour sa mission. Et qui ne mesure pas l'importance du danger : car c'est la liberté démocratique qui est menacée par l'installation du chaos, le désordre social ouvrant la voie à une dérive tyrannique. Le despotisme d'État serait bien pire que tous les régimes connus. On ne peut que souscrire à la perspicacité de cette analyse, tout en éprouvant quelque inquiétude devant cet appel non déguisé à un « chef » véritable.

Dans sa « Confession politique » de 1939, mon père confirmera que la principale raison pour lui de s'éloigner du Front populaire a été le manque de poigne de ses dirigeants, motif auquel s'en ajoutait un autre, la crainte du noyautage de la majorité de gauche par les communistes. « Nous avons vu en 1936 l'occupation des usines, événement révolutionnaire, éclater sous un gouvernement de majorité socialiste, ce qui montrait que les ouvriers se moquaient de leurs dirigeants et principalement de la méthode de ceux-ci. Cela signifiait, ou bien qu'un état-major révolutionnaire, communiste ou autre, travaillait en sous-main à ruiner l'action légale de la majorité ; ou bien que l'ouvrier était libre d'imposer son caprice à ses élus et cela de manière à nuire à ses intérêts eux-mêmes. Dans les deux cas, cela signifiait la carence de l'État. Or, je ne pouvais tolérer ni la menace du communisme ni la carence de l'État. »

Dans son agenda, à la date du 22 octobre 1936, ma mère note : « Avec R à la Chope latine, puis déjeuner à l'Alsacienne (huîtres et jambon). Bien parlé : de l'Espagne, du marxisme, de la raison. Séparation d'avec le communisme, et même le Front populaire. Pour les rebelles espagnols. » Front populaire et guerre d'Espagne, les deux événements s'appuient mutuellement pour redéfinir les positions politiques de chacun, et en particulier de RF.

Au début, il se contente d'observer ce qui arrive dans un pays où il s'est rendu plusieurs fois, et auquel, par ses racines mexicaines, il est sentimentalement attaché. Dès le 29 juillet 1936, dans *Marianne*, sous le pseudonyme transparent de Fernand Ramonez, il publie « Pour comprendre le drame espagnol », le seul article politique qu'il aura donné à ce journal en huit ans de collaboration (d'où la bizarre signature). Il se borne à y présenter, sur un ton absolument neutre et sans prendre parti, les deux camps en présence : d'un côté le *Frente popular* espagnol, beaucoup plus divisé que le Front populaire en France, déchiré entre des fractions rivales, miné par les anarchistes dont la tradition est ancienne et solide en Espagne, dépourvu de cette unité « qui soutient fortement les grandes entreprises », de l'autre côté les diverses composantes des forces de droite. Au début d'août, il écrit un article, non publié, dont je possède la dactylographie, « La tragédie espagnole », où il souligne un trait du caractère espagnol dont l'influence est très forte sur le conflit : le goût de se battre, de se battre à fond, férocement et indéfiniment. « Les forces de résistance de ce peuple sont extraordinaires, son sens de la mesure et son besoin de repos presque nuls. » Mais ce qu'il y a de plus grave, pour mon père, c'est que les passions politiques qui ravagent l'Europe trouvent dans la guerre civile espagnole une sorte de miroir grossissant qui risque de les exacerber. Cette guerre civile, dit-il, prend déjà une signification internationale. Dans un autre article, également inédit, « L'armée et le fascisme espagnol », il revient sur ce que Miguel de Unamuno a appelé « le sentiment tragique de la vie », et qui est, selon mon père, la marque spécifique du peuple espagnol. « Droite » et « gauche » n'ont pas le même sens, le même destin en Espagne qu'en France, liées et emmêlées qu'elles sont là-bas dans une étreinte amoureuse fratricide. Une brève et curieuse analyse de *Don Quichotte* illustre cette vérité. « Don Quichotte était-il de droite ou de gauche ? Ainsi posée, la question découvre son absurdité. Don Quichotte, justement, n'est ni de droite ni de gauche. Il est de gauche, par son idéalisme radical qui le précipite sur les moulins à vent et sur les prisonniers de droit commun ; de droite, par le génie de son créateur qui le juge, sourit et survole. On observe dans les profondeurs du génie espagnol un refus de renoncer à des tendances incompatibles, une passion subtile et têtue de l'insoluble en toute conjoncture... Le sentiment tragique de la vie, c'est précisément le sentiment des incompatibles, le sentiment de l'insoluble. »

Suit une présentation des principaux chefs de la rébellion, des officiers supérieurs murés dans un militarisme rigide aux fascisants qui veulent concilier corporatisme et patriotisme. Pour les uns et les autres, le *Frente popular* n'est pas « espagnol », cet agrégat de tendances inspirées par Marx et Trotski ne possède pas le « sens » de l'Espagne. « Les rebelles, positivement, sont comme des gens chassés par l'étranger et qui veulent réoccuper la place. Inutile d'essayer de leur faire comprendre que les lois changent et que la politique évolue : l'Espagnol, justement, est quelqu'un qui n'évolue pas, qui puise dans le refus d'évoluer la joie de son orgueil et l'orgueil de sa joie. » En tout cas, rien ne serait plus sot que de réduire ce conflit à l'affrontement entre le peuple et l'armée. La guerre d'Espagne est une guerre entre deux religions. « C'est proprement une guerre religieuse. »

Vu, le journal de Vogel, publie le 12 août « Cosas de España », où mon père, revenant sur la spécificité du caractère espagnol, se livre à un exercice de psychologie collective, très instructif sur son propre caractère. L'héroïsme, dit-il, n'a pas le même style, la même signification des deux côtés des Pyrénées. Dans cette guerre civile, malgré l'aspect atroce de la bataille, il faut reconnaître une certaine *« alegría »*, terme intraduisible, car ce n'est pas tout à fait la joie qu'il exprime, mais une sorte d'effervescence guerrière, d'enthousiasme tauromachique, de « virtù » à la Stendhal. Depuis la guerre de Cuba, l'Espagne n'avait plus d'aventures. « Elle a souffert, étant donné sa nature, et fût-ce inconsciemment, de ne pas participer à la grande guerre. Complexe de refoulement dont souffre tout Espagnol, et toute l'Espagne. Les Espagnols se sont jetés les uns sur les autres avec, certes, des motifs sérieux en tête, mais aussi avec une exaltation née de l'occasion même du conflit, du combat. » En soulignant ces mots, mon père, me semble-t-il, donne une des clefs du choix politique qu'il s'apprête à faire. Quand il s'engagera dans les rangs du PPF et se compromettra dans cette absurde aventure, ce sera, en partie, le Mexicain, cousin de l'Espagnol, qui agira : il voudra, lui aussi, réparer son abstention de la Grande Guerre, faire parade d'une énergie puisée dans les profondeurs de sa culture héréditaire tauromachique, participer, comme les combattants d'Espagne, à une sorte de gigantesque *« temporada »*, où chacun se précipite, luttant « pour l'idéal, sans réclamer un sou ».

Un vieux banderillo, ancien compagnon du grand torero Ignacio Sánchez Mejías (dont la mort avait inspiré un célèbre poème à Lorca), interrogé sur la « manière » de son patron, confia à mon père, qui cite avec admiration la réponse : « Habile à la cape, gracieux aux banderilles, téméraire à la mort. Il était arrogant avec les hommes, mais beaucoup plus avec les taureaux. » Sans la guerre d'Espagne et les articles qu'elle lui inspira, je n'aurais pas soupçonné l'importance de la composante tauromachique dans le caractère de mon père : ressembler à « ces jeunes gars qui se jettent sur les taureaux, dans les courses de village, un chiffon rouge à la main », voilà donc quel était un de ses rêves secrets.

Au nom duquel, sans doute, il signe le télégramme de soutien aux républicains, rédigé par la Maison de la Culture et publié le 15 août 1936 dans *Europe.* « Saluons fraternellement héroïques combattants pour la liberté de l'Espagne. Espérons fermement victoire finale du peuple espagnol contre criminelle tentative des aventuriers. Vive l'Espagne populaire, gardienne de la culture et des traditions auxquelles un indestructible attachement nous lie. » RF est encore de gauche, alors, sauf qu'il a mis en garde, dans « Cosas de España », sur l'inadéquation de ces notions de droite et de gauche à la situation espagnole. La guerre civile ne se résume pas à un affrontement entre les deux familles politiques qu'on connaît en Europe, elle exprime surtout la rébellion de l'Espagne traditionnelle contre l'anti-Espagne du *Frente popular* manœuvré par les communistes étrangers. « On le voit, les amateurs d'Espagne ne sont pas cœur et âme du côté des gouvernementaux... Cela s'explique bien, car ils croient que le communisme va leur changer <u>leur</u> Espagne. C'est un peu comme si on annonçait à un amateur de peinture qu'on va refaire les tableaux du Louvre sur un plan géométrique. »

Il est encore à gauche, mais pour peu de temps. En décembre, on trouve à nouveau sa signature, mais cette fois en bas d'un manifeste paraphé par toute la droite française, de Claudel à Drieu La Rochelle, d'Abel Bonnard à Léon Daudet, d'Henri Béraud à Henri Massis. La guerre d'Espagne, qui sera l'occasion pour Bernanos et pour Mauriac de passer du camp franquiste au camp républicain, oriente mon père dans la direction opposée. Il se persuade que la véritable gardienne de la culture et des traditions espagnoles n'est pas la résistance populaire mais la rébellion franquiste. Quelques mois encore, et le voilà qui prend parti franchement, ainsi qu'il s'en expliquera, en 1939, dans sa « Confession politique ». « La guerre d'Espagne mit fin à mes dernières hésitations, à mes derniers scrupules. Il n'était point question de "répondre à l'appel des frères d'Espagne qui luttent pour leur dignité", comme le répétaient les scribes du Front populaire, ni de rendre l'Espagne aux Espagnols, comme l'assuraient les partisans de Franco. Le combat étant engagé à fond, il s'agissait d'en saisir les causes, et de décider ensuite entre ces partisans quels étaient ceux qui travaillaient le mieux au salut de l'Espagne et à l'ordre du monde. Or, il apparaissait clairement à un témoin impartial que l'intervention de Franco pouvait mettre un terme à la désagrégation du pays sous l'influence anarchiste et communiste, qui se poursuivait depuis des mois. » Toujours la recherche de l'autorité, la quête d'une discipline. Si la guerre d'Espagne était une guerre religieuse, comme l'avait affirmé mon père, il se ralliait, lui, à la mystique du chef. D'autant plus que c'était un chef dont bien des signes prédisaient la victoire : l'appui de l'Italie et de l'Allemagne, le caractère national du mouvement, alors que les rouges balançaient entre l'individualisme anarchiste et l'internationalisme marxiste. Or mon père, comme on sait, aimait les trains qui partent et les combattants qui gagnent[1].

---

1. Mais jamais il ne s'engagea militairement dans la guerre d'Espagne. Ce qu'écrit Jean Paulhan à Marcel Arland, le 17 sep-

Reste une question : pourquoi, de sympathisant communiste qu'il était en 1934, RF est-il passé deux ans plus tard à un anticommunisme aussi prononcé ? En août 1936, Jacques Doriot a publié aux « Œuvres françaises » un petit livre, *La France ne sera pas un pays d'esclaves*, virulent réquisitoire contre Staline et contre les communistes français coupables de s'être inféodés à Moscou. Il attaque, chiffres et statistiques à l'appui, les tares du régime soviétique, l'installation d'une caste bureaucratique et militaire qui vit aux dépens des travailleurs, les progrès de la disette et de la misère, l'escamotage de la révolution mondiale, le culte de la personnalité, tout ce qui constitue en somme une trahison de l'idéal marxiste et l'écroulement d'une grande utopie. Opuscule gauchi par la polémique, sans doute, mais dont l'avenir prouvera la vérité. Dès 1929, Panaït Istrati, dans les trois volumes de *Vers l'autre flamme*, avait dénoncé l'imposture, mais c'était trop tôt, et il n'avait pas été écouté, lui, homme de gauche pourtant, vagabond roumain échoué à Paris et qui avait cru passionnément dans le paradis des prolétaires.

Mon père a-t-il lu le pamphlet de Doriot, lequel réclamait le rassemblement des forces ouvrières et démocratiques pour faire barrage au fascisme, à condition que ce rassemblement se fît au profit de la France, des intérêts de la France, et non de ceux de l'URSS ? RF, en tout cas, se rend en novembre 1936 à Saint-Denis, pour le premier congrès du PPF, dont il fait un compte rendu dans le numéro de *Vu* du 11 novembre. L'article est

---

tembre 1939, relève de la pure légende (ou de la mythologie soldatesque de mon père) : « Fernandez serait lieutenant (me dit-il) dans une légion espagnole (réactionnaire) qui se forme à Valence. Malraux me dit qu'il veut s'engager avant quelques jours. »

mesuré, purement descriptif. Les militants ne sont pas des « hommes de garde », des hommes de combat, ils n'ont rien à voir avec les ex-chandails communistes ou les bérets basques à la Croix-de-Feu, ils appartiennent à la petite bourgeoisie, une petite bourgeoisie sensée et prudente. Ce sont des débutants dans la politique, rassemblés dans la lutte contre le communisme, telle que leur chef, Jacques Doriot, la préconise et l'encourage. La doctrine et la tactique du PPF se ramènent à un combat acharné et sans répit contre Maurice Thorez et son parti, stipendiés par Moscou pour exciter la France contre l'Allemagne et préparer une guerre entre les deux pays, de manière à laisser les mains libres aux Russes pour leurs visées impérialistes en Asie. Telle est l'analyse de Doriot, qui ne suscite aucun commentaire de mon père.

Comme dans ses articles sur l'Espagne, il s'en tient à un exposé objectif. Il garde l'attitude de l'observateur, du journaliste, de l'enquêteur. Il ne condamne ni n'approuve. Je me demande si Doriot à lui seul aurait réussi à le convaincre de se joindre à la croisade anticommuniste. Doriot était un politicien, un tribun, et on savait que ses polémiques contre Thorez étaient dues en partie à des rivalités personnelles qui remontaient au temps où Doriot appartenait au PCF. Mais, en novembre 1936, une autre voix s'élève, infiniment plus autorisée; un autre homme, que son indépendance et son honnêteté intellectuelle placent au-dessus de tout soupçon, prend à son tour la parole et dénonce : André Gide, qui publie ce mois-là *Retour de l'URSS.* Celui qui avait rejoint le camp communiste par dégoût du christianisme bourgeois est allé voir sur place et, malgré toute sa sympathie de principe pour la révolution russe, il revient très déçu de son voyage. Certaines des mêmes tares que Doriot avait montrées du doigt dans son pamphlet, l'ascension d'une caste bureaucratique s'arrogeant tous les pouvoirs, le culte de la personnalité, Gide les déplore lui aussi. Ayant constaté leurs effets pervers, il ne se gêne pas pour le dire. Seulement, lui, ce n'est pas un politicien, il ne fonde pas un parti, il n'a aucun intérêt personnel dans cette affaire, la prudence lui aurait plutôt conseillé de se taire. On l'écoute, donc, on prête foi à son témoignage, parce que celui-ci est irrécusable. Qui l'aurait mieux écouté que mon père ? Il s'était passionnément attaché à son œuvre, il avait suivi de près son évolution politique, peu d'écrivains comptaient autant pour lui. Il me paraît hors de doute que *Retour de l'URSS* a agi sur lui comme un détonateur. Ce petit livre n'a pas incité mon père à devenir fasciste, assurément, mais il l'aura poussé vers l'anticommunisme qui était la composante essentielle du PPF à ses débuts.

★

Doriot, Gide… Entre le costaud et l'esthète, à mi-distance de ces deux échantillons d'humanité aussi antithétiques que possible, je vois un homme, au déclin de cette année 1936, seul. Il ne peut ni les comparer ni même esquisser le moindre rapprochement entre eux. Par l'esprit, il n'hésiterait pas à choisir ; mais, en ce moment, l'esprit est chez lui en veilleuse. Celui qu'il admire ne lui propose que de continuer à douter, à chercher, alors qu'il a besoin de croire et d'agir ; celui pour lequel il ne peut avoir qu'une estime limitée – sinon un franc mépris – lui indique un chemin à suivre, met une boussole dans sa main, le pousse en avant. Dépossédé de son foyer, abandonné de son idéal, l'homme est seul, obsédé par sa solitude, son échec, son impossibilité d'écrire. Intelligence, culture, succès littéraires ne lui servent plus à rien. Il n'a aucun ami pour le conseiller, pour l'aider. Mauriac, Bernanos s'éloignent ; Drieu se rapproche. Il est seul, en quête d'une famille, désireux de recommencer sa vie, impatient de se doter d'un nouveau système de pensée. Prêt, en somme, à la première sottise.

Livre III

37.

1937

Mon père adhère au PPF fin mai 1937. Après la rupture du mariage, c'est la rupture idéologique. Il brise avec les milieux auxquels appartiennent sa femme, M. Desjardins, Pontigny, l'Union pour la Vérité, la plupart de ses amis. C'est le reniement du socialisme, l'abjuration de la gauche. Entre ma mère et lui, tout a donc pris fin ? Est-il devenu infranchissable, le fossé que les dissensions ont creusé entre eux ? Je l'ai cru longtemps, jusqu'à la lecture de l'agenda de Liliane. Dans mon souvenir, mes parents ne s'étaient jamais revus, du moins jamais revus en présence de leurs enfants, avant cette soirée Goethe de 1942 à la Comédie-Française, que j'ai racontée. Quelle n'est pas ma surprise de découvrir que leur séparation les a plutôt rapprochés. Ils ont continué à se voir, régulièrement, parfois plusieurs fois par semaine. Soit il l'emmène au restaurant, soit il monte au quatrième étage de la rue César-Franck, comme poussé par le besoin de se retrouver en famille. Leurs rapports redeviennent bien meilleurs que lorsqu'ils vivaient ensemble. 23 décembre 1936 : « Ramon à déjeuner, jusqu'à 4 h. Nous jouons aux billes sur le tapis. » 4 janvier 1937 : « Ramon de 6 à 7. On joue une fois de plus aux familles. » Une fois de plus ! C'était donc une habitude ? 14 janvier : « Déjeuner avec R à la Côtelette milanaise... Amitié maintenue jusqu'au bout. » 23 janvier : promenade sur les Champs-Élysées, puis thé et brioche rue César-Franck. « Gentillesse tout le temps. » 30 janvier : « Au musée de Cluny, avec les enfants et Ramon. Ensuite, thé à Saint-Julien-le-Pauvre. Retour lent et gai. » Le 24 avril, ma mère se rend à une séance de la rue Visconti (où mon père, de toute évidence, n'était plus le bienvenu), autour de Daniel Halévy et de Guéhenno. « Laissé les enfants à Ramon qui les ramène à 7 h... Retrouvé R devant les Deux Magots. Quelques mots gentils (J'adore les enfants... Je ne le méritais pas...). » 26 avril : « À 7 h et demie, R (après trois téléph.). Il assiste à notre dîner, puis s'en va. »

À cette époque, j'avais presque huit ans. À l'automne, nous fûmes envoyés dans une pension de famille, au Chambon-sur-Lignon, où l'air était réputé plus sain pour nos bronches toujours malades. J'ai retrouvé dans l'agenda de ma mère plusieurs noms sans importance dont je me souviens parfaitement : Mme Barbier-Comte, directrice de la pension, Mlle Soubeyrand, la sévère et admirée institutrice du village, qui nous tirait l'oreille et nous pinçait la joue, l'hôtel Lombard-Menut, où descendait ma mère. Ces noms, avec leur orthographe exacte, restent dans ma mémoire, alors que j'ai tout oublié des visites de mon père rue César-Franck, des moments qu'il venait passer avec nous, des jeux de familles autour de la table et des billes sur le tapis.

Pour les vacances d'été, Yvonne de Lestrange avait prêté à ma mère une villa qui dépendait de son château de Chitré. Mon père vint à deux reprises nous rendre visite, du 6 au 8 août et du 20 août au 2 septembre. La première fois, il amena un pédiatre connu, le Dr Weill-Hallé, pour qu'il nous examine, surtout ma sœur, qui souffrait de complications de la coqueluche. Ma sœur se rappelle la joie qu'elle eut de revoir son père, et aussi le mot du docteur, devant cette joie : « un bon signe », dit-il. Je n'ai aucun souvenir ni de ces deux visites ni de l'examen médical. En revanche, est resté ancré dans ma mémoire un épisode dont ma sœur n'a pas gardé le moindre souvenir. Le soir du 2 septembre, un enfant de notre âge, le fils du régisseur du domaine, se noya dans le barrage de la Vienne. Le 3 septembre, Yvonne et ma mère, sans soupçonner les dégâts qu'elles pouvaient causer dans de jeunes consciences, sans craindre les effets d'un spectacle aussi morbide, nous emmenèrent voir le cadavre du petit Claude, exposé dans sa chambre. La veille, nous jouions avec lui : à présent, il gisait devant nous, immobile, figé, décoloré. Le garçon qui ramait sur la barque jusqu'à l'îlot de la Vienne et la plage du bain, le nageur qui remontait le courant à la force des bras, le camarade vivant et joyeux était étendu raide, aussi blanc que le drap qui le recouvrait jusqu'aux aisselles. Que nous ne le verrions jamais plus, je ne le comprenais sans doute pas ; mais qu'il était passé « de l'autre côté », qu'il avait plongé dans un inconnu aussi mystérieux que terrifiant, je le devinais à sa pâleur, à sa rigidité, à sa poitrine qui ne se soulevait plus, à ses mains posées sans bouger sur le lit.

C'est la première fois que je contemplais un mort : vision qui m'a marqué à jamais, souvenir le plus fort qui me soit resté de ma petite enfance. Des journées précédentes passées avec mon père, dans le parc immense et magnifique de Chitré, des promenades faites en sa compagnie, des jeux auxquels il se plaisait avec nous, il ne me reste rien.

Sans doute ne lui pardonnais-je pas de nous avoir abandonnés : je voulais le rayer de ma mémoire et j'y suis parvenu. Je refusais d'être « adoré » par un homme qui m'avait négligé si effrontément. Je niais qu'il fût venu avec un médecin, pour ne pas le créditer d'une sollicitude qui prouvait qu'il s'intéressait à nous. Plutôt être un orphelin intégral, plutôt m'installer dans le néant paternel, que de me faire consoler par des images fugitives, des tentatives de séduction menteuses. À moins que je n'eusse surpris des conversations avec ma mère et conçu une sorte de mépris pour celui qui cherchait à se raccrocher à ce qu'il avait perdu par sa faute.

Le 1er mars, il était venu se plaindre de ce qu'on lui avait volé sa bicyclette (plus d'épouse, plus de foyer, plus de voiture). 7 mars : « De 6 à 7, R à la maison. Ses propos : que j'ai abîmé nos deux destinées, qu'il n'a jamais aimé que moi (et moi que lui), que nous ne sommes pas au clair dans nos rapports… » 18 mars : « Déjeuné avec lui aux Mariniers. Question : reprendre la vie ensemble, ou divorcer. Moi : suffoquée de larmes. » Non seulement mon père se raccroche, mais il use du chantage. 22 avril : « Déjeuné avec R au restaurant grec. R de nouveau à 5 h et demie. Jusqu'à 7. Entretien véridique et pénible. Il dit qu'il n'a été heureux qu'avec moi, que je suis nécessaire à son équilibre (autrement le pernod), qu'il ne sait pas s'il pourra tenir le coup. Ou se rejoindre ou se séparer. » Le foyer ou le bistrot, les pénates ou le pernod : lucidité inutile, tragique impuissance de la raison. Et peut-être, derrière la porte, les enfants aux aguets. Les cloisons sont si minces, rue César-Franck, que même sans le vouloir ils peuvent, de leurs chambres, surprendre ce pathos et en être écœurés.

Insistance de mon père ou faiblesse de ma mère, mes parents ne se quittent plus. Ils arpentent les boulevards, vont sans cesse au cinéma : jusqu'à trois films à la suite. Pendant l'été encore et l'automne, mon père redouble de prévenances. Plus aimable et attentionné, on ne saurait être. 8 août, quand il s'en va de Chitré : « Séparation confiante et tendre. » 2 septembre, dernier jour de son second séjour à Chitré : « Gentillesse, confiance, intimité. Il me confie les lettres qu'il veut cacher à B. » Car ils parlent ensemble de Betty, d'un ton qui semble détaché, comme si elle n'était qu'une roue de secours pour le pneu crevé. Le 6 octobre, à Paris, il se fait pressant. « Il veut revenir ici. Tendresse un peu gênante. » Ma mère se sent la « tête égarée ». Un autre jour (20 août), elle lui dit de la considérer « comme sa sœur ou sa grand-mère ».

Ce n'est pas qu'ils aient cessé de se disputer. Mais, à présent, les querelles ne portent plus que sur la politique. 7 janvier : « Déjeuné avec R à l'Alsacienne. À propos d'Aron [Raymond] on recommence la querelle sur la politique. » Le 28 janvier, il lui explique qu'il faut « extirper le communisme comme un microbe ». Le 18 février, au café des Pyramides, « beaucoup parlé de politique, que la révolution n'est pas une valeur en soi, Doriot, Marty[1]...) ». Le 8 avril, ils passent l'après-midi dans les grands magasins, puis, sur le boulevard de la Madeleine, flânent entre les badauds. « Regardé passer les gens et leurs chapeaux. » De quoi causent-ils ? « Parlé de politique seulement : Doriot et ses vertus, le manque de sérieux des Français, Chiaromonte [un antifasciste en exil]... » Le 15 avril, « discussion politique qui finit mal ». Le 10 juin (deux semaines après l'engagement politique de mon père) : « Ramon, midi et demi au grill-room Médicis. On commence par le PPF et on va jusqu'au bout. Il dit que c'est moi qui l'ai rejeté vers la violence. Tout recommence à la fois, le pernod,

1. Le 9 février, dans un meeting au Vel' d'Hiv' sur la guerre civile d'Espagne, Doriot avait réclamé le retour des volontaires et dénoncé dans le communiste André Marty, que Moscou avait envoyé comme inspecteur général des Brigades, le « boucher » et le « bourreau d'Albacete », coupable de procéder à l'élimination des anarchistes.

les querelles et les larmes. » Le 14 juin, après l'assassinat, en Normandie, des frères Rosselli [antifascistes exécutés par des hommes de main de Mussolini], ma mère reçoit rue César-Franck : d'abord, à 6 heures, Angelo (« ce qu'il dit de la police italienne et comment elle a roulé la police française »), ensuite, une demi-heure plus tard, mon père : « ses insinuations sur le même sujet (les anarchistes espagnols...). Doriot "délicieux". Invitation à venir à Saint-Denis [le fief de Doriot, lieu des rassemblements et congrès du PPF] ». Preuve de l'inconscience de mon père, cette invitation ? En partie seulement, car la violence du conflit idéologique entre mes parents n'a pas éteint l'ancienne tendresse de ma mère, laquelle s'avoue, après une demi-journée passée avec son mari au restaurant et au cinéma, « altérée de tendresse et de vie conjugale ». Besoin si intense qu'elle se décide un jour à agir d'une manière absolument déraisonnable tant cette démarche est contraire à ses convictions. Le 8 juillet : « R à déjeuner. Porté pour lui son article à l'Émancipation nationale, rue Laffitte (avec Dominique, en taxi). » *L'Émancipation nationale* est un journal de Doriot, et dans cet article, qui sera publié le 10 juillet, mon père s'en prend à « la culpabilité morale de Léon Blum ». Que ma mère lui prête main-forte en cette occasion, et de surcroît fasse la dépense d'un taxi pour une mission qu'elle désapprouve, montre bien la complexité des liens qui continuent à les unir.

Dans l'espèce de jeu politique qu'ils mènent, je vois deux aspects. Ma mère essaye de le freiner dans son dérapage vers l'extrême droite et pense qu'elle est seule à pouvoir encore le retenir ; trop abrupte sans doute, maladroite, elle ne réussit qu'à le braquer contre ses arguments, contre le bon sens, contre la raison, et leurs discussions finissent dans les querelles et les larmes. Lui, de son côté, fait un chantage à Doriot, comme il fait un chantage au pernod : c'est votre faute, si j'évolue dans cette direction. En m'abandonnant, vous m'avez rejeté vers la violence. Puisque j'ai tout raté en ratant mon mariage, pourquoi m'empêchez-vous de tomber plus bas ? Les notes succinctes de ma mère ne me permettent pas de plus longs développements, mais je ne crois pas me tromper en soulignant, une fois de plus, la relation entre le fiasco conjugal et la volte-face politique. Doriot n'est qu'un prétexte à la narguer, à la provoquer. Il cherche à la mettre dans son tort, à exploiter son sens de la culpabilité, pour se faire réadmettre dans le foyer perdu.

Cependant, ce serait disculper trop aisément mon père, que d'attribuer aux seuls déboires de sa vie privée et à l'intransigeance de ma mère l'énorme faute intellectuelle qu'il est en train de commettre. S'il adhère au PPF, c'est aussi pour des raisons positives, réfléchies, mûrement pesées. Dans un article de *L'Émancipation nationale* du 31 juillet 1937, il dit que l'a poussé à prendre cette décision un livre de son ami Drieu La Rochelle, *Avec Doriot*, édité fin juin 1937 chez Gallimard, mais composé d'articles écrits dans *L'Émancipation nationale* de juin 1936 (date à laquelle Drieu est entré au PPF) à juin 1937 (articles que mon père a donc pu lire au fur et à mesure de leur parution). « Il y a plus de quinze ans que je me dispute avec Drieu. Mais il faut maintenant que j'écrive : pendant plus de quinze ans je me suis disputé avec Drieu. Car nous ne nous disputons plus, et c'est un miracle, et c'est le miracle du PPF. » Drieu, jusqu'alors, sentant « le sol mou de la France s'affaisser sous lui », était d'un pessimisme désespéré. « Or, j'ai toujours été par nature plus optimiste que Drieu (trop optimiste parfois, et carrément idiot). Et voilà que Drieu me paraissait plus optimiste que moi ! » Il n'y a pas jusqu'à son style qui ne soit devenu meilleur, en exprimant, « joyeusement et librement, sa libération morale et intellectuelle ».

Quels sont les thèmes principaux de Drieu ?

1. Le PPF est un parti national, qui se tient à égale distance de Berlin et de Moscou. Ni Moscou ni Berlin : c'est le leitmotiv de Drieu. Il dirige sa hargne principalement contre les communistes, parce qu'ils vont prendre leurs ordres au Kremlin, mais il récuse également les régimes fascistes. « Staline nous trompe avec l'antifascisme, Hitler et Mussolini voudraient bien nous tromper avec l'anticommunisme. » (juin 1937.) Nous devons savoir quel est notre drapeau, « le drapeau tricolore ou le drapeau rouge qui (avec une croix gammée) est le drapeau allemand aussi bien que le drapeau russe (avec faucille et marteau) ». (25 juillet 1936.) Au PPF, « nous disons : "Ni Moscou ni Berlin", de la même manière qu'un homme qui connaît son chemin dit : "Ni à droite ni à gauche, droit devant moi... Nous, au PPF, nous sommes à fond contre Moscou et, s'il y avait ici un parti de Berlin ou de Rome, nous serions aussi à fond contre lui. Nous sommes pour la France une. » (19 décembre 1936.) Drieu ne cesse de marteler ce slogan. Il le reprend au sujet de la guerre civile d'Espagne : « L'humiliation pour les Espagnols du Front populaire, c'est leurs alliés russes, l'humiliation pour les Espagnols du Front national, c'est leurs alliés allemands et italiens. » (9 janvier 1937.) Il le scande à nouveau dans ses critiques contre Léon Blum, lequel, par la faiblesse de son gouvernement, nous enferme dans « le dilemme de Moscou ou Berlin, le dilemme de communisme ou fascisme : nous devons être un parti d'hommes ». (20 mars 1937.) Notre cri de ralliement à nous, « le plus immédiat dans notre action, mais le plus profond dans nos cœurs au PPF, c'est : "Ni Berlin ni Moscou" ». (9 janvier 1937.)

Le seul mérite que Drieu reconnaisse aux régimes fascistes, c'est leur politique en faveur de la jeunesse, du sport, ainsi que leur politique sociale. Ils ont accompli depuis des années les principales réformes obtenues par le Front populaire (contrats collectifs, congés payés – mais non pas semaine de quarante heures). Dans l'ensemble, cependant, *Avec Doriot* est un acte d'hostilité au fascisme, un refus net et catégorique de Hitler et de Mussolini, que cela soit bien clair et serve de pièce à décharge dans le procès que j'intente à mon père.

2. La France ne doit appartenir qu'aux Français, à « nous, Français, animés de l'orgueil français, décidés à maintenir à tout prix l'indépendance, l'autonomie, l'unité, la liberté absolues de notre peuple ». (juin 1937.)

3. Parti national, le PPF est aussi un parti social. « Pour nous, il s'agit de vivre tout de suite la synthèse qui est faite dans nos esprits et dans nos cœurs, entre le national et le social, et surtout entre l'idée de commandement et l'idée de dévouement. » (27 février 1937.) Drieu approuverait le Front populaire, s'il n'était pas noyauté par les communistes et donc inféodé à Moscou. « Si nous, nous disons : entre Français », cela ne signifie pas seulement que nous refusons d'essuyer le paillasson de l'ambassade soviétique, « cela veut dire que les deux cents familles doivent passer la main et que le grand capitalisme doit être dissocié, et que tout le monde doit payer du sien et qu'au-dessus du peuple, il faut des chefs et non pas des riches. » (juillet 1936.)

4. Pour construire un parti qui soit à la fois national et social, aussi indépendant de l'étranger qu'affranchi du capitalisme, il faut en effet un chef. L'antichef, c'est Léon Blum, avec sa politique mollassonne, veule, qui a fait de la France « une plaque tournante, sur laquelle passent dans un tonnerre méprisant tous les express internationaux ». (15 janvier 1937.) Le modèle du chef, c'est Jacques Doriot.

Jusqu'ici, je comprends que mon père ait pu être séduit par l'enthousiasme de Drieu. Lui aussi souligne l'importance d'avoir à la tête du pays un vrai chef, qui dise la vérité aux Français et leur rende confiance par sa sincérité rugueuse. Mais comment a-t-il pu ne pas rire du portrait de Doriot ? « Doriot est grand, gros et fort ; il sue beaucoup. Il a des lunettes, ce qui est regrettable, mais quand il les retire on voit qu'il sait regarder. Il a beaucoup de cheveux, il est au milieu d'une substance abondante et forte. Il a de la santé. Ça se voit quand il pense à haute voix pendant trois heures de suite et qu'à la fin, c'est mieux qu'au commencement. Quand on le voit, on se dit qu'il y a encore des Français costauds et qui peuvent dominer la situation. » (juillet 1936.) « Nous avons vu vivre, travailler, Doriot. Nous avons vu le fils du forgeron, nous avons vu l'ancien métallurgiste dans la houle de ses épaules et de ses reins, dans le hérissement de sa toison, dans la vaste sueur de son front, continuer et épanouir devant nous le travail de quinze ans. Devant nous, il a pris à bras-le-corps toute la destinée de la France, il l'a soulevée à bout de bras comme un grand frère herculéen. » Le maigrichon, le gringalet, entre en transe devant le « costaud ». Drieu faisait à ma mère, elle me l'a souvent dit, l'effet d'un grand champignon mou. N'est-il pas comique de voir ce typique intellectuel des années 30, ce corps flasque incapable de tout effort physique, délirer devant la brute en sueur ? En déplorant la dénatalité française et le manque de vitalité génésique du peuple français, en invectivant contre Léon Blum jugé coupable de cette dégénérescence, ne se déconsidère-t-il pas lui-même en premier ? A-t-il jamais eu d'enfant ? A-t-il jamais songé à en avoir ? RF, lui, sportif et père de famille, n'est affligé, pour ce qui est de la vigueur corporelle et de la puissance procréatrice, d'aucun des complexes d'infériorité qui frappent Drieu. De quel œil lit-il des lignes aussi ridicules ? Le seul motif qui peut l'attirer vers Doriot est sa qualité d'ancien ouvrier : mauvaise conscience du bourgeois qui se sent coupable de ses « privilèges ».

Je ne peux éluder pourtant un autre aspect de la question. RF n'aurait-il pas eu un motif personnel, intéressé, pour adhérer au PPF ? Autrement dit, Doriot ne lui aurait-il pas proposé de le rémunérer pour ses services ? Peut-être d'éponger ses dettes ? Faute de preuves pour ou contre cette hypothèse, il est certain que, si mon père a été payé, il ne l'a pas été grassement. Pas au-delà, en tout cas, de ce qu'il est normal de recevoir en échange d'un travail fourni. Mon père n'a jamais été riche ; il ne s'est pas enrichi par le PPF. Son choix politique n'a pas été un choix vénal. Son train de vie, ni avant la guerre ni pendant l'Occupation, n'a changé. À sa mort, son compte en banque était vide. Il ne m'a légué que sa bicyclette et ses livres.

Trois remarques complémentaires.

1. Le 26 septembre 1936, Drieu interpelle Gide. À peine rentré de Russie, celui-ci passe encore pour communisant. Comment un esprit libéral peut-il ignorer « le despotisme asiatique » de Staline ? « Vous, Gide, qui avant de partir nous parliez d'un communisme quasi chrétien », vous osez cautionner un pareil régime ? « Que pensez-vous de l'armée et de la police en Russie ? » En novembre suivant paraît *Retour de l'URSS.* Aussitôt (21 novembre), jubilation de Drieu : « Comme Doriot, Gide a le courage – moins difficile, ô combien – de reconnaître qu'il s'est trompé, et qu'il ne faut pas que d'autres se trompent plus longtemps. » De Doriot, Drieu avait écrit, en juillet 1936 : « Ça me plaît que Doriot ait été moscoutaire pendant dix ans. J'aime les gens qui reviennent de loin : ils ont des histoires à nous raconter. » À Gide, maintenant, il attribue le même mérite dont il a crédité Doriot : s'être fourvoyé et avoir le courage de le reconnaître. « Il a adhéré à Moscou et puis ensuite il

est allé à Moscou. Il aurait mieux fait d'aller à Moscou, d'abord. Mais enfin, il ne faut pas reprocher à un homme son élan. Il est allé à Moscou, il en est revenu. » Drieu n'avait jamais eu d'admiration particulière pour Gide. Ce n'était pas le cas de mon père, nous le savons : de telles lignes ne pouvaient que le convaincre.

2. En revanche, je ne comprends pas que l'anglophobie de Drieu ne l'ait pas hérissé. Drieu met sur le même plan le régime stalinien, le régime hitlérien, le régime mussolinien et « le régime oligarchique d'Angleterre » : ils « se servent chacun de leur mot d'ordre pour nous brouiller la vue et nous asservir à leur égoïsme » (juin 1937). L'Angleterre, répète-t-il à satiété, n'est qu'en apparence une démocratie. C'est une puissance monarchiste, aristocratique, cléricale, militariste, colonialiste, qui ne maintient son empire que par la force et la ruse. « Ah ! si nos politiciens – de gauche et de droite – connaissaient un peu l'Angleterre, cela ferait peut-être un bouleversement dans leurs maigres consciences. » (23 janvier 1937.) Mon père connaît fort bien l'Angleterre : peut-il être dupe d'une telle caricature ?

3. Drieu attaque sans arrêt le Front populaire et son chef Léon Blum, mais sans jamais mentionner que celui-ci est juif. L'antisémitisme ne fait pas partie du programme du PPF, quand mon père y adhère. Lorsque Doriot évoque, dans son pamphlet antistalinien et anticommuniste de 1936, « la mystique raciste d'Hitler », ce n'est certainement pas pour s'y rallier.

Dans cet opuscule de 127 pages, déjà cité, Doriot s'oppose aussi bien à la « mystique du feu » de Mussolini qu'à la « mystique raciste » du nazisme, et reconnaît que le front populaire (il l'écrit avec une minuscule) peut jouer un rôle considérable dans la lutte contre le fascisme, la crise et la guerre. Sur un autre point il se sépare de Drieu, quand il prône l'entente avec l'Angleterre.

Lui-même, se posant en défenseur de la patrie, vante le caractère utilitairement réaliste de ses propres idées.

Qui était donc ce Jacques Doriot ?

Né en 1898 (quatre ans après mon père), il était le fils d'un forgeron de Bresles (Oise). À dix-sept ans, on le trouve à Saint-Denis, comme manœuvre, puis ajusteur, tour à tour dans plusieurs usines. Vie très dure. La dernière de ces usines s'appelle La Fournaise, nom qui parle de lui-même. Puis ce sont les années de guerre, de tranchées, de boucherie. Cette double et terrible expérience, d'ouvrier et de soldat, aiguise la conscience politique du jeune homme. Envoyé à l'armée d'Orient après l'armistice du 11 novembre, il passe par l'Istrie, au nord-est de l'Italie, précisément le 12 septembre 1919, jour où le poète nationaliste Gabriele D'Annunzio, à la tête d'un corps franc, s'empare de Fiume et proclame le rattachement de la ville-frontière à l'Italie : coup de main victorieux d'un chef de bande, et premier contact de l'ouvrier de la banlieue parisienne avec la grisante rhétorique des mots creux, le flamboiement d'une idée entraînante, la puissance mystificatrice de la parole.

De retour à Saint-Denis, il s'engage aussitôt dans l'action. À vingt-trois ans, le voilà déjà secrétaire général intérimaire des Jeunesses communistes. Il est grand, maigre, dégingandé, avec une réputation d'ascète, mais d'ascète musclé, prompt à distribuer les horions. Plusieurs séjours à Moscou, la fréquentation personnelle de Lénine, de Trotski, de Staline, le grandissent auprès de ses camarades. Il affirme ses dons d'orateur dans des discours fracassants, où il prend pour cibles la bourgeoisie, l'armée, le colonialisme. Condamné en 1923 à trois ans de prison pour provocation de militaires à la désobéissance, il est libéré au bout de quatre mois et demi, après que Saint-Denis l'a élu député communiste, le 11 mai 1924. En même temps que son prestige, ses ambitions augmentent. Maire de Saint-Denis en 1931, il brigue la direction du Parti. Il s'oppose sur plusieurs points à la ligne fixée par Moscou, mais, derrière les dissensions idéologiques, se cache une rivalité personnelle avec Maurice Thorez, meilleur tacticien politique, secrétaire général du PCF depuis 1930. De pur et dur révolutionnaire – on l'appelait le « moine bolchevique » –, Doriot se transforme en arriviste retors, en manœuvrier sceptique et en pacha désabusé. Restaurants chers, vins fins, mutation physique : il devient gros et gras, l'homme de « sueur » qui plaît à Drieu. Porthos a remplacé d'Artagnan. En 1934, il est exclu du PCF pour indiscipline. En 1935, il est réélu maire de Saint-Denis, malgré l'opposition violente des communistes. Après quoi débute sa dérive vers la droite et l'extrême droite.

Arrêtons-nous un moment, pour fixer les traits du premier Doriot et comprendre quels éléments de sa légende ont pu faire l'admiration d'un Ramon Fernandez. Fils d'artisan, lui-même ancien ouvrier, le « grand Jacques » a eu cette pratique du travail manuel et du travail en usine qui épate les intellectuels. Cette expérience du pénible, harassant, obscur labeur, ils ne l'ont pas connue, alors qu'il en a traversé, lui, les épreuves et qu'il en a souffert durement. De la guerre, où il s'est conduit avec beaucoup de courage, il a rapporté une citation, pour avoir ramené sur son dos, pendant deux kilomètres, un camarade blessé. Titre non négligeable pour celui qui ne se pardonnait pas d'être resté planqué à l'arrière. Doriot est un costaud, qui n'hésite pas à se bagarrer avec ses contradicteurs, un homme de convictions, prêt à braver les autorités et à payer de sa personne (la prison, l'exclusion politique) ; et, s'il a commencé, tel Gide lui-même, par croire que se levait à Moscou une nouvelle aurore pour le genre humain, il a eu vite fait de se frotter les yeux, de se reprendre, de dénoncer l'inféodation du PCF à la ligne fixée par Staline, quitte à mettre en danger ses mandats de député et de maire. Apparemment, donc, ce n'est pas un apparatchik ankylosé dans des combines de parti, mais une sorte de *desperado* décidé à rompre avec les micmacs politiciens et les embrouilles parlementaires, un chien dans le jeu de quilles, un franc-tireur apte à renouveler la vie politique minée par de nombreux scandales. Une auréole de romantisme autour d'un gaillard énergique, un air de mousquetaire issu de la France profonde, un cœur pur allié à des poings de boxeur : il n'en faut pas plus pour faire figure de héros aux yeux d'un demi-divorcé impatient de se refaire une conduite, il ne sait pas trop aux côtés de qui.

Les débuts du revirement politique de Doriot ne sont pas en eux-mêmes blâmables, si l'on considère que le pacte franco-soviétique conclu entre Laval et Staline en 1935 condamnait le PCF à renier une partie essentielle de sa doctrine, l'antimilitarisme, le pacifisme : de quoi indigner particulièrement l'ancien combattant des tranchées. Il proteste, sans voir le piège où il est tombé : dénoncer la stratégie impérialiste de Moscou lui acquiert les sympathies du patronat, qui repère dans cet apostat un allié potentiel et entame des manœuvres d'approche.

La dérive droitière, cependant, n'a-t-elle pas commencé bien plus tôt ? Celui qui avait passé plusieurs mois à Moscou et côtoyé Staline pouvait avoir mis en doute les résultats de la révolution soviétique, longtemps avant la rupture effective avec les communistes. Dès 1929, Paul Marion, ancien membre du Comité central du PCF, et qui deviendrait en 1936 un des plus proches lieutenants de Doriot, avait exposé, dans un article du *Populaire* socialiste, les conclusions qu'il rapportait d'un séjour de quinze mois en URSS. La même année que Panaït Istrati (auteur du premier livre, *Vers l'autre flamme*, écrit par un homme de gauche contre les agissements de l'omnipotente nomenklatura), Marion vitupérait la tyrannie du Parti, l'oppression et la terreur soviétiques. « Derrière la façade "dictature du prolétariat et construction du socialisme" se cache la plus cruelle et désolante réalité : la domination d'une caste de quelques millions de bureaucrates de toute espèce et de toute taille – depuis Staline jusqu'au dernier correspondant de village – sur un pays qu'elle maintient dans la misère économique et morale par sa politique insensée et sa dictature absolue, inquiète, inquisitoriale et qui va s'aggravant avec les années. » Paroles accablantes[1], mais qui pouvaient apparaître comme partisanes, dictées par la rancœur ou la vengeance, bien qu'elles ne fussent nullement inférieures, nous le savons maintenant, à la vérité. On croirait entendre déjà Grossman, Chalamov, Soljenitsyne. Doriot, sans être aussi catégorique que nous le sommes aujourd'hui, avait trop d'expérience du Kremlin pour ne pas se sentir ébranlé par l'analyse de Marion, puis, lors de ses démêlés avec Thorez, pour ne pas trouver, dans ces accusations qui ne lui semblaient pas infondées, des raisons sérieuses de se retourner contre la foi de sa jeunesse. Sans les égarements où il tomba par la suite, on l'admirerait d'avoir, un des premiers, osé déchirer le voile de la gigantesque imposture.

Dénoncer le culte de la personnalité et le despotisme des oligarques soviétiques, souligner l'asservissement du peuple russe, avertir les Français du péril communiste, c'était faire preuve, de la part d'un ancien ouvrier, à la fois de lucidité, d'indépendance et d'audace. La cause fasciste, fallait-il pour autant l'épouser ? N'y avait-il de choix qu'entre les deux systèmes d'oppression ?

---

1. Citées par Jean-Paul Brunet, auteur d'une solide biographie de Jacques Doriot (Balland, 1986), à laquelle j'ai emprunté maint détail.

On ne saurait poser plus mal le problème. Essayons de voir les choses sans le regard que la suite des événements nous a imposé. La question est de savoir si, à l'origine, le mouvement que projetait de fonder Doriot était d'obédience ou même de tonalité fasciste. À nous en tenir à son premier texte, *La France ne sera pas un pays d'esclaves*, la réponse serait non. Doriot exprime alors la crainte qu'un « front populaire dirigé et manœuvré de l'extérieur » ne devienne « une cible trop facile pour le fascisme. Il ne faut pas permettre que les tentatives envahissantes du parti de Staline marquent d'une tare originelle un mouvement qui porte en lui des espoirs immenses de libération populaire ».

En mai 1936, il est réélu député de Saint-Denis, en battant le communiste Fernand Grenier. Sa proximité des milieux populaires, l'excellence de sa gestion municipale, l'attention qu'il porte aux ouvriers, la lutte contre le chômage, le développement considérable des dépenses d'assistance et d'aide sociale, l'importance des mesures prises en faveur de l'enfance et de la jeunesse lui ont valu la confiance des électeurs. Fort de son succès, il lance son propre parti, le Parti populaire français, les 27 et 28 juin 1936 : c'est le fameux « rendez-vous de Saint-Denis », dirigé, non pas contre le Front populaire (dont la victoire n'a eu que peu d'effet sur la fondation du PPF), mais contre l'influence grandissante des communistes dans la politique française. On a vu l'enthousiasme de Drieu et son lyrisme, trop hyperbolique pour ne pas être suspect. Séduit par la « force mâle » de Doriot, Drieu trahit dans ses articles de *L'Émancipation nationale* son homosexualité refoulée, plus qu'il n'écrit un chapitre d'histoire. Pour savoir si le PPF était dans ses débuts fasciste ou fascisant, mieux vaut se reporter au témoignage plus posé, plus objectif, d'un autre intellectuel attiré par le nouveau mouvement. D'autant plus que Bertrand de

Jouvenel, étant proche de Ramon Fernandez par son origine sociale comme par sa sensibilité de gauche et son complexe d'infériorité devant le monde du travail, peut me servir de modèle pour comprendre les motivations de mon père.

38.

Débuts au PPF

Né en 1903, fils d'ambassadeur, diplômé en droit, journaliste politique et reporter international, Bertrand de Jouvenel était au rendez-vous de Saint-Denis, ainsi qu'il le raconte dans ses mémoires (*Un voyageur dans le siècle*, Laffont, 1979). « J'avais admiré la conduite de Doriot à la tête des Jeunesses communistes le 9 février 1934. Thorez n'y était pas. C'est à l'un de ces deux hommes qu'irait la direction du Parti. Thorez, plus diplomate, allait à Moscou, tandis que Doriot se battait en France. Il avait l'audace de prôner l'unité d'action avec les socialistes, avant que Moscou n'y soit décidé. » Puis les instructions de Moscou changèrent, mais trop tard pour Doriot, qui avait été déjà exclu du Parti. « Comment n'aurais-je pas interprété son attitude comme clairvoyante et courageuse, comme une révolte contre la papauté stalinienne, et comme promettant une réforme du communisme français, qui reviendrait à ses origines ? » Jouvenel attribue l'évolution du PPF vers la droite aux conséquences du duel entre Doriot et Thorez : celui-ci, après avoir évincé son rival du Parti, n'eut de cesse qu'il ne l'eût poussé dans le coin opposé de l'échiquier politique.

Pour un intellectuel, que signifiait l'entrée au PPF ? « Ce fut pénétrer dans un monde pour moi tout nouveau, où les attitudes, les rapports, le langage contrastaient avec tout ce qui m'était familier. Je m'étais toujours déclaré "de gauche", c'est-à-dire pour le peuple, mais je lui avais constamment été étranger. Combien étranger, je le découvrais à présent. Et aussi que mes amis radicaux, voire socialistes, ne l'étaient pas moins que moi. Nous étions étrangers au peuple par une formation différente. Thibaudet n'avait pas tort de parler d'une "République des professeurs". J'avais fait des reportages sociaux autant que l'occasion m'en avait été accordée, mais je n'étais alors qu'un observateur. C'est en plongeant dans Saint-Denis, en prenant l'habitude de partager des repas, d'être tutoyé, que j'ai pris contact avec le peuple. Et j'en ai été profondément touché. C'est là ce qui m'a retenu au PPF bien au-delà du moment, assez tôt venu, où Doriot me déçut. »

Doriot lui-même, l'impression qu'il faisait ? « On m'a souvent demandé avec étonnement comment des intellectuels ont pu être fascinés par un géant, se présentant en bretelles et suant abondamment en faisant de grands gestes. C'est là une question qui me paraît affectée de quelque snobisme. Nous respections en Doriot un homme du peuple, et il ne nous fascinait pas : il nous intéressait comme riche de rapports avec la classe ouvrière, et échappant au dogme pour raisonner à partir d'une expérience qui n'était pas nôtre. Il n'y avait aucune ressemblance avec les discours de Hitler, comme il n'y avait aucune ressemblance entre les deux hommes. Le contraste était extrême. Hitler, artiste manqué, frêle, végétarien, enflammé par des lectures, possédé par un rêve wagnérien ; Doriot, ouvrier, vigoureux, bon vivant au plus haut point, guère lecteur, attentif aux réalités ; leur seul point commun étant l'obsession du rejet dont ils avaient fait l'objet. »

Le discours-fleuve de Doriot, au premier congrès du PPF, le 9 novembre 1936, a été publié par Flammarion, un grand éditeur, cette fois, sous le titre de *La France avec nous*, brochure de 142 pages. Rappelons-en les grands thèmes. 1. Lutter contre l'URSS, qui a cessé d'être la constructrice du socialisme. « Dictature plus odieuse que toute autre », elle est devenue par surcroît « militariste et impérialiste ». Brice Parain, « André Gide lui-même » sont appelés à la barre comme témoins. 2. Pour ce qui est de la guerre civile d'Espagne, conseil de rester neutre entre les deux belligérants, joint à la conviction que la révolte de Franco est « une révolution nationale contre la bolchevisation et l'anarchie de l'Espagne ». 3. Nécessité de s'entendre avec l'Italie, non par sympathie pour le fascisme, mais parce que l'intérêt de la France « n'est pas de pousser davantage l'Italie dans les bras de l'Allemagne ». (En juillet 1934, la première tentative d'annexion de l'Autriche par Hitler avait été stoppée par l'intervention de Mussolini, qui avait envoyé ses troupes sur le Brenner et proclamé l'Italie garante de l'indépendance de l'Autriche.) 4. Nécessité de négocier avec l'Allemagne. « De près ni de loin nous n'avons de contact avec le dictateur allemand », mais ce n'est pas une raison pour fermer la porte aux pourparlers diplomatiques. « Est-il encore possible de signer un pacte de non-agression ? Je ne le sais pas. Mais j'estime qu'il faut le tenter. Et ici, très tranquillement, je veux dire, à l'adresse de l'Allemagne, que je ne me laisse pas prendre à toutes ses roucoulades à notre égard. Je suis très prudent avec l'Allemagne. Je veux bien discuter, je ne veux pas que nous soyons naïfs, et parce que je ne veux pas que nous soyons naïfs, je suis prêt, parallèlement à l'armée allemande, à créer en France des conditions de sécurité telles que M. Hitler saura qu'il ne faut pas toucher à notre pays. » 5. Nécessité de collaborer avec l'Angleterre. « Mais ce ne doit pas être un mariage de raison et de calcul du côté anglais et un mariage d'inclination et d'amour de notre côté. » Voilà qui semble répondre aussi bien à l'anglophobie de Drieu qu'à l'anglophilie de RF, lequel dut être rassuré de trouver en Doriot un garant de l'amitié franco-anglaise.

Bien que l'essentiel du discours fût consacré à la politique étrangère, le programme économique n'en était pas absent. Deux ambitions majeures, après la faillite du marxisme : réglementer le profit, pour le soustraire aux monopoles capitalistes, et associer à la production les peuples coloniaux, pour « en faire des enfants du pays et non pas des enfants étrangers à notre nation ». En somme, malgré quelques points de vue discutables (sur la guerre d'Espagne, notamment), rien que de réfléchi, de sensé, de respectable.

Commentaire de Jouvenel ? « Rentré chez moi, ce soir-là, je repris le programme du parti fasciste, le programme du parti national-socialiste. Mussolini, Hitler avaient à l'origine aligné des extravagances. Ces programmes révélaient l'intention de frapper l'imagination à tout prix. C'étaient des contes fantastiques pour des peuples en perdition. Il y avait là une surenchère de démagogie. Aucun homme raisonnable ne pouvait regarder ces programmes comme exécutables. Si Doriot avait agité un programme de ce genre, alors l'accusation de fascisme aurait pu être maintenue contre nous. Mais ce grand exposé constructif marquait une estime pour les hommes qu'on appelle à collaborer, une volonté d'harmonie intellectuelle avec eux, qui sont, à ce que je crois, l'âme de la démocratie. »

Un autre témoignage sur l'atmosphère du premier PPF provient d'un romancier et rend un son de cloche tout différent. Jules Romains intitule le tome XXIII des *Hommes de bonne volonté* : *Naissance de la bande*. La bande, c'est un groupe de jeunes Parisiens de droite décidés à réformer la société. Ils ont appelé leur association A.A. (Action d'abord). Étant peu nombreux et conscients de leur faiblesse, ils songent à s'appuyer sur des professionnels de l'action. Et voici qu'ils en viennent à parler d'un certain Douvrin, ancien communiste, qui a de l'aplomb, du bagout, « plaît aux hommes par son air forte tête d'atelier qui ne craint pas d'engueuler le patron, et aux femmes par le côté beau gosse des fortifs qu'il a aussi ». Haï des communistes, suspect aux yeux des socialistes, il a déjà une solide réputation de gaillard dénué de scrupules. « C'est un de ces aventuriers, sans conviction aucune, comme il y en eut à toutes les époques, qui, se sentant une force personnelle, comptent s'en servir d'une façon ou de l'autre, et sont à l'affût des occasions. » Lui aussi a une « bande », on peut même dire qu'il est un « chef de bande », un « capitaine de mercenaires », prêt à se vendre au plus offrant. Il suffirait de lui graisser la patte pour s'attacher ses services. Il aime l'argent et le pouvoir. S'il a rompu avec les communistes, ce n'est pas sur un différend idéologique, mais parce qu'il a compris que « Moscou préférait cent fois une nullité obéissante à un garçon de valeur, que sa valeur même rendait dangereux ». Dans ces conditions, inutile d'espérer faire carrière dans le Parti. D'où le retournement de Douvrin. Il est bon orateur. « Pas une simple éloquence de gueulard, en phrases vides de sens, comme cela se pratique beaucoup dans ces milieux-là. Il a le don des exposés saisissants, qui font image… qui font soudain que tout un auditoire croit contempler la vérité même… » Cet « enfant du peuple », conclut Gilbert Nodiard, qui dirige la bande des jeunes bourgeois, serait fier de s'asseoir à côté de nous, d'être traité de pair à compagnon. On pourrait de surcroît « lui fourrer quelques jolies filles de notre milieu entre les pattes ». N'y aurait-il pas une petite sœur qui se dévouerait ? « Coucher avec un chef de bandits, après tout, c'est une aventure. » Lui, en retour, les initierait à « la technique des meetings », dont il est un « grand spécialiste ». Il les aiderait à consolider « l'esprit de bande », lequel a fait ses preuves, en Italie, avec les fascistes, et en Allemagne, avec les nazis. Plus d'expéditions musclées que de programmes raisonnés, plus de soumission à un chef que d'idées politiques.

Très attiré par ce qu'il entend dire de Douvrin, Nodiard pense en effet que leur époque est « une époque de bandes », et qu'elles doivent être cimentées par quelque chose de fort. Ni par des programmes ni par des idées, c'est entendu. Mais alors, par quoi ? Par le sexe. Suit une page assez étonnante, où Jules Romains, par la bouche de son personnage, analyse la composante homosexuelle du fascisme avec beaucoup plus d'insistance et d'arguments que ne le fera Emmanuel Berl lors de ses entretiens avec Patrick Modiano. Nodiard a été en Allemagne, il y a visité des camps nazis. « Je suis convaincu que leurs bandes ont pour lien profond l'homosexualité. » Cette « passion charnelle du mâle pour le mâle » les unit non par couples, mais par groupes, par bandes. En France, toujours selon le jeune homme, l'homosexualité ne peut servir de lien, et c'est à son avis regrettable, dans la mesure où, « quand le but est l'action, l'élimination de la femme augmente la densité moyenne, la force ». Les homosexuels français, malheureusement, ont des qualités très peu viriles. Fait-il allusion à Drieu ? à Brasillach ? à Abel Bonnard ? « L'homosexualité chez nous favorise les petites manières pseudo-femelles, les voix pâmées, les tortillements de fesses… Chez les Allemands, au contraire, elle accentue la dureté virile, même chez les beaux éphèbes qu'on se dispute, et qui prennent un air spartiate. » Il faut donc, déclare Nodiard à ses camarades, qu'ils se contentent de la sexualité « normale », et cimentent leur bande par des partouses « supérieures », où hommes et femmes s'échangeront à leur guise, pleinement conscients de leur but. « C'est la chaleur de votre chair que nous transformerons en action. »

Le jeune homme prend contact avec Douvrin, lequel l'invite à Saint-Denis où un certain Billecocq, politicien de droite, tient une réunion publique. « Vous le soutenez ? » demande Nodiard. Pas précisément, explique Douvrin. C'est un salaud qui s'est arrangé avec les communistes pour se partager les circonscriptions. Le jeune homme, curieux de voir Douvrin à l'œuvre, se rend à Saint-Denis et constate, émerveillé, avec quelle perfection technique il organise le sabotage du meeting. Après que Billecocq a parlé, il prend lui-même la parole, en orateur « né pour manier les foules, pour traiter les foules avec une aisance familière et séduisante ». Début du discours en douceur, puis montée en puissance et attaque frontale contre la « pourriture capitaliste » et son ignoble représentant, ce « monsieur Billecocq », pour conclure que « ce qui s'accorde le mieux avec la crapule bourgeoise, c'est la crapule de Moscou ». Protestations indignées de l'assistance, insultes contre le « renégat », on menace de l'expulser. Aussitôt les hommes de main de Douvrin, disséminés dans la salle, empoignent les perturbateurs et les flanquent à la porte, en les lâchant juste assez mal en point pour qu'ils n'aient pas envie de revenir. L'opération, menée en un rien de temps, sans violences excessives, a été un chef-d'œuvre de stratégie électorale. Resté maître du terrain, Douvrin monte à la tribune et dicte à ses troupes un ordre du jour où il est dit que deux mille citoyens, réunis dans la salle des fêtes de Saint-Denis, ont flétri « la collusion scandaleuse du capitalisme le plus éhonté et du communisme moscoutaire ».

À cette réunion assistait aussi le secrétaire général de la Préfecture de police. Il a admiré l'éloquence de

Douvrin : « Une aisance parfaite… une facilité de parole qui ne tourne jamais au débagoulage… une voix très agréable, juste un peu faubourienne, dont les femmes doivent raffoler… du charme physique ; un joli garçon, mais qui ne pose pas au joli garçon, donc qui n'agace pas les hommes… de la gaieté, de la familiarité, mais surtout un don d'expression unique : on sent qu'il dit exactement ce qu'il veut, que tout ce qu'il dit est intégralement compris par son auditoire, que toutes les phrases, toutes les intonations portent. » Mais autant les qualités personnelles et le talent de Douvrin sont reconnus sans restrictions, autant la moralité du personnage est sujette à caution. Le chef et sa bande n'ont pas d'idéal précis. « Ce qu'ils rêvent, c'est de soutirer de l'argent, à droite et à gauche, pour mener la bonne vie, faire la fête… Ajoutez-y l'amusement que leur procurent les coups de main, la petite guerre, les échanges de torgnoles… Le vrai danger commencerait le jour où ils entreraient au service d'ambitions plus vastes, de calculs plus profonds, où ils deviendraient des instruments… »

Voilà qui est net : Jules Romains présente Doriot comme un être vénal, un baroudeur, qui n'a pas plus d'états d'âme que de programme, qu'on peut prendre facilement à sa solde, dont les dons exceptionnels d'orateur et le magnétisme personnel sont à acheter par qui y mettra le prix, et qui deviendra dangereux s'il passe au service d'un parti puissant ou d'une nation étrangère. Le portrait est-il véridique ? Le témoignage fiable ? Deux considérations limitent sa portée. D'abord, Douvrin n'est pas entièrement Doriot : comme tous les romanciers, Romains amalgame en une seule figure des traits empruntés à divers meneurs de ligue de l'époque. La qualité d'ancien communiste et la localisation du meeting à Saint-Denis permettent cependant de croire que

Doriot a fourni le principal modèle. Ensuite – et c'est ce décalage dans le temps qui fausse le portrait – *Naissance de la bande* a été écrit après coup, pendant la guerre, aux États-Unis, où l'écrivain s'était réfugié. Il savait alors des choses que personne ne savait ni ne soupçonnait en 1937 : que le PPF naissant avait été subventionné par le patronat (huit grosses banques, dont Verne, Rothschild, Dreyfus, Worms, Lazard ; le Centre de l'industrie et du commerce ; le Comité central des houillères, etc.), et, ce qui était bien pis, n'avait pas tardé à recevoir des subsides de l'Italie. Après 1940, Vichy puis l'ambassade d'Allemagne financèrent abondamment Doriot. Mais en 1937, je le répète, ni Jouvenel, ni Drieu, ni mon père n'étaient au courant que Rome le soutenait ; encore moins pouvaient-ils prévoir qu'il deviendrait un valet de l'occupant. Ce qu'ils voyaient, c'étaient la cohérence, la mesure, la justesse des discours du tribun. Son talent d'éloquence. Sa maîtrise des foules. Son hostilité aussi bien au capitalisme qu'au communisme. Ils constataient aussi l'absence d'antisémitisme dans son parti. Jouvenel, dont la mère était juive, souligne que le numéro 3 du PPF était Alexandre Abremski, juif. Toutes ces circonstances expliquent que mon père ait pu adhérer au mouvement de Doriot sans se considérer ni pouvoir être stigmatisé comme fasciste. Doriot, justement, proposait une troisième voie, à égale distance du bolchevisme et du fascisme, un communisme « national », fait pour séduire autant les lecteurs du *Retour de l'URSS* que « le camp des porte-monnaie vides ».

Sauf que certains signes auraient mis en garde des candidats à l'engagement moins naïfs ou moins pressés de s'aveugler. L'ancien ajusteur de La Fournaise retient, de la discipline qu'il a reçue à l'usine, l'idée d'organiser strictement les manifestations du Parti, mais en les rehaussant d'un appareil solennel qui les apparente à une cérémonie mystique. Volontairement ou non, il adopte un style emprunté à Wagner comme à D'Annunzio. Les congressistes de novembre furent invités à prêter serment en ces termes : « Au nom du peuple et de la patrie, je jure fidélité et dévouement au Parti populaire français, à son idéal, à son chef. Je jure de consacrer toutes mes forces à la lutte contre le communisme et l'égoïsme social. Je jure de servir jusqu'au sacrifice suprême la cause de la révolution nationale et populaire d'où sortira une France nouvelle, libre et indépendante. » Le « salut » qu'on adressait au Chef ou à son délégué complétait le serment. Il fallait se conformer à une gestuelle précise, « la main droite bien ouverte, les doigts joints, légèrement inclinés en avant au niveau de la figure, à la manière d'un officier qui fait signe à ses soldats d'avancer derrière lui ». Si l'intention était de le distinguer du salut romain ou nazi, la difficulté technique du geste prescrit empêcha qu'il fût adopté par les foules, et l'on prit l'habitude de saluer, lors des meetings PPF, de la même façon exactement qu'aux rassemblements de Nuremberg ou de Rome. Autre emblème d'inspiration hitlérienne : le drapeau. Non plus de simples bannières décoratives comme pour les défilés de la gauche, mais un drapeau unique, relais entre le pouvoir du Chef et l'élan qu'il imprime aux fidèles. Deux diagonales divisent le rectangle en quatre triangles alternativement rouges et bleus. Au centre, les trois lettres PPF sur fond blanc sont inscrites dans un octogone rouge – ce dernier insigne étant bientôt remplacé par une sorte de croix celtique, fâcheusement parente de la svastika nazie. Pour accompagner le drapeau, des cris, codifiés, et un hymne. Du temps où Doriot était maire communiste, le slogan repris en chœur était : « En avant, Saint-Denis ! » On hurla désormais : « En avant, Doriot ! » Quant à l'hymne, composé par un employé de banque sur les paroles d'un ouvrier métallurgiste, il était d'une qualité aussi poétique que les cris étaient hostiles au culte de la personnalité.

Libère-toi ! France, libère-toi !
Secoue le joug des luttes fratricides
Que l'étranger apporte sous ton toit
Sous le couvert de promesses perfides.
Que le Français soit maître de ses lois.
Hors du pays les fauteurs de querelles !
Nous ne subirons pas votre tutelle.
Libère-toi ! France, libère-toi !

Interjection finale :

Écoute Doriot qui t'appelle,
Enfant de France vers le plus noble but.

Last, but non least, l'uniforme, bleu clair pour la chemise, bleu marine pour le pantalon, brassard orné de la croix celtique, baudrier fauve et béret basque. Tout est calculé pour canaliser les consciences individuelles dans une exaltation grégaire, substituer au travail de la pensée la joie primaire de l'action. Comment mon père a-t-il pu gober de telles niaiseries ? Entendre appeler, aux obsèques d'un militant assassiné : « Camarade du PPF ? » et la foule, d'un élan, répondre : « En avant, par-dessus les tombeaux ! », sans être épouvanté de cette parodie funèbre ? J'ai peur, hélas, que ces diverses singeries militaires l'aient plus attiré vers Doriot que ses vues politiques. Des photos de lui en béret basque jurant avec ses beaux cheveux gominés me le montrent fier de « servir », d'arborer la coiffure réglementaire, d'obéir à des mots d'ordre, à un rituel, à une emphase qui peuvent paraître grotesques, mais le rachètent de s'être dérobé autrefois à la guerre. Il ne s'était pas engagé en 1914 ? Eh bien, on verrait de quoi il était capable aujourd'hui.

Conséquence encore plus funeste, il met sa plume au service du Parti. Pour la seule année 1937, j'ai dénombré pas moins de trente articles dans l'hebdomadaire *L'Émancipation nationale*, plus quatre dans le quotidien *La Liberté.* Le 12 juin, dans l'hebdomadaire, premier article, pour éreinter Jacques Madaule, le collaborateur d'*Esprit*, coupable d'avoir soupçonné Doriot de complicité avec le grand capital. RF stigmatise la « perfidie » de l'historien catholique, naguère auteur d'un beau livre sur Claudel. Le 16 juin, dans *La Liberté*, portrait de Doriot, orné de métaphores si ampoulées que je ne peux m'empêcher d'entendre, sous la boursouflure des éloges, le rire moqueur de l'ironie. Quand Chostakovitch était forcé, pour garder la vie sauve, de dédier quelque ode à la Révolution ou à Staline, il s'acquittait de cette obligation par un pensum platement déclamatoire. Sa conscience, selon Rostropovitch, ne lui permettait pas de composer, sur commande, de la bonne musique. De même, je pense que le subconscient de mon père dénaturait son style chaque fois qu'il avait à écrire un article à la gloire du « Chef ». « Le calme de Doriot est profond, au sens littéral du mot, parce qu'il est fait de couches superposées de nerfs et d'énergies. Il est pareil à ces grands silences des tempêtes qui retiennent les foudres en suspens. Ce calme fait fleurir une courtoisie sur son masque, dans ses mouvements, une courtoisie qui est de la guerre dominée, comme devaient être, exactement, les formes des vieux guerriers violents qui inventèrent la politesse. » Comment ne lire qu'au premier degré des banalités aussi redondantes ?

Une semaine plus tard, dans le même journal, réplique à ceux qui accusent Doriot d'être un « renégat ». Persévérer dans une voie qu'on a éprouvée pour fausse, voilà qui serait d'un hypocrite, d'un traître, d'un mauvais citoyen. De même qu'un vrai savant est celui qui change d'idées tant qu'il n'a pas trouvé la bonne, de même l'homme politique digne d'inspirer confiance commence par s'engager dans une voie donnée, selon le célèbre conseil de Descartes aux voyageurs égarés dans une forêt. Il pousse à fond son exploration, quitte à retourner à son point de départ et à s'enfoncer d'un autre côté s'il s'est aperçu qu'il a fait fausse route. « Il “a l'air” de s'être trompé », alors que celui qui piétine sur place et fait toujours la même chose « “a l'air” d'être constant et régulier ». Le vrai renégat est celui qui renie la vérité, faute de revenir en arrière quand il a reconnu son erreur. « Doriot est un des très rares hommes politiques qui aient le cran de suivre Descartes et de “marcher le plus droit qu'ils peuvent vers un même côté”, sans renoncer un instant à la réflexion critique ; un des très rares citoyens qui agissent à fond et qui sachent en même temps penser leur action. » Doriot émule de Descartes : sincérité de la louange, ou insolence de la flagornerie ? Une courbette aussi effrontée n'est-elle pas une forme de secret désaveu ?

Le 19 juin, dans *L'Émancipation nationale*, RF récuse l'épithète de « fasciste » accolée au PPF : le fascisme n'ayant été inventé par les Allemands et les Italiens que comme moyen de cimenter leur unité nationale, les patriotes français, qui possèdent la leur depuis longtemps, n'ont pas besoin de ce mortier. Ils n'ont qu'un seul désir : « rendre la France aux Français ». Le PPF a pris cette ambition pour mot d'ordre.

Avec les articles de célébration alternent les diatribes contre le socialisme et le communisme, contre Léon Blum et Maurice Thorez.

Deux sujets de prédilection : les intellectuels et la culture. « Un intellectuel est socialiste par prétention, par snobisme, par l'attrait qu'exerce sur lui cette grande foule mystérieuse qu'il ne connaît pas. » (*Em. nat.*, 10 juillet.) N'est-il pas comique, au sens moliéresque, c'est-à-dire tristement comique, de voir RF dénoncer chez les autres un travers qu'il est incapable de dominer en lui-même ? « Le socialiste de juin 1936 n'était pas sérieux. Cette grande masse mystérieuse dont il avait la charge l'intimidait. Il était devant elle un peu comme un bourgeois devant une duchesse. » En écrivant de telles lignes, mon père se souvenait-il de son ami Jean Prévost, qu'il rencontrait jadis chez Yvonne de Lestrange, duchesse de Trévise, et qui l'avait amené en 1925 à la SFIO ? Reniait-il ce passé ? Ou se punissait-il de l'avoir renié ? L'autoflagellation me paraît évidente, comme dans cette autre assertion : « Les révolutionnaires du Front populaire sont de faux révolutionnaires… tout à fait incapables de se juger eux-mêmes avec cette implacable sévérité qui fait les hommes. »

Le 17 juillet (article intitulé : « Nous défendrons la culture »), attaque en règle contre la politique culturelle des communistes : en manœuvrant les intellectuels comme des pantins, ils cherchent à anéantir la culture. Et retour du comique moliéresque, dans cette tirade qui creuse le fossé entre la haute idée que mon père se faisait de sa mission et l'impuissance où il était de ne pas trahir les valeurs proposées en exemple. « Notre nation s'est distinguée, au cours des siècles, par la défense et l'illustration de principes intellectuels très précis et très efficaces, qui ont fait leurs preuves dans la science, dans l'art, dans la conception morale du monde. L'analyse cartésienne, l'honneur cornélien, la lucidité racinienne au sein des plus violentes passions, la libre audace d'un Diderot, la gravité pathétique d'un Vauvenargues, l'intelligence de feu d'un Balzac, la pénétration de nos moralistes, la méthode de nos savants, la rigueur de nos artistes : tous ces traits affirment que l'homme peut survoler sa destinée, et, sinon s'en rendre absolument maître, du moins l'arracher des ornières où elle s'embourbe. Ils affirment aussi que la pensée est maîtresse de ses décisions, et qu'on ne peut pas obliger un homme à penser ce qu'il ne pense pas. Encore moins à penser sur commande. » Dénoncer la pensée sur commande au moment même où on abdique l'indépendance de sa pensée, c'est fournir soi-même les armes à ses adversaires. Je me demande, tant le contraste est criant entre la noblesse des intentions et la servilité de l'enrôlement politique, si mon père ne pratiquait pas exprès un double langage, comme pour dire à sa femme : « Je ne suis pas encore celui que vous croyez », et se dire à soi-même : « Un vrai salaud ne tendrait pas les verges pour se faire fouetter. » Il pouvait se consoler de son asservissement progressif par des phrases à tiroir secret : « Le plus impardonnable des bourrages de crânes n'est-il pas celui qui vise les choses de l'esprit ? » Ou (toujours par antiphrase) : « Ce n'est pas un de nos moindres sujets de reconnaissance à Doriot que de nous avoir permis, enfin, de penser comme des hommes, c'est-à-dire librement. » Celui dont Paul Desjardins avait songé à faire son successeur à la tête de Pontigny, en arriver à désigner le PPF comme le seul refuge de la pensée libre ! Alceste n'est pas plus ridicule quand il capitule devant Célimène.

Mon père, et il est plus sympathique alors que lorsqu'il disserte et donne des leçons, aime rendre compte des conversations surprises dans les « bistrots » et les « salons » ; surtout dans les bistrots ; il s'accoude au zinc et s'attarde avec les buveurs de pernod. Les discussions vont bon train. Quel bonheur, dit RF, d'entendre ce retraité des postes, décoré de la médaille de sauvetage, tenir tête tranquillement aux insinuations d'un « monsieur maigre et socialiste » contre Jacques Doriot !

« Tenez, vous me faites rigoler avec vos histoires de capitalisme ! Et alors, vous croyez que vos Blum et vos Dormoy sont mal avec le capitalisme ? » (*Em. nat.*, 26 juin : écho des fameuses médisances de la droite accusant Blum de manger dans de la « vaisselle d'or ».) RF se plaît aussi à se rendre en province pour constater que les paysans et les ouvriers qui vivent « loin du tumulte parisien » ont le bon sens de ne pas céder au chant des sirènes communistes. Un « ami châtelain », tout à fait vieille France et qui n'a souci que de vivre en paix au milieu de ses vignes, s'illumine au nom de Doriot. « Ah ! le brave homme, et que M. Abel Bonnard a raison de l'appeler "l'ami public N° 1" ! Et puis, quel gaillard ! Il nous change de ces petits messieurs maigrichons qu'on nous propose comme sauveteurs. » (Cette hargne contre les « maigres », « maigrichons » qui composeraient le parti socialiste m'indique que mon père, en train de grossir à l'instar du Chef, ne se console pas d'avoir perdu sa ligne de danseur de tango.) Un industriel, voisin du châtelain, raconte qu'il a fait construire un stade pour ses ouvriers. Mais la direction communiste, le jugeant « trop beau », les a persuadés qu'on avait cherché, par ce cadeau, à engourdir en eux l'esprit de classe. Après des « parlottes interminables », il fut convenu qu'ils paieraient un droit d'entrée, pour sauvegarder leur « dignité ». « Qui est-ce qui est embêté maintenant ? Ce n'est pas moi, c'est ces pauvres bougres, qui pestent *in petto* contre leurs lignards[1] quand ils se disent qu'ils pourraient courir, sauter, lancer le poids aux frais du prince. » Commentaire de RF : cet industriel a beau être intelligent, énergique, il ignore les lois de la guerre. Il s'enchante de sa petite initiative individuelle,

1. Terme de l'époque, vieilli, qui désignait, selon le Grand Robert, le « partisan inconditionnel de la ligne fixée par la direction d'un parti ».

sans comprendre qu'en plantant son arbre dans son coin il se cache la forêt qui va silencieusement se refermer sur lui. Ce qu'il devrait faire pour se mettre en règle avec ses ouvriers ? Se plier à une discipline qui oriente efficacement ses efforts. (*Em. nat.*, 3 septembre.)

Un jour, entouré de ses nouveaux camarades, RF part dans les rues de Paris vendre à la criée *L'Émancipation nationale*, sous une pluie diluvienne faite pour leur « tremper » l'âme. Soudain, comme un mot d'ordre soulève leur petite escouade. « Tous, rue Lepic ! » Suit un récit (17 décembre) dont la puérilité et la balourde assurance seraient pour moi sidérantes si je ne distinguais (sauf à me laisser abuser par la piété filiale), sous l'enthousiasme de boy-scout, le tranchant de l'ironie. « Tous, rue Lepic ! Ah ! Crainquebille ! Et il y en avait, des charrettes des quatre-saisons... Et des centaines de camarades qui montaient la célèbre pente, d'un pas égal, déterminé, occupant la rue par les cris répétés de *L'Émancipation* et de Jacques Doriot ! C'était la tombée du jour. Les fenêtres étaient plus éclairées que la rue. Elles s'ouvraient, une à une, des silhouettes noires se penchaient. Une brave marchande acheta le journal à Barbé. “Ça, c'est un journal, ça, c'est un homme !” Une autre me dit, repoussant le journal offert : “Je ne suis pas de ton bord, mais fichtre, vous avez du cran !” Puis, après un moment d'hésitation : “Viens, je te l'achète quand même, tu verseras l'auber[1] aux gosses de Saint-Denis.” La concierge d'une maison visiblement lignarde sortit bravement dans la rue et me demanda *L'Émancipation*. Quelques cantonniers, consciencieux et impressionnés, levèrent vaguement des pelles vaguement menaçantes. Aux Abbesses, des centaines de voix

1. Argot médiéval : argent, monnaie. On trouve le mot chez Rabelais. Céline le reprendra dans *Guignol's band* (1944).

chantèrent “France, libère-toi !” et *La Marseillaise*. Nous tenions la rue. Nous aurions fait face à n’importe quoi. Simplement parce que nous étions allés jusqu’au bout, parce que nous avions fait un peu plus que ce que nous devions faire. Parce que les passants, même hostiles, sentaient confusément la foi qui nous animait. Nous étions tous enrhumés. Nous étions tous heureux. »

Après le populisme niais, le féminisme mou. Quatre articles (12, 26 novembre, 10 et 24 décembre) sont consacrés à l’éloge des femmes et de leur action dans le Parti. « La lutte politique de la femme PPF dans les milieux hostiles, souvent même au sein de sa famille, offre un haut et pathétique caractère de noblesse. » (Glissement involontaire de sens : n’est-ce pas le style du journaliste qui est devenu, ici, pathétique ?) Pourquoi les femmes adhèrent-elles si nombreuses ? Parce qu’elles apprécient en Doriot le sage, le pondéré, celui qui a « la passion de la modération ». Le « sens pratique féminin » trouve à s’employer auprès d’un tel chef. Plus que les hommes encore, elles éprouvent « le vif besoin de retourner aux fortes traditions de la nation et du foyer ». Lisons, entre les lignes : « Méfiez-vous des professeurs de lycée, toutes à gauche par dévoiement de leur mission naturelle. » Je reconnais, dans ces louanges adressées aux femmes qui mettent au-dessus de tout leur rôle d’épouse et de mère, les exhortations que ma grand-mère, en guerre contre une bru trop émancipée, dispensait aux lectrices du *Jour*.

Résumons l’impression que transmet cet ensemble d’écrits de circonstance, où se mêlent la flatterie grossière (Doriot), la démagogie simpliste (rue Lepic), les clichés bien-pensants (les femmes). Pénible et indigeste fatras, qui pourrait nous faire croire que l’auteur du *Molière* et du *Gide* était perdu pour l’esprit. Il n’a pas interrompu, cependant, ses collaborations littéraires. À *La Nouvelle*

Revue française, il donne cinq articles, sur Chesterton et H.G. Wells, le *Sparkenbroke* de Charles Morgan, une pièce de Gabriel Marcel. La plus intéressante de ces études est consacrée à Molière (1er février), à propos d'une reprise du *Misanthrope.* Mauriac ayant écrit qu'on ne retrouve chez Alceste, qui s'emporte pour des futilités, aucune des préoccupations qui travaillaient un Pascal, un La Bruyère, RF entreprend de lui expliquer (une nouvelle fois) en quoi cette pièce allie à la perfection comique une mystérieuse grandeur. Alceste « est cornélien au début, racinien ensuite, quand il comprend que sa volonté est sans pouvoir sur son cœur. Il commence par l'amour-admiration et finit par l'amour-passion ». Tel est le génie de Molière, « qu'il sait torturer un homme sous nos yeux sans cesser de nous le rendre risible ». L'opposition de la raison et de la réalité forme le thème profond du *Misanthrope* comme de *Don Quichotte.* « Souveraineté spirituelle et impuissance de la raison, d'une raison séparée du réel et qui se brise quand elle le rejoint. » Admirable analyse : jusqu'à quel point se nourrit-elle d'un fort sentiment personnel ? En février, mon père n'a pas encore adhéré au PPF. Dans quatre mois il aura franchi le pas et incarné en lui la défaite de la raison. S'il croit encore que l'amour-raison le pousse vers Doriot, il sait déjà aussi que c'est l'amour-passion qui commande en lui, passion de se détruire, passion de se dévaloriser et de se rendre tragiquement comique aux yeux du monde. Doriot a bien été la Célimène de mon père.

Le moteur autobiographique est plus manifeste dans l'article du 1er mai, « Est-ce une trahison ? ». C'est le mois, pour mon père, de l'engagement. Il répond à un M. Faure-Biguet, collaborateur de *Marianne*, lequel avait accusé les clercs d'une nouvelle « trahison » parce qu'ils sortent de leur cabinet de travail pour se prononcer dans les réunions publiques. Mais non ! dit mon père. L'action révolutionnaire de Malraux est nécessaire à l'écriture des romans de Malraux. Et Drieu La Rochelle (« dont je me sens, je l'avoue, plus proche que de M. Malraux ») vient de prouver avec son livre sur Doriot que la simplification, parfois brutale, qu'il a imposée à sa plume a retenti heureusement sur ses facultés créatrices. « Comment ne pas voir que cette concession n'en est pas une, et qu'il a trouvé dans une action directe et ordonnée le tremplin qui jusque-là lui avait fait défaut ? » Nos meilleurs écrivains puisent dans la crise politique leur équilibre littéraire. « L'angoisse politique est aujourd'hui le succédané de l'angoisse religieuse, la transposition sensible du problème du salut et du destin. » Ce plaidoyer *pro domo* se termine par un rappel des grands aînés : « Pourquoi donc un écrivain qui se jette dans la mêlée serait-il inférieur par là ? Jugeons-nous Molière inférieur, Pascal inférieur, Bossuet inférieur, parce qu'ils ont pris position sur de grands problèmes ? »

Cependant, dans ses chroniques hebdomadaires de *Marianne*, le critique continue à défendre, dans ce journal de gauche, la littérature « dégagée ». Les écrivains qui retiennent son attention : Raymond Guérin (pour son premier livre, *Zobain*) ; Montherlant (pour *Pitié pour les femmes*, jugé supérieur aux *Jeunes Filles*, et considéré comme un bon réquisitoire, à la Molière, contre les femmes précieuses et savantes, sauf que l'auteur a tort de confondre « instruite » et « pédante », « intelligente » et « déraillante », « toute femme qui vit aussi par la pensée [n'étant] pas nécessairement une catastrophe » : hommage direct à Liliane ?) ; Erskine Caldwell (pour *Le Petit Arpent du bon Dieu*) ; Chardonne (pour *Romanesques*, où se manifeste « le seul style classique du roman d'aujourd'hui ») ; Drieu La Rochelle, qui a fait dans *Rêveuse bourgeoisie* un vigoureux effort dans le sens de la précision psychologique, tout en nuançant sa peinture des mœurs, car si d'un côté il montre la décadence de la classe bourgeoise, d'un autre côté il relève et ennoblit les traits du bourgeois encore intact, qu'il défend « contre les faciles caricatures marxistes »; Simenon (largement complimenté pour *Le Testament Donadieu*) ; Alberto Moravia (pour *Les Ambitions déçues*) ; La Varende (pour *Nez de cuir*) ; Mauriac, dont le *Journal*, salué comme un chef-d'œuvre d'intelligence poétique du cœur, exprime musicalement, par un désordre d'épithètes incompatibles, tout ce que l'homme peut mettre d'absurde dans sa pauvre vie) ; André Fraigneau ; Descartes, placé très haut, et Alain, « le plus intelligent et le plus poétique de nos cartésiens » ; Troyat, Duhamel, Ramuz, Morand (« espion de la vérité ») ; Huxley, Vicky Baum, Pearl Buck, Joseph Roth, Samuel Pepys.

Magnifique article (malgré leurs divergences au sujet de la guerre d'Espagne) sur Bernanos, pour *Nouvelle histoire de Mouchette*, livre jugé admirable de réalisme boueux, et prétexte à résumer ce qu'une vision catholique du monde peut apporter au roman : « Bernanos a une curieuse façon de traiter la réalité. Il la balaye en quelque sorte du coup de vent puissant de son style. Il fonce sur elle, il la défie, puis il la quitte, s'élève, s'envole et disparaît dans le ciel. La réalité n'y perd pas, au contraire. Mais l'auteur nous laisse l'impression qu'elle est incomplète et qu'elle est parfaitement incompréhensible sans le secours de Dieu. La nécessité de Dieu est différemment pressentie dans les romans de M. Georges Bernanos et dans ceux de François Mauriac. Chez M. Mauriac, c'est l'homme traqué, traqué par ses passions et par les passions des autres, qui ne trouve d'issue que vers l'au-delà. Chez M. Bernanos, c'est le monde entier, les arbres, les saisons, les heures, et l'être humain au milieu de ce monde, qui demeurent indéchiffrables sans la clef chrétienne. »

Il arrive que l'actualité politique se glisse au milieu des préoccupations littéraires ; et, par bonheur, les passions qui animaient alors mon père, son éloignement du communisme et son rapprochement de la droite, loin d'influencer son jugement, semblent le prévenir contre la tentation de chercher de l'eau pour son moulin. Le 3 février, rendant compte du livre de mémoires du comte allemand Harry Kessler, *Souvenirs d'un Européen*, il souligne ce qui distingue la culture anglaise et la culture allemande. Kessler était allé parfaire en Angleterre son éducation. « À Ascot, il avait vu se former le caractère des jeunes gens appelés à diriger un vaste Empire et à forcer l'admiration de ceux-là mêmes qu'ils opprimaient. À Hambourg, rien de tel : un travail méthodique et patient, mais sans but ; aucune vue pratique sur les tâches qui incomberaient aux futurs maîtres de l'Allemagne. Être allemand, disait-on, c'est faire une chose pour elle-même. Ce qui aboutit à une sorte de perfection aveugle qu'on peut employer aux fins les plus folles et les plus périlleuses. » Je ne crois pas qu'il puisse y avoir de meilleure base à une définition du fanatisme nazi, que ce goût « de faire une chose pour elle-même », cette aspiration à « une sorte de perfection aveugle ». D'ailleurs, après la guerre, Robert Merle, dans son beau roman, *La mort est mon métier*, fera la même analyse, en nous dépeignant, dans son héros le SS Rudolf, non un « monstre », mais un homme ordinaire, coupable seulement, par l'éducation qu'il a reçue, de n'avoir « aucune vue pratique » sur les tâches qui lui incombent ; il les exécute avec une « perfection aveugle », par esprit de pure soumission aux ordres venus d'en haut ; et plus tard, Jonathan Littell, dans *Les Bienveillantes*, brodera sa gigantesque fresque sur le même thème de la barbarie par docilité au Führer, à l'État, une docilité privée de sens, proprement absurde, contente de faire une chose « pour elle-même », cette chose serait-elle l'extermination de la race juive. Je suis heureux que RF, à la veille de son engagement dans le PPF, ait dénoncé cette culture de la méthode sans objet, et distingué, dans ce plaisir de la perfection mathématique, la racine intellectuelle du péril hitlérien. Contre lequel, dans la conclusion de son article, il met implicitement en garde, en affirmant que le livre de Kessler peut « passer pour une critique silencieuse, et qui va loin par son silence même, de l'Allemagne d'aujourd'hui ».

L'anticommunisme de mon père aurait pu se déchaîner à propos du *Mea culpa* de Céline, pamphlet d'une extrême violence contre l'URSS, d'où revenait l'écrivain. Chez Céline, pas de nuances comme chez Gide. Le régime soviétique n'a su que propager dans la société russe accablée par une situation économique calamiteuse la peste du mensonge, de l'individualisme, de l'esprit de combine et de lucre. « Un égoïsme rageur, fielleux, marmotteux, imbattable, imbibe, pénètre, corrompt déjà cette atroce misère, suinte à travers, la rend bien plus puante encore. » Au lieu de sauter sur cette occasion de vitupérer l'imposture du paradis soviétique, mon père relativise et minimise l'expérience de Céline. « Esclave de son pessimisme éternel », celui-ci n'a fait que trouver en Russie une confirmation de ce qu'il pense depuis toujours, à savoir que l'homme porte son malheur en lui-même, qu'il soit prolétaire ou bourgeois.

À propos, que pensaient les intellectuels, de droite ou de gauche, du monde russe en général, indépendamment de leurs positions politiques ? Quelle était leur culture russe ? À peu près nulle. Si Romain Rolland (*Voyage à Moscou*, juin-juillet 1935, publié en 1992 par Albin Michel) ou Pierre Herbart (*En URSS*, 1936, publié par Gallimard en 1937), parce qu'ils étaient allés à Moscou, soulignent l'intensité de la vie culturelle en URSS, ceux qui n'ont pas fait le voyage ignorent tout de la littérature et de l'art soviétiques. Une exception : Brasillach, qui, dans son *Histoire du cinéma* parue chez Denoël en 1935, salue en Eisenstein « un des plus grands artistes du monde ». Hormis Gide, traducteur de Pouchkine et thuriféraire de Dostoïevski, la Russie « classique » elle-même n'a jamais beaucoup intéressé les écrivains. De rares livres sont consacrés aux protagonistes de la littérature : à Tourgueniev, par André Maurois (Grasset, 1931), à Tolstoï, par Jean Cassou (Grasset, 1932) ou André Suarès (*Trois grands vivants*, Grasset, 1938). Thibaudet ne mentionne qu'en passant des auteurs russes. Charles Du Bos ne prête attention au philosophe Nicolas Berdiaev que par le biais de Jacques Maritain (dans la 6e série des *Approximations*, 1934). Beaucoup d'autres émigrés de talent, essayistes ou romanciers, se sont installés en France, mais ils ne soulèvent guère la curiosité, pas même Ivan Bounine, qui a reçu le prix Nobel en 1933. À part Trotski ou Lénine, mon père n'a jamais parlé d'un Russe. La Russie existait peu ou n'existait pas, dans le champ culturel parisien. Ma mère n'a lu *Guerre et Paix* qu'en 1940.

Quel recul par rapport au XIXe siècle, où la littérature russe avait trouvé des passeurs de premier ordre, en la personne d'Alexandre Dumas, de Mérimée, de Louis Viardot, de Melchior de Vogüé !

En 1937, Henri Massis, pontife de l'Action française, envoie à mon père son livre *L'Honneur de servir*, avec cette dédicace : *Voici mon « arche de Noé », bien amicalement.* Une séquence de seize pages, « Le monde russe », est bien la preuve la plus accablante de l'ignorance (et, pour Massis, de sa sottise personnelle) qui distinguait l'intelligentsia française. La Russie, lit-on, n'appartient pas à l'Occident, mais à l'Asie. Autant dire à la barbarie. Elle s'est tenue à l'écart des « valeurs qui ont fait de nous ce que nous sommes », c'est-à-dire en dehors de la sainte trilogie : culture hellénique, monde latin, civilisation chrétienne. « Aussi bien l'apport du peuple russe à la civilisation générale a-t-il été à peu près nul. » Même sans connaître Gogol, Tolstoï, Tchekhov, Gorki, Tchaïkovski, *Le Cuirassé Potemkine*, oser écrire cela après le passage à Paris de Chaliapine dans *Boris Godounov*, après le succès spectaculaire des Ballets russes de Diaghilev, après le *Dostoïevski* de Gide !

Je me demande si l'anticommunisme de plus en plus forcené de mon père, sa phobie grandissante de tout ce qui touchait au monde « bolchevique » n'ont pas été dus en partie à sa phénoménale ignorance de la culture et de la littérature soviétiques. S'il avait été au courant des expériences de culture populaire tentées en URSS, il aurait découvert que le souci de rapprocher les « intellectuels » et le « peuple », préoccupation qui allait orienter sa conduite dans les années à venir, prédominait aussi en Russie.

L'information, pourtant, ne lui manquait pas. D'abord par son ami Brice Parain, responsable de la littérature russe chez Gallimard, puis par son confrère Boris de Schloezer, critique musical de la NRF, qui avait lancé, chez Gallimard, une collection de romanciers « Les jeunes Russes », où étaient publiés d'excellents auteurs soviétiques, Boris Pilniak (*L'Année nue*, 1926), Constantin Fédine (*Les Cités et les années*, 1930), l'humoriste Mikhaïl Zochtchenko, qui appelait la société soviétique à rire de ses propres travers (*La Vie joyeuse*, 1931), Mikhaïl Cholokhov, le plus grand (*Les Défricheurs*, 1933), auteur futur du tolstoïen *Don paisible*. *La Défaite*, d'Alexandre Fadeev, avait paru en 1929 aux Éditions sociales internationales. Enfin, si mon père avait lu *Les Douze Chaises*, roman satirique d'Ilf et Petrov, paru en Russie en 1928 avec un immense succès et traduit en français l'année suivante chez Albin Michel, il se serait aperçu qu'une critique gaie et pimpante du régime soviétique n'était nullement impossible en URSS. Ilf et Petrov, Zochtchenko : deux exemples éclatants infirmant l'idée monolithique qu'on se faisait à droite de la vie littéraire en URSS.

Toutes ces lectures auraient pu incliner mon père à un point de vue plus nuancé, et surtout diminuer son enthousiasme pour la politique culturelle du PPF. Aucun bon écrivain ne naîtra du PPF, alors que dans la Russie même communiste perdurait la tradition du grand roman russe. C'est après guerre seulement, sous l'influence du sinistre Jdanov, que toute liberté d'expression sera interdite aux écrivains et aux artistes.

RF avait un autre ami susceptible de l'ouvrir à la littérature russe, d'autant plus que celui qui avait traduit en 1926 *Hadji Mourat*, un des plus beaux récits de Tolstoï, pour les Éditions de la Pléiade de Jacques Schiffrin partageait ses idées politiques. Jean Fontenoy (1899-1945), ancien élève des Langues O, journaliste, grand reporter en Russie et en Chine, aventurier, fumeur d'opium, parcourant le pays à cheval, la main sur le pistolet, amant de la femme de Tchang Kaï-chek, auteur de *Shanghai secret* (Grasset, 1938), plus tard mari de la célèbre aviatrice Madeleine Charnaux, avait adhéré au PPF dès 1936. Sans cesse à bourlinguer, il combattit avec les nationalistes espagnols à Irún, sillonna la Pologne, la Hongrie, rencontra en Allemagne Otto Abetz, futur ambassadeur de Hitler à Paris pendant l'Occupation, et déjà propagandiste du nazisme auprès des germanophiles français. D'avril 1938 – c'était pendant leurs années communes au PPF, que Fontenoy quittera en janvier 1939, à la suite des accords de Munich – date cet article de *Marianne* : portrait d'un baroudeur, qui avoisine Malraux par le talent et le distance par le panache.

« Jean, c'est Rouletabille poète. Regardez bien ses yeux, ses lèvres, ses mains. Vous le reconnaissez ! Rouletabille, vous dis-je. Écoutez-le ensuite. Ses mots roulent comme des pierres dans un torrent. Ils forment des cercles de feu, des arcs-en-ciel, des pluies de perles. Incroyable poète ! Où qu'il soit, Jean est toujours le même. Comme le plus gai des enfants, il remonte son pantalon, entre dans l'eau, tâte les fonds, attrape les truites. Mais cela ne lui suffit pas. Il gratte et, dans le sable, trouve des pépites, des poignards et des grenades. Avec lui, il faut que ça pète, que ça brûle. Il aime les lueurs, les cérémonies, les révolutions. Partout où il passe, il fouille, enquête, trouve des généraux chinois, cruels, jouisseurs, sodomites. L'un s'appelle Wang et parle mandarin, l'autre Pi, cantonais. Qu'importe. Jean les comprend. Il va plus loin et déniche des Raspoutine surnuméraires, des aventuriers fous, des voyageurs perdus. Puis il rentre chez lui et s'assied un moment pour peindre ses portraits. Poète, Rouletabille, les deux. C'est cela Jean. »

Et c'est cela, RF, quand il quitte l'uniforme et la rhétorique empesée du Parti. La malice et la verve de ces lignes changent des plats panégyriques de Doriot. Le portrait était prophétique. Jean Fontenoy, pendant la guerre, serait à hauteur de sa légende. Quitte à se fourvoyer, il se fourvoierait en grand, et jusqu'au bout. Il irait sur le front de l'Est combattre les Russes aux côtés des Allemands, puis, revenu en France, couvrirait la retraite de l'armée allemande jusqu'à Berlin, où, fidèle à ce que mon père avait dit de lui (« il faut que ça pète, il faut que ça brûle »), il se suiciderait, d'une balle de revolver, au milieu des ruines, le jour de l'entrée des troupes soviétiques dans la capitale du IIIe Reich.

39.

1938

Maintenant, c'est vraiment la fin, entre mes parents. De toute l'année, ils ne se voient que sept fois : essentiellement pour parler de leur divorce, envisager la procédure, les conditions, une date. Ils se rencontrent au café ou au restaurant.

Il arrive que leur conversation tourne à l'affrontement politique, à l'aigreur, au drame. 22 janvier : « R à 8 h et quart. Dîné avec lui à la Vigne d'or – puis à la Coupole – puis en face – puis encore dans un café boulevard Montparnasse. Jusqu'à 2 h et demie du matin. Pourquoi il est doriotiste (la base seule importe, dégoût des cadres administratifs, Jean de Fabrègues[1]...) ; impossibilité de refaire sa destinée (le lien conjugal) ; désintérêt de soi. Désordre et désespoir. Sa proposition pour finir, et mon refus. Sans issue et déchirement. »

1. Jean de Fabrègues (1906-1983), ancien membre de l'Action française, avait lancé en 1936, avec Thierry Maulnier, *Combat*, journal anticommuniste et antisémite. La même année, il adhéra au PPF. J'ignore quelles étaient ses relations avec RF.

Le 8 juillet, nouvelles errances dans Paris, nouvelle incohérence de propos, nouvel aveu de mon père qu'il est entré au PPF par instinct de survie, pour surnager après le naufrage conjugal, et, des deux côtés, conscience du désastre, doublée d'un constat d'impuissance. « R à 8 h et quart, au café de la Régence. De là, dans son bureau du PPF, puis pour dîner chez Weber, puis sur les boulevards, jusqu'à 1 h et demie. Parlé uniquement du parti, de Pontigny, puis du Maroc [où mon père a fait un voyage en février]. Je me mets une fois de plus dans un état violent. » Nouvel affrontement le 15 juillet, et confirmation des motifs qui ont poussé mon père à choisir cette voie-là : « À 8 h R à la Régence. Causé jusqu'à minuit : le Maroc, l'empire français ; notre situation, le divorce et Me Cherrier, puis la reprise de la vie conjugale (s'il n'y avait pas faiblesse et orgueil), les enfants… De là à la Coupole, jusqu'à plus de 2 h : pourquoi le PPF, la question de la guerre non faite, l'équipe, la camaraderie dans le danger, le goût du commandement. »

Enfin, le 14 novembre, après quatre mois où ils ne se sont pas vus : « R arrive vers 8 h. "Mort", dit-il. Tout de même, au milk-bar du boulevard Montparnasse, et jusqu'à 1 h du matin. Pénible et violent (sur les Juifs, sur la politique étrangère). » Sur la politique étrangère : mon père avait approuvé les accords de Munich de septembre, contrairement à Drieu et à Jouvenel, qui démissionnèrent alors du PPF (Drieu pour d'autres raisons aussi, on le verra).

Sur les Juifs : l'antisémitisme était entré au PPF par le biais des sections d'Algérie, les Européens réclamant l'abolition du décret Crémieux de 1870 (qui attribuait la nationalité française aux Juifs d'Algérie). Victor Arrighi, devant le congrès nord-africain du PPF, en novembre, avait tenu un langage violent : « Nous en avons assez de ceux qui, sans être de notre peuple, de notre sol, de notre sang… veulent gouverner et asservir notre pays… Nous, nous disons “Le pouvoir aux Français”. » Mais c’était moins antisémitisme qu’instinct nationaliste de défense, crainte de voir les musulmans réclamer, d’après l’exemple des Juifs, la citoyenneté française. Ma mère avait tort de croire que son mari était devenu antisémite. Elle aurait dû lire, dans *L’Émancipation nationale* du 4 mars 1938, l’étonnante *Lettre ouverte à L.-F. Céline*, à propos de *Bagatelles pour un massacre*, ce virulent pamphlet antisémite publié en décembre 1937.

« Tu attaques les Juifs, dans ton bouquin, comme tu attaques tout, à fond, sans nuances, à la façon dont on se jette dans la rue pour dérouiller des cocos ou des banquiers véreux. Mais n’oublie pas que tu m’as dit que tous les bruns avaient la “goutte” juive et la “gouttelette” nègre. Alors, mon vieux, tu es blond et je suis brun. C’est embêtant. Si j’ai la goutte et la gouttelette, comment veux-tu qu’on s’entende tous les deux ?

« Mais je sais bien, au fond, et en somme, ce que tu veux dire. Sur la tête des Juifs du Front populaire et des lignards de la main tendue, tu exprimes ta fureur contre une espèce d’humanité. Et comme tu es un biologiste, un type sérieux, sous tes airs, et scientifique, tu fais de cela une division entre blonds et bruns. Laisse les bruns et les blonds en paix. Reviens à tes moutons, retourne aux sources de ta colère. <u>Tu en veux à un type humain moderne dont trop de Juifs, il est vrai, ont assumé la responsabilité, mais qui, crois-moi, les déborde de toutes parts.</u> [C’est moi qui souligne.]

« Ce type humain moderne, c’est le type des hommes qui profitent de tout sans accepter aucune responsabilité. C’est le type des pantouflards qui derrière leurs comptoirs et leurs chèques encouragent les autres à se casser doucement la figure… Tel est le jeu de quilles dans lequel tu es venu foncer en grand chien que tu es… » Céline en veut donc, selon mon père, moins aux Juifs qu'à tous ceux, juifs ou non, qui plombent le redressement de la France, par leur égoïsme et leur opportunisme. Et mon père, en attaquant les « pantouflards », vise aussi bien l'antisémite Drieu que les Juifs eux-mêmes. « Vois-tu, mon vieux pote, notre pays est en train de se réveiller… À notre manière, gentiment, avec un cran du diable mais avec une prudence de paysan, nous sommes en train de rendre à la France, non pas sa raison de vivre, car elle a bon cœur et vit toujours, mais ses raisons d'aimer la vie. Tes *Bagatelles pour un massacre* sont l'œuvre d'un homme qui n'espère plus. Elles sont, de plus, l'œuvre d'un homme qui ne veut plus faire semblant d'espérer pour des motifs bas. Et en même temps, au moment même où tu accomplis cet acte de courage, ce que tu aimais dans la France se refait lentement autour de toi.

« Je ne te dirai pas que Jacques Doriot m'a rendu l'optimisme dont, tu le sais (car tu me connais, coquin), j'ai vitalement besoin. Je ne te le dirai pas parce que tu te sentirais obligé, par le démon et la faiblesse de la contradiction, de dire le contraire. Toi, tu ne réponds qu'en protestant. Sache seulement qu'ici nous t'avons compris, et que nous t'aimons bien. »

À part ce naïf appel à se rallier au PPF, cette lettre prouve encore une fermeté de pensée. Ce qu'on reproche aux Juifs n'est nullement une caractéristique juive, mais un travers largement répandu – et en particulier dans le milieu intellectuel parisien –, un attentisme et une passivité dont, par commodité, on attribue le monopole aux Juifs. Si ma mère se dispute avec son mari « sur les Juifs, sur la politique étrangère », c'est qu'elle cherche, il me semble, à lui faire prendre conscience du danger qu'il y a à rester dans le PPF, dont la dérive antisémite, sous l'influence des sections d'Algérie et de quelques racistes déclarés, devient patente, et dont le pacifisme à tout prix risque de constituer un danger pour la paix. Elle veut le retenir sur cette pente, parce qu'elle l'aime encore. Le 24 janvier, deux jours après leur entrevue du 22, elle a noté : « Le souvenir de R obsédant et torturant. » Le 31 janvier, après une nouvelle entrevue : « Je me remets dans un état violent, et m'endors en larmes (en lisant *Bérénice*). » *Bérénice*, la tragédie de la séparation, et la pièce de Racine préférée de ma mère.

Un an plus tard, le 14 janvier 1939, l'avoué du divorce lui transmet la réponse de RF à la sommation de comparaître devant le juge : « Mme F m'est devenue complètement indifférente. J'ai repris ma liberté, j'entends la conserver. La seule pensée de reprendre la vie commune me déplaît. » Ma mère ajoute : « Crise de larmes une fois encore. » On se sentirait humiliée, bafouée, outragée à moins.

En 1939, ils ne se voient que deux fois : le 14 juillet, pour assister, du balcon du *Jour*, en compagnie de leurs enfants, au défilé militaire sur les Champs-Élysées, et le 20 septembre, au début de la guerre, à la Régence, où il lui déclare qu'il veut s'engager dans la Légion étrangère. Ma mère lui est encore passionnément attachée, malgré sa liaison avec A, lequel, sentant bien qu'il n'est qu'un substitut, est irrité de ses réticences continuelles. Et il n'a pas tort, tant elle tergiverse à s'engager avec lui. Mon père, de son côté, est-il aussi « indifférent » que cela ? Il néglige, ou refuse, d'envoyer l'argent nécessaire au divorce, ce qui retarde celui-ci et peut être interprété comme le désir de laisser la porte ouverte à une réconciliation. En même temps, cette porte, il la ferme, par cette réponse lapidaire à l'avoué. Ne veut-il pas, de propos délibéré, s'enferrer davantage ? Rompre les ponts définitivement, de peur de garder un espoir qui ne pourrait être que déçu ? Il sait que cette réponse sera transmise à sa femme, et que ce ton glacé empêchera tout rapprochement. Stratégie suicidaire, qui se marque aussi par le renoncement à écrire des livres, à poursuivre une œuvre qui dure. Dans les articles qu'il continue à donner à *La Nouvelle Revue française* et à *Marianne*, l'éloignement de la pure littérature et la préférence accordée aux ouvrages à tonalité politique serrent le cœur. Quel gâchis, pour un critique littéraire de cette envergure ! La politique, et la politique de tous les jours, celle qu'on fait dans les journaux, voilà, désormais, son refuge, son potage et papotages quotidiens, la panacée qu'il appelle à son secours.

Ma mère disparaît complètement de sa vie. Elle se résigne à admettre que tout est désormais terminé entre eux. Le 16 novembre 1938, ayant constaté que la pierre de sa bague de fiançailles s'est perdue, elle note : « C'est la fin. » Dans la page de garde de son agenda, elle avait recopié ce proverbe chinois, miroir de ce qu'elle pensait d'elle-même : « Le chou est né pour être malheureux, car sa tête est trop près de son cœur. » Aux amitiés qu'elle avait nouées par l'intermédiaire de son mari, elle renonce, ne consentant plus à voir que Raymond Aron et sa femme, dont elle devient la familière, et Charles Du Bos, jusqu'à sa mort, le 5 août 1939. On dirait qu'elle se défend de vouloir profiter de ce qu'elle a pu vivre auprès de mon père. Un soir, le 3 novembre 1938, elle reçoit un coup de téléphone de Jean Prévost, qui « annonce son divorce et décide que nous devons nous voir ». Cinq jours après, il la drague à nouveau. « Je dis que je ne peux le voir ce soir, pour une conversation de "citoyens libres". » S'est-il découragé ? Par la suite, il n'est plus question de rendez-vous. Elle revoit une fois André Gide, sur la demande d'Yvonne de Lestrange. Il monte rue César-Franck, le 8 mai 1939, à 2 heures et demie, pour lui demander de faire inscrire au lycée Victor-Duruy « la petite Catherine Van Rysselberghe, que j'ai adoptée » – sa propre fille, comme on sait. Elle écrit à

Gide le 10 mai pour le prévenir que l'affaire est en bonne voie, mais, le 16 mai, arrive une lettre du grand écrivain (que j'ai gardée), à en tête du 1 *bis*, rue Vaneau, VIIe, INV 79-27. Il annonce que Mme Van Rysselberghe et lui se sont rabattus, pour plus de sûreté, sur le collège Sévigné. « Ce qui me plaisait beaucoup dans le lycée Victor-Duruy, ce sont les occasions qu'il m'aurait tout naturellement données de vous revoir ; mais j'espère bien en trouver d'autres... » Ma mère s'est bien gardée de donner suite à ces amabilités. Elle se retranche désormais dans le cercle de ses collègues et la société des vieilles filles ex-camarades de Versailles ou de Sèvres. Santillana, un des Italiens de l'entourage de Rossi, ne se trompe pas en la définissant « un agneau barbelé » (26 mai 1938), au cours d'une « conversation amusante et gaie », où elle s'entend dire, sans protester, que M. Desjardins est un « anthropophage verni ».

Mon père, pendant ce temps, écrit et publie à tour de bras, mais dans un genre de plus en plus éloigné de ses anciens intérêts. Dans l'unique article (1er août) qu'il donne à la *NRF* (l'en a-t-on écarté à cause de ses prises de position politiques ?), il se justifie d'avoir abandonné ses travaux d'écrivain. L'avantage de se consacrer au journalisme, dit-il, c'est qu'on s'insère dans la société. Quel bienfait, que d'échanger le culte oisif des idées vagues et gratuites contre un catalogue d'obligations précises ! « Le journalisme, en ce qui concerne les intellectuels, c'est l'adaptation de la pensée à la contingence des événements, à un espace et à un délai fixes : trois facteurs qui échappent au contrôle de l'écrivain et qui lui imposent le leur propre. » « Le journalisme transforme doublement le travail intellectuel : il réduit le temps et l'espace dont disposait l'intellectuel libre au temps et à l'espace normal et moyen des autres membres de la société ; il l'oblige à traduire ses idées dans un langage moyen accessible à tous. Par le journalisme, l'intellectuel devient un producteur comme les autres, soumis au rythme général du travail social. »

Mais attention : il ne s'agit pas d'un nivellement par le bas. « Le journalisme, par bien des côtés, joue le rôle de l'ancienne discipline classique, telle que l'entendait un Malherbe, un Boileau. Il rétablit une relation directe et constante entre un écrivain et un public. » L'écrivain, abandonné à lui-même, suivant sa pente sans contrainte, croit penser davantage, alors qu'il ne fait que s'enliser dans l'obscur, défaire doucement sa pensée dans l'émotion qui a déclenché l'idée première. « La "profondeur" n'est souvent qu'une défaite de l'intelligence, qu'un retour complaisant à l'intimité sans pensée de soi-même. » Le journalisme, au contraire, mettant à l'épreuve la pensée, est « comme le conseil de révision de l'intelligence ». « Il offre la précision et la sévérité d'un exercice physique, d'un sport. »

Le premier article important de *Marianne* est consacré, le 19 janvier, à *L'Espoir*, loyalement salué comme un roman « considérable », et détaillé longuement pour ses beautés, avec cette réserve que les fascistes y sont trop constamment soupçonnés d'être insincères, et les communistes, trop constamment présentés comme étant nobles et sans taches. À part cette restriction, et une légère critique adressée à la forme trop compliquée et ingénieuse, qui fait penser à « du Morand tragique », il faut reconnaître à Malraux, dit mon père, le mérite de répondre avec bonheur à certains problèmes urgents. « Je crois qu'on n'a jamais mieux posé le problème révolutionnaire *moderne*. » Les personnages du roman militent dans la gauche et l'extrême gauche. Cependant, dans l'analyse de leur action et dans la louange qu'il en fait, RF trouve le moyen de renforcer ses propres convictions. Ce qu'il dit des partisans espagnols, ne l'appliquet-il pas implicitement aux membres du PPF, à lui-même ? « Un parti révolutionnaire est fait pour vaincre, non pour discuter. C'est une machine militaire dont tous les rouages doivent fonctionner avec une parfaite synergie. Mais en même temps, un parti est une sorte d'âme collective qui enrichit l'âme de chacun, une vie multipliée de l'individu, un refuge et un renfort. » Cet éloge de la discipline politique n'empêche pas RF de mettre en garde (et de se mettre en garde) contre le danger d'appartenir à un parti, quel qu'il soit, tout parti tendant à devenir une fin en soi, à devenir le but même du militant au lieu de demeurer un moyen. Le 22 juin, un article signé XXX, mais où je reconnais la patte de mon père, rend un hommage général à André Malraux, loué pour avoir compris que « la passivité devant les événements est une attitude mortelle pour soi-même. Il s'est alors jeté tête en avant dans l'action ». Ce n'est pas par dévotion à l'évangile communiste qu'il est parti pour l'Espagne, mais parce que « son talent a besoin pour s'exprimer de vivre au milieu des grands remous du monde, dans une atmosphère d'épopée ». Preuve, ces lignes, qu'on avait beau être dans deux camps différents, on continuait à s'estimer, le besoin de vivre dans l'œil des ouragans étant commun aux deux côtés – et la guerre fournira d'autres preuves, bien plus éloquentes, de cette tolérance réciproque fondée sur le goût partagé de s'engager à ses risques et périls.

Parmi les autres livres recensés dans *Marianne* en 1938 : *L'Europe et la question allemande* ; *Les États-Unis* ; *Au-delà du nationalisme* (de Thierry Maulnier, écrivain de l'Action française) ; *Frères bourgeois, mourez-vous ?* (brillant pamphlet d'Emmanuel Berl, selon qui les meilleurs écrivains de sa génération, sous l'influence de la politique notamment, se sont ramollis) ; *Je suis un légionnaire* (éloge de l'esprit légionnaire, qui comporte le goût du risque, la beauté d'aller jusqu'au bout de ses forces et de risquer sa peau, la vertu de l'ordre, la force du chef) ; *Un régulier dans le siècle* (de Julien Benda) ; *Histoire de l'armée allemande* (de Jacques Benoist-Méchin). Celui-ci, qui a adhéré au PPF, vante le redressement militaire spectaculaire opéré par Hitler : je suis frappé de voir que mon père, tout en félicitant l'auteur pour la rigueur et l'intelligence de son travail, ne partage pas son enthousiasme et met en garde contre ce relèvement. Il souligne les fautes de la France, la méconnaissance de l'esprit mystique qui règne dans l'armée allemande, le danger que représente cet esprit. « Nous avons beaucoup de peine à comprendre tout cela. Nous avons cru, avec la naïveté des gens intelligents, que l'on pouvait plier l'Allemagne à notre idéal, au nom duquel nous l'avions battue. Nous nous sommes trompés : nous l'avons payé cher. » Que le traité de Versailles a désespéré les soldats allemands, nous ne l'avons pas compris non plus. « De cela aussi nous n'eûmes pas conscience. Pour l'Occident, la guerre était finie. »

Suite des principaux titres recensés en 1938 : *La Chine capitaliste* ; *Le Sort du capitalisme* ; *Histoire de l'armée française* (du général Weygand) ; *Le Maroc héroïque* (pour affirmer que la colonisation a été une aventure « où le génie français s'est exprimé avec une force, une audace, une ingéniosité et une humanité pleine de bonhomie ») ; *URSS et Nouvelle Russie* ; puis deux ouvrages qui peuvent passer pour un testament du libéralisme : *L'Ère des tyrannies* (d'Élie Halévy) et *Histoire des idées au XIX*e *siècle* (de Bertrand Russell). Politique, aussi, le nouveau roman de Paul Nizan, *La Conspiration*, dont il est rendu compte le 5 octobre. L'auteur est résolument communiste, dit mon père, et tant mieux, car même si on n'est pas de son bord, il est hors de doute que « seul un parti pris violent, mais contrôlé, est la meilleure condition d'une conscience éclairée du monde ». Nizan a bien montré comment de jeunes bourgeois nantis qui s'offrent le luxe de jouer aux révolutionnaires confondent la passion politique avec le plaisir de mépriser leurs parents. Un « certain rythme barrésien » gouverne ce roman par ailleurs résolument marxiste, « comme quoi les différences d'opinion pèsent peu devant la similitude des problèmes ». Tout l'article, traversé par une sympathie chaleureuse, montre en mon père le contraire du critique partisan, qui n'apprécie que ce qui sert ses idées. Politiques, encore, les deux romans de Jules Romains passés en revue, *Prélude à Verdun* et *Verdun*, qui analysent l'attitude de civils aux prises avec l'appareil militaire. Ces deux livres corrigent heureusement l'absence de la guerre dans *À la recherche du temps perdu*, lacune jugée comme « un défaut sensible de l'œuvre de Marcel Proust ».

En cette année de graves crises internationales (Anschluss, Munich, menaces sur la Tchécoslovaquie, sur la Pologne, sur l'Albanie), peu de place, on le voit, reste accordée à la littérature désengagée, à la fantaisie. Cendrars, Giraudoux, Carco, Meredith, Fielding, Simenon, Troyat, voilà à peu près les seuls autres romanciers d'importance signalés aux lecteurs. Il semble que *La Nausée*, qui marque les débuts de Sartre, ait échappé à mon père.

Vingt-deux articles dans *L'Émancipation nationale*. La littérature, évidemment, en est encore plus absente. Outre la « lettre ouverte à Céline », mentionnons l'article consacré aux rapports de Louis XIV et de Molière (28 janvier). « Louis XIV, qu'on nous présente comme le premier dictateur, le premier "fasciste" des temps modernes, a compris Molière, et l'a sauvé », contre les prêtres, contre les auteurs, contre les bien-pensants, contre « tous ces termites qui ne se disent intellectuels que parce qu'ils alignent des mots, et qui déclarent une sourde guerre aux vrais travaux de la pensée ». De même que Louis XIV – promu donc ancêtre de Doriot ! – était un authentique libéral, de même, « dans une nation où les chefs sont des chefs, les manifestations les plus libres trouvent leur place dans un ordre qui à la fois les situe et les consacre ».

Que signifie être libéral à bon escient ? Mon père examine ce problème à deux reprises, le 31 décembre 1937 et le 14 janvier 1938. La plupart des hommes qui se targuent de penser librement ne s'aperçoivent pas qu'ils sont manipulés : par le journal qu'ils lisent, par la publicité faite autour de certains livres et de certaines idées, par le libraire qui leur recommande l'ouvrage objet d'un gros lancement de la part de l'éditeur, etc. Nos contemporains sont rarement capables de décisions intellectuelles indépendantes. Ils se contentent de répercuter en automates ce que l'environnement leur suggère. « L'homme moderne croit offrir ses idées à la société : il n'a que les idées que la société lui offre. » Cette analyse reste aujourd'hui impeccable ; et mon père, qui s'en prend surtout aux stratégies de la publicité commerciale, d'autant plus pernicieuses qu'elles s'avancent masquées, n'aurait pas à y changer une ligne, soixante-dix ans après. La seconde partie de l'article est beaucoup moins convaincante, là où il est affirmé que « la connaissance, la conduite de la pensée, le bon usage de la culture reviennent nécessairement à des personnes spécialisées dans ce travail délicat et difficile ». Il faut que la lecture, la pensée soient « dirigées ». Certains des lecteurs de *L'Émancipation nationale* poussèrent les hauts cris ; un de ses amis admonesta mon père : « Te voilà donc converti au despotisme ! » D'où le second article, pour critiquer le sophisme de Jean-Jacques Rousseau (selon lequel « l'homme est né libre », alors que c'est dans les premières années de sa vie qu'il est le moins libre) et pour réaffirmer « la reconnaissance des nécessités, des servitudes », si l'on veut ne pas être dupe des diverses propagandes. « Être libre, c'est connaître les forces qui nous gouvernent. Être libéral, c'est être esclave sans en avoir l'air. » Belle et juste formule, mais comment l'homme qui la prend à son compte peut-il ensuite gober les slogans imposés par Doriot ?

Le 4 février, éloge de Blaise Cendrars, dont l'héroïsme personnel (il a perdu un bras à la guerre), le sens littéraire de l'aventure et la mise en garde contre le communisme sont « bien faits pour plaire aux durs du PPF ». Le 15 avril, violente attaque contre Emmanuel Berl, coupable d'avoir calomnié le PPF, en qualifiant ses membres de « boulangistes impénitents des petits bars parisiens ». Quelle absurdité ! Quelle perfidie ! Et d'en appeler aux martyrs du Parti et aux ouvriers qui grossissent ses rangs. « Et vous, camarades d'Afrique du Nord, qui soutenez à bras tendus notre Empire menacé par les coreligionnaires de M. Berl, vous n'êtes pas à Alger, vous n'êtes pas à Casablanca : vous êtes à Paris, où vous somnolez dans un bar, entre deux cocktails ! » La touche d'antisémitisme est ici manifeste ; impression confirmée par le paragraphe final : « Pourquoi faut-il, devant cette malveillance, ce goût de détruire, cette haine de ce qui vit et de ce qui se crée, que nous nous prenions à songer à la race de M. Berl ? Malheureux juifs, serez-vous toujours accusés ainsi par vos congénères ? Car, en somme, ce qui fait rager M. Berl, c'est que nous sommes ce qu'il ne pourra jamais être : des bâtisseurs. » Les ponts ne sont pourtant pas rompus. RF fait remarquer à Berl que, malgré ses préjugés contre le PPF, il a collaboré l'année précédente à *L'Émancipation nationale* ; et, circonstance encore plus curieuse, RF continue à écrire régulièrement dans *Marianne*, le journal dirigé par Berl.

D'autres articles polémiques de mon père visent Aragon, pour son engagement communiste, et, pour leur revirement au sujet de la guerre d'Espagne, Bernanos et Mauriac. À Mauriac (« Illusion et vérité », 3 juin), RF reproche avec véhémence de prêter foi au témoignage de Bernanos sur la guerre d'Espagne, témoignage frappé de nullité parce qu'émanant non d'une visite sur le terrain mais d'une bonne conscience ignorante des faits et légiférant au nom de principes. On n'a pas besoin de principes ni de sincérité, aujourd'hui, on a besoin de vérité. Et la vérité, ce sont les atrocités commises par les rouges, ainsi qu'en témoignent, non des écrivains, mais des hommes qui savent de quoi ils parlent, parce qu'ils sont allés sur place, tel Kléber Legay, un simple ouvrier « échappé aux griffes de Marty ». Après une telle sortie, rien d'étonnant si, comme nous en informe Claude Mauriac dans *Les Espaces imaginaires*, à la date du 27 août 1938, son père décide de ne plus inviter, dans ses réceptions hebdomadaires rue Théophile-Gautier, Ramon Fernandez, son ancien ami, englobé dans la même réprobation que d'autres écrivains classés trop à droite, comme Henry Bordeaux ou Henri Massis.

Le 30 mars 1938, à Pâques, l'Institut britannique de la Sorbonne organise, à l'intention des professeurs des écoles secondaires anglaises, un recueil de conférences, publié par les Éditions Jean-Renard sous le titre *Dix ans de vie française*. Le roman est confié à Benjamin Crémieux, la poésie à Jean Paulhan, le théâtre à Gérard Bauër, la critique à André Thérive, etc. Mon père prononce la leçon inaugurale, sur « les Belles-Lettres » – honneur qui prouve qu'on le considère encore comme un des arbitres les plus qualifiés de la scène littéraire et intellectuelle française. Par « belles-lettres », il entend l'essai, genre à mi-chemin entre le traité logique et l'œuvre d'imagination, genre typiquement français, inauguré par Montaigne, et qui permet d'affirmer ce que l'on a envie d'affirmer, sans être en mesure de le définir rigoureusement ni en éprouver le besoin. On écrit un essai à ses risques et périls, dispensé de fournir aucune preuve, libre des contraintes qui pèsent sur les philosophes et les savants, et c'est là, en somme, le sens profond du mot *essai*, dont les deux plus brillants représentants, aujourd'hui, sont Alain et Julien Benda, auxquels on peut ajouter Jules Romains, « peut-être le plus considérable des romanciers vivants », qui mélange avec bonheur le roman et l'essai.

En mars, lors du deuxième congrès du PPF, Doriot prononce un long discours, qui sera publié par Grasset le 6 avril, sous le titre *Refaire la France.* Quatre thèmes principaux.

1. « Tragique décadence de la France » : économie, niveau de vie, etc. Deux domaines spécifiques où les gouvernements sont le plus coupables : a) Abandon de toute politique de défense et de protection de la culture. « Peu à peu la France démolit ses élites. » b) Délaissement de la jeunesse. Faute d'avoir su s'approprier la jeunesse sportive, les démocraties occidentales ont laissé aux dictatures un monopole dangereux. « De grands mouvements menacent l'Europe, que ce soit le Fascisme, l'Hitlérisme, ou le Bolchevisme ; ils se sont emparés du pouvoir pour gagner des pays entiers à leurs idées. » Phrase à mettre au crédit de Doriot et des premiers adhérents du PPF : Berlin leur inspire la même répulsion que Moscou.

2. « Politique étrangère ». Si l'Autriche est tombée aux mains des nazis, c'est parce que seule l'entente de l'Angleterre, de la France et de l'Italie pouvait la sauver. « M. Blum a été le fossoyeur de l'amitié italo-française » et donc le responsable direct de l'Anschluss. La question tchèque ? « Si l'Allemagne envahissait la Tchécoslovaquie, la France devrait certes proposer au monde entier de venir à son secours. Nous devrions prendre

l'initiative en la matière et dire : “Nous n'acceptons pas qu'on viole le territoire d'un petit pays, parce que c'est un petit pays.” » Deux alliances nous sont nécessaires : l'une qui existe déjà, et qu'il faut renforcer : avec l'Angleterre; l'autre qui a existé et qu'il faut renflouer : avec l'Italie.

3. « La France que nous voulons » : une France fortement nationale et nationaliste. Liste des mesures à prendre, en faveur des ouvriers, des paysans. Et puis, un effort doit être fait en faveur des professions libérales et intellectuelles. Dans cette perspective, « nous avons organisé sous la direction de Ramon Fernandez un secrétariat du travail parmi les professions libérales. Là aussi l'action corporative s'impose pour défendre l'écrivain, le journaliste, le médecin, l'avocat, le professeur, l'artiste, l'étudiant. Mais ce qui nous préoccupe surtout, c'est de défendre la culture et la civilisation menacées. Sur ce plan, nous avons deux missions essentielles : l'une, offensive, consiste à présenter la position de l'intellectuel du PPF dans tous les problèmes présents; l'autre, défensive, consiste à travailler à l'organisation d'un vaste front des représentants de la “maison” française contre la maison bolchevisante de la culture ». Ce qu'entendait Doriot par ces mots, je l'exposerai bientôt en précisant quelles tâches nouvelles étaient confiées à mon père.

4. « Notre tactique politique ». Dans les élections, nous allier avec les antimarxistes, quels qu'ils soient. « Mais on dit : Vous allez glisser à droite ! » Et Doriot de répondre qu'il n'attache plus grande importance à la différence entre droite et gauche, et qu'il préfère s'entendre avec des Louis Marin, des Philippe Henriot, des Xavier Vallat, des Pierre Taittinger, même s'ils sont de droite, plutôt que de faire par exemple le jeu de Paul Reynaud qui veut amener les communistes au pouvoir. La plupart des noms qu'il cite deviendront, quelques années plus tard, des piliers de la collaboration : Philippe Henriot,

pétainiste zélé, propagandiste à Radio-Paris, puis secrétaire d'État à l'Information et à la Propagande de Vichy (janvier 1944), exécuté en juin 1944 par un commando de maquisards, Xavier Vallat, premier commissaire aux Questions juives, condamné à dix ans de prison en 1947, Pierre Taittinger, président du conseil municipal de Paris pendant l'Occupation, déclaré inéligible après la Libération.

Que retient mon père de ce discours ? Il en fait un long compte rendu dans *L'Émancipation nationale* du 22 avril. La « philosophie » de Doriot, c'est que « pensée et action ne font qu'un, l'une étant proprement l'achèvement de l'autre ». Bien mieux : la vue profonde de Marx, selon laquelle penser le monde, c'est changer le monde, Doriot est le seul homme politique français qui lui donne sa pleine signification, diamétralement opposée « à ce jésuitisme catastrophico-électoral qui nous empoisonne sous le nom de marxisme ». Autres mérites de Doriot : le refus de toute démagogie, l'observation aiguë de la réalité, un don d'ingénieur politique analogue à celui de Lénine, l'obligation qu'il fait à ses partisans de vivre « dans un état de tension exceptionnel », proche de l'héroïsme. Dans un autre article (21 octobre), RF va même jusqu'à affirmer que Doriot incarne « la vraie poésie », qui n'est pas vague rêverie mais marche lente qui mène quelque part, réalisation du vouloir humain. « Le PPF est un parti viril, un parti grec, dans le sens où il y a un esprit grec, nourri du meilleur suc de la raison et des forces humaines. Doriot est très proche du philosophe grec, du guerrier grec. »

Une fois de plus, ici, j'entends un double langage : il me paraît impossible que mon père ait proféré pour de bon de telles âneries au sujet d'un homme notoirement inculte. De qui se moque-t-il ? De celui qu'il a eu l'imprudence de choisir comme « chef » ? Ou de lui-même qui par désespoir et lâcheté a fait ce choix ? À moins qu'il ne cherche à se dorer la pilule, depuis qu'il a monté en grade. Fin avril, en effet, il a été promu secrétaire général des Cercles populaires français, émanation intellectuelle du PPF. Le voilà devenu une sorte de ministre de la Culture de Doriot, en cette année où le PPF compte, avant les prochaines défections, le plus d'intellectuels de renom, inscrits ou proches sympathisants : outre Drieu et Jouvenel, citons l'historien Jacques Benoist-Méchin, le romancier Armand Lanoux, Alexis Carrel, auteur de *L'Homme, cet inconnu*, prix Nobel de médecine, Ernest Fourneau, directeur de l'Institut Pasteur, Victor Balthazar, doyen honoraire de l'Académie de médecine, Georges Suarez, journaliste et biographe de Clemenceau, de Raymond Poincaré, d'Aristide Briand, Paul Chack, officier de marine et auteur de nombeux récits de guerre navale, Léon Homo, historien de la Rome antique, Bernard Faÿ, professeur au Collège de France, Alfred Fabre-Luce, écrivain politique, Kléber Haedens, critique littéraire et romancier, prix Cazes 1937, Abel Bonnard, romancier et essayiste, élu à l'Académie française en 1932.

La première idée des Cercles populaires français remonte à janvier 1938, lors d'un meeting, 43, rue de Sèvres, au cours duquel mon père parle sur le thème « La Maison de la Culture, et la nécessité, pour y faire face, de créer une Maison de la Civilisation ». C'est justement parce qu'il a fait partie, naguère, de la Maison de la Culture, « cette abominable escroquerie communiste », organisée sous l'égide d'Aragon, que Doriot l'a choisi pour la contrecarrer par une structure de même poids, analogue et antagoniste. Sous le conflit des idéologies réapparaissait la vieille rivalité entre mon père et Aragon. Dans une lettre à Doriot, en date du 22 avril, mon père soumet à l'approbation du « Chef » le texte de l'annonce de la fondation des CPF, en précisant qu'il ne s'agit pas d'un « manifeste », mais d'une « déclaration » : façon de se démarquer de la gauche en changeant de vocabulaire. Le titre des CPF, ajoute-t-il, a été trouvé par Jacques Boulenger [journaliste, romancier, historien], et il présente l'avantage de rappeler le rôle du PPF dans leur organisation. Leur siège se trouve au même endroit que le siège du Parti, 10, rue des Pyramides.

Dans *L'Émancipation nationale* du 13 mai, mon père expose le but et les tâches de la nouvelle institution. Le but : favoriser la collaboration de l'élite intellectuelle et de l'élite des travailleurs, en vue de promouvoir une culture vraiment populaire, car « il ne peut y avoir aujourd'hui d'humanisme sans justice envers les hommes ». Les tâches : une tâche critique, consistant à dénoncer les assauts que la pensée libre subit de la part du marxisme ; une tâche positive, consistant à mettre en lumière une culture saine, durable et féconde, adaptée, sans chauvinisme, au tempérament et au sol français. Je suis confondu que mon père ait pu vanter un programme aussi indigent, et qu'ensuite, pendant des années, il se soit dépensé en articles, conférences et meetings à travers toute la France. Pourquoi s'est-il laissé exploiter ainsi par Doriot ? Malgré toutes les raisons que j'ai données, malgré son besoin de reprendre pied n'importe où après le fiasco de sa philosophie de la personnalité, le mystère reste entier pour moi.

Le premier meeting des CPF se tient le 9 juin, à Marseille, où Simon Sabiani, ancien combattant qui a perdu un œil à Douaumont, ancien communiste, dirige la fédération des Bouches-du-Rhône, devenue un des principaux bastions du PPF. À Paris, premier meeting des CPF le 14 juin, à la salle des Sociétés Savantes, sous la présidence d'Abel Bonnard. Orateurs : Boulenger, Paul Chack, mon père, ainsi que trois invités appelés en renfort pour démontrer que l'assise socio-professionnelle des Cercles est composite et embrasse large, un étudiant en droit, un ouvrier métallurgiste ex-communiste et le secrétaire du cercle néo-maurrassien Fustel-de-Coulanges.

À la suite de quoi, le 1er juillet, Doriot intronise mon père, en même temps que Drieu et Jouvenel, au Bureau politique du Parti. Le 6 juillet a lieu une grande journée d'action culturelle, qui commence par la visite de l'atelier-musée du sculpteur Bourdelle (1861-1929), contemporain exact de Maillol, lequel, toujours actif (il ne mourra qu'en 1944), est très en faveur auprès du PPF. Bourdelle comme Maillol partagent le goût des volumes massifs et de la plastique monumentale. Ils ont transmis ce goût au jeune Arno Breker, le sculpteur officiel de Hitler. Le soir, meeting à l'hôtel de ville de Saint-Denis, avec Jouvenel (qui préside), Bonnard, mon père, Thierry Maulnier, Jacques Saint-Germain, Henri Barbé (trésorier du Parti). Mon père explique que le malentendu entre l'intellectuel et l'ouvrier est un des traits les plus funestes de notre époque. La tentative des communistes pour y remédier n'a été qu'une cynique manipulation. Pour éviter un nouveau piège, « il ne faut ni intellectualiser verbalement l'ouvrier, ni prolétariser démagogiquement l'intellectuel, mais poser d'abord le problème national », formules reprises dans *L'Émancipation nationale* du 16 juillet.

Selon l'hebdomadaire, une majorité d'ouvriers a visité l'atelier de Bourdelle le matin, et le meeting du soir a rassemblé trois mille participants, qui ont entonné à la fin *La Marseillaise* puis l'hymne du Parti *France, libère-toi !* Le 1er décembre, à la salle d'Horticulture – sans doute pour hâter cette « libération » des foules prolétaires en leur proposant de nouveaux thèmes de réflexion –, mon père préside une séance où Jacques Boulenger parle de « l'histoire du sentiment de l'amour », et Abel Bonnard

« de l'intelligence et du caractère », deux choses dont ce fantoche était notoirement dépourvu.

Entre-temps, ces messieurs, qui n'ont pas l'impression de faire de la « propagande », tant ils sont persuadés que leur seule ambition est d'« instruire », ont sillonné la province. D'août à octobre, ils ont évangélisé Vichy, Marseille (pour la deuxième fois), Reims, conduits par Boulenger et par mon père. Le discours que celui-ci prononce à Marseille est un des rares dont je possède le texte. S'y trouvent résumés les trois traits de l'esprit PPF : fidélité au chef; sentiment « cornélien » de la discipline, digne du pays qui est aussi celui de Jeanne d'Arc, de Péguy, de Descartes; devoir qui incombe au Parti de réintroduire la classe ouvrière dans les cadres vivants de la nation. En conclusion, diatribe contre François Mauriac, le « catholique bien-pensant », encore récemment grand ami de Franco, et qui va maintenant « flirter avec les rouges de Barcelone ».

J'ai beaucoup de mal à imaginer mon père dans cette double posture de thuriféraire et de grand inquisiteur. Et l'homme, derrière cette façade? Son humour, dans ce marécage de slogans? Son dandysme, son élégance, au milieu de ces militants en veste de cuir et salopette? Auquel des deux séjours à Marseille se rapporte un souvenir piquant d'Edmonde Charles-Roux? Un jour, avec sa sœur et leur gouvernante, elle se trouve à une terrasse de café à Cassis, petite station balnéaire dans les environs de Marseille. Un homme vêtu tout de blanc est assis non loin. « Ne tournez pas la tête, ne le regardez pas ! » ordonne aux deux jeunes filles leur gouvernante. Telle était sa séduction, dans son costume blanc, qu'on tenait mon père pour une sorte de don Juan, épouvantail des familles comme il faut.

En décembre, revenu à Paris et ayant repris ses habits et ses habitudes d'apparatchik, il assiste à une séance du Bureau politique, qu'il raconte dans *L'Émancipation nationale* du 9. Expérience pour lui exaltante, surtout quand il a appris la nouvelle victoire de Doriot : partout où il y avait une section PPF, la grève décidée par la CGT a été évitée, ce qui confirme qu'un chef n'est pas seulement un chef parce qu'il domine, mais parce qu'il fait accepter sa domination.

Drieu, Jouvenel, Fabre-Luce, Pierre Pucheu et d'autres s'éloigneront du PPF après les accords de Munich. Une autre raison de leur démission est la découverte des financements étrangers du Parti : dès 1937, Victor Arrighi, responsable du PPF pour l'Algérie, a établi des contacts avec Mussolini et fait acheter par Ciano, ministre des Affaires étrangères, *La Liberté*, quotidien du PPF, ainsi que l'immeuble de la rue des Pyramides. Pour Drieu, cependant, le vrai motif de son départ aura été le dépit de voir mon père occuper la direction intellectuelle et devenir l'homme fort du Parti. Leur cohabitation au PPF n'avait fait qu'aiguiser leur antipathie réciproque. Drieu écrivait dans son Journal, dès janvier 1938 : « Je viens de recevoir la visite de Fernandez. Il m'a avoué qu'on avait potiné dans le groupe comme je le pensais [au sujet de la liaison de Drieu avec Christiane Renault, la femme du célèbre industriel, romancée sous le nom de Beloukia]. Mais jusqu'où cela a été, quel effet cela a fait, c'est ce que je n'ai pu lui faire préciser. Il est de plus en plus alcoolique et ne voulait pas se compromettre ou se faisait un malin plaisir de me laisser dans l'incertitude. » Et, plus loin : « Je suis dans une bagarre épouvantable à cause de Fernandez qui fait de la pagaille dans le parti. »

Ce qui les sépare, c'est aussi l'antisémitisme de plus en plus violent de Drieu. Celui-ci en vient à prôner le ghetto pour les Juifs qui tiennent à garder leur spécificité et refusent l'assimilation. Il veut qu'ils s'engagent par une déclaration écrite et un serment, et réclame l'expulsion pour tout Juif marxiste[1]. Si mon père se sentait coupable de militer aux côtés d'antisémites patentés – comme Jacques Boulenger ou Georges Suarez – (et libérés, en quelque sorte, de leur devoir de réserve par la mort du numéro 3 du Parti, Alexandre Abremski, tué dans un accident de la route en février 1938), s'il n'éprouvait aucune sympathie, lui le métèque et le déraciné, pour l'idéologie raciste, la démission de Drieu l'aura soulagé.

1. « À propos du racisme » (*L'Émancipation nationale*, 29/7/1938), article repris dans *Chronique politique* (Gallimard, 1943), recueil de textes doriotistes publiés dans divers périodiques entre 1934 et 1942, qu'il faut lire pour comprendre certains aspects de la « pensée PPF », bien que la lecture en soulève le cœur.

40.

1939

Tout à coup, au moment où j'arrive à composer une image de mon père relativement acceptable, je tombe sur un témoignage accablant. Ivrognerie, grossièreté, reniement de ce qu'il a été, admiration de la force brute : tel est le portrait qui se dégage de trois pages du *Journal* de Robert Levesque. Cet ancien élève (né en 1909) de Marcel Jouhandeau au collège de Passy, devenu un familier de Gide, notait régulièrement ses rencontres. Y aurait-il quelque raison de mettre en doute sa bonne foi ? Le 29 novembre 1937, il rend compte d'une « conversation avec Fernandez[1] ». Mon père arbore l'insigne du PPF. « Nous ne sommes pas des fascistes, me dit-il en m'envoyant une haleine empestée de rhum, mais nous sommes pour une dictature. Il y a tel ou tel que je serais heureux de tuer de ma main. Contre le péril communiste tous les moyens sont bons. Nous avons fait un serment. » Il se dit aussi dégoûté des socialistes que pleinement satisfait du PPF. « Nous ne cherchons pas

1. *Bulletin des amis d'André Gide*, n° 102, avril 1994.

les intellectuels; nous voulons du courage physique; nous sommes des militants avant tout. »

Son interlocuteur lui ayant objecté que ses articles de *L'Émancipation nationale* n'ont pas la qualité de ses chroniques de la *NRF*, il s'emporte. « Laissez-moi rire; vous ne comprenez rien à la politique. Le public de la *NRF* ne m'intéresse plus. On n'écrit pas pour trois cents lettrés comme pour trois cent mille lecteurs. Il n'est plus temps de s'adresser aux ratiocineurs; si je n'écris plus à la *NRF*, c'est que je le veux bien. » Dans la personne même de mon père, quelle déchéance! note le jeune homme. « Certes, jamais il n'a brillé par la distinction, mais aujourd'hui, comme il paraît avoir baissé! » Celui qui fut un champion du rationalisme semble placer maintenant « le poing avant la raison ». Il s'entête dans quelques slogans. D'après Levesque, il aurait dit : « Thomas Mann peut m'intéresser jusqu'à un certain point par sa littérature, mais quand il parle de politique, ah! non, qu'il reste à sa place, qu'il se taise. On a raison de supprimer des gens pareils. À chacun son métier. » Paroles odieuses, quand on sait que Thomas Mann avait quitté Munich dès 1933 et choisi l'exil pour combattre l'hitlérisme.

Mon père proclame son mépris pour l'Italie, à laquelle manque la valeur militaire, et son admiration pour l'Allemagne. « Voilà une nation qui est grande, où l'on fait quelque chose. » Quelque chose, oui, mais nous savons aujourd'hui quoi. « Nous sommes des gens de gauche, nous ne voulons pas défendre notre portemonnaie », répète mon père, accroché à son ancienne formule, et qui accuse Gide d'être fasciste sans le savoir. L'inconséquence, l'illogisme de ces propos frappent le jeune homme, auquel RF avait déclaré, deux ans plus tôt, trouver « absurde » l'hitlérisme. Mais qu'attendre de sensé, ou simplement cohérent, de la part d'un homme qui avoue cyniquement son enthousiasme pour la pègre marseillaise ? « La grande affaire du PPF – et cela, Fernandez le disait sans rire (une jeune femme [Betty ? je n'ose le croire] qui l'accompagnait, arrivant de Marseille avec lui, appuyait ses dires) –, c'est l'acquisition des gangsters marseillais. La bande de Sabiani. Fernandez vient de voir ces messieurs à l'Amical bar ; il n'a pas assez de mots pour louer leur beauté, leur jeunesse ; il imite leur accent et s'en gargarise. Voilà des gens sur qui l'on peut compter ; ils ont trois revolvers dans les poches, ils sont tous pourvus de condamnations et ils sont maîtres de la Canebière. Fernandez et son amie racontaient avec enthousiasme une traversée de Marseille à quatre-vingts à l'heure, sous l'œil terrorisé et complice des agents, dans la voiture de Sabiani. »

Dandy en costume blanc à Cassis ; complice de nervis à Marseille : la piété m'inclinerait à mettre sur le compte du désarroi ces embardées d'une âme perdue. L'ancien amateur de voitures rapides, d'élégantes Bugatti, n'aime plus dans la vitesse que ce qui épate les voyous. L'homosexuel raté se trahit : « leur beauté, leur jeunesse… » Les propos sur Thomas Mann sont le plus atterrant : l'apôtre, il n'y a pas si longtemps, de la tolérance, de l'esprit, se dégrader ainsi en mouchard et en flic ! Est-il possible de soupçonner Levesque de malveillance ? Ces propos, les a-t-il déformés ? Comment croire que celui qui avait les moyens intellectuels de prendre la mesure de Doriot et des doriotistes affiche un pareil mépris de la pensée ? Ou déblatérait-il sous l'influence de l'alcool ? Retour de compassion en moi, si je considère l'ivrognerie de mon père comme une pièce essentielle dans sa stratégie d'autodestruction. Pour l'homme qui se disait, ou se croyait, « optimiste », quelle disposition au malheur !

En 1939, pas un seul article dans *La Nouvelle Revue française* : c'est la première année où il déserte. Où il abandonne un magistère qu'il exerçait sans interruption depuis 1923. Où il descend d'une tribune du haut de laquelle, pendant seize ans, il avait arbitré la vie intellectuelle et littéraire. Où il brise avec tout ce qu'il a été jusque-là. Par calcul des urgences, appel irrésistible des foules, soif d'entraîner trois cent mille lecteurs, selon ce qu'il a déclaré à Levesque ? Ou, là encore, puis-je attribuer ce reniement, cette trahison, à la volonté sauvage de piétiner la meilleure part de lui-même ? Il est aussi possible, tout simplement, qu'on l'ait expulsé du sanctuaire.

Il n'y a plus que *Marianne* pour le rattacher à la littérature. Quelques grands morceaux, encore, de critique journalistique. Les jugements reflètent parfois les intérêts actuels de mon père, mais l'œuvre est toujours évaluée indépendamment des rapports personnels – amitié ou inimitié – qu'il peut avoir avec l'auteur. Mauriac, Sartre, Nabokov, Giraudoux, Saint-Exupéry, Meredith, Marcel Aymé, Ramuz, Alain, André Gide, Maurice Sachs, Léon-Paul Fargue, Brasillach, Péguy, Bernanos. Éloge de *Les Chemins de la mer* de Mauriac, sans aucune trace de rancune contre celui qui a opté pour le camp politique opposé et banni de ses réceptions mon père. Un sens très fin de la mystification intelligente distingue *La Méprise* de Nabokov, l'habituelle féerie soulève les pages de *Choix des élues* de Giraudoux. *Terre des hommes* de Saint-Exupéry répare une des faiblesses de la littérature, le défaut de liaison entre l'écrivain et l'homme d'action, entre l'acte et la plume. Si l'avion est doué d'un pouvoir de dépaysement magique, il est avant tout instrument d'analyse, et voilà ce qui plaît et attire dans l'aviation, en même temps que la camaraderie des hommes, l'esprit d'équipe, et la réduction de l'idéal humaniste à quelques principes élémentaires.

On attendait mon père sur *Le Mur*. « Le curieux et vigoureux auteur de *La Nausée* » lui paraît un des meilleurs conteurs d'aujourd'hui, par la sobriété du ton, la précision des peintures, l'allant du récit, la cruauté de l'esprit. « L'Enfance d'un chef », en particulier, constitue « une étude tout à fait remarquable » sur « le développement psychologique d'un enfant qui devient jeune homme à travers les troubles, les convulsions, les morbidesses, les inversions de toutes sortes, pour se découvrir, au terme, l'âme saine et joyeuse d'un chef ». Des « inversions de toutes sortes » à la mystique du chef, mon père reconnaît-il le parcours de Drieu ? de Brasillach ? le sien ?

L'article du 28 juin, consacré au livre de Mlle Morino sur *La Nouvelle Revue française*, explique, de façon plus subtile que dans les propos rapportés par Levesque, pourquoi mon père s'est détaché de cette revue. Elle a joué son rôle, dit-il, quand la littérature, au début du XXe siècle, était menacée par le positivisme, la science mal comprise et les intérêts du commerce. Il fallait alors faire entendre des voix pures, désintéressées, permettre à l'écrivain de développer une conscience délicate de soi-même, quitte à rompre tout contact avec le pratique, l'action, même dans des écrits traitant de l'action. « Autrement dit, l'idéal était, par exemple, de s'exprimer sur la politique sans passion politique, sur les arts en connaisseur détaché, sur la finance de loin et de haut, et comme dans un état de distraction illuminée. » Cela passera, promet mon père. « Un jour viendra où l'écrivain reprendra sa place normale, qui n'est ni la première ni la dernière, où le plaisir d'écrire l'emportera sur l'idée enfantine de mission, où l'on écrira comme on fabrique un fauteuil, et non comme on pontifie. » Le verdict sur la *NRF* est un peu dur, surtout de la part de celui qui y est entré par l'entremise de Proust, et dont le premier livre défendait une philosophie du « message ». Remplacer la « mission » par l'efficacité pratique : avec cinq ans d'avance sur Sartre, mon père ébauche une théorie de l'engagement.

La publication du *Journal* de Gide dans la Pléiade fournit l'occasion de porter un jugement d'ensemble, hautement admiratif, sur le « seul écrivain » à qui convient le qualificatif de « témoin » de son siècle. Parti du symbolisme, longtemps attardé dans des habitudes individualistes qui lui permettaient de rester « sans état civil spirituel », il a été jusqu'à une date récente « un rentier de la pensée et de la sensibilité : et brusquement il est tombé dans la réalité sociale et politique, ce qui fut pour lui à la fois un éveil et un réveil. Volontairement autodidacte, malgré sa culture première, il a voulu tout apprendre par lui-même, et pas à pas, il a mécontenté les uns et les autres ». Jolie manière de rendre hommage à son indépendance d'esprit.

De Léon-Paul Fargue, son voisin de banquette chez Lipp, mon père loue le mélange « de bonhomie poétique, de naïveté scientifique et de distraction dosée » ; de Brasillach, rédacteur en chef de l'hebdomadaire fasciste *Je suis partout*, l'art du conteur, qui sait allier « une générosité grave à une nonchalance étudiée ». Brasillach n'est jamais entré au PPF ; il n'a jamais été, je le rappelle, un proche de mon père, bien que les deux hommes aient participé ensemble à des meetings d'extrême droite.

Peu de temps après le début de la guerre, le 20 septembre, long article sur deux écrivains tués au front pendant la Grande Guerre, Charles Péguy et Ernest Psichari. Ce que mon père y dit de l'Allemagne et du danger allemand contredit absolument les propos que lui prêtait Levesque, soit que celui-ci les ait dénaturés à dessein, soit que mon père ait révisé, depuis 1937, son jugement. Le voilà qui maintenant justifie la nécessité de la guerre contre l'Allemagne, comme Péguy la justifiait déjà, quand le féal de Jeanne d'Arc soutenait que ce n'était pas une guerre comme les autres, mais une guerre sainte, une défense sacrée, « la mission particulière de la France en face de l'Allemagne ». Péguy et Psichari avaient compris, l'un et l'autre, que « la menace allemande n'était pas une menace quelconque, mais une menace pour la civilisation, et que la France était choisie pour y répondre. C'est-à-dire qu'elle était "élue" ». Et mon père d'admirer sans réserve « pareille conjugaison entre le don patriotique de soi et l'art littéraire », entre la parole et l'action. Comment l'homme qui signait de telles lignes a-t-il pu, un an plus tard, préférer, à la « guerre sainte », le vil compromis de la « collaboration » ?

Même stupeur en lisant l'article que mon père consacre, le 4 octobre, à deux livres polémiques de Bernanos, *Scandale de la vérité* et *Nous autres Français*. La guerre d'Espagne puis les accords de Munich avaient poussé les deux hommes chacun dans un camp opposé. Or Munich, dit mon père, appartenant au passé, et à un passé déjà bien lointain, « tout ce qu'on pouvait en dire, pour ou contre, il y a quelques mois, voire quelques semaines, ne peut paraître, aujourd'hui, que faux ou en tout cas périmé. On en pourrait dire autant de la guerre d'Espagne ». Conclusion : « On a souvent tort d'accrocher fortement des idées et des passions à des événements localisés dans l'espace et dans le temps. » Bernanos, en 1939, se trouve en exil en Amérique du Sud, où il est parti « avec un peu de la sombre amertume de Platon quittant Athènes ». Cet article, qui s'efforce de gommer les différences politiques entre les deux anciens amis, me semble une tentative de réconciliation avec l'expatrié, présenté et admiré comme ayant « la conscience catholique, le cerveau et le cœur monarchistes, et le tempérament républicain ». Tel Péguy, Bernanos croit dans une sorte de mission sacrée de la France. Je trouve extrêmement curieux que mon père, peu de temps avant qu'il ne se décide à la trahir, cette mission, ait hissé sur le pavois les deux écrivains qui étaient le mieux faits pour le retenir sur la voie de l'honneur. On dirait l'appel au secours d'un homme qui craint de se noyer.

Car il s'enfonce toujours un peu plus, par ses articles dans la presse du PPF, à la gloire du PPF, de Doriot, de Salazar. Croit-il en ce qu'il publie ? Je le surprends en flagrant délit de forfaiture intellectuelle. Le 13 mai, dans *La Liberté*, il a présenté une première fois *Scandale de la vérité*, en des termes presque méprisants. Le « pessimisme orgueilleux », la « haine du réel » de Bernanos ne témoignent que de « sa défaite personnelle ». Il a étalé son impuissance à agir, non seulement en malmenant Doriot, mais par « le triste éreintement de M. Maurras qui forme le gros de *Scandale de la vérité* ». Son exil au Brésil est lui-même une métaphore de son effacement dans le débat intellectuel : le voilà réduit à disparaître par incompatibilité d'humeur avec la vie. Double langage, donc, selon que mon père écrit pour le public de gauche dans *Marianne* ou pour le public d'extrême droite. Que pense-t-il en vérité ? Bernanos est-il un modèle à suivre ? Un pauvre type à abandonner dans son coin ? Le second article a-t-il été écrit en repentir du premier ? Le fait même de se contredire à cinq mois d'intervalle n'indique-t-il pas qu'il hésite encore entre fidélité et trahison ?

Maurras, entré à l'Académie française sous le parrainage d'Abel Bonnard, a droit à un éloge appuyé. Mon père se réjouit de son élection, mais comme il s'est réjoui de celle de Bergson, ni plus ni moins. (Rappelons que Maurras a théorisé l'antisémitisme d'État.) On peut discuter ses idées, ajoute mon père, mais lui être hostile en bloc est le signe qu'on n'accepte pas « la grandeur ». Deux autres « penseurs » excitent au contraire les sarcasmes de mon père : Benda et Guéhenno. La rupture avec eux semble complète. Trois sujets politiques, qui donnent lieu chacun à une suite d'articles, occupent particulièrement l'animateur des Cercles populaires français : la situation en Afrique du Nord, la notion de « chef », la notion d'« élite ».

Il s'est rendu une première fois au Maroc en février 1938, le 7 novembre de la même année il est parti pour l'Algérie, enfin, en février 1939, une nouvelle tournée de conférences l'a amené d'abord en Tunisie, puis dans les deux autres pays du Maghreb. Le Maghreb, c'est le territoire de l'antisémitisme. Depuis toujours. Bien avant le PPF, et même, aux débuts du PPF, contre le PPF. Le 29 octobre 1936, lors d'un meeting tenu à Oran, Doriot avait demandé : « À qui a profité la révolution soviétique ? » Réponse de la foule : « Aux Juifs ! » Et Doriot : « Ah non ! Les Juifs ont été fusillés en grand nombre [Kamenev, Zinoviev] et ceux qui survivent sont parqués dans leur ghetto. » Depuis, le PPF avait compris qu'un des moyens de se rallier les métropolitains d'Afrique du Nord était d'introduire l'antisémitisme dans son programme. Victor Arrighi s'y était employé. Encouragé par Drieu, l'antisémitisme avait infecté le PPF tout entier. Doriot, en 1939, incluait dans ses diatribes Léon Blum et le « judéo-marxisme ».

Mon père a-t-il emboîté le pas ? J'ai peur de lire le compte rendu de sa mission, publié dans sept articles de *La Liberté*, du 12 au 20 avril 1939, sous le titre général : « Les cercles de l'Empire ». Cela commence par des impressions de voyage : Tunis la blanche, Constantine, dont les « cafés riants », l'atmosphère paisible et bonhomme ont effacé les traces sanglantes de la conquête. RF tient à rappeler « l'héroïsme » de cette conquête. Il note que les Arabes restent à l'écart, taciturnes, jetant de brefs éclairs de leurs yeux sombres. « Le silence ne se colonise pas. » Puis cette phrase, à double sens : « On songe à la rapidité magique avec laquelle éclata le massacre des juifs en 1934. » Pour éviter de tels excès, il faut gouverner les indigènes par l'autorité, une autorité juste et tranquille (sous-entendu : le PPF), non, comme les socialistes, en n'appliquant que les principes abstraits du droit. À Sidi-bel-Abbès, éloge du légionnaire. « Il n'est pas, en général, un beau ténébreux, il n'ondule pas comme un serpent, et on ne voit pas pourquoi il sentirait le sable chaud. » Il est droit, solide, prisonnier d'un appareil militaire rigoureux « qui donne son relief et sa beauté au corps mystérieux des hommes sans nom ». À Oran, les colons espagnols se sont amalgamés aux français, occasion pour le journaliste, qui se souvient de son origine mexicaine, de saluer l'alliance des deux sangs qui coulent en lui. Sans les « nationaux » (les PPF), il eût été impossible de fondre ensemble les divers éléments étrangers qui composent l'Algérie.

Aucune allusion aux Juifs. Pendant ce temps, à Paris, Jean Giraudoux écrivait froidement : « Le pays [la France] ne sera sauvé que provisoirement par les seules frontières armées ; il ne peut l'être définitivement que par la race française et nous sommes pleinement d'accord avec Hitler pour proclamer qu'une politique n'atteint sa forme supérieure que si elle est raciale, car c'était aussi la pensée de Colbert ou de Richelieu. » (*Pleins pouvoirs*, juillet 1939.)

Au Maroc, c'est l'émerveillement, devant une antique civilisation aussi belle que la civilisation européenne, et la satisfaction de constater que la stratégie du PPF coïncide exactement avec la politique préconisée par Lyautey. La doctrine des socialistes, selon lesquels les colonies ne sont que des mandats provisoires, en attendant que l'indigène soit assez mûr pour recouvrer sa liberté totale, est non seulement fausse mais immorale, affirment à mon père ses interlocuteurs. Elle nie l'effort des pionniers. Elle insulte aux qualités des officiers des Affaires indigènes, modèles vivants de « l'officier brave, cultivé, réfléchi, dont Vauvenargues et Vigny ont tracé l'idéal ». L'Empire, il faut le défendre, l'Empire défini comme « l'épanouissement de toutes les volontés françaises », et il faut le défendre dans le cadre fixé par Doriot. En conclusion, « les meilleurs hommes de l'Afrique du Nord » apportent une confirmation éclatante au programme du Chef.

Rien que de gentiment banal dans tout cela. Les évocations de paysages, de villes, sont aussi conventionnelles qu'à l'époque où mon père, jeune homme, rapportait ses premières impressions d'Italie. Il reste un piètre touriste. Et se révèle un propagandiste bien mou. Dans le Maghreb, il n'a été sensible, somme toute, qu'aux souvenirs de l'épopée coloniale. Cette geste guerrière, les soldats de la Légion, selon lui, en portent l'ultime et encore glorieux reflet. Du coup, je suis confirmé dans mon opinion qu'une des causes de son adhésion au PPF a été l'espoir de revivre, fût-ce à travers les apaches de Simon Sabiani, un peu de cet héroïsme dont sa mère l'avait privé.

Un manuscrit inédit (deux chapitres, de dix et douze pages, romanesquement intitulés « L'omoplate de mouton et la boussole » et « L'assaut ») relate l'expédition menée par un certain capitaine Raimbaut, commandant du poste militaire de Tazemmourt, contre une tribu insoumise : mon père s'anime en écrivant ce récit d'aventures, qui n'a plus qu'un faible rapport avec la politique.

Ses idées sur le « Chef », il les concentre dans trois articles de *L'Émancipation nationale* (31 mars, 21 et 28 avril 1939) et dans une conférence répétée quatre fois (le 4 mai, devant la deuxième section des Cercles populaires français ; le 15 mai, à Nogent-sur-Seine ; le 19 mai, à la salle Jouve, devant les CPF du XVe arrondissement ;

le 24 mai, devant les CPF de Versailles). Tant de zèle, pour défendre une pensée dans l'ensemble assez juste, et si peu de discernement, pour en faire l'application !

1. La notion de chef est diamétralement opposée à la notion d'élu. L'élu, restant sous le contrôle des électeurs, a pour chefs ceux qui lui délèguent le pouvoir ; le citoyen reste le supérieur de celui qu'il charge d'agir ; il n'y a donc rien, dans la pensée de l'élu, qui ne se trouve déjà dans la pensée des électeurs ; au lieu de les diriger, il est leur esclave.

2. Le chef, à l'opposé, est un individu doué de qualités exceptionnelles, que la nature et non les hommes a rendu apte au commandement. Le chef commande, et ses décisions ne sont pas sous le contrôle des hommes, mais sous celui des faits : victoire ou échec. Ses projets n'ont pas été conçus d'avance par la masse, comme c'est le cas pour l'élu démocratique : sa fonction est au contraire de rendre la masse peu à peu consciente de ce qu'elle ne fait que sentir instinctivement. Ce n'est pas un despote : il ne force pas plus la masse qu'un grand peintre ne force la nature lorsqu'il en dégage les lignes et les tons essentiels. « Le chef est celui qui a d'abord dans la tête ce qui sera plus tard dans la réalité, qui aperçoit avant eux le destin des hommes. » Il prévoit, c'est-à-dire il voit ce qui n'est pas encore perceptible à tous ; et il éclaire, c'est-à-dire il amène les autres à voir. Son autorité résulte d'une différence d'optique. « La grandeur politique du chef réside dans les décisions prises contre vents et marées, quand le cerveau d'un homme abrite une volonté vraie au milieu d'un monde trompeur. »

3. À quelles époques apparaît le chef ? Aux époques de crise : Scipion l'Africain, Hugues Capet, Foch, Salazar. La démocratie, du moins la démocratie molle à la Daladier, n'est adaptée qu'aux époques de prospérité, au « train-train béat de tous les jours ». Autant dire que

c'est un régime nul, une illusion provisoire, un *idolum theatri*, eût dit Bacon. « De quel nom qualifier une auto qui n'est bonne que dans les descentes ? »

4. Le problème actuel, en France, est de renationaliser la classe ouvrière, condition indispensable pour refaire l'unité de la nation. Un homme, désigné par ses « capacités éminentes », est apparu à cet effet : Jacques Doriot. Nul autre n'est apte à résoudre la crise de notre démocratie. C'est lui « l'élément mâle » dont a besoin la masse révolutionnaire, femelle par essence. Doriot, le Chef, le seul chef !

Et, pendant cinq ans, ce sera la même conviction, la même rengaine. Pareil entêtement stupéfie. Doriot, en 1939, passe encore, dans la France décomposée, liquéfiée, de Daladier, Georges Bonnet, Chautemps, Lebrun, la France des bedaines radicales-socialistes, comme disait Drieu, la France ratatinée des muscles rabougris, de la dénatalité, des couples sans enfants avec chien, la France débile de la pêche à la ligne et de l'apéro. Oui, dans ce contexte sordide, Doriot pouvait faire illusion. Mais peu après… Treize mois après… Continuer à le respecter, à l'admirer, à le vanter, quand tout – mœurs, corpulence et vulgarité de jouisseur, financements étrangers, plate soumission à Vichy, aux nazis –, tout désignait en lui l'imposteur ! Ne pas s'apercevoir qu'on avait pensé juste, mais tiré une conclusion erronée… Dès juin 1940, quelqu'un d'autre que cette canaille émergeait de l'ombre, prêt à appliquer la pensée de mon père et à la justifier. Un peu plus d'un an après ces articles et ces conférences, il appellerait les Français à le suivre, et mon père, alors, ne l'entendrait pas. Cet homme, dont le nom est sur toutes les lèvres, réunissait pourtant les quatre conditions nécessaires, selon mon père, au véritable chef, et résumées ainsi :

« 1. Qualités éminentes de prévision, de décision, de volonté, cultivées par l'individu et données par la nature.

2. Répondre à une nécessité historique du moment.

3. Pouvoir concevoir solitairement un projet, ignoré ou désapprouvé de son entourage.

4. Représenter des qualités compensatrices des défauts de la moyenne de la nation, et contredire l'opinion commune, en remonter la pente. »

De telles lignes (extraites des notes préparatoires des trois articles et des quatre conférences) ne définissent-elles pas la pensée et l'action du général de Gaulle ? Je trouve tragique ce malentendu – ce contretemps, ce défaut de synchronisation – qui a fixé la pensée de mon père sur le personnage le plus indigne de l'incarner, alors qu'il s'en trouvait un autre, possédant toutes les qualités requises, probe, désintéressé, indifférent à l'approbation, indépendant des partis, seul contre les politiciens. Un an plus tard, il surgirait sur la scène de l'histoire française, il la remplirait de son éclat et de sa grandeur, indiscutée même des antigaullistes – il serait l'auto qui remonte la pente –, et pourtant mon père, qui avait théorisé sa venue et métaphorisé sa mission, demeurerait attaché à un simulacre, rudimentaire et risible, du « Chef », à une caricature, vénale, bouffie, déshonorée.

Pourquoi, en juin 40, ne s'est-il pas ravisé ? Plus tard, sous l'Occupation, pourquoi est-il resté dévot à cette fausse idole ? Poursuivre une chimère criminelle, quand le héros souhaité était là ! Avait-il oublié le passage de l'historien grec Polybe qu'il voulait mettre en épigraphe à ses conférences ? « Il [Scipion l'Africain] prit en main une situation considérée comme presque désespérée et il négligea de faire ce que chacun considérait comme indispensable, inévitable, mais conçut et exécuta un plan d'action qui surprit également amis et ennemis. » Commentaire de mon père : « La nécessité du chef apparaît ici avec éclat. Personne, ni ses amis ni ses ennemis, n'était d'accord avec Scipion sur ce qu'il fallait faire. Il était seul de son avis : cette solitude est le propre du chef, lorsque, bien entendu, ce qu'il décide seul se conclut par une réussite. » Doriot au lieu de De Gaulle ! Le grand Jacques au lieu du grand Charles ! Cette énorme bévue, cette monumentale erreur sur la personne, ce choix d'une crapule comme modèle et comme maître, alors que le vrai modèle et le vrai maître existait, auront scellé définitivement le destin de mon père. C'est que, au fond, il recherchait le « Chef » pour de mauvaises raisons : non pour sauver la France, mais pour se sauver lui-même. La conscience de son propre échec vital, le remords de n'être qu'un intellectuel, le désir de compenser par l'action politique l'abandon de son foyer le disposaient à se jeter sur n'importe qui, à se prosterner devant n'importe quel fétiche.

Quatre articles de *L'Émancipation nationale* sur « l'élite » (5, 12, 19 et 26 mai 1939) complètent ceux sur le chef. L'élite est l'ensemble des personnes qualifiées qui assument, sous l'autorité du chef, la responsabilité de l'action sociale. Au lieu de pousser tous les citoyens sur le même rang, la République devrait procéder à une sélection sévère des individus, c'est-à-dire choisir et « élever » ceux qui ont des idées. Aucune arrière-pensée raciale dans cette « sélection », j'insiste sur ce point, le mot ayant pris depuis la connotation que l'on sait. Mon père est clair là-dessus. « Avoir une idée, c'est se représenter par la pensée, par l'imagination, quelque chose qui n'existe pas encore et que l'on travaille à réaliser. » Il y a des idées fausses, nocives. Par exemple, lorsqu'un monsieur (non nommé, mais la phrase prêtée à Goebbels était célèbre) déclare : « Moi, quand on me parle de culture, je commence par tirer mon revolver », il n'émet qu'« une très plate sottise », car, s'il faut combattre la culture mal entendue et mal enseignée, on doit encourager de toutes ses forces la bonne culture, « ce qui est évidemment plus difficile que de tirer son revolver ».

Réclamer une élite, c'est réclamer le retour d'une aristocratie. « Ne pas avoir peur du mot. L'aristocratie véritable est le contraire de l'esprit de caste et de l'exclusivisme. Ancienne France : noblesse et non aristocratie. » Des aristocraties, il y en a, aujourd'hui ; mais trompeuses, dissimulées, hypocrites, elles ne servent qu'à protéger des intérêts particuliers et à accroître leur propre puissance : la franc-maçonnerie, les trusts, les syndicats. À l'étranger ? C'est ici que mon père se heurte aux exemples russe, italien et allemand. Le « parti unique », au pouvoir dans ces trois pays, peut-on y reconnaître, se demande-t-il, la réalisation souhaitée de l'élite ? Non : le « parti unique », qu'il soit bolchevique, fasciste ou nazi, se réduit à n'être qu'une secte soudée par le favoritisme. « Dérive » du principe aristocratique, il garde les habitudes du clan : s'octroyer tous les droits, piétiner les faibles, régner par la terreur. Mon père ne fait exception que pour le Portugal de Salazar. Le parti unique n'y accorde à ses membres aucun privilège, sinon celui du devoir. Ailleurs, les dictatures ne sauraient être que des étapes provisoires, une société saine ne pouvant être fondée que sur le consentement mutuel, quand tous les citoyens reconnaissent librement la supériorité du chef et de ses « compagnons » (le mot y est, qui annonce les « compagnons de la Libération »). « La santé sociale est conquise lorsque les meilleurs citoyens ne sont plus, ne peuvent plus être des partisans. »

Je reste médusé : écrire des lignes si confiantes dans les possibilités d'un redressement politique raisonnable, et, peu après, s'allier à ce qui n'a jamais été pire en fait de prépotence, de brutalité fanatique, de déni de toute liberté...

La « Confession politique » (inédite), écrite en 1939, un peu plus d'un mois avant la déclaration de guerre, va-t-elle m'aider à voir plus clair ? Il sent lui-même, à cette époque, que sa position politique actuelle est le résultat de tant de contradictions, de faux pas, de malentendus, qu'il lui faut réfléchir sur ce parcours incohérent. Texte assez embrouillé d'ailleurs, qui ne dit rien que nous ne sachions déjà, et se contente d'énumérer les diverses influences subies, en les présentant sous un jour parfois nouveau. De son grand-père mexicain, qu'il n'a connu qu'à son déclin, au fond de son vieil hôtel de Mexico, vivant dans un isolement farouche, il a hérité « un certain penchant à choisir les solutions violentes, et le goût et le respect de l'autorité, relevés de quelques pointes d'indépendance ». L'autre grand-père, le poète félibre, était d'humeur plus débonnaire. « Il lui souvenait, avec autant de complaisance, d'avoir prêté cent sous à Alexandre Dumas père, et d'avoir serré la main de Napoléon III. » C'est tout sur la famille. Le silence complet sur sa mère m'indique que cette « confession » restera à fleur de sujet. Je ne relève non plus aucune mention de ma mère, du rôle qu'elle a joué dans sa vie, des conséquences politiques de son fiasco conjugal. Confession « politique », certes, mais quelle valeur peut-elle avoir si d'emblée se trouve niée l'interaction de sa vie privée et de sa carrière politique ?

Les étapes de sa formation intellectuelle, il ne fait aucune difficulté à les évoquer. Royaliste dans sa première enfance, auteur d'une pièce où il commettait « l'innocent abus de confiance de faire mourir Madame Roland au cri de "Vive le roi quand même !" », il a eu très tôt le sentiment, peut-être à cause de sa sensibilité de « métis », d'une France en désordre, où les choses n'étaient pas à leur place. Dès le lycée, trois influences se sont exercées sur lui : Charles Maurras, à qui il doit surtout des révélations littéraires (Balzac, Sainte-Beuve, Fustel de Coulanges), Augustin Cochin, historien monarchiste qui voyait dans la Révolution française « l'explosion d'une force satanique », enfin « une famille de l'ancienne France » (les d'Hinnisdäl ?), armée de principes immuables, et pour qui les individus n'existaient pas pour leurs qualités propres, mais seulement selon leur position sociale, leurs manières, leur moralité. « Je laisse à penser ce que ces vues avaient d'étroit et de buté. Mais en revanche, quelle précision, quelle solidité, et, dans bien des cas, quelle vérité ! Ces jugements qui coordonnaient les êtres en négligeant leurs différences individuelles les campaient dans une lumière révélatrice. C'était en somme la méthode des classiques. Je comprenais sur quel riche terrain avaient poussé Molière, Bourdaloue, Balzac. »

Défiance précoce du libéralisme parlementaire, renforcée par l'influence du cercle socialiste de la Sorbonne, « le plus intelligent de tous ». Culte religieux de l'ouvrier, cet inconnu. « Le fait que je vivais modestement et que je n'exploitais personne ne faisait qu'aviver mon sentiment de culpabilité : au contact des hommes, dans la lutte professionnelle, dans l'industrie ou le commerce, l'expérience eût émoussé ou corrigé ce sentiment qui, au sein d'une vie de méditation solitaire, se développait jusqu'à l'excroissance. » Rien d'autre que cette furtive allusion, sur le fait qu'il n'avait pas de situation, qu'il ne gagnait pas d'argent. A-t-il jamais été conscient que cette sorte de « déracinement » financier a pesé sur son évolution politique ? « Socialiste chez les riches, aristocrate chez les socialistes, je n'étais plus partout qu'une négation d'une partie de moi-même, sans être jamais tout à fait moi-même nulle part. »

Là-dessus se sont greffées l'influence de Marx, par besoin d'un système explicatif du monde, puis celle des écrivains anglais, Meredith et Chesterton notamment, pour leur intelligence et leur soin à vouloir vérifier la pensée par l'action. En sortant de la lecture de Meredith, « je fis la connaissance de Proust lui-même. Malgré le vif plaisir que je prenais à la conversation de ce grand écrivain, Meredith me garantissait contre la tentation du proustisme. J'osais admirer l'œuvre et en condamner la philosophie, dans une époque où *La Recherche du temps perdu* passait pour la clef du mystère humain ». Cette superbe indépendance d'esprit, que ne l'a-t-il étendue hors du champ littéraire !

Pourquoi s'est-il inscrit au parti socialiste SFIO ? Il a fait ce geste, dit-il, comme une pure formalité – et je remarque que Jean Prévost n'est même pas nommé. « J'avais décidé, une fois pour toutes, que j'étais "de gauche", antifasciste, partisan du "progrès" de l'évolution sociale, etc., plutôt pour prendre position et n'avoir plus à m'occuper de ces questions que par conviction très profonde. » Parmi ses autres motivations, mon père met au premier plan l'attitude des « nationaux » français, la méfiance qu'ils manifestent à l'égard des étrangers et demi-étrangers comme lui-même. « Un grand nombre d'étrangers de gauche ne le sont pas par tempérament, mais parce que la gauche est à leurs yeux la porte de la France, qui remplit sa double fonction de porte, en s'ouvrant pour les laisser entrer, en se refermant sur eux pour leur garantir l'asile et la protection du pays. »

Suit un beau portrait de Paul Desjardins, avec une réserve sur l'utilité de Pontigny, parce qu'on y discute de tout sans jamais s'engager sur rien. « Une décade de Pontigny est une traversée idéologique sur un vaisseau fantôme qui n'arrive jamais nulle part. Le libéral remue ses idées comme l'avare son or, sans se décider jamais à les échanger contre des réalités. » Et encore, ces libéraux ne sont pas si libéraux que cela, mon père en a fait l'expérience après 1936. « Il y a des permissions autorisées et des permissions interdites. On y tolère le communisme, auquel on prête une attention distante et prudente, le nationalisme y est interdit, ou peu s'en faut, et l'égaré qui comme votre serviteur se convertit du libéralisme au nationalisme perd aussitôt l'oreille de l'auguste compagnie. »

Retour à février 1934, au réveil politique que lui causèrent les événements, bien qu'il critiquât le manque de cadres et de programme dans la gauche. « Cette révolte contre les bourbiers de la politique se terminait par une victoire du Marais. Or, si l'on peut comprendre qu'une révolution populaire soit livrée à toutes les confusions de l'ignorance, du fanatisme et de l'intrigue, une révolution nationale, dirigée par l'élite, doit offrir le modèle de l'ordre, de l'énergie intelligente et de la dignité. » On voit ici se dessiner plus nettement les lignes de l'évolution politique de mon père, mais il ne faut pas oublier que ces pages ont été écrites après coup. Est-il vrai qu'en rejoignant le Comité de vigilance antifasciste puis en s'inscrivant à l'Association des écrivains et des artistes révolutionnaires, il ait, dès le début, discerné le péril communiste ? « Les intellectuels, par leur ignorance de la politique, leurs jugements capricieux ou leur vanité puérile, formaient une première proie facile sur laquelle les hommes de Moscou abattirent leur filet. Ce filet s'appelait antifascisme, drapeau commode, qui rangeait derrière lui des gens de diverses provenances, ce tout-venant qui fait l'aubaine des manœuvriers habiles. Le préfixe avait ceci d'opportun que, d'une part, on n'avait pas à formuler de doctrine positive, tandis que de l'autre on choisissait à son gré l'ennemi, qu'il suffisait de désigner comme fasciste pour justifier l'attaque. » Je n'ai pas gardé mauvais souvenir, ajoute mon père, de mon passage à l'AEAR. « Dans leurs rangs on respirait l'air vif des formations de combat. Et puis, il est si agréable de faire le communiste dans un monde libéral ! »

Bientôt, rupture avec les communistes, pour deux raisons : parce qu'il était impossible de penser correctement à l'intérieur du Parti, et parce que, moralement étrangers au pays, ils ne parviendraient jamais à conquérir la France. Comme occasion de la rupture, mon père rappelle l'affaire Drieu-Aragon. Ce qui ne l'a pas empêché d'applaudir à la victoire du Front populaire, dont il s'est détaché, comme il le rappelle, d'abord à cause des occupations d'usines, signe de la carence de l'État, puis lorsque la guerre d'Espagne a levé ses derniers scrupules. Franquiste, mon père l'a été à la fois par souci des véritables intérêts de l'Espagne menacée par la désagrégation anarchiste, et parce qu'il était facile de deviner à qui irait la victoire. Toujours cette double obsession, d'agir et de gagner. Hantise de la défaite politique, après l'échec du mariage.

Le temps était venu pour lui, poursuit mon père, de prendre sérieusement ses responsabilités de citoyen. Première préoccupation : tourner l'écueil que n'avaient su éviter ni Gide, ni Mauriac, ni Benda, ni Bernanos, tous ces intellectuels brillantissimes mais incapables de ne pas confondre le problème politique avec les accidents de leur sensibilité. Comment se fait-il que, si lucide vis-à-vis de ses confrères, mon père n'ait pas appliqué à lui-même cette critique des engagements politiques motivés par des problèmes personnels ? Je ne cesse de me heurter à cette question et je n'en viendrai jamais à bout, puisque, dans ce texte confidentiel, il se montre aussi aveugle que dans ses écrits publiés. De même, quand il critique l'hypertrophie du « mythe ouvrier » chez les intellectuels, il ne songe pas que, victime lui-même de cette idéalisation du prolétariat, il a héroïsé sans discernement Jacques Doriot.

Doriot ? J'attends qu'il en vienne à justifier son adhésion au PPF. Or, ni du « Chef » ni de son parti, je ne trouve la moindre mention. Seul Salazar, décidément son modèle, est cité. La réflexion politique se borne à une critique, extrêmement confuse, de la démocratie. Plus intéressant est ce qu'il dit de lui-même. « Je souhaite d'être commandé », avoue-t-il : il n'y a pas de raison pour que la conduite civique de chacun ne soit pas dirigée, comme sont dirigés la pensée par les savants et l'enthousiasme par les poètes. Un ordre légitime et bien conçu n'a rien d'un affront, comme le croient les Français : on peut le comparer à un haut enseignement, aux révélations de la science et de l'art. « Tout cela vous paraîtrait tellement plus simple si vous vous avisiez que ce qui vous déplaît dans le commandement, c'est vous-même, c'est-à-dire la mauvaise habitude que vous avez prise, par votre inquisition sournoise, votre mauvaise volonté, votre vanité chatouilleuse, de commander à vos chefs. » J'aime aussi commander, ajoute mon père : mais être commandé et commander, il faut que ce soit dans certaines limites, car j'ai une âme, une liberté, que l'État totalitaire ne reconnaît pas.

Cette pensée raisonnable est contredite par ce qui me semble, une fois de plus, un signe d'aveuglement sur soi-même. Le principal péril pour la démocratie, selon mon père, est « la permission que prend le citoyen de s'octroyer en politique toutes les libertés, toutes les tentatives, toutes les poussées de fantaisie, tous les chatouillements de vanité, tous les rêves et toutes les revanches imaginaires qu'il se refuse dans son activité privée et responsable ». J'ai souligné les mots qui montrent le mieux, à mon avis, cet étrange dédoublement d'un homme capable de diagnostiquer la maladie tout en étant persuadé qu'elle ne l'atteint pas personnellement. Pourquoi a-t-il adhéré au PPF puis au fascisme, sinon pour assouvir les rêves et les revanches impossibles à satisfaire dans sa vie privée ?

Un post-scriptum, ajouté après la défaite de 1940, mentionne enfin Jacques Doriot. Longtemps, dit mon père, il a hésité avant de s'engager activement dans le PPF, car de vieilles habitudes politiques, venues de la droite aussi bien que de la gauche, « se dressaient contre cette intégration totale de l'individu dans l'État », telle qu'on pouvait l'observer dans les gouvernements semblables à celui que préconisait Doriot. Et de citer Mussolini, Hitler, Salazar, Franco. Fallait-il renoncer à suivre ce chemin, repousser des solutions intéressantes, sous prétexte qu'elles n'avaient pas été trouvées par la France ? Pourtant, ces nouveaux maîtres de l'Europe s'étaient inspirés de penseurs français, entre autres Maurras et Georges Sorel.

Voilà, sauf erreur, la première fois que mon père pose une analogie entre Doriot et les dictateurs à l'égard desquels il avait jusque-là fortement marqué sa défiance. « Je me jetai, après ces réflexions, dans l'action directe, et je devins un des membres militants du PPF, sous la direction de Jacques Doriot. » La confession prend fin ici, car il ne s'agit plus maintenant, affirme son auteur, de se souvenir, mais de concevoir, de vouloir et d'espérer, dans le cadre du parti qui a su, par son intelligence du problème social et son nationalisme éclairé, « plonger et fixer ses racines dans la nation ».

41.

1940

Au début de l'année, il lit *Gilles*, le roman le plus ambitieux de Drieu La Rochelle, grande fresque sociale et politique. On ne met plus en doute, aujourd'hui, la parenté de l'auteur et de son héros, motif principal qui inciterait à relire un livre bavard et mollasson. Vingt ans de l'histoire de France, entre les deux guerres, défilent dans ces quelque 500 pages. Gilles, en quête perpétuelle d'argent et de femmes, assiste impuissant au ratage de sa vie. D'avoir fait la Grande Guerre, en jeune soldat, ne l'a guère mûri. Il est cynique, indécis, veule, excessivement soigneux de sa tenue vestimentaire. Il n'a pas de situation, et, s'il s'intéresse à la politique, c'est en dilettante, mû surtout par le mépris des politiciens et le dédain de l'humanité en général. Il vire au fascisme, et la dernière partie le montre engagé, pendant la guerre d'Espagne, du côté des nationalistes. Dans l'ensemble, il compose un personnage assez déplaisant, conforme à la volonté autodestructrice de l'auteur qui ne cherche pas à flatter mais à noircir son portrait.

Est-ce pour cette raison que mon père, dans l'article qu'il écrit pour *Marianne*, le 10 janvier 1940, fait preuve d'une grande indulgence ? On doit lire entre les lignes pour deviner les réserves. Par exemple, il remarque que Gilles n'aime les femmes que par moments, par bouffées, pour retomber promptement « dans un silence intérieur qui a la qualité du désert ». Aucune mention n'est faite de l'évolution vers le fascisme de Gilles, comme si mon père n'était pas fier d'une telle recrue, trop indolente et passive. Drieu, comme dans toute *Éducation sentimentale* qui se respecte, a mêlé les trois thèmes des femmes, de l'argent et de la politique, mais sur un mode mineur, dans « le style murmuré, celui d'un entretien à voix basse… avec les hésitations et les retours de la conversation familière ». Tout en louant le naturel de cette manière, mon père se garde de crier au chef-d'œuvre. Il laisse entendre le danger du vieillissement pour un livre qui colle de trop près aux problèmes de l'époque et dont plusieurs personnages ont des modèles trop facilement reconnaissables (en particulier les surréalistes, Breton et Aragon, caricaturés sous les noms de Caël et Galant : mais le critique ne livre pas les clefs). Appeler du nom de « filles » les femmes que Gilles, incapable de véritable amour, paie pour calmer ses sens, n'est-ce pas utiliser un langage « désuet » ? En somme, mon père fait de son mieux pour ne pas dire que c'est un livre manqué, mais l'absence trop visible d'enthousiasme aura blessé profondément l'auteur.

Deux des livres recensés pour *Marianne*, les 31 janvier et 20 mars 1940, traitent de l'Allemagne et donnent l'occasion à mon père de renouveler sa profession de foi contre le nazisme. Il approuve Henry Bordeaux de montrer, dans *Les Étapes allemandes*, « l'éloignement progressif de la civilisation chrétienne dont l'Allemagne naziste nous a donné et nous donne le tragique spectacle ». Le drame de ce pays, et le danger qu'il présente, c'est qu'il n'a pu se construire que contre l'Europe. « Son compérage avec la Russie en est un exemple. Si dure et tragique que soit cette guerre, comme toute guerre, elle nous aura du moins servi à remettre en place les valeurs. » L'article se conclut par une citation admirative de quelques mots du vieux Henri Bergson : « L'ombre de M. Hitler s'allonge sur le monde. Il ne permet pas à la pensée de suivre des voies sereines. Il a empoisonné le travail et le plaisir. » Le 20 mars, rendant compte de l'ouvrage de Gonzague de Reynold, *D'où vient l'Allemagne*, mon père revient sur l'idée que « tout le mal allemand date du moment où l'Allemagne, voulant se constituer en nation, a présenté ce mouvement national comme un défi à l'Europe traditionnelle ». Quant au mythe nazi de l'Aryen, RF le combat en en rappelant la genèse, telle que l'a établie Reynold : « En 1786, William Jones découvre entre le sanskrit et un groupe de langues formé par le grec, le latin, le celtique, enfin l'allemand, des analogies qui le conduisent à leur attribuer une origine commune. La tentation était forte de passer d'une langue mère à une race mère, de la linguistique à l'ethnologie. »

Dans le même numéro de *Marianne*, vibrant hommage à Paul Desjardins, qui est mort le 10 mars à Pontigny, et qui, dans la vieille abbaye de Bourgogne comme rue Visconti, « dans cette vieille et étroite rue où vécurent Racine et Balzac… défendait seul cette tradition de "l'art de conférer" à laquelle Montaigne consacra un de ses grands chapitres ». Pourtant, l'ancien directeur de plusieurs décades ne se rendit pas à Pontigny pour les obsèques, auxquelles ma mère et beaucoup de fidèles accoururent.

Les autres articles de 1940 pour *Marianne*, en cette dernière année du journal de Berl, ont pour sujets des auteurs littéraires, quelques classiques, comme Racine ou Ibsen, surtout des modernes, Chardonne, La Varende, Aldous Huxley, Jules Romains, Simenon (*Le Bourg-*

mestre de Furnes, hautement loué), enfin Roger Martin du Gard, qui répond à l'éloge du dernier volume des *Thibault* par une chaleureuse lettre de remerciement : « Vous, au moins, vous avez évité de juger ce livre en partisan, et avec les lunettes de 1940. Surprenant pour moi, éternellement naïf, de constater que si peu de critiques consentent à ne pas chercher l'actualité dans un livre que j'ai écrit en 37-38, et qui se passe vingt ans plus tôt. »

L'ultime numéro de *Marianne* parut le 28 août, mais mon père, incorporé dans l'armée, avait interrompu sa collaboration régulière en avril. Son dernier article, paru le 15 mai, serait consacré à *La Conquête des pôles*, de Henry Bidou.

Avant l'interruption de cinq mois consécutive à la défaite, un seul article dans la *NRF*, le dernier qu'il donne à la revue dirigée encore par Paulhan : « La solitude de l'Allemagne » (janvier). D'emblée, le ton est donné : « Il faut bien reconnaître, sans aucune intention ni déformation polémique, que l'esprit allemand ne s'est guère adapté, pour la méthode du jugement, à l'esprit universel... On a pu croire et dire que le peuple allemand avait été la victime, entre 1914 et 1918, d'un corps de hobereaux conduits par un empereur nerveux ; mais comment le croire encore aujourd'hui, quand on voit un peintre en bâtiment, entouré d'un lot d'hommes sans passé, renchérir sur les Hohenzollern et les Chevaliers Teutoniques ? » Suit l'examen d'un discours où Hitler, à coups de sophismes qui ressemblent, dit mon père, à ceux de Jean-Jacques Rousseau, accuse la Grande-Bretagne et la France de s'entêter à lui faire la guerre : jamais, je crois, on n'a démonté aussi lucidement, et en recourant à une comparaison aussi originale, la pathologie intellectuelle du dictateur allemand. RF utilise *De la personnalité* et applique les analyses de son ancien livre à la politique, pour comprendre en profondeur le mal nazi. « Vous avez bien lu : les gens qui provoquent à l'incendie, ce sont les capitalistes et les journalistes juifs ; les gens qui veulent faire la guerre, ce sont les démocraties occidentales. Pourtant, n'est-ce pas Hitler qui a déclenché la guerre, allumé l'incendie ? Sans doute, mais songez au ruban de Rousseau, à sa lettre à Mme de Franqueville. C'est Rousseau qui avait volé le ruban : il accuse Marion du vol. C'est Rousseau qui avait mis ses enfants aux Enfants Assistés : il en accuse, par un détour, Mme de Franqueville. Rousseau illustre Hitler, et tout cela revient à dire que les actes commis *matériellement* par le chancelier du Reich, ce sont les autres qui en ont la responsabilité morale. Donc, il ne les a pas commis, à proprement parler ; il est l'agent innocent de la mauvaise volonté des autres ; il représente la fatalité du péché des autres. » À lire Hitler, continue RF, on jurerait entendre « un vieux pacifiste ému et indigné par ceux qu'il appelle les "va-t-en-guerre" ». Solitude de l'Allemagne, analogue à la solitude de Rousseau : « Le sujet ne se reconnaît pas dans le monde qui l'entoure. » Corollaire de cette solitude : « le refus du monde établi et l'illusion de naître à soi-même… le besoin de conquête chez un peuple, de révolte chez un individu ainsi animés ». Inadéquation de la pensée à l'action, exercice gratuit de la pensée qui refuse de se soumettre à l'épreuve des faits : je reconnais les vieilles idées de mon père. Il ne juge pas Hitler du point de vue moral, mais pour ses fautes contre l'esprit. « Remarquable, l'article de Fernandez », écrit Chardonne à Paulhan, le 7 janvier. Quelles autres réactions suscita cet article ? Je ne connais que celle de Martin du Gard, à qui le diagnostic parut tout à fait convaincant : il y trouva éclairées, amplifiées et précisées ses propres impressions de Berlin et de Munich. « C'est du meilleur Fernandez ! » conclut, dans sa lettre à mon père (27 mars 1940), le seul de ses anciens amis qui ne l'ait pas lâché.

L'année 40, évidemment, fait passer au second plan les préoccupations littéraires. D'autant plus que, dans la vie privée de mon père, il y a aussi du changement. En février, le divorce est enfin prononcé, non sans quelques nouvelles et violentes disputes avec ma mère. En avril, toujours poussé par son ancien remords, il s'engage dans l'armée : non dans la Légion, comme il en avait eu un moment la tentation, mais dans l'armée régulière, comme soldat de seconde classe. Il est affecté à l'arrière, et passe quelques mois, du 5 avril au 3 août, jour de sa démobilisation, dans la caserne de Bourges, ou plutôt dans l'infirmerie de cette caserne. Il est arrivé dans un état si avancé d'alcoolisme, qu'on l'a soumis à une cure de désintoxication. Tel a été pour lui le seul bénéfice, malheureusement provisoire, de cette guerre.

Le 9 juin, sans doute lors d'une permission, il est à Paris, et Vassili Soukhomline, un journaliste russe, qui l'aperçoit au Petit Saint-Benoît, le restaurant tenu, précise-t-il, par les époux Varet, a laissé ce témoignage (*Les Hitlériens à Paris*, EFR, 1967). « Ramon Fernandez, un écrivain alcoolique, morose et fascisant, occupe sa place habituelle près de la fenêtre avec sa ravissante femme. » Le « morose », inattendu pour un homme si brillant, ne peut s'expliquer que par l'effet de l'alcool – à moins que mon père, déjà, ne s'inquiète de sa dérive fascisante. Devine-t-il, dans les brumes du pernod, qu'il ne s'est engagé dans le PPF de Doriot que mû par la même volonté inconsciente d'autodestruction qui l'a poussé dans l'alcoolisme ? Je commence à distinguer une équivalence étrange entre PPF et soûlerie : deux moyens de descendre au fond de l'abîme.

Qu'a-t-il pensé de la défaite ? Un article du 21 septembre, dans *L'Émancipation nationale*, intitulé « L'enseignement intellectuel d'une guerre », fait état de son séjour à l'armée – il a fraternisé avec ses camarades, gens d'un milieu très différent du sien, ouvriers pour la plupart – et tire de cette expérience la conclusion qu'il est urgent, pour remédier aux malheurs de la France, d'établir des échanges « entre les travailleurs de la pensée et les travailleurs de la main ». Plier les intellectuels à une discipline qui leur évite le double écueil de la tour d'ivoire et de l'engagement naïf, voilà la priorité aujourd'hui. Des banalités, en somme, reprises dans d'autres articles du *Cri du Peuple* (nouveau titre sous lequel a reparu *La Liberté* de Doriot) ou de *La Gerbe* (le journal d'Alphonse de Châteaubriant). Le 7 novembre, dans *Le Cri du Peuple*, il règle définitivement son compte à Julien Benda. La « pensée pure » est une « idée fausse ». La « véritable trahison des clercs » est de bouder l'action. « Si les intérêts de l'action brouillent et faussent la pensée, c'est lorsque ces intérêts sont bas et font dévier volontairement la pensée de son droit chemin. Mais si la pensée est digne de l'action, et l'action digne de la pensée, il résulte de leur rencontre, de leur fusion, des beautés extraordinaires. » Quatre ans plus tard, en 1944, dans son *Exercice d'un enterré vif*[1], Benda se vengera de l'ancien ami qui l'avait emmené jadis en Espagne, par un portrait lapidaire de RF, qualifié de « parfait rhéteur », ignorant le doute, brillant, verbeux, prompt à disserter sur tout, sans rigueur, « dévoré d'ambition politique », et qui fut « de ceux qui ne voulurent jamais comprendre que j'appelais trahison des clercs le fait pour eux de se livrer à une manœuvre politicienne, non de rappeler les États au respect des valeurs éternelles ». Je doute que mon père se soit jamais mépris sur la pensée de Benda, mais, là où éclate la mauvaise foi de celui-ci, c'est lorsque, emporté par le ressentiment, il conclut ainsi sa diatribe :

1. Éditions des Trois Collines, Genève. Republié en 1947 par Gallimard à la suite de *La Jeunesse d'un clerc.*

« Il était de cette race d'hommes de lettres pour lesquels l'attachement à un idéal supratemporel est la plus surannée des niaiseries. »

À l'automne 1940, que pouvait signifier « l'idéal supratemporel » ? Chacun s'engagea alors. Le problème était de savoir de quel côté. D'après les confidences que j'ai recueillies de Betty (et citées au chapitre 12 « Genitrix »), mon père aurait songé à partir pour Londres, où il aurait rejoint son ami Raymond Aron, mais sa mère aurait exercé un tel chantage (« Je suis vieille, tu ne me verras plus, ton départ va me tuer ») qu'il aurait cédé, une fois de plus, à ce qu'il appelait, devant ma mère (agenda du 10 février 1940), le « despotisme maternel ».

Dois-je accepter cette version des faits ? Mon père était anglophile, avait beaucoup d'amis à Londres, aucun en Allemagne, et la culture allemande éveillait en lui une sorte de méfiance qui n'était pas due seulement au succès de l'hitlérisme. L'occasion semblait donc bonne pour qu'il se ravisât de ses erreurs, reconnût que le général de Gaulle correspondait bien mieux à son idéal du Chef que Doriot, enfin renonçât à vouloir sauver la France autrement que par les voies de la résistance et de l'honneur. Malheureusement, je ne sais que très peu de chose sur cette fin de l'année 40 pour mon père, et rien du tout sur ses hésitations, s'il en eut. Quatre articles en tout dans la presse PPF. Ce qui est sûr, c'est que ma grand-mère, mis à part le chantage affectif, ne l'aura guère encouragé à rejoindre le camp gaulliste. J'ai retrouvé un calepin, intitulé *Exode 40*, qu'elle a tenu pendant l'été. Dès le 16 mai, après le début de l'offensive allemande, Yvonne de Lestrange nous avait emmenés, ma sœur et moi, dans le Poitou, à l'abri de son château et de son parc immense de Chitré. Ma grand-mère nous y avait rejoints, puis ma mère, après la chute de Paris.

6 juillet : « Le maréchal Pétain va renouveler la constitution du gouvernement français : une dictature peut être bonne si elle nous purge de la bassesse de ce gouvernement de suffrage universel. Pots-de-vin, compromis, de quoi n'était pas capable cette horde politique républicaine ? » Ce jugement serait comique s'il ne reflétait les idées qu'essayait d'exprimer mon père sous une forme moins caricaturale. Plus grave me semble cette page en date du 17 juillet : « On a parlé [au château] avec véhémence des Allemands. Cet état d'esprit me devient de plus en plus incompréhensible. Notre pays tombait en pourriture ; la défaite récente l'a prouvé. Nous sommes vaincus et ce peuple vainqueur occupant notre territoire se conduit correctement avec nous : aucun acte de barbarie, des manières déférentes et peut-être mieux. Le gouvernement français aidé par eux arrivera à relever notre décadence. Ne leur devrons-nous pas peut-être de nous refaire ? N'allons-nous pas, sous cette stimulation, régénérer notre jeunesse récente ?... Dans l'absolu, cette marche triomphale de l'Allemagne depuis deux mois est magnifique... » De telles pensées sont-elles l'écho de ce qu'elle entendait dire à mon père ? Mon père a-t-il été influencé, en retour, par l'enthousiasme pro-allemand de sa mère ? Y a-t-il trouvé un encouragement ? En était-il, au contraire, gêné ? Peut-être n'ont-ils pu communiquer, pendant cette époque. Le 12 août, elle apprend que son fils est rentré à Paris. « Et je n'ai depuis deux mois aucun signe de lui... Quel chagrin que ce changement dû sans aucun doute à l'influence néfaste de B[etty]. » On voit ici à l'œuvre, une fois de plus, le « despotisme maternel » : assez puissant, peut-être, pour orienter le comportement politique de mon père ?

Quel aveuglement, chez cette vieille femme... Et quelle férocité... Le 19 juillet, on apprend le suicide du célèbre chirurgien Thierry de Martel, aux côtés de qui

Yvonne de Lestrange travaillait à l'Institut Pasteur. Une grande discussion s'élève au château. « Yvonne pense que ne pouvant supporter l'armistice, considérant une honte de capituler, cet homme éminent, une lumière pour la France, n'aurait pu supporter cette idée et se serait tué. Je dis non, cent fois non. » De deux choses l'une, poursuit-elle : Martel était ou bien une force scientifique, une personnalité dont le pays avait grand besoin, ou bien « un individu inintéressant, lâche même, névrosé et qui se tue comme tant d'autres ». Yvonne ayant dit que beaucoup d'officiers, également, s'étaient suicidés, ma grand-mère rétorque : « S'il en est ainsi, on peut penser que la France, alors, mérite ce qui lui est advenu. » Et d'ajouter que, si Martel était aussi violemment patriote que certains le prétendent, « c'est au moment du Front populaire, quand ceux qui savent regarder voyaient où marchait la France, que Martel aurait dû se suicider en laissant une lettre publique ». Voilà la personne qui était la plus proche de mon père, à laquelle il restait soumis par les liens d'une veule sujétion. Même si elle pouvait lui paraître politiquement bornée, je n'ai pas de peine à deviner quelle sournoise influence elle aura exercée sur ses choix.

Un seul moment de lucidité, dans ce tissu de réflexions déplaisantes ou ignobles. Le 31 août, rentrée à Paris, elle déjeune chez son fils avec un de leurs amis, Serge André, et un colonel de tirailleurs marocains. La conversation tourne autour du PPF. « J'ai peur que le seul homme intelligent et de grande valeur dans ce Parti soit M[oncho, diminutif de Ramon]. Ce n'est pas assez. D'autant plus que Doriot que je juge très honnête ne s'entoure en général que de voyous. Et M n'a pas les mêmes armes que les voyous. » Betty n'a cessé de me le dire : Doriot a manipulé mon père, exploitant la mauvaise conscience, le complexe d'infériorité, la naïveté de l'intellectuel, pour servir de couverture littéraire à sa bande d'apaches et de nervis.

Si mon père ne participe que peu à la vie politique, en cette fin d'année, c'est qu'un événement privé l'absorbe. Le 13 novembre, il épouse Betty et s'installe avec elle rue Saint-Benoît. Comment présente-t-il la nouvelle à sa première femme ? À ses enfants ? Agenda de ma mère, en date du 17 novembre : « À midi, au milieu des copies, lettre de R, annonçant son mariage le 13 novembre. Moment de bouleversement tout de même. » Le lendemain, elle lui écrit un mot, qu'elle a consigné dans son mémorandum. « En novembre 1940, cette sombre fin d'année où tout avait été perdu, il m'a appris qu'il venait enfin d'épouser B. Je lui ai écrit le lendemain : “Pour le temps où tu m'as aimée, je te remercie, et je souhaite qu'ailleurs ce soit mieux pour toi.” Le tu était parfaitement inusité, mais il me paraissait soudain le seul véridique. Je n'ai pas eu de réponse, et je ne l'ai pas revu, sauf une dernière fois, et quand il allait mourir. »

La phrase : « pour le temps où tu m'as aimée… » est la citation d'un lied populaire souabe mentionné dans l'agenda le 31 décembre de l'année précédente. D'où le tu. Mes parents, selon l'usage de l'époque, se vouvoyaient. Ma mère recopie le chant souabe, mais, s'avisant de ce changement dans leurs habitudes, elle ne peut s'empêcher de trouver approprié le tutoiement, au moment même où ils se séparent pour toujours. Rien ne dépeint mieux le caractère de ma mère : du temps où elle vivait avec mon père, elle mettait un frein à leur intimité, n'osant franchir une certaine barrière ; elle ne s'accorde cette permission que lorsque tout est perdu.

Ma sœur m'a dit que notre père l'avait avertie de son remariage, en lui promettant que cela ne changerait rien entre eux. Et moi ? Ma mère m'avait placé, la première année scolaire de l'Occupation, à Provins, chez une de ses amies, professeur d'anglais, Suzanne Fontvieille, familière de Pontigny et politiquement à gauche. L'air supposé plus pur de cette petite ville était censé me soulager de mon asthme. Je ne voyais donc pas mon père. Ni lui, ni ma mère, ni personne ne me prévint de ce remariage. Revenu à Paris, et seulement après les grandes vacances et la rentrée scolaire de 1941, je découvris qu'il y avait une nouvelle femme dans la vie de mon père. Qu'ai-je éprouvé alors ? Douleur ? Amertume ? Jalousie ? Je n'ai aucun souvenir d'avoir ressenti rien de tel. En ai-je voulu à mon père ? L'ai-je blâmé ? Je ne sais. Cet oubli s'explique-t-il par le refoulement de la rancœur ? En ai-je voulu à Betty ? Me parut-elle une intruse ? Il me semble que je la trouvais charmante, mais il n'est pas impossible qu'un embryonnaire « désir de femme » ait joué un rôle dans cette impression. Betty avait en apanage tout ce qui manquait à ma mère : féminité, élégance, frivolité. Le ressentiment que je nourrissais contre ma mère pour son manque de féminité, d'élégance, de frivolité, attisa ma bienveillance pour celle qui possédait au plus haut point ces qualités. C'était la première vraie femme que j'approchais – les amies de ma mère étant en général de vieilles filles dévouées à l'enseignement. Betty ressemblait à une actrice de cinéma : visage ovale, maquillage, voilette, cigarettes. Je crois que j'étais fier pour mon père, sans pouvoir, naturellement, m'avouer un sentiment qui faisait injure aux valeurs honorées rue César-Franck.

Mon séjour à Provins eut une conséquence inattendue pour Suzanne Fontvieille. Cet épisode fait partie de la vie posthume de mon père. On en trouve l'écho dans une lettre de Roger Martin du Gard à André Chamson, du 18 mars 1945. Martin du Gard demande à son ami d'intervenir, et de faire intervenir Malraux, en faveur de « notre amie Suzanne Fontvieille, une belle et loyale nature », en butte aux plus absurdes calomnies, et menacée par une commission locale d'enquête d'être révoquée. « Le principal grief est d'avoir hébergé chez elle, plusieurs semaines, le fils de Ramon Fernandez – de triste mémoire –, un bambin qui est, je crois, son filleul [faux], car elle est restée très liée avec Liliane Fernandez, la première femme, la victime, et l'épouse divorcée de Ramon. »

Ce « de triste mémoire » me serre le cœur, venant, non d'un fanatique de l'épuration, non d'un de ces imbéciles qui s'en prenaient à la logeuse d'un garçon de onze ans, mais d'un homme qui était resté, même pendant les années PPF d'avant-guerre, un des amis les plus fidèles de mon père – tout en mesurant ses responsabilités dans le désastre de son mariage. Mais, en 1945, on n'était plus en 1940 : celui à qui on pouvait pardonner d'avoir suivi Doriot dans les débuts du PPF était devenu une figure emblématique de la collaboration.

42.

Collabo

Je lis *Les Derniers Temps* de Victor Serge, roman sur la débâcle française de 1940 et les années de l'Occupation. Très bon livre, présentant cet avantage d'être écrit par un Russe qui a connu d'autres désastres, celui de l'Armée blanche en Russie, celui de l'Armée rouge en Espagne. L'expérience européenne de l'auteur donne à ces pages un souffle qu'on ne trouve pas dans les récits purement français – et qui distingue celui d'une autre Russe émigrée, *Suite française*, d'Irène Némirovsky.

Tout à coup, vers la fin, p. 291 dans l'édition des « Cahiers rouges », quel choc de découvrir ce portrait d'un doriotiste de base, un certain M. Vibert, propriétaire d'un bar. Voici comment raisonne cet individu.

« Le "grand Jacques" parlait haut, ne craignait pas les coups, inspirait confiance, n'étant ni une mazette, ni un politicien comme un autre, ni un intellectuel rompu au maniement des formules doctrinales, mais un homme d'action, un vrai. Lorsqu'en 34 le "grand Jacques" préconisa contre la volonté de son propre parti l'unité ouvrière, il fut évident qu'il était seul dans la vérité ; lorsqu'un peu plus tard il se mit à dénoncer les turpitudes du Komintern, qu'il devait bien connaître pour avoir été un de ses dirigeants, Sulpice-Prudent Vibert eut le sentiment d'une révélation. Il s'en doutait ! Que pouvait attendre la France des cosaques, des moujiks, des papes marxistes inintelligibles ? Sur ces entrefaites, Vibert lut par curiosité une vieille brochure intitulée *Les Douze Tares du Juif* et il en fut très frappé… [Il] s'inscrivit au PPF, porta un béret, s'acheta des matraques plombées. Le désir de l'action l'aiguillonnait. Il voyait de ses yeux l'immense complot de la finance juive, du bolchevisme, des fronts populaires, de la dissolution des mœurs, de la natalité ruinée. »

Qu'y a-t-il d'horrible dans ce portrait ? La minceur de la frontière qui sépare les bonnes, les ridicules et les ignobles raisons d'être avec Doriot. Les bonnes ? La méfiance des politiciens, l'estime pour l'homme d'action, l'admiration encore plus grande pour celui qui a été un des premiers à dénoncer les manœuvres criminelles de Staline. Les ridicules ? Le port du béret, la démangeaison d'agir, pour des gens fondamentalement casaniers. Les ignobles ? L'antisémitisme, d'abord, mais aussi cette tendance à faire l'amalgame entre communistes et juifs, jugés également responsables de la décadence française.

De quel côté de la frontière dois-je placer mon père ? M. Vibert est une caricature du petit-bourgeois peureux, hargneux, c'est entendu. Mais, précisément, qu'est-ce qui distingue encore, après la défaite, le petit-bourgeois enfoncé dans ses convictions primaires et l'intellectuel fidèle au PPF ? L'intellectuel PPF n'est-il pas, en lui-même, une caricature d'intellectuel ? La haine du Front populaire, l'anticommunisme de principe, l'antisoviétisme qui deviendra une faute après l'invasion de la Russie par Hitler, voilà ce qui n'est plus pardonnable sous l'occupation nazie. Reste la question qui me fait le plus trembler : l'intellectuel PPF est-il fatalement entraîné à grossir la meute qui aboie contre les Juifs ?

Ceci, maintenant, pour compenser cela : un extrait des carnets 1939-1944 de Roger Stéphane, publiés sous le titre de *Chaque homme est lié au monde*. En 1941, le jeune homme a vingt et un ans. Sur le point de s'engager dans la Résistance, il précise que c'est par choix politique, et non parce qu'il est juif. Voici ce qu'il écrit, à la date du 10 juin :

« Rien n'est plus difficile que de prendre position. Et cette difficulté est actuellement aggravée par l'absence de données réelles, vraies. En outre, il est en général possible de nuancer une opinion. C'est maintenant impossible. On est pour les Anglais et de Gaulle, ou pour les Allemands et Hitler. Je ne suis pas sûr que la cause des Anglais soit juste. Je ne suis pas sûr que la conception du monde pour laquelle lutte l'Angleterre ne soit pas désuète. Je ne suis pas sûr que les intérêts britanniques ne soient pas plus réactionnaires que les intérêts nazis. Je ne suis pas sûr qu'il faille, *a priori*, interdire à l'Allemagne d'essayer d'organiser l'Europe, entreprise grandiose, où ont échoué, après 1918, la France et l'Angleterre. Ces interrogations, qui ne portent en elles aucun élément de réponse, doivent être posées. »

Après la Libération, personne ne se les posa plus : du moins, du côté des vainqueurs. Il fut admis qu'il n'y avait, qu'il n'y avait eu depuis 1940, qu'une seule vérité. C'est précisément ce que Maurice Bardèche leur reprocha, dans sa *Lettre à François Mauriac* de 1947. « Quiconque n'a pas été un résistant a été un mauvais Français... L'excellence de la résistance est devenue une catégorie de l'entendement. » Quand un communiste était fusillé par Vichy, poursuit Bardèche, il était tué en une fois, pour une seule fois, et ses enfants pouvaient être fiers de lui. Tandis que l'exécution d'un collaborateur se recommence tous les jours. « Vous les avez tués une fois et vous les tuerez chaque jour dans l'avenir tant que vous enseignerez à vos enfants qu'il n'y a point de vérité en dehors de votre vérité, tant que vous tenterez de leur enlever l'honneur de leurs pères auquel vous n'avez pas le pouvoir de toucher. Le visage de leur père mort [c'est moi qui souligne] qui est le dernier.patrimoine des enfants, il faut qu'ils puissent le regarder sans honte. » Condamner en bloc ceux qui ont collaboré, c'est créer une « épuration permanente », remplacer la justice par la vengeance et la haine.

Bardèche, comme on sait, était le beau-frère et le meilleur ami de Robert Brasillach, fusillé à trente-cinq ans, en février 1945. Le ton passionné de sa diatribe s'explique par les liens personnels des deux hommes. La suite de la lettre ouverte à Mauriac est un plaidoyer pour la légitimité de Vichy, donc pour la légitimité de la conduite politique de Brasillach. La plupart des raisonnements avancés sont inacceptables : prétendre que le national-socialisme n'était pas si affreux que cela, que les occupants allemands ne se sont pas si mal conduits en France, que de Gaulle, traité de « cervelle creuse surmontée d'étoiles », n'était autre qu'un général de *pronunciamento*, avide de dissidence aux seules fins de sa gloire personnelle, que la Résistance n'a pas été seulement inutile mais de plus nocive, par les représailles qu'elle a provoquées, enfin que l'honneur était du côté de la collaboration et non du côté de De Gaulle et de la Résistance, tout cela relève d'un esprit partisan enferré dans ses propres erreurs. Les camps d'extermination ne sont même pas nommés dans ce bilan de la collaboration.

On pourrait cependant être d'accord avec la polémique contre le manichéisme des épurateurs et les excès de l'épuration, admettre avec Bardèche que les choses étaient plus nuancées que dans cette division brutale en blanc et en noir, si, dans le cas de Brasillach précisément, il n'était permis de trancher. Lors du procès, le procureur cita des phrases publiées dans *Je suis partout* : « Qu'attend-on pour fusiller les députés communistes ? » ou : « Il faut se séparer des Juifs en bloc et ne pas garder de petits. » Bien pis, Brasillach ne se contenta pas de déblatérer contre les victimes de la persécution nazie, il dénonça des gaullistes, des résistants, des Juifs. En fin de compte, c'est moins pour ses opinions que pour des actes précis de délation qu'il fut condamné.

Tout le problème est là : un enfant a le droit de regarder « sans honte » le visage de son père mort si celui-ci s'est fourvoyé seulement en pensée. Mon père s'est-il borné à écrire dans la presse collaborationniste, ce qui serait blâmable, mais non coupable d'infamie ? Ou peut-on mettre à sa charge des actes indignes de pardon ?

Règle à me fixer : ne pas condamner d'emblée la conduite de mon père, au nom de « sûretés » acquises après coup. Me rappeler les doutes du jeune Roger Stéphane, juif et résistant. Étudier si mon père, malgré ses prises de position publiques, n'a pas été tourmenté par les mêmes « interrogations ». S'il n'a pas essayé de contrebalancer ses écrits par ses actes. Il ne s'agit pas d'indulgence, mais de volonté de comprendre.

Mû par ce désir de justice, qui est indépendant du dénigrement comme de la réhabilitation, ne jamais oublier de :

1. distinguer collaboration <u>active</u> et collaboration <u>passive</u>. Mon père écrit dans la presse collabo, dirige les Cercles populaires français, prononce des conférences, parle à la radio. C'est de la collaboration active. Même si je ne trouve rien d'impardonnable dans cette masse d'écrits et de paroles, je dois admettre qu'il cautionne des articles impardonnables publiés par d'autres dans

les mêmes journaux, des conférences impardonnables prononcées par d'autres aux mêmes tribunes. Si sa signature reste probe mais côtoie des signatures immondes, elle est elle-même infectée de ce voisinage et, avilie, avilit son auteur.

2. distinguer plusieurs temps dans la « Collaboration » (le C majuscule désignant la période historique qui va de 1940 à 1944), et plusieurs degrés dans la culpabilité des collabos. Au début, les Allemands traitent bien la France. Les soldats ont reçu l'ordre de se montrer courtois. Hitler rencontre Pétain à Montoire et feint de le considérer comme son égal. C'est la phase « douce » de l'Occupation. Comme l'Allemagne semble invincible, et paraît vouloir réorganiser l'Europe sous sa direction, mais en réservant une part honorable à la France, ce nouvel ordre européen peut séduire des esprits hostiles au nazisme. Tel Roger Stéphane, tel encore Paul Léautaud, dont les interrogations, les hésitations sont typiques.

Léautaud est anglophile. « L'attitude de l'Angleterre, seule contre l'Allemagne, est admirable. Je me moque des "intérêts" qu'elle peut défendre. Je me contente de penser qu'elle est le dernier refuge d'une certaine civilisation », note-t-il dans son *Journal*, le 24 juillet 1940. Il refuse d'écrire dans les journaux tenus par les Allemands, méprise ceux qui prêtent leur plume à l'occupant, Abel Bonnard ou Abel Hermant. Les « bonnes manières » des soldats allemands ne le dupent pas. Et pourtant, avec deux amis, il reconnaît « ce qu'il y a de bon, de principes de vraie paix dans les éléments de la réorganisation économique de l'Europe telle que se propose de la réaliser l'Allemagne (en admettant qu'elle ne se double d'aucune fourberie ni domination abusive, ce qui est à prévoir) », puis pose franchement cette question : « Que faut-il préférer, la victoire de l'Allemagne, dont l'influence amènerait certainement une réorganisation politique, sociale et morale de la France, avec une diminution presque certaine de liberté, surtout pour nous les écrivains – ou la victoire de l'Angleterre, qui serait incontestablement la victoire des juifs, qui n'en pulluleraient que de plus belle et n'en occuperaient que de plus belle tous les postes dirigeants, y faisant régner de plus belle le régime des combines, du règne de l'argent, de l'internationalisme le plus équivoque, le manque de moralité politique et sociale, mais, comme auparavant, avec une liberté assez grande de tout dire, de tout écrire, de tout exprimer (sauf au moins sur leur compte, la loi interdisant de les attaquer, qui vient d'être abrogée, étant certainement remise aussitôt en vigueur) ? En gros, faut-il préparer le retour au passé, où on est gouverné par des fripouilles, mais avec une certaine liberté de dire qu'elles sont des fripouilles ? L'intérêt de la France, son intérêt général, commande la première solution. L'intérêt de l'individu fait prêcher pour la seconde. Aucun de nous trois n'a su choisir. » (11 septembre 1940.)

Ce texte, comme celui de Roger Stéphane, montre bien l'état d'esprit de certains intellectuels au début de l'Occupation, qui voient dans « l'ordre » allemand un remède à la décadence nationale, tout en mesurant l'avantage de pouvoir vivre, penser, écrire librement. L'antisémitisme exprimé ici nous paraît odieux. Mais Léautaud n'était pas antisémite par principe : il ne l'était que par ricochet, faisant partie de ceux qui reprochaient à Léon Blum d'avoir mené le pays à la catastrophe. Les premières spoliations opérées au détriment de Juifs le révoltent. Ce qu'il souhaite, c'est qu'on limite leur influence, afin de redresser la France – sous l'égide des Allemands. Léautaud n'était pas un esprit politique, mais c'était un homme libre et honnête. La confusion de sa pensée, les contradictions où il se débat trahissent le désarroi des intellectuels après la défaite.

En juin 1941, l'Allemagne attaque la Russie, les communistes français changent de camp. La Résistance s'organise : attentats, sabotages, etc. Commencent aussi les représailles, c'est la seconde période de l'Occupation, les Allemands jettent le masque, multiplient les arrestations, les brutalités, les exécutions. La zone libre est occupée en novembre 1942, la répression s'étend à toute la France, devient de plus en plus dure, jusqu'aux atrocités de 1944.

Or je constate, en regardant la liste des articles publiés par mon père dans la presse de la collaboration, que les articles à teneur politique ont paru *presque tous* avant 1942, la plupart en 1941. Voici le décompte général des articles, sauf omissions involontaires.

D'août à décembre 1940 : six articles dans *L'Émancipation nationale*, *Le Cri du peuple*, journaux de Doriot, et *La Gerbe*, journal fondé en juillet 1940 par Alphonse de Châteaubriant.

1941 : plus de cinquante articles dans *La Gerbe*, *Le Fait*, *Aujourd'hui*, *L'Émancipation nationale*, *Comœdia*, *L'Appel*.

1942 et 1943 : deux articles dans *Les Cahiers français* et *Cahiers-franco-allemands*. Dernier article dans *L'Émancipation nationale* le 27 mai 1942, dans *Aujourd'hui* le 29 mai, dans *La Gerbe* le 29 juillet.

1944 : ce ne sont plus que des articles littéraires *(Cahiers franco-allemands, La Chronique de Paris, La Revue du monde, Panorama)*[1].

1. *Le Fait*, hebdomadaire, a été fondé en novembre 1940 par Georges Roux, Jacques Saint-Germain et Drieu. Le journal disparaît en avril 1941. *Aujourd'hui*, quotidien, a été lancé en septembre 1940. Le premier directeur fut Henri Jeanson (journaliste de gauche et futur résistant), remplacé à la fin de l'année par Georges Suarez, qui sera exécuté à la Libération. *L'Appel*, hebdomadaire, a été fondé en 1941 par Pierre Costantini, médiocre ani-

Dès 1942, la culture a repris le pas sur la politique. Dans *La Gerbe* de 1942, retour sur un livre de 1930, *Dieu est-il français ?* de Friedrich Sieburg. L'article des *Cahiers français* est consacré à Balzac, ceux de *La Revue du monde* à Barrès, Giraudoux, saint Vincent de Paul, Diderot, le premier des deux articles des *Cahiers franco-allemands* à Alain (dans le même numéro de septembre-décembre 1943 paraît une traduction allemande d'un article de ma grand-mère Jeanne Fernandez, « Die französische Frau und der Geist » [La Femme française et l'esprit]), le second à la position européenne de la France (en allemand aussi). L'article de *La Chronique de Paris* porte sur Anatole France, ceux de *Panorama* sur le *Talleyrand* de Louis Madelin, sur *Guignol's band* de Céline, sur le premier roman de Marguerite Duras, *Les Impudents*, sur le recueil d'articles de critique littéraire de Brasillach, *Les Quatre Jeudis*.

---

mateur d'une « ligue française » de « collaboration européenne ». *Comœdia*, hebdomadaire, lancé en juin 1941, est d'une tout autre envergure. De grands auteurs y écrivent, certains étant partisans de la collaboration, Brasillach, La Varende, d'autres neutres, Marcel Aymé, Giono, Cocteau, Colette, d'autres hostiles à la collaboration, Jean Paulhan. Jean-Paul Sartre lui-même y a écrit. *Les Cahiers français* (où écrivent Jacques Lemarchand, Antoine Blondin, Michel Mohrt, Thierry Maulnier, Jacques Laurent) ont le statut juridique d'une collection, afin de contourner la censure allemande. C'est pourquoi la revue ne comporte aucune date de parution. On peut y lire la première mention de Jean Genet dans une revue, sous la plume louangeuse de François Sentein, et, dans le dernier numéro, un éloge funèbre de Max Jacob. Les *Cahiers franco-allemands*, bilingues, fondés en 1934 comme organe clef du rapprochement franco-allemand, avaient leur siège à Berlin, avant le transfert à Paris, en janvier 1941. Ils deviennent alors un agent de la propagande culturelle allemande. *La Chronique de Paris* est la revue culturelle qui, après la disparition de *La Nouvelle Revue française* (dernier numéro : juin 1943), a remplacé celle-ci. *Panorama* et *La Revue du monde* sont des hebdomadaires de culture.

Premier motif de soulagement : l'activité politique du collabo, sous la forme écrite, s'est limitée à l'année 1941, période « douce » de l'Occupation, quand le rêve d'un ordre européen dominé par l'Allemagne n'était pas encore nécessairement une infamie. À partir de 1942, mon père cesse presque totalement de faire du journalisme politique.

43.

Collaboration active : dans la presse

Revenu à Paris le 3 août, presque en même temps que Doriot, mon père retrouve sa place dans le PPF. Dès le 31 août, article satirique, contre Édouard Herriot, dans *L'Émancipation nationale.* Les autres articles de 1940 tirent les leçons de la défaite et dressent un programme de devoirs. Il faut rétablir le lien entre l'action et la pensée (de longue date, l'idée fixe de RF), réconcilier l'ouvrier et l'intellectuel, réparer ce qui a été brisé par le Front populaire, lequel est entré en guerre avec les traditions, alors que « l'épreuve salutaire proposée à la pensée était de retrouver et de justifier les traditions par l'intelligence ». De cette « véritable trahison des clercs », Léon Blum et Julien Benda sont les premiers responsables. Après l'entrevue de Montoire entre Pétain et Hitler, RF demande aux Français s'ils ont compris que, « de cette rencontre, était née une réalité nouvelle qui pouvait et devait faire une nouvelle Europe ». Même langage que Léautaud (et que Roger Stéphane), mais, à l'inverse de Stéphane comme de Léautaud, qui se posaient une question dans leur journal privé, mon père affirme, dans un journal public (*La Gerbe*, 7 novembre

1940). C'était prendre parti, ouvertement, pour la collaboration, au moins la collaboration intellectuelle. « Intellectuels français, le moment est venu de choisir. Voulez-vous continuer à rêver encore, ou voulez-vous agir ?... Décidez-vous, risquez-vous ; et qu'au moins, une fois, dans votre tradition, vous ayez préféré votre pays à votre orgueil intellectuel ! »

En vérité, ce que mon père choisit, c'est le parti des vainqueurs ; il se range du côté du plus fort ; sa nature, son échec familial, son besoin de revalorisation intérieure l'y poussaient.

Cependant, beaucoup des articles politiques de 1941 ne sont que des comptes rendus d'ouvrages publiés par des écrivains sans doute plus ou moins collabos, mais qui n'exaltent pas tous l'union avec l'Allemagne, la plupart se contentant d'analyser la défaite : *Journal de la France*, de Fabre-Luce, *Ne plus attendre*, de Drieu La Rochelle, *Après la défaite*, de Bertrand de Jouvenel, *Les Beaux Draps*, de Céline, *La Moisson de Quarante*, de Benoist-Méchin, *Chronique privée de l'An 40* et *Voir la figure*, de Chardonne, *Ci-devant*, d'Anatole de Monzie, *Sur une terre menacée*, de Marcel Arland, ouvrages qui marquent, selon RF, un renouveau de « l'esprit français ».

Notons les louanges à Drieu, « patriote dans le sens le plus intelligent et le plus efficace du mot... esprit large qui refuse de se laisser étourdir et bercer par les flonflons des partis ». (*Le Fait*, 22 février 1941.)

Je craignais l'article sur Céline (*Le Fait*, 8 mars 1941), *Les Beaux Draps* faisant partie de la trilogie des pamphlets orduriers, dirigés en particulier contre les Juifs. Double surprise. D'abord, l'ironie avec laquelle est salué ce livre, « incantation volontairement délirante, comme celle d'un *vocero* ou comme les improvisations d'un derviche tourneur », n'est pas d'un admirateur sans réserves. Le style ? « À la fois violent et précautionneux, brutal et rusé. » « Plus je le lis, plus je me demande si la vraie famille de cet observateur cruel des temps modernes ne doit pas être cherchée parmi les farceurs des Frères Sans-Soucy et parmi les gargouilles des cathédrales. » Assimiler ce qu'il peut y avoir de hideux dans *Les Beaux Draps* à une farce, à une grimace de gargouille, n'est-ce pas une façon de dire – comme le ferait Otto Abetz, pour sauver de la Gestapo Céline déblatérant contre Hitler, lors d'un dîner mémorable à l'ambassade d'Allemagne servi par des agents de la police secrète déguisés en valets : cet homme est fou, il radote, les insanités qu'il éructe n'ont aucune importance ?

Entre Céline et Nietzsche, observe ensuite mon père, il y a une parenté d'esprit : « même horreur de la petite semaine, même souci de la race, de l'“ethnie”, même critique du christianisme et surtout de ses effets sur les hommes, même appel aux hommes forts ». À part cette allusion à la race, aucune mention, dans l'article, de l'antisémitisme si tonitruant des *Beaux Draps*, et c'est là la seconde surprise. Que penser de ce silence gardé sur l'aspect le plus spectaculaire du livre ? À mon avis, c'est pour essayer de protéger Céline que mon père ne le juge que sur son talent littéraire. Certes, il aurait pu dénoncer la virulence abjecte de cet antisémitisme, c'eût été plus courageux. Mais ne pas la mentionner était une manière de la désapprouver, et c'est peut-être tout ce qu'il était possible de faire, en 1941, dans la presse de la collaboration.

Même essai de dédouaner Chardonne, en taisant que ses deux livres vantent, avec une servilité de prosélyte, la nécessité, pour les Français, de réparer leurs erreurs et de se régénérer en collaborant avec les Allemands. « Pour nous guérir, nous prendrons des leçons chez nos vainqueurs », lit-on dans *Chronique privée de l'An 40.* Et, dans *Voir la figure*, Chardonne avertit que, s'ils ne veulent pas reconnaître « le caractère bienveillant de l'occupation allemande », les Français se destinent à « une servitude beaucoup plus tragique ». RF aurait pu saisir cette occasion d'affirmer ses propres convictions au sujet du nouvel ordre européen à construire. Il n'en fait rien, se contentant d'allusions très vagues aux qualités qui ont permis aux Allemands de constituer la nation la plus forte d'Europe, préférant mettre en lumière l'écriture de Chardonne, son art impressionniste de peindre en demi-teintes le monde paysan. Passant sous silence ses tartuferies (les marques d'estime et de respect échangées entre un colonel allemand et un vigneron français rescapé de Verdun), ses mensonges (les réquisitions opérées par l'occupant seraient « imaginaires »), ses ignominies (Darius Milhaud, « adipeux comme un bouddha », façon de dire que les Juifs, tous gras, souillent la belle musique française). Darius Milhaud était gras par maladie, non par ripailles, et de plus c'était un ami intime de mon père. Celui-ci aurait-il dû protester ? Je le sens si gêné de se trouver lui-même dans le camp de ce larbin, qu'il glisse sur ses infamies. Définir Chardonne comme « poète d'un monde clos, prophète d'un monde ouvert et qui se forme à peine », ne permettait pas aux lecteurs de *La Gerbe* de percevoir la métamorphose du Théodore Rousseau des Charentes en plat thuriféraire de Hitler. Les fautes de Chardonne sont aussi évidentes aux yeux de mon père que les turpitudes de Céline, mais, dans les deux cas, il omet de les signaler. Est-ce lâcheté de sa part ? N'y a-t-il pas plutôt, dans ce silence, un début de repentir de ses propres engagements, du moins un doute sur leur légitimité, une sorte de honte de voir des confrères tomber aussi bas ?

Plusieurs articles du *Fait* portent sur des sujets indépendants de l'actualité politique : le romantisme, Alphonse Daudet, le Grand Siècle, Sainte-Beuve, Machiavel. Une enquête sur les écrivains ayant révélé que Duhamel figurait, à côté de Claudel, de Maurras et de Bainville, parmi les maîtres les plus respectés des Français, mon père se demande à quoi il doit cette faveur. « Je n'oublie pas que M. Georges Duhamel a mené une campagne célèbre contre le machinisme et les machines, et je n'oublie pas non plus que nous avons été vaincus par le machinisme et les machines. De sorte que si M. Georges Duhamel avait eu quelque influence sur les pouvoirs publics, nous eussions été encore plus mal préparés que nous ne le fûmes. »

Mon père, ici, cache le vrai motif de son hostilité à Duhamel. Celui-ci a publié, en 1939, au Mercure de France, un petit livre, *Mémorial de la guerre blanche*, pour dénoncer « l'oppression » de la pensée dans l'Allemagne nazie, les « ténèbres » et la « barbarie » qui s'étendront à toute l'Europe si l'Europe n'organise pas la résistance contre Hitler. Duhamel s'en prenait en particulier à la politique culturelle de Goebbels. Le génie et le talent « ne souffrent ni l'ombre des cachots, ni l'atmosphère des camps de concentration, ni la contrainte, ni la délation, ni la cruauté ». Ce ton calme, cette intelligence lucide, ce courage tranquille ne peuvent qu'irriter mon père et lui faire honte de son choix : ne sait-il pas que Duhamel n'a que trop raison ? Que la capitulation de Munich a préparé l'invasion de la France ? Et que l'hégémonie nazie, à présent, met en danger la civilisation ? Il préfère ironiser sur un ancien livre (*Scènes de la vie future*, 1930, satire du machinisme américain), plutôt que d'engager une discussion, où il serait battu d'avance, sur la question du jour, l'avenir et le sort de l'Europe asservie à un pays qui emprisonne les intellectuels. Et puis, aux sarcasmes de Duhamel contre « l'espèce de pandémonium que représente chaque cérémonie » nazie, ces « manifestations oratoires à grand spectacle, avec exaltation progressive et crise de délire collectif », que peut-il opposer, lui qui milite dans un parti dont l'apparat criard est emprunté aux fêtes de Nuremberg ?

Dans le même article, heureusement, il prend la défense d'écrivains jugés, dans les réponses à l'enquête, comme surévalués : Gide, Morand, Mauriac, Maurois, ce dernier étant montré du doigt, suppose RF, parce qu'il est d'origine israélite et qu'il a célébré l'Angleterre dans ses écrits. Le condamner là-dessus, « ce serait un peu facile ».

Premier hommage, rapide, à Bergson, au lendemain de sa mort. « L'œuvre de Bergson s'inscrit dans la plus haute tradition philosophique » (*Le Fait*, 25 janvier 1941), vérité qui n'était pas bonne à dire en ce temps-là.

Chez les écrivains du Grand Siècle, mon père admire l'art de concilier la soumission à Louis XIV et l'indépendance intellectuelle. « Ils étaient libres parce qu'ils étaient assez respectueux de l'ordre pour ne jamais le mettre en cause inutilement ou directement, et à la fois assez fidèles à leurs idées pour les pousser jusqu'à leurs limites. » (*Le Fait*, 11 janvier 1941.) Savoir rester audacieux en pleine servitude : que les écrivains français de 1941 retrouvent ce talent, le conseil est à peine voilé.

Le 31 août de la même année, mon père donne une interview sur le thème « Jeunesse et Littérature ». Il n'y a pas encore en France, dit-il, de mouvement littéraire de jeunes. Quand il apparaîtra, il pourrait se manifester sous deux formes. Tout d'abord, « le plaisir d'écrire », car « il y aura toujours des individus qui éprouveront le besoin d'exprimer sans contrainte leur manière particulière de sentir, des individus dont le talent ne saurait se plier, dans le premier jet, à aucune règle, à aucune influence ». Puis, « une littérature dirigée », bien que ce terme puisse effrayer certains. « J'explique ma pensée : je crois, qu'après la longue période d'anarchie que nous venons de traverser et qui nous a conduits au désastre, une certaine discipline est nécessaire. Les écrivains, comme les autres membres de la nation, en supporteront forcément le poids, en subiront l'influence. Pourquoi, dès lors, ne pas envisager un certain contrôle de l'État sur la production littéraire ? D'ailleurs, la pression de la Finance et des puissances occultes de notre ancien régime me paraît autrement dangereuse que celle d'un pouvoir dont les attributions sont nettement définies. » Tout n'est pas à condamner dans ces propos : on approuvera la part faite au « plaisir d'écrire », et surtout la dénonciation de l'hypocrisie qui consiste à opposer à la littérature supposée « libre » des régimes démocratiques la littérature contrôlée par l'État. On a vu la même hypocrisie refleurir dans les polémiques anticommunistes, la même obstination à cacher que les lois du marché, en régime libéral, sont un obstacle à la pleine liberté. Mais le « autrement dangereuse » est de trop : qu'y a-t-il de commun entre la relative restriction de la liberté dans les démocraties, et l'oppression totalitaire ? De trop aussi les « puissances occultes » : les Juifs ? les francs-maçons ? sur qui Vichy criait haro.

Un très long article sur « Les discours d'Adolf Hitler », dans *La Gerbe* du 19 juin 1941, m'épouvante. L'étroite unité, la double marche constructive, de la pensée et de l'action, voilà ce qui frappe le plus mon père chez Hitler, comme s'il trouvait incarnées dans le Führer son ancienne théorie de la personnalité et sa plus récente doctrine du Chef. Le chancelier, selon lui, « établit un courant continu de la volonté à l'action et de l'action à la volonté, une sorte de circuit physico-moral, pour ainsi dire, afin de maintenir au maximum la tension des énergies ». Physico-moral : rêve de l'écrivain-sportif, programme qui a toujours été cher à mon père, indépendamment de la politique. Un autre mérite de Hitler est de faire la synthèse entre l'idéalisme politique, teinté de mysticisme, et le réalisme politique. La guerre n'est pas son vrai but : il n'a soumis l'Europe que pour fonder une nouvelle société, où chacun sera traité selon son mérite et sa force de travail. « C'est, on le voit, la transposition de l'utopie socialiste dans le plan solide des réalités. » Hitler serait donc un homme de gauche, qui a été contraint de passer par l'action militaire pour purifier de leurs tares les démocraties, mais qui reste fondamentalement attaché à la création d'une communauté populaire, pacifique, sans préjugés de classe et de caste.

Et l'attitude à l'égard des Juifs, dans tout cela ? Ah ! nous y voilà. « Par sa façon personnelle d'aborder les problèmes, que ce soit l'antisémitisme, par exemple, ou la question des races, ou l'analyse des forces politiques d'une nation, ou les chances d'une action donnée, l'auteur de *Mein Kampf* fait preuve d'une précision dans le choix des arguments qui lui permet de surmonter le parti pris ou la passion, ce qui étonnera sans doute chez un homme aussi profondément engagé et passionné dans tout ce qui le touche. » C'est tout. Ce long article ne contient que cette brève et neutre mention. Rien sur les diatribes de Hitler contre l'art « dégénéré », ni sur la volonté du Führer de fixer rigoureusement les conditions du développement de la nouvelle culture allemande quand il l'aura débarrassée des écrivains et des artistes juifs. Aveuglement de mon père ? Refus d'examiner les aspects inadmissibles du nazisme ? Impossibilité de critiquer ces aspects, à cause de la censure ? Je pense que l'illusion de retrouver chez un homme politique l'application de sa philosophie de la personnalité, de son idéal de conduite, a totalement obscurci son esprit.

La Gerbe publie aussi, entre le 7 août et le 27 novembre 1941, six interviews accordées à RF par des chefs politiques de la collaboration. Les trois premiers ont des responsabilités gouvernementales, Fernand de Brinon, délégué général de Vichy pour les territoires occupés, Pierre Pucheu, ministre de l'Intérieur, François Lehideux, secrétaire d'État à la Production industrielle.

Fernand de Brinon, loué par RF pour ses qualités de négociateur, qui le placent dans la lignée des Mazarin, des Choiseul, des Talleyrand, a, dès le lendemain de la première guerre, milité pour la révision des traités et le rapprochement avec l'Allemagne. Il est pour lui le meilleur agent de liaison entre les deux nations. (Brinon, condamné à mort par la Haute Cour, sera fusillé en 1947.) De Pierre Pucheu, mon père rappelle longuement les origines (père paysan, pauvre, émigré en Amérique du Sud, revenu en France avec un diplôme de tailleur, avant de se faire tuer à la guerre en 1917), le parcours intellectuel (lycéen boursier, puis normalien), sportif (capitaine d'une équipe de football) et industriel (directeur commercial de plusieurs grandes entreprises). Un « normalien des lettres devenu un de nos jeunes industriels créateurs », voilà qui semble fasciner le journaliste. Il ne sourcille pas quand le ministre lui affirme que la reconstruction du pays ne peut avoir lieu qu'une fois éliminées « les croûtes dures » de l'ancien régime, soit : la Maçonnerie, les Juifs (l'« aryanisation économique » est nécessaire dans les deux zones) et les communistes. (Pucheu, écarté du pouvoir par Laval, rejoindra l'Afrique du Nord où il sera arrêté, jugé et fusillé, à Alger, en mars 1944.) Lehideux a été administrateur aux usines Renault. Il a présentement en charge l'Équipement national. Il veut promulguer une Charte du travail, qui réformera le capitalisme, en sorte que chacun, emporté par une mystique créatrice, se donne ardemment au labeur. (Lehideux sera blanchi par la Haute Cour en 1949, et le général de Gaulle lui proposera même, en 1959, le ministère de l'Économie, qu'il refusera pour se consacrer à défendre la mémoire de Pétain.)

Les trois interviewés suivants, non seulement n'ont pas de fonctions officielles, mais appartiennent à la « Fronde de Paris », mal vus de Vichy malgré leurs inclinations pro-allemandes : Eugène Deloncle, Marcel Déat et Jacques Doriot. C'est en tant que président de la Légion des Volontaires français contre le bolchevisme (LVF), créée le 18 juillet 1941 lors d'un meeting au Vel' d'Hiv', que Deloncle reçoit mon père. « J'ai l'espoir, lui dit-il, que le communisme sera vaincu, ni plus ni moins que le capitalisme judéo-maçonnique. » (Deloncle, conspirateur et agent double, sera assassiné à Paris, le 7 janvier 1944.) Marcel Déat a été, en 1925, dans « la fameuse cinquième section du parti SFIO » (la section dont dépend l'École normale supérieure), le parrain de mon père, sur la demande de Jean Prévost. Mon père reconnaît en lui un parcours politique analogue au sien (alors que Jean Prévost s'apprête à entrer dans la Résistance). Le 27 août 1941, Déat a été blessé, ainsi que le président Laval, lors d'une cérémonie pour le départ du premier contingent de la LVF. Mon père était dans le bureau de Pucheu quand le téléphone a sonné pour apprendre au ministre l'attentat. Commentaire, alors, de RF : « La coïncidence est singulièrement frappante : le camarade de Normale, là-bas, assassiné ; ici, devant moi, le ministre sur qui vont reposer des décisions graves. » (Déat ne mourut pas de ses blessures, puisque, fin novembre suivant, il recevait mon père. En août 1944, il se réfugia en Allemagne, puis finit sa vie en 1955, caché dans un couvent de Turin.)

Reste Doriot, interviewé à l'automne 1941 (l'article paraît dans *La Gerbe* du 9 octobre). Le jour même de l'attaque allemande contre l'URSS, Doriot a lancé, au congrès du PPF, l'idée de la LVF. Quand il reçoit mon père, il s'apprête à partir lui-même pour le front russe, sous l'uniforme allemand. « Jacques Doriot est essentiellement fait de contrastes. Physiquement d'abord, son regard et l'extrême finesse de sa physionomie (une physionomie presque féminine) surprennent chez un grand hercule comme lui. Moralement, il est toujours, si je puis m'exprimer ainsi, en contrepoint. Cet homme, qui pourrait abattre son poing comme une massue, ne songe qu'à persuader, au sens socratique du terme. » Le portrait est si extravagant (Doriot « féminin », Doriot « Socrate ») que je me demande si mon père, plutôt que de flatter ce butor, ne s'est pas, une fois encore, moqué de lui. Doriot lui confie que la réorganisation du continent européen par la collaboration franco-allemande est compromise par l'anglomanie de trop de Français. Dans son ensemble, l'interview est sans grand intérêt, soit que mon père n'ait pas osé poser les questions gênantes (les divers conflits de Doriot avec Laval, avec Déat, avec l'ambassadeur Otto Abetz, le financement du PPF), soit que Doriot, cantonné dans un silence prudent, les ait éludées. Une seule allusion aux Cercles populaires français, disparus depuis la guerre, qui avaient réalisé « l'union des intellectuels et des ouvriers nationaux ». Leur résurrection prochaine, annoncée par mon père, est pour Doriot une « consolation, dans notre grand deuil national ». À aucun moment le journaliste ne signale à ses lecteurs qu'il est lui-même membre du Bureau politique du PPF[1].

L'ensemble de ces interviews est de contenu assez pauvre. Mon père n'intervient presque pas. Il profite de la rencontre pour tracer le portrait et rappeler la carrière de son interlocuteur, mais se contente des généralités qu'on lui débite, sans essayer de pousser plus loin

---

1. Doriot, en août 1944, se réfugiera en Allemagne ; il sera tué dans sa voiture, en février 1945, mitraillé par deux avions britanniques.

l'enquête. Cependant, d'une interview à l'autre, on voit se dégager les motifs qui ont poussé les principaux collaborateurs à choisir cette voie. Il y en a quatre principaux : l'intérêt national, la défense de la paix, la construction européenne. Le quatrième, qui revient comme un leitmotiv, est moins noble : épauler les Allemands constitue un moyen de lutte efficace contre les ennemis communs que sont les francs-maçons, les juifs, les communistes. Certes, je doute que mon père avalise tout ce qu'on lui dit. Il aurait pu, sinon protester, du moins marquer quelque réserve. Il enregistre et ne souffle mot.

Mais au fait : la convention dans les éloges (« les manières charmantes, le long visage fier et fin » de Brinon ; Deloncle, « un homme mince, élégant, aux gestes rapides et qui porte sur le visage les signes de deux races, la race corse réaliste et la race celte mystique » ; le « visage volontaire et tranquille » de Marcel Déat ; sans compter la féminité « socratique » de Doriot), cette emphase doucereuse, cette platitude apparemment consternante n'étaient-elles pas une manière de charrier « ces bons serviteurs de la France » dont il vantait le dévouement ?

Un des livres les plus sévères consacrés aux écrivains collabos est celui de Jean Quéval, publié dès 1945 à la librairie Arthème Fayard. J'y trouve un portrait assez sardonique de mon père, « critique habile, agréable et policé ». « Il était devenu quasiment célèbre à Saint-Germain-des-Prés, et c'est dans l'église du village des gens de lettres que furent dites pour lui les dernières prières, en août 1944, au moment où s'écroulait le monde qu'il avait défendu pendant au moins quatre ans… » Et Quéval d'ajouter, ce qui sonne comme un jugement d'ensemble sur ses articles de *La Gerbe* : « … avec, il est vrai, une correction de langage sur laquelle plus d'un matamore de son parti eût pu prendre exemple. » La retenue de cet adversaire et son sens de l'équité manquent à l'auteur anonyme d'un libelle du *Père Duchesne*, journal de la Résistance, qui assène, en septembre 1943, cette haineuse contrevérité : « Ramon Fernandez de *La Nouvelle Revue française* et de la Gestapo. » Et que penser du sinistre Léon Werth ? Il ne trouve à dire, la veille des obsèques à Saint-Germain-des-Prés, que ces quelques mots : « Que Dieu ait son âme. Il a dû déjà proposer à Dieu une définition de Dieu. »

44.

Collaboration active : le voyage en Allemagne

Le 4 octobre 1941, RF part pour l'Allemagne, en voyage officiel. Dans quel état d'esprit ? Est-il collabo sincèrement ? Ou par incapacité de rompre avec un système dont il commence à douter ? Dans ses articles, dans ses interviews, il ne semble pas si enthousiaste que cela. On a çà et là l'impression qu'il s'est laissé embrigader, presque contre son gré. En son for intérieur, que pense-t-il ? Aucune lettre, aucun écrit privé pour me renseigner. Sur cette période qui précède le voyage en Allemagne, je n'ai que deux témoignages, contradictoires.

Celui de Claude Mauriac, qui me rassure.

« Paris, dimanche 8 juin 1941. Chez Lipp, où nous finissons la soirée », avec François Mauriac, son père, ennemi déclaré de l'occupant, « un agent de désagrégation », comme le qualifie un certain Fernand Demeure, dans le titre d'une prochaine conférence, qu'il annonce par des affiches placardées dans toutes les stations de métro. « Il est aussitôt entouré de témoignages d'admiration et d'amitié, si divers, si spontanés, qu'il en est ébloui. Ramon Fernandez vient à lui et lui parle avec une gentillesse presque excessive. » Excessive, car ce n'est pas seulement l'affection, l'admiration qui le poussent à ce geste, mais le besoin de se faire pardonner.

Puis, cet autre témoignage, qui me glace.

Vers le 5 septembre 1941, Marcel Arland écrit à Jean Paulhan pour lui dire que, tenté d'écrire dans *La Gerbe*, il y a finalement renoncé, et qu'il a rencontré RF. « Ivre depuis la veille; et, sinon sans calcul, du moins sans contrôle. » De plus, déblatérant contre Chardonne, traité de lâche, de pantin, de pauvre type. Déjà inscrit sur les listes de Vichy, il serait fusillé à la première occasion. Interrogé là-dessus par Arland, RF se rétracte, hésite, dans un état de confusion extrême. « Cette soirée m'a laissé une pénible impression de bassesse. Je te l'ai rapportée parce que je suis sûr que Germaine [la femme de Jean] et toi devez vous méfier de F. »

Là-dessus, le fameux voyage en Allemagne, du 4 au 26 octobre 1941. Le Dr Goebbels, ministre allemand de la Propagande (c'est le nom qu'a pris la Culture chez les nazis : le mépris de la culture ne pourrait être claironné plus effrontément), était désireux d'inviter des écrivains étrangers pour un grand rassemblement européen à Weimar. En France, son délégué est le lieutenant Gerhard Heller, jeune, séduisant, francophile. André Fraigneau, ami de longue date de mon père, l'a amené rue Saint-Benoît au printemps. Il restera un assidu des dimanches littéraires de mon père, entre Drieu et Marguerite Duras, et écrira ses mémoires en français (*Un Allemand à Paris, 1940-1944*, 1981). Au début, mon père n'était pas prévu pour le voyage en Allemagne. Marcel Arland s'étant désisté (plus par peur des conséquences possibles que par sursaut patriotique), Heller lui demanda de prendre sa place.

Mon père part donc, le 4 octobre, en compagnie de Marcel Jouhandeau, qu'il connaît peu, et de... Chardonne. Ils ne sont que trois pour la première partie du voyage, laquelle est de pur plaisir : les Allemands multiplient les prévenances pour tromper leurs hôtes et les empêcher de découvrir trop tôt le vrai but de leur expédition. Un train spécial les promène le long de la vallée du Rhin. Ils font halte dans les sites les plus touristiques, Mayence, Cologne, Heidelberg, Francfort, Munich, partout choyés, dorlotés. On les nourrit généreusement, on les abreuve de vins fins. Léautaud rapporte, en date du 17 mai 1943, donc bien après les faits, la légende selon laquelle le plus grand succès de RF en Allemagne aurait été de « pouvoir entonner des liquides en quantité telle que les convives, les Allemands surtout, n'en revenaient pas, sans signes réels d'ivresse, ni perdre la tête ». Les invités visitent les maisons de Beethoven, de Goethe. Ils restent sur les cimes de la poésie et de la musique, privés de tout contact avec l'Allemagne en guerre, l'Allemagne des prisons, l'Allemagne des camps.

À Munich, ils rencontrent Hanns Johst, président de la Chambre de littérature du Reich, le personnage le plus puissant des lettres allemandes, auteur d'une pièce célèbre, créée le 2 avril 1933, jour de l'anniversaire de Hitler, sans cesse jouée depuis, *Schlageter*, du nom d'un ancien combattant de la Grande Guerre fusillé par les troupes françaises d'occupation de la Ruhr en 1923, et considéré comme le premier héros du national-socialisme. Un des personnages de la pièce prononce la phrase fameuse, si souvent déformée : « Quand j'entends le mot culture, j'enlève le cran de sûreté de mon browning. » Slogan qui résume si bien l'idéal civilisateur des nazis, qu'on l'a attribué tantôt à Goebbels, tantôt à Goering, et comprimé sous la forme : « Quand j'entends le mot culture, je sors mon revolver. »

L'équipée se poursuit par Salzbourg (*Noces de Figaro* à l'Opéra) et Vienne (concert de gala à la Hofburg, le château des empereurs). Une chanteuse de cabaret pousse la délicatesse jusqu'à chanter en français des chansons de Lucienne Boyer. Festins, spectacles, fêtes se succèdent, comme si l'Allemagne était toujours celle de Goethe, l'Autriche toujours celle de Mozart. Le 21 octobre, le trio arrive à Berlin, visite la Chancellerie, a l'honneur d'être introduit dans le bureau du Führer absent, enfin est reçu, le lendemain, par le Dr Goebbels, celui qui a fait brûler sur la place publique, dès 1933, les ouvrages jugés indignes de la nouvelle Allemagne, ouvrages signés de Marx, Freud, Gide, Proust et autres dégénérés. Le Dr Goebbels vante à ses hôtes le rôle salvateur de l'Allemagne, seule à défendre les valeurs culturelles de l'Europe contre la barbarie bolchevique.

Le 23 octobre, c'est l'arrivée à Weimar, où Chardonne, Jouhandeau et mon père sont rejoints par Drieu, Brasillach, Abel Bonnard et Fraigneau, et deux douzaines d'écrivains étrangers, venus d'Italie, d'Espagne, de Roumanie, de Hongrie, de Suisse, de Norvège, de Suède et du Danemark. Weimar, où Bach et Liszt ont composé, Schiller et Nietzsche séjourné, Goethe vécu et régné pendant cinquante-sept ans, est la capitale culturelle de l'Allemagne, un lieu de pèlerinage pour quiconque révère la culture. Les nazis font de celle-ci et des valeurs humaines en général si grand cas, qu'ils ont édifié à quelques kilomètres le camp de concentration de Buchenwald, dont les fumées noires s'élèvent au-dessus du paysage romantique. Mais rendons cette justice aux invités, qu'ils n'ont aucun moyen de soupçonner ce crime.

Goebbels poursuit une fin précise, que vont démasquer ses séides : détrôner la France, qui était jusque-là le phare et le guide de l'action civilisatrice en Europe, et la remplacer dans ce rôle par l'Allemagne. Le rassemblement de Weimar a été préparé à cette intention. Wilhelm Haegert, du ministère de la Propagande, exalte les sacrifices accomplis par la Germanie, éternel rempart de l'Europe contre la « menace asiatique ». Qui a planté en terre la pensée européenne ? Charlemagne. Qui l'a cultivée et fait croître ? Le Saint Empire germanique. Quoi de plus naturel ? puisque cette pensée n'est « rien d'autre que la conscience unitaire de la race germanique, création de notre culture européenne et apogée de l'humanité ». Aucun des délégués qui écoutent ces âneries ne souffle mot, pas même les délégués originaires des pays latins. Hanns Johst déclare ensuite qu'il faut choisir entre *Le Capital* de Karl Marx et *Mein Kampf* d'Adolf Hitler : d'un côté il y a le poison et le fiel juifs, de l'autre la noblesse du livre et de l'épée.

La fondation d'une association des écrivains européens couronne en fanfare l'imposture. Ce sera une sorte de Panthéon de l'Europe unifiée, une Académie sous l'égide de l'Allemagne et présidée par un écrivain allemand, Hans Carrossa. Le 25 octobre, Goebbels débarque lui-même à Weimar. Le lendemain, en présence de ses invités, il fleurit en grande pompe les tombes de Goethe et de Schiller. Puis il prononce le discours de clôture, où il répète que l'Allemagne se bat sur le front de l'Est pour la sauvegarde de la culture européenne. Dans le salut qu'il adresse aux écrivains étrangers présents, il résume le sens de leur voyage. « Tout leur a été montré et rien ne leur a été dissimulé. Nous n'avons rien à cacher. Ils ont pu, les yeux grands ouverts, étudier le peuple, le pays et ses habitants, et déduire, de la force qui rayonne de la nation allemande, celle que représente notre Front combattant. Leur voyage, qui vient de s'achever, fut pour ainsi dire une leçon de choses, sur la question de savoir si la nation allemande a un droit légitime à rompre les liens qui enserrent ses provinces et à s'engager sur le chemin de la puissance mondiale. »

Ce voyage a été souvent et bien décrit, en particulier par François Dufay (*Le Voyage d'automne*, 2000), mais celui-ci s'est surtout attaché à suivre le parcours des deux délégués les plus équivoques, Jouhandeau et Brasillach, dont l'enthousiasme pour le IIIe Reich et ses beaux jeunes gens blonds n'était pas précisément d'ordre politique. Peu de chose sur mon père, à part sa propension à boire, son brio d'ex-play-boy, son érudition baroque. Moi, ce qui me tourmente, c'est cette question : a-t-il été dupe des manœuvres de Goebbels ? N'a-t-il pas compris que cette offensive de charme en direction des écrivains français avait été planifiée en haut lieu ? Et que, par l'intermédiaire de ces écrivains, les nazis cherchaient à rectifier l'image de l'Allemagne auprès du public français, à l'époque où commençaient les rafles, les déportations, les exécutions ? Où les premiers placards bilingues cernés de noir affichaient sur les murs de Paris la liste des patriotes exécutés ? Le 22 octobre, on fusillait dans une carrière de Châteaubriant Guy Môquet, lycéen de dix-sept ans, le jour même où mon père rencontrait Goebbels à Berlin. N'a-t-il rien soupçonné de la réalité nazie, derrière les honneurs et les flatteries dont on le comblait ? Rien voulu voir de l'horreur cachée sous le masque de l'Allemagne bucolique ? Selon Betty, il n'aurait accepté l'invitation de Heller que parce que celui-ci lui avait promis que de nombreux prisonniers de guerre français, en particulier des intellectuels, seraient libérés s'il se prêtait avec quelques-uns de ses amis à cette opération de propagande. Betty m'a raconté aussi qu'il était revenu flatté de l'accueil reçu à Vienne, dans le palais impérial éclairé aux bougies, mais furieux d'avoir été floué. Je n'ai aucun moyen de vérifier la véracité de ce témoignage.

Ce que mon père a cru bon de divulguer de son voyage, il l'a exposé dans des conférences, dans des périodiques, dans quelques allocutions à Radio-Paris. Interview dans *Paris-Soir*, le 5 novembre, sous le titre étalé en lettres énormes sur six lignes : « Allier la force et le savoir, la sagesse et la puissance pour "recommencer" l'Europe, telle est la volonté que Ramon Fernandez a rencontrée partout en Allemagne ». Le 6 novembre, « À travers l'Allemagne », dans *La Gerbe.* Le 22 novembre, « Le Congrès de Weimar », dans *Comœdia.* Le 23 novembre, conférence à la salle des Sociétés savantes de Paris, devant les Cercles populaires français (ils ont été reconstitués, c'est leur première réunion depuis la défaite) : « Ouvriers et intellectuels français en Allemagne ». Le texte est publié dans le numéro de décembre des *Cahiers de l'Émancipation nationale.* Le 29 juin et le 8 septembre 1942, conférence, prononcée d'abord au Grand Casino d'Auxerre puis à l'Institut allemand de Dijon : « Ce que j'ai vu en Allemagne ». Examinons ces textes, écrits sur commande, d'après le pacte conclu avec Heller. Ce qui n'a peut-être pas empêché mon père de glisser entre les lignes autre chose que ce qui a l'air d'être dit.

Beaucoup de passages se recoupent. La qualité de l'accueil réservé aux écrivains français, qui ont été aussi généreusement traités que les représentants de pays alliés de l'Allemagne ; la grandeur de l'Allemagne, à qui revient le mérite de réaliser « la synthèse harmonieuse des forces intellectuelles de l'Europe » et qui, « contrairement aux lourdes prétentions de la propagande radiophonique, représente les valeurs de l'esprit » [à l'heure où tout ce qui comptait dans la culture allemande avait dû s'exiler, Thomas Mann, Brecht, Zweig, Musil, Broch, Joseph Roth, Werfel] ; la « sérénité laborieuse » du peuple allemand, bien plus efficace que ne le serait un « enthousiasme exalté » ; le rempart dressé contre le bolchevisme ; l'idéal goethéen de sagesse unie à la force, incarné par le national-socialisme : voilà les thèmes ressassés, avec une complaisance servile. L'article de *La Gerbe* est le plus long. Il vaut la peine d'en citer des passages, tant pour l'impudence des compliments que pour les points d'ironie piqués çà et là.

Hitler est le champion de la paix. Les gaullistes et les anglophiles qui, « sous le drapeau d'une guerre en dentelles et sous celui d'une guerre impérialiste » (double vilenie, qui se traduit dans le style exécrable), rêvent un anéantissement de l'Allemagne ressemblent à Madame Bovary, cette pauvre gourde provinciale enfouie dans ses songes de grandeur, au fond de sa petite ville perdue. Les écrivains invités en Allemagne ont pris « un bain de réalité », seul remède contre ce bovarysme politique. « Pas une fois, de près ou de loin, on ne nous a fait l'article… Ce fut pour nous une leçon de choses et une leçon d'hommes. »

Chaque étape comportait trois volets : on s'imprégnait de l'atmosphère du lieu (tourisme), on visitait des monuments (culture), on rencontrait les autorités (politique). « C'est ainsi, par exemple, qu'après avoir été reçus à l'Hôtel de ville de Bonn et avoir esquissé nos premiers entretiens, nous allâmes à Bingen visiter la maison de Stefan Georg, poète qui unissait la pureté difficile d'un Mallarmé et d'un Valéry au recueillement monacal d'un Walter Pater, et que, de Bingen, nous prîmes le bateau pour Rudesheim où l'on nous fit goûter progressivement les crus du Rhin au goût de pierre précieuse. En quelques heures, notre mémoire rassemblait les images d'un ordre politique, d'un ordre esthétique pur et de cet ordre du vin, chanté par Anacréon et par Meredith, qui jette un pont irisé entre la sensation et la pensée. » Meredith, le dieu de sa jeunesse, appelé en renfort ! L'ironie, l'autodérision sont ici perceptibles. Comme dans le paragraphe suivant : « Nous fûmes tous frappés, je crois, par le soin religieux avec lequel on conserve là-bas la mémoire des grands hommes. La maison de Beethoven à Bonn, celle de Goethe à Francfort et à Weimar, celle de Schubert à Vienne, par exemple, témoignent d'une attention pudique à prolonger et comme à embaumer l'instant où le temps suspendit son vol. »

Même pastiche prudhommesque dans le compte rendu du séjour à Salzbourg. « Nous déjeunions dans un weinstube italien où la place de Stendhal eût été si naturelle que nous nous entretenions mentalement avec lui, et, le soir, nous entendions *Les Noces de Figaro*, après quoi les artistes venaient nous rejoindre, célébrant dans notre siècle sombre le mariage étincelant de deux siècles antérieurs. À Vienne, nous dînions aux bougies, dans la grande salle impériale du Hofburg, sous la présidence du jeune Reichsleiter Baldur von Schirach [né en 1907, chef des Jeunesses hitlériennes jusqu'en 1940, puis Gauleiter de Vienne, il tombera en disgrâce en 1943, pour s'être opposé à la politique d'extermination des Juifs ; condamné à vingt ans de prison par le tribunal de Nuremberg]. Dans ce cadre qui évoquait les chamarrures d'autrefois, les uniformes sobres de nos hôtes et nos vêtements de ville, pourtant, ne détonnaient pas. Ce n'était pas le contraste des révolutions : c'était plutôt comme l'épuration classique, qui retient l'essentiel, de tout un romantisme attardé qui a compliqué et engorgé si longtemps l'Europe. »

Quant aux impressions de Bavière, et au préjugé antibaroque si répandu en France à cette époque, M. Perrichon aurait pu y souscrire. « Ce sentiment d'un classicisme nouveau éclate à Munich, à la Maison Brune, sur la grande place où reposent, entre des colonnes simples et sous des tombes unies, les premières victimes du mouvement. Les bois fins ou précieux, aux teintes neutres, les colonnes grises au grain discret, les meubles dépouillés des courbes et des ornements qui surchargent de beaucoup de riens les formes nécessaires forment un contraste frappant avec le style orné et quelque peu contourné de la ville. La ville, si l'on peut ainsi dire, et la nation tout entière viennent se décanter dans ces monuments de l'Allemagne nouvelle, ne laissant plus paraître que la nervure d'une pensée et d'une action toutes tendues vers l'essentiel. »

Mais voici, après cette bénédiction sentencieuse, de nouvelles vilenies. Évoquant la cordialité des rencontres avec les autorités allemandes, le journaliste ose écrire : « Nous formions bien, ainsi que l'un de nos hôtes allemands l'avait remarqué, un monde clos, une manière d'île. Et je songeais, par contraste, à ces îlots d'intellectuels qui s'étaient multipliés dans l'entre-deux-guerres, où à coup de discussions abstraites on refaisait le monde comme les enfants refont la poupée qu'ils ont décousue, c'est-à-dire en la défaisant plus encore. » Ce reniement de Pontigny, de l'Union pour la Vérité, de ce qui contribua si longtemps à son renom d'écrivain, quelle pitié ! quelle honte ! quelle preuve atterrante de son déclin intellectuel ! L'ironie, j'espère, reprenait le dessus dans cette description des officiers nazis. Ils « me frappèrent par leur tenue sobre et je ne sais quoi de religieux répandu sur toute leur personne. Rien de moins fier-à-bras que cet État-major de l'Allemagne national-socialiste : un sens des responsabilités qui nourrit un perpétuel examen de conscience, une volonté d'appliquer les directives du Führer en tenant compte des détails des circonstances et des faits, un tour pédagogique de l'esprit qui cherche à édifier les hommes plutôt qu'à leur en imposer. Il y a chez eux de quoi rappeler, mutatis mutandis, les puritains de la première heure et tous les éléments moraux complexes et subtils qui animent les cadres d'une croisade. Il n'est pas jusqu'à la correction discrète de leur uniforme qui ne rappelle la discrétion des ornements et la simplicité des lignes que j'avais observées dans les monuments de l'architecture nouvelle. Discrétion, simplicité, correction, netteté qui révèlent à la fois la trempe du vouloir et l'intention morale de ce vouloir ».

Vient enfin le point culminant du voyage, l'entrevue avec Goebbels à Berlin. Et là, je l'avoue, je reste perplexe. L'admiration professée est-elle sincère ? « Le Dr Goebbels est un homme mince auquel ses yeux clairs, ses cheveux et son teint mat donnent je ne sais quoi de maritime. » Ce « maritime » est proprement ahurissant. Dans la conférence de 1942, mon père a ajouté : « On le voit parfaitement, dominant avec calme la tempête, sur la passerelle d'un navire. » Mais, dans l'article de *La Gerbe* comme dans celui de *Comœdia*, le « maritime » n'est pas explicité. Il faut rappeler que *Comœdia*, à la différence de *La Gerbe*, n'est pas un journal de la collaboration, mais un hebdomadaire de culture, où ne dédaignent pas d'écrire Paulhan, Valéry, Audiberti, Mac Orlan, Colette, Jean-Louis Barrault, même Jean-Paul Sartre… C'est d'ailleurs dans l'article de *Comœdia* que RF cite le plus abondamment Goethe, et faït le compte rendu de l'*Iphigénie* entendue au Nationaltheater [cette même *Iphigénie* qui sera représentée à la Comédie-Française en 1942 et qui donnera à mon père, j'ai raconté l'épisode, l'occasion de se montrer aussi lâche dans sa vie privée que pendant ce voyage]. « La tragédie, jouée lentement, où chaque parole, chaque mimique, où la personnalité de chaque acteur étaient sévèrement subordonnées à l'ensemble, participait de la fresque et de la symphonie. »

Mais enfin, dans cette pompe langagière, éclate la fantaisie gamine du « maritime », épithète d'autant plus burlesque qu'elle est appliquée à un pied-bot, dont la gesticulation forcenée, transmise par les images, est passée à la postérité.

Voyons, dans *La Gerbe*, la suite du portrait, mélange de servilité et de persiflage. « Il retient ses gestes, ses paroles, les dirige et les pose délicatement devant vous.

Ses mouvements légèrement scandés, le rythme de son discours marquent le temps avec précision. Son silence est encore, peut-être, plus nuancé que sa voix, car son regard, qui semble relever ses yeux, vient occuper ce silence, marquer le suspens, interroger, attendre. Un ralenti volontaire découpe chacune de ses attitudes et vous l'impose doucement. Par moments la volonté s'affirme par un bref rassemblement du regard, de la voix, de toute la personne, indiquée plutôt comme une promesse ou comme une menace qui n'a besoin d'aucune accentuation supplémentaire pour se rendre parfaitement perceptible. Tout en demi-teintes, il est, dirait-on, en arrière de la main. Et tout cela compose une personnalité de chef, plus imposante par ses réserves qu'elle ne l'eût été par l'étalage de son commandement. Lorsqu'il vous serre la main il y dépose, par une pression lente, comme le sceau de sa personne. Et son regard, qui semble soulever ses yeux, cherche dans votre regard une présence silencieuse. » Variante dans *Comœdia* : « Il retient ses gestes, ses paroles, les dirige et les pose délicatement devant vous, comme on pose sur des touches des doigts délicats et précis. »

Qu'ont dû penser les lecteurs ? Ont-ils perçu la touche ironique derrière la flagornerie ? Il est possible, cependant, que notre perception actuelle de Goebbels soit faussée par la condamnation globale que nous portons sur le régime hitlérien. Convoquons un témoin en principe au-dessus du soupçon, le grand écrivain Ernst Jünger, antinazi convaincu. Il a noté lui aussi chez Goebbels, auquel il trouvait « un charme indéniable », la capacité de « rassemblement » qui avait frappé mon père. Sa voix « n'était pas grossièrement agressive. Elle était subtilement modulée, vibrante comme un mince fil de métal, disciplinée ». « Ce que la physionomie du Docteur avait d'ascétique, de concentré, n'était pas un faux-semblant ;

la volonté peut obtenir bien des succès lorsqu'elle se fixe sur un seul point… De telles gens ont l'habitude de ne pas gaspiller leur temps ; ils travaillent, tandis que les autres dansent ou s'assemblent autour d'une bouteille » (*La Cabane dans la vigne*, 8 mai 1945, in *Journaux de guerre 1939-1948*, Bibliothèque de la Pléiade).

La réaction des résistants au voyage de Weimar fut immédiate. Dès le 16 décembre 1941, un hebdomadaire ronéotypé de la Résistance, *L'Université libre*, publie une lettre ouverte « à MM. Bonnard, Fernandez, Chardonne, Brasillach, etc., anciens écrivains français », où tout ce qui peut être dit sur l'erreur, la faute et l'abjection de ce voyage est dit, avec une netteté et une fermeté admirables.

« En 1807, dans Berlin occupé par les troupes françaises, Fichte attaquait publiquement les écrivains allemands qui travaillaient pour l'ennemi et qui faisaient l'apologie de l'ordre nouveau, de la "monarchie universelle" dans laquelle Napoléon réservait à l'Allemagne une "place d'honneur". "Nous sommes vaincus, disait Fichte, mais il dépend de nous de ne pas perdre notre honneur. Il s'agit maintenant de mener la lutte sur le plan spirituel. Donnons aux Français le spectacle de notre fidélité à la patrie et à nos amis. Ne leur donnons pas l'occasion de nous mépriser"… Honneur, fidélité, patrie : pourquoi faire sonner à vos oreilles des mots dont le sens vous échappe ? Vous saviez, en partant pour l'Allemagne, exactement ce que vous faisiez. Vous saviez que l'Allemagne hitlérienne poursuit l'anéantissement de la culture française, que sa police jette en prison les écrivains suspects de patriotisme ; que ses prétendus services de propagande ont pour tâche d'étouffer toute manifestation de la pensée française, et d'abaisser systématiquement le niveau de la production littéraire française… Vous saviez que la plus grande honte pour un écrivain, c'est de participer à l'assassinat de la culture nationale dont il devrait être le défenseur… Au reste, votre mission, dans ce voyage, n'était que de simple figuration. Plus précisément, vous avez servi de *masque*… Le vandale cherche à persuader l'opinion civilisée qu'il respecte les choses de l'esprit. Dans ce but, il organise des réunions de bateleurs, il met en scène de vastes mascarades, comme ces "cérémonies" de Weimar, où ceux qui renient chaque jour l'humanisme goethéen sont venus s'incliner hypocritement devant la tombe de Goethe. Goebbels, à Weimar, c'est Méphisto pérorant dans le rôle de Faust… Dans cette tentative d'escroquerie, vous aurez servi d'hommes de paille. »

J'imagine mon père, revenant sur terre dans les années 50, et découvrant ce texte qu'il n'a pas lu au moment de sa parution. Il sait que ses trois signataires, Jacques Solomon, Georges Politzer et Jacques Decour, livrés par la police française aux Allemands, ont été fusillés au mont Valérien en mai 1942. Leur sacrifice ayant cautionné leur engagement, il leur reconnaît le droit de le juger et de lui dire : « Vous avez choisi l'abdication, la trahison, le suicide. » Il baisse la tête, il plaide coupable. Oui, ce voyage a été à la fois une duperie et une infamie, une démission de l'intelligence et un naufrage de l'honneur.

Le plus honteux, peut-être, c'est ce qu'il a dit après coup, dans sa conférence de 1942 prononcée deux fois. Il y aborde un point négligé dans ses premiers articles : les éloges qu'il a entendu décerner en Allemagne aux travailleurs français venus servir outre-Rhin. « Il ne s'agissait pas de ces compliments de courtoisie que les gens bien élevés d'un pays distribuent mécaniquement sur les compatriotes de la personne à laquelle ils s'adressent. Parmi leurs compliments, mes interlocuteurs manifestaient même une sorte de surprise. Oui, je puis assurer qu'ils s'étonnaient, discrètement mais enfin l'étonnement était là, que le Front populaire eût à ce point faussé le rythme du travail français qu'on ait pu croire à une sorte de décadence de ce travail. » Au contact des Allemands, l'ouvrier français a retrouvé le sens du travail. En général, poursuit mon père, les Français ont compris que ce n'est plus l'or qui gouverne le monde, comme au temps où l'Angleterre imposait sa loi, mais le travail. « Les temps sont changés. Comme l'indique le titre du très intéressant ouvrage que vient de publier M. Émile Roche : *L'or n'est plus roi*. Le sceptre est passé au travail, à l'organisation rationnelle du monde, et surtout à ce sens communautaire dont il faut bien reconnaître que l'Allemagne propose aujourd'hui l'expression la plus frappante. » Pourquoi cette assertion est-elle particulièrement honteuse ? Parce qu'au fronton du camp de Buchenwald, triomphe macabre de cette « organisation rationnelle du monde » et de ce « sens communautaire » si loués, étaient écrits ces trois mots : *Arbeit macht frei*. « Le travail rend libre », voilà ce que mon père aurait pu lire à quelques kilomètres de Weimar, s'il ne s'était pas laissé griser de paroles ronflantes et de vins fins.

« Mais suis-je le seul coupable ? se demande-t-il dans les années 50. Ceux qui étaient de mon bord ont-ils été les seuls coupables parmi les intellectuels français du XXe siècle ? Nous avons été vaincus : est-ce un motif pour nous accabler et laver de ses fautes le camp des vainqueurs ? J'accepte le verdict prononcé contre moi. Mais je proteste contre l'indulgence accordée à d'autres. Ils n'ont même pas eu besoin d'être acquittés, n'ayant jamais été inquiétés. »

Qui : ils ? Mais ceux qui tiennent alors le haut du pavé. Et d'abord, le premier d'entre eux, Jean-Paul Sartre. Sartre, sans doute pour se faire pardonner d'avoir fait jouer à Paris, en pleine Occupation, avec l'agrément de la censure allemande, *Les Mouches* et *Huis clos*, a épinglé plusieurs fois mon père, après guerre, tantôt le classant, avec Céline, Drieu, Chardonne et d'autres, parmi les « traîtres ou suspects » (*Qu'est-ce que la littérature ?*, dans *Situations II*, 1948), tantôt se moquant du critique qui avait inventé la notion de « messages » pour justifier que l'écrivain se détourne de l'engagement (*ibid.*), tantôt raillant celui qui avait abandonné le Parti communiste pour le PPF par amour des trains qui partent, revirement « typique des forces de désintégration qui travaillent dans les zones marginales de la bourgeoisie » (*Qu'est-ce qu'un collaborateur ?*, dans *Situations III*, 1949). Mais cet implacable censeur, ne pourrait-on ouvrir son dossier ? De 1952 à 1956, n'a-t-il pas couvert de son prestige les abominations perpétrées en URSS ? Ne s'est-il pas dépensé (lui aussi) en meetings, discours et articles, à la gloire du pays du goulag ? En décembre 1952, revenant de Vienne, où, salué triomphalement par les médias, il a participé au Congrès des Peuples pour la Paix, le voici pérorant à la tribune du Vel' d'Hiv' (lui aussi) et soutenant que « ce que nous avons vu à Vienne, ce n'est pas seulement un Congrès, c'est la Paix. Nous avons vu ce que la Paix pourrait être ». Bien pis : en 1954, rentrant d'un voyage en URSS, où il a été l'objet d'autant de délicates prévenances et gâteries que les collabos dans l'Allemagne de 1941, promené, loué, gavé au milieu des affamés, il livre à *Libération* cette courageuse confidence : « La liberté de critique est totale en URSS. Le contact est aussi large, aussi ouvert, aussi facile que possible. » En quoi Sartre a-t-il été plus clairvoyant sur l'horreur soviétique que mon père sur l'horreur nazie ? En quoi s'est-il montré moins servile envers ses hôtes communistes que mon père envers ses hôtes national-socialistes ? Les millions de déportés en Sibérie ne pourraient-ils lui demander les mêmes comptes que les millions de gazés d'Auschwitz à mon père ? Où est la différence de responsabilité, de culpabilité, sinon dans la position respective de chacun sur l'échelle du pouvoir ?

> Selon que vous serez puissant ou misérable,
> Les jugements de cour vous rendront blanc ou noir.

Mon père s'était aveuglé pendant quatre ans, de 1940 à 1944. Pendant quatre ans aussi, de 1952 à 1956, Sartre aura été un compagnon de route discipliné, ou, pour le dire plus crûment, un suppôt de la tyrannie, jusqu'à ce que l'invasion de Budapest par les chars soviétiques lui dessille les yeux.

Remontons plus haut : André Malraux n'a-t-il pas cautionné, dans les années 30, la construction du canal de la mer Blanche ? Selon Jean-Yves Tadié, préfacier des *Carnets d'URSS, 1934* de Malraux, celui-ci aurait refusé l'invitation d'Ehrenbourg à visiter les lieux, se contentant de noter : « Canal mer Blanche – la rééducation par la confiance » – ce qui est déjà gober un slogan officiel. S'il ne s'est pas rendu sur place, il n'en a pas moins loué hautement l'entreprise, à la suite de la centaine d'écrivains et d'artistes russes embrigadés par Staline pour la porter aux nues. Nous avons là-dessus le témoignage de Chostakovitch, accompagné d'un commentaire que devraient méditer tous les complices, involontaires ou non, des régimes totalitaires. Le compositeur était accusé de n'avoir pas toujours résisté avec assez d'énergie au pouvoir stalinien. Indignation de Chostakovitch (voir les « propos » recueillis par Solomon Volkov, Albin Michel, 1980) : « C'est à moi qu'on demande : "Pourquoi as-tu signé telle ou telle déclaration ?" Mais a-t-on jamais demandé à André Malraux pourquoi il a glorifié la construction du canal de la mer Blanche, où des milliers et des milliers d'hommes ont péri ? Non, personne ne le lui a demandé. C'est bien regrettable. On devrait poser ces questions plus souvent. Car rien ne peut empêcher ces messieurs de répondre. Leurs vies n'ont jamais été en danger, et ne le sont pas. » On peut devenir chantre du gaullisme et ministre de De Gaulle sans avoir eu à s'expliquer sur cet épisode.

Que penser aussi de Romain Rolland, injuriant Gide après le *Retour de l'URSS*, livre qualifié de « mauvaise action », de « petite vengeance d'un littérateur froissé dans sa petite vanité », de brochure « affligeante » qui ne peut être que d'un « traître » ? Ou de Bernard Shaw, qui, interrogé à son retour d'URSS, répondit : « La famine en Russie ? Des sottises. Nulle part je n'ai aussi bien mangé qu'à Moscou » ?

Ou d'Aragon, qui écrivait en 1936 que la Constitution stalinienne était un chef-d'œuvre de la culture humaine, éclipsant Shakespeare, Goethe, Pouchkine et Rimbaud ? Selon le poète de *La Diane française*, ces pages sublimes résumaient le labeur et exprimaient la joie de cent soixante millions d'êtres humains, guidés par la sagesse et le génie de Staline (*Commune*, numéro d'août). À la Libération, Aragon devint le chef des épurateurs et réclama vengeance contre ceux qu'il déclarait complices de crimes contre l'humanité. En 1955, il publiait, chez Denoël (ouvrage jamais réédité, et pour cause), un essai, *Littératures soviétiques*, où il osait vanter la « liberté » des écrivains soviétiques. On critique, en Occident, l'organisation dictatoriale de la vie littéraire en URSS ? Erreur ! s'écriait-il. C'était ne pas comprendre que « l'esprit de Parti, le véritable esprit de Parti, implique justement la garantie de la liberté véritable de l'écrivain contre la secte et la fantaisie personnelle dans les jugements critiques ».

Malraux, Romain Rolland, Sartre, Aragon *savaient-ils*, au sujet du goulag ? Sans doute, pas plus que mon père au sujet des lagers. Mais, précisément, le devoir des intellectuels est de se renseigner avant de parler, de ne pas se laisser duper par les mensonges de la propagande officielle, de se taire, s'ils n'ont pas le courage de dénoncer[1]. Pour les collabos, on s'est rappelé cette règle et on a puni, sans doute à juste titre, ceux qui l'avaient enfreinte. Une étrange amnésie collective a permis aux autres de faire une brillante carrière et de parader au premier rang des maîtres de la jeunesse.

« Est-ce que mon seul tort, se dit le revenant des années 50, n'a pas été de me retrouver du côté des perdants ? »

---

1. Il semble qu'on se soit souvenu longtemps en Russie de la « légèreté » (pour employer un euphémisme) de Sartre. Le pianiste Mikhaïl Rudy, qui demanda en 1976 l'asile politique en France, a évoqué dans ses mémoires l'opinion que ses amis se faisaient de l'écrivain français, en cette même année (quatre ans avant sa mort). « La France ne dépensait pas un centime pour la propagande antisoviétique. Au contraire, les intellectuels français élégants, bien habillés, nous donnaient des leçons en expliquant la chance que nous avions de vivre dans le pays du socialisme triomphant. Des personnalités comme Jean-Paul Sartre qui venait en URSS voir sa maîtresse et prêcher la bonne parole, nous avions un rejet complet. Ses œuvres, largement diffusées et éditées en URSS, n'étaient pas du tout populaires parmi les contestataires. » (*Le Roman d'un pianiste*, Éditions du Rocher, 2008.)

45.

Collaboration active : conférences, rapports, manifestes

Le 9 octobre 1941 paraît dans *La Gerbe* le compte rendu de son entrevue avec Doriot, où mon père annonçait la résurrection des Cercles populaires français. Première réunion, on l'a vu, le 23 novembre, au retour du voyage en Allemagne. Les orateurs, dont mon père, parlent de ce qu'ils y ont vu. Vocation des Cercles inchangée : ils doivent continuer à jouer le rôle d'une Maison de la Culture (mais retournée, de droite), servir de liaison entre les intellectuels et les travailleurs. Sur ce programme se greffe la croisade antibolchevique. Nouvelles recrues, comme Brasillach ou Paul Chack, officier de marine, anglophobe forcené, auteur de romans d'aventures maritimes, président du Comité d'action antibolchevique fondé en juillet 1941. Il sera fusillé à la Libération.

Une deuxième réunion se tient le 21 décembre, toujours à Paris. Mon père y prononce une conférence, « France seule… ou France européenne ? » qui sera publiée dans les *Cahiers de l'Émancipation nationale* de janvier 1942. Pour défendre la cause de l'Europe, il s'appuie sur Molière : « Le personnage comique est un homme essentiellement *isolé* dans ses réactions, dans la conscience qu'il a de lui-même, et qui croit décider souverainement par lui-même de tout ce qui lui plaît. *Mais en fait*, il dépend, comme chacun, du milieu qui l'entoure. Et il paie bientôt les conséquences de son illusion. » L'illusion « d'étanchéité ». Après avoir critiqué le « splendide isolement » de l'Angleterre et l'hypocrisie du traité de Versailles, RF salue l'Europe concrète, l'Europe réelle qui est en train de se faire. Pourquoi la gauche, les gaullistes, les anglophiles s'y opposent-ils ? Parce que, n'admettant pas la forme politique que l'Allemagne s'est donnée, ils n'admettent pas qu'une Allemagne ainsi constituée « figure » dans le concert européen. Et de rappeler, en conclusion, ce que le Dr Goebbels lui disait à Berlin : l'Union européenne sera aussi difficile à réaliser que l'a été l'union des États-Unis d'Amérique. « Mais plus chaque nation sera maîtresse d'elle-même, plus l'union de ces nations maîtresses sera souveraine. » De Molière, on est tombé à Trissotin.

Pour élargir leur action, les Cercles essaiment en province. Quelque trente meetings, entre novembre 1941 et novembre 1942. Plus de vingt villes visitées. Et mon père partout sur le pont, répétant inlassablement, de Toulouse à Perpignan, de Lyon à Marseille, de Reims à Rouen, de Clermont-Ferrand à Vichy même, qu'il faut lutter sur deux fronts, remporter deux batailles : « gagner l'ouvrier à la cause nationale et en même temps gagner la nation à la cause européenne ». L'Europe ! L'Europe ! C'est le cri de ralliement. Occasion de vilipender l'Angleterre et sa position isolationniste. Beaucoup de peine et d'efforts pour ressasser des lieux communs.

Après l'invasion de la zone libre par les Allemands, les CPF se replient sur Paris. Trois seuls meetings en province : Nice, Pau, Lille. Le 9 juillet 1943, mon père prétexte une « indisposition » pour décommander une conférence où il devait parler de « la signification de la mobilisation totale de l'Allemagne sur le plan de la civilisation ». Ce fut, semble-t-il, la dernière réunion des CPF, qui furent remplacés par les CPJF (Cercles populaires de la jeunesse française). Mon père participe à quelques réunions, mais le mouvement, malgré les fanfaronnades, est si pauvrement inspiré, qu'il s'éteint de lui-même.

À ces activités arrosées d'abondantes libations qui mettent à mal sa santé, il faut ajouter deux événements, qu'il cautionne de son nom.

1. L'exposition « Le Bolchevisme contre l'Europe », qui s'ouvre salle Wagram le 1er mars 1942. RF figure dans le Comité d'honneur, à côté de Paul Chack et de Maurice-Yvan Sicard, membre du Bureau politique du PPF. Le PPF a un stand. Un tract diffusé par ce stand trahit la dérive antisémite de la manifestation. « Voici qu'aujourd'hui, par un juste retour des choses, un incroyable résumé de la malfaisance juive, mère du bolchevisme, nous est présenté avec un luxe de détails et une précision dans les faits qui ne peuvent laisser indifférent aucun membre d'une Communauté qui refuse de se laisser assassiner par une horde de sauvages asiates sans foi, sans loi et sans honneur. » Un des films projetés salle Wagram est un long-métrage de propagande, *La Libre Amérique*, pour édifier les foules sur le rôle des Juifs aux États-Unis.

2. Le « Manifeste des intellectuels français contre les crimes anglais », publié par *Le Petit Parisien* le 9 mars 1942, à la suite du bombardement de Boulogne-Billancourt. J'ai cité ce manifeste, au chapitre 8, et la réaction indignée de Guéhenno. Non seulement mon père l'a signé, mais c'est lui qui a suggéré aux CPF d'en prendre l'initiative. L'a-t-il rédigé lui-même ? Non dans le détail, assurément, le style en étant trop mauvais. Mais

la formule « le pays qui n'a rien appris ni rien oublié », employée pour stigmatiser l'Angleterre, pourrait être de son cru. Elle revient souvent, dans ses écrits de guerre, quand il reproche aux Français restés anglophiles ou devenus gaullistes de n'avoir « rien appris ni rien oublié ».

Le 3 décembre de la même année, Paul Léautaud apprend d'une employée de la NRF que « N. », dont les articles l'intéressent toujours beaucoup, appartient au « parti doriotiste », comme gradé, et qu'il circule en uniforme du parti, avec des galons, et des épaulettes. « Une pareille naïveté à son âge (il a environ quarante-cinq ans), faire partie d'un mouvement politique ! Un pareil étalage, une pareille vanité, se promener en uniforme, avec des épaulettes ! – ce qui est bien l'avis également de toutes ces employées. J'ai dit : "Il dégringole joliment pour moi. Je ne pourrai le lire maintenant sans penser à ses épaulettes. Des épaulettes ! Si c'est possible !" Et comme je disais que je dois à N. d'avoir lu un roman prodigieux de Balzac, et que je parlais de Balzac comme de l'écrivain extraordinaire qu'il est, Mme Fiévée a eu ce mot : "Celui-là ne portait pas d'épaulettes." » La référence à Balzac, l'âge, le grade ne laissent place à aucun doute : N. est bien RF, dont le « remarquable article » sur Balzac dans la NRF de janvier a donné à Léautaud l'envie de lire cet auteur. Pourquoi, en décembre, Léautaud masque-t-il le nom de mon père ? Pitié pour le fantoche en uniforme ? Désir de conserver intacte son admiration pour l'écrivain ? Voilà qu'il est devenu la risée générale, et pourtant, nous savons que ce désir de parader n'a pas pour mobile la vanité, mais une blessure ancienne, des sentiments profonds.

Des archives de mon père ont resurgi plusieurs textes inédits, où, loin des vociférations de la tribune, il retrouve un peu de sa lucidité et de son acuité premières, malgré de consternantes dérives.

De 1942, après avril et avant octobre, date le plus important de ces textes : « Rapport sur l'état d'esprit des intellectuels ». Rapport rédigé, apparemment, à l'intention de Doriot. Fut-il soumis au Chef ? Préambule : « L'état moral des intellectuels français est grave : le plus bref qu'on en puisse dire est qu'ils n'ont rien appris, ni rien oublié. » Les différents secteurs de l'activité intellectuelle sont passés en revue. D'abord, l'Université, « profondément rongée par le gaullisme et par l'anglophilie ». Même dans les lycées, on parle du Maréchal avec mépris, et de Doriot comme de l'ennemi numéro 1. « J'ajoute, pour être tout à fait clair, que les professeurs considèrent les auteurs d'attentats comme des manières de saints. » La nomination d'Abel Bonnard [en avril, comme ministre de l'Éducation nationale] a été accueillie avec la plus vive hostilité. « Les opinions des professeurs sont redevenues, à peu près, celles du temps des fiches et du petit père Combes. Un exemple : M. Jean Guéhenno, professeur de rhétorique supérieure (donc un de ceux qui préparent les futurs professeurs), a dit textuellement : "Quand on passait autrefois devant les casernes françaises, occupées par des soldats français, on pouvait crier : merde ! sans être inquiétés. Aujourd'hui c'est différent, nous sommes sous la botte." Ce propos me paraît des plus caractéristiques. J'ajoute que les professeurs, dont les traitements, assez considérables, n'ont pas été diminués, qui jouissent d'environ trois mois de vacances par an, dont beaucoup se ravitaillent chez leurs parents à la campagne, ont très exactement une mentalité de rentiers. Ils n'acceptent, aucunement, dans l'ensemble, les projets et les lois de la révolution nationale, ou prétendue telle, les tiennent pour inspirés par les Allemands et par les réactionnaires. Le mot d'ordre est que tous les collaborationnistes sont des antipatriotes, dont le compte sera réglé après la victoire de l'Angleterre, dont ils ne doutent pas. »

(Les médisances calomnieuses sur les avantages dont jouiraient les professeurs [en réalité mal payés pour un métier harassant] me paraissent assez ignobles, de la part d'un homme qui a vécu, pendant son premier mariage, de l'argent gagné par sa femme professeur.)

Puis l'Académie française, qui est, dans l'ensemble, de tendances gaullistes et anglophiles. (Voilà qui contredit l'idée, communément reçue aujourd'hui, d'une Académie globalement pétainiste et ramollie.) « Jacques de Lacretelle a pris violemment à partie, sous mes yeux, Jacques Chardonne, parce que ce dernier est collaborationniste et était allé en Allemagne. Pour se convaincre de l'état d'esprit de ces messieurs, il suffit de lire la dernière liste des prix que l'Académie française vient de décerner : en tête figurent notamment Jean Schlumberger, qui écrit actuellement dans *Le Figaro* et est devenu, de germanophile qu'il était, germanophobe déclaré, et Jean Paulhan, charmant homme d'ailleurs et un de mes amis, mais enfin qui a fait l'an dernier [en mai 1941] quelques jours de prison pour anglophilie (tracts) et dont le bureau, à la NRF, était cette année un véritable foyer de germanophobie. »

(Ce dernier trait prouve que tout le monde était au courant des activités de Paulhan et que mon père, en les mentionnant, n'a pas fait acte de délation.)

Enfin la littérature, divisée en collaborationnistes (tels Drieu, Chardonne, Châteaubriant et « moi-même ») et anticollaborationnistes. « J'attire tout particulièrement l'attention du Chef du Parti sur le fait suivant : les éditeurs sont presque tous attentistes. C'est ainsi, par exemple (et l'exemple est de taille), que les Éditions Grasset n'ont pas accepté un manuscrit de Jacques Doriot présenté par Sicard. Si vous rapprochez ce fait de cet autre, que les Éditions Stock m'ont demandé de supprimer le nom de Jacques Doriot que je citais à propos de la renaissance nationale avant cette guerre, cela me dispensera de commentaires. On vient également de refuser chez Grasset, on refusera sans doute chez Gallimard, le livre que Camille Fégy vient de terminer sur la France une, où il rend compte, notamment, de ses entretiens avec le Chef et avec Déat. » Une exception parmi les éditeurs : Denoël. Tous les autres « sont contre nous ». D'où la nécessité, pour les collaborationnistes, de trouver à publier. « Si je puis me donner en exemple, en tant qu'écrivain publiant normalement les livres qu'il compose, je dirai que j'ai trois livres en train, tous les trois commandés : un livre sur Marcel Proust, un autre sur Charles VIII et Louis XII, un autre sur le problème psycho-social de la personnalité. Mais les deux autres que j'avais terminés, sur des thèmes politiques, ont été refusés. Cet exemple me paraît démonstratif. »

Du livre sur Charles VIII et Louis XII (quel sujet saugrenu pour mon père !), je n'ai jamais entendu parler, non plus que de cette nouvelle étude sur la personnalité. Aucune mention, également, de ces deux volumes prétendument terminés. Les manuscrits de ces deux textes refusés ont proprement disparu. Mais ont-ils jamais existé ? Quant au livre sur Proust, il sera publié, en 1943 : un essai qui est tout, sauf un livre « collaborationniste ». Que de confusion !

Après avoir établi ce constat de faillite du PPF dans le monde littéraire, RF essaye de tirer la leçon du fiasco. « C'est le moment, ici, de faire un peu d'autocritique. Nous ne sommes pas représentés convenablement dans le monde intellectuel... Les journaux, c'est très bien, mais ce n'est rien (autant en emporte le vent) et ce qui compte, c'est une bibliothèque. » Et de signaler la faute commise par *Le Cri du peuple* au sujet de Bergson (voir plus loin, chapitre 47 : « La question juive »). Les intellectuels français, souligne mon père, constituent une force sur laquelle, tôt ou tard, l'Allemagne comptera, s'ils sont capables de prouver qu'ils sont autre chose que de « vulgaires agitateurs ».

Suit un satisfecit qu'il se décerne pour son action à la tête des Cercles populaires français. Mais le Parti ne les a pas soutenus suffisamment. « En France, qui n'a pas l'intelligence avec soi ne peut gagner, même si on soumet l'intelligence à une discipline. »

Dans une *Note sur les Intellectuels et le PPF*, de 1942 également, RF souligne au contraire les mérites du PPF et les raisons de son succès : la personnalité de Doriot, l'origine ouvrière du mouvement, le vieillissement de l'Action française, la fatigue des autres partis nationaux, la mise en contact et en liaison (« sur mon initiative ») des intellectuels et de la base, « par des ventes de journaux dans les quartiers difficiles, par des voyages, par des dialogues et entretiens qui naissent spontanément d'une action commune ». Il se félicite que tous les écrivains et savants qu'il a combattus avant la guerre dans ses polémiques soient « en dissidence ou en fuite », Jules Romains, Bernanos, Benda, Gide, Langevin, Rivet – « à l'exception du seul François Mauriac (français de France et qui a, très joliment, passé l'éponge sur nos désaccords) ». Victoire intellectuelle du PPF, donc, prouvant « qu'une discipline nationale, antilibérale, n'était nullement contraire aux intérêts et aux jouissances de l'esprit ». Conclusion : « Ce qui pouvait paraître alors comme une exigence excessive, comme un autoritarisme forcé, nous est aujourd'hui imposé par la loi. De sorte que les intellectuels du PPF, par patriotisme, avaient librement choisi la discipline que tous les intellectuels sont aujourd'hui obligés d'accepter par force. Ils ont fait la preuve que la création libre n'est pas incompatible avec l'ordre, la discipline, la hiérarchie des devoirs. »

Les « Mémoires politiques » que RF avait en projet, et dont il ne subsiste que trois fragments, écrits en 1942 et 43, auraient-ils dissipé cette illusion ? Dans « Petite géologie de l'opinion » (1942), le premier de ces fragments, il condamne à nouveau « l'attentisme » des anglophiles, qui n'ont tiré aucune leçon de la défaite. Le prétexte de cette condamnation est ici une anecdote, qu'il raconte en détail. Laissons-lui la parole, nous aurons sous les yeux un tableau de mœurs savoureux, et un aperçu des tournées de province de mon père. J'ai si peu de témoignages sur cette partie de ses activités, que je m'autorise à citer celui-ci longuement. C'est un assez extraordinaire document, sur la France de l'Occupation, sur la résistance toute passive de certains, sur la naïveté politique de mon père, cachée sous une apparence de Tartarin.

« Les Cercles populaires français, dont j'assume le secrétariat général, venaient d'accomplir un périple dans la zone libre avec M. Abel Bonnard qui, n'ayant pas encore pris le portefeuille de l'Éducation nationale, les présidait alors. À Nice, à Nîmes, à Béziers, à Toulouse, nous avions parlé, comme on dit, devant des salles combles, et ceux qui connaissent le théâtre du Capitole, à Toulouse, sauront ce que, dans ce vaste lieu, une salle comble veut dire. Nous terminions notre tournée à Lyon où près de cent personnes, faute de place, durent nous écouter debout dans les couloirs. La veille, jour de notre arrivée, nous allâmes, sur l'invitation de quelques camarades, rendre visite au Club de journalistes professionnels <u>parisiens</u>. Je souligne, car nous étions des journalistes professionnels parisiens et que c'est ici que commence l'aventure.

« Imaginez, au bout d'un de ces escaliers nus, vastes et contournés qu'on ne rencontre plus guère que dans

Myrelingue la brumeuse[1], une grande salle qui faisait suite à une antichambre à peu près vide, et que suivait une salle plus petite. Dans la grande salle, un comptoir de bar, aussi anachronique qu'un sweater de Chanel sur une tournure, et quelques tables entourées de messieurs qui jouaient aux cartes. Nous avions poussé la porte tout rondement, en Parisiens qui s'attendaient à retrouver leurs concitoyens et confrères, à leur donner des tapes sur le dos et à vider quelques pots de compagnie.

« À notre entrée, un grand silence se fit, qui tout de suite nous parut insolite. Je ne saurais mieux rendre notre impression qu'en disant que nous nous serions crus au musée Grévin, dans une cinquantaine d'années, dans la salle consacrée à la figuration céruléenne des journalistes parisiens retirés à Lyon pendant l'occupation allemande de 1942. Les têtes nous étaient connues, les silhouettes familières. Mais un joueur tenait sa carte suspendue au-dessus du tapis vert ; un autre avait immobilisé une allumette enflammée à quelques centimètres de la cigarette qu'il venait de mettre dans sa bouche ; plus loin, contre une fenêtre, un groupe avait changé un entretien animé en un dialogue de film muet. C'était bien, en effet, du musée de cire, du film muet, et aussi du film au ralenti que tenait la scène inattendue que nous avions sous les yeux.

« Nous nous approchâmes du bar, où le fils bien connu d'un polémiste célèbre se tenait accoudé. À ce moment, un vieux copain de Saint-Germain-des-Prés qui, devant une des tables, mimait une fausse partie de cartes, et qui m'avait tendu une main molle, et comme aveugle, et comme déclinant toute responsabilité dans la pression

1. Rabelais a surnommé ainsi Lyon, d'un sobriquet qui signifie : la ville aux mille langues. Nom repris dans le roman de Claude Le Marguet, *Myrelingue la brumeuse* (1930).

de sa main, se glissa près du comptoir et me demanda, d'une voix non moins molle et non moins irresponsable, des nouvelles de moi-même et des miens. Puis, brusquement, la vie surgit avec le mouvement, la cire redevint chair, une voix se fit entendre : Robert Brasillach s'étant approché du comptoir afin de commander un verre, le fils du polémiste célèbre s'en détacha, secoua sa chevelure d'encre et, scandant ses mots dans ce silence sous-marin, déclara : "Robert Brasillach, vous comprendrez que, devant votre présence, je me retire."

« Les chiens étaient rompus, mais le silence, aussitôt, nous recouvrit. Nous serrâmes encore quelques mains-fantômes, de ces mains qui claquaient sur les nôtres, à Paris, d'un mouvement rituel et machinal. À Paris, avant la guerre… Puis nous sortîmes, afin de retrouver nos voix, le son des choses, et de recommencer à vivre. »

Conclusion : ces intellectuels, qui n'ont « rien appris » de la défaite, « rien oublié de leurs querelles d'avant-hier, ni de leurs petites espérances refoulées, ni de leurs manies et de leurs manilles », ressemblent, malgré l'apparence historique contraire, à des émigrés de Coblenz devant des patriotes de 1792.

Dans un autre texte, sans titre et sans date, nouvelle constatation que les enseignements de la guerre ont été vains. L'opinion publique n'a pas reconnu que le PPF des années 37-40 était dans le vrai. Le PPF a clamé dans le désert. Sinistre aveuglement de mon père : ce qui, à la rigueur, pouvait être vrai et juste dans une France démocratique (la critique de la corruption et de l'impuissance parlementaires, le rappel des devoirs qui incombent aux intellectuels, le désir de redresser la France, les notions d'ordre, de discipline, de responsabilité, etc.) devenait faux et inacceptable dans la France occupée. Je le répète : les valeurs défendues par Doriot s'étaient comme transférées sur de Gaulle, réincarnées dans le général dissident, purifiées à travers lui. Le chef de la France libre ne comptait que sur la conscience libre de chacun pour le suivre, sans recourir à la force. Une discipline imposée par la force n'est plus que de l'esclavage. Comment un homme qui avait eu dans le passé une telle admiration pour la civilisation anglaise pouvait-il en être arrivé au point de nier le principe même de cette civilisation, la pratique de l'examen individuel, l'esprit de liberté ?

Une dernière note, du début de 1943, déplore que toute la propagande intellectuelle française de l'entre-deux-guerres se soit faite « contre l'idée de la guerre, et surout contre l'idée de gloire et de valeur militaires ». À preuves : les succès de *Plutarque a menti*, de Jean de Pierrefeu, du *Voyage au bout de la nuit*, qui montrait « les héros comme des imbéciles » n'ayant pas compris le filon. « Il me souvient d'une discussion avec Benjamin Crémieux (bien connu des Italiens), où ce brave homme disait très haut que le commandant Raynal, du fort de Vaux[1], n'avait agi comme l'on sait que parce qu'il allait prendre sa retraite et qu'il n'avait plus rien à perdre ni à gagner. Je pourrais multiplier les exemples. Je n'en citerai qu'un seul supplémentaire : lors de la translation des cendres de Jaurès au Panthéon, quand les généraux de la grande guerre sortirent de leurs voitures, ils furent accueillis par une bordée de sifflets. »

1. Le fort de Vaux : épisode célèbre de la bataille de Verdun. Je crois que mon père aurait regretté de qualifier Benjamin Crémieux de « brave homme » s'il avait deviné que son ancien camarade de la *NRF*, introducteur de Pirandello en France, serait arrêté à Marseille en avril 1943, torturé, transféré à Drancy, déporté enfin en Allemagne, où il mourrait, à Buchenwald, en avril 1944. Mais pouvait-il ignorer que Crémieux, atteint dès 1941 par les mesures antisémites, avait été rayé des cadres du ministère de l'Éducation nationale, privé de son poste aux Affaires étrangères, son appartement perquisitionné et pillé par les Allemands ?

L'erreur, la faute de la France, continue mon père (il dit parler en homme d'expérience, qui a fait ses classes, « ayant collaboré activement aux principaux partis d'extrême gauche et d'extrême droite »), c'est d'avoir volontairement ignoré les mouvements politiques des pays qui l'entouraient, et dont les forces démographiques, l'activité « supérieure dans tous les domaines » constituaient « des dangers très graves ». Il était clair que « les nations totalitaires ne reculeraient devant rien, ayant supprimé l'opinion libre, pour assurer leur équilibre devant les menaces du dehors ». Le feuillet, qui s'arrête à peu près sur cette phrase, trahit l'habituel flottement chez mon père, la perdurante ambiguïté : les pays totalitaires font courir des « dangers très graves » (pour la liberté ? pour la vie de l'esprit ?), mais ils sont les plus forts, et je me rallie à leur politique – même si je n'y adhère pas. « Alors ? » Tel est le dernier mot, le point d'interrogation final.

Comment les militants du PPF jugeaient-ils, dans l'ensemble, l'action de RF ? Les archives du parti ayant été détruites, il ne reste guère d'autre témoignage que celui de Victor Barthélemy, ancien communiste devenu secrétaire général du PPF et le second de Doriot. RF « n'était pas seulement le secrétaire général des Cercles populaires français, qui réunissaient autour d'Abel Bonnard un nombre considérable d'écrivains connus, d'artistes et d'hommes de science renommés, il était aussi le militant fidèle que n'avait ébranlé aucune des crises que le parti avait connues et qui influencent si facilement les hommes de plume et de pensée. Ramon était pour ainsi dire jour et nuit à la disposition du parti, pour conférences, réunions, rencontres, aucun déplacement ne le rebutait. Et il était à la fois curieux et réconfortant de voir ce critique qui faisait autorité dans le monde littéraire et cet excellent romancier mener la vie du militant de base, encore qu'il fût dès avant la guerre membre du Bureau politique ». (*Du communisme au fascisme, l'histoire d'un engagement politique*, Albin Michel, 1978.)

46.

Collaboration passive

Un extrait de *Chronique privée de l'An 40*, le passage où le vigneron des Charentes offre « de bon cœur » un verre de son meilleur cognac au colonel allemand qui l'avale de non moins bonne grâce, avait paru dans le numéro de réouverture de *La Nouvelle Revue française*, en décembre 1940. Gide, qui a repris sa collaboration (décembre 1940 et février 1941) dans la revue qu'il avait fondée autrefois, lit en mars 1941 le livre de Chardonne en entier. Écœuré par le ton capitulard et bas, il télégraphie à Drieu, directeur de la nouvelle *NRF*, qu'il se désengage complètement de l'entreprise et retire sa signature de la revue. Continuer à y écrire eût été approuver implicitement les propos de Chardonne : à cet acte de collaboration passive, Gide se refuse, bien que la *NRF*, pendant les années de l'Occupation, ait gardé une ligne essentiellement littéraire, sans se mêler de politique. Mais enfin, il s'y publiait de temps en temps des textes au relent collaborationniste, et c'était Drieu le directeur. Que dire alors des autres périodiques, quotidiens, hebdomadaires ou mensuels, qui ouvraient leurs colonnes à des tirades ouvertement pro-nazies ? Ceux où écrivait mon père, *La*

Gerbe en particulier, se gardaient de tout extrémisme, mais sans cacher leurs sympathies politiques. Il n'a donné aucun texte, jamais, dans l'infect *Je suis partout.* N'empêche qu'il lui est arrivé de poser sa signature dans certains journaux et revues à côté de la signature d'un Rebatet, d'un Brasillach, d'un Laubreaux.

Collaboration passive, encore, pour ce qui est de son rôle dans les milieux de l'édition. Les autorités allemandes ont, tout de suite après la défaite, établi des listes de livres et d'auteurs interdits à la publication : les deux fameuses listes Otto (1940 et 1942), qui bannissent en premier lieu livres et auteurs juifs, anglais ou russes. Plus de deux millions de volumes, au total, seront saisis ou envoyés au pilon dans les papeteries allemandes, ce qui aura rapporté de substantiels revenus à l'occupant. L'historien Pascal Fouché, qui a étudié ces problèmes dans son remarquable ouvrage *L'Édition française sous l'Occupation* (1987), glisse cette remarque désabusée : « Lorsque Gerhard Heller invitait à déjeuner Drieu La Rochelle, Brasillach, Arland, Paulhan ou Chardonne [j'ajoute : ou Ramon Fernandez, qui était de ses hôtes], il le faisait avec l'argent qu'avait rapporté la mise à l'index des œuvres de leurs confrères. » Parmi ces œuvres, on compte beaucoup de celles qu'avait jadis chroniquées mon père ou qu'avaient écrites des amis de mon père : Malraux, Nizan, Rivière, Duhamel, Maurois, Lacretelle, Raymond Aron, Gide…

Rien de pendable, bien sûr, dans ce consentement silencieux. On sait que les éditeurs français firent preuve de la plus grande complaisance envers l'occupant. Avaient-ils le choix ? Ils obtinrent de pouvoir publier sous leur propre responsabilité, quitte à soumettre aux autorités allemandes les ouvrages sur lesquels ils avaient des doutes. Autocensure généralisée, ce qui n'est pas un crime. Que l'on compare, par exemple, cette retenue volontaire, aux imprécations ordurières poussées par les fanatiques de la collaboration. Dans l'antisémite et homophobe *Au pilori*, un certain Paul Riche vomissait des injures, dès octobre 1940, contre Gallimard : « Une équipe de malfaiteurs a fonctionné dans la littérature française de 1909 à 1939 sous les ordres d'un chef bandit : Gallimard. D'un chef dont le but n'était pas seulement de s'enrichir, mais de pourrir, de contaminer, de détruire. Assassin de l'esprit, Gallimard ! » À côté de telles invectives, le cantonnement dans une collaboration passive vaut presque acquittement.

Je suis heureux, par ailleurs, que mon père, qui publie quatre livres sous l'Occupation, n'en donne qu'un, le *Barrès*, à une maison mise au pas par les Allemands. Les Éditions de la Nouvelle Revue Critique, où il publie son *Marcel Proust*, sont connues pour avoir été influencées avant guerre, selon le rapport de Gerhardt Heller, « par les courants judéo-anglais ». Les Allemands ont demandé leur fermeture en octobre 1940, parce qu'elles ont publié trop de Juifs et d'émigrés allemands : quarante-deux de leurs livres figurent sur les listes Otto. Pour se faire mieux voir, sans doute – pour avoir le droit de survivre –, la maison demande en 1941 à ouvrir une librairie avec un rayon de livres allemands, mais Heller donne un avis défavorable. Les Éditions de la Nouvelle Revue Critique vont désormais s'abstenir, selon Pascal Fouché, de toute collaboration avec les Allemands.

Ni Stock *(Balzac)* ni le Pavois *(Itinéraire français)* ne sont marqués politiquement. Il reste déplorable, évidemment, que mon père ait publié son dernier article important, « Anatole France » – bien que ce texte soit totalement apolitique –, dans le numéro de mai de *La Chronique de Paris*, revue créée par les Éditions Balzac, qui ne sont autres que l'ancienne maison juive Calmann-Lévy, aryanisée de force et passée sous la coupe allemande. Qu'il suffise de dire que, dans cette revue, Brasillach tient la rubrique des spectacles, Rebatet celle des arts. Déplorable, aussi, que le *Barrès*, son dernier livre, paraisse aux Éditions du Livre Moderne, qui ne sont autres que l'ancienne maison juive Ferenczi, elle aussi aryanisée de force, où ont publié Jean Luchaire[1] et Pierre Laval en 1941, où a paru *Mort aux Anglais* de Jean de La Hire en 1942. Les capitaux sont entièrement allemands, et le programme au service de la propagande allemande. En 1943, Jacques Benoist-Méchin a été sollicité pour diriger dans cette maison une série d'ouvrages de luxe ; André Fraigneau, des récits de voyage ; Ramon Fernandez, des ouvrages d'histoire et de critique. Le rapport des autorités allemandes précise que « toutes ces séries doivent servir à une propagande indirecte qui pourra grâce à son habillement extérieurement neutre atteindre avec succès d'assez vastes milieux français ». Faute donc, que de publier dans cette maison et de s'associer à ses projets (même si ceux-ci n'ont pas été réalisés), faute qu'on doit pourtant relativiser, si l'on songe que tous les éditeurs, sous l'Occupation, y compris Gallimard, publient des livres qui ne sont pas censés fâcher la censure allemande.

À propos : pourquoi mon père n'a-t-il publié aucun de ses quatre derniers ouvrages chez Gallimard, son ancien éditeur, dont il reste un des employés ? Le comité de lecture continue en effet à le compter parmi ses membres, en compagnie de Brice Parain, Marcel Arland, Bernard Groethuysen, Jacques Lemarchand, Albert Ollivier, Raymond Queneau. Les a-t-il proposés à Gaston Gallimard ? Celui-ci les lui a-t-il refusés ? C'est peu probable. RF ne voulait-il pas publier dans la même

1. Né en 1901, journaliste, fondateur d'un quotidien en 1940, *Les Nouveaux Temps*. Arrêté en 1945 et fusillé en 1946.

maison que Drieu ? Je ne sais à ce sujet que ce qu'en dit Jean Paulhan dans une lettre à Marcel Arland, fin novembre 1941. Mais cette lettre est-elle entièrement fiable ? Paulhan, comme on sait, ne répugnait pas à la facétie.

« Pourquoi Ramon F m'avait-il convoqué chez Lipp, de façon si pressante ? C'était pour me dire, d'abord, qu'il avait reçu son uniforme [de colonel, selon la note de Jean-Jacques Didier, éditeur de la Correspondance Paulhan/Arland, Gallimard 2000] et que le moment n'était pas éloigné où il descendrait dans la rue. Puis, que Goebbels lui avait longuement parlé de mes *Fleurs [de Tarbes]*, tout en déplorant que je ne fusse pas *du bon côté*. Qu'enfin, après le scandale qu'il avait provoqué au Comité de mardi – injuriant publiquement Gaston G[allimard], renvoyant tous ses fils et neveux à leur famille, dénonçant la lâcheté de tous ces bourgeois qui jouent à la fois la carte communiste et la fasciste – sa position à la *NRF* était évidemment devenue intenable. Fallait-il se battre en duel avec Gaston, démissionner avec éclat ?

« Il ne paraissait plus ivre du tout. Quant à Chardonne… Ah, je ne voudrais pas être à la place de Chardonne, le jour où Ramon F descendra dans la rue. »

Un des moyens qu'emploient les Allemands pour contrôler la production des livres est de réglementer les attributions de papier. Gerhard Heller, que ses rapports secrets montrent beaucoup moins francophile qu'il ne voulait le paraître, rédige le 16 janvier 1942 une note assez dure où il propose d'accorder un quota de papier plus important aux maisons qui publient des traductions d'ouvrages allemands. Celles qui ne soutiennent pas les intérêts allemands pourraient voir leur allocation se réduire drastiquement. Pour parer à cette menace, le maréchal Pétain promulgue le 1er avril 1942, sur le rapport de Jacques Benoist-Méchin, secrétaire d'État à la Présidence du Conseil, de Jérôme Carcopino, ministre de l'Instruction publique, et de François Lehideux, ministre de la Production industrielle, un décret instituant une « Commission de contrôle du papier d'édition », chargée de surveiller l'emploi du papier mis à la disposition des éditeurs.

La composent plusieurs membres intermittents et cinq membres fixes, trois professionnels du Livre, un auteur scientifique, Louis de Broglie, un auteur littéraire, Paul Morand, qui sera souvent suppléé par Paul Chack[1]. Tous les manuscrits vont passer entre les mains des commissaires, qui décideront du tirage et de la quantité de papier pour chaque ouvrage. Apparemment libres, ils ne sont en réalité qu'un instrument de la censure allemande. Des représentants de la Propaganda nazie assistent aux réunions. Georges Duhamel, qui a fait partie de la Commission en tant que secrétaire perpétuel de l'Académie française, l'a avoué : « En fait les Allemands exerçaient un contrôle sourcilleux, autorisaient les ouvrages qui pouvaient seconder leur politique, laissaient passer ceux qui ne la gênaient en rien et réduisaient au silence les auteurs qu'ils avaient raison de tenir pour des adversaires. »

La Commission se réunit pour la première fois, le 23 mai 1942, à la Bibliothèque nationale. Puis elle siégera au Cercle de la Librairie, 117, boulevard Saint-Germain. Elle recrute des lecteurs, parmi lesquels Brice Parain (qui est de gauche), André Thérive (de droite),

---

1. Né en 1875. Officier de marine, auteur de romans d'aventures maritimes. Anglophobe, président du Comité d'action antibolchevique dès sa fondation en 1941, condamné à mort en 44, fusillé en 45.

Ramon Fernandez (tête à droite et cœur à gauche). La secrétaire de la Commission n'est autre, comme on sait, que Mme Robert Antelme, la future Marguerite Duras. A-t-elle obtenu ce poste grâce à mon père ? Rien n'est moins sûr, et c'est sans doute l'inverse qui est vrai, car mon père n'est entré que le 21 octobre dans la Commission, dont Marguerite Duras était la secrétaire depuis le mois de juillet. Les Antelme avaient emménagé rue Saint-Benoît le 1er octobre, et il est probable que la secrétaire, chargée de recruter de nouveaux lecteurs, a proposé la candidature de celui qui habitait un étage au-dessus d'elle et leur avait procuré, par l'intermédiaire de Betty, leur appartement.

Marguerite Duras est restée à son poste jusqu'au mois de janvier 1944 : la voilà donc coupable, elle aussi, pendant un an et demi, de collaboration passive. En novembre 1942, le jeune Dionys Mascolo vient plaider auprès d'elle la cause de Gallimard. Le coup de foudre est réciproque, ils deviennent bientôt amants, elle le fait entrer, à son tour, dans la Commission. Tous les deux, comme on sait, s'engageront en 1943 dans la Résistance, au vu et au su de mon père.

Étrange assemblée, que cette Commission ! On ne s'étonne pas que les travaux y aient été très lents, malgré les protestations des éditeurs. Et l'on admire que, malgré la censure des Allemands et la pénurie de papier, tant de bons livres aient été publiés officiellement, œuvres d'auteurs souvent indifférents ou hostiles à la collaboration. Une situation complètement différente de ce qui se passait dans l'Allemagne nazie, où aucune œuvre de culture ne pouvait être imprimée.

Pour 1942 : *L'Étranger* et *Le Mythe de Sisyphe* de Camus, *Pilote de guerre* de Saint-Exupéry, *Le Pain des rêves* de Louis Guilloux, *Arbres des Tropiques* d'Henri Michaux, *Terraqué* d'Eugène Guillevic, *Pierrot mon ami* de Queneau, *L'Eau et les rêves* de Gaston Bachelard – sans compter ce que publient les auteurs plus accommodants avec l'occupant, Marcel Aymé, Giono, Anouilh, Montherlant. Paul Valéry (pour *Mauvaises pensées et autres*) et Léon-Paul Fargue (pour *Déjeuners de soleil*) ont la surprise d'être refusés en août. Il semble que ce soient les autorités allemandes qui, émues des répercussions fâcheuses qu'une telle mesure pourrait avoir dans l'opinion, aient fait rapporter l'interdiction. *Pilote de guerre*, à la publication duquel, chez Gallimard, mon père n'est certainement pas étranger, étant donné ses vieilles relations d'amitié avec Saint-Exupéry, déchaîne une tempête. La campagne de dénigrement et de haine, menée par *Je suis partout*, aboutit à faire retirer le livre de la vente, en février 1943. Le grand succès pour 1942 est le pamphlet ordurier de Rebatet, *Les Décombres*, refusé par Grasset et par Gallimard (j'ose croire que mon père a été pour quelque chose dans cette décision), publié par Denoël à 20000 exemplaires. L'éditeur obtiendra du papier pour le réimprimer et le tirage atteindra 65000 exemplaires, chiffre énorme pour l'époque. Aucun livre anglais n'est publié cette année. Nombreux au contraire les livres allemands. Ils ne sont pas tous d'obédience nazie, puisque figurent dans le lot *Sur les falaises de marbre* et *Le Cœur aventureux* d'Ernst Jünger.

Pour 1943, à côté des auteurs collaborationnistes ou sympathisants, Brasillach, Drieu, Jouhandeau, Aymé, Giono, on trouve ceux de l'autre bord ou qui sont prêts à basculer : Elsa Triolet (*Le Cheval blanc*, chez Denoël), Marguerite Duras (*Les Impudents*, chez Plon), et, chez Gallimard : Georges Bataille (*L'Expérience intérieure*), Michel Leiris (*Haut mal*), Aragon (*Les Voyageurs de l'impériale*), Simone de Beauvoir, introduite par mon père (*L'Invitée*), Jean-Paul Sartre (*Les Mouches* et *L'Être et le Néant*). Le roman d'Aragon déclenche un nouvel orage. Comment ! Gallimard a argué du manque de papier pour ne pas publier *Les Décombres*, et celui qui dirigeait avant guerre un « torchon bolchevisant » [le journal *Ce soir*] obtient de quoi faire imprimer plus de six cents pages ! L'attaque est venue, une fois de plus, de *Je suis partout*. Mon père n'aime pas Aragon, mais il déteste ce journal. Quelle a été sa position dans l'affaire ?

Pour Simone de Beauvoir, aucune zone d'ombre. Non seulement il a recommandé le livre à Gallimard, mais, une fois le livre paru, il s'est décidé à aller féliciter l'auteur, quitte à prendre une initiative étrangère à ses habitudes. Rapportant, dans *La Force de l'âge*, les critiques élogieuses que lui avait values son roman, notamment de Marcel Arland, de Thierry Maulnier, ainsi que les lettres flatteuses qu'elle avait reçues, de Gabriel Marcel et de Jean Cocteau, plus « une, je crois, de Mauriac », elle raconte quel témoignage lui est venu de mon père, témoignage si précieux pour elle qu'elle s'en souvient parfaitement, et non par un vague « je crois ».

« Ramon Fernandez, qui ne mettait jamais les pieds au "Flore"[1], y vint pour me voir ; il s'était rallié au camp ennemi et sa démarche me gêna un peu ; elle me toucha pourtant. Dans ma jeunesse, j'avais beaucoup aimé ses livres, et sa défection m'avait attristée. Il avait pris de l'embonpoint et il portait des guêtres blanches. Il me

1. On sait que les collabos allaient au Lipp et aux Deux Magots, ceux du bord opposé au Flore : aimable comédie parisienne, puisque la répartition était si publique qu'elle ne tirait à aucune conséquence, et que la « résistance » de Sartre et de ses amis consistait à se mettre au chaud au premier étage du café pour écrire leurs livres. Mouloudji, dans ses souvenirs (*La Fleur de l'âge*, Grasset, 1991), évoque la « neutralité de bonne compagnie » observée par les clients de ces trois cafés, qu'ils fussent en principe amis ou ennemis.

fit, sur la vie sexuelle de Proust, des récits qui me stupéfièrent. »

Pour les sept premiers mois de 1944, l'augmentation de la pénurie de papier et le retournement de la situation militaire en Europe ralentissent les publications. Il y en a encore d'importantes : *L'Espace du dedans* d'Henri Michaux, *Le Malentendu* et *Caligula* d'Albert Camus, chez Gallimard, *Dignes de vivre* (sous ce nouveau titre, c'est une édition augmentée de *Poésie et vérité 1942*) de Paul Eluard aux Éditions de Monaco, *Les Amitiés particulières* de Roger Peyrefitte, chez l'éditeur Jean Vigneau, un des tout derniers romans parus avant le débarquement, et dont on ne peut pas dire qu'il corresponde à l'idéologie de Vichy. Jean Vigneau est un ancien administrateur des Éditions Grasset, établi à son compte à Marseille. Il a dû batailler pendant un an pour obtenir le visa de sortie, et c'est seulement parce que Henri Massis, gidophobe et homophobe, était absent de la Commission, qu'il a reçu l'autorisation d'imprimer le livre, mais à moins de 2000 exemplaires seulement. Mon père le reçoit avec cette dédicace : *à Ramon Fernandez, ce livre soumis à ses lumières*. L'ultime ouvrage que mon père ait lu et annoté est le *Nietzsche* de Daniel Halévy, son ancien ami, qui le lui adresse avec ce bref envoi : *à Ramon Fernandez, souvenir de Daniel Halévy.*

Souvenir amer, bien sûr. Halévy a dû se dire que depuis l'époque, pas si lointaine, où il recevait chez lui, quai de l'Horloge, mon père en compagnie de Céline et de Bernanos, les choses ont tristement changé. Lui-même, ayant soutenu le gouvernement du maréchal Pétain, n'est pas au-dessus de tout reproche; mais il n'y a rien de commun entre ce loyaliste trop prudent et un collabo favorable aux nazis. Car je dois toujours en revenir là : mon père a beau avoir sauvé ce qui pouvait être sauvé de la littérature française, tant par son influence au comité de lecture de Gallimard que par ses interventions à la Commission de contrôle du papier d'édition, c'est quelqu'un qui a pactisé, *nolens volens*, avec les idées hitlériennes. En fait, la période de l'Occupation a été une époque faste pour la littérature française. Les plus grands écrivains y ont donné souvent leurs chefs-d'œuvre, publiés le plus officiellement du monde : Claudel, Valéry, Montherlant, Mauriac, Giono, Saint-Exupéry, Aragon, Paulhan, Cocteau, Giraudoux, Simenon, Camus, Sartre. *Le Soulier de satin, Tel quel, La Reine morte, La Pharisienne, Triomphe de la vie, Pilote de guerre, Les Voyageurs de l'impériale, Les Fleurs de Tarbes, La Machine à écrire, Le Film de « Béthanie », La Veuve Couderc, L'Étranger, L'Être et le Néant*, quelle moisson !

Ne pas oublier de mettre au crédit de mon père le rôle qu'il aura joué dans cet épanouissement. Il écrit dans *La Gerbe* de Châteaubriant, c'est vrai, mais ce journal collaborationniste prône, sous la plume d'un de ses pigistes, *Les Mouches* de Sartre, « excellent essai philosophique » qui contient « des choses fortes et de grandes beautés », loue sous la signature d'un autre *L'Invitée* de Simone de Beauvoir, roman d'un « remarquable et fructueux intérêt ». On exalte le « génie » de Proust. Un éditorial signé H.-R. Lenormand s'élève contre l'ordre moral instauré par Vichy et contre les sots qui accusent les Gide et les Mauriac de porter la responsabilité de la défaite. « On voudrait que les ministres qui parlent de Révolution nationale, en expurgeant les cabinets de lecture, fussent persuadés qu'il est aussi grave de mettre un chef-d'œuvre au pilon que de perdre une bataille. » (18 décembre 1941.)

Mon père non seulement favorise la publication des bons textes, mais il prend ensuite leur défense contre les attaques imbéciles : par exemple, il brave l'interdiction qui a été faite à la presse de rendre compte de *La Phari-*

sienne, un des meilleurs romans de Mauriac, qu'il reçoit au mois de juin 1941 avec cette dédicace : *à Ramon Fernandez, ce livre qui eût été le même, à une virgule près, si nous avions gagné la guerre, en affectueux hommage.* En défiant la consigne de silence, mon père montre qu'il est resté le même que s'il n'était pas devenu collabo.

Pourquoi faut-il que, malgré ce travail en profondeur, malgré ce souci constant de sauver le trésor littéraire de la France, l'épithète de « collabo » vienne toujours avilir à mes yeux l'image que je me fais de mon père ? À côté de sa collaboration, active ou passive, il y a eu des actes, des initiatives qui relèvent de l'esprit de résistance. En voilà les premiers exemples, avant ceux que j'étudierai plus loin. Ce travail éditorial, cet appui apporté à des écrivains de l'autre bord ne plaident-ils pas en sa faveur ?

En politique, la vérité est toujours partagée. Collabo, sans doute, mais, pour rendre le verdict moins sévère, je cite à la barre deux témoins pour qui une justice trop expéditive cesse d'être la justice. Jean Paulhan est un résistant de la première heure. Outré par les abus de l'épuration, il publie en 1951 une *Lettre aux Directeurs de la Résistance.* « Il n'est pas un des quatre cent mille Français qui se sont vus par la Libération exécutés, envoyés au bagne, révoqués, ruinés, taxés d'indignité nationale et réduits au rang de paria – il n'est pas un seul de tous ceux-là qui n'ait été frappé au mépris du Droit et de la Justice. » Le principal argument de Paulhan : ces collaborateurs ont été jugés par d'autres collaborateurs, c'est-à-dire par ceux qui voulaient s'entendre, non avec l'Allemagne, mais avec la Russie – et dont beaucoup, comme Maurice Thorez, ont déserté et trahi la France, de 1939 à 1941. Les jurés (communistes pour la plupart) étaient là, non pour juger, mais pour condamner. On ne fait pas juger un voleur par un jury de volés ; un bourreau, par un jury de victimes. Être juge et partie, c'est contraire à tous les principes de l'équité. Beaucoup de résistants, par leur soif de vengeance, « sont tombés plus bas que ceux-là mêmes qu'ils condamnaient ». Quant à lui, s'il s'élève contre ces abus, c'est au nom de la même exigence de vérité qui l'a dressé contre Vichy et le pouvoir nazi, et rejeté dans la clandestinité.

L'autre témoin à décharge est René Étiemble, lui aussi antinazi au-dessus de tout soupçon : « En fait, ceux-là seuls, parmi les écrivains de la collaboration, nous paraissent inexcusables, qui ont prêché la haine du noir, du Juif, du "bico", ou qui, soit par délation, soit par appel au meurtre collectif, sont responsables d'un patriote, un seul, assassiné, d'un Juif, un seul, expédié aux camps de la mort[1]. »

1. Jean Paulhan, *Lettre aux Directeurs de la Résistance*, publiée en 1951 aux Éditions de Minuit, maison fondée par des résistants, pour diffuser la littérature clandestine, le premier volume publié étant *Le Silence de la mer* de Vercors. René Étiemble, *L'Écrivain et la collaboration*, in *Hygiène des Lettres, II, Littérature dégagée* (Gallimard, 1955).

47.

La question juive

Même s'il n'a pas prêché la haine du Juif, ni expédié un seul Juif dans les camps, même si, de ces fautes qui seraient inexpiables, il doit être acquitté, peut-on absoudre complètement un homme qui s'est trouvé complice, de gré ou de force, de la Shoah ? De force, puisqu'il se proclamait solidaire de la réorganisation nazie de l'Europe. De gré, au moins une fois… Mais attendez un peu, je n'arrive pas à le dire, c'est trop dur, trop pénible pour un fils de révéler une action franchement abjecte de son père. Attendez un peu… le temps que je reprenne souffle, que j'essaye d'équilibrer ce geste de collaboration active par des initiatives prouvant que l'esprit de résistance n'était pas éteint en lui. Dans la question juive, je relève chez mon père, encore plus inextricablement mêlées qu'ailleurs, des décisions, des embardées qui ressortissent aux deux types de collaboration comme à l'esprit de résistance.

Mais d'abord, que savait-on du sort fait aux Juifs en Allemagne ? Dès 1939, Duhamel dénonçait, dans son *Mémorial de la guerre blanche, 1938* « la hideuse croisade antisémite entreprise dans le troisième Reich », cette façon « d'isoler les Juifs, de les exproprier, de les affamer, de les contraindre au désespoir et au suicide ». Il ne s'agissait alors que des camps de concentration, de travail. Que savait-on des camps d'extermination, avant 1945 ? Les Alliés, s'ils étaient au courant, en taisaient volontairement l'existence. Puisque les nazis et leurs collaborateurs accréditaient l'idée que les Juifs étaient les grands responsables de la guerre (Blum, Mandel, Benda), il ne fallait surtout pas donner à croire qu'on se battait pour les Juifs. Autres raisons de cacher la vérité sur les lagers : la révélation des atrocités aurait obligé les États-Unis à ouvrir leur territoire, mesure qu'ils ne voulaient pas même envisager, à une émigration juive massive ; Anthony Eden, en Angleterre, refusait d'augmenter le contingent de Juifs en Palestine, pour ménager les Arabes ; enfin Staline s'opposait au bombardement des voies d'accès à Auschwitz. Raymond Aron a reconnu, et déploré, cette « convention du silence ». Il a confié (à Dominique Wolton, dans *Le Spectateur engagé*, 1981) que, de Londres où il passait la guerre, il savait que les Juifs étaient persécutés en Allemagne, mais non qu'ils y étaient exterminés dans des chambres à gaz. « Je n'ai jamais imaginé le génocide », dit le philosophe, qui avait vécu en Allemagne, connaissait ce peuple et ne pouvait soupçonner que dans le pays de Kant et de Hegel était née une génération de bourreaux.

Et en France, du côté des collaborateurs ? Claude Jamet affirme (*Fifi roi*, 1948) qu'il ignorait le traitement réservé aux Juifs, tout en reconnaissant que cette ignorance avait des limites. « Je savais, en gros, nous savions tous comment les Juifs étaient parqués à Drancy ou les communistes à Fresnes. » Ce serait de toute façon une maigre consolation pour moi que de penser que mon père a agi comme il a agi par ignorance de la « solution finale ». Drancy, la rafle du Vel' d'Hiv', n'était-ce pas suffisant pour révolter une pierre ? Et du reste, était-on aussi ignorant que cela ? Je trouve dans le *Journal* de Pierre-André Guastalla (Plon, 1951), jeune philosophe tué près de Paris, à vingt-trois ans, le 27 août 1944, en combattant dans la division Leclerc, ce paragraphe, en date du 2 septembre 1942.

« Des choses horribles se passent au camp des Milles qui est à côté d'Aix, et d'ailleurs dans tous les camps de France. Des juifs allemands, autrichiens, tchèques, etc., sont entassés là, qu'ils aient vingt ou soixante ans, puis enfermés dans des wagons à bestiaux et dirigés sur la Pologne en wagons cadenassés. »

Collaboration passive

Mon père approuvait-il les mesures suivantes, émanées soit de Vichy, soit des autorités allemandes, soit de citoyens privés ? Les tolérait-il sans rien dire ? Les désapprouvait-il dans son for intérieur ? De toute façon, par son silence, il s'en faisait le complice.

27 août 1940. Abrogation du décret-loi du 21 avril 1939, qui punissait toute attaque par voie de presse « envers un groupe de personnes appartenant par leur origine à une race ou à une religion déterminée », quand cette attaque avait pour but d'exciter à la haine.

27 septembre 1940. Ordonnance allemande imposant le recensement des Juifs en zone occupée.

3 octobre 1940. Vichy promulgue le premier statut des Juifs qui établit en particulier une liste de professions qui leur sont interdites.

4 octobre 1940. Une autre loi de Vichy précise que « les ressortissants étrangers de race juive » pourront « être internés dans des camps spéciaux ». Ce sera la politique, le marchandage de Laval : livrer aux Allemands les Juifs étrangers pour protéger les Juifs français.

7 octobre 1940. Abrogation du décret Crémieux : les Juifs d'Algérie perdent la nationalité française.

Décembre 1940. George Montandon (bien retenir ce nom) publie chez Denoël *Comment reconnaître et expliquer le Juif ?*, premier volume d'une collection *Les Juifs en France.*

20 décembre 1940. Le journal *Au Pilori* lance un concours : « Où les fourrer ? » [les Juifs].

Février 1941. *Le Juif Süss* sort sur les écrans parisiens.

Mars 1941. George Montandon lance la revue *L'Ethnie française.*

29 mars 1941. Création du Commissariat général aux questions juives. Mais il n'est pas sûr que cette mesure, apparemment choquante, n'ait pas été prise, au début du moins, pour protéger les Juifs français, les soustraire aux circuits de décision allemands. Xavier Vallat, le premier commissaire, tout en étant d'extrême droite et héritier d'un antisémitisme chrétien non racial, s'efforça de contenir les exigences allemandes. Les Allemands ne tardèrent d'ailleurs pas à réclamer son remplacement.

Mai 1941. Quatre mille Juifs étrangers de la zone occupée sont livrés aux Allemands et internés dans des camps près de Paris.

11 mai 1941. Inauguration de l'Institut d'étude des questions juives (IEQJ).

2 juin 1941. Deuxième statut des Juifs, qui durcit celui du 3 octobre 1940.

22 juillet 1941. Loi d'« aryanisation » des biens juifs.

Ici, il convient de faire une pause. Le 31 juillet 1941, Goering donne l'ordre à Heydrich de préparer une « solution complète » de la question juive. La « solution finale » est désormais en route. Pourquoi cette radicalisation de la politique antisémite allemande ? Parce que l'obsession antijuive de Hitler a été renforcée par la résistance inattendue de l'Armée rouge, qu'il attribue à l'influence des commissaires politiques juifs. À la fin de cette année, il attribuera l'entrée en guerre des États-Unis à celle de la finance juive. 1941 marque donc un tournant dans la persécution des Juifs. L'ordre donné par Goering ne fut pas publié, évidemment, mais ses effets ne tardèrent pas à se faire sentir, en France même.

5 septembre 1941. Exposition, au palais Berlitz, « Le Juif et la France ».

Octobre 1941. Le Commissariat général aux questions juives délivre les premiers certificats de « non-appartenance à la race juive ».

30 octobre 1941. Enquête lancée par *L'Appel* sur le thème : « Faut-il exterminer les Juifs ? »

Nouvelle pause. Mon père n'a publié qu'un article dans *L'Appel*, « La réalité de l'Empire français », mais cet article a paru le 11 décembre 1941. L'article défend la colonisation française, l'œuvre de Lyautey en particulier, contre le dénigrement systématique dont elles étaient l'objet de la part des communistes. L'article serait acceptable, s'il n'avait paru si peu de temps après le début de l'enquête. En contrepartie (toujours ce balancement, chez mon père, entre la collaboration passive et la résistance), je relève ceci : le 15 décembre 1941, le journal *Au Pilori*, bien plus hideusement antisémite que *L'Appel*, envoie, sur la demande de Céline, une convocation à vingt-sept personnalités, invitées à discuter du problème juif. Parmi les pressentis, ni Xavier Vallat, ni mon père, ni Drieu n'acceptèrent de venir à cette réunion, dont rendit compte *Au Pilori* le 25 décembre. On y avait examiné les mesures à prendre pour sortir la France « de l'abrutissement où l'ont plongée trois quarts de siècle de domination juive ».

27 mars 1942. Le premier convoi de « déportés raciaux » quitte Drancy pour l'Est.

Mai 1942. Xavier Vallat est remplacé, sur ordre des Allemands, par Louis Darquier de Pellepoix, antisémite fanatique.

7 juin 1942. Le port de l'étoile jaune est imposé aux Juifs en zone occupée. Vichy refuse d'appliquer cette mesure en zone libre.

16-17 juillet 1942. Rafle du Vel' d'Hiv' : près de treize mille Juifs sont arrêtés à Paris et déportés.

Août-septembre 1942. Onze mille Juifs étrangers de zone libre sont livrés aux Allemands.

Mars 43. Darquier déclare que l'expulsion totale des Juifs est « le but à atteindre ».

Octobre 1943. Jacques Boulenger, ami de mon père, publie chez Denoël *Le Sang français.* Coïncidence : pendant ce temps (d'avril à décembre 1943), un médecin, Jean Bernard, qui se rendra célèbre par ses recherches sur le sang – mais non le sang « français » : le sang universel ! –, est enfermé dans une cellule de Fresnes, prisonnier de la Gestapo pour actes de résistance.

Jusqu'en 1942 et au remplacement de Vallat par Darquier, la liste de mesures prises par Vichy indiquerait une certaine modération dans l'antisémitisme. Des historiens affirment que les victimes juives françaises auraient été beaucoup plus nombreuses, si Vichy n'avait servi de rempart contre les exigences allemandes. Même à partir de 1942, après la radicalisation de la politique antisémite nazie, les autorités françaises s'efforcèrent d'en limiter les effets. Mais il y avait un homme qui, bien avant cette date-charnière, excitait à la haine contre les Juifs, et cet homme était Jacques Doriot, converti depuis le début de l'Occupation à l'antisémitisme, sans doute plus par opportunisme que par conviction. Mon père, membre du Bureau politique du PPF, ne démissionna pas, pas tout de suite en tout cas, et je ne sache pas qu'il ait essayé de s'opposer aux insanités débitées par le Chef. Le voilà donc engagé dans une collaboration qui, sans être pleinement active, a cessé d'être tout à fait passive.

4 mai 1941. Au congrès du PPF en zone occupée, Doriot lance une campagne virulente contre les Juifs. « Il faut les mettre hors d'état de nuire, d'empoisonner l'esprit public, les débarquer des professions où ils ne devraient plus exercer, les en chasser, les mettre dans l'impossibilité de s'emparer du patrimoine et de la terre de France. Le Juif a voulu la guerre. Qu'il la paie de son argent, de sa personne, qu'il pleure des larmes de sang pour apprendre ce qu'il en coûte de martyriser un peuple qui ne lui demandait rien. »

24 mai 1941. Doriot réclame des lois plus sévères contre les Juifs.

22 juin 1941. Au congrès du PPF en zone libre, Doriot s'écrie : « Il faut en finir avec le Juif… Le statut, le camp de concentration, la politique de la race, voilà les trois points de notre politique à l'égard des Juifs. »

29 juin 1942. Le PPF demande que l'accès à tous les hôtels, restaurants et cafés soit rigoureusement interdit aux Juifs, mesure que n'avaient pas encore envisagée les Allemands et que ceux-ci appliquèrent peu après.

16-17 juillet 1942. Aux forces de la police française qui opéraient la rafle du Vel' d'Hiv' prêtèrent main-forte trois à quatre cents jeunes du PPF en uniforme – cet uniforme que mon père arborait avec tant de satisfaction.

20 juillet 1942. Des militants du PPF font irruption dans la synagogue de la rue de la Victoire et la souillent ignominieusement.

Selon Jean-Paul Brunet, biographe de Doriot, celui-ci n'a pas seulement hurlé avec les loups, il s'est conduit en chef de horde. Aux yeux de Ciano, le ministre des Affaires étrangères de Mussolini, ce n'était qu'un « vulgaire gangster ».

Collaboration active

Que mon père soit resté dans cette bande de nervis est déjà accablant pour sa mémoire. Il y a encore pis : un geste de collaboration, cette fois active, à la campagne antisémite. Le 19 avril 1942. Ce geste, je l'ai caché jusqu'ici ; j'aurais dû l'insérer dans la liste des manifestations des Cercles populaires français. Je ne voulais pas, je ne pouvais pas le prendre en compte. Le 19 avril 1942, mon père participe à un meeting des CPF organisé à la salle de Géographie, dans le Quartier latin, sous la présidence d'Abel Bonnard. Sujet débattu : « Racisme et Juifs ». Selon *Le Cri du peuple*, qui rendit compte de la séance, RF « traita la question sur le plan sociologique et intellectuel, et montra comment les Juifs forment une communauté dans la communauté ». Passe encore : ce qui est impardonnable, c'est d'avoir siégé à la tribune à côté de George Montandon, et d'avoir écouté sans ciller celui-ci demander que les Juifs soient enfermés immédiatement dans un ghetto jusqu'au moment où il serait possible de les refouler dans un pays d'Orient. Qui était ce Montandon ? Un Français de Suisse, né en 1879, étudiant en médecine à Genève, puis médecin à Zurich et à Lausanne. En 1924, soupçonné de sympathies communistes, il quitte la Suisse, s'installe à Paris et se lance dans l'ethnologie. S'opposant à Paul Rivet, qui dirige le musée d'Ethnographie, il prône la hiérarchie des races et des civilisations. En 1935, il publie *L'Ethnie française* et développe des thèses qui correspondent à la doctrine nazie. À partir de 1938, c'est un militant antijuif, qui fonde en mars 1941 la revue *L'Ethnie française*, financée par l'Institut allemand, et délivre, contre une solide rémunération, des certificats de « non-appartenance à la race juive ». La réunion du 19 avril 1942 est de son chef. Notons qu'elle précède de trois mois la rafle du Vel' d'Hiv'. Le 19 avril prépare, en quelque sorte, le 16 juillet, les trains pour l'Est.

Le 24 mars 1943, l'IEQJ, fondé en 1941, devient l'IEQJER (Institut d'étude des questions juives et ethno-raciales). Montandon en prend la direction. Les cours qu'il donne à l'Institut sont publiés dans la revue *La Question juive dans la France et dans le monde.* Dans le n° 9, il fait un historique de la question juive, avant d'exposer son propre point de vue. Trois solutions, dit-il, ont été essayées autrefois : l'assimilation (en Espagne avant 1492), la ségrégation (en Europe entre le Ve et le XIXe siècle), l'émancipation (à partir de la Révolution française). Toutes ont échoué. Ne restent que deux autres solutions, la déportation dans un territoire étranger, impossible à réaliser aujourd'hui, et, enfin, la seule solution vraiment efficace. « Quelle est, pour nous autres, la solution normale appliquée au problème que pose l'existence d'une bande de gangsters ? Une seule : *l'extirpation*. Vous vous rendez compte que la conception sociale que nous avons envisagée de la communauté juive légitimerait par avance toutes les mesures, allant jusqu'à la mort du troupeau, qui auraient pour but d'assurer l'élimination totale de l'association filoutaire de nos pays d'Occident. »

Voilà l'individu[1] auprès de qui, au moins une fois, mon père s'afficha. Impossible de nier l'abjection d'un

1. Montandon, attaqué chez lui, à Clamart, par des résistants, le 3 août 1944 – mon père était mort la veille –, fut transporté en Allemagne où il mourut, des suites de ses blessures, le 30 août suivant.

tel acte. La culpabilité de celui qui l'a commis. Reste une question, pour moi vitale, à laquelle je ne pourrai jamais apporter de réponse. Que pensait-il, au fond de lui-même ? Je ne puis croire qu'il adhérait à ce qu'il faisait, que ses actes étaient conformes à sa pensée. Il n'a laissé aucun écrit à ce sujet. Un indice, peut-être : le texte de son intervention au meeting du 19 avril 1942, je ne l'ai pas retrouvé dans ses archives. Il ne semble pas qu'il l'ait publié. A-t-il déchiré le manuscrit ? En a-t-il eu honte ? Ce que je me rappelle de lui pendant ces années – son visage tourmenté, son irritabilité extrême – m'inclinerait à croire à une sorte de schizophrénie : j'agis dans un sens, je pense dans un autre. Une telle incapacité de conformer son action à sa pensée ne diminue en rien sa culpabilité ; mais j'aperçois, derrière cette folie de paraître autre que ce qu'on est, le mystère d'un homme décidément impuissant à réaliser l'unité de son esprit.

Savait-il que le PPF, après avoir été subventionné avant guerre par Mussolini, puis, au début de l'Occupation, par Vichy, était, depuis 1942, stipendié par les Allemands ? Que le Parti, en proie à de graves difficultés financières dues à l'insuccès de ses campagnes de recrutement et à la fuite accélérée de ses adhérents, ne subsistait que grâce à l'argent des nazis ? Sans doute pas. Pourquoi quitta-t-il, en 1943, d'abord le Bureau politique du PPF (en août), puis le Parti lui-même (en octobre), quand *Les Lettres françaises*, organe de la Résistance, notaient ironiquement : « On ne le verra plus avec son bel uniforme » ? N'est-ce point parce qu'il lui était impossible de soutenir plus longtemps un antisémitisme qui lui répugnait ? Je manque d'informations sur cette rupture. Quand s'est-il éloigné de Doriot ? Les archives du PPF ont disparu. Je m'interroge sur cette lettre de Jean Paulhan à François Mauriac. « Brasillach n'est plus directeur de *Je suis partout* ni Fernandez membre du

Bureau politique de Doriot. Ce sont aussi des signes. » (28 août 1943.)

Des signes, mais de quoi ? Fin 1943, il était clair que l'Allemagne serait vaincue. Paulhan voulait-il dire que RF entendait se retirer d'une cause à laquelle il ne croyait plus ? Cette explication ne vaudrait pas pour Brasillach, pronazi jusqu'au bout. Pourquoi mon père aurait-il lâché cette cause ? Parce que l'Allemagne avait perdu la guerre ? Ou parce qu'il se décidait, enfin, à accorder son action à sa pensée, à cesser d'être traître à lui-même ? Paulhan avait des preuves solides que son ami n'avait jamais été tout entier, même au temps de l'Allemagne victorieuse, dans le camp ignoble. Au courant des mésaventures de sa vie privée, il l'avait vu s'engager, par faiblesse, dans un combat qui n'était pas le sien, puis entretenir en lui un esprit certain de résistance, prenant la défense de ce qu'il aurait dû, s'il avait été logique avec ses prises de position officielles, condamner.

Résistance

Tout en ayant l'air de collaborer, il résiste, en effet. Voici d'abord des preuves, pour ainsi dire, négatives. Dans les écrits de mon père, aucune trace de cet antisémitisme « ordinaire », si répandu chez les intellectuels français, depuis Voltaire (« Un peuple ignorant et barbare, qui joint depuis longtemps la plus sordide avarice à la plus détestable superstition et à la plus invincible haine pour tous les peuples qui les tolèrent et qui les enrichissent », lit-on dans *Des juifs*, essai paru dans les *Nouveaux mélanges* de 1756). Je ne parle pas de Drieu ni de Morand, mais bien d'intellectuels n'appartenant pas à l'extrême droite, parfois étant de gauche, tels Fourier ou Proudhon. Ou Michelet : « Faibles, exposés, haïs, haineux, supérieurs à tout, inférieurs à tout. » Théophile Gautier n'a guère été en reste (et, à l'étranger, un

Shakespeare, un Dostoïevski, par exemple, se sont montrés bien pires). On retrouve dans ce lot, évidemment, le Barrès des *Déracinés* : « Le trait commun de toutes ces figures, c'est l'impudence, depuis la bassesse du coquin et du mufle jusqu'au nihilisme de Méphisto. » André Gide, pour une fois solidaire de Barrès, soutient dans son *Journal*, en date du 15 mars 1931, que, de l'œuvre des auteurs juifs, toute noblesse est absente. « C'est de la littérature avilissante. Chacun ne peint l'homme que tel qu'il devient lorsqu'il s'abandonne ; ne peint que des créatures abandonnées, des déchéances. » Point de vue partagé par Romain Rolland. On a vu la position de Giraudoux. Jouhandeau renchérit[1]. Simenon, Montherlant, Nizan ne furent pas loin de se joindre à la meute, sans même avoir conscience que c'était une meute. Des Juifs eux-mêmes, telle Irène Némirovsky dans *David Golder*, ont paru cautionner le préjugé antisémite.

On trouverait plutôt chez mon père un philosémitisme. Il avait écrit, en 1932, une longue préface au *Retour de Silbermann*, de Jacques de Lacretelle. *Silbermann* (1922) et *Le Retour de Silbermann* comptent parmi les plus beaux textes en langue française écrits pour dénoncer l'hostilité dont sont l'objet les Juifs. Silbermann est un jeune lycéen rejeté par ses camarades. « Les défauts que les persécutions et la vie grégaire avaient imprimés à sa race, il désirait les perdre à notre contact. Il nous offrait son amour et sa force. Mais on repoussait cette alliance. Il se heurtait à l'exécration universelle. Ah ! devant ces images fatales, en présence d'une iniquité si abominable,

1. Dans son pamphlet *Le Péril juif* (Sorlot, 1937), qu'il retira de la liste de ses œuvres en 1939. Réveil de sa conscience ? Prudence diplomatique ? Il avait réclamé un « statut spécial » pour les Juifs, dénié à Léon Brunschvicg le droit de commenter Pascal, et avoué que Léon Blum lui inspirait « une bien autre profonde répugnance » que Hitler.

un sentiment de pitié m'exalta. Il me parut que la voix de Silbermann, simple et poignante, s'élevait parmi les voix infinies des martyrs. » Bien des années après, le narrateur apprend, par une amie commune, certains traits de la vie de Silbermann devenu un homme. « Une fois, il s'amusa à tracer, avec un morceau de savon, des inscriptions sur une glace. C'étaient des invectives qu'au temps du lycée on crayonnait sur les murs de sa classe : Mort aux Juifs... À bas Silbermann... Et elle le surprit devant cette glace immobile, contemplant dans une sorte d'extase son image couronnée d'insultes. »

Mon père n'a jamais écrit, je l'ai dit, dans *Je suis partout*, véhicule le plus abject de la haine antisémite. Et voici, de sa résistance, une preuve positive. En 1941, après la mort de Bergson (en janvier), il est intervenu plusieurs fois, seul des écrivains collabos à faire publiquement son éloge. D'abord dans *Le Fait* (25 janvier), puis dans la *NRF* de mars. « *Le Rire*, un des derniers triomphes de l'humanisme, condamne définitivement ceux qui confondent le raidissement avec la pensée... Si l'on voulait définir en peu de mots le message bergsonien, on pourrait dire qu'il apparaît comme un réveil de la pensée... Bergson demeurera parmi nous. Sa pensée heureuse et claire nous éclairera longtemps encore. » Dans son *Rapport sur l'état d'esprit des intellectuels* de 1942, mon père revient sur le philosophe, pour stigmatiser la faute commise par *Le Cri du peuple*, quand ce journal a écrit « un article stupide sur Bergson, parce qu'il était juif ».

Dans *Les Décombres* (octobre 1942), Rebatet vomit sa haine contre les Juifs et, rassemblant dans sa détestation Bergson, Heine, Benda, Soutine, Darius Milhaud, demande qu'on se débarrasse une fois pour toutes de « ces bêtes malfaisantes, impures, portant sur elles les germes de tous les fléaux ». Voilà quel était le point de vue officiel sur Bergson. Je suis heureux de trouver mon père du côté de Valéry, qui fit l'éloge du philosophe à l'Académie française, dans un discours qui passa inaperçu en France mais fut considéré en Angleterre comme un acte de courage. Peu après, sans le prévenir, Vichy destitua Valéry de ses fonctions au Centre méditerranéen de Nice.

L'article de mon père dans la *NRF* lui valut une lettre d'injures de Céline, où celui-ci, ironisant grossièrement sur « le triomphe du Juif », s'écrie : « Ah ! ce n'est pas Fernandez qui se laisse aveugler par la passion raciste ! Il rend au [parole illisible] en ces temps périlleux l'hommage dû ! le pleur ! » Bergson est traité de « rabinoïde tarabiscoté », et rangé, à côté d'Einstein et de Freud, parmi ceux qui s'entendent à « enculailler la mouche » et à « charlataniser ». À la suite de cette lettre, les deux hommes rompirent toute relation.

Autre conséquence de l'article sur Bergson : après que Rebatet eut publié dans *L'Émancipation nationale* un article haineux sur le philosophe, mon père cessa sa collaboration régulière à ce périodique, où il n'écrivit plus que très épisodiquement.

Publier en février 1943 un livre à la gloire de Proust, auteur juif, homosexuel, « décadent », donc triplement maudit, fut une autre réponse de mon père à l'idéologie dominante.

Enfin, ce que je ne savais pas, ma sœur m'assure qu'il fut scandalisé par le décret sur l'étoile jaune, entré en vigueur le 7 juin 1942. Non seulement il condamnait cette mesure, mais il ne se l'expliquait pas : signe qu'il n'avait pas mesuré la violence, l'acharnement de l'antisémitisme d'État. Le wagon de queue des métros était réservé aux porteurs de l'étoile jaune ; ils n'avaient le droit de monter que là. Mon père mit son honneur, désormais, à choisir ce wagon[1].

Pourrait-on en dire autant de Paul Morand, de Marcel Jouhandeau, de Jacques Chardonne, antisémites plus ou moins virulents, néanmoins blanchis après guerre ?

1. Je n'ai pas consulté sans angoisse les deux livres les plus complets sur l'antisémitisme des écrivains français sous l'Occupation. Dans celui d'Asher Cohen, *Persécutions et sauvetages, Juifs et Français sous l'Occupation et sous Vichy*, préface de René Rémond, Cerf, 1993, le nom de mon père ne figure pas dans l'index.

Quatre mentions dans *L'Antisémitisme de plume, 1940-1944*, sous la direction de Pierre-André Taguieff (Berg International, 1999), mais seulement pour signaler, d'une part les réserves formulées par RF contre l'antisémitisme de Céline, d'autre part le *Proust*.

48.

Qui suis-je ? Où vais-je ?

Je sens ce qui manque à ces derniers chapitres, qui embrassent pourtant l'époque où je l'ai connu : cet homme m'échappe, je n'arrive pas à pénétrer dans son intimité. Il paraît (je n'ai même pas le souvenir de ces journées, ne m'en rappelant que le départ de la rue César-Franck, sous le regard désapprobateur de ma mère qui paralysait par avance tout le bonheur que j'aurais pu en tirer), il paraît que, le dimanche rue Saint-Benoît, je m'isolais dans le bureau de mon père, au milieu de ses livres, laissant les grandes personnes causer dans le salon. Ainsi suis-je resté en marge des uniques occasions où j'aurais pu l'approcher de plus près. Je ne l'ai pas entendu lire Balzac, pas entendu converser avec Drieu La Rochelle ou Marguerite Duras. Un blanc complet (un noir) recouvre pour moi cette période. Me voilà donc, comme tous les biographes, réduit à ne saisir que l'extérieur d'un être. Ce qu'il a fait, écrit, je le vois. Mais ce qu'il était au-dedans de lui-même ? De l'autre côté de ses actes, son être profond ? Lui-même le connaissait-il ? Dire, comme Sartre, d'un homme qu'il n'est que ce qu'il fait est d'un juge. Le juge n'a pas à se préoccuper si le dehors correspond au dedans. Il voit ce qu'il voit, il tranche d'après ce qu'il a vu, il condamne d'après la gravité du crime. En toute justice, mais non en toute compréhension. Si l'on veut avoir une intelligence moins grossière d'un homme, il faut admettre la part de l'invisible dans sa vie. Ce qui n'apparaît pas au regard, ce qui n'émergera jamais d'aucun document d'archives, ce qui le gouverne à son insu, ce qu'il se cache à soi-même.

Les écrits privés qui restent de mon père sont très rares : quelques fragments manuscrits, sauvés par hasard, des notes prises à la volée, sans autre but, semble-t-il, que de fixer un instant dans le cours désordonné de sa vie : comme des bouées, placées derrière lui, des signaux pour marquer son chemin, des points de repère auxquels se raccrocher.

16 mars 1925 : quatorze pages, arrachées à un cahier de petit format, au papier quadrillé. Il y en a huit sur Stendhal *(Henri Brulard* et *Journal)*, quatre sur Péguy *(Jeanne d'Arc)*, les deux autres étant consacrées à une sorte d'examen de conscience. « Il faut enfin que je règle cette question de la frivolité. Suis-je frivole ? Si je le suis, dans quelle proportion ? Dois-je combattre ma frivolité ou lui réserver une place dans ma vie telle que je l'ordonne, et par suite la cultiver ? » Tout en se félicitant de trouver « bonheur et plaisir » dans les pensées « graves », « difficiles », capables de n'intéresser qu'une « élite », il avoue ne pas être insensible aux plaisirs de la vanité, « pourvu que je les goûte dans des circonstances où la vanité seule entre en jeu ». Autrement dit, il se donne pour règle de ne pas mélanger les catégories, il s'interdit de mettre sur le même plan ce qui ne le distingue pas du grand nombre et ce qui le classe dans « l'élite » – un mot qui ne revêtait pas, alors, le sens péjoratif qu'il a pris aujourd'hui. « Un succès littéraire obtenu dans les conditions d'un succès

mondain, avec artifices, etc. (Cocteau), me ferait horreur, mais un succès mondain qui n'aurait pu être obtenu que par les efforts et le degré de concentration nécessaires au parachèvement d'une œuvre de l'esprit ne me donnerait que lassitude et dégoût. » Chaque activité particulière le trouve dans la disposition qui convient. Seulement, ajoute-t-il, il est pour son malheur d'un tempérament « trop absolu, trop ardent, trop confus », qui ignore les nuances et le jette tout entier dans ce qui commence à l'intéresser, « fût-ce la chose la plus insignifiante du monde ». Ainsi, « il m'arrive de donner dans les excès de la frivolité, qui résulte toujours d'une disproportion entre la valeur de l'objet et le degré de l'intérêt qu'on lui porte ».

Mon père, né un 18 mars, est à deux jours de ses trente et un ans quand il griffonne cette note, pour moi prophétique. Il n'a pas encore fait la rencontre de Liliane. C'est encore l'homme « du monde », qui virevolte dans la haute société parisienne. Mais inquiet, déjà, de donner tant d'importance à quelque chose qu'il place au second rang dans la hiérarchie des valeurs. La frivolité « mondaine », il va bientôt y renoncer, avec le mariage. Mais toute frivolité sera-t-elle bannie de sa vie ? Je commence à trouver un sens à ses futures activités. L'action politique, dans laquelle il se lancera neuf ans plus tard, d'abord à gauche avec l'AEAR puis à droite en adhérant au PPF, tiendra le rôle de ce qu'il appelle ici « frivolité » : mais, comble d'imprudence et de supercherie, ce sera une frivolité déguisée en affaire sérieuse, travestie en engagement citoyen, une frivolité qui a toutes les apparences de la gravité et du mérite, une duperie tragique, mère d'erreurs et de fautes. Remplacez « mondain » par « politique » : vous n'aurez pas un mot de plus à changer dans la phrase citée. « Un succès politique qui n'aurait pu être obtenu que par les efforts et le degré de concentration nécessaires au parachèvement d'une œuvre de l'esprit ne me donnerait que lassitude et dégoût. »

Pendant sa militance – d'abord en compagnon de route des communistes puis dans les instances directrices du parti de Doriot –, il n'a publié aucun ouvrage de critique littéraire. Cette lassitude, ce dégoût, ne les a-t-il pas alors éprouvés ? Entre le *Gide* de 1931 et le *Proust* de 1943, pas une seule contribution importante au genre où il excellait ! Plus de dix ans – si je tiens compte qu'il s'est mis à son *Proust* pendant l'été 1942 – sans se consacrer « au parachèvement d'une œuvre de l'esprit » ! Plus de dix ans, à mesurer sans réagir la « disproportion [de plus en plus monstrueuse] entre la valeur de l'objet et le degré de l'intérêt qu'on lui porte » ! S'est-il souvenu de sa note de 1925 et des résolutions qu'elle impliquait ? A-t-il accusé encore son « tempérament » de l'avoir fourvoyé ? Voilà ce que je trouve de plus impardonnable dans sa conduite : d'avoir été « frivole » pendant plus de dix ans, de s'être laissé détourner si longtemps de « l'esprit ».

18 mars 1926. Il commence, le jour de ses trente-deux ans, déjà fiancé, quelques mois avant son mariage, un « Livre de Raison » qui s'arrête au bas de la première page. Deux articles, qu'il numérote.

I : « Au cas où je viendrais à disparaître, je tiens à ce que l'on sache que je n'appartiens à aucune confession, que je n'entretiens aucune relation avec l'au-delà, et que je ne crois pas à l'existence d'un Dieu personnel doué de quelque pouvoir sur moi et mes semblables. » Son vœu le plus cher est d'être incinéré. Au cas où sa mère, sa femme ou ses enfants seraient choqués, qu'ils fassent que sa dépouille repose « au fond de quelque calanque méditerranéenne, face au soleil levant ». (Mon père sera enterré au cimetière Montparnasse, près de son frère, sous la sorte de dais de marbre rose que ma grand-mère avait fait construire pour son second fils mort en bas âge, quatre vers de Hugo à l'appui.)

II : « Je ne crois pas à un monde spirituel distinct de la société des esprits humains. L'absolu est l'illusion tenace de notre sens intime. Dans la réalité, tout est relatif et tout est relation ; seulement, à ces relations correspondent en nous des sentiments, des manières d'être que nous prenons pour les images de l'absolu. » Ce credo explique le choix des trois grands écrivains préférés du critique : Molière, Balzac et Proust, trois analystes du relatif et des relations, qui n'étudient l'homme qu'en société, qui croient que l'homme ne peut être connu que par ses réactions à son entourage. Les deux premiers dénoncent, eux aussi, l'illusion de l'absolu, Molière dans *Le Misanthrope* (l'illusion du « désert »), Balzac dans les *Illusions perdues* ou *La Recherche de l'absolu*, tandis que Proust, pour qui les « relations » ont un sens plus étroitement mondain, essaye de sortir de ce cercle étouffant, en se mettant en quête de souvenirs, d'impressions, d'émotions qui lui donnent, de « l'absolu », des « images » véridiques. Une espèce de dérive religieuse, qui mettait Proust, dans l'esprit de mon père, un peu au-dessous de Molière et de Balzac, intraitables, ces deux-là, sur le chapitre des illusions, héroïques dans leur refus des consolations qu'elles fournissent.

Fin juillet 1936, quand mon père s'est séparé de ma mère et vit avec Betty, il établit, sur une feuille volante, son bilan financier du mois. Les rentrées comprennent : Institut Britannique, 1000 (pour les dix conférences prononcées l'année précédente sur la littérature française contemporaine, et jamais publiées, quel dommage) ; *Marianne*, 750 ; NRF (il faut comprendre, par là, piges pour la revue et rémunération pour le comité de lecture des Éditions Gallimard, appelées alors Éditions de la NRF), 1 000. Plus un mystérieux « B. », coché pour 1 000. Dois-je croire que c'est Betty, que Betty l'aide à boucler son budget, et que, de même qu'il vivait d'abord grâce au salaire de ma mère, il compte maintenant sur les subsides de sa maîtresse, réalisant ainsi le vieux souhait de sa mère qu'il vécût aux crochets des femmes ? Les dépenses sont d'un peu plus de mille francs, ce qui fait qu'il lui reste, avec les 500 qu'il avait en réserve, 2355,30. Je note la minutie de ces calculs, à laquelle sa pauvreté de célibataire le contraint. L'ancien panier percé bouche les trous. Il prévoit que, après les dépenses du mois d'août (450 pour la femme de ménage, 700 pour la nourriture, 800 pour « divers »), et une rentrée de 1 500 de *Marianne*, il aura un « avoir probable » de plus de 4 000 francs.

Un Cahier de travail, « commencé le samedi 13 février 1943 », comprend d'abord cinq pages consacrées aux activités littéraires de l'année en cours, jusqu'à octobre. La première page résume la hâte fébrile dont est saisi mon père. « Travail terminé cette semaine : *Balzac* (remis à Stock), lancement et signature de *Proust*, contrat *Le Livre moderne* signé. » Voilà donc trois des quatre derniers livres (le contrat pour Le Livre moderne concerne le *Barrès*) presque contemporains : après la politique, les conférences, les meetings, la creuse agitation des tribunes, la vaine prolifération des articles, cette impatience de les contrebalancer par des œuvres ne trahit-elle pas le remords d'un tel gâchis ?

Suit la liste des papiers à faire, des projets, pour *La Gerbe*, la *NRF*, etc. Parmi les livres qu'il se propose de recenser, la plupart ressortissent à la littérature : le *Balzac* de Bardèche, *Phèdre* de Thierry Maulnier. Deux auteurs de la droite collaborationniste, assurément, bien que leurs ouvrages, de pure et excellente critique littéraire, échappent à toute catégorie politique. Mais un autre chef-d'œuvre de la critique, le *Stendhal* de Jean Prévost, qui a paru au Sagittaire en 1942, est aussi sur la liste : l'ancien ami de la NRF, l'ancien camarade socialiste, qui, en mai 1943, entrera dans la Résistance, n'est pas oublié.

La rédaction du *Barrès* occupe l'année 1943. « Ouvrage terminé : 20-25 octobre. » Une dernière page du cahier envisage le travail « du 28 novembre au 28 janvier » [1944] : mettre au point *Itinéraire français* pour les Éditions du Pavois, préparer le second tome du *Barrès*, entamer une étude sur Colette. Ces deux derniers ouvrages ne seront jamais écrits, sauf le début du second *Barrès*. Toute cette précipitation, et jusqu'à la minutie dans la mention des mois et des jours traduisent non seulement le détachement de la politique, mais le pressentiment de la mort prochaine. « Me reste-t-il assez de temps ? » Non, à moins de prendre des décisions drastiques.

18 mars 1944 : le jour de ses cinquante ans, mon père rédige un « Programme de 10 ans », pathétique de la part d'un homme qui n'a plus que quelques mois à vivre. « À cinquante ans, on ne peut plus que réaliser. » Il estime pouvoir écrire, au rythme de deux livres par an, une vingtaine de volumes en dix ans. Il vient d'en produire quatre en un an, ce n'est donc pas un rêve de fou, à condition qu'il soit accompagné d'une discipline sévère, à la fois physique et intellectuelle. Après le *Proust*, après le *Balzac*, comment ne pas reprendre confiance en soi-même ? Il faut simplement remplir deux conditions, à la fois réformer son hygiène de vie et laver son esprit du poison qui l'a infecté pendant tant d'années.

Sur le premier point, les résolutions sont précises. « Diminuer fortement la dose d'alcool », « me lever tôt », « faire des exercices matinaux », « me forcer à marcher », travailler le matin, quand on a l'esprit le plus frais, « demeurer sans sortir deux jours par semaine », « faire de la visite au café un divertissement plutôt qu'une habitude », « rédiger mes articles courants trois jours au moins avant la remise prévue du manuscrit », et, « quand un livre est en train, écrire les articles le soir ». Mon père était devenu gros, il tenait quartier général chez Lipp, consommant outre mesure des pernods. Son médecin l'avait mis en garde contre le danger très grave d'une telle intempérance. « Votre cœur n'y tiendra pas » : avertissement qu'il ne pouvait pas ne pas prendre au sérieux, quitte à l'utiliser à une tout autre fin que curative. Je ne sais pas s'il se mit à marcher, ou s'il se contenta de faire de la bicyclette – sur ce vélo, seul moyen de transport en dehors du métro, unique bien de mon père dont je devais hériter, débris de sa mythologie locomotrice.

Après le corps, il se décide à mettre de l'ordre et de la raison dans son esprit. « Sauf circonstances imprévisibles, dont l'urgence s'imposerait à moi, ne plus faire de politique active. Seulement à mon rang et dans mon métier d'écrivain. Ceci rejoint le paragraphe précédent : faire passer mes préoccupations politiques dans des livres, dans des écrits qui marqueront un recul par rapport aux événements. Mais me tenir sur l'œil et ne plus laisser l'occasion me troubler. N'accepter de fonctions publiques qu'*officielles*, ou de premier plan. Les partis comme le PPF, sans traditions et sans contrôle, diminuent les hommes de valeur qui y militent. » Betty me disait plus crûment : « Doriot a exploité Ramon, votre père s'en rendait compte mais se laissait berner. » Autre indice de cette lucidité : il n'a écrit aucun livre politique pendant cette période noire. Au contraire, comme on l'a vu, la littérature reprend le dessus, dans ses activités. Les quatre grandes études citées n'auraient pu être menées à bien, s'il n'y avait consacré tout son temps. D'où ma presque certitude, qu'il ne s'est pas jeté à corps si perdu dans des travaux littéraires sans un second but plus secret : il cherchait à ne plus avoir le temps matériel de s'occuper du PPF et de sa propagande.

Quatre grandes études, de 1942 à 1944, mais la résipiscence a commencé plus tôt, dès le mois de décembre 1940, grâce à la *NRF* ressuscitée après cinq mois d'interruption.

Le dernier numéro de la revue avait paru en juin, juste avant la débâcle. Après l'été, la maison d'édition Gallimard fut menacée de fermeture. L'ambassadeur Otto Abetz avait déclaré : « Il y a trois puissances en France : le communisme, les grandes banques et la NRF. » Le mot, trop fameux, est peut-être apocryphe. Il n'en est pas moins certain que les autorités allemandes regardaient d'un œil soupçonneux aussi bien les éditions Gallimard que *La Nouvelle Revue française.* Toutes deux passaient pour des repaires de « rouges » et de Juifs, hostiles à l'Allemagne. Le 9 novembre 1940, les Allemands mettent les scellés sur l'immeuble de la rue Sébastien-Bottin. Des tractations sont aussitôt engagées par Gaston Gallimard. Il est convenu que Drieu La Rochelle sera nommé directeur de la revue et aura de surcroît « des pouvoirs étendus sur la totalité de l'exécution de la production spirituelle et politique » des éditions Gallimard. Avec la caution de Drieu, considéré comme ardent partisan de la collaboration, la maison et la revue peuvent reprendre leurs activités. Dès la fin novembre, les scellés sont levés rue Sébastien-Bottin. Mon père, qui, soldat et encaserné à Bourges, n'avait plus rien donné à la revue depuis « La solitude de l'Allemagne » en janvier 40, y occupe à nouveau une place de premier plan.

49.

NRF

Articles exclusivement littéraires, publiés chaque mois, sans défaut, tant que la revue dura, jusqu'à juin 1943, dirigée maintenant par Drieu, avec l'aval de la censure allemande. Mon père est de ceux qui pensent qu'il vaut mieux, face à l'occupant, affirmer la présence de la culture française que protester par le silence. Pas de « silence de la mer », mais un esprit de résistance, dans l'exposé tranquille de ce que l'on vaut. Les textes écrits pour la *NRF* ont valeur de manifestes. Ce ne sont d'ailleurs pas des articles, mais, par la longueur, la richesse de la pensée, l'abondance des références et des comparaisons, les ponts jetés entre les siècles (« De Melville à Giono », « De Descartes à Valéry »), de véritables essais, de dix à douze pages, grand format et serrées. Certains s'intitulent, significativement : « Retour à… » (Vauvenargues, Balzac, Molière, Dumas). Il s'agit de montrer que la France d'aujourd'hui ne peut se relever du désastre national qu'en s'appuyant sur sa tradition littéraire.

Littérature d'abord : curieusement, mon père se sert de Flaubert pour écarter de Gaulle. Il forge l'expression de « bovarysme politique » pour dénoncer la confusion entre le réel et l'idéal, confusion qu'il reproche au général exilé.

Il met en valeur les classiques aussi bien que les contemporains. Rabelais, Molière, Vauvenargues, Lamartine, Sainte-Beuve, Balzac, Stendhal, Dumas d'un côté, de l'autre Péguy, Barrès, Paul Morand, Marcel Aymé, Giraudoux, Romain Rolland, Giono, Valéry, Jean Paulhan. Beaucoup de philosophes (Descartes, Fontenelle, Claude Bernard, Bergson, Alain) et d'écrivains politiques (Machiavel, Montesquieu, Tocqueville, Montalembert, Lamennais). Deux seuls étrangers : Goethe, Melville. Le choix des auteurs traités dépend quelquefois de la parution d'un livre sur tel d'entre eux (Daniel Mornet sur la littérature française classique, Maxime Leroy sur Sainte-Beuve, Luppé sur Lamartine, Giono sur Melville, etc.), mais tous les essais trouvent leur cohérence dans un effort continu de définir, devant l'ennemi, quelles ressources il convient de chercher dans la continuité des Lettres françaises et de l'esprit français.

Parmi les plus belles réussites, je mets au premier plan l'étude sur Balzac (janvier 1941), esquisse du grand livre à venir. Balzac n'est pas un réaliste, affirme RF. C'est un contresens que de le prétendre. Une « inaptitude naturelle à peindre » distingue Balzac des naturalistes. « *La Comédie humaine* est un grand édifice de concepts. Balzac rejoint les êtres et les choses par le fil des idées générales. L'individu, chez lui, est le point de rencontre de lignes conceptuelles qui, en se croisant, le déterminent et à la fois lui interdisent tout mouvement spontané, toute indépendance. À la fatalité religieuse et métaphysique des anciens, Balzac substitue une fatalité logique, celle de son propre cerveau qui, répugnant à suivre la vie dans son devenir plus ou moins imprévisible, ordonne le destin des êtres selon une progression psychologique analogue à la progression géométrique. Cette progression est sensiblement la même chez tous les héros balzaciens, et, par exemple, la courbe et le rythme du baron Hulot et du père Grandet, si différents, humainement, l'un de l'autre, coïncident à peu près. D'où vient l'importance de la passion, chez Balzac, la passion étant, de tous les états psychiques, le plus mécanisé et celui dont l'évolution fatale est donnée dans une seule aperception de l'esprit. La passion, dont le développement est fonction du temps, ne réserve aucune surprise ; son avenir est aussi nettement prévisible que l'avenir d'un objet physique dans une expérience de laboratoire. »

Non moins admirable me semble l'analyse du décor dans les romans. Le décor (villes, maisons, salons, chambres, meubles) fait partie intégrante de la création du personnage. Balzac va dans cette voie aussi loin que possible. Ainsi, dans *La Vieille Fille*, « l'héroïne, avant de paraître sur la scène, est entièrement décrite, sa personnalité physique et morale est entièrement déterminée par la seule description de la maison où elle demeure ». Et a-t-on jamais dit quelque chose de plus profond sur le génie romanesque et en même temps de plus gracieusement métaphorique que ces lignes inspirées par l'expérience de l'ancien virtuose de tango ? « On observe dans l'action des grands romanciers (un Stendhal, un Tolstoï, un Meredith) une aisance naturelle, une aisance de bon danseur, qui fait que le personnage se rattrape et s'équilibre lui-même à chaque pas. Les héros de Balzac ont des lisières, fixées sur leurs épaules dès la première page, et qui les guident jusqu'à la fin. »

Le vrai parent spirituel de Balzac est Dante. Même « prodigieuse conception de l'esprit, d'un esprit qui intègre un monde et le restitue suivant un rythme et dans des proportions qui lui sont propres, d'un esprit qui propage des hallucinations si fortes qu'on finit par croire à son rêve plutôt qu'à la réalité ».

Le « Retour à Vauvenargues » n'est pas moins excellent, dans un autre genre, celui du portrait, portrait nostalgique d'un homme qui avait la « volonté de dire quelque chose de grand avec des moyens faibles ». Quel dommage, semble dire RF, que sa voix ne se fasse entendre qu'en sourdine. « Comparez ces mots tristes et doux [sur la dureté des hommes, leur manque de compassion], prononcés comme à regret, à l'éclatant tonnerre d'un La Rochefoucauld. » Une des figures les plus nobles de la littérature française s'est condamnée à rester dans la pénombre. « Ainsi nous apparaît Vauvenargues : un vœu plutôt qu'une force; un murmure promptement étouffé. Mais la pureté de ce vœu, l'élan si noble qui n'aboutit qu'à ce murmure en font un des hommes qu'il est utile et bon, aujourd'hui surtout, d'évoquer. » Aujourd'hui : au lendemain de la défaite, en décembre 1940.

Sur Molière (« Retour à Molière », février 1941), RF trouve à dire encore du nouveau. Il souligne comment, chez Molière, le sentiment, l'idée ne sont jamais séparables de leur expression musculaire. « Psychologie dans l'espace » : les mots sont agencés « dans un rythme proprement physique qui balance l'idée et la lance à l'auditeur, si abstraite soit-elle, pourvue d'un poids tout matériel ». Les acteurs doivent jouer Molière avec leur corps : les metteurs en scène actuels se seront souvenus de cette recommandation. RF se demande ensuite si Molière n'a pas trouvé dans le XVIIe siècle l'époque idéale pour l'épanouissement de ses comédies. « Peut-être fallait-il, pour favoriser la floraison de ce génie, une société tout à fait stable et pour ainsi dire immuable. Rire de quelque chose ou de quelqu'un, c'est s'en débarrasser, s'en délivrer par la glissade et la chute comiques. Mais si l'on vient à imaginer qu'on peut s'en défaire autrement, en modifiant ce quelque chose ou ce quelqu'un, ou en le dominant, ou en le supprimant, alors le rire comique devient l'ennemi du progrès. Rire de ce qu'on peut changer apparaît comme un péché mortel. C'est ce qu'a bien compris ou senti Rousseau dans sa passion révolutionnaire. Rousseau, c'est Alceste, mais un Alceste déjà jacobin. Il ne fuira pas dans un désert l'approche des humains : il est prêt à faire de la société un désert pour apaiser son chagrin. Les hommes de la Révolution ne savaient pas rire, ceux de l'Empire pas davantage. »

Deux de ces études présentent à mes yeux un intérêt particulier, l'une parce qu'elle éclaire l'évolution politique de son auteur, l'autre parce qu'elle concerne un épisode déroutant (pour moi) de mes rapports avec mon père.

Dans « Lamartine et le romantisme » (octobre 1942), RF blâme le « libéralisme invétéré » du poète. « Le libéral est un homme incertain qui aime ce qu'il n'aime pas et qui n'aime pas ce qu'il aime, qui voit venir les catastrophes et qui, se jetant à leur tête pour en prendre le commandement qui lui échappe, hâte leur venue sans leur avoir trouvé de remèdes. Surtout, un libéral du type lamartinien échoue à fonder un parti, c'est-à-dire une armée, et il en tire gloire, car il ne se résout pas à quitter son plafond, qui est, en fin de compte, le monde intérieur où ses idées se courent après sans jamais se rejoindre, dans une ronde molle et ensorceleuse. Le libéralisme lamartinien, teinté de socialisme “spiritualiste”, a eu la plus longue et la plus forte influence. Les entretiens de Pontigny et de l'Union pour la Vérité, jusqu'à la veille de cette guerre, en portaient l'empreinte profonde. » Voilà, peut-être, une indication sur les raisons du glissement de Paul Desjardins à Jacques Doriot…

Dans le « Corneille », je trouve une explication supplémentaire à la colère qu'avait suscitée chez mon père le sujet de dissertation que nous avait donné notre professeur de seconde au lycée Buffon. L'épisode se place au cours de mon année scolaire 1943-1944. (Cf. chapitre 5 de ce livre : « Souvenirs personnels ».) Or, en août 1942, mon père avait publié un long essai où il réglait son compte au jugement de La Bruyère et à l'abus que les professeurs en faisaient. Corneille et Racine, disait-il, n'ont rien à voir avec « le peintre des hommes tels qu'ils sont et le peintre des hommes tels qu'ils devraient être des copies de baccalauréat ». Quelques mois plus tard, je serais, moi, avec ma brillante note de 18 remportée sur ce sujet, envoyé promener avec un mépris insultant. Cette réaction exagérée, j'achève de me l'expliquer par les circonstances suivantes : le lycée Buffon était connu pour être un centre de résistance ; donc les professeurs de ce lycée devaient se garder de lire la *NRF* de Drieu, repaire de collaborateurs ; et tout l'effort qu'il faisait lui, Ramon Fernandez, pour sauver ce qui pouvait être sauvé de la culture française et de la réflexion sur la culture se trouvait annihilé par le sectarisme d'un M. Gioan (mon professeur de français, que j'admirais tant). Le pont qu'il essayait de jeter entre la France de la collaboration et la France de la Résistance était jeté à bas par les préventions de ces intolérants. *La Nouvelle Revue française*, ils se gardaient de l'ouvrir, du seul fait qu'elle avait la caution des Allemands. Je ne saurai jamais si ce raisonnement a traversé l'esprit de mon père, mais il n'est pas invraisemblable qu'il en ait été ainsi.

Et je comprendrais dans ce cas son ire. La *NRF* a été le seul centre public (non clandestin) de réflexion culturelle indépendante pendant l'Occupation, grâce en particulier aux études de Ramon Fernandez. Certes, j'aurais préféré voir mon père figurer dans l'anthologie publiée en Suisse par Jean Lescure en 1943, dans sa revue dont il lui avait emprunté le titre : *Messages*, et qui, sans être politique, alignait les noms d'auteurs incarnant « les diverses nuances de l'art et de la pensée actuellement fidèles, en France, à un idéal de liberté » : Aragon, Mauriac, Jouve, Camus, Martin-Chauffier, Cayrol, Michaux, Paulhan, Queneau, Bataille, Jacques Decour, etc. (Éditions des Trois Collines, Genève). Ou dans une autre anthologie, d'après guerre, publiée par Jean Paulhan et Dominique Aury, qui réunissait des textes issus de la Résistance : *La Patrie se fait tous les jours* (Éditions de Minuit, 1947). Mais je me dis, en lisant le Journal de Léon Werth, opposant à Vichy et à la collaboration, que la honte n'était pas d'un seul côté. Le 21 avril 1943, après qu'on lui a passé quelques numéros de la *NRF*, Werth laisse tomber son jugement : « Fernandez est imperturbable en son travail d'amplification scolaire. Les idées, toutes les idées passent sur lui, comme des semelles sur un paillasson. » On pourrait croire que ce monsieur est tout simplement un crétin ; il devient ignoble quand il attaque la revue tout entière, l'esprit de la revue, depuis ses origines. « On disait NRF, comme on dit TSF. La NRF était une combinaison de parler Vaugelas et de pédérastie. » C'est le style de *Je suis partout*, de Rebatet, de Laubreaux : l'arme des punaises, la vengeance des médiocres, l'injure lancée par les sots jaloux de l'intelligence.

Si j'ai incliné, dans les pages précédentes, à prendre la défense de RF, une découverte récente me porterait à plus de sévérité sur son rôle dans la *NRF* de l'Occupation. L'historien de *La Nouvelle Revue française* Pascal Mercier me communique une « Note sur l'activité de la NRF pendant l'Occupation », document interne de la maison Gallimard « vraisemblablement transmis, commente-t-il, durant l'automne-hiver 1944-

1945 aux divers comités d'épuration (et peut-être en juin 1945 à l'intention du juge d'instruction – un certain Berry – chargé de veiller que la NRF n'avait vraiment rien à se reprocher) ».

On peut donc lire dans cette Note : « Quand en juillet 43 Drieu La Rochelle, se rendant compte qu'il ne pouvait vraiment pas faire une revue valable, a donné sa démission, Gaston Gallimard n'a rien fait pour le retenir. Les autorités allemandes ont alors voulu imposer à Gaston Gallimard de prendre Fernandez, comme directeur, sous menace d'une nouvelle fermeture de la maison d'édition. Gaston Gallimard s'y est refusé. » À la page suivante : « Présence de Fernandez dans le Comité de lecture. Fernandez était dans le Comité avant la guerre comme lecteur de livres anglais. Le renvoyer eût été un geste trop significatif. Gaston Gallimard s'est contenté de ne plus le faire convoquer aux séances ou, quand il venait par hasard, on lui donnait à lire des romans policiers dont aucun n'a été publié. Peu à peu il s'est lassé de venir. »

Ce qui me trouble dans cette Note, c'est l'idée que les autorités allemandes aient pu faire une telle confiance à RF : au point de vouloir l'imposer comme directeur de la revue. Cependant, à la relire, cette Note sonne faux d'un bout à l'autre. Voyons la date : 1944 ou 1945. Gaston Gallimard a besoin de se dédouaner auprès des comités d'épuration des complaisances qu'il a eues avec l'occupant. Le plaidoyer *pro domo* est manifeste. RF, qui n'est plus là pour se défendre, servira de bouc émissaire. La confiance que les Allemands auraient eue en lui, leur essai de l'imposer à la tête de la revue et le refus opposé par Gallimard en raison de cette confiance ne seraient-ils pas des arguments inventés après coup ? D'autre part, il n'est pas vrai que mon père ait été cantonné dans les livres anglais. Il s'occupait des livres anglais, en plus des livres français. Mais comme les livres anglais étaient interdits pendant l'Occupation, Gallimard entend suggérer que mon père ne servait plus à rien dans la maison, qu'on l'avait évincé de la direction en raison de ses sympathies pro-allemandes. La remarque sur les romans policiers relève de la même stratégie. Et tout ce qui est passé sous silence (par exemple, l'entrée de Marguerite Duras chez Gallimard, la publication de Saint-Exupéry, de Simone de Beauvoir) renforce la mystification. Même le raisonnement sur les livres anglais se révèle fallacieux. Mon père avait recommandé *Moby Dick*, et, comme Melville était américain et que les États-Unis étaient encore neutres, le livre fut publié le 1er juin 1941 et, réimprimé trois fois, connut un grand succès. Tout cela confirme que la Note n'est qu'une laborieuse justification.

Tout de même, l'évidence de cette tricherie ne m'apaise pas totalement…

50.

Proust

Juif, homosexuel, « décadent » : Proust n'était pas précisément un modèle pour les férus de nazisme et de vichysme. Mon père savait à quoi il s'engageait en publiant un livre à la louange d'un écrivain triplement maudit.

En 1942, sous l'égide du secrétariat d'État à l'Information, dirigé par Paul Marion, avait été édité un album de propagande culturelle, marqué d'une hache de guerre dorée et étoilée – la francisque pétainiste –, *Nouveaux destins de l'intelligence française.* Articles sur Paris (par Daniel Halévy), la philosophie (par Albert Rivaud et Gustave Thibon), la poésie (par Thierry Maulnier), l'histoire (par Louis Madelin et Octave Aubry), l'Université (par Henri Gouhier), les arts (par Pierre du Colombier), le théâtre (par Jacques Copeau), les sciences (par le duc de Broglie et d'autres), le tout étant encadré par une introduction de Charles Maurras, « Avenir de l'intelligence française », et une conclusion du vichyste René Benjamin, « La France au travail ».

Ne chargeons pas trop cet ouvrage, exempt de servilité, puisqu'on y trouve un paragraphe élogieux sur

Bergson, et une belle photographie du philosophe, laquelle fait pendant à celle de Maurras. L'exposé sur le roman avait été confié à Marcel Arland, qui, pressenti pour le voyage de Weimar, s'était prudemment désisté au dernier moment. Le voilà qui se rachète en proclamant d'emblée : « Le monument le plus important de la première partie du siècle reste – acclamée, combattue, moquée – l'œuvre de Marcel Proust. » À part ces deux incartades, *Nouveaux destins de l'intelligence française* célèbre le « réveil », le « redressement » national, avec des photographies d'artistes, de savants au travail, dans leur atelier, dans leur laboratoire. « Ce sont les forces spirituelles qui mènent le monde », lit-on dans un bandeau exhortant au « labeur ». Grâce à « l'ordre nouveau » qui y règne, notre pays remplit mieux que jamais sa « mission civilisatrice », avec des ambassadeurs tels que Drieu, Montherlant, Claudel, Valéry, Giono, Henri Massis, Serge Lifar, Charles Despiau, Sacha Guitry, Alexis Carrel, sans compter l'armée nombreuse des valeureux et probes artisans.

Aragon, Malraux, Chamson, Paulhan sont passés sous silence, mais, outre le dérapage sur Proust et Bergson, étaient mentionnés avec un jugement positif des écrivains aussi peu recommandables que Gide, Duhamel, Mauriac, Bernanos. La collaboration grinça des dents, rugit. Lucien Rebatet, dans un article de *Je suis partout*, éreinta l'ouvrage qualifié, par un jeu de mots rien moins qu'anodin à cette époque, d'« Intelligence service ».

Et voici, achevé d'imprimer le 10 février 1943, pour les Éditions de la Nouvelle Revue Critique, dans la collection « À la gloire de… », mais terminé en juillet 1942 (le mois de la rafle du Vel' d'Hiv'), un *Proust* de Ramon Fernandez. Il s'est retiré à la campagne pour l'écrire, dans une des propriétés d'Yvonne de Lestrange : volonté de séparer le plus possible son activité militante et son activité littéraire, de prendre du champ, de revenir à la critique en se retranchant de ses occupations politiques. Choix de Proust contre Doriot. Cependant, la décision n'est pas aussi nette que cela. Deux lettres à sa mère m'apprennent qu'il préparait en septembre le congrès du PPF d'octobre en même temps qu'il corrigeait les épreuves de son livre. Schizophrénie : d'une part adhérer à une idéologie primaire, d'autre part s'attacher à mettre en valeur l'œuvre qui lui oppose le plus éclatant démenti.

Deux cents pages grand format, la première étude complète, exhaustive, qui embrasse l'ensemble de l'œuvre et en dégage la signification, avec une hauteur de vues et une profondeur d'analyse qui restent inégalées. Un grand livre, à placer à côté du *Molière*.

« J'ai cru remarquer, dans les nombreux débats sur Proust, que l'on discutait d'ordinaire sur tel ou tel aspect du *Temps perdu*, sur telle particularité de la psychologie des personnages, sur telles impressions ou sur tels traits de mœurs, sans avoir bien présents à l'esprit la masse de l'ouvrage et l'enchaînement de ses parties, comme si l'on n'avait retenu du tableau que certains effets de lumière ou certains caractères du dessin et de la couleur. En fait, on a le plus souvent une idée "anthologique" du *Temps perdu*, ce qui a pu nuire à l'intelligence de l'œuvre. »

Que dirait-il aujourd'hui, où le massif himalayen n'est plus escaladé que par des myopes et des nains ? Qui serait capable, de nos jours, de porter un jugement d'ensemble aussi magistral sur la philosophie de Proust ? « L'évolution de l'esprit dont le *Temps perdu* est l'histoire reproduit assez bien, dans les limites d'une existence individuelle, l'évolution de l'esprit humain. Un premier âge voit se former l'imagination idéologique, qui donne arbitrairement aux êtres une essence absolue, éternelle, projection inconsciente des désirs et des aspirations ;

un second âge est marqué par le scepticisme, le désarroi du contact avec une expérience déroutante qui laisse l'homme devant des "présences" imprévues et déconcertantes [l'apparition de la duchesse de Guermantes et la déception qui découle du contraste entre la femme rêvée, parée des couleurs d'une tapisserie ou d'un vitrail, surgie d'un autre siècle, et la femme vue, la femme vivante, étant l'exemple le plus éclatant de ce télescopage des deux premiers âges] ; un troisième âge, l'âge des lois, où s'établissent enfin des relations fécondes entre l'esprit et la réalité. Ces trois âges, chez Proust, se succèdent, se rencontrent, se dépassent les uns les autres, se perdent et se retrouvent suivant le jeu des circonstances, la maturation psychologique et la loi du temps. Et ce sont ces trois âges qui font l'épaisseur psychique et poétique de l'œuvre. »

Un des mérites de ce *Proust* est de replacer l'œuvre dans le contexte où elle est née, et, plus généralement, dans le cadre de la culture d'où elle dérive. Ainsi, la philosophie de l'amour proustienne ne serait pas aussi originale qu'il peut sembler, puisqu'on la retrouve dans les romans de Paul Bourget comme dans le folklore du café-concert contemporain. Racine, Kant, Molière, Léon Brunschvicg, Machiavel, Balzac (qui a introduit l'argent comme sujet romanesque, de même que Proust a introduit l'inversion, au moment où l'argent, pour l'un, l'inversion, pour l'autre, entraient dans la coutume d'une société), Barrès, Henry James, Jules Romains, Jean Paulhan, Conrad, Meredith sont convoqués pour éclairer la *Recherche* et marquer plus nettement ce qui inscrit Proust dans une famille littéraire universelle et ce qui le distingue de ce voisinage. Le rapprochement avec Cervantès inspire ce jugement fulgurant : « Qu'est-ce que *Don Quichotte*, sinon la vision double et contradictoire du même monde par l'imagination et la raison ? Mais, dans *Don Quichotte*, ces deux visions se superposent, rendues contemporaines et simultanées par la synthèse du génie comique. Chez Proust elles se succèdent, par l'introduction du temps qui engendre la maturation, la révélation et la désolation lucide, puis le salut par la mise au point de l'intelligence. »

RF n'élude pas deux des aspects les plus importants de l'œuvre, la place qu'y tiennent les Juifs et celle qui revient aux homosexuels. Il me faut insister sur ces deux points, puisque l'un renvoie à la situation politique de la France occupée et l'autre à la jeunesse de mon père.

Le 19 avril 1942, pendant qu'il commençait son livre, RF était à la tribune du meeting des Cercles populaires français où le sinistre Montandon déblatérait ses turpitudes antisémites. Jamais la distorsion entre les idées affichées par mon père et sa pensée véritable n'a été plus visible. Dans son livre, s'appuyant sur la vision qu'en avait Proust, il assimile le destin des Juifs à celui des homosexuels, deux races particulières à l'intérieur de la société française, distinctes mais sans être susceptibles d'aucun blâme. C'est une question de fait, non d'opinion. « Il est notable que Proust a toujours reconnu et souligné la spécificité juive, refusant de la fondre dans les teintes neutres et communes de l'esprit démocratique, comme il a reconnu la spécificité homosexuelle ou même une certaine spécificité aristocratique. Nul n'est moins rationaliste que Proust à cet égard, si on entend par rationalisme la croyance à une assimilation des esprits les uns aux autres. » Mon père plaide ici pour une juste (aux deux sens du mot) reconnaissance, une mise en place de ce qu'est le caractère juif : mettre les Juifs à leur place, ce n'est ni les dénigrer ni encore moins les condamner.

« Les Juifs de Balbec, Nissim Bernard en tête... figurent assez nettement l'isolement d'une race qui n'arrive pas à s'assimiler, et qui, pourtant, n'accepte pas que les aryens refusent cette assimilation par eux-mêmes impossible. Nissim Bernard et sa tribu accusent ces aryens d'avoir le "préjugé", mais ils ont eux-mêmes le contre-préjugé de ce préjugé-là. » S'il y a des torts, ils sont partagés. Passage à compléter par celui où sont évoquées « les grandes pages oratoires sur les invertis, où Proust atteint au lyrisme, et que l'on a très heureusement rapprochées – Roger Allard je crois – des pages de Michelet sur la persécution des Juifs ». Que de gêne chez mon père ! Il n'aurait besoin ni de l'illustre Michelet ni de l'obscur Roger Allard [un des premiers critiques de la *NRF*, qui y a écrit de 1919 à 1929] pour dénoncer les persécutions dont les Juifs sont victimes, s'il n'était lui-même un de ceux qui, par sa présence dans les meetings antisémites, semblent les approuver.

Sans le dire, mon père profite de son étude sur Proust pour régler des comptes avec sa jeunesse. Ainsi ce jugement lapidaire ne peut être compris qu'en référence avec son propre passé. « La conversation mondaine est une des formes de la nullité, et la vie mondaine appauvrit et paralyse la sensibilité. »

Au sujet de Charlus, et des deux modèles possibles de ce personnage, une curieuse note (p. 140) mentionne « un certain comte poète qui faisait retentir les salons de ses éclats de voix aigus » et un baron « qui n'est guère connu que par un vers satirique de Robert de Montesquiou ». Or le premier de ces modèles n'est autre, précisément, que Robert de Montesquiou, auquel, nous l'avons vu, le jeune Ramon Fernandez faisait une sorte de cour. Il ne nie d'ailleurs pas que, de ces deux personnalités parisiennes, il en a « fréquenté au moins une ». Pourquoi ne pas dire laquelle ? Pourquoi n'évoquer Montesquiou que de biais ? Pourquoi cette dérobade ? Pourquoi cacher le rôle de Montesquiou dans sa vie ? Ce demi-aveu vaudrait-il aveu ?

La page suivante, qui stigmatise l'infantilisme de Charlus, renvoie aussi à des souvenirs personnels et à un choix de vie crucial. « Les interdictions qu'il lance contre certaines femmes du monde, son saint-simonisme (celui du duc !) au petit pied, ses irritations et ses simagrées sont d'un enfant plutôt que d'un homme. Et c'est bien un enfant grandi et moustachu, s'il faut en croire Freud et sa théorie sur la "fixation" infantile des invertis, qui circule ainsi à grands pas et à grands cris dans le *Temps perdu*, faible, despotique, capricieux, frivole, intelligent, dément et condamné. » Voilà qui confirme ce que j'écrivais au sujet de la note sur Freud dans *Messages* : c'est Freud, redoublé, en quelque sorte, par Proust, les *Trois essais sur la théorie de la sexualité* confirmés par le *Temps perdu*, qui ont fixé l'orientation hétérosexuelle de mon père. C'est cette théorie, reconnue aujourd'hui comme totalement erronée, c'est ce préjugé, récusé par les gays et par les preuves qu'ils ont données de leur maturité, qui l'ont dirigé dans une voie qui n'était peut-être pas la sienne. Il avait peur de rester, dans sa sexualité, l'enfant qu'il ne cessait d'être dans son caractère. Son mariage, qui a succédé de quelques mois à *Messages*, parachevait la volonté de redressement.

La conclusion du *Proust* nous renvoie au présent, à la situation dans la France occupée. Le message est clair : « Une des grandeurs de la culture française est cette déclaration de guerre à l'obscurantisme instinctif ou avoué », déclaration de guerre qui reste la principale gloire de cet écrivain juif, homosexuel et décadent. Par « obscurantisme instinctif ou avoué », mon père vise, évidemment, le fatras de l'idéologie nazie. Il est remarquable que les réserves qu'il faisait sur Proust en 1926 dans le chapitre de *Messages* (pas de hiérarchie des valeurs, aucun progrès spirituel du début à la fin de l'œuvre) ont totalement disparu dans le livre de 1943 : la culture française, à travers un de ses plus éminents représentants, doit être défendue sans restrictions contre les dangers de la nébulosité germanique. Le beau livre d'Albert Béguin sur *L'Âme romantique et le rêve* est cité dans un autre endroit, preuve que RF a découvert et appris à aimer Novalis, Jean Paul (Richter), Tieck, Kleist, etc., Proust ne servant d'arme que contre le dévoiement de la grande culture allemande par Hitler. Proust « reprend le flambeau du moralisme et du psychologisme, ce flambeau qui éclaire, en dissipant les nuées du rêve, les nuages naturels de l'inconscient et les nuages artificiels des préjugés ». On ne saurait protester par une allusion plus claire contre la mythologie raciste et en particulier les thèses exposées par le théoricien allemand du racisme Alfred Rosenberg dans *Le Mythe du XX*[e] *siècle* (1930) et *Sang et Honneur* (1935-36). Rosenberg s'était inspiré des idées du diplomate et écrivain français Joseph Arthur de Gobineau, auteur de l'*Essai sur l'inégalité des races humaines* (1853-55). Je note que mon père ne s'est jamais intéressé aux œuvres de ce romancier-philosophe, pas même à ses textes littéraires, de belle qualité pourtant.

Un autre signe de ce qu'il aurait pu écrire s'il avait été laissé libre, par la censure mais d'abord par ses propres contradictions, de faire retentir plus directement sa protestation, je le trouve dans les toutes dernières pages, où il envisage, en face de « l'homme proustien », l'homme qui, au lieu de ne saisir ses actes que dans le passé, en aurait conscience dans le moment où il les accomplirait. « À la place d'une conception rétrospective du monde psychique, nous aurions une conception qui tendrait vers le prospectif, et qui rendrait possible, pour cet homme, la prévision de soi-même dans les situations les plus complexes. » Suit un plaidoyer, étrange à première vue, pour une littérature d'un autre type que le type proustien tant vanté, une littérature qui montrerait des personnages tout entiers « présents » aux circonstances de leur vie. La métaphysique, la morale, le civisme ne seraient pas pour eux des occasions d'hypothèses ou des curiosités intellectuelles, mais « l'objet de déterminations précises, urgentes, dramatiques, tragiques à la limite ». Et mon père d'ajouter : « l'analyse porterait sur des situations à résoudre, sur l'engagement total de soi ».

Je pourrais, évidemment, mettre au crédit de RF une espèce de prémonition de la littérature de « l'engagement », peut-être le montrer réceptif aux premiers livres de Sartre, de Camus. Je crois que la clef de cette embardée surprenante hors du proustisme doit être cherchée ailleurs : dans le désir de citer deux de ses plus chers amis, qu'il savait du bord opposé au sien, et dont il se permet de faire l'éloge (p. 202) sous prétexte qu'ils « ont montré avec éclat que les sensations musculaires et les sensations d'effort et de mouvement peuvent exciter la plus subtile analyse ». Qui sont ces deux témoins invoqués ? Antoine de Saint-Exupéry et Jean Prévost. (Leur est joint Henry de Montherlant, proche de la collaboration, moyen sans doute de faire passer la pilule auprès de la censure.)

Saint-Ex et Prévost : les deux amis de toujours, la conscience et la caution morales de mon père, dont l'apparition à la dernière page d'un essai sur Proust n'est absolument pas justifiée, sinon par la fidélité, le remords de les avoir trahis, le repentir d'une âme perdue. S'il y a prémonition dans ces lignes, c'est moins des théories de l'engagement qui étaient en train de devenir à la mode, que des « déterminations précises, urgentes, dramatiques, tragiques à la limite » qui conduiront bientôt (dans un an et demi) Saint-Ex et Prévost à la mort, la mort la plus « tragique » qui soit. La « limite » sera franchie. Cette conclusion du *Proust* est bouleversante. J'y vois mon père demandant grâce, par cet hommage intempestif qu'il leur rend, à deux des meilleurs défenseurs d'une cause qu'il a lui-même reniée, à laquelle ils s'apprêtent à faire le sacrifice de leur vie.

51.

Balzac

Le *Balzac* (Stock, octobre 1943), malgré mainte page brillante, est dans l'ensemble moins bon, à cause de la part excessive accordée à la sociologie et à la politique de Balzac, et de l'usage tendancieux qui en est fait. Le livre partait pourtant bien, avec le développement de l'idée avancée en 1941 dans l'article de la *NRF* (mais exprimée avec plus de bonheur dans l'article), à savoir qu'il faut admettre, pour aimer les romans de Balzac, leur lourd appareil de considérations préparatoires. Balzac est incapable de représenter directement des scènes et des personnages. Ce n'est pas un romancier d'une seule coulée, comme Stendhal ou Tolstoï ; il échoue à communiquer la vie des autres sans de multiples détours. Il lui faut établir un système de coordonnées et de références avant de se mettre à composer. Il ne crée pas, il déduit. Par exemple, le portrait moral de Rosalie dans *Albert Savarus* : « Rosalie nous est délibérément "donnée", ni plus ni moins qu'un cas médical, comme une dérivation particulière de l'éducation des filles. Son comportement nous est indiqué comme la conclusion d'un syllogisme. »

Suivent d'excellentes formules : « Balzac ne peut pas jouer dans un roman avant d'avoir préparé son jeu », ou : « Ses scènes sont des analyses qui ont pris feu », ou : « Sans cesse Balzac glisse dans l'abstrait comme par mégarde. On dirait sa conscience incertaine si elle retient le fait ou l'idée », ou : « C'est tout le problème de la prise de l'esprit sur le réel qui est en cause. » Les débuts laborieux de la plupart des romans balzaciens rebutent souvent le lecteur, et ils le rebuteront tant qu'il n'aura pas compris la nécessité de ces longues descriptions et analyses initiales, due à « la difficulté qu'éprouvait Balzac à saisir et à dominer l'individuel et le concret ». « L'imagination balzacienne est si étroitement subordonnée à la conception des causes qu'elle saisit l'essence beaucoup plus aisément que l'existence, et c'est quand il s'agit de faire vivre *directement*, sans explications, qu'elle se trouve souvent toute désorientée. » Tout est prédéterminé dans ses romans. « Le “soit que, soit que” de Marcel Proust » y est rare. Réaliste, Balzac ? Pas au sens moderne du terme. « Il nous introduit dans le règne des types et des genres, avec l'aisance d'un philosophe médiéval parmi ses universaux. » S'il est un réaliste, ce n'est qu'au sens moyenâgeux du mot.

De cette priorité de l'idée sur le fait, du cadre conceptuel sur la scène décrite, de l'essence du personnage sur son existence, découle, pour RF, l'importance qu'il faut accorder à la philosophie et à la philosophie politique de Balzac[1]. Mais pourquoi, si on entend les cerner, s'appuyer essentiellement sur *Le Médecin de campagne* ? La raison

1. Toute création, d'après mon père, est un mode de pensée. Il affirme que si la critique a raison de s'occuper de la doctrine de M. Paul Valéry, elle ne devrait négliger ni celle de M. François Mauriac ni « même celle de M. Simenon ». Voilà qui est aussi hardi que pertinent.

de ce choix n'est que trop évidente. En Bénassis, Balzac aurait dessiné la figure de l'homme d'État moderne, mi-paternaliste et mi-tyrannique, et prôné la doctrine selon laquelle il faut au peuple un bonheur tout fait. La loi, qui par définition est imposée aux hommes, ne peut naître de ceux qui lui obéissent. L'homme d'État idéal doit avoir un tour d'esprit prospectif, son point de conscience sera situé dans l'avenir. Ses décisions seront souveraines, fondées sur une souveraine indépendance. Par des considérations de cette sorte, le médecin de campagne « prédit proprement la figure politique de ceux qui, de nos jours, se sont imposés sous le nom de chefs ».

Est-ce encore Balzac qui parle ? N'est-ce pas plutôt mon père ? Bénassis, aux yeux de mon père, annonce non seulement Barrès, l'antikantisme des *Déracinés*, la doctrine selon laquelle la croyance et l'habitude valent mieux pour les masses que l'étude et le raisonnement, il est la prémonition directe de ceux qui gouvernent en 1943 une bonne partie de l'Europe. « Ce chef qui s'empare du pouvoir et qui agit selon les préceptes du *Prince*, mais par la puissance des sentiments et déclare la guerre au "philosophisme" démocratique, n'est-ce pas à son image que nous nous représentons le chef fasciste d'aujourd'hui ? »

RF ne prononce pas le nom de Doriot, mais on devine avec quelle délectation il croit trouver dans Balzac le portrait, moral et physique, de celui dont il est devenu le féal. Tous les mots de cette déclaration de Bénassis, dit-il, sont à peser : « Nous voyons depuis quelque temps trop d'hommes n'avoir que des idées ministérielles, au lieu d'avoir des idées nationales, pour ne pas admirer l'homme d'État comme celui qui nous offre la plus immense poésie humaine. Toujours vouloir au-delà du moment et devancer la destinée, être au-dessus du pouvoir et n'y rester que par le sentiment de [son] utilité ;

dépouiller les passions et même toute ambition vulgaire pour demeurer maître de ses facultés, pour prévoir, vouloir et agir sans cesse ; se faire juste et absolu, maintenir l'ordre en grand, imposer silence à son cœur et n'écouter que son intelligence, n'être ni défiant ni confiant, ni douteur ni incrédule, ni reconnaissant ni ingrat, ni en arrière avec un événement ni surpris par une pensée ; vivre enfin par le sentiment des masses, et toujours les dominer en étendant les ailes de son esprit, le volume de sa voix et la pénétration de son regard ; en voyant non les détails mais les conséquences de toute chose, n'est-ce pas être un peu plus qu'un homme ? »

Critique du parlementarisme et de l'instabilité ministérielle, exaltation de l'idée « nationale », œil d'aigle, anticipation de l'avenir, désintéressement personnel, domination des masses pour assurer leur bonheur : je me dis, une fois de plus, que mon père aurait pu appliquer beaucoup plus justement la vision balzacienne du « chef » au général de Gaulle, s'il ne s'était laissé aveugler sur la vénalité et la brutalité primaire de Doriot. Il n'y a guère de spécifiquement « doriotiste » et non « gaullien » dans le portrait du médecin de campagne que « le volume de la voix » et « la pénétration du regard », c'est-à-dire les qualités purement physiques du tribun, ses effets de muscles et de redondances oratoires, ses attributs les plus grossiers.

Enfin, comment ne pas me désoler de voir cité avec éloge cet aphorisme du *Médecin de campagne* : « La force doit reposer sur les choses jugées », avec ce commentaire navrant : « Cela veut dire que, si on laisse juger, on laisse discuter. Or, comme les pouvoirs discutés n'existent pas, le pouvoir exige la force, et, en somme, l'arrêt de la pensée. » Je ne puis croire que mon père, en écrivant cette phrase, ait voulu approuver, comme une conséquence inévitable et définitive du bon gouvernement,

« l'arrêt de la pensée ». Il aura voulu indiquer qu'être bon doriotiste revient à s'arrêter, momentanément, de penser, et que lui, par conséquent, se juge comme suspendu d'intelligence. Pour combien de temps ? Jusqu'à quel degré d'abaissement ? Aveu pathétique de démission intellectuelle, presque de suicide, glissé dans une page où il passe inaperçu.

Le critique littéraire retrouve son style et son allure quand il analyse sur de nombreux exemples la « statique » balzacienne, c'est-à-dire la manière de déduire le caractère d'un personnage des traits de son visage ou de la configuration de son logement. Inscription de la psychologie dans les choses, c'est là le point fort du romancier. « Couleur des cheveux, forme de la taille, façon de cracher ; maisons et intérieurs qui sont comme des coquilles sur lesquelles les âmes laissent leur empreinte et qui en retour imposent leur moule aux âmes : nous avons là deux séries qui prétendent établir une équivalence rigoureuse entre les traits physiques et les traits mentaux. La physionomie et l'habitat enregistrent et conservent le caractère et les mœurs de l'individu, et nous allons voir, dans le prochain chapitre, qu'ils les conservent si complètement qu'ils détiennent, à l'état de possibles, tous les actes de cet individu que le drame déroulera comme une série logique. »

Ce prochain chapitre est consacré à la « dynamique » balzacienne. Comme exemple de roman fondé sur une action judiciaire (« Le Droit graisse tous les ressorts de *La Comédie humaine*, mais quelques-uns ont ce Droit pour personnage principal »), voici *César Birotteau*, construit à la fois comme une machine juridique, financière et commerciale aux rouages précis, et comme un drame qui soulève un homme du commun, un homme moyen, à la hauteur d'un personnage épique. Le parfumeur est transmué en héros. Pour modèles de romans où la passion définit la courbe de l'action, RF choisit *Le Père Goriot, La Rabouilleuse* et *La Cousine Bette.*

Une telle option ne laisse pas de surprendre. Pour *Le Père Goriot* (« dont les figures et les scènes n'auraient pas ce relief extraordinaire si elles n'avaient rencontré, dans l'imagination de Balzac, les matrices, pour ainsi dire, qu'y avaient moulées les corsaires et les héros de l'aventure ») et *La Cousine Bette*, on ne discutera pas : ce sont bien deux des sommets de *La Comédie humaine*. Je note au passage que l'homosexualité de Vautrin n'a pas échappé à mon père. C'est sans doute le premier critique qui en ait fait une mention aussi explicite : « Il y a bien en lui un Socrate du bagne pratiquant la maïeutique des passions conquérantes, mais aussi ce quelque chose de plus qu'il y avait dans l'amitié socratique. » La puissance du mal rayonne, en lui, au-dessus des lois, « même des lois naturelles du sexe ».

À propos de *La Cousine Bette*, mon père a cette phrase qui, écrite à quelques mois de sa mort, me semble faire écho à un pressentiment tout personnel : « Peut-être aussi (qui sait ?) que la prescience obscure de sa fin prochaine entraînait Balzac à détruire en se détruisant, à libérer sa volonté de vie dans une volonté de mort. » Ce « qui sait ? » glissé entre parenthèses a tout l'air d'une signature griffonnée au bas d'un autoportrait.

Mais pourquoi, dans cette trilogie de chefs-d'œuvre, ne pas avoir inclus les *Illusions perdues*, au profit d'une œuvre secondaire ? « *La Rabouilleuse* est un des plus forts romans de Balzac et, dans la ligne et l'élan de son génie, l'un des mieux venus. » Si fort, aux yeux de mon père, que dans la dédicace de son livre à ma mère, il écrit : *Pour Liliane, afin qu'elle se mesure de nouveau avec le père de la Rabouilleuse.* Allusion, sans doute, à d'anciennes discussions. Je crois comprendre les deux raisons pour lesquelles le livre leur tenait à cœur, à l'un comme à l'autre. Il y a d'abord ce mot, si savoureux, de rabouilleuse, « rabouiller » consistant à troubler l'eau d'un ruisseau pour effrayer les écrevisses et les pousser vers les engins de capture. Ma mère, enfant, quand elle chassait les écrevisses dans les ruisseaux d'Auvergne, rabouillait sans le savoir, le terme étant du dialecte berrichon. L'autre motif tient à l'histoire de mon père, à un des épisodes cruciaux de cette histoire.

Le héros du roman est Philippe Brideau, ex-lieutenant-colonel de l'armée impériale et présentement en demi-solde. « Le thème central de *La Rabouilleuse*, le thème de la démobilisation de la violence impériale, de sa projection sur la vie quotidienne d'une époque plus étroite et plus terne, est grandement traité. » Démobilisation : le mot est lâché. Mon père, au lendemain de la Grande Guerre, analogue, pour la violence et l'exacerbation des énergies, à l'aventure impériale, s'est toujours senti un démobilisé, un demi-solde, d'autant plus déçu de vivre dans une époque « plus étroite et plus terne » qu'il avait laissé passer l'occasion de s'engager, de participer à l'épopée de 14-18. D'où son désir d'excitations qui répondent à la vitalité de son tempérament, sa hâte à se remobiliser, n'importe comment, par le socialisme en 1925, par le communisme en 1934, et pour finir sous la bannière dérisoire d'un Doriot.

Ce n'est pas tout : si je lis la dédicace de Balzac à Charles Nodier, je découvre que le romancier a voulu montrer « les effets produits par la diminution de la puissance paternelle », et le danger de l'éducation des enfants par une femme seule. Ce n'est pas seulement la faillite de l'aventure napoléonienne, mais tout autant son état de fils choyé et gâté par sa mère, qui a fait de Brideau cet oisif, ce désaxé, qui ne regarde pas aux moyens quand il s'agit de se tirer d'affaire. RF, dans son analyse du roman, ne mentionne pas ce second aspect de la question, trop intime, sans doute, pour être livré. Mais il n'est pas impossible que, lorsqu'il essayait d'expliquer à Liliane ses difficultés, ses erreurs, ses fautes, son statut de fils sans père ait été évoqué. En sorte que, derrière l'étude en apparence « objective » de *La Rabouilleuse*, je vois se profiler cette esquisse d'autobiographie : fils sans père, Français sans guerre, démobilisé avant d'avoir été mobilisé, victime de cette double fatalité, familiale et sociale, ne suis-je pas justifié de chercher par un engagement quel qu'il soit (mes fonctions au PPF) à reconstruire ma personnalité ?

Bien que Jean Prévost n'ait rien à voir dans ce livre, mon père s'arrange pour le mentionner à nouveau. « C'est délibérément que des balzaciens comme M. Jean Prévost ont salué en M. Jules Romains ce qu'ils ont bien voulu appeler le Balzac du vingtième siècle. » On sait que Prévost était beaucoup plus stendhalien que balzacien, mon père a dû tricher un peu pour le mettre à l'honneur.

La conclusion du livre, trop court sous certains aspects (il n'a pas l'ampleur exhaustive de celui sur Proust), est très belle. *La Comédie humaine*, jugée dans son ensemble, traduit la déflagration, « la transition explosive, pour ainsi dire, d'une époque de haute tension à une époque de tension basse ou nulle ». L'époque de haute tension ne s'est pas inscrite dans une œuvre littéraire, mais seulement en termes militaires et politiques. L'époque de basse tension a correspondu au règne de la bourgeoisie, et, en littérature, au réalisme et au naturalisme. « Les héros de Flaubert et les héros de Zola sont incompressibles, ils sont nés décomprimés. La force réelle de Zola [que mon père tenait en piètre estime], son énergie de romancier, ne doivent pas nous faire illusion : il ne remue que des débris. » Entre l'époque de haute tension et l'époque de basse tension, l'œuvre de Balzac assure la transition. « Le potentiel où puise *La Comédie humaine*, et qui lui donne son élan, c'est l'énergie accumulée ou plutôt captée par la Révolution et par l'Empire, accumulée de façon telle que son poids de compression était tout proche de son point d'explosion. La compression de la Terreur, la compression des guerres impériales refoulaient les forces économiques et les forces spirituelles. Balzac, en traits de feu, a dessiné la courbe explosive des forces libérées qui, n'ayant pas trouvé leur équilibre dans un système approprié, allèrent à fond de course. »

Suit une note en bas de page, qui est une des choses les plus profondes laissées par mon père : « L'auteur de ces lignes a écrit presque en même temps une étude sur Proust et une étude sur Balzac. Il lui semble que Balzac et Proust se correspondent aux deux extrémités d'une ère, de l'ère de la déflagration. Balzac, c'est le moment de l'explosion et les moments qui suivent : d'où la force de sa décharge, et ses ébranlements. Proust, c'est, après l'explosion, les morceaux de l'âme dispersés parmi les cendres. L'homme balzacien résiste, il tient encore, et quand il tombe, la violence de sa chute fait jaillir des étincelles. L'homme proustien est mort déjà, puisqu'il doit mourir. Le premier dépose, par son explosion, les cendres où l'autre cherche en tâtonnant les secrets de son destin perdu. »

52.

Itinéraire français

En octobre 1943, encore deux nouveaux titres en librairie, *Itinéraire français* (Éditions du Pavois) et *Barrès* (Éditions du Livre moderne). On se hâte, on se précipite avant l'échéance. Dans *Itinéraire français*, mon père se propose d'« ordonner le massif de la culture française » : c'est une opération de sauvetage patriotique autant qu'un travail d'histoire littéraire. Un ouvrage qui prolonge, complète et restructure, pour faire un ensemble cohérent, les articles publiés dans *La Nouvelle Revue française* (« Retour à… »). D'ailleurs, presque tous les chapitres sur les classiques ne sont que des reprises, à peine retouchées, de ces articles. Voici de nouveau Corneille, Molière, les romantiques : Lamartine, Lamennais, Stendhal (mais pas Balzac, évidemment), les représentants de la pensée politique : Montesquieu, Tocqueville, Montalembert, ceux de la pensée scientifique : Descartes, Fontenelle, Claude Bernard.

Est inédit le chapitre sur « le couple Voltaire-Rousseau ». Le portrait de Rousseau est plus ou moins copié sur l'étude qui figurait dans *De la personnalité*, mais, quinze ans après, le jugement est beaucoup moins sévère. Renonçant à insister sur la mauvaise foi de Jean-Jacques, mon père le loue pour « l'incomparable franchise » des *Rêveries.* Sur Voltaire, il prend position pour la première fois, et c'est pour en assurer la défense, non seulement contre ses ennemis, mais contre sa propre postérité. Voltaire n'est pas responsable si le voltairien type se trouve être le notable de la IIIe République, « un bourgeois pansu, qui boit du vin clairet, avec Margot, sous la tonnelle, en chantant du Béranger ». En politique, les voltairiens s'arrêtent dans le juste milieu et vont bientôt suivre « les favoris et la houppette de M. Thiers », ce qui a discrédité leur maître, et hissé Rousseau, par compensation, sur le pavois, Rousseau que revendiquent les extrémistes, les révolutionnaires et tout ce qui a du cœur au ventre. « La Commune de Paris oppose les fils de Rousseau des barricades aux fils de Voltaire de Versailles. »

Est-ce une raison pour nier la grandeur littéraire de Voltaire ? Mon père, curieusement, va jusqu'à relire les tragédies, qu'il ne trouve pas si mauvaises que cela. Le vers « C'est moi qui te dois tout puisque c'est moi qui t'aime » lui paraît pénétré de la « douceur aiguë de Racine », avec un je ne sais quoi qui annonce les temps modernes. Et, en analysant *Mahomet*, RF se garde de verser dans la sottise où tombent les illettrés d'aujourd'hui : cette critique radicale de l'imposture des religions ne vise pas l'islamisme, Mahomet n'étant qu'un prête-nom pour le Dieu chrétien, qu'il était alors impossible de citer. Quant à l'*Encyclopédie*, si Voltaire y a consacré tant d'énergie, c'est parce qu'il avait deviné la mutation du siècle. Mon père donne ici une de ces vues insolites, dont il avait le secret. « Le XVIIe siècle est un siècle oral. Voyez Bossuet, Corneille, Racine, Molière, ces grands hommes sont faits pour être écoutés. Et Pascal avait composé l'œuvre dont nous ne connaissons que les fragments sublimes des *Pensées* comme un discours. Mais le

XVIIIe siècle, lui, se met à lire, et de lectures en lectures, il glisse sur la pente fatale de la Révolution. » Celui qui a compris ce glissement renonce à la tragédie pour se faire journaliste.

Itinéraire français s'ouvre par un portique majestueux, deux hommages aux deux plus grands critiques français, Sainte-Beuve et Thibaudet, gardiens et prospecteurs de la culture nationale. Le *Contre Sainte-Beuve*, bien sûr, était encore inconnu, mais, même sans Proust, on disait déjà beaucoup de sottises contre Sainte-Beuve et en particulier on ne lui pardonnait pas ses injustices vis-à-vis de ses contemporains. Alors comme aujourd'hui, et avec la même légèreté dont a témoigné Proust, on le jugeait sur les seuls *Lundis*, en ignorant ce « grand ouvrage, digne assurément de nos monuments classiques », qu'est *Port-Royal*. « Sainte-Beuve, qui était l'homme du côtoiement, n'était pas celui du coudoiement. » À force de fréquenter les grands exemples du passé, Pascal, Molière, Racine, il jugeait son époque sans indulgence. « Les fracas romantiques l'offusquaient. » Le romantisme n'était pas encore entré au panthéon. L'explication des « limites » de Sainte-Beuve est toute simple, il suffisait d'y penser.

La partie consacrée à la « Littérature française contemporaine », tout entière inédite, débroussaille un maquis où il était facile, alors, de se perdre. RF expose avec clarté l'état des lieux. La fin du XIXe siècle et le début du XXe ont été marqués par deux tendances : d'une part les symbolistes (héritiers de Mallarmé, Verlaine, Rimbaud) Claudel, Valéry, Gide, Proust, qui concevaient la création comme la révélation d'une réalité au-delà du sens commun et se croyaient investis d'une mission spirituelle, mystique, en opposition absolue avec l'idéal du classicisme français, « suivant lequel la littérature doit offrir une expression claire d'une expérience commune à tous et doit en quelque sorte servir d'ornement à la culture ». D'autre part les réalistes et les naturalistes. Entre les deux groupes, il y avait une « querelle de clientèle », les naturalistes s'adressant à tout le monde et recherchant même la clientèle populaire, les symbolistes s'adressant aux seuls initiés. Avec cette conséquence que, sans audience et isolés, ils souffraient de leur obscurité. Vint un moment dans leur carrière où ils cherchèrent à rejoindre la tradition et le grand public. Ce désir de publicité, dans le sens noble du terme, s'est concrétisé dans la fondation de *La Nouvelle Revue française*, en 1908. Voilà donc expliqué par mon père et remis dans sa juste perspective historique le mouvement auquel il a dédié la majeure partie de sa vie de critique et d'écrivain. « Il ne s'agit pas, en effet, d'une revue comme une autre, mais bien de la fusion officielle et volontaire de la tradition symboliste avec la tradition classique française. »

Grande attention est prêtée aux jeunes écrivains de l'entre-deux-guerres, et, dans ce tableau consacré à des auteurs que mon père n'aimait pas toujours mais qu'il présente ici sans leur ménager ses éloges – Radiguet, Montherlant, Drieu, les surréalistes, Marcel Arland (Malraux, « le plus original », étant réservé, dit-il, pour une étude ultérieure, laquelle n'eut jamais lieu) –, je vois la marque de l'époque, le besoin de « récupérer » le plus grand nombre possible de garants de la pérennité culturelle française. Des réserves, pourtant, freinent l'adhésion totale, et il me semble reconnaître dans ces restrictions quelque autocritique. RF s'englobe dans ceux dont il souligne les lacunes. Tous ces écrivains, dit-il, possèdent l'intelligence, mais il leur manque la pensée, c'est-à-dire « la conscience des relations universelles, et, par suite, la conscience de la place relative de chaque manifestation humaine dans l'univers ». C'est pourquoi certains d'entre eux n'ont pas tardé à « rejoindre des formations qui ne sont pas nées avec eux, comme le communisme ou le fascisme ». D'autres se cantonnent, comme Montherlant, dans « un individualisme décoratif ».

La politique : voilà la grande intruse dans la vie littéraire française. Le détachement de beaucoup d'intellectuels de la démocratie, ou leur franche hostilité aux pouvoirs officiels de la IIIe République, que ces intellectuels fussent de droite ou de gauche, ont créé une nouvelle catégorie d'écrivains, chez qui préoccupations politiques et préoccupations littéraires se sont réciproquement influencées. Au premier rang, le nationaliste Maurice Barrès, mais à cette famille d'esprits qui introduisent dans leur œuvre le facteur politique pour résoudre le problème de la vie, appartiennent également le royaliste Charles Maurras, le démocrate catholique Charles Péguy, le syndicaliste révolutionnaire Georges Sorel.

Une section est réservée ensuite à la « littérature professionnelle », faite par ceux qui ont choisi les genres traditionnels : François Mauriac, Georges Bernanos, Roger Martin du Gard, également prônés, ainsi que Jacques de Lacretelle, dont le livre le plus remarquable est *Silbermann*, qui est « le portrait d'un jeune Juif ». Portrait intelligent et tracé avec une sympathie chaleureuse, ai-je dit plus haut, et l'éloge de cet auteur qui semble plutôt philosémite et de ce livre qui s'élève contre les persécutions infligées aux Juifs rend d'autant plus criante l'absence de Céline. L'auteur du *Voyage au bout de la nuit*, pour lequel mon père avait une profonde admiration littéraire, n'est pas mentionné une seule fois dans *Itinéraire français*. Omission – la seule du livre – parfaitement intentionnelle, et qui est comme une gifle flanquée à l'antisémitisme ordurier de *Bagatelles pour un massacre*, de *L'École des cadavres*, des *Beaux Draps*[1].

Ce petit tour de piste est complété par des aperçus sur Jules Romains, Georges Duhamel, Paul Morand, virtuose de la valise diplomatique, à l'instar de Giraudoux, dont le style fait l'école buissonnière, grimpe dans les arbres et court après les papillons, mais alors que la psychologie métaphorique de Giraudoux est manœuvrée au ralenti, celle de Morand est lancée à pleins gaz. Courtes mentions de Simenon et de La Varende, puis, avant le « retour » aux classiques, bref coup d'œil sur la « littérature idéologique », Bergson, toujours chaudement défendu, Benda, Alain.

En conclusion, que penser de cet ouvrage ? Il est rapide, brossé à traits hâtifs. Classiques et contemporains sont passés en revue, plutôt qu'analysés en profondeur. C'est un « panorama », de ton aisé et facile, un travail didactique, destiné à fixer les grandes lignes, à fournir un cadre, plutôt qu'à descendre à l'intérieur des œuvres. Il souffre du même défaut que les « usuels » du même type : regroupements d'auteurs hétérogènes alignés sur le même plan, aplatissement des différences, synthèse survolante, de trop haut, résumés un tantinet scolaires, mais en 1943, attirer l'attention sur des classiques relativement méconnus (Fontenelle, Lamennais, Tocqueville, Montalembert) ou faire le point sur des talents contemporains encore noyés dans la cohue des nouveautés, ce n'était sans doute pas inutile.

1. Mon père a consacré un de ses tout derniers articles (*Panorama*, 27 avril 1944) à Céline, pour son roman *Guignol's band* exempt de tout antisémitisme. Il en loue « la progression folle », « la symphonie haletante », félicite l'auteur pour son « tintamarre » qui déroute les bourgeois et les professeurs mais lui permet de dire de grandes vérités « à la façon d'un bouffon shakespearien qui se souviendrait de Rabelais ».

Parmi les auteurs loués dans la *NRF* des années de guerre, RF n'a jugé bon de reprendre dans son livre ni Vauvenargues (sujet d'un des meilleurs articles, pourtant), ni Dumas, ni Colette, ni Marcel Aymé, ni Jean Giono. Il termine *Itinéraire français* de façon surprenante, par un hommage appuyé à Charles Péguy, « le seul grand coup de tempête de notre littérature depuis Victor Hugo, Veuillot, Michelet », pas moins de trois chapitres d'affilée, cinquante-cinq pages, déjà publiées en mars 1937, dans la *Revue de Paris*. L'étude de loin la plus longue et une des plus laudatives est celle à laquelle on s'attendait le moins, de la part d'un critique plutôt insensible à la poésie lyrique et connu pour être tout à fait indifférent à Jeanne d'Arc, au Christ et à Dieu. Pourquoi ce traitement de faveur ? Parce que Péguy avait été tué à la guerre de 14 et que mon père trouvait ce moyen d'expier sa propre défection ? Parce que le fondateur des *Cahiers de la Quinzaine*, toujours « engagé » dans une cause publique mais sans se laisser enrégimenter sous aucune bannière, à la fois « de gauche » par sa haine de l'argent et sa solidarité avec les pauvres, et « de droite » par son nationalisme guerrier, était pour mon père le modèle de celui qu'il aurait voulu être lui-même, l'*homo politicus* accompli, qui arrive à fondre ses contradictions idéologiques dans un élan existentiel ? Mon père se demande ce que serait devenu Péguy s'il avait survécu à la guerre. Marxiste ? Sûrement pas. Socialiste parlementaire ? Non plus. Peut-être fasciste, alors ? Je frémis (tout en me rappelant que ces lignes datent de 1937, non des années de l'occupation allemande) quand je vois mon père supposer que Péguy eût fait bon accueil aux « partis de redressement national ». « Il eût compris à merveille la mystique de guerre des anciens *Croix de Feu*, et il n'eût pas moins bien compris l'évolution politique de M. Doriot. » Entreprise de récupération, alors ? Heureusement non, car mon père ajoute aussitôt que l'esprit ligueur du PPF aurait éloigné Péguy, qui avait horreur des ligues et s'était détourné de l'Action française pour cette raison. « Mais surtout, il eût reproché [à ces partis français de redressement national] certaine surdité à Dieu, certaine absence de courant et de feu chrétiens qui les fait trop ressembler à des “césarismes civils”. Ce que justement Péguy nous a fait manquer, c'est une grande charge du christianisme militant, quelque chose comme l'aile combattante d'un catholicisme humanisé. »

Paroles pour moi mystérieuses : cette sorte de nostalgie d'une « République nationale chrétienne » ne cadre pas avec ce que je crois savoir de la pensée de mon père. Las des criailleries de partis, en particulier des mesquineries du PPF, rêvait-il de faire de la politique la tête tournée vers le ciel plutôt que les pieds dans la boue ? « Oui, ce qu'il eût apporté d'essentiel dans nos troubles, c'eût été un accent, c'eût été une voix. »

Mon père n'avait jamais parlé de « voix » auparavant. Ce mot n'était pas de son vocabulaire. Peut-être, pour se sentir encouragé à placer ce texte en conclusion d'*Itinéraire français*, sans le retoucher, comme un poteau indicateur ouvrant une route qu'il aimerait voir suivre par les écrivains français, a-t-il subi en 1943 une nouvelle influence, impromptue. (Mais il y avait aussi celle d'Albert Béguin, critique catholique, qu'il cite à plusieurs reprises ; et la fidélité à Mauriac, dont il a été le seul, on le sait, parmi les collabos, à défendre *La Pharisienne.*) Ma sœur, plus âgée de deux ans, et déjà un cerveau alors que je n'étais encore qu'un gamin, était en train de se convertir au catholicisme. Elle fit sa première communion à Noël 1943, mais sans doute (croit-elle se rappeler) avait-elle discuté de cette question avec mon père dans les mois précédents.

Il avait essayé de l'entraîner dans des meetings et des conférences du PPF, mais elle, sous la double influence de la rue César-Franck et de son directeur de conscience, le père Avril, dominicain, qui cachait dans le couvent du Saulchoir, près de Paris, des résistants (entre autres, le grand médecin Jean Bernard), ne se laissa pas corrompre. Il n'insista pas, ayant trouvé en sa fille, déjà philosophe et dialecticienne, quelqu'un de son intelligence et de sa force, avec qui il pouvait échanger des idées sur Dieu et la religion. Quand ma mère eut appris la conversion d'Irène, elle se contenta de dire : « C'est une phase à traverser. » Une phase, pour ce qui était un bouleversement de son être le plus intime ! Son père eut une réaction bien différente. L'Église, lui dit-il, est une grande institution, on le voit au fait qu'elle dure depuis des siècles, qu'elle a résisté à toutes les vicissitudes. À vrai dire, ma sœur, en se convertissant, n'avait pas du tout pensé à l'importance historique de l'Église, mais elle apprécia, dit-elle, la courtoisie de l'athée qui l'encourageait dans sa décision. Et savait que Péguy, chez les jeunes, était tenu en haute considération : ils le mettaient à la même altitude que Gide, Claudel, Valéry ou Proust. Mon père poussa la politesse jusqu'à parler à Irène de deux écrivains anglais, convertis au catholicisme, qu'il admirait particulièrement, le cardinal Newman et G.K. Chesterton. Il lui lisait même des passages du *Nommé Jeudi*.

Grand dumassien, qui riait aux éclats, se rappelle ma sœur, aux tours de Chicot dans *La Dame de Monsoreau*, il s'enquit auprès de sa fille si elle avait bien compris les derniers mots du *Vicomte de Bragelonne*, imprégnés d'une signification religieuse si profonde. Après la mort de Porthos et d'Athos, voici que le tour de d'Artagnan est venu. Il meurt à la guerre, lui, frappé d'un boulet en pleine poitrine.

« Serrant dans sa main crispée le bâton de velours brodé de fleurs de lys d'or, il abaissa vers lui ses yeux qui n'avaient plus la force de regarder au ciel, et il tomba en murmurant ces mots étranges, qui parurent aux soldats surpris des mots cabalistiques, mots qui jadis avaient représenté tant de choses sur la terre, et que nul excepté ce mourant ne comprenait plus : "Athos, Porthos, au revoir ! – Aramis, à jamais adieu !" »

Mots étranges, en effet, qui demandent une explication. D'Artagnan va retrouver au ciel ceux qui ont toujours été loyaux et braves ; il devine que le paradis n'ouvrira pas ses portes au quatrième mousquetaire, plus roué diplomate que vaillant paladin. Aramis (qui est toujours en vie à la fin du roman, privé de l'apothéose que Dumas a réservée à ses trois camarades) sera exclu du ciel, puni pour ses fourberies et ses lâchetés. Un langage vraiment « cabalistique », dont mon père s'inquiétait qu'il pût échapper à sa fille.

Ni son éloignement de la politique, ni son retour aux activités littéraires, ni son panégyrique du poète soldat de la République et martyr de la patrie n'empêchent RF d'être inscrit sur les listes noires de la Résistance. On réclame sa tête. J'ai déjà mentionné ce journal de la zone Sud qui cite, parmi celles qu'il aimerait voir « basculer dans le panier », « Drieu La Rochelle, Ramon Fernandez de *La Nouvelle Revue française* et de la Gestapo, jusqu'à Céline, seigneur des égouts, en passant par les Benjamin, les Paul Chack, et Montherlant, de sa belle voix chantant sur les ordures... Quelles charrettes, citoyens ! » (Article « La saison des traîtres », dans *Le Père Duchesne*, septembre 1943, cité par Bénédicte Vergez-Chaignon, *Vichy en prison*, Gallimard, 2006.)

Insulté et calomnié d'un côté, RF est vilipendé de l'autre. « L'*Itinéraire français* emprunté par Ramon

Fernandez pour aller de Descartes à Péguy n'a pas l'heur de plaire à tout le monde. Des journaux professant comme le *Pilori* un antisémitisme militant accusent l'auteur d'avoir volontairement oublié Céline sur le parcours pour pique-niquer avec Aragon et faire étape chez Proust et Bergson. Un communiste et deux Juifs ! Voilà qui semble à certains aristarques un peu fort de café en période de révolution nationale et d'autant plus surprenant que Fernandez jouit d'une réputation notoire de "collaborateur". » (N'ayant pas retrouvé non plus cet article du *Pilori*, je le cite d'après Hervé Le Boterf, *La Vie parisienne sous l'Occupation*, tome II, Éditions France-Empire, 1975.)

Il y eut heureusement des hommes pour garder intacte leur admiration littéraire pour Ramon Fernandez, sans tenir compte de son fourvoiement politique. Ses lecteurs n'ont pas tous été obnubilés par le doriotiste. Michel Habib-Deloncle (1921-2006), homme politique, gaulliste dès 1940, résistant, animateur après la guerre d'un mouvement démocrate-chrétien, organisa en 1951 un groupe de travail, où il convia ma sœur, en lui demandant de se présenter sous le nom d'Irène Ramon-Fernandez, ce qui était une façon, non seulement de ne pas désavouer son père, mais de l'associer au renouveau de la vie intellectuelle. Lors de cette réunion, elle rencontra Edmond Michelet, dont le témoignage est ici capital.

Edmond Michelet (1899-1970), catholique, membre de l'Action française dans sa jeunesse, puis militant démocrate-chrétien soucieux de diffuser la doctrine sociale de l'Église, avait été un des premiers résistants : la nuit du 17 juin 1940, avant même l'appel du général de Gaulle, il distribuait des tracts dans les boîtes aux lettres de sa ville de Brive. Il s'employa ensuite à procurer des faux papiers à des Allemands antinazis réclamés par l'armée d'occupation. Devenu un des dirigeants du mouvement clandestin de la zone Sud, il fut arrêté le 25 février 1943 et déporté dans le camp de Dachau, dont il subit pendant quelque vingt mois l'horreur, acquérant une réputation de presque sainteté par son dévouement à ses codétenus. Son procès en béatification est d'ailleurs en cours. Eh bien ! cet homme, qui avait incarné le front du refus et était devenu dès 1945 ministre de De Gaulle, s'approcha de ma sœur pour lui dire, spontanément, la dette qu'il avait envers son père. « J'ai lu tout ce qu'il a écrit, je ne manquais aucune de ses chroniques, chacune était pour nous un moment important de notre vie intérieure. » Splendide indépendance d'esprit, de la part d'un ancien déporté, adversaire politique de celui dont il n'avait pas renié le magistère intellectuel.

Les tracts qu'il avait distribués à Brive comportaient des citations de *L'Argent* de Péguy, avec cette profession de foi liminaire : « Celui qui ne se rend pas a toujours raison sur celui qui se rend. » Je trouve frappante et émouvante cette sorte de fraternisation du résistant et du collabo sur le nom de Péguy, et ne peux m'empêcher de rapprocher, de cette citation de *L'Argent*, la phrase par laquelle, naguère, Bernanos associait à l'image de mon père les idées de courage et de sacrifice : « Votre cœur est avec ceux de l'avant, votre cœur est avec ceux qui se font tuer. »

Patience : dans moins d'un an, RF aura trouvé une façon toute personnelle de ne pas démentir ce généreux diagnostic.

Je reproduis ici le manifeste du groupe de travail de 1951, où figurent, à côté du poète sénégalais Léopold Sédar Senghor, des intellectuels catholiques en renom (Paul Claudel, le père Daniélou, futur cardinal, Stanislas Fumet, Jean Guitton, Gabriel Marcel, Jacques Maritain, Daniel-Rops) et des résistants célèbres (le colonel Rémy, Edmond Michelet).

A. AUMONIER – Pierre de BENOUVILLE – M.-H. CARDOT – Abbé M. CHARLES – L. CHRISTIAENS – P. CLAUDEL – R.P. J. DANIELOU – Marcelle : S. DEVAUD J. de FABREGUES – R. de FRESQUET – S. FUMET J. GUITTON – M. HABIB – O. LACOMBE G. MARCEL – J. MARITAIN – P. MARTHELOT H. MAZEAUD – L. MAZEAUD – E. MICHELET R. MILLOT – L. NOEL – F. PERROUX J. PEYRADE – E. PEZET – R.P. PHILIPPE J. POLONOVSKI – DANIEL-ROPS I. RAMON FERNANDEZ – REMY Jean ROLIN – René SAVATIER RAYMOND – LAURENT Charlotte SAINT-RAYMOND Léopold S. SENGHOR Charles VERNY Jean THEAU Jean VIOLET

FORCER L'IMPOSSIBLE

Déclaration de quelques Chrétiens Français

Editions " SOURCES "
53, rue François-1er — PARIS

53.

Barrès

Au cours de son enquête sur « les sources de notre imagination et de notre pensée », la rencontre avec Maurice Barrès, dit mon père, était inévitable. Il s'est senti obligé de traiter à part le prêtre du culte du moi devenu apôtre du nationalisme. Dès 1938, dans le numéro 4 de la *Revue de Paris*, il avait donné un long article sur Barrès, qui sera repris tel quel dans le chapitre du livre consacré à « l'évolution » de l'écrivain[1].

Pourquoi cet intérêt particulier ? Parce que, dit-il, plus que Gide et que Proust, Barrès a marqué son époque, plus que Bergson, il a rendu l'esprit à l'inquiétude de l'au-delà et des forces qui débordent la zone étroite de la conscience claire, et plus que Charles Maurras, il a fait de la politique une « chambre du château de l'âme ».

---

1. Une seule variante, dans la conclusion. 1938 : « Barrès a, par un mode féminin de percevoir et de réagir, replacé la volonté française sous le signe de la virilité. » 1943 : « Barrès a, par un mode féminin de percevoir et de réagir, recréé la volonté française. » Curieux, non ? En 1938, l'accent est mis, fascistement, sur la « virilité ». En 1943, en face de l'occupant allemand, c'est l'aspect « français » de la volonté qui est monté en épingle.

Deux tomes étaient prévus. Du second ne subsistent que des ébauches, et deux chapitres rédigés, « Conscience du nationalisme » et « Le voyageur ». Vaste, ambitieuse entreprise, qui laisse perplexe. N'était-ce pas, à l'évidence, surestimer un auteur retombé aujourd'hui à son juste rang, que de lui consacrer sa plus longue et importante étude ? Voilà, à mon sens, la seule erreur de perspective de mon père.

Et pourquoi cette erreur ? Pour une raison qui la transforme en faute : le parti pris politique a corrompu le jugement littéraire. Barrès est appelé à la rescousse de la collaboration. Mort trop jeune, il « ne devait pas observer l'acheminement des jeunes nationalistes français vers une entente fortement souhaitée avec l'Allemagne, dans une Europe dont le fascisme, qu'il avait pressenti et dont il avait même épelé l'évangile, devait tenter de renouveler les valeurs et de transfigurer l'avenir… Ce n'est pas par hasard que nous voyons aujourd'hui des hommes comme Drieu La Rochelle, comme Montherlant, d'une authentique filiation barrésienne, sensibles à la volonté d'une collaboration franco-allemande ». Ainsi commence l'« Avant-Propos » du livre, publié d'ailleurs en bonnes feuilles dans la revue de l'Institut allemand de Paris, *Deutschland-Frankreich*, 1943, n° 5. Après s'être éloigné de la politique en revenant à la critique littéraire, mon père revient à la politique par le biais de la critique littéraire : mauvais calcul, car son *Barrès* est à la fois douteux sur le plan politique et malvenu sur le plan littéraire. Peut-être aussi la fatigue, la trop grande hâte à noircir du papier, l'appréhension de la mort, la course contre la montre expliquent ce ratage. Le dernier livre d'un écrivain n'est pas forcément son meilleur, et il serait même erroné de le considérer comme son testament.

Quand je lis – et là, je reste pantois : « Son style royal règne sur un siècle où il n'a pas été encore égalé », je diagnostique une crise de « mexicanisme » : le « Barbare » qui écrit d'une main ferme, qui possède le sens des formules mais auquel manque un « style » personnel, se laisse bluffer par l'excès barrésien de style, cette manie de « surécrire » qui a rendu l'œuvre caduque. D'un homme qui avait pratiqué Gide à fond, prôné l'économie de son écriture, participé avec l'équipe de *La Nouvelle Revue française* au tri des valeurs et discerné le bon grain de l'ivraie dans la littérature contemporaine, on ne s'attendait pas qu'il prît du kitsch pour de l'art.

Je me demande s'il croyait vraiment à ce qu'il écrivait, sans apercevoir la médiocrité, l'enflure de son modèle, l'inadéquation de sa valeur au rôle qu'il entendait lui faire jouer. Aurait-il voulu écrire un anti-Barrès, qu'il ne s'y serait pas pris autrement, tant les citations qu'il choisit suent le pathos ampoulé, le comique involontaire, la mauvaise préciosité. Exemples : « Parmi les saules, au bord des étangs, le jeune homme et la jeune fille s'illuminaient du soleil alangui sur l'horizon. » Ou : « Nous pensons si fin, murmure-t-elle, que des nuances familières à nos âmes échappent à vos formules, peut-être même à nos soupirs. »

De tous les ouvrages de mon père, c'est le seul pensé faiblement, et pourquoi ? Non par subite panne de l'intelligence, mais par profonde gêne intérieure. Il ne se sent pas à l'aise dans une voie où il sait qu'il s'est fourvoyé. Avançant à tâtons dans la fumée de considérations mi-philosophiques, mi-politiques, il noie les vieilles idées sur « les élites » et « le chef » dans les « frissons » barrésiens. Un détail frappant : il doit être assurément si embarrassé par l'antisémitisme de Barrès qu'il n'en fait même pas état. Glissant sur son antidreyfusisme, il réussit à citer le compliment fait dans *L'Ennemi des lois* aux qualités intellectuelles du Juif, « logicien incomparable » – alors que Barrès, on le sait, avait incorporé l'antisémitisme dans sa politique, considérant la haine contre les Juifs comme un facteur puissant de mobilisation populaire et d'intégration des différentes classes dans le tout national. À lire le livre de mon père, on croirait que le thuriféraire et presque disciple du judéophobe Édouard Drumont n'a fait que partager les préjugés inoffensifs de son temps.

Ici, pourtant, me vient un doute. Barrès changea en partie d'opinion après 1918 : rendant hommage à la conduite des Juifs pendant la guerre, il déclara qu'ils étaient un des quatre éléments du génie français. Comment mon père aurait-il présenté ce revirement ? En aurait-il félicité Barrès, au risque de braver la censure ? L'en aurait-il blâmé, quitte à violenter sa conscience ? L'impossibilité d'aborder cette épineuse question sans défier le pouvoir ou sans se mentir à soi-même est-elle un des motifs qui l'ont retardé dans la rédaction du second tome de son livre ?

L'idée principale du premier tome ? Pour renouveler le débat entre la droite et la gauche, RF propose une autre dichotomie : la France des maîtres et la France des mères. La première, laïque, rationaliste, férue de principes démocratiques, plutôt socialiste, est celle que la Sorbonne, le Collège de France, les professeurs, les instituteurs ont formée. Ses deux principaux représentants littéraires sont Anatole France et Jules Romains, si différents qu'ils puissent être, l'un confiné dans les serres des salons parisiens, l'autre nourri de l'air pur et pauvre des boursiers montagnards. Mon père ne dit pas « auvergnats », mais la phrase, mi-admirative, mi-ironique, semble viser la Liliane descendue de Saint-Anthème, de même que l'allusion aux « salons » est un rappel de sa propre jeunesse : revoit-il son premier mariage comme un compromis entre Anatole France et Jules Romains ? Je relève, dans une étude sur Anatole France publiée en

1944 dans la *Revue de Paris*, étude assez tiède et pleine de réserves sur cet écrivain « au système musculaire fort peu développé » et vieilli, cette phrase significative : « France, qui avait paressé longuement entre les livres et les femmes, avait rencontré une femme énergique qui l'avait obligé à écrire. »

La France des mères table, elle, sur le sentiment, le souvenir, la nostalgie ; elle est volontiers guerrière et nationaliste, quelquefois mystique ; elle se considère comme « la France éternelle ». « Il est curieux d'observer que, tandis que les champions virils de la France des maîtres prêchaient la paix, la fusion et la confusion des différences, les qualités douces et assez molles de la morale raisonnable, c'est la France des mères qui attisait la passion nationale et redonnait des ailes à l'héroïsme[1]. »

France des mères : « Ce n'est pas là une simple image. L'influence et le prestige de la mère de Barrès et de la mère de Péguy sur leurs fils est légendaire. Dans les deux cas, il s'agit de beaucoup plus que de l'attachement le plus vif et le plus profond. Barrès et Péguy ont bien véritablement reçu de leurs mères des messages, des commandements émotifs, des impulsions de la volonté, enfin des états de grâce. » Comme Ramon de Jeanne Fernandez ? L'anglophobie de ma grand-mère (si sensible, on l'a vu, dans ses notes de 1940) a-t-elle agi en profondeur sur son fils ? Je remarque chez celui-ci, vers la fin de sa vie, une sorte de régression de la pensée : plus il ambitionne de raisonner « objectivement », plus il semble se laisser guider par d'obscures motivations personnelles.

1. Il aurait sans doute modifié cette observation s'il avait su que le socialiste et laïque Jean Prévost serait tué, comme Péguy, par les Allemands – et plus « héroïquement » encore que Péguy, puisqu'il avait pris volontairement le maquis.

La France des mères s'est exprimée principalement à travers Paul Bourget, Charles Péguy, Maurice Barrès.

Ce dernier n'est pas encensé continûment : en sont soulignés à maintes reprises les travers, les faiblesses, les complaisances, les maniérismes de dandy, les mollesses de préraphaélite, les fadeurs à la Cabanel. Ce qui retient au premier chef mon père, c'est l'évolution de Barrès, la transformation du jeune égotiste trop nerveux et fragile en « artiste-citoyen », la conversion du prince des élégances en patriote combattant, de l'anarchiste de cénacle en champion de l'Union sacrée, du dilettante de la « petite secousse » en tribun. (RF, pensant à l'itinéraire qu'il a lui-même suivi, du tango au PPF, se voit-il dans Barrès comme dans un miroir ?) Sans ce parcours exemplaire, Barrès n'aurait été qu'« un Taine plus assoupli » ou « un Bourget plus parfumé ». Mais, étant donné qu'il a su concilier ses contradictions, lutter par la discipline contre son penchant à la décadence, tout en gardant, jusque dans sa religion des ancêtres et de la race, « les nuances de l'individu », il est digne, par certains aspects, d'une comparaison à première vue surprenante.

« Car la ressemblance entre Barrès et Proust est parfois singulièrement étroite. Bien avant que Proust n'eût écrit une ligne, Barrès l'a définie parfaitement : "*Je penche quelquefois à me développer dans le sens de l'énervement ; névropathe et délicat, j'aurais enregistré les plus menues disgrâces de la vie.*" Chez l'un et chez l'autre, même atonie musculaire, même neurasthénie, mêmes "menues disgrâces" d'une sensibilité sans défenses, et aussi, disons-le, même froideur profonde et désespérée sous les aiguillons intermittents de l'émotion. Leur différence vient du point d'application de la volonté. Celle de Proust ne porte jamais sur la sensation, sur le frisson (toujours subi par lui, toujours imprévisible), mais sur l'édification de l'œuvre qui doit éterniser le souvenir d'une vie perdue. La volonté de Barrès, en visant l'émotion, organise sa vie, le transforme et l'édifie lui-même en tant qu'homme, en tant que citoyen. On découvre sous les grâces nerveuses de Barrès un fond robuste de bourgeois économe et réalisateur. Il frissonne, soit, encore ne veut-il pas frissonner en vain. »

Barrès, au fond, serait un Proust ayant renoncé au nihilisme pour se convertir à « l'énergie ». Mon père a-t-il écrit le *Barrès* pour faire contrepoids au *Proust*, pour se faire pardonner le *Proust*, pour donner un gage de sa fidélité doriotiste à ceux qui avaient de bonnes raisons d'en douter ? Voilà peut-être la véritable raison de l'échec. Cependant, tout manqué qu'il est dans l'ensemble, le livre reste intéressant par ce qu'il contient d'aveux indirects et de rêves déguisés. Une fois de plus se trahit dans ces pages le vice qui a perdu mon père, le complexe d'infériorité de l'intellectuel devant l'homme d'action.

L'ambiguïté de ses sentiments à l'égard de Barrès, j'en trouve une preuve, non dans l'essai qu'il lui a consacré, mais dans les notes qu'il a mises au crayon (certaines, hélas, sont presque effacées) en marge d'un chapitre de *Scènes et doctrines du nationalisme* (exemplaire de la première édition définitive, Plon, 1925), notes qu'il aurait sans doute exploitées pour le second tome de son étude. Dans ce chapitre, intitulé « À Rennes », Barrès rend compte du procès en révision de Dreyfus. Le conseil de guerre, réuni en juin 1899 dans la capitale bretonne, jugea le capitaine coupable, mais avec les circonstances atténuantes, et le condamna à dix ans de réclusion, au lieu de la déportation à vie, ordonnée en décembre 1894. Ce texte, publié pour la première fois dans *Le Journal*, en juillet 1899, puis, en volume, en 1904, sous le titre *Ce que j'ai vu à Rennes* (Sansot et Cie), est un des plus abjects de Barrès. Dès la première page, émettant l'hypothèse, pour lui improbable, que Dreyfus soit innocent, il s'écrie : « Au reste, s'il n'est pas un traître, il sera forcément honteux d'avoir excité de pareilles sympathies. Ah ! les amis de Dreyfus, quelle présomption de sa culpabilité ! Quelle humiliation pour son innocence ! Ils injurient tout ce qui nous est cher, notamment, la patrie, l'armée et un héros tel que Marchand. Leur complot divise et désarme la France, et ils s'en réjouissent. Quand même leur client serait un innocent, ils demeureraient des criminels. »

Pas de note de mon père, ici, mais plus loin, il proteste, lorsque Barrès évoque le souvenir de la dégradation publique du capitaine à l'École militaire, le 5 janvier 1895, après le premier jugement, et qu'il intitule ce passage : « La parade de Judas ». « Ah ! non ! » écrit mon père, en face de ce titre ignoble. Dreyfus marche dans la cour, encadré de quatre soldats, la main gauche sur la poignée de son sabre, la droite balancée. « Son chien eût-il léché ces mains-là ? » demande Barrès. Nouveau sursaut de mon père : « Mauvais ! » sans que je puisse savoir si cet adjectif vise le style ou stigmatise la pensée.

« Après quelques secondes, poursuit Barrès, et quand il demeura déshonoré et désarmé, les poussées instinctives de la foule réclamèrent avec plus de fureur qu'on tuât ce bonhomme doré devenu un bonhomme noir. » Commentaire de RF : « Antipathique. » Barrès : « Quand j'ai vu Émile Henry pieds liés, mains liées, qu'on traînait à la guillotine, je n'eus dans mon cœur que la plus sincère fraternité pour un malheureux de ma race. Mais qu'ai-je à faire avec le nommé Dreyfus ? » Commentaire de RF : « Tout de même ! » Un nouveau « Mauvais ! » épingle la description du coin du tribunal où s'étaient réunis les dreyfusards : « Souvent, à la sortie, sous les tables, je crus voir de la bave où le pied glisserait à ces dames et à ces valets. Peut-être les malpropres avaient-ils tout simplement craché par terre. »

Réactions épidermiques, sans doute, mais d'autant plus significatives qu'elles révèlent le premier mouvement de mon père : une surprise qui confine au dégoût. Plus intéressante, du point de vue politique, cette remarque en face de la phrase : « J'aime ces petits commerçants de Rennes qui nomment les monnaies étrangères des "dreyfusardes", et je les nomme nationales entre toutes, ces paroisses qui frémissent de savoir qu'"*il y a dans Rennes un petit-fils de Judas qui a vendu la France*". » « Dangereux », note mon père, choqué de cette enflure raciste en contradiction flagrante avec la vérité historique. Conclusion de Barrès : « La douleur sert aux individus de cran d'arrêt ; elle nous avertit de ne point passer outre, et qu'au-delà c'est notre destruction. Elle rend le même service aux peuples. L'"Affaire" sauva la nation ; elle nous sortit d'une mortelle indolence. » Cette péroraison semble troubler mon père, et l'interroger sur tout ce qu'il a pensé jusque-là. Il note, et c'est sans doute, en même temps qu'une de ses dernières apostilles manuscrites, posée d'un crayon vigoureux, qui ne s'est pas effacé, le signe d'un doute profond : « Et les gaullistes ? » Pour la première fois il se demande si le général de Gaulle et ses partisans n'ont pas joué le rôle salvateur qu'il attribuait au PPF et à son chef.

54.

Chez Lipp

Années de guerre. Au bout de la rue Saint-Benoît, presque en face de l'endroit où elle débouche sur le boulevard Saint-Germain, la brasserie Lipp était depuis longtemps un des salons littéraires du quartier. Jusqu'à sa conversion au fascisme, deux lieux, deux pôles se partageaient les activités, la vie de mon père : la NRF et Pontigny. Ensuite, deux nouveaux repères : la rue Saint-Benoît et la brasserie Lipp. Rétrécissement de sa géographie non seulement physique, mais mentale. La mythologie de Lipp complète la mythologie de la rue Saint-Benoît. J'ai déjà évoqué Léon-Paul Fargue, qui concoctait sur la banquette de prudents jeux de mots (le pétainisme : « tracas-famine-patrouilles ») sans prendre parti ni à droite ni à gauche, attentiste rigolard ; rappelé la scène où Betty signale à Marguerite Duras l'appartement libre au 5, rue Saint-Benoît. Marchesnais, le bibliothécaire de la Mazarine, avait obtenu de Marcelin Cazes, propriétaire de la brasserie, que le Littré fût mis à la disposition des clients sous l'escalier qui mène à l'étage.

Dès avant-guerre, la droite se réunissait de préférence chez Lipp. Les jeunes maurrassiens, maurrassoïdes ou sécessionnistes de l'Action française, tels Thierry Maulnier, Maurice Blanchot, préparaient sur une banquette, chaque mardi soir à 18 heures, le prochain numéro d'une revue anticommuniste et antisémite fondée en 1936 et qui s'appelait déjà *Combat* (à ne pas confondre avec le quotidien né plus tard de la Résistance). Pendant l'Occupation, Lipp devint le quartier général de la Jeune Droite, souvent collaborateurs ou sympathisants de la collaboration ou point hostiles à la collaboration : André Thérive, Alain Laubreaux, Kléber Haedens, Jacques Laurent, Jean-Pierre Maxence, Roland Laudenbach, Antoine Blondin, Claude Roy[1].

Le plus original de tous est resté le moins connu : François Sentein, né à Montpellier en 1920, monarco-anarchiste, comme il se définissait, esprit libre, sans préjugés, trop détaché de tout ce qui ressemblerait au souci d'une carrière pour faire une œuvre. Il n'a laissé que quelques volumes de notes, dont les délicieuses, acerbes, provocantes *Minutes d'un libertin (1938-1941)* et *Nouvelles minutes d'un libertin (1942-1943)*. Libertin au sens du XVIIe siècle : homme dénué d'ambition, occupé à cultiver son esprit et à regarder autour de soi sans œillères.

Fin juin 1938, monté de sa province, il est installé chez Lipp. « Tout d'un coup… le maître d'hôtel nous invite à sortir avec lui pour le spectacle inattendu… C'est Ramon Fernandez qui aborde au trottoir de la contre-allée allongé sur l'un de ces vélos qui viennent d'être lancés, où l'on pédale couché, comme sur la table de la salle de culture physique. De nouveau sur pied, c'est dans des culottes de

---

1. Mais « durant toute l'Occupation, les Allemands ne mirent pour ainsi dire jamais les bottes dans ces cafés », dit Mouloudji dans *La Fleur de l'âge*, en citant Lipp, le Flore et les Deux Magots, qu'il fréquentait également quand il avait dix-huit ans. Ce précieux témoignage indique qu'on pouvait se retrouver chez Lipp sans avoir l'impression d'être passé à l'ennemi.

golf d'un tweed bien désirable, avec son air cérémonieux et farceur. » Sentein est un vrai sportif, lui : il court tous les jours, nage, lance le poids, fréquente les salles de gymnastique, les stades, cultive son corps. D'où ce commentaire d'une ironie aigre-douce : « La chronique s'offre sur ce trottoir à se voir torchée par un Fargue ou un Audiberti... Voyons dans cette épate sportive, promenée par l'un des plus avertis de nos intellectuels, le dernier avatar de ce que fut la course automobile pour l'auteur du *Pari* (détestable roman) quand, presque allongé dans sa Bugatti, il modulait un clavier d'énergies. »

D'énergie physique, mon père n'en montre plus beaucoup, à cette époque. Il a grossi (l'alcool), et la distance qui sépare, de la pratique du vrai sport, cette esbroufe ressemble à l'écart qu'il y a entre la Bugatti et le vélo. Le « farceur » me rassure un peu : pas plus que son jeune observateur, mon père n'était dupe de cette fanfaronnade.

Pendant la guerre, puis sous l'Occupation, il siégeait en permanence chez Lipp, y recevant ses amis, donnant des interviews aux journalistes ou interviewant lui-même des personnalités politiques ou littéraires. Toujours impeccablement habillé. Le 10 mars 1940 (avant de s'engager dans l'armée), au milieu d'un cercle de sympathisants, il déblatère contre Drieu, qui a quitté le PPF après les accords de Munich approuvés par Doriot. Sentein rapporte la scène.

« Drieu, c'est un traître, prononce pâteusement Ramon Fernandez, et il appuie sa condamnation d'un "ta-ta-ta-ta" en balayant la salle à manger de sa mitraillette – à savoir la serviette de l'intellectuel du parti qui ne le quitte jamais et qu'il tient d'une main sur ses genoux, serrant de l'autre sa fine à l'eau, calé en équerre au dossier de sa chaise dans le hiératisme anglo-saxon de certains ivrognes. »

Betty, « sa gentille femme » (mais il n'est pas encore remarié), prend en pitié le jeune François et essaye de le faire entrer dans la conversation. On veut savoir comment il se situe politiquement. À l'extrême droite, répond-il. On lui demande alors s'il est fasciste. « Ramon Fernandez ne me laisse pas le temps de répondre : "Monsieur n'est pas fasciste. Je suis monsieur depuis pas mal de temps [Sentein, parrainé par Thierry Maulnier, publiait des articles dans divers journaux] : monsieur n'est pas fasciste." » Choqué par cette façon de parler de lui devant lui, alors qu'il n'a même pas été présenté, le jeune homme esquisse un portrait sans aménité de RF, « sourire averti et complice qui amincit et serre ses lèvres sans parvenir à en relever les coins, la prunelle dans les sourcils, c'est-à-dire presque dans le casque de ses cheveux noirs, obstinément gominés depuis 1925, grande époque, imagine-t-on, de ce rastaquouère sud-américain – en fin de compte, je crois, très brave type ».

La conversation se poursuit, tant bien que mal. Sentein expose que nul n'a mieux expliqué que lui, Ramon Fernandez, dans le numéro de la *Revue universelle* offert à Maurras pour son jubilé, pourquoi celui qui est maurrassien ne peut être fasciste. Maurras a rendu le nationalisme français tributaire de son propre système et, par là, le fascisme impossible en France. Puis le jeune homme se lance, marquis de Sade à l'appui, dans une apologie de la liberté. Malgré une chute abrupte (« Bref, je ne veux pas avoir au cul un État métaphysique, un État majuscule »), le plaidoyer se révèle très confus.

« Ici, Betty Fernandez signale qu'elle suit mal. L'auteur de *L'homme est-il humain ?* élucide pour elle mon propos. "Monsieur veut dire que lorsque le marquis de Sade s'envoyait en l'air avec un pétard dans le derrière, il ne pouvait par là mettre en question le fondement d'un État fondé sur la tradition et non sur la raison – ce qui serait au contraire le cas si le principe de cette action était incompatible avec les principes d'un État rationnellement fondé." » Est-ce vraiment « élucider » que débiter ce jargon ? N'est-ce pas plutôt glisser sur la pente préparée par la fine à l'eau ? Le malicieux jeune homme cite cette phrase sans commentaire : au lecteur de constater les effets de l'alcool sur le fonctionnement d'une belle intelligence, l'inévitable progression du « pâteux ».

Sentein ayant déclaré qu'il travaille à un article sur Sade où il développera son point de vue : « "Je doute, monsieur, qu'en ce moment la censure vous y autorise", dit Fernandez, avec ce sourire que j'ai dit, dans les yeux et sans desserrer les lèvres, que vous ferait le garçon d'étage dans un couloir d'hôtel en vous voyant sortir de la chambre d'une femme. » La persistance de ce « monsieur » adressé à un bleu de vingt ans n'est pas l'aspect le moins étonnant de cette comédie, même si l'on tient compte des usages de l'époque. Sentein demande enfin à mon père la permission de lui dédier son essai sur Sade : « "C'est un honneur dont je vous remercierai, monsieur", dit-il en se soulevant un peu de sa chaise et en s'inclinant dans une légère courbette, tenant toujours sa serviette à deux mains, droite sur les cuisses. » Politesse trop cérémonieuse pour ne pas être perçue comme une flèche.

En 1942, maintenant, toujours selon le même témoin : « 9 novembre. Entrée de Ramon Fernandez chez Lipp, en uniforme noir : vareuse à pattes d'épaule, pantalon droit, ceinturon, baudrier – et l'inévitable serviette. Cela nous rappelle que c'était la séance de clôture du congrès du PPF. Sur son visage, mélange de farce et de fierté à se montrer ainsi – qui nous dit, qui dit à lui-même qu'il n'est pas un écrivain de cabinet. La pensée et l'action ! Bref, la naïveté bien connue de l'intellectuel d'action. » Il avait l'œil, ce François Sentein ! qui poursuit : « Serre encore plus de mains que d'habitude aux tables d'alentour. À peine a-t-il quitté celle de Léon-Paul Fargue, on s'y esclaffe. "Mais, je crois bien qu'il n'a jamais été soldat !" dit L.-P.F. – de qui j'ai lu, dans le livre où il parle de Lipp et de la mort future des cafés : "Les noctambules seront peut-être fascistes." Là-dessus, quelle bonne nuit de sommeil pour l'auteur de *L'homme est-il humain ?* »

Le mot « farce » ne s'applique plus, ici, au domaine du sport, mais à celui de la politique. « Naïf », mon père l'était, mais pas tant que cela. Revenir du congrès du PPF avec un air « farceur » ! Surtout quand on sait avec quel sérieux ce genre de manifestation se déroulait, quelle emphase il était obligatoire d'y étaler. Sa vie politique, sa vie tout court – puisque, en ce temps-là, la politique se confondait avec la vie – est devenue pour mon père une farce, la farce d'un exégète de Proust enrôlé sous la bannière de Doriot.

Une photographie d'Albert Seeberger, prise en 1943 et publiée dans l'album *Paris sous l'Occupation* (textes de Gilles Perrault et Jean-Pierre Azéma, Belfond, 1987), me le montre assis sur une banquette de Lipp, devant un miroir qui reflète son casque de cheveux gominés à l'argentina. En face de lui, fumant la pipe, le poète Maurice Fombeure, ancien surréaliste reconverti en paysan de Saint-Germain-des-Prés. Mon père a le nez plongé dans son verre (pas de bière, à coup sûr) qu'il tient de sa belle main aux doigts longs. Lunettes à épaisse monture, costume sombre, chemise blanche à boutons de manchette, pochette blanche. MM. Cazes, père et fils, se tiennent debout auprès des deux hommes, dans une attitude respectueuse.

Toujours la même élégance, la même coquetterie chez mon père. Mais comment peut-on continuer à vivre en étant la farce de soi-même, et en sachant qu'on est la farce de soi-même ? Du culte de la force prôné par

Doriot et pour servir lequel on est entré dans le PPF, être descendu au niveau de la farce…

Un autre épisode raconté par Sentein prouve que ce « collaborateur » n'était nullement disposé à seconder la politique allemande. Le jeune François est convoqué par les autorités d'occupation pour être enrôlé dans le STO (Service obligatoire du travail en Allemagne). Il réussit à s'enfuir du bureau de recrutement. Mais que faire, à présent ? Se cacher ? Vivre dans la clandestinité ? Se présenter à nouveau ? Montherlant, toujours matamore, lui conseille d'y aller, en Allemagne. « Il y a là une aventure qui se propose à vous et que vous ne devriez pas refuser. » De Cocteau, avis contraire : « Ne partir en aucun cas, tu m'entends. » Et les collabos de Lipp ? « Jean-Pierre Maxence et Ramon Fernandez envisagèrent aussitôt les moyens de me permettre de rester et s'offrirent à m'y aider autant qu'ils le pourraient. » (3 juillet 1943.) Voilà mon père tout entier, c'est-à-dire divisé : d'une part allant aux congrès du PPF soutenir Doriot revenu du front russe où il avait porté l'uniforme allemand, d'autre part proposant son aide à un rebelle au STO, de même qu'il avait naguère conseillé au jeune résistant Robert Bordaz de filer en zone libre. Schizophrénie politique : mais peut-on la supporter longtemps ?

J'ai retrouvé François Sentein, le seul survivant de cette époque. À quatre-vingt-sept ans, il a gardé son alacrité de jeune homme. Nous déjeunons (le 13 septembre 2007) chez Lipp. Il me montre la banquette où siégeait mon père : à gauche, au milieu, après le tambour d'entrée. Il me confirme ce qu'il a écrit dans ses *Minutes*, précisant qu'il a très peu connu mon père, rencontré seulement ici. « Il n'était jamais seul. En entrant et en sortant, il serrait les mains, et, dès qu'un visage lui semblait intéressant, il s'approchait, liait connaissance. Il avait entendu parler de moi par Thierry Maulnier. Un soir, avant guerre, alors qu'il s'apprêtait à repartir en voiture avec quelques amis, il m'invita à monter. J'étais un gamin. Je me rappelle que la voiture zigzaguait dans les rues… C'était ça, l'atmosphère de Lipp : une bonhomie égalitaire, une circulation de sympathies. Un intellectuel d'une grande notoriété s'offrait à raccompagner chez lui un gamin. »

À propos du STO et de la réaction anti-allemande de mon père :

« Eh ! il n'y a pas lieu de vous étonner. Les divisions politiques étaient beaucoup moins tranchées qu'on a voulu le faire croire. C'est Sartre qui a introduit plus tard le sectarisme, décidé qui était salaud et qui ne l'était pas, allumé les bûchers de l'Inquisition – et nous savons tous pourquoi. Pendant la guerre, on ne faisait pas de politique chez Lipp. Il suffisait de se rendre sympathique pour être accueilli avec bienveillance, indépendammant des opinions qu'on professait. Marcelin Cazes donnait le ton : pas d'a-priori, une cordialité sans exclusives.

— Mais le PPF ?

— Pour moi, votre père n'était au PPF que par vanité, pour jouer à l'homme d'action.

— Tout était moins politisé ?

— C'est cela. Votre père faisait le tour des banquettes, serrait les mains, curieux de nouveaux visages, avide de nouvelles amitiés.

— Quelle impression, en définitive, gardez-vous de lui ?

— Farce et cérémonie, liées.

— Comme vous l'avez écrit ?

— Son tour des banquettes ressemblait à une cérémonie palatiale. Il adoubait ceux qui lui plaisaient. Avec une sorte de rire *in petto*, qu'il était difficile d'interpréter. »

Difficile, oui. Soixante, soixante-dix ans après, même énigme. Qui ne s'explique que par cette folie : être objectivement collaborateur, sans adhérer à la collaboration. Peut-être même en la réprouvant au-dedans de soi. Au risque de s'effondrer à la première occasion, de se disloquer, quand la tension intérieure ne serait plus supportable.

La scène que je vais rapporter maintenant, et que je tiens, pour la première partie, de Betty et d'Irène, pour la seconde partie, de Betty seule, illustre ce déchirement, cet écartèlement. Lipp, témoin de la « tenue » intellectuelle de RF et de sa résistance à l'occupant, fut aussi le décor de sa chute, de sa dégringolade.

Je place la scène au printemps 1944, lorsque l'opposition entre les contraires eut atteint le point de rupture. Fines à l'eau en série ou, comme il le faisait le plus souvent, pernods à répétition. Cherche-t-il à s'étourdir ? Ou quelque raison plus complexe le pousse-t-elle à dépasser toute limite ? Assommé par l'alcool, plus mort que vif, il tombe un jour de sa chaise, à la terrasse du Lipp. Pourquoi Irène a-t-elle assisté à la scène ? Sans doute, pense-t-elle, parce qu'on (notre grand-mère, peut-être présente aussi ?) était allé la chercher (rue Saint-Benoît ?) en renfort, quand il avait donné les premiers signes d'ivresse. C'était donc l'après-midi, c'était en plein jour. Le voilà, étalé par terre, comme le dernier poivrot. Betty, toujours dévouée, l'aide à se relever, puis le ramène rue Saint-Benoît. À la face de tous ceux qu'il a l'habitude de saluer, à la face des inconnus qui l'admirent de loin, il vient d'avouer à la fois son crime et l'impossibilité du rachat. Celui qui n'a pas le courage de rompre avec une idéologie qu'au fond de soi il condamne n'est pas digne de rester assis sur sa chaise : qu'il roule donc dans la poussière, devant le cercle de ses amis, de ses admirateurs.

Écroulement en public, naufrage spectaculaire, première figure du suicide.

Il y aurait eu une solution : amorcer un revirement politique, prendre ses distances, cesser d'écrire dans les journaux. Pas de reniement tapageur du nazisme, sans doute, les circonstances ne le permettaient pas. Aucun organe, ni de la presse officielle ni de la presse clandestine, n'eût accueilli le renégat. Restait une issue latérale : un retrait progressif, un désengagement par paliers, une façon de dire : ne comptez plus sur moi ! Mon père a-t-il songé à quelque forme, plus ou moins directe, d'apostasie ? Peut-être. Mais un argument puissant l'eût empêché de se rétracter. Plusieurs des intellectuels de son bord, devant la certitude désormais acquise de la défaite allemande, commençaient à changer de discours. Lui, non. Échapper à la honte de la collaboration par la honte encore plus grande de se défiler au moment du danger ? Une fierté de Mexicain lui épargna ce laid sauve-qui-peut. Faute d'avoir eu le courage de dire non lorsqu'il était encore temps, je n'aurai pas la lâcheté d'abandonner le bateau quand il coule. Enferrons-nous. Allons jusqu'au bout du déshonneur, pour ne pas tomber dans un déshonneur pire.

Il aurait pu, comme tant d'autres, retourner sa veste. Comme Claude Roy, par exemple[1]. Étiemble n'a pas mâché ses mots : « Chacun connaît dix textes de Claude Roy qui ne valent pas mieux que ceux de Brasillach : mais Claude Roy eut l'esprit de changer sa religion ; le

1. Né en 1915, collaborateur de *L'Action française* en 1935, de *Je suis partout* en 1938, Claude Roy a fait après la guerre une belle carrière de poète, de romancier et d'essayiste. Rebatet le citait, dans ses *Décombres* de 1942, parmi les « trop rares Français fidèles aux nazis ». Il s'inscrivit au Parti communiste fin 1943, et, en digne stalinien, refusa de signer en 1945 la pétition demandant la grâce de Brasillach, qui avait été le dieu de sa jeunesse.

voilà donc plus blanc que MM. Pierre Benoit et Maurice Chevalier… Il leur a suffi de donner au Parti des gages d'autant plus sûrs que plus tardifs. » *(Hygiène des Lettres*, II, *Littérature dégagée*, 1955.) RF n'a pas commis ce qui eût été une bassesse. Par donquichottisme, attachement héroïque à une cause perdue. Pour avoir lu la complainte de Rutebeuf :

> *Que sont mes amis devenus ?…*
> *Ce sont amis que vent emporte,*
> *Et il ventait devant ma porte.*

Également par faiblesse. Rien n'est plus malaisé que de reprendre sa liberté, quand on s'est laissé happer par l'engrenage.

Quoi qu'il en soit, fidélité à la foi jurée, horreur de l'opportunisme ou peur de la situation nouvelle qu'aurait créée une volte-face, il resta ferme dans l'erreur, obstiné dans la faute, ne trouvant d'autre moyen de protester contre lui-même qu'en buvant jusqu'au désespoir, jusqu'à tomber de sa chaise et s'étaler sur le trottoir le plus fameux de Paris. Par l'état où elle réduit un homme, il montre ce que vaut la cause qu'il a défendue. Manière pour RF d'abjurer, non ses engagements politiques, mais de s'abjurer soi-même, de se renier publiquement. Voyez : mon cerveau, dont j'étais si fier, ce mécanisme intellectuel qu'on admirait, je les jette au caniveau. Le pernod les empêche de fonctionner. Tant mieux, j'ai atteint mon but : me priver de mes facultés de raisonner, me punir d'en avoir fait si mauvais usage, les punir de m'avoir égaré. Ne me considérez plus comme un être pensant.

« Ayant bu du vin, il s'enivra, et se dénuda au milieu de sa tente. » (*Genèse*, IX, 21.) Ivresse et nudité métaphoriques de Noé : le dernier degré de l'avilissement, c'est de se mettre nu sous le regard des autres ; nu, physiquement ou mentalement ; dépouillé de sa vêture, matérielle ou intellectuelle. Exposé aux outrages. Noé comme figure inversée du Christ. Sans prétendre donner un sens trop élevé à un accident somme toute trivial, je ne peux m'empêcher de voir, dans l'alcoolisme et l'abjection alcoolique de RF, plus qu'une simple volonté de s'abrutir. RF cherche avec une application méthodique à se faire mépriser. Noé s'enivrait dans sa tente, lui à la terrasse d'un café. Plus l'écart est grand entre ce qu'on représente et ce qu'on est devenu, plus on s'expose aux sarcasmes, au mépris.

Les peintres n'ont pas souvent choisi comme sujet l'ivresse de Noé. Il y a quelque chose d'insupportable dans le contraste entre la majesté inhérente à l'état de vieillard et le ridicule d'un vieillard débraillé. Giovanni Bellini (le tableau est au musée de Besançon) est celui qui a fait le mieux apparaître le scandale d'une telle distorsion. Noé est couché de tout son long, entièrement nu ; l'épaisseur de sa barbe en éventail souligne son impudicité. Alors que les Vénitiens ont toujours idéalisé le corps humain, Bellini peint ici un corps maigre, usé, laid, un corps qui plus que tout autre aurait besoin d'être couvert. Un jeune qui s'enivre, loin de choquer, amuse ; on met cet excès sur le compte de l'inexpérience, de la vitalité. Il n'a pas peur, il y va à fond ! Un vieillard qui ne sait pas se tenir est jugé sévèrement ; il manque à ce qu'il doit à son âge ; il répugne. Même réaction de dégoût devant un intellectuel qui abdique aussi bruyamment sa dignité.

La fin de l'épisode de Lipp n'est pas moins curieuse. Resté seul avec Betty, mon père retrouve le souci de rester homme du monde en toute circonstance, de respecter les formes. Seulement, le dandy est à présent en pleine débandade personnelle ; vouloir sauver les apparences quand on est devenu la risée générale (Fargue assistait-il à la scène ?), c'est ajouter à la moquerie et au mépris des autres une terrible autodérision. Dans l'escalier – ils habitent au quatrième –, épuisée de traîner ce gros corps, Betty se met à pleurer. Elle ne peut pas rire de ce spectacle lamentable, comme Cham, le plus jeune fils de Noé ; ni en détourner le regard, comme Sem et Japhet, embarrassés et déférents. Elle pleure, car elle se sent, à travers son mari, humiliée. Elle pleure sur l'échec de leur couple. Lui, alors, tirant de la pochette de son veston le mouchoir de fine batiste qu'il arbore toujours quand il sort, et le tendant à sa femme pour qu'elle s'essuie les yeux : « Mais, Betty, sachez garder votre dignité ! »

55.

Pauvre, pauvre enfant

Sauver sa dignité : voilà l'obsession, en cet été 1944, de celui qui sait avoir perdu sa vie. La chute d'un poivrot sur le trottoir aura été perçue par les autres comme un épisode comique. Faire comme Noé, c'était bien, mais qui aura compris la profondeur de ce geste ? Je dois faire savoir à présent que la destinée d'un homme est en jeu, que mon registre est le registre tragique. Comment revenir au tragique ? Me retirer, comme Alceste, dans un désert ? Impossible, et d'ailleurs, non souhaitable. Reste une autre solution, plus radicale, et qui mettra une sourdine aux blâmes, aux anathèmes : le suicide.

Plusieurs alertes, depuis un an environ, avaient décidé mon père à consulter un médecin. Son état de santé avait beaucoup empiré, les derniers temps. Il ne pouvait plus utiliser sa bicyclette : essoufflement, suffocation. On décela une hypertension artérielle grave, avec risque de thrombose. Ordre impératif : cesser de boire, ne plus toucher à l'alcool. Il força au contraire sur les fines à l'eau, les pernods. Obstination méthodique qui vaut bien un suicide aux somnifères, au revolver. En juillet, il dut s'aliter. Le moindre mouvement lui coûtait. Il gardait la chambre, rue Saint-Benoît, continuant à travailler, sous l'aile de la mort. Les derniers livres qu'il annota et dont il rendit compte dans la presse : *Nietzsche* de Daniel Halévy, *Les Quatre Jeudis* de Brasillach. L'ultime article : sur Léon-Paul Fargue.

Les Alliés se rapprochant de Paris, les Allemands lui proposèrent de l'évacuer en Suisse, dans une ambulance. Fuir ? Il n'en était pas question. Il resta, sachant qu'il serait arrêté. Son nom figurait sur la liste noire établie par le Comité national des écrivains. Une embolie l'emporta en quelques secondes, le 2 août. Il eut à peine le temps de crier : « Maman ! » à sa mère qui veillait sur lui en compagnie de Betty. Un mandat d'arrêt fut délivré contre lui, en octobre, quelque trois mois après sa mort.

Carnet de ma mère.

14 juillet. « Téléph. de mamé : annonce que R est très malade. »

18 juillet. « Téléph. de mamé, donnant des nouvelles de R (durcissement des artères). »

20 juillet. « Paule me parle de Ramon et du message de Betty : vie possible seulement comme un vieillard. »

26 juillet. « Téléphoné à Ramon. » Elle ne l'avait plus fait depuis six ou sept ans. C'est sur la demande de mon père (transmise sans doute par mamé) qu'elle s'y est décidée.

28 juillet. « Chez Ramon, 4 h. Aisé et cordial. Sa mère ensuite. On parle de la situation politique (le complot), des livres, des amis, d'Irène. Ils ont l'air content et moi aussi ; l'interpellation encore à la fenêtre. » Ah ! mon père qui fait l'effort de se lever pour suivre des yeux dans la rue celle qu'il n'a pas su garder. « Aisé et cordial », « l'air content » : mon père était donc d'accord avec ma mère gaulliste pour approuver « le complot », c'est-à-dire l'attentat de Stauffenberg contre Hitler, le 20 juillet.

1er août. « Mamé téléphoné à midi que R a été très malade hier. » Et moi, que personne n'informe, qui ne sais rien du danger. À moins que je n'aie vaguement deviné, car, à la même date du 1er août, ma mère note encore : « Domi recommence à avoir beaucoup d'asthme. »

2 août (mercredi). « À minuit et demi, téléphone de mamé disant que tout est fini. Ensuite, elle me demande d'apporter un drap. Ensuite, Betty. Je ne sais que faire de moi et de mon chagrin. Je me remets aux travaux de la cuisine. Écris un mot à A, voudrais tant que le jour vienne. Pauvre, pauvre enfant, et moi aussi. »

3 août. « Enfin le jour. Parlé aux enfants au petit déjeuner. Leur silence et leur immobilité, et la violence d'Irène pendant que nous cherchons le drap. » Silence et immobilité des enfants : évidemment, puisque la réprobation dont leur mère frappait les visites du dimanche les avait habitués à s'interdire toute émotion qui eût trahi la force de leur attachement à leur père. Pour eux, pris entre le chagrin et l'impossibilité de l'extérioriser, deux réactions possibles : pour ma sœur, la violence (sans doute contre la mesquine exigence du drap), pour moi, plus introverti, l'asthme.

En fait, ma sœur me l'a révélé récemment, sa violence était tournée d'abord contre notre mère, à qui elle reprochait de ne rien dire de ce qu'elle éprouvait, d'étouffer en elle son chagrin, de réduire son chagrin à du souci pour l'affaire de ce drap. « Aucune parole sur papa, comme si sa mort n'était qu'un événement matériel, sans signification, sans résonances. » Ce fut, certainement, un des drames de ma mère (et de son entourage), son tourment, son supplice (le mot n'est pas trop fort), de ne jamais parvenir à manifester ses sentiments, qu'ils fussent de joie ou de peine, de satisfaction ou de mécontentement. Rien, pas un mot de ce qu'elle ressentait. Nous a-t-elle jamais félicités de nos succès scolaires ? Incapable de s'extérioriser, elle restait murée en elle-même, pour les grandes choses comme pour les petites. Mutisme désespéré – et désespérant pour ses proches. Ne pas réussir à communiquer : le pire des châtiments. Mon père en a souffert. Irène, qui ne pouvait, elle, s'enfuir, se révolta.

Notre mère notait, notait dans son calepin, calligraphiait d'une écriture appliquée et sèche des remarques succinctes qui étaient le maximum de ce qu'elle pouvait avouer, même dans le secret de la nuit.

« Chez Ramon vers 10 h. Ses belles mains croisées. Bouleversement. Mamé. Betty que je fais appeler un moment. Lui, qui est seul, tout seul; lui, si vivant, qui m'a aimée. Seule avec Domi après-midi. Sa gentillesse. Acheté avec lui trois roses pour R. »

Je n'en ai aucun souvenir.

« J'y vais vers 10 h et demie. Nuit auprès de lui, seule. Mamé au matin. Touché le corps, devenu cette chose de pierre, avec les bulles entre les lèvres. Embrassé encore les belles mains avant de partir. Mamé me dit de m'en aller vers 6 h. »

4 août. « Acheté un crêpe pour Domi. Chez Ramon encore à 6 h. Le cercueil. La mise en bière s'est faite à 4 h, dit mamé, trop tard. Aller et retour avec Domi, si gentil et protecteur. Le cercueil dans la pièce vide. »

5 août (samedi). « Jour des funérailles de Ramon. Le cruel défilé. Ce qu'il y a de mieux au monde, un élan d'amour, de pardon, de don. Les trois ordres de Pascal. Et la mort qui vient l'attester. »

« Avec Domi au cimetière Montparnasse. Mais nous y arrivons après 6 h, il est fermé. »

Je n'ai aucun souvenir de cette visite, ni de celles que j'ai faites les jours suivants, seul le 6 août, avec ma mère et ma grand-mère le 7. Amnésie pour effacer la gêne d'un geste qu'il ne m'était pas permis de faire librement. La note du 10 août me révèle à quel point je dissimulais le choc de cette mort. « Domi rentre, tout excité de ses aventures avec la bicyclette de son père. Comme sa joie me fatigue et me pèse. » Mon excitation, ma joie ! Un moyen de montrer que je n'étais pas affecté par la mort de mon père, puisque manifester mon amour m'était interdit. Je dupais ma mère. Je me dupais d'abord moi-même. Je jouais à ma mère, je me jouais la comédie d'aimer la bicyclette, faute d'avoir droit à la tragédie du deuil. De « cacher son deuil » à « aimer ce qui est interdit », le chemin ne serait pas long… Quelques mois à peine… Mais ce n'est pas ici le lieu d'en parler.

12 août. « L'article de Drieu sur R, contraint, réticent, étranger. »

La pierre funéraire de mon père, il n'appartenait certainement pas à Drieu de la poser. Moi-même ne peux me résoudre à usurper un rôle qui ne revient qu'à ma mère. En rédigeant son « Memorandum », en 1972, elle a réuni les notes de son carnet en une épitaphe où se trahit la constance de sa dévotion à celui qui l'avait trompée, bafouée, mais aimée.

« Dernière nuit : celle du 2 au 3 août 1944. Depuis la mi-juillet, je savais R. très malade. “Vie possible seulement comme un vieillard”, m'avait fait dire B. Il m'avait fait demander d'aller le voir, et j'y étais allée l'après-midi du 28. Quand je l'avais quitté, il m'avait encore, de la fenêtre, fait des signes d'amitié et d'adieu. Il était entendu que je reviendrais. Et voici qu'à minuit et demi, cette nuit-là, le téléphone sonne et la voix de mamé me dit que “tout est fini”. Une heure après, elle rappelle pour me demander d'apporter un drap, un drap pour l'ensevelir. Les enfants dorment et n'ont rien entendu. [Faux : ils feignaient de n'avoir rien entendu, pour ne pas montrer une souffrance qui lui eût révélé combien elle avait échoué à les détacher de leur père.] Je ne sais que faire de moi et de mon chagrin [et le nôtre, alors ?], j'attends le jour dans une sorte de contemplation désespérée.

« Il faut parler aux enfants en leur donnant à déjeuner. Leur silence, leur immobilité, et la violence d'Irène pendant que nous cherchons le drap.

« Je vais chez lui vers dix heures, regarde ses belles mains croisées, demande à Betty la permission de passer la nuit prochaine près de lui. Nuit du 3 au 4 : je mets trois roses à ses pieds, touche le corps devenu cette chose de pierre, regarde les bulles monter entre les lèvres scellées. Il est seul, tout seul, dans le fracas des nouvelles qui ne l'atteignent plus. Lui, si vivant, si "gentil" quand il ne buvait pas pour s'étourdir, si épris d'une sagesse que je n'ai pas su l'aider à conquérir ; lui qui m'a aimée.

« Vers six heures du matin, mamé entre dans la chambre et me dit de m'en aller. Je mets un dernier baiser sur ses mains. »

INDEX

REMERCIEMENTS

Je remercie tous ceux qui ont accepté de lire le manuscrit et de me communiquer leurs remarques et leurs suggestions, toujours enrichissantes, ma sœur Irène, Martine Boutang, Claude Martin, Céline Dhérin, Stéphane Corvisier, Olivier Nora.

J'ai aussi une dette envers Fabien Spillmann. Ce jeune chercheur a soutenu brillamment en 1996 un mémoire de DEA auprès de l'Institut d'études politiques de Paris *(Ramon Fernandez, de l'antifascisme à la collaboration, 1934-1944)* et m'a fait profiter de ses travaux comme de ses recherches en bibliothèque.

Table

LIVRE I

LIVRE II

LIVRE III

Dominique Fernandez dans Le Livre de Poche

L'Amour n° 6348

De Lübeck à Rome, en passant par Vienne, les pérégrinations passionnées d'un jeune artiste partagé entre la peinture et la musique.

L'Art de raconter n° 6348

L'Art de raconter est tout le contraire d'un traité sur le roman : c'est une défense et illustration, à travers de nombreux exemples français et étrangers, du roman comme plaisir, comme jubilation, comme machine à rêver et à entraîner le lecteur dans les émois et les délices de l'aventure.

La Course à l'abîme n° 30317

Rome, 1600. Un jeune peintre inconnu débarque dans la capitale. Réalisme, cruauté, clair-obscur : en quelques tableaux, il bouscule trois cents ans de tradition artistique. Il devient, sous le pseudonyme de Caravage, le peintre officiel de l'Église. Marginal-né, asocial ; l'idée même de « faire carrière » lui répugne. Au mépris des lois, il aime à la passion les garçons, surtout les mauvais garçons, les voyous.

Jérémie ! Jérémie ! n° 30782

Fabrice Jaloux, un étudiant parisien passionné par Alexandre Dumas, enquête sur la grand-mère de l'écrivain, une esclave noire haïtienne, disparue sans laisser de traces. Il s'engage dans une mission humanitaire internationale, et part pour Haïti.

Nicolas n° 15275

Fuyant Saint-Pétersbourg, Nicolas et Alice débarquent à Paris. Nicolas se plonge dans l'étude et dans un essai sur Paul Ier. À peine remarquera-t-il qu'Alice a dû se sacrifier et payer de son corps la chambre d'hôtel. Surgit Rachid, qui les installe au-dessus de chez lui.

Porfirio et Constance n° 13526

C'est par défi que Porfirio Vasconcellos, ultime rejeton d'une vieille lignée sicilienne, a épousé Constance, fille d'instituteurs auvergnats, parfaite incarnation de la France laïque. Tout les sépare, l'argent, le sexe, l'éducation des enfants. Et bientôt la politique. Or on aborde les années 1930…

Signor Giovanni n° 15566

L'érudit et archéologue Winckelmann fut poignardé à Trieste, le 8 juin 1768, alors qu'il se rendait à Rome. L'assassin fut condamné à mort. Dominique Fernandez a rouvert le dossier du procès : bien des détails lui ont semblé étranges.

Tribunal d'honneur n° 14695

En 1893, au sommet de sa gloire, Tchaïkovski meurt du choléra. Il existe une autre hypothèse, souterraine et bien différente. Tchaïkovski, pour avoir séduit un adolescent, aurait été condamné à s'empoisonner par un mystérieux « tribunal d'honneur », sur ordre du tsar Alexandre III.

Du même auteur :

romans

L'ÉCORCE DES PIERRES, 1959, Grasset.

L'AUBE, 1962, Grasset. Nouvelle édition, 2003.

LETTRE À DORA, 1969, Grasset.

LES ENFANTS DE GOGOL, 1971, Grasset. Nouvelle édition, 2003.

PORPORINO OU LES MYSTÈRES DE NAPLES, 1974, Grasset et Le Livre de Poche.

L'ÉTOILE ROSE, 1978, Grasset et Le Livre de Poche.

UNE FLEUR DE JASMIN À L'OREILLE, 1980, Grasset.

SIGNOR GIOVANNI, 1981, Balland. Nouvelle édition, 2002 et Le Livre de Poche.

DANS LA MAIN DE L'ANGE, 1982, Grasset et Le Livre de Poche.

L'AMOUR, 1986, Grasset et Le Livre de Poche.

LA GLOIRE DU PARIA, 1987, Grasset et Le Livre de Poche.

L'ÉCOLE DU SUD, 1991, Grasset et Le Livre de Poche.

PORFIRIO ET CONSTANCE, 1992, Grasset et Le Livre de Poche.

LE DERNIER DES MÉDICIS, 1994, Grasset et Le Livre de Poche.

TRIBUNAL D'HONNEUR, 1996, Grasset et Le Livre de Poche.

NICOLAS, 2000, Grasset et Le Livre de Poche.

LA COURSE À L'ABÎME, 2003, Grasset et Le Livre de Poche.

JÉRÉMIE ! JÉRÉMIE !, 2006, Grasset et le Livre de Poche.

PLACE ROUGE, 2008, Grasset.

opéra

LE RAPT DE PERSÉPHONE, 1987, Dominique Bedou. Musique d'André Bon, CD Cybelia 861.

voyages

Mère Méditerranée, 1965, Grasset et Le Livre de Poche. Nouvelle édition augmentée de photographies de Ferrante Ferranti, 2000.

Les Événements de Palerme, 1966, Grasset.

Amsterdam, 1977, Le Seuil.

Les Siciliens, en collaboration avec Ferdinando Scianna et Leonardo Sciascia, 1977, Denoël.

Le Promeneur amoureux, *de Venise à Syracuse*, 1980, Plon et Presses Pocket.

Le Volcan sous la ville, *promenades dans Naples*, 1983, Plon.

Sentiment indien, 2005, Grasset.

voyages, avec photographies de Ferrante Ferranti

Le Banquet des anges, *l'Europe baroque de Rome à Prague*, 1984, Plon.

Le Radeau de la Gorgone, *promenades en Sicile*, 1988, Grasset et Le Livre de Poche.

Ailes de lumière, 1989, François Bourin.

Séville, 1992, Stock.

L'Or des tropiques, *promenades dans le Portugal et le Brésil baroques*, 1993, Grasset.

Sept Visages de Budapest, 1994, Corvina/IFH.

La Magie blanche de Saint-Pétersbourg, 1994, Gallimard Découvertes.

Prague et la Bohême, 1994, Stock.

La Perle et le Croissant, 1995, Plon « Terre humaine » et Terre humaine Pocket.

Saint-Pétersbourg, 1996, Stock.

Rhapsodie roumaine, 1998, Grasset.

Palerme et la Sicile, 1998, Stock.

Bolivie, 1999, Stock.

Menton, 2001, Grasset.

Syrie, 2002, Stock.

Rome, 2004, Philippe Rey.

Sicile, 2006, Actes Sud/Imprimerie Nationale.

essais

Le Roman italien et la crise de la conscience moderne, 1958, Grasset.

L'Échec de Pavese, 1968, Grasset.
Il Mito dell'America, 1969, Edizioni Salvatore Sciascia (Rome).
L'Arbre jusqu'aux racines, *Psychanalyse et création*, 1972, Grasset et Le Livre de Poche.
Eisenstein, *L'Arbre jusqu'aux racines II*, 1975, Grasset et Ramsay-Poche-Cinéma.
La Rose des Tudors, 1976, Julliard ; nouvelle édition augmentée, 2008, Actes Sud.
Interventi sulla letteratura francese, 1982, Matteo (Trévise).
Le Rapt de Ganymède, 1989, Grasset et Le Livre de Poche.
Le Musée idéal de Stendhal, en collaboration avec Ferrante Ferranti, 1995, Stock.
Le Musée de Zola, en collaboration avec Ferrante Ferranti, 1997, Stock.
Le Voyage d'Italie, *dictionnaire amoureux*, photographies de Ferrante Ferranti, 1998, Plon et Tempus.
Le Loup et le Chien, *un nouveau contrat social*, 1999, Pygmalion.
Les Douze Muses d'Alexandre Dumas, 1999, Grasset.
La Beauté, 2000, Desclée de Brouwer.
Errances solaires, photographies de Ferrante Ferranti, 2000, Stock.
L'Amour qui ose dire son nom, *Art et homosexualité*, 2001, Stock.
Dictionnaire amoureux de la Russie, 2004, Plon.
L'Art de raconter, 2007, Grasset et Le Livre de Poche.
Discours de réception à l'Académie française et réponse de Pierre-Jean Rémy, 2008, Grasset.
Dictionnaire amoureux de l'Italie, deux volumes, 2008, Plon.

traductions

Une étrange joie de vivre et autres poèmes, *de Sandro Penna*, 1979, Fata Morgana.

L'Imprésario de Smyrne, *de Carlo Goldoni*, 1985, Éditions de la Comédie-Française.

Poèmes de jeunesse, *de Pier Paolo Pasolini*, 1995, Gallimard.

Poésies, *de Sandro Penna*, 1999, Les Cahiers Rouges, Grasset.

Composition réalisée par Asiatype

Achevé d'imprimer en février 2010, en France sur Presse Offset par
Maury-Imprimeur - 45330 Malesherbes
N° d'imprimeur : 153396
Dépôt légal 1re publication : mars 2010
Librairie Générale Française - 31, rue de Fleurus - 75278 Paris Cedex 06

31/2964/0